Im Bann des Pharaos

Der Autor

Christian Jacq ist Schriftsteller und Ägyptologe und hat in Frankreich für seine historischen Romane über ägyptische Themen zahlreiche Auszeichnungen erhalten. Seine Ramses-Romane wurden auf der ganzen Welt zu Bestsellern.

Christian Jacq

Im Bann des Pharaos

Roman

Aus dem Französischen
von Stefan Linster

Scherz

Besuchen Sie uns im Internet:
www.scherzverlag.de

Die Originalausgabe erschien 1992 unter dem Titel
«L'Affaire Toutankhamon» bei Editions Grasset & Fasquelle, Paris

3. Auflage Taschenbuchausgabe Scherz Verlag,
Bern, München, Wien, 2002

ISBN 3-502-51869-6
Umschlaggestaltung: ja DESIGN, Bern: Julie Ting & Andreas Rufer
Umschlagbild: Mark Harris/Getty-Images, Stone, München
Gesamtherstellung: Ebner & Spiegel, Ulm

Dir, Wikinger, Gefährte meiner Tage, der du dich an einem 3. November auf die glückseligen Pfade des Okzidents begabst, an jenem Tag also, da die ersten Seiten dieses Buches geschrieben wurden; dir, der du Güte, Treue und stets zugegen warst, und dessen Aufgabe es nun ist, uns vorauszugehen auf den Wegen der anderen Welt, in der du, gleich Anubis den Tutenchamun, uns leiten wirst.

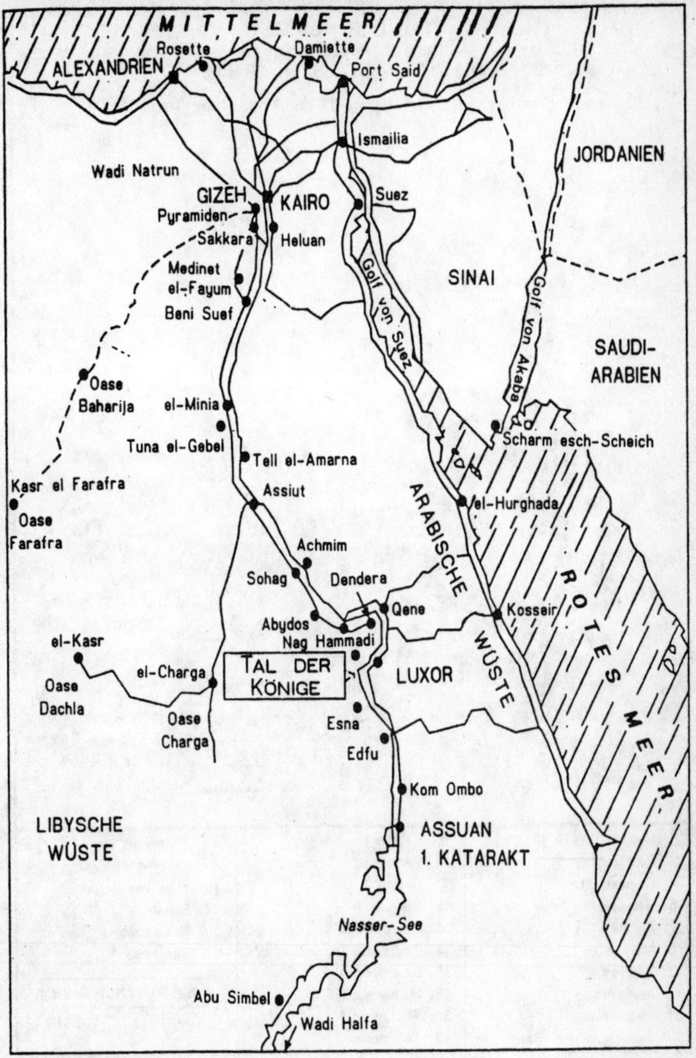
MITTELMEER
Rosette
Damiette
ALEXANDRIEN
Port Said
Ismailia
JORDANIEN
Wadi Natrun
GIZEH
KAIRO
Suez
Pyramiden
Sakkara
Heluan
Medinet el-Fayum
SINAI
Golf von Suez
Golf von Akaba
Beni Suef
SAUDI-ARABIEN
Oase Baharija
el-Minia
Tuna el-Gebel
Scharm esch-Scheich
Tell el-Amarna
Kasr el Farafra
Assiut
ARABISCHE WÜSTE
el-Hurghada
Oase Farafra
Achmim
Sohag
Dendera
ROTES MEER
Qene
Kosseir
Abydos
Nag Hammadi
el-Kasr
TAL DER KÖNIGE
el-Charga
LUXOR
Oase Dachla
Oase Charga
Esna
Edfu
Kom Ombo
LIBYSCHE WÜSTE
ASSUAN
1. KATARAKT
Nasser-See
Abu Simbel
Wadi Halfa

TAL DER KÖNIGE

LAGE DER WICHTIGSTEN GRÄBER

(nach: Erik Hornung, *The Valley of the Kings*, New York, 1990)

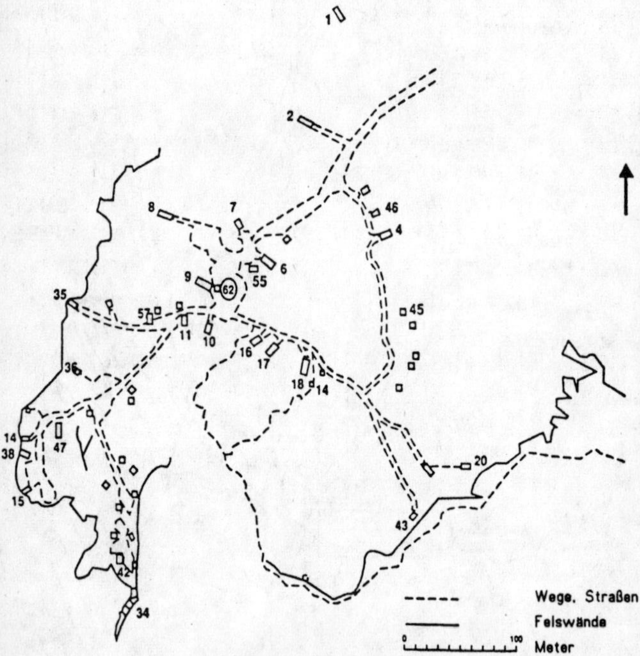

1. Ramses VII.	15. Sethos II.	43. Thutmosis IV.
2. Ramses IV.	16. Ramses I.	45. Userhat
4. Ramses XI.	17. Sethos I.	46. Yuya und Tuya
6. Ramses IX.	18. Ramses X.	47. Siptah
7. Ramses II.	20. Hatschepsut	55. Semenchkare
8. Merenptah	34. Thutmosis III.	57. Haremhab
9. Ramses VI	35. Amenophis II.	62. TUTENCHAMUN
10. Ammenemes	36. Maiherpra	
11. Ramses III.	38. Thutmosis I.	
13. Tewosret und. Sethnacht	42. Thutmosis II.	

THEBEN-WEST

(nach: Lexikon der Ägyptologie)

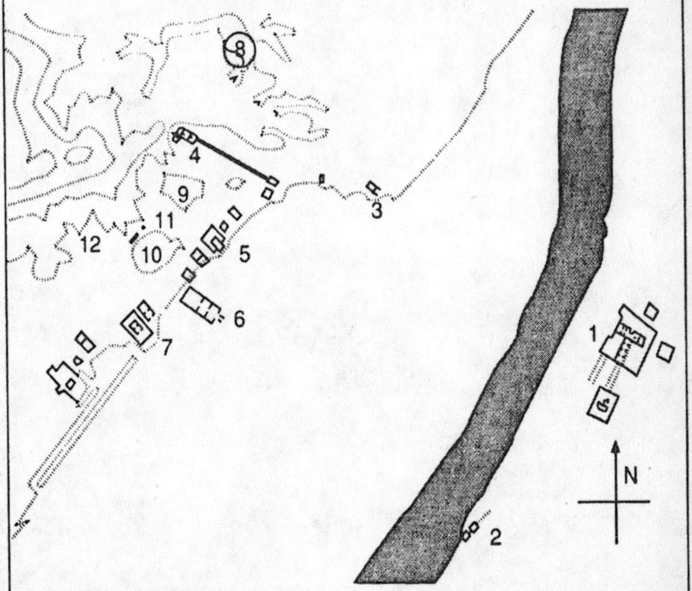

1. Tempel von Karnak
2. Tempel von Luxor
3. Tempel Sethos' I.
4. Tempel von Deir el-Bahari
5. Tempel Ramses' II. (Ramesseum)
6. Tempel Amenophis' III., von dem nur noch die «Memnon-Kolosse» stehen
7. Medinet-Habu (Tempel Ramses' III.)
8. TAL DER KÖNIGE
9. Scheik abd el-Gurnah (Gräber der Vornehmen)
10. Kurnet Murai (Gräber der Vornehmen, Privatgräber)
11. Deir el-Medina
12. Tal der Königinnen

I

George Edward Stanhope Molyneux Herbert, Viscount Porchester, von seinen wenigen Vertrauten «Porchey» benannt und von den Neidern als der zukünftige Lord Carnarvon angesehen, setzte seine Faust in das Gesicht des griechischen Matrosen, der sich weigerte, seinen Befehlen zu gehorchen. An Bord seiner Yacht *Aphrodite* war er der alleinige Gebieter und wünschte es nicht, dass man sich ihm in den Weg stellte, selbst wenn ein heftiger Sturm die Mannschaft in Angst und Schrecken versetzte.

Der Grieche erhob sich benommen.

«Ihr Koch ist erledigt ... Sie täten besser daran am Ruder zu stehen.»

«Eine akute Blinddarmentzündung ist kein Todesurteil. Sie müssten wissen, mein Freund, dass Aphrodite eine Meeresgöttin ist; während der Operation vertraue ich ihr das Schiff und die Mannschaft an.»

Den Ungläubigen mit Verachtung strafend, stieg Porchey in seine Kabine hinunter, wohin er den Kranken hatte bringen lassen; ihm lag viel an diesem brasilianischen Koch, den er bei seiner letzten Weltreise angeheuert hatte.

Der Mann krümmte sich vor Schmerzen.

Auf Deck hatte sich die Mehrheit der Matrosen niedergekniet und betete zu Gott. Porchey verabscheute diese Art von Bekundung, die ihm charakteristisch für einen Mangel an Selbstbeherrschung schien. Damals, als er auf dem Mittelmeer navigieren gelernt hatte, gegenüber der Villa, die sein Vater in Porto Fino, an der italienischen Riviera, besaß, hatte Viscount Porchester sich niemals an den Allmächtigen gewandt. Entweder segelte er allein, oder aber er ginge allein unter ohne eine himmlische Schar zu behelligen, die mit weit wichtigeren Aufgaben als dem Beistand eines in Not geratenen Seefahrers beschäftigt war.

Dem Koch verabreichte er die halbe Flasche eines exzellenten Whiskys, setzte sich dann ans Klavier und spielte zweistimmige *Inventionen* von Johann Sebastian Bach. Die Mischung aus Alkohol und dieser heiteren Musik würde den Patienten aufmuntern; falls er nicht überlebte, würde er mit allerletzten Eindrücken von Wert davongehen.

Bevor sie starb, hatte Porcheys Mutter von ihm verlangt, dass er, gemäß der Erziehung, die er auf Schloss Highclere genossen hatte, nichts Gewöhnliches oder Gemeines sehen oder hören möge. Während er sich anschickte, den Bauch eines Brasilianers zu öffnen, der ein oder zwei Verbrechen auf dem Gewissen haben durfte, entschuldigte der Viscount sich bei den Manen seiner Erzeugerin.

Mit fiebrigen Augen wagte der Kranke ihn zu befragen:

«Sie . . . Sie haben schon operiert?»

«Ein gutes Dutzend Mal, mein Freund, und ohne irgendeinen Fehlschlag. Entspannen Sie sich und alles wird gut verlaufen.»

Als großer Leser, der das Englisch des Trinity College von Cambridge sowie Deutsch, Französisch, Griechisch, Latein sprach und einige seltene Idiome des Mittelmeerbeckens zu gebrauchen wusste, hatte Porchey tatsächlich ein paar chirurgische Handbücher gelesen und in seinem Kopf eine Blinddarmoperation, den Albtraum aller Seefahrer, die zu einer langen Überfahrt aufbrachen, repetiert. Deshalb auch hatte er sich mit einem chirurgischen Besteck versehen, das eines Fachmanns würdig war.

«Schließen Sie die Augen, und denken Sie an ein gutes Essen oder an eine schöne Frau.»

Ein schlüpfiges Lächeln verzog die Lippen des Kochs. Porchey machte sich diesen Augenblick von Schwäche zunutze und betäubte ihn mittels eines Schlags mit dem Holzhammer ins Genick. Einige Zwiste in den verruchten Bars auf Kap Verde oder den Antillen hatten ihn gelehrt diese Anästhesietechnik zu perfektionieren.

Er operierte mit sicherer Hand und dachte dabei an die Masernepidemie, die ihn fast dahingerafft hatte; an Stelle eines Heilmittels hatte man ihn, um das Fieber zu senken, mit eiskaltem Wasser besprenkelt. In Eton war die Behandlung kaum besser; von der ersten Sekunde an hatte der Viscount die prätentiösen Professoren, diese mit unnützem Wissen gefüllten Schläuche, verabscheut. Er arbeitete auf seine Weise und nach seinem Rhythmus, Noten und Strafmaßnahmen gegenüber völlig gleichgültig; weshalb man ihn als faul bezeichnete, gleichwohl er ein phänomenales Konzentrationsvermögen und eine völlige Unabhängigkeit des Geistes entwickelte. Als Sammler von Briefmarken, Porzellantassen, französischen Stichen und Schlangen in Glasgefäßen verspürte er abgrundtiefe Langeweile bei der Lektüre der Klassiker, ob es sich nun um Demosthenes den Schwafler, Seneca den Miesmacher oder Cicero den Aufgeblasenen handeln mochte; und dennoch hatte er im Trinity College eine fesselnde Beschäftigung gefunden; das Restaurieren der Holztäfelung auf eigene Kosten. Schockiert hatte der Direktor sich bei seinem Vater über diese Haltung beschwert, welche bei einem Mitglied des alten Landadels, dem Hüter der Werte und Traditionen, die Porchey munter mit Füßen trat, nicht zu tolerieren war.

So blieb dem jungen Adligen und vollendeten Sportsmann nichts anderes übrig, als die Welt zu bereisen, Südafrika, Australien und Japan zu entdecken, auf der Suche nach einem stetig ihm entfliehenden Ideal von einem Erdteil in den anderen zu wandern. Wenn sein Dasein ihm zu trübe erschien, vertiefte er sich in die Geschichtsbücher; die Antike zog ihn an wegen ihrer grandiosen Wesensart, die der kleinbürgerlichen Mentalität, in der Europa versank, so entgegengesetzt war.

Ägypten faszinierte ihn; hatte es den Menschen nicht überwunden, indem es ihn ins Kolossale einfügte und Tempel im Maße des Universums errichtete? Und dennoch hatte er das Land der Pharaonen gemieden, als ob eine ehrfürchtige, bei ihm sonst wenig ausgeprägte Furcht ihn hinderte in unbekanntes Gebiet vorzudringen.

Der Viscount begutachtete seine Arbeit mit Zufriedenheit. «Nicht übel ... wirklich nicht übel. Ich möchte nicht beschwören, dass er davonkommen wird, aber das Handbuch war korrekt; wahrhaftig, es geht doch nichts über ein gutes Buch.»

Die Stunde des Diners nahte. Der Viscount wechselte die Kleidung, entschied sich für eine weiße Jacke und eine graue Flanellhose; und ohne seine Kapitänsmütze zu vergessen, ging er auf Deck, wo die Mannschaft fortfuhr in den Sturm hinein zu beten.

«Gott ist gütig», bemerkte der Aristokrat. «Die *Aphrodite* hat diese kleine Bö durchquert, und niemand ist über Bord gegangen.»

Mehrere Matrosen stürzten auf ihn zu.

«Nur die Ruhe, meine Herren. Unser Koch ist nunmehr von seinem lästigen Blinddarm befreit; wahrscheinlich wird er nicht in der Lage sein, die Mahlzeiten zuzubereiten, und so müssen wir uns bis zur nächsten Landung auf gut Glück selbst versorgen. Dass dieser Zwischenfall Sie aber nicht daran hindert, wieder auf Ihre Posten zu gehen.»

Am Steuer seiner Yacht wirkte der Erbe der Carnarvons ungemein stattlich. Mit seiner hohen und breiten, von einer fast roten Haarpracht bekrönten Stirn, der rassigen Nase, dem meisterhaft gestutzten Schnurrbart und dem entschiedenen Kinn hatte er das Gesicht eines ins Unendliche aufbrechenden Eroberers.

Porchey allein wusste, dass das Bild trog; bereitwillig hätte er einen Teil seines Erbes vergeudet, um seinem Leben einen Sinn zu geben. Intelligenz, Kultur, Vermögen, die Möglichkeit, das zu tun, was ihm gefiel und wie es ihm gefiel ... all dies konnte ihm nicht das Gefühl nehmen, leer und unnütz zu sein.

Der Grieche brüllte:

«Der Koch lebt! Ich habe es gesehen, er hat die Augen aufgemacht!»

Der Viscount zuckte mit den Schultern.

«Ich halte immer Wort, mein Bester; hatte ich nicht versprochen ihn zu retten?»

2

Der Mann beobachtete den jungen Howard Carter seit einer halben Stunde.

Von feiner Eleganz, hatte er ein strenges Gesicht und einen inquisitorischen Blick.

Einen schönen Tag nutzend, hatte Howard seine Staffelei auf einem Feld aufgestellt, wo eine Stute ihr Fohlen säugte; die Grafschaft Norfolk profitierte von einem außergewöhnlichen Spätsommer und bot aberhundert Motive. Mit siebzehn Jahren trat der Junge in die Fußstapfen seines Vaters und gedachte, wie dieser, Tiermaler zu werden; statt ihn zur Schule in die Stadt zu schicken, hatte er ihn lesen, schreiben, zeichnen und malen gelehrt; Pferde und Hunde gaben die Hauptmotive ab. Obwohl er acht Geschwister hatte, fühlte er sich als Einzelkind, allein dazu befähigt, die Botschaft des Künstlers aufzunehmen; ihm oblag es, das Geschlecht fortzupflanzen und zu beweisen, dass er von seiner Kunst leben konnte. Daher auch arbeitete er mit Beharrlichkeit, mühte sich verbissen, noch das kleinste Detail zu vervollkommnen.

Obgleich er am 9. Mai des Jahres 1874 in London, im Stadtteil Kensington, geboren war, hatte Howard Carter seine Kindheit in Swaffham zugebracht, einem kleinen Dorf, dessen grün schimmernde Ruhe er liebte.

Tags zuvor, gegen Abend, hatte sich eine Art Wunder zugetragen: Zum ersten Mal stellte ihn eins seiner Gemälde fast zufrieden. Das Pferd machte Kapriolen, sein Auge lachte, es lebte; gewiss fehlte es den Hufen an Finesse und der Kopf musste nochmals bearbeitet werden. Doch die Hand wurde sicher: Das Handwerk ging ihm allmählich in Fleisch und Blut über.

Der Mann pflückte eine Herbstzeitlose, die er in sein Knopfloch fädelte, und ging ein paar Schritte in Richtung des Jugendlichen, der sich erhob und – seine Erziehung mit Füßen tretend – ihn, ohne die Augen zu senken, ansah. Völlig unbekümmert, seinen schönen Aristokratenanzug mit Grün zu beschmutzen, setzte er seinen gemächlichen Gang durch die Gräser fort und blieb vor dem Aquarell stehen, um es mit dem vorgestreckten Hals eines Raubvogels zu begutachten.

«Interessant», urteilte er. «Du nennst dich Howard Carter?»

Der Junge hasste das Gehabe der Reichen: all diese Kratzfüßeleien, um sich unter ihresgleichen anzusprechen! Bei einem Niedrigeren genügte es Befehle in abschätzigem Ton zu erteilen.

«Ich kenne Sie nicht. Sie sind nicht aus dem Dorf.»

«Da niemand hier ist, um uns vorzustellen, einmal abgesehen von dieser schönen, mit anderen Aufgaben beschäftigten Stute, wisse, dass ich Percy E. Newberry heiße und dass wir eine gemeinsame Freundin haben. Hättest du die Güte mir eine Ente zu zeichnen?»

Er reichte ihm ein Blatt Papier.

»Aber . . . warum?»

«Unsre gemeinsame Freundin, Lady Amherst, die im benachbarten Schloss wohnt, hat mir dich als einen beachtenswerten Maler geschildert. Sie hat drei deiner Bilder gekauft. Deine Stute ist ziemlich gelungen, aber eine Ente, das ist schon etwas anderes . . .»

Wutschnaubend nahm Howard das Blatt und in weniger als fünf Minuten warf er eine Stockente von allerliebster Wirkung hin.

«Lady Amherst hatte nicht Unrecht; wärst du bereit, Katzen, Hunde, Gänse und jede Menge anderer Tiere für mich zu zeichnen und zu kolorieren?»

Das Misstrauen des Künstlers blieb unerschüttert.

«Sind Sie vielleicht Sammler?»

«Professor der Ägyptologie an der Universität von Kairo, in Ägypten.»

«Das ist weit, nicht wahr?»

«Sehr weit. London ist da schon nähen»

«Warum London?»

«Weil unsre schöne Hauptstadt das British Museum beherbergt; ich würde dich gerne dorthin mitnehmen.»

Das größte Museum der Welt ... sein Vater hatte ihm oft davon erzählt. Eines Tages, vielleicht, würde eines seiner Gemälde dort ausgestellt sein!

«Ich habe kein Geld. Die Reise, die Unterbringung ...»

«Das ist geregelt. Bist du bereit, deine Familie und dein Dorf für mindestens ... drei Monate zu verlassen?»

Schwalben spielten am Himmel; am Waldrand pickte ein Grünspecht auf der Rinde einer Eiche herum. Norfolk den Rücken kehren, sich von seinen Eltern trennen, die Kindheit abschütteln ... er stieß seine Staffelei um.

«Wann brechen wir auf?»

Mehrere Monate ununterbrochene Kleinarbeit, um über seinem Tisch gebeugt Hieroglyphen zu reproduzieren, wo nicht nur Tiere in Erscheinung traten, sondern auch menschliche Wesen, Gegenstände, Gebäude, geometrische Zeichen und manch andere Aspekte dieser Sprache, welche die Ägypter als heilig erachteten: Einem *Schreiber* gleich lernte Howard Carter, sie abzubilden, bevor er sie verstand; diese Worte voller Macht aufzuzeichnen, veränderte seine Hand und sein Denken. Peinlich genau hielt er sich an die Vorlagen, die Professor Newberry ihm beschaffte; nach und nach schrieb er, wie die Alten geschrieben hatten.

Isohert in einem Büro, in einem Kämmerlein verkrochen, freundete er sich mit niemanden an. Das British Museum und seine steifen Gentlemen schüchterten ihn ein; er zog die Gesellschaft der Hieroglyphen vor.

Ein Mantel eisigen Regens hüllte London ein. Professor Newberry bestellte ihn zu sich; auf seinem Schreibtisch – Howard Carters Zeichnungen.

«Deine Arbeit stellt mich voll und ganz zufrieden. Würdest du gerne das jüngste Mitglied des *Egypt Exploration Fund* werden?»

«Welche Verpflichtungen bringt diese Auszeichnung mit sich?»

Percy E. Newberry lächelte.

«Um ehrlich zu sein, Howard, bist du der unzugänglichste und eigenwilligste Charakter, den der Schöpfer mir auf meinen Weg gestellt hat.»

«Sind das etwa Mängel?»

«Das Schicksal wird darüber bestimmen. Was die privat-wissenschaftliche Stiftung anbelangt, die glücklich wäre dich aufzunehmen, so hat sie sich das Studium der Künste des alten Ägyptens und eine bessere Kenntnis seiner Zivilisation zur Bestimmung gemacht.»

Obwohl Howard Carter beschlossen hatte keine Gefühlsregung erkennen zu lassen, riss ihn eine Welle überschwänglicher Begeisterung mit.

«Das ist . . . das ist wunderbar! Ich werde also hier bleiben und weiterhin Hieroglyphen zeichnen?»

«Ich fürchte, nein.»

Newberry erschien ihm plötzlich wie ein, eigens um ihn zu quälen, aus der Hölle gekommener Dämon. In Reichweite seiner Hand – ein Tintenfass. Der Professor erkannte seine Absicht.

«Keine unüberlegten Handlungen, Howard; die Situation ist delikat.»

«Habe ich einen Fehler begangen? Weshalb mich fortschicken?»

«Du reagierst und weißt nichts; diese Hitzköpfigkeit könnte dir noch einigen Kummer bereiten.»

«Die Ratschläge später; zuerst die Wahrheit!»

Percy E. Newberry, die Hände hinterm Rücken übereinander gelegt, wandte sich zum Fenster seines Büros und sah dem fallenden Regen zu.

«Die Ente der Hieroglyphen ist ein giftiges Tier, Howard; sobald sie einen gezwickt hat, ist man ihr ein ganzes Leben verfallen.»

«Ich bin bereit Tausende von Enten zu zeichnen.»

«Bist du auch bereit, alles für dieses Federvieh zu opfern?»
Die Warnung erschreckte ihn nicht.

«Wenn man das Glück hat wahren Freunden zu begegnen, behält man sie.»

Professor Newberry wandte sich wieder dem Jugendlichen zu.

«Nun gut, Mr Carter, dann sind Sie jetzt Archäologe. Es bleibt nur noch eine Kleinigkeit zu regeln.»

«Welche?»

«Ihre Koffer. Wir schiffen morgen nach Ägypten ein.»

3

Von Alexandrien sah Howard Carter nichts; Professor Newberry hatte es eilig den Zug nach Kairo zu nehmen. Schon bei seinen ersten Schritten auf dem Boden Ägyptens fühlte der junge Mann sich von einer Familie und von siebzehn Jahren England befreit, die in den Nebeln des Vergessens versanken. Allein, doch jäh von den Jahrtausenden einer unsterblichen Zivilisation berauscht, begann er zu leben. Da er die beiden kostbaren Koffer des Professors mit dessen wissenschaftlichen Materialien trug, hatte er wenig Muße, an diesem bunten und aromatisch duftenden Orient Geschmack zu finden.

Die Eisenbahn, die Telegrafenleitungen, ein Postdienst, ein schwirrender Bahnhof ... er verhehlte seine Überraschung nicht.

«Ja, so ist das, Howard, Ägypten modernisiert sich. Bedauerlicherweise hat es gerade Arabisch als offizielle Sprache der Verwaltung angenommen und Zeitungen erlaubt, die die Unabhängigkeit predigen. Welch ein Irrsinn! Ohne uns wäre es zu Untergang und Elend verdammt. Diese vermaledeite Gazette hat den Namen *al-Ahram*, ‹die Pyramiden› bekommen! Was für eine Profanierung ... zum Glück haben die Extremisten keine Zukunft. Sie werden im Gefängnis enden, so wahr ich Newberry heiße!»

Den Professor seinem heiligen Zorn überlassend, betrachtete er die Landschaften des Deltas, wo Wasser und Land sich vermählt hatten: Die auf sanften Hügeln errichteten Dörfer schliefen unter der Sonne. Scharen weißer Vögel überflogen grünliche, mit Schilf bewachsene Weiten; schwer bepackte Kamele schritten mit majestätischem Tritt auf den Dammkronen voran, die die Kornfelder überragten. Die Nase gegen das Abteilfenster gepresst, überkam ihn Verzückung über Verzückung.

«Du vergisst Skizzen zu machen.»

Beschämt zog er seinen Zeichenblock hervor und fügte sich. «Die Arbeit, Howard! Nur die Arbeit zählt! Du bist ein Wissenschaftler, auch wenn dir noch alles Wissen fehlt. Begnüge dich damit, zu notieren und zu analysieren, wenn du dich vom Zauber dieses Landes packen lässt, wirst du deine Seele verlieren.»

Zehn Rassen, tausend Turbanfarben, eine kompakte Menschenmenge von Ägyptern, Syrern, Armeniern, Persern, Beduinen, Juden und Europäern, schwarz verschleierte Frauen, mit Luzernen und Töpferwaren beladene Esel, baufällige und mit Abfällen überhäufte Dächer, unentwirrbar miteinander vermischte Gerüche aus den Düften der Spezereien, der morastigen Böden, den in der Aussparung einer Wand geöffneten Lädchen, der Rauch der Öfen unter freiem Himmel, wo man Fleisch briet und Brot buk, Schwarzmilane, die sich Atzung aus den Körben stahlen, welche die Bäuerinnen auf ihren Köpfen trugen, ein irrer Traum, grandios und unmenschlich: So erschien ihm Kairo, die Mutter der Welt.

Sie bewohnten ein Hotel im Stadtzentrum, das Zug für Zug einem Londoner Etablissement glich; zum Diner bestellte der Professor Suppe und Porridge. Erschöpft und hingerissen schlief Howard ein, während er dem ununterbrochenen Stimmengewirr der großen Stadt lauschte.

Um fünf Uhr morgens rüttelte Newberry ihn schonungslos wach.

«Aufstehen, Howard! Wir haben eine Verabredung.»

«So früh?»

«Der Beamte, den wir betören müssen, arbeitet montags von sechs bis elf, wenn wir die Gelegenheit verpassen, verlieren wir eine Woche.»

Die ersten Cafés öffneten gerade; in den fast verwaisten Straßen schienen die Passanten zu frösteln. Der schneidende Wind fegte die Wolken fort und ließ eine blasse Sonne zum Vorschein kommen, deren erste Strahlen sich über die unzähligen Minarette legten. Von der großen Moschee des Muhamad Ali wurde die Wache abgelöst.

Percy E. Newberry bog in ein schäbiges, mit Lattenkisten, Geflügelresten und Abfallhaufen voll gestopftes Gässchen ein; die halb verfallenen Behausungen neigten sich in einem solchen Maße aufeinander zu, dass die *masrabiyyat** sich berührten und den Hausherrinnen somit erlaubten, Vertraulichkeiten auszutauschen, ohne vor die Tür zu gehen. Mit großen Schritten durchquerten sie das armselige Viertel, gingen an Orangen- und Zuckerrohrhändlern vorüber; hinter einer Sykomore verbarg sich der Eingang eines verkommenen Palastes, den zwei alte Männer bewachten. Sie grüßten den Professor, der sich mit einem Kopfnicken begnügte und sich in ein ehedem prunkvolles Treppenhaus aus Marmor drängte.

Ein in eine lange rote Robe gewandeter Nubier geleitete sie bis zur Tür eines Büros, die einer seiner Landsleute, der ebenso muskulös war wie er, bewachte.

«Ich bin Professor Newberry. Benachrichtigen Sie Seine Exzellenz von meinem Kommen.»

«Seine Exzellenz», ein kleiner schnurrbärtiger Tyrann, über dessen Gesicht nervöse Ticks liefen, willigte ein sie zu empfangen.

Seine Höhle war voll gestopft mit Stapeln von Akten und Verwaltungsschreiben, inmitten derer er wie ein Pascha thron-

* Kleiner, mit Gittern verschlossener Balkon.

te. Aufgrund der Enge der Räumlichkeit war es unmöglich, dort Stühle hineinzubringen; folglich blieben sie stehen, dem Beamten gegenüber.

«Hocherfreut, Sie wiederzusehen, Professor. Kann ich Ihnen dienlich sein?»

«Exzellenz besitzt den Schlüssel zu meiner Rettung.»

«Allah möge uns beschützen. Wer ist dieser junge Mann?»

«Howard Carter, mein neuer Assistent.»

«Willkommen in Ägypten.»

Howard verneigte sich linkisch. «Eure Exzellenz» auszusprechen, ging über seine Kräfte; weshalb verlor ein Gelehrter wie Newberry seine Zeit mit diesem gespreizten Männlein.

«Eure Familie befindet sich wohl, Eure Exzellenz?»

«Ausgezeichnet, Professor; ich stelle fest, dass es blendend um Ihre Gesundheit steht.»

«Weniger gut als um die Eure.»

«Sie schmeicheln mir; gedenken Sie, wieder nach Mittelägypten zurückzukehren?»

«Wenn es Exzellenz beliebt.»

«Es würde mir belieben, Professor, es würde! Die Aufenthaltsgenehmigungen befinden sich ganz oben auf diesem Stapel, zu Ihrer Linken. Ich würde sie so gerne unterzeichnen und Ihnen aushändigen ...»

Percy E. Newberry erbleichte. «Unruhen in der Gegend?»

«Nein, nein ... die örtlichen Volksstämme sind ruhig.»

«Dann sind die Straßen vielleicht nicht sicher?»

«Keinerlei Zwischenfälle zu beklagen.»

«Erhellt mich, Eure Exzellenz.»

«Die Verwaltungskosten ... Sie sind stark gestiegen, in den letzten Monaten. Die Summe, die Sie im Voraus entrichtet haben, entspricht der Wirklichkeit nicht mehr, leider!»

Der Professor schien erleichtert.

«Würde Exzellenz geneigt sein mir den Umfang dieser Erhöhung zu benennen?»

«Das Doppelte.»

Percy E. Newberry zog aus seiner Jackentasche ein Bündel Pfund-Sterling-Noten und reichte sie Seiner Exzellenz, die sich in Dankesbekundigungen erging, einen Wandtresor öffnete und ihr Handgeld darin verstaute. Als die Tür wieder verschlossen war, ließ er sich herab, die Genehmigungen auszustellen.

Der Nubier brachte türkischen Mokka; während sie ihn genossen, wurden reichlich Banalitäten ausgetauscht. Nach Beendigung dieser Unterredung brachte Howard seinen Zorn zum Ausdruck.

«Das ist Korruption.»

«Ein Zeremoniell, Howard.»

«Niemals würde ich einer solchen Erpressung nachgeben.»

«In Europa verbirgt sich die Korruption unter dem Mäntelchen der Politik und der Justiz; hier ist es eine feste Einrichtung. Jede Sache hat ihren Preis; allerdings muss man auch den richtigen kennen. Sonst würdest du für einen Trottel gehalten werden und das Gesicht verlieren, also alles.»

Ein sarkastisches Lachen bewegte die Brust des Professors. «In Anbetracht des Schatzes, den du entdecken wirst, habe ich nicht teuer dafür bezahlt.»

4

«Ein Schatz, sagen Sie?», fragte Porchey skeptisch nach.

Der brasilianische Koch wiederholte seine Behauptung in einem für das Ohr äußerst unangenehmen Gemisch aus Portugiesisch und Englisch.

«Ein ungeheurer Schatz!»

«Juwelen?»

«Ringe, Kolliers, Diamanten, Smaragde . . . die Piraten haben sie dort versteckt.»

Der zukünftige Lord Carnarvon betrachtete die Karte.

«Auf welcher Insel?»

«Lanzarote.»

«Das liegt nicht auf meiner Route.»

«Lassen Sie sich diese Gelegenheit nicht entgehen, gnädiger Herr.»

Lanzarote ... Der Name dieser Kanarischen Insel hallte auf seltsame Weise im Gedächtnis des Aristokraten wider. Er konzentrierte sich auf seine studentische Vergangenheit, und es ward Licht; genau dort, an einem der Enden der Welt, hatte sich ein verarmter schottischer Burgherr mit einer Leidenschaft für Astrologie, exotische Frauen und Weißwein zurückgezogen.

Tausend Kilometer südlich von Europa und einhundertfünfzehn vor der afrikanischen Küste, wo die Alten das Elysium glaubten, wo die Seligen eine ewige Sonne genossen, dort auch, wo die Liebhaber des Wunderbaren Atlantis ausmachten.

Fortunatae Insulae, «Glückliche Inseln»: So taufte man die Kanaren unter Hochseematrosen; Purpurinsel sagte man zu dem befremdlichen und schroffen Eiland Lanzarote, jenem gewaltigen, von Vulkanen mit zerklüfteten Hängen gepunkteten Lavafeld.

Unter tausend Schwierigkeiten legte die *Aphrodite* in Arrecife an; der peitschende Regen, ein heftiger Wind, gefährliche Strömungen und ein enger Kanal gestalteten das Manövrieren äußerst heikel. Porchey hielt das Ruder mit sicherer Hand und vermied, wieder einmal, einen Schiffbruch. Der brasilianische Koch hatte sich in eine Litanei geflüchtet, in der die Jungfrau Maria einem Wodudämon nahe kam.

So öde und feindselig, ähnelte Lanzarote kaum der Vorstellung, die ein korrekt erzogener Engländer sich vom Paradies machen konnte. Als der Anker ausgeworfen war, nahm Porchey einen der heimischen Kähne in Anspruch, der ihn zu einem armseligen Hafen brachte, wo eine Piratenbrigg vermoderte: Ein befestigter Turm wachte über das Nichts eines verwaisten Meeres und rostige Kanonen rüsteten sich, unnütze Kugeln auf Geister von Korsaren zu schießen. «Wo befindet sich dein Schatz?»

«In der Hauptstadt Teguise», antwortete der brasilianische Koch.

Für ein Vermögen lieh Porchey eine Karriole, die ein *mago* lenkte, ein eingeborener Bauer, der einen Strohhut mit breiter Krempe trug und so schwatzhaft wie ein Stück Lava war. Die Insulaner hatten die Straße noch nicht erfunden; und so zockelten die Fuhrwerke, von einem Maultier und einem Kamel gezogen, die gut miteinander auskamen, ohne Hast auf steinigen Pisten durch eine kahle Landschaft dahin, in der kein Baum zu wachsen vermochte.

Der Aristokrat bemerkte, dass der Koch zusehends nervöser wurde.

«Du bist ein undankbarer Mensch; ich habe dich mit Erfolg operiert und du würdest mir das Fell durchlöchern.»

«Ich! Aber warum ...»

«Ich fürchte, dass dich meine Geldbörse mehr interessiert als meine unveröffentlichte Studie über etruskische Vasen.»

«Gnädiger Herr ... Sie unterstellen mir Gedanken ...»

«Um die Situation zusammenzufassen, an irgendeiner Biegung, hinter irgendeinem Kaktus, warten deine Freude mit der festen Absicht auf mich, mir mein Leben und meine Guineas zu rauben.»

Die Gesichtsfarbe des Brasilianers wurde grünlich.

«Ein Gentleman würde dich zum Reden bringen, bevor er dich beseitigt.»

«Sie sind doch einer, Mylord!»

«In manchen Augenblicken mag ich es, mich mit der Kanaille gemein zu machen.»

Der Koch sprang zu Boden und nahm Reißaus. Den Streitigkeiten der Fremden gegenüber gleichgültig, behielt der *mago* die Gangart bei. Da Porchey die Mahlzeiten trotz allem nicht selbst zubereiten konnte, würde er einen Küchenjungen in der Hoffnung anheuern müssen, dass er sein Unvermögen nicht unter Gewürzen verbarg.

Teguise, die Hauptstadt, war ein armseliger Marktflecken mit weißen und niedrigen, von einem tausendjährigen Schlaf niedergedrückten Häusern. Die Leidenschaft, die seine Langeweile verbrennen könnte, würde Porchey hier nicht entdecken.

Der Wohnsitz des Gouverneurs, mit einem Holzbalkon davor, thronte auf dem Hauptplatz, wo alte Bauern unter ihren Hüten dösten. Ein weiß gewandeter Mann unterhielt sich mit ein paar Winzern, welche die Güte ihrer Gewächse priesen. Trotz seiner Wohlbeleibtheit und eines schlecht gestutzten Bartes erkannte Porchey seinen Mitschüler.

«Glücklich, dich wiederzusehen, Abbott.»

«Porchey! Du hast das College überlebt?»

«Mehr oder weniger.»

«Willst du dich hier niederlassen? Die Mädchen sind etwas spröde, doch der Weißwein ist ausgezeichnet! Steinpilze, die auf der Lava wachsen ... mit einem unvergleichlichen Geschmack! Koste den mal.»

Die Flüssigkeit war von einem funkelnden Gelb.

«Annehmbar», würdigte Porchey. «Er hält dem Vergleich mit einem großen Burgunder nicht stand, aber er kann eine hoffnungslose Situation retten.»

«Du bist noch immer so anspruchsvoll ... Es versteht sich, dass ich dich beherberge!»

Der Abend wurde angenehm; Abbott trug gegrilltes Ochsenfleisch und Reiskuchen auf.

«Ich bin nicht unglücklich hier; es tut sich nichts, und ich, ich lebe so gemächlich dahin!»

«Du hast Glück, Abbott.»

«Ich kenne mich: Ich bin zu nichts nutze und fördere diese Eigenschaft noch. Bei dir ist das etwas anderes ... Warte mal, ich hatte dir doch dein Horoskop erstellt, erinnerst du dich?»

Abbott kehrte mit einer Reihe rechteckiger Tierkreistafeln zurück, auf denen er Planeten angeordnet hatte.

«Sonne und Merkur im Krebs, Jupiter im Wassermann ... Vergangenheit und Zukunft, Tradition und Erfindung. Du wirst uns noch verblüffen, Porchey.»

«Der Himmel möge dich hören!»

Leicht betäubt vom Malvasier fand der zukünftige Lord Carnarvon lange keinen Schlaf. Als sein Bett sich bewegte, begriff er, dass er diesem köstlichen Tropfen zu sehr zugesprochen hatte, als die Wände seines Zimmers erzitterten, stellte er zunächst die Fähigkeiten des Architekten in Zweifel und trat dann hinaus auf den Balkon.

Der Vollmond verbreitete ein silbriges Licht. In der Ferne kam eine buschige Rauchfahne aus dem Vulkan.

Abbott erschien auf dem linken Balkon.

«Eine Eruption», verkündete er genüsslich.

Die Erde begann zu beben; ein rotes Leuchten sprühte aus dem brennenden Berg empor. Bald würde ein Strom Lava den Hang hinuntergehen.

«Prächtig», beschied Abbott. «Was gibt es Erregenderes, als an den Pforten der Hölle zu leben?»

«Sie zu überschreiten», antwortete Porchey.

5

Erst in Beni Hassan dann erlebte Howard seine erste richtige ägyptische Nacht. Über dieser vergessenen Stätte Mittelägyptens prangte noch der Geist der Adeligen des Mittleren Reiches, deren am Grat in eine Felswand getriebene Gräber hoch über den Nil hinausragten. Unterhalb davon ein muslimischer Friedhof und Gärtchen am Saum des Stroms entlang; auf kleinen Gras bewachsenen Inseln spielten Silberreiher. Die Luft war klar; der Sonnenuntergang überraschte ihn, als er eine hieroglyphische Inschrift kopierte.

Auf einer steilen Böschung sitzend, starrte er auf die rot glühende Scheibe, die schnell hinterm Horizont versank; Gold, Purpur und Malve stritten sich um die Vorherrschaft, bevor sie dem vergeistigten Licht der Sterne wichen.

Der Friede einer anderen Welt besänftigte sein Herz. Kein Nebel, kein Niesel mehr, kein unterm Regen glänzender Asphalt oder Smog, keine traurigen Kolonnen von ernsten Männern, die es eilig hatten, ihr Leben zu bestreiten, um es besser zu verlieren, sondern Licht, der göttliche Fluss und die angehaltene Zeit.

Er hatte sein Land gefunden; ihm gehörte sein Schicksal.

«Erinnern wir uns, Howard, an die Vorhaltung des Pescennius Niger gegenüber seinen Soldaten: ‹Ihr habt das Wasser des Nils, und Ihr verlangt nach Wein!› Aber was immer dieser tapfere römische Krieger auch davon halten mag, koste doch einmal diesen ausgezeichneten Tropfen.»

«Danke, Professor!»

Percy E. Newberry musterte seinen Mitarbeiter ängstlich.

«Du machst ein merkwürdiges Gesicht; leidest du an irgendeinem Gebrechen?»

«Wer vom Wasser des Nils getrunken hat, wird immer davon trinken, behauptet das Sprichwort; mehr verlange ich nicht.»

Eigenmächtig füllte der Professor die Gläser. Auf der Grabungsanlage von Beni Hassan war Ruhetag, eine Gelegenheit also, die karge Alltagskost aufzubessern. Die Lebensbedingungen waren hart, aber auf der Fundstätte zu schlafen, bot den Vorteil, vor Sonnenaufgang ans Werk gehen und ohne andere Sorge als das Streben nach Perfektion zeichnen zu können. Die ägyptische Linienführung, so einfach dem Anschein nach, zeugte von einer außerordentlichen Meisterschaft, aber Howard Carter würde die Waffen nicht strecken, bevor er seine Fähigkeiten nicht gänzlich ausgeschöpft hätte.

«Du arbeitest zu viel, Howard.»

«Die Arbeit, Professor, ist das nicht das Wesentliche?»

«Halte mich nicht für einen Dummkopf. Wenn dein Tagewerk beendet ist, beginnst du das nächste; du begnügst dich nicht damit, zu zeichnen und zu malen, du verbringst deine Nächte auch noch mit Lesen.»

«Die Geschichte Ägyptens fesselt mich; ist das ein Verbrechen? Falls mein Gedächtnis mich nicht trügt, waren Sie es doch, der mich von der Ente der Hieroglyphen hat beißen lassen.»

«Wer könnte dich nur zur Vernunft bringen?»

Howard öffnete eine Bahn des Zelts, in dem sie zu Mittag aßen.

«Diese Landschaft beobachtet uns mehr, als wir es tun, sie saugt mich von Minute zu Minute mehr in sich auf, sie nährt mich, sie lässt mich erahnen, dass der Tod eine Frucht der Ewigkeit ist. Diese Gräber sind lebendig, Professor; ich verehre diese lächelnden Verstorbenen, die auf den Wänden abgebildet sind. Ihre Augen werden sich niemals schließen.»

«Sei auf der Hut, Howard; du wirst ein alter Ägypter. Die britische Staatsangehörigkeit zu verlassen ist schändlich.»

Jemand erklomm den Pfad; Steine rollten unter seinen Schuhen. Besorgt trat Newberry vor das Zelt.

«Er hat es gewagt», murmelte er, «er hat es gewagt . . .»

Der Mann stieg gleichmäßig aufwärts. Mit dem von einem stattlichen weißen Bart verschlungenen Gesicht konnte er fünfzig oder auch hundert Jahre alt sein. Hager, fast abgezehrt, die Haut gegerbt, drang er auf erobertem Gebiet vor. «Glücklich, mich wiederzusehen, Percy?»

Der Professor antwortete in eisigem Ton.

«Wer wäre nicht entzückt, Sir William Flinders Petrie, den größten aller Ägyptologen, wiederzusehen?»

«Für einmal irren Sie sich nicht. Der junge Mann mit dem grimmigen Gesicht ist doch Howard Carter?»

Petrie nahm ihn wie ein dem Schlachthaus geweihtes Tier scharf in Augenschein.

«Er ist mein Assistent.»

«Er ist es nicht mehr. Von dieser Minute an tritt er in meinen Dienst.»

Howard ballte die Fäuste.

«Ich bin keine Ware. So sehr Sie auch Petrie sein mögen, so

bin ich doch ein freier Mann; mein Dienstherr ist Professor Newberry!»

Sir William setzte sich auf einen Felsblock, mit Blick auf den Nil und die liebliche Landschaft von Beni Hassan.

«Die Freiheit ist eine moderne Illusion, mein Junge; in dieser Welt existiert nur eine einzige Wirklichkeit: Da gibt es die, die führen, und die, die gehorchen. Heute gehöre ich zu der ersten Kategorie, und du zur zweiten. Ich habe die Absicht dich deinen Beruf zu lehren; du brauchst dich hier nicht mehr zu ereifern.»

«Und wenn ich Sie zum Teufel jage?»

«Du wärst nicht der erste; aber Petrie ist nicht auszuschalten. Falls du dich weigerst, wird unser Freund Newberry genötigt sein nach England zurückzukehren, mit dir und deinen schönen Zeichnungen als Zugabe.»

Der Professor war schier wahnsinnig vor Wut, wagte aber nicht zu protestieren.

«Das ist eine widerwärtige Erpressung!»

«Eine gewaltige Arbeit wartet auf mich und ich benötige leidenschaftliche und kompetente Mitarbeiter, selbst wenn sie einen schlechten Charakter haben. Hoffe nicht auf Zeit zum Überdenken; ich kehre augenblicklich auf mein Boot zurück. Entweder du folgst mir oder du entsagst Ägypten.»

Mit der Behändigkeit einer Ziege kletterte Petrie den Abhang hinab. Schon bald würde er verschwunden sein.

Newberry legte dem jungen Mann seine Hand auf die Schulter.

«Du hat keine Wahl, Howard. Folge ihm.»

«Aber Sie . . .»

«Petrie ist der Beste. Dank seiner wirst du ein wahrhaftiger Archäologe werden.»

Ein Engländer weint nie. Auf die Gefahr hin sich den Hals zu brechen, stürzte Howard Carter, um seine Tränen zu verbergen, mit seiner Zeichenmappe und seinem Aquarellkasten als einzigem Gepäck den Abhang hinunter.

6

Kurz vor Sonnenuntergang wurde der Himmel sepiafarben; riesige ockerne Wolken füllten den Horizont und türmten sich zu einem bedrohlichen Dom auf.

«Wir müssen rasch ins Schiff und alle Öffnungen verrammeln», befahl Petrie.

Der Wind war schneller als die Archäologen; mit einer endzeitlichen Heftigkeit blasend, brachte er einen Sandregen mit sich, der noch in die kleinste Ritze drang. Obwohl sie in Sicherheit waren, brannten ihre Augen; Sir William zwang Carter, sich eine Decke über den Kopf zu ziehen und niedergekauert zu bleiben. Die Kabine des alten Kahns war so undicht, dass der Sand sich auf den Betten, den Möbeln und jedem Stück Geschirr ablagerte.

Nach zehn Stunden unbändigen Wütens beruhigte sich der Chamsin, eine weißliche Schicht auf den Häusern des Dorfes zurücklassend, in dessen Nähe sie festgemacht hatten. Anderntags entfesselte der Wüstenwind Sandwirbel, welche die Sonne verschleierten und sie hinderten hinauszugehen.

«Wie lange wird dieser Kataklysmus dauern?»

«Drei Tage, drei Wochen oder drei Monate, Howard; machen wir ihn uns zunutze, um deine Kenntnisse zu überprüfen.»

Sir William unterzog ihn einem ägyptologischen Verhör, das seine Lücken zum Vorschein brachte.

«In solchem Maße unwissend zu sein, kommt auf eine Posse heraus, mein Junge.»

«Ich habe nicht das Glück gehabt die Universität zu besuchen.»

«Das ist mir völlig einerlei. Dein Glück ist es, hier zu sein; da du nichts weißt, hast du auch nichts Verkehrtes gelernt.»

Er enthüllte ihm Grammatikregeln, ließ ihn einfache Sätze übersetzen und listenweise Wörter auswendig lernen; anschließend zeigte er ihm seine Grabungsberichte.

«Die Ägyptologen sind Schmetterlinge oder Maulwürfe, Howard; entweder fliegen sie von Grabungsstätte zu Grabungsstätte, ohne etwas zu sehen, oder sie sind in einem Maße borniert, dass sie sich zehn Jahre lang über einem Tonscherben aufhalten. Ich für meinen Teil bringe Ordnung in den Wust, den die Jahrhunderte angehäuft haben.»

Carter empfand plötzlich große Hochachtung vor Sir William, vor seiner ausgeprägten Aufmerksamkeit den Monumenten gegenüber und seinem Willen seine Wissenschaft weiterzugeben. Ihre beiden Charaktere würden sich niemals vertragen, ihre gemeinsame Liebe für Ägypten jedoch sollte einen Dialog begünstigen, der bis zu jenem Frühlingstag andauerte, an welchem der Meister seinen Jünger Tell-el-Amarna entdecken ließ.

In dieser Wüstenebene, zwischen Nil und Felswand, war die Sonnenresidenz, die ephemere Hauptstadt Echnatons des Häretikers errichtet worden. Petrie mochte ihn nicht und befand ihn für dekadent.

Diese trostlose Weite schnürte Howards Herz zusammen. Doch plötzlich sah er den großen Tempel mit offenem Himmel, den weißen Palast und dessen mit Fresken verzierte Aufgänge, die Becken mit kühlem Wasser, die von exotischen Vögeln strotzende Voliere, er sah den König und die große Gemahlin Nofretete auf ihrem silbernen Prunkwagen, von ihren Getreuen bejubelt, er sah die Abgesandten von Asien und Nubien, wie sie ihre Tribute dem königlichen Paar darbrachten.

«Träumen ist nutzlos, Howard; die Wirklichkeit macht uns zu viel Arbeit.»

Folgsam und stumm maß er die Grundrisse der bis zu den Fundamenten geschleiften Häuser auf; doch während er die strengen Techniken Sir Williams anwandte, sann er fortwährend über diesen verfluchten Pharao nach, dessen Werk mit solcher Erbitterung zerstört worden war. Dem von den Akazien und Sykomoren geführten Kampf zum Trotz und ungeachtet der Bewässerungskanäle triumphierte die Wüste; sie gestand dem Nil einen fruchtbaren Streifen zu, fiel jedoch im Sturm über die Böden her, sobald der Mensch sich der Faulheit hingab.

«Du machst Fortschritte, Howard», räumte Petrie ein; «aber sei auf der Hut vor diesem gleißenden Tod, den man Wüste nennt. Die Araber haben Angst vor ihr; sie glauben, sie sei von Monstern bevölkert, von bösen Dschinn und unbeherrschbaren Kräften. Du solltest auf sie hören.»

Petrie schlief. Howard brach allein in die Wüste auf, gen Westen; er musste sich mit diesem wilden Ort besprechen, ihm sein Geheimnis entreißen. Die Hitze würde bald unerträglich werden, doch er fürchtete sie nicht; dort drüben, in diesem unendlichen Sand, tief in diesem ausgetrockneten Wadi, erwartete ihn das Gespenst Echnatons.

Die Sonne erreichte den Zenit. Nach einem vierstündigen Marsch machte er ein Lager aus. Ein mit einem Gewehr bewaffneter Beduine zwang ihn unter das Zelt des Oberhaupts zu treten.

«Wer bist du?»

«Howard Carter. Ich arbeite auf der Anlage von El-Amarna.»

«Mit Petrie?»

«Das ist richtig.»

Der Stammesführer sprach ein ausgezeichnetes Englisch.

«Petrie ... ein äußerst gründlicher Wissenschaftler, der niemals irgendetwas von Ägypten begreifen wird. Für ihn ist alles Ziffern, Maße, Berechnungen, Bestandsaufnahme ... du bist recht jung. Was suchst du?»

«Das Grab von Echnaton.»

«Zieh deine Schuhe aus, meine Diener werden dir die Füße waschen. Anschließend werden wir die Datteln und das gebratene Lamm teilen und werden Ziegenmilch trinken.»

Große Gunst wurde ihm zuteil; sechs Kinder begrüßten ehrerbietig ihren Vater und verharrten still an seiner Seite, warteten, dass er den ersten Bissen zu sich genommen hatte, um dann erst selbst zu speisen. Das Oberhaupt, ein Mann um die sechzig, nahm die Haltung des Schreibers ein.

«Stürze dich nicht geradewegs auf das Hindernis, Howard; wähle einen verschlungenen Pfad, lerne, Zeit zu verlieren, stärke dich mit der Zähigkeit der Gerechten, nimm die Windungen der Geduld an, und du wirst an dein Ziel gelangen.»

«Kennen Sie es denn?»

«Echnaton ist es nicht, dessen Grab hier ganz in der Nähe liegt.»

«Würden Sie mich hinführen?»

«Zwecklos, die Plünderer haben es verwüstet. Suche den Sohn seines Geistes, den, der ihm nachgefolgt ist und dessen Spur die Menschen verloren haben. Dies ist dein Schicksal, Howard: einen Schatz entdecken, den sagenhaftesten aller Schätze. Doch wer würde es wagen so vielen Gefahren zu trotzen?»

Der Stammesführer richtete den Blick in eine Zukunft, die nur er alleine erspähte.

«Sprich weiter», flehte Carter.

«Kehre wieder in die zerstörte Hauptstadt zurück und fange ohne Hast und Rast zu suchen an; versuche den Schleier zu lüften, und denke daran: Falls ein Tag vergehen sollte, ohne dass du etwas gelernt hättest, was dich Gott näher brächte, dann sei dieser Tag verflucht. Wer nach dieser Weisheit trachtet, wird von Gott mehr geliebt als der Größte der Helden des heiligen Krieges.»

Aufgeregt zerpflückte Carter die Handbücher über ägyptische Geschichte, die Petrie ihm zur Verfügung gestellt hatte; Sir William überraschte ihn mitten in der Nacht.

«Da bist du ja wieder . . . wo hattest du dich versteckt?»

«Wer ist der Sohn von Echnaton?»

«Er hat nur Töchter bekommen.»

«Sein Nachfolger? Diese Bücher sind so verworren!»

«Dieser Zeitraum ist wenig bekannt. Ich würde auf ein ganz und gar obskures Königlein wetten: Tutenchamun.»

«Ist sein Grab entdeckt worden?»

«Noch nicht.»

«Könnte es nahe dem von Echnaton gegraben worden sein?»

«Eher im Tal der Könige; zuverlässige Indizien erlauben zu vermuten, dass Tutenchamun, am Ende der Häresie, nach Theben zurückgekehrt ist. Sein Name selbst, der ‹Lebendes Abbild des Verborgenen› bedeutet, beweist, dass er wieder den allmächtigen Amun verehrte. Wozu interessieren dich diese alten theologischen Streitigkeiten?»

«Ich will das Grab von Tutenchamun entdecken.»

«Wer hat dir denn diese Idee in den Kopf gesetzt?»

«Ein Beduinenführer in der Wüste hat mir mein Schicksal offenbart.»

«Aha! Dieser alte Irre, der vorgibt, die Stelle von Echnatons Grabstätte zu kennen . . . er hält sich für einen Seher. Sei unbesorgt: Keine seiner Vorhersagen ist je eingetreten. Vergiss seine Prophezeiung und stecke dir ein ernsthafteres Ziel; alle Gräber im Tal der Könige sind nun schon vor Jahrhunderten geplündert worden. Die Gegend ist für einen Archäologen von keinerlei Interesse mehr.»

Seine Bestürzung bemerkend, hielt Petrie es für gut ihn aufzumuntern.

«Ich würde dich gerne mit einer delikaten Mission betrauen, Howard; mein Schweizer Kollege Naville wird bald in Deir el-Bahari arbeiten und bräuchte die Unterstützung eines Aquarellisten, um die Malereien und Basreliefs des Tempels der Königin Hatschepsut zu reproduzieren.»

Carter willigt ein, ohne Begeisterung erkennen zu lassen, obgleich er Lust hatte, seine Freude herauszuschreien: Lag Deir el-Bahari nicht am Westufer von Theben, ganz in der Nähe des Tals der Könige?

7

Als Porchey sich umdrehte, entdeckte er den Abdruck seiner Schritte im jungfräulichen Sand der Baie d'Orient. Die Insel Saint-Martin, Schlupfwinkel für Piraten und Schmuggler, bot ausgedehnte einsame Strände, über die Pelikane flogen. Grünes klares Wasser, anhaltender Wind, laue Sonne ... der zukünftige Lord Carnarvon scherte sich nicht darum. Wenn er diese Landung gewählt hatte, an der Nahtstelle zwischen Großen und Kleinen Antillen, so nicht etwa um zu baden, sondern um seiner Sammlung von Persönlichkeiten ein Prachtexemplar hinzuzufügen: den letzten der Arawaks, der ersten Indianer, die hier gelebt hatten.

1493 von Christoph Kolumbus entdeckt, war Saint-Martin wieder in Vergessenheit geraten, bevor es 1629 von den Franzosen, 1631 von den Holländern und 1633 schließlich von den Spaniern besetzt worden war, gegen die Peter Stuyvesant vergeblich ankämpfte. Die Insel war der Besitz der einen oder der anderen gewesen, der Willkür von Kriegen und Schlachten ausgeliefert. Die Engländer hatten ihre Rolle korrekt erfüllt, bis sie den besseren Teil den Holländern und den weniger reichen den Franzosen abtraten.

Porchey rief sich wieder die Route ins Gedächtnis, die ihm ein auf die Kanaren verschlagener Antille bezeichnet hatte: Er verließ den Strand in Richtung Mount Vernon und ging an einem verfallenen Haus vorüber, das die Termiten zernagt hatten. Zyklone und blutige Kämpfe hatten mit steter Regelmäßigkeit die Mauern der Forts und schönsten Wohnsitze niedergerissen, als ob der Friede in diesem augenscheinlichen Paradies unmöglich wäre.

Mit Interesse hatte der Aristokrat den Bericht von Pater Ramon Pane gelesen, einem Predigerpater der Hieronymiten und Reisegefährten von Kolumbus; er erklärte, auf welche Weise die Arawaks nach der Einnahme von *cohoba,* einer halluzinogenen Droge, mit den Göttern und Dämonen in Verbindung traten, die sie anschließend in Stein oder Holz gestalten mussten. Diese Skulpturen wurden gefährliche Wesen; unter fortwährender Bedrohung mit einem Fluch belegt oder ernsthaft krank zu werden, mussten die Urheber ihnen jeden Tag Maniok opfern. Nun behauptete der letzte der Arawaks, den großen Gott gesehen und folglich in eine Form gebannt zu haben, die seine wahre Natur enthüllen sollte. Eine leichte Erregung bewegte Porchey; dass ein gemessen skeptischer Brite den Schöpfer schauen könnte, war den Umweg wert.

Zu Zeiten der Arawaks kannte die Insel kein Verbrechen; sie lebten nackt und fischten. Das Eintreffen der Kariben, aus den Dschungeln Amazoniens kommend, setzte dieser friedlichen Epoche ein Ende. Gewalttätig und grausam, hatten sie die Arawaks ausgerottet und sich von ihrem Fleisch genährt. Ein schockierendes Vorgehen, Porcheys Auffassung nach, der den Mangel an Eleganz dieser Kariben beklagte, deren Name, auch in Karaiben umgewandelt, nichts anderes als Kannibalen bedeutete. Wenn sich die Chance bietet, einen glücklichen Stamm zu entdecken, ist es dann notwendig ihn aufzufressen?

Nach landläufiger Ansicht waren die Arawaks ausgerottet worden; dass einer von ihnen übrig geblieben sein mochte, kam einem Wunder gleich. Wunder . . . genau dies war auch das einzige Phänomen, dass Porchey interessierte. Würde er ihm letzten Endes begegnen, wo er ihm doch schon so lange in allen Winkeln der Welt nachjagte?

Porchey folgte nun einem sehr schmalen Pfad, ging am Fuße des Mount Vernon entlang und schlug sich in ein Wäldchen, aus dem Kokosbäume herausragten. An der vorhergesagten Stelle, nahe einem abgestorbenen Baum, den dicke Lianen umschlangen, erblickte er eine mit einem Palmendach bedeckte Hütte; vor der Tür sitzend, kochte eine alte Negerin Reis in einem irdenen Kessel. Ihr Besitz war von Hibisken, Krotons und Alamendas* verborgen; ein paar Schritte entfernt bestellte sie ein Beet Bataten und Kohl.

* Exotische Bäume mit buntscheckigem Laub.

Da niemand anwesend war, um die Honneurs zu übernehmen, war Porchey genötigt einen Teil seiner Identität zu enthüllen. Die Aufzählung seiner vollständigen Titel schien ihm überflüssig.

«Ich», sagte die Alte, «ich heiße Mammy.»

«Sind Sie die Letzte der Arawaks?»

«Ich bin mit Erbsensuppe großgezogen worden, und niemand hat mich je beleidigt.»

«Dies lag auch nicht in meiner Absicht; besitzen Sie nicht vielleicht eine Skulptur?»

Mammy lächelte.

«Auch du hast dich hereinlegen lassen! Die Legende zieht drei bis vier Besucher pro Jahr hierher ... Wer könnte Gott in ein Idol einsperren?»

«Die Arawaks haben es versucht.»

«Sie sind tot ... Ich würde gerne in Ruhe essen.»

Porchey anerkannte die Legitimität dieses Wunsches; er verließ Mammy und wandte sich in Richtung der französischen Hauptstadt Marigot. Dank der Unterstützung eines Esels und seines Besitzers gelangte er vor Einbruch der Nacht dorthin.

Der Ort ähnelte weder London noch Rom. Die Hauptstraße, die einzige, die es gab, war von Häusern aus bemaltem Holz gesäumt, deren Haltbarkeit zu wünschen übrig ließ. Am Ende dieser Verkehrsader der Ozean; zur Linken das Bürgermeisteramt; zur Rechten die Schule und das Kommissariat. Einer der Notabeln hatte sich ein Obergeschoss mit einer Galerie gegönnt.

Porchey führte eine gründliche Nachforschung durch, zog Archive zu Rate und befragte die Obrigkeit. Seine Suche nach dem Letzten der Arawaks erwies sich als Fehlschlag; er war einer Lüge aufgesessen.

Anderntags nahm er an einem Ball teil, bei dem junge Mädchen Hafer auf den Boden streuten, um beim Tanzen rutschen zu können; einen Augenblick lang entzückt, langweilte sich der Aristokrat rasch, verließ die Runde und setzte sich ans Wasser. Die Passatwinde bliesen kräftig und bogen die Kokosbäume.

«Wartest du auf jemanden?», fragte ein spöttisches kleines Mädchen mit einer Hibiskusblüte in den Haaren.

«Vielleicht.»

«Wie heißt er?»

«Ich weiß es nicht.»

«Ein Freund?»

«Ein Freund ... ja, du hast das richtige Wort gefunden. Ein Freund, in den man Vertrauen haben kann, ein aufrichtiger Mann, der imstande wäre, sich für sein Ideal zu opfern.»

Das Mädchen lief eilig davon.

Während er ihm nachschaute, fragte Porchey sich, ob dieser Freund ohne Namen vom Himmel, vom Ozean oder vom Lande kommen würde, ob er in einem nahen oder fernen Land geboren war und ob es ihm gelänge sein Getriebensein in einem verständnisvollen Blick zu lindern.

8

Unter höllischem Lärm fuhr der Zug Punkt zwanzig Uhr auf dem Kairoer Bahnhof ab; die Reisenden brüllten, lachten, herrschten sich an und liefen von einem Abteil zum anderen. Zwischen einer fettleibigen, auf ihren Rohrstock gestützten Respektsperson und einer verschleierten und schwarz gewandeten Matrone eingezwängt, grübelte Carter über Petries frostigen Abschied nach. Sir William war der Ansicht, ihm die Grundlagen der Archäologie, so wie sie praktiziert werden musste, beigebracht zu haben; mit soliden historischen Kenntnissen ausgestattet und imstande, gewisse hieroglyphische Texte zu entziffern, war der junge Mann – seiner Meinung nach – nun in der Lage, eine glänzende Karriere einzuschlagen, bei der Deir el-Bahari eine entscheidende Etappe sein sollte.

Carter fühlte sich verwaist. Nachdem er Newberry verloren hatte, wurde er nun von Petrie im Stich gelassen. Verdammte das Schicksal ihn zur Einsamkeit? Indes, am Ende dieser erneuten Reise – Theben! Theben und das Tal der Könige, das er befragen würde, bis es ihm seine Geheimnisse preisgäbe.

Eine Familie dinierte; über die Sitze verteilte man Gurken, Salatblätter, hart gekochte Eier und leerte Tonkrüge, ohne in der lauten und wortreichen Unterhaltung innezuhalten. Gesättigt zog der Vater seine Babuschen aus, keilte sich gegen eine Tasche und brachte es trotz des vereinten Gezeters fertig einzuschlafen. Als drei kleine Beamte beschlossen, das Abteil zu besetzen, um dort Zigaretten rauchend eine Geheimunterredung abzuhalten, sah Carter sich zu fliehen genötigt; der Geruch dieses Tabaks hätte seine Lungen dem Ersticken ausgeliefert. Zum Glück konnte er auf die Plattform gelangen.

Allein, im Angesicht der sternklaren Nacht, verlebte er seine allerschönste Reise mit der Eisenbahn. Dank der geringen Geschwindigkeit des Zuges war der Wind lau. Er kostete jede *mile* wie ein Geschenk des Himmels aus. Die Stunden vergingen gleich einem Augenblick.

Plötzlich färbte der Horizont im Orient sich rot; im Herzen einer Flammeninsel focht die junge Sonne einen siegreichen Kampf gegen die Finsternis; Gold schlich sich ins Grün der Palmen, das hohe Getreide wiegte sich in der morgendlichen Brise, der Nil erwachte aus seiner Betäubung.

Staubig und von Sonne zermalmt tauchte der Bahnhof von Luxor auf, der Zug hielt unter einer metallenen Überführung. In Eile und gestikulierend sprudelten die Reisenden aus den Waggons; vom Trubel mitgerissen, folgte Carter dem Menschenstrom. Fußgänger, fliegende Händler, Esel und Kaleschen vermengten sich in einem dahin treibenden Chaos. Sich an das Stimmengetöse gewöhnend, schlüpfte er in eine Wolke aus Sand, und zweifelsohne auch aus Ewigkeit, die von den Steinen, den Tempeln und Gräbern herstammte. Aus dem Gewühl gerettet, hielt er vor einer Garküche im Freien und verzehrte heiße Saubohnen vermischt mit Reis. Dieses kräftige Mahl würde ihm die nötige Energie für den Tag geben. Zweifellos hätte er sich dem Diener zu erkennen geben müssen, der auf dem Bahnsteig ein Schild mit seinem Namen darauf geschwenkt hatte, um ihn zu Naville zu führen; doch er hatte keine Lust sich mit irgendjemanden zu unterhalten. Er musste sich zuerst mit diesem Boden, diesem Himmel, diesem gleichermaßen sanften und grausamen Licht bereden. Sein Blick konnte sich nicht vom thebanischen Bergmassiv lösen, das über dem Westufer thronte; zu dieser Stunde war es rosa und blau.

An der Anlegestelle rief er einen Felukenführer herbei; als der Preis der Überfahrt nach einer langen Diskussion, bei der Carter seine arabischen Grundkenntnisse benutzte, endlich festgesetzt war, segelte das Gefährt auf den Nil. Es überholte ein mit Bauern und Vieh beladenes Fährboot, schob sich in den Strom und erreichte zu rasch das gegenüberliegende Ufer. Diese kurze Überfahrt war ein Moment äußersten Glücks, ein während Jahrtausenden tausendmal wiederholter Ritus, den er mit der Ehrfurcht eines Jüngers neu durchlebte, welcher der Botschaft eines unsichtbaren Meisters lauscht, der sich durch den Lufthauch jenes, das weiße Segel läuternden Windes mitteilte.

Ein Markt erfüllte das linke Ufer mit Leben; man verkaufte dort Weizen, Gerste, Pistazien, Hühner in Käfigen und Stoff. Gaffer drängelten sich um einen Seher, der befremdliche Zeichen in den Sand malte. Mehrere Eseltreiber bestürmten ihn und boten ihm ihre Dienste an; er wählte ein Grauchen mit schelmischen Blick und schönem Fell.

«Wohin willst du?», fragte der Eseltreiber.

«Ins Tal der Könige.»

«Das ist weit. Das wird teuer.»

«Ich kenne die Entfernung und den Preis genau; wenn du mein Freund sein möchtest, versuche nicht mich zu übertölpeln.»

Nach einer hadernden Zwiesprache mit seinem Gewissen beugte der Mann sich Carters Ansichten. Mit gemächlichem Schritt brachen sie zum Tälchen der Wunder auf, durchquerten eine heitere offene Landschaft, wo Weizen, Luzernen, Klee, Lupinen und Baumwolle wuchsen; *gamus** und Dromedare begegneten ihnen teilnahmslos.

Der Führer hielt vor den Memnon-Kolossen, zwei stark verfallenen königlichen Kolossalstatuen.

«Sehr geheimnisvoll», murmelte er, «Furcht erregende Dschinnen. Manchmal singen sie.»

«Sie schweigen, seit die Römer sie ausgebessert haben.»

«Nein! Es fehlt bloß das gute Ohr.»

Er merkte sich die Lektion. Mit Petrie hatte er eine «Weisheit» des Alten Reiches studiert, in der der Schreiber versicherte, dass das Gehör der Schlüssel zur Intelligenz sei. Nannten die Ägypter die Ohren nicht «die Lebenden»?

Ihren Weg fortsetzend, zogen sie am Dorf Gumah entlang. Vor den Lehmhäusern spielten schmutzige, halb nackte Kinder; einige lächelten ihm zu, andere stoben davon. Er spürte, dass hinter dem freundlichen Gesicht der Fellachen sich Geheimnisse verbargen, die man besser im Dunkel der Keller oder in den Winkeln der Berge verborgen belassen sollte. Und dennoch bestand seine Arbeit im Graben, im Durchforschen und Aufstöbern. Den Grabtempel Sethos' I., den Schafherden preisgegeben und von Unkräutern überwuchert, ließen sie hinter sich, und schlugen die Straße ein, die zu den Gräbern führte.

Abrupt verschwanden die Anbauflächen; sofort fing die Wüste an, ohne jeglichen Übergang. Sand, Hitze und Trockenheit stießen jede Präsenz, ob von Mensch, Tier oder Pflanze, zurück; hier herrschte als absoluter Gebieter das Mineral, grandiose Hochzeiten mit der Sonne zelebrierend. Nichts, was Carter je zuvor gesehen haben mochte, war mit diesem Universum zu vergleichen, das el-Korn, die «Herrin des Schweigens», wie eine Pyramide überragte. Im selben flüchtigen Augenblick wusste er, dass er hier die schönsten Jahre seines Lebens verbringen würde.

* Büffelart. (Anm. d. Ü.)

Das Licht brannte ihm in den Augen; der Esel verlangsamte die Gangart, trottete zwischen Kalksteingemäuern weiter. Carter drang in eine apokalyptische Landschaft ein, wo die bei der Erschaffung der Welt verwandte Urmaterie zusammengeballt schien. Schritt für Schritt tauchte er tiefer in die glühende Schlucht; auf beiden Seiten von Klammen zerfurchte Steilhänge, Überbleibsel heftiger Regenfälle. Jeder dieser Steine war mit Erinnerung behaftet; hatten sie nicht den Totenprozessionen beigewohnt, die ehedem diesen gleichen Weg benutzten?

Er stieg vom Esel ab; das arme Grauchen hatte ihn schon zu lange getragen. Es kam der Moment, die Pforte des Tals zu überschreiten, diesen Sprung in Zeit und Raum, wo die wahrhaft enigmatischste Macht die Herrlichkeit der Götter hütete.

Wüste aller Wüsten, absolute Einsamkeit, unendliche Stille... Wie diesen Ort der Wahrheit beschreiben, wo alle menschliche Aktivität unpassend war? Er fühlte, dass die Seelen der toten Könige über deren Wohnstätten wachten.

Nicht ein Grab, so versicherte man, war den Räubern entgangen; ungläubig ging er von Gruft zu Gruft. Doch leider waren alle geplündert, ihres Mobiliars und ihrer Schätze beraubt worden.

Während des Triumphs des Christentums zu Mönchszellen geworden, hatten die Gräber dann, von den neuen muslimischen Eroberern missachtet, Schakale und Fledermäuse beherbergt, welche nun verwunderte und eilige Touristen ablösten.

Sich allmählich an den Zauber des Tals gewöhnend, besichtigte er die Monumente mit wunderbaren Reliefs und Malereien, verschwand unter der Erde und kehrte ans Licht zurück, erklomm Hänge, schritt Pfade entlang, füllte seine Augen mit dieser von Menschenhand in den Stein gehauenen Vision des Jenseits.

Als die Strahlen der untergehenden Sonne ihn einhüllten, verflog die Müdigkeit. Das Felsmassiv des el-Korns wurde leicht, die riesigen Blöcke verloren ihr Gewicht, das letzte Gold des Tages vereinte sich mit der silbrigen Helligkeit des Erdbodens. Er kletterte bis zu einem Grat, der das TAL überragte, setzte sich auf einen flachen Stein und dachte an die von Volney hier selbst ausgesprochenen Worte: «*Alles um mich herum sagte mir, dass der Mensch nur etwas ist ob seiner Seele: König durch den Geist, vergängliches Atom von seiner Hülle her, vermag allein die Hoffnung eines anderen Lebens ihn den Sieg erringen lassen in diesem fortwährenden Kampf gegen die Nöte des Daseins und das Gefühl seiner göttlichen Herkunft ... diese Hieroglyphen, diese Figuren, sie finden sich in der gesamten Geschichte menschlicher Erkenntnisse: Die Priester Ägyptens überantworteten sie den Abgründen nur, um sie den Umwälzungen des Erdballs zu entziehen. Es schien, als wäre ich geleitet worden von dem Licht der Wunderlampe, und stünde vor dem Augenblick, in irgendein großes Mysterium initiiert zu werden.*»

9

Seine Silhouette zeichnete sich in einem Strahl des Mondes ab: den Kopf von einem Turban bedeckt, mit einer Dschellaba bekleidet, groß und kräftig gebaut. An seinem Gürtel eine Pistole.

«Sie haben kein Recht, die Nacht hier zu verbringen», verkündigte er auf Englisch.

«Mein Name ist Howard Carter; ich bin Archäologe.»

«Meiner ist Ahmed Girigar; ich gehöre zu den Sicherheitstruppen.»

«Ich bin kein Räuber.»

«Sie selbst sind es, den man schützen muss, Mr Carter. Sind Sie sich der Gefahr denn nicht bewusst?»

«Abgesehen von Dummheit und Böswilligkeit sehe ich keine.»

Ahmed Girigar setzte sich an seine Seite.

«*B'ism'-illah-ma'sha'llah,* Gott möge das Böse abwenden»,

sagte er mit feierlichem Ernst. «Diese Feinde sind beängstigend, aber Sie sollten die Plündererbanden, die in den Hügeln von Gurnah lagern, nicht außer Acht lassen. Sie erpressen Schutzgelder von den Bauern und rauben die Fremden aus.»

«Ich fühle mich nicht fremd; dieses Tal ist mein.»

«Sollten Sie die Konzession erhalten haben?»

Die Konzession . . . ein magisches Wort, das besagen würde, dass er das Recht hätte hier zu graben, wo immer er es wünschte.

«Ich bin der Assistent von Naville.»

«Der Schweizer, der am Deir el-Bahari arbeitet.»

Das überraschte ihn.

«Sie scheinen die Kaste der Archäologen genauestens zu kennen.»

«Mein Vater war *rais;* ich folge nun seinen Spuren und will, wie er, Arbeitertrupps auf der Suche nach Schätzen leiten. Ich warte darauf, dem zu begegnen, der dieses Tal genug liebt, um ihm sein Leben zu opfern; und wenn dieser es zu zähmen weiß, wird es mit ihm sprechen.»

«Ich habe die Werke von Belzoni gelesen.»

Ahmed Girigar lächelte.

«Ein seltsamer Ausgräber . . . ein von einer rasenden Leidenschaft getriebener Gigant! Er träumte nur von Aufsehen erregenden Großtaten und brach die Türen mit Vorschlaghämmern auf. Dynamit zu benutzen schreckte ihn nicht ab.»

«Nach Champollion hat er das Tal von Grund auf exploriert. Ich weiß seine Schlussfolgerung auswendig: ‹Ich bin der festen Überzeugung, dass es nach meinen Arbeiten hier keine Gräber mehr zu entdecken gibt.›»

Carter spielte die Rolle des *Advocatus Diaboli*, in der Hoffnung, zuversichtliche Worte zu vernehmen. Ahmed Girigar enttäuschte ihn nicht.

«Überhastete Meinung eines eiligen Mannes.»

«Ein Pionier, wie er, hat aber doch seine Beute nicht losgelassen, um Schatten nachzujagen.»

«Gewiss ... aber ihm fehlte es an Geduld. Das TAL ist verletzt, erniedrigt worden; und gegenwärtig verschanzt es sich und schweigt. Allein ein gewissenhafter, bis zur Halsstarrigkeit versessener Mensch wird den Schleier der Zeit und des Sandes lüften können, den es über seine Mysterien gelegt hat. Niemand hört uns zu, weil wir Fellachen sind, arme Leute ohne Bildung; aber wir ziehen jeden Tag über diese Pfade und lauschen diesen Steinen. Doch nun, Mr Carter, heißt es aufbrechen; sonst wäre ich gezwungen Ihnen eine Verwarnung wegen unerlaubter Besichtigung auszustellen.»

«Wir werden uns wiedersehen.»

«So Allah es will.»

Ahmed Girigar sah dem jungen Engländer nach. Er neigte den Oberkörper und führte, im Aufrichten, seine Hand an Mund und Stirn; so grüßte er eine wichtige Persönlichkeit, die noch nichts von der Größe ihrer Bestimmung wusste.

Der Tempel von Deir el-Bahari, «das Wunder der Wunder», lehnte sich an eine von der Sonne zerschmetterte Felswand; vor dem dreiterrassigen Bauwerk ersetzte nunmehr eine glühende Wüste die Obstgärten, die Becken klaren Wassers und Plantagen mit Weihrauchbäumen, welche die Königin Hatschepsut aus dem Wunderland Punt mitgebracht hatte. Carter wandte sich zum Portal des Anubis – jenes Gottes, dem es zufiel, die Toten auf die glückseligen Pfade der anderen Welt zu geleiten. Dort arbeitete sein neuer Dienstherr.

Der Empfang durch Edouard Naville war nicht der warmherzigste; steif in seinen Tropenanzug gezwängt, zeigte er ihm die kalte Schulter.

«Haben Sie etwa den Zug verpasst?»

«Nein, Monsieur.»

«Aha ... sollte mein Diener sein Schild mir Ihrem Namen vielleicht nicht hoch genug gehalten haben?»

«Doch, Monsieur.»

«Weshalb haben Sie sich ihm dann nicht zu erkennen gegeben?»

«Ein Notfall. Könnte ich mich gleich an die Arbeit machen?»

Naville wies auf das Basrelief.

«Unvergleichliche Meisterwerke, die von einem Künstler mit solch feiner und leichter Hand geschnitten wurden, dass die Zeit sie bald verwischen wird ... wir müssen sie publizieren, um sie im Gedächtnis der Menschheit zu bewahren. Dies alles muss aufgezeichnet und gemalt werden, Carter; eine Herkulesarbeit.»

«Eher die eines Ägypters, glauben Sie nicht?»

Er lächelte und das Eis war gebrochen.

«Aquarellieren wird wohl das beste Verfahren sein. Sie werden auch die Texte reproduzieren.»

«Unter der Bedingung, dass wir sie gemeinsam entziffern. Ich will lernen.»

Sie drückten sich die Hand; für einen Engländer und einen Schweizer grenzte diese Bekundung von Kordialität schon an Anstößigkeit.

Die Nacht brach über Luxor herein. Klarinetten begleiteten melancholische Gesänge, die letzte Fähre legte an, die Funseln der Cafés flackerten auf. Auf einer Terrasse des Winter Palace sitzend, trank Carter in Begleitung von Naville ein Bier.

«Dieser ‹Notfall›, der Ihre Ankunft verzögert hat ... wären Sie bereit, mich darüber aufzuklären?»

Der Schweizer Archäologe schien ihm ein Mann von Ehre zu sein. Weniger streng als Newberry und weniger erhaben als Petrie, hatte sein Verhalten nichts Doktrinäres an sich; so schenkte ihm Carter sein Vertrauen.

«Seit einigen Monaten mache ich mir Notizen über das Tal der Könige. Ich habe schon zwei dicke Kladden voll geschrieben; jede Entdeckung ist genau vermerkt, ob es sich um ein Grab, eine Mumie oder eine einfache Vase handelt.

Ich bin noch weit von meinem Ziel entfernt, aber ich will alles über die Ausgrabungen wissen.»

«Mit welcher Aussicht? Belzoni hat es doch bereits von Grund auf exploriert! Ich beklage seine Methoden: Eine antike Tür mit Hilfe eines Rammbocks einzudrücken oder mit dem Gewehr auf Konkurrenten zu schießen, sind keine wissenschaftlichen Vorgehensweisen der ersten Wahl. Aber, nun ja ... zu einer Zeit, in der man nicht zögerte sich gegenseitig umzubringen, um einen Skarabäus zu stehlen, hat er trotz allem gute Arbeit geleistet.»

«Wie Sie, bewundere ich ihn; wie ich selbst kam er aus einfachen Verhältnissen und hatte alles seiner Leidenschaft geopfert. Aber er ist immer geradewegs darauf losgerannt, ohne sich um die winzigen Details zu kümmern, die die Existenz anderer Gräber anzeigen könnten.»

«Ich muss Sie enttäuschen, Howard; die Meinung von Belzoni ist von gewissenhaften und maßvollen Gelehrten wie dem Deutschen Lepsius bestätigt worden. Er hat nur armselige Überreste zutage gefördert und man hat die Exploration des Tals endgültig aufgegeben.»

«Welch ein Widersinn! Teilen Sie mit mir die Auffassung, dass alle Pharaonen der XVIII. und XIX. Dynastie dort begraben sind?»

«Das ist wahrscheinlich.»

«Es fehlt aber eine gewisse Anzahl beim Appell, das müssen Sie doch eingestehen?»

«Das Argument ist beunruhigend; an welche Herrscher dachten Sie?»

«An ein gutes Dutzend ... und vor allem an Tutenchamun.»

Eine enttäuschende Grimasse zeichnete sich auf Navilles Gesicht ab.

«Dieses unbedeutende Königlein? Seine Regentschaft war so kurz und so glanzlos ... meiner Meinung nach wurde er anderswo bestattet oder wie Echnaton verbrannt. Dieser kleine Monarch war zu stark mit der Häresie verbunden.»

«Ist er nicht in Karnak gekrönt worden, wie die größten Könige?»

Die Frage brachte den Schweizer in Verlegenheit.

«Möglich ...»

«Er regierte fast zehn Jahre», fügte Carter enthusiastisch hinzu, «und wir wissen nichts über ihn, als sollte er der geheimnisvollste Pharao der Geschichte bleiben. Kein ihn betreffendes Objekt ist bis jetzt auf den Altertümermärkten in Umlauf gewesen.»

«Ich ahne schon Ihre überhastete Schlussfolgerung: Das Grab ist unberührt.»

Das Feuer in Carters Augen war beredt.

«Die Jugend ist verrückt, aber das ist einer ihrer Reize ... doch Sie müssen eine seriöse Laufbahn fortsetzen, Howard. Denken Sie zuerst an Ihre Reputation. Weder sind Sie ein Gelehrter aus gutem Hause noch ein Aristokrat mit ausreichend Vermögen, um die Konzession im Tal der Könige zu erhalten; vergessen Sie es.»

10

Gen Ende mehrerer Jahre auf Reisen spulte der Viscount Porchester und zukünftige Earl of Carnarvon ein paar Erinnerungen mit einem ehemaligen Jockey und zweimaligen Dritten beim Derby von Epsom ab. Die Unterhaltung fand im Hinterzimmer einer schäbigen Taverne Konstantinopels statt, vor indiskreten Ohren geschützt; äußerst nervös blickte sich der Jockey andauernd um.

«Wer hat Ihnen diesen Ort genannt?»

«Ein Genueser Pirat. Er hat mit versichert, dass Sie der rechte Mann am rechten Platz wären.»

«Vielleicht ... Aristokrat?»

«Wie man es nur sein kann, mein Bester; so ist es nun mal, und niemand kann etwas dafür.»

«Dann werden Sie mir das teuer bezahlen müssen.»

«Das bin ich gewohnt; als Gegenleistung verlange ich einen tadellosen Dienst.»

Porchey, mit seinem Anzug eines Yachtkapitäns bekleidet, trank einen türkischen Mokka; der ehemalige Jockey pflegte seine Nerven mit Rosenschnaps.

«Wann möchten Sie Abdul den Verfluchten treffen?»

«So bald als möglich.»

«Er ist diese Woche in der Stadt, aber seine Tage sind ziemlich ausgefüllt. Weshalb wünschen Sie ihn zu sehen?»

«Um ihn zu sehen.»

«Verzeihung?»

«Ist er denn nicht der größte Bandit des Bosporus, ein genialer Dieb und Stratege ersten Ranges?»

«Das ist wahr, aber ...»

«Nun denn, mein Lieber, Sie müssen wissen, dass ich Unterredungen mit außergewöhnlichen Individuen aus den unterschiedlichsten Sparten sammele. Nach so vielen Entdeckungsfahrten glaube ich unseren alten Erdball besser zu kennen. Südafrika hat mich ein paar Tage amüsiert, Japan eine Woche lang, Frankreich einen Abend und die Vereinigten Staaten einen ganzen Monat; und zur Zeit bin ich der Erdkunde überdrüssig. Ich suche die Gesellschaft von Leuten fernab meines Standes, wie Sie, zum Beispiel; Sie wissen gar nicht, in welchem Maße Aristokraten selbstgefällig und öde sind. Und was die Großen dieser Welt betrifft, die ich nach dem Willen meiner verstorbenen Mutter frequentieren sollte, die haben nichts als Lügen im Sinn. Wie Sie, im Übrigen.»

«Ich? Aber warum ...»

«Weil Sie Abdul den Verfluchten nicht kennen, und weil Sie versuchen, mir etwas Geld auf eine Weise zu entwenden, die ich als unredlich bezeichnen würde.»

«Das stimmt nicht! Ich diene ihm als Verbindungsmann.»

«Wenn dem so ist, machen Sie ihm deutlich, dass ich ihn morgen treffen werde, um Mitternacht, am Südende des alten Hafens, um meine Porträtgalerie zu vervollständigen.»

Der Erbe der Carnarvons erhob sich, vermied es, seinem Gesprächspartner Adieu zu sagen, und trat, ein altes gälisches Lied pfeifend, aus der Taverne.

Zu besagter Stunde und am besagten Ort sah Porchey einen Kahn näher kommen, in dem zwei Männer im Gleichtakt und lautlos ruderten. Er dachte an seinen Vater, der seine Rückkehr nach Schloss Highclere erwartete; der alte Lord hielt seinem Sohn dieses dauernde Kommen und Gehen, seine übertriebene Liebe für Reisen und diese abscheuliche Gewohnheit vor, ohne Vorwarnung aufzutauchen und wieder zu verschwinden. Dass sein Verhalten nicht das eines zukünftigen Earls in der Pflicht eines der beachtlichsten Besitztümer Englands sein mochte, gestand Porchey bereitwillig ein; doch wie sonst sollte er die Sehnsucht nach Leben und diese ungeheure Langeweile besänftigen, die ihm die Seele verzehrten? Indem er den Raum durchschweifte, hatte er gehofft seinen Hunger zu stillen, und doch bloß erreicht seinen *Spleen* anzufachen. Ein hohles und unnützes Dasein: Ebendies vermochten die Ozeane und Meere nicht zu füllen. Allein ein menschliches Wesen, vielleicht, könnte seinen quälenden Kummer lindern, indem es ihm einen unerwarteten Weg eröffnete. Würde Abdul der Verfluchte dieser Messias sein?

Die beiden Matrosen trugen ausgemachte Galgenmienen zur Schau; der eine bärtig, der andere schlecht rasiert, mit fettigem Haar und in schmierigen Kleidern, forderten sie ihn nachdrücklich auf, hinunter in ihren stark verkommenen Kahn zu steigen. Ein Mann von gesundem Menschenverstand hätte gezögert, Porchey ging das Risiko ein.

Widerliche Gerüche stiegen aus dem blaugrünen Wasser auf; mit den Händen die Ruder umklammernd, steigerten die beiden Türken das Tempo.

«Wo fahren wir hin?»

«Dorthin, wo wir hinfahren», antwortete der ältere in schlechtem Englisch.

«Demnach werde ich also Abdul den Verdammten sehen?»

Der Bärtige kicherte hämisch.

«Würde mich wundern.»

«Weshalb so skeptisch?»

«Weil Abdul weit weg ist. Man hat ihn schließlich erwischt; jetzt dürfen sich die Aasgeier mit ihm beschäftigen.»

«Es handelt sich hier unstrittig um einen neuen Sachverhalt, der die Situation verändert. Die beste Lösung wäre wieder zum Hafen zurückzukehren.»

Das Boot hielt an.

«Kommt nicht in Frage.»

«Sie haben Unrecht, mein Freund.»

«Wir sind nicht Ihre Freunde.»

«Auf gewisse Weise freut mich das.»

«Sie sind ein reicher Mann.»

«Das stimmt.»

«Sie tragen viel Geld bei sich.»

«Es dürfte genügen Ihr schönes Schiff zu kaufen.»

«Leider haben wir andere Absichten, mein Prinz.»

«Nennen Sie mich Viscount.»

«Befindet sich das Vermögen in der Tasche da, neben Ihren Füßen?»

«Genau.»

«Geben Sie her!»

«Wenn ich mich weigere?»

«Dann werden Sie ertrinken.»

«Düsteres Los für einen erfahrenen Seemann ... Und wenn ich einwillige?»

«Dann werden Sie bis zum Kai schwimmen und mit einem Bad davonkommen.»

«Sie vergessen, mein Lieber, dass ein guter Kapitän nicht schwimmen kann, und dass er bis zum letzten Moment an Bord bleibt.»

Der Räuber wurde ungehalten.

«Öffnen Sie diese Tasche.»

«Einen ehrbaren Reisenden auszuplündern, ist eine verwerfliche Tat; an Ihrer Stelle würde ich davon absehen.»

«Gehorchen Sie.»

Der Viscount zog eine herrliche Silberpistole aus der Tasche und richtete sie auf seine Angreifer.

«Dann möchte ich Sie nur gleich verwarnen, dass ich einer der sechs besten Schützen des Vereinigten Königreichs bin; mit etwas mehr Übung hätte ich den ersten Platz ergattert.»

Die beiden Türken sprangen sogleich ins trübe Wasser.

«Schade», bedauerte der Aristokrat. «Wieder eine Gelegenheit verpasst mich zu verbessern.»

11

Jeden Tag dachte Carter an das Tal der Könige, dem er so nah und doch so fern war. Deir el-Bahari gönnte ihm kaum Ruhe. Es war ihm unmöglich, seiner Fantasie freien Lauf zu lassen: Jedes Aquarell musste eine Opferszene, ein auf dem Nil treibendes Boot oder eine Hieroglyphenkolonne getreu wiedergeben. Er malte nicht zu seinem Vergnügen, sondern um den kommenden Generationen die Pracht jenes Tempels zu überliefern, in dem Hathor mit dem wunderbaren Lächeln herrschte. Das Gesicht der Göttin auf dem Papier wiedererstehen zu lassen, erfüllte ihn mit solch intensiver Erregung, dass seine Hand, nach Vollendung des Werks, zitterte; unfähig, seine Arbeit fortzusetzen, bat er Naville um die Erlaubnis die Anlage für einige Stunden verlassen zu dürfen.

Wo sonst sich erholen als im Tempel von Luxor, dessen schlanke Säulen, die höchsten Ägyptens, die Seele in den Himmel führten? So nahm er also die Fähre der Bauern, auf der, wie gewöhnlich, ein fröhlicher Tumult herrschte. Niemand konnte erklären, wie es möglich war, auf so beengtem Raum so viele Menschen, Tiere und Waren einzupferchen; die Frauen nutzten die Überfahrt, um sich zusammenzutun und zu schwatzen. Wußten sie, diese guten Muslimen, dass eine Ägypterin und

Christin, in den ersten Jahrhunderten unserer Zeitrechnung, die Mode der schwarzen Gewänder in der Absicht aufgebracht hatte, den Tod Christi zu betrauern? Als beseelte und unbeseelte Wesen ihren Platz eingenommen hatten, so dass man keinen Finger mehr rühren konnte, setzte die Fähre sich in Bewegung; sie legte ein gemächliches Tempo vor, weil, gemäß der Schrift, die Hast des Teufels ist.

In der Mitte des Flusses erblickte er sie.

Um die zwanzig Jahre alt, mit einem langen roten Gewand gekleidet, den Hals mit einer Halskette aus Lapislazuli und das rechte Handgelenk mit einem goldenen Armreif geschmückt, hatte sie ein sehr fein geschnittenes Gesicht, lange schwarze Haare und wassergrüne Augen. Die Lidränder waren mit einem schwarzen Kajalstift untermalt; Henna färbte die Nägel ihrer Hände und die ihrer nackten, in Sandalen gehüllten Füße. Sie waren durch einen Bauern mit prallem Leib voneinander getrennt, der eilig zur Anlegestelle kommen wollte, um dort eine Ladung Zwiebeln und Saubohnen zu verkaufen.

«Mein Name ist Howard Carter», verkündete er mit einer Stimme, die fest klingen sollte. «Verzeihen Sie mir, das Wort auf so unverschämte Weise an Sie zu richten, doch Sie gleichen der Göttin Hathor, die ich gerade in Deir el-Bahari gemalt habe. Das ist ... das ist erschütternd, einer lebenden Göttin zu begegnen.»

Sie schien recht verärgert, war jedoch willens ihm zu antworten. «Eine Frau darf man niemals in übertriebenen Worten preisen, Mr Carter; Sie könnten den bösen Blick auf sie ziehen und ihren Mann kränken.»

«Sind Sie verheiratet?»

«Noch nicht. Sind Sie etwa Archäologe?»

«Ich bereite die Publikation des Tempels von Deir el-Bahari vor.»

«Er ist herrlich; ich spreche häufig mit meinen Schülern darüber.»

«Dann sind Sie Lehrerin?»

«Freiwillige Volksschullehrerin, in meinem Dorf; manchmal auch Krankenschwester und sogar Touristenführerin; bei Gelegenheit.»

«Daher Ihr gutes Englisch.»

«Sprechen Sie Arabisch?»

Er versuchte sich in einigen Sätzen mit Höflichkeitsbekundungen, beginnend mit dem unerlässlichen «Im Namen Allahs, des Großmütigen und Barmherzigen», das jede Rede eröffnen sollte. Ihr Lächeln entzückte ihn.

«Nicht schlecht ... Sie müssten daran arbeiten.»

«Würden Sie mich als Schüler annehmen?»

Die Fähre wurde langsamer; es entstand heftiges Gedränge. Jeder bereitete sich darauf vor an Land zu gehen, mit einer wenig orientalischen Ungeduld. Völlig verzweifelt bei dem Gedanken, sie zu verlieren, setzte er die Ellbogen ein und war dann einer der ersten auf der Mole. Sobald er sie entdeckt hatte, heftete er sich an ihre Seite.

«Darf ich Sie begleiten?»

«Ich gehe nach Hause.»

«Und wenn wir eine Kalesche rufen würden? Sie könnten mich mit der Landschaft und Ihrem Dorf bekannt machen. Die ägyptische Gastfreundschaft ist so sprichwörtlich, dass Sie es nicht ablehnen können.»

Überlistet willigte sie ein in eine blitzende Kalesche zu steigen; er hatte ein gesundes und wohl gepflegtes Pferd gewählt, das ohne Mühe galoppierte. Rasch fuhren sie aus dem Städtchen heraus und gelangten in das unwandelbare, seit Jahrtausenden stets gleich gebliebene Universum der Felder und Bewässerungskanäle. Während der Fahrt sprachen sie kein Wort.

Am Dorfrand befahl sie dem Kutscher, Halt zu machen.

«Ich heiße Raifa mit Vornamen. Würden Sie lieber einen Tee trinken, Mr Carter, oder in die Stadt zurückkehren?»

«Das müssen Sie entscheiden.»

Er folgte ihr. Sie gingen zwischen der Tenne für die Ernte und dem Gemeinschaftsofen durch, wo die Frauen runde Brote buken, während andere aus dem nahe gelegenen Brunnen Wasser schöpften. Umherstreunende Hunde beobachteten sie eher feindselig. In einem Palmenhain versteckt, bestand Raifas Dorf aus niedrigen Häusern im Piseebau ohne elektrischen Strom oder fließend Wasser; auf den Dächern lagen geflochtene Palmenblätter und Briketts aus getrockneten Kuhfladen, die als Brennstoff dienten. Sie schlugen enge und staubige Gässchen ein, die ein wahrhaftes Labyrinth bildeten. Am Fuße der Moschee, deren Minarett über das kompakte Gefüge der Behausungen hinausragte, rasselten zusammengekauerte Männer ihre Gebetskränze herunter.

Raifa bewohnte das hübscheste Haus, neben dem des Bürgermeisters; an der blau gestrichenen Tür hingen ein Hufeisen und eine Fatima-Hand, um die bösen Geister fern zu halten. Zwei Dutzend Kinder umringten sie; die kleinen Mädchen spielten mit Flickenpuppen, die Knaben schubsten sich. Von diesem Trubel angelockt, bettelten ein paar Zicklein um Futter.

Raifa beruhigte die Kinderschar und drückte die Tür ihres Besitzes auf.

Im ersten Raum mit eingestampftem Lehmfußboden schlief ein Esel; eine alte zahnlose Frau mit schwarzem zerschlissenem Gewand knetete Mehl. Beim Anblick des Abendländers in Schrecken versetzt, schlug sie den Stoff über ihren Kopf, um nur noch den Spalt ihrer Augen erkennen zu lassen. Raifa befahl ihr Tee zu machen, und lud ihn ein, in ein zweites, recht geräumiges Zimmer mit gekacheltem Boden einzutreten. Entlang der Wände reihten sich Kissen und bunte Bänke.

«Setzen Sie sich, Mr Carter.»

«Leben Sie allein?»

«Mit meinem Bruder Gamal. Er ist Grundbesitzer und Steuereinnehmer.»

«Ihre Stimme ist düsterer geworden, als Sie seinen Namen aussprachen.»

«Ich mag ihn sehr, aber . . . er ist manchmal gewalttätig. Er muss sich streng geben und die säumigen Zahler auspeitschen.

Gamal ist stark in den Traditionen verhaftet und wird Ihre Anwesenheit hier kaum schätzen. Im Dorf sieht man mich als eine zu freie Frau an; zum Glück verfüge ich über die Unterstützung des Bürgermeisters, den ich von einer Infektion geheilt habe. So viele Not Leidende und Kranke . . . es ist die Aufgabe einer Frau, deren Elend zu lindern.»

Die alte Dienerin brachte den Tee und Honiggebäck. Plötzlich erschien ein junger vierschrötiger Mann mit dunkelbrauner Haut und schwarzen struppigen Augenbrauen, die ineinander wuchsen und eine Besorgnis erregende Barrikade bildeten. In seiner rechten Hand – eine Peitsche.

«Gehen Sie hinaus! Sie haben kein Recht allein mit meiner Schwester zu sein.»

«Ihrer Einladung nicht zu folgen, wäre eine Beleidigung gewesen. Mein Name ist Carter, und ich grüße Sie. Erlauben Sie mir, mich zurückzuziehen.»

Gamals Zorn gegenüber unempfindlich, stellte Carter sein Glas Tee mit Minze ab, erhob sich und verließ den Raum. Auf der Schwelle versperrte ihm eine aufgerichtete Kobra den Durchgang.

«Haben Sie keine Angst» empfahl ihm Raifa, «sie wohnt bei uns und kommt Milch betteln.»

Sie wandte sich ihrem Bruder zu.

«Unsre Schlange zeigt sich nur den aufrichtigen Freunden; du müsstest beruhigt sein, Gamal.»

Als Carter das Dorf verließ, stießen die verschleierten Frauen, mit ihren Zungen gegen den Gaumen schlagend, eine Trillerlitanei aus, um ihre Freude auszudrücken.

Ein paar Tage später trugen ihn seine Schritte zum Ramesseum, dem *Tempel der Millionen Jahre* von Ramses II. Das Bauwerk hatte sehr gelitten; im großen, zur Säulenhalle sich öffnenden Hof lag der größte Koloss, der je in Stein gehauen wurde. Dem Fanatismus und der Dummheit war es gelungen, ihn umzustoßen, wenn nicht gar zu vernichten; sein vom rötlichen Gold der

Abendsonne erleuchtetes Antlitz strahlte noch immer eine heiter in sich ruhende Kraft aus.

Eine Herde schwarzer und weißer Ziegen graste auf der Anlage. Darauf achtend, die stacheligen Gewächse zu umgehen, wand Carter sich zwischen den umherliegenden Blöcken und den Tamariskengruppen hindurch und setzte sich unter das Laubwerk einer Akazie, die mitten in den Ruinen gedieh.

Seit seiner Begegnung mit Raifa hatte er ein Dutzend misslungener Aquarelle weggeworfen. Unfähig, die junge Frau zu vergessen, wusste er niemanden, dem er sich in seiner Ratlosigkeit hätte anvertrauen können. Sie wiederzusehen, ging ihm nicht mehr aus dem Sinn; gewiss, falls ihr Bruder Anzeige gegen ihn erheben würde, wäre Naville genötigt, ihn fortzuschicken. Er verabscheute nämlich Auseinandersetzungen und dachte nur an die Publikation «seines Tempels»; dennoch wollte Carter das Risiko eingehen.

Der Wächter der Anlage näherte sich mit einem Stock.

«Seien Sie vorsichtig; hier gibt es nicht selten Schlangen.»

Sein Gesicht war alterslos und faltig; mit langsamen Gesten setzte er sich auf einen hieroglyphen-bedeckten Quader und schaute in Richtung Abendhimmel.

«Suchen Sie nicht das Grab eines unbekannten Königs?»

«Wer hat Ihnen das verraten?»

«Der Wind weht im Übermaß und mein Ohr ist sehr fein.»

«Haben Sie von Gegenständen reden hören, die den Namen Tutenchamun tragen?»

«Weder Händler noch Räuber besitzen welche. Was wäre verständlicher als das ... hat der große Ramses nicht seinen Tempel zerstört und sein Grab geplündert, um alle Spuren dieser fluchbeladenen Epoche zu beseitigen?»

Diese Erklärungen bestürzten ihn. Die Meinung des *hafir* zählte mehr als die der Ägyptologen.

«Folgen Sie Ihrem Weg, Mr Carter, ohne sich um die einen oder anderen zu scheren; werden Sie weder hartherzig noch zum Plünderer. Wenn Sie kein Engländer wären, hätte ich Ihnen einen Talisman gegeben, um Sie vor den Feinden zu schützen, die sich im Dunkeln anschicken Ihnen zu schaden. Aber die Engländer glauben ja nicht an Gott.»

12

«Gott schütze dich, mein Sohn; diese beiden Banditen hätten dich ermorden können.»

«Ab und an ist es ratsam, an IHN zu glauben», gestand Porchey zu.

«Woher kommst du diesmal?»

«Aus Konstantinopel.»

«Bist du irgendwelchen wichtigen Persönlichkeiten begegnet?»

«Ich sollte mich mit Abdul dem Verfluchten unterhalten, aber das Treffen ist aufgeschoben worden.»

Der alte Earl of Carnarvon hob die Augen gen Himmel.

«Porchey, Porchey! Wann wirst du aufhören durch die Welt zu jagen?»

«Wenn sie aufgehört haben wird, sich in jede beliebige Richtung zu drehen. Ruhen Sie sich aus, Vater; ich habe den Eindruck, dass Sie müde sind.»

Porchey rief nach dem Majordomus, der das Kaminfeuer des großen Salons wieder anschürte; dann brachte er seinem Vater eigenhändig ein Glas Whisky und wachte darüber, dass er es in seinem Ledersessel mit hoher Rückenlehne bequem hatte.

«Seit dem Hinscheiden deiner Mutter mache ich mir große Sorgen über deine Zukunft; was suchst du, mein Sohn?»

«Ich weiß es nicht.»

«Haben dir all diese Reisen keine Antwort gegeben?»

«Anekdoten, nichts Wesentliches. Ein jeder kann über die Ozeane segeln und Kontinente durchqueren; was ich eine Heldentat glaubte, ist nur eine Banalität mehr. Habt Ihr neue Bücher über Geschichte erhalten?»

«Grässlich ermüdende Handbücher vom British Museum; ich habe sie auf deinen Schreibtisch gestapelt.»

«Sie sind der beste Vater, den es gibt.»

«Wärst du zu einer Partie Schach bereit?»

«Nach Ihrer Mittagsruhe gerne.»

Zwischen zwei Regenschauern spazierte Porchey durch den riesigen Park von Highclere. Das Schloss war von schmuckloser Strenge; die massigen, rechteckigen und mit Zinnen bewehrten Türme verliehen ihm das Aussehen einer mittelalterlichen, verschlossen in ihrer Vergangenheit und ihren Traditionen verharrenden Festung. Der Viscount schätzte diesen grandiosen Wesenszug und noch mehr den Reiz der von einer Armee von Gärtnern vollendet gepflegten Rasenflächen. Eine zahlreiche Dienerschaft wachte treu ergeben über die Makellosigkeit des Anwesens. Von Vater zu Sohn war es eine Ehre, den Carnarvons zu dienen und eines der prächtigsten Besitztümer Englands zu bewahren. Porchey erholte sich, indem er, von seinen Jagdhunden begleitet, Stunden über seine Ländereien wanderte; er meditierte unter den Libanon-Zedern, ging am See entlang, den ein Aussichtspavillon aus weißem Marmor überragte, wagte sich auf der Suche nach einem Stück Wild in die Weißdornbüsche vor, kletterte auf mit Eichen und Buchen bewachsene Hügel. Highclere war ein Ort, der vor den konvulsiven Umwälzungen der Zeit und der menschlichen Gesellschaften geschätzt war. Niemand im britischen Adel konnte verstehen, weshalb der zukünftige Earl of Carnarvon in diesem Paradies nicht einfach in den Tag hineinlebte.

Porchey kehrte nach Einbruch der Nacht zurück, befahl, dass man seine Hunde fütterte, und verschanzte sich in der Bibhothek, einer der weiträumigsten und reichhaltigsten des Vereinigten Königreichs. Alles, was über die Geschichte des Altertums geschrieben worden war, fand sich hier zusammengetragen; mit einem amüsierten Blick auf die beiden befremdlichen Reliquien, den Schreibtisch und den Sessel nämlich, welche Kaiser Napoleon I. während seines Zwangsaufenthalts auf der Insel Elba benutzt hatte, zögerte der Viscount, sich dort niederzulassen. Aus Respekt vor dem Feind begnügte er sich mit einer gewöhnlicheren Sitzgelegenheit und widmete sich einer Studie über ägyptische Keramik.

Plötzlich öffnete sein Vater die Tür der Bibhothek.

«Hast du mich denn vergessen?»

«Verzeihen Sie mir.»

«Ich würde dich lieber die Finanzen und Anlagen studieren sehen.»

«Wie könnte ich Ihnen auf diesem Gebiet ebenbürtig sein?»

«Schon bald werde ich nicht mehr da sein, mein Sohn.»

«Possen! Sie sind wie eine Eiche geschaffen.»

«Ich werde alt, Porchey; du solltest darauf Acht geben.»

Die Schachpartie wurde vor dem großen Kamin gespielt; ein dichter Nebel umhüllte die Türme des Schlosses. Lord Carnarvon hatte eine Flasche Dom Pérignon und Toasts mit Kaviar – das Geschenk eines russischen Ministers – auftragen lassen. Sein Sohn beschäftigte sich damit, eine sizilianische Eröffnung der klassischen Art zu kontern.

«Du machst Fortschritte.»

«Während meiner Überfahrten habe ich Zeit die besten Abhandlungen zu studieren.»

«Wir müssten uns einmal ernsthaft aussprechen.»

«Wie es Ihnen beliebt.»

Nicht ohne Besorgnis stellte Porchey fest, dass sein Vater nachließ. Unlängst noch hätte er seine Läufer mit mehr Aggressivität eingesetzt.

«Wie lange wirst du auf Highclere bleiben?»

«Das ist die Art von Fragen, auf die ich nicht imstande bin zu antworten. Das hängt von der Feuchtigkeit ab, von der Atmosphäre, meiner Laune, einer flüchtigen Idee . . .»

«Erlaube mir, dir mehr abzuverlangen. Hast du ein bestimmtes Vorhaben erwogen?»

«Bei genauer Überlegung, ja.»
«Welches?»
«Ich teile mich nur ungern mit.»
«Ich bestehe darauf, Porchey.»
«Nun ... es wird Sie überraschen, aber ich kenne Italien nicht gut, vor allem den Süden des Landes. Neapel ist eine recht anziehende Stadt.»
«Neapel! Ein Schlupfwinkel von Räubern und Mördern.»
«Ganz recht ... ich würde gerne dem Oberhaupt der Mafia begegnen.»
«Porchey! Bist du dir bewusst, dass ...»
«Ganz und gar, Vater.
Ich gehe überhaupt keine Gefahr ein, da es sich dabei um meine Porträtsammlung handelt; ich beabsichtige keineswegs Geschäfte auszuhandeln.»
Der alte Lord stieß seinen König um.
«Ich gebe es auf dich zu verstehen, und flehe dich nur um eine Gunst an: Mache dich mit dem geordneten Gang dieses Anwesens vertraut. Das wäre meine größte Freude als Greis.»
«Ich will Ihnen mein Ehrenwort darauf geben: Highclere wird der Besitz der Carnarvons und das schönste Anwesen des Landes bleiben.»
«Gelobt sei Gott, mein Sohn.»
Sobald sein Vater eingeschlafen war, nahm Porchey Einsicht in die Wirtschafts- und Finanzunterlagen, die er auf seinem Schreibtisch abgelegt hatte. Eine Nacht genügte ihm, um sich die wesentlichen Punkte anzueignen und gewahr zu werden, dass das Familienvermögen mit der größten Seriosität verwaltet wurde; und so brach er bereits am folgenden Tag in Richtung Neapel auf.

13

Hinter der leprösen Fassade des Hauses in Gurnah versteckte sich ein mit Kalkstein gepflasterter Patio; in der Mitte ein Brunnen. An den Seiten Holzbänke und mit Stoffen bedeckte Truhen. Auf einem Sessel mit niedriger Rückenlehne saß der Hausherr in seiner strahlend weißen Dschellaba und schaute Carter mit einer von Grausamkeit gefärbten Neugierde an. Sein Turban verbarg ihm die halbe Stirn; schmale Lippen kontrastierten mit einem breiten Kinn. Howard spürte, dass dieser Mann es gewohnt war Befehle zu erteilen, über die man kein Wort verlor.

Naville hatte ihm vom Besuch bei dem Oberhaupt des Abd-el-Rasul-Klans abgeraten, jener mächtigen thebanischen Mafia, die seit Jahrzehnten die Gräber plünderte, von unvorsichtigen Reisenden Lösegeld erpresste und nicht zögerte, sich ihrer lästigsten Widersacher zu entledigen. Doch der Schweizer Archäologe selbst hatte den Anlass zu Carters Schritt geliefert, da er ihn ausführlich über jenes 1881 in Deir el-Bahari eingetretene Ereignis unterrichtet hatte: Vierzig königliche Mumien waren im Herzen einer in die Felswand gehauenen Gruft aufgefunden worden! Die tatsächlichen «Archäologen» waren die Abd el-Rasuls gewesen; sie waren einige Jahre zuvor in das Versteck eingedrungen, fest entschlossen, ihre Funde im Laufe der folgenden Monate abzusetzen und dabei ein Maximum an Gewinn zu erzielen. Amulette und Schmuckstücke kursierten auf den Altertümermärkten, zuerst in kleiner Zahl und schließlich in so großen Mengen, dass sie die Aufmerksamkeit der Polizei auf sich zogen.

Einem scharfen Verhör durch den französischen Gelehrten Maspero unterzogen, gestand eines der Klanmitglieder; gerettet brachen die Königsmumien dann per Schiff unter den Beifallsbekundungen an den Ufern zusammengedrängter Fellachen nach Kairo auf.

Eine Besorgnis erregende Hypothese war dem jungen Forscher durch den Sinn gespukt; und deshalb auch trotzte er dem gefürchtetesten Banditen Ägyptens.

«Vierzig Königsmumien der XVIII. und XIX. Dynastie ... das war doch der Schatz?»

Abd el-Rasul nickte bestätigend mit dem Kopf.

«Sechs Jahre lang haben Sie Stillschweigen gewahrt.»

«Wir hatten einen Eid abgelegt, Mr Carter, und außerdem wurden wir ermutigt. Mustafa Agha Ayat, der Konsularagent von England, Russland und Belgien, hat uns seinen Schutz garantiert. Doch leider war er ein Lügner und Hochstapler! Wegen ihm verloren wir sehr viel Geld. Als die Mumien aus dem Loch kamen, hatte ich Lust, die Eskorte anzugreifen ... aber die Polizisten waren zu zahlreich, und einige konnten schießen. *Malek!*»

Malek ließ sich mit «so ist es nun einmal, es musste so kommen und lässt sich nicht ändern» übersetzen; das Wort diente als Talisman, um durch Untätigkeit die delikatesten Probleme zu lösen.

«Ich muss Ihnen weitere Fragen stellen.»

Abd el-Rasul runzelte die Stirn.

«Polizist?»

«Archäologe.»

«Genau dies hat man mir gesagt, und das gefällt mir nicht sonderlich. Wer schickt Sie?»

«Niemand.»

«Ein Europäer ist immer der Untergebene von irgendjemandem.»

«Mein Dienstherr ist Edouard Naville.»

«Den da, den fürchte ich nicht; er vermeidet es, im Sand herumwühlen. Und Sie?»

«Ich zeichne und male.»

Der Räuber schien beruhigt.

«Als Sie diese Mumien gefunden haben, dachten Sie da nicht daran, sie zu verkaufen?»

«Das Fleisch der Mumien wird weniger geschätzt als früher;

seit der Gründung der Dynastie der Abd el-Rasuls, vor nunmehr siebenhundert Jahren, ziehen wir Gold vor.»

«Vierzig Mumien bei Ihrer Entdeckung im Jahr 1875, vierzig im Jahr 81, bei der Ankunft Masperos auf der Fundstätte des Verstecks. Das ist zu schön. Keine ist in der Zwischenzeit verschwunden . . .»

«Keine.»

Bei seiner verdrossenen Miene, welche ausdrückte, dass er ein besserer Dieb hätte sein müssen, wusste Carter, dass er die Wahrheit sagte. Plötzlich wurde sein Blick grimmig. «Seien Sie besonnen, Mr Carter, und bleiben Sie bei Ihrer Tätigkeit; und lassen Sie vor allem die Finger von der Schatzsuche. Diese Unklugkeit könnte Ihnen nämlich ernste Schwierigkeiten einbringen.»

Die Drohung beeindruckte Carter nicht, der einer wundervollen Hoffnung verfallen war: Schlief die Mumie Tutenchamuns nicht doch in ihrem noch unberührten Grab?

Verschlungene Pfade säumten die Kleeteppiche und dunklen Saubohnenfelder; die *sawaqin** ächzten im Takt, verflochtene Jasminbüsche filterten das Sonnelicht; unter den Palmen suchten Esel nach etwas Kühle. Raifa und Howard Carter hatten vor den allzu brennenden Strahlen in einem Sykomorenhain Schutz gefunden und betrachteten versonnen das Goldgrün der Landschaft.

Gamal war von seinem Vorgesetzten nach Qene gerufen worden; die junge Frau hatte die Abwesenheit ihres Bruders ausgenutzt, um den Nil zu überqueren und Carter in Deir el-Bahari zu treffen. Da Naville nach Kairo abgereist war, wo er einige Verwaltungsprobleme regeln wollte, konnte Howard ungehindert mit ihr spazieren gehen.

Sie schnitt die Armut ihrer Landsleute an, die Epidemien, welche die schwächsten Kinder dahinrafften, die endemische

* Pl. v. saqiya: Wasserrad, Schöpfwerk.

Bilharziose, der so viele Bauern erlagen; sie empörte sich über den Tagesablauf eines kleinen Jungen: Koranschule, wo er das Heilige Buch auswendig lernte, Feldarbeit, bei der er die Ochsen führte, kärgliche Mahlzeiten auf der Grundlage von Käse und Fladen, zu kurze Schlafzeiten. Raifa träumte von weißen Schulen und glücklichen Kindern; Carter riet ihr von England ab. Mit Grauen erfuhr sie, dass Knaben von zehn Jahren in den Kohlegruben an Erschöpfung starben.

Er gestand ihr seine zusehends ausgeprägtere Vorliebe für das gemächliche Leben dieser unwandelbaren Natur, wo das Licht als absoluter Gebieter herrschte; er hatte gelernt seine Pinsel beiseite zu legen und den Eisvögeln beim Fangen ihrer Beute zuzuschauen, den Herden der *gamus* mit gekrümmten Hörnern, die auf pudrigen Wegen entlanggingen, den mit Krügen auf den Köpfen schreitenden Frauen. Die tagsüber sichtbaren braunen Käuze und die Eulen mit breiten Flügeln wurden ihm zu guten Bekannten.

Raifa zwang ihn, sich ihr auf Arabisch anzuvertrauen, und berichtigte seine Fehler; am Ende des Tages, während dieser so kurzen Woche, nahm sie ihn mit, den Tee auf einem Hof einzunehmen, wo einer ihrer Freunde sich in Aquarellmalerei versuchte. Majestätisch in seinem langen weißen Gewand und mit einem Stock in der Hand holte er sie, von zwei Hunden begleitet, am Saum der Wüste ab. Er führte sie in sein Haus aus getrocknetem Lehm, neben dem er sein Atelier eingerichtet hatte.

Die stets gefüllte Teekanne stand auf einem Rechaud der Küche unter freien Himmel; seine Gattin bereitete Honiggebäck zu, das die Hunde begierig umlagerten. Der Maler stellte Carter seinen zahllosen Freunden vor: Bauern, Eseltreiber, Grabwächter, fliegende Händler, Beamte und selbst Polizisten; so wurde er in die Gesellschaft Gurnahs und des Westufers von Theben eingeführt. Den kleinen Leuten nahe, teilte er ihre Freuden und ihre Nöte.

Der Horizont wurde orangerot und violett. Der Nil überzog sich mit Silber. Ein Schwarm Wildenten begleitete die Feluken, die an die Uferdämme heimkehrten. Es war sein erster Sonnenuntergang an ihrer Seite.

Der heilige Berg schmückte sich mit rosa und blauen Falten, schuf den Stoff, in den er sich bis zur Morgendämmerung hüllen würde. Eine sehr sanfte Brise bewegte die Palmen; hoch oben auf ihren Sitzstangen begannen die Feldwarte, nach altem Brauch, ihre Nachtwache.

Am Flussufer sitzend harrten sie dem Aufgang der Sterne. Carter erkannte den Großen Bären, die Zirkumpolarsterne und den Nordstern.

«Du sprichst gut Arabisch, Howard; du kannst jetzt ohne mich zurechtkommen.»

«Unmöglich; mir entgehen zu viele Nuancen.»

«Gamal kehrt diese Nacht heim.»

Er wagte nicht sie zurückzuhalten; die Worte erschienen ihm überflüssig. Er küsste ihre Hände, sie errötete und entfloh. Während ein Nachen sie ans Ufer der Lebenden zurückbrachte, verharrte er auf dem der Toten. Die laue Wärme war so angenehm, dass er draußen, am Fuße des Tempels von Deir el-Bahari schlafen wollte, um sich sofort bei Sonnenaufgang in die Arbeit zu stürzen. Inmitten des kahlen, von Höhlen durchlöcherten Hügels fand er ein geplündertes Grab, das ihm als Zimmer diente.

Weitab der Welt träumte er von Glück.

14

Das Telegramm hatte Porchey in Neapel erreicht, am Tag nach seinem enttäuschenden Treffen mit dem Oberhaupt der Mafia.

Kehren Sie umgehend nach Highclere zurück. Ihr Vater liegt im Sterben.

Der Verwalter

Vergessen die italienischen Abenteuer ... Ohne einen Augenblick zu verlieren, durchquerte Porchey Europa.

Wassermassen gingen über dem Schloss hernieder; in seinen pelzgefütterten Regenmantel eingemummt, betrat er die große Halle im neugotischen Stil, wo sich die Dienerschaft versammelt hatte.

Der Verwalter kam auf ihn zu.

«Mylord ... wie soll ich es Ihnen sagen ...»

«Wann ist es passiert?»

«Ihr Vater ist vergangene Nacht im Schlaf verstorben. Er hatte die letzten Sakramente empfangen und sein Testament nochmals durchgelesen. Im Namen des gesamten Personals möchte ich Ihnen unser aufrichtigstes Beileid aussprechen und Sie unsrer unverbrüchlichen Treue gegenüber Ihrem Geschlecht versichern.»

«Wo befindet er sich?»

«In seinem Zimmer.»

Porchey verbrachte die Nacht bei seinem Vater. Es hatte dieses Todes bedurft, um seiner Ruhelosigkeit ein Ende zu setzen und ihn zu zwingen, auf Highclere Fuß zu fassen, dem von nun an seine Sorge galt; er fühlte sich verwaist, der Ratschläge beraubt, auf die er zwar nicht gehört, die ihn aber beruhigt hatten, und weinte. Nicht über sich selbst, nicht über die verpassten Gelegenheiten, mehr von einem besonderen Menschen zu lernen, sondern über diese viel zu seltenen Momente, in denen ein Vater und sein Sohn begreifen, dass sie vom selben Stamm und aus dem gleichen Holz geschnitzt sind.

Porchey war soeben gestorben, auch er.

Leichenbegängnis, Bestattung, den Umständen angemessene Kleidung und Mimik, betrübtes Defilee der Familienmitglieder und Freunde ... der fünfte Earl of Carnarvon beugte sich mit Würde den Erfordernissen des Zeremoniells. Trotz seines jungen Alters befand der Adel ihn für fähig, seine Pflichten zu erfüllen.

Mit dreiundzwanzig Jahren wurde George Herbert ein sehr vermögender Adeliger an der Spitze eines Anwesens von 36 000 Morgen.

Mitgenommener, als er es zu erkennen gab, sonderte er sich einen langen Monat über ab, ging mit seinen Hunden spazieren, machte weite Ausritte, ging auf Fuchsjagd und las aufmerksam die Finanz- und Verwaltungsunterlagen seines Vaters. Dieses Studium klärte ihn über die eminent wichtige Rolle auf, die der alte Lord in der Politik seines Landes gespielt hatte; daher war er auch nicht überrascht, als er eine Bitte um Audienz erhielt, welche aus dem Kabinett des Premierministers Ihrer Majestät hervorging.

Der Abgesandte war eine strenge Person von ungefähr vierzig Jahren; der dunkel gestreifte Anzug, der grau melierte Backenbart und das eisige Gesicht bar jeden Ausdrucks verliehen dem Manne die Ausstrahlung von Respektabilität, die für eine tadellose Laufbahn unabdingbar war.

«Seien Sie versichert, Lord Carnarvon, dass die Regierung und ich selbst Ihre Geste unter diesen so betrüblichen Umständen zu schätzen wissen. Wir hätten Ihre Ablehnung akzeptiert.»

«Sie hätten mir zehnmal die Tür eingerannt ... dann doch lieber gleich die Katze aus dem Sack lassen.»

Der Ausdruck schockierte den Emissär; mit seinem angeborenen Sinn für Diplomatie ging er darüber hinweg.

«Ihr Vater hatte dem Kabinett Disraeli angehört wo er sich als integrer und gewissenhafter Politiker ausgezeichnet hat. Nicht um Haaresbreite ist er vom Weg der Pflicht gewichen.»

«Das ist ganz außergewöhnlich, das müssen Sie zugeben; und überdies ist es wahr. Ich bin hoch zufrieden, dass England die Verdienste eines seiner loyalsten Söhne anerkennt.»

«Doch leider ist dieser große Diener des STAATES nicht mehr. Aber der STAAT existiert weiter.»

«Daran zweifle ich nicht.»

«Ich bedanke mich für Ihr Verständnis, Lord Carnarvon. So viel Reife erfüllt mich mit Bewunderung.»

«Mich auch. Zweifellos verdanke ich sie meinen vielen Reisen.» Der Abgeordnete räusperte sich distinguiert.

«Ebendies ist einer der Punkte, die meinen Besuch begründen. Angesichts Ihrer neuen Stellung und der Verantwortungen, denen Sie über kurz oder lang nachkommen werden, wäre es besser ...»

«Dass ich sesshaft werden? Rechnen Sie nicht zu sehr darauf.»

«Niemand bittet Sie darum.»

Der Aristokrat wurde neugierig. Die Unterhaltung begann ihn zu interessieren.

«Ihr Vater war eine der Säulen der besten Gesellschaft; als Verfechter der Ordnung und der Moral unterstützte er die Tätigkeit der Regierung und wirkte mit größter Entschlossenheit am Aufbau des Landes mit. Ich hoffe, dass Sie seinem Andenken nicht untreu werden und dass Sie sein Werk fortsetzen.»

«Wenn die Regierung mein Vertrauen nicht enttäuscht, weshalb sollte das Geschlecht der Carnarvons dann seine Meinung ihr gegenüber ändern?»

Der Emissär unterdrückte einen Seufzer der Erleichterung. «Sie sind sehr verschieden von Ihrem Vater, Lord Carnarvon; er liebte nur sein Anwesen, die englische Landschaft und London. Sie hingegen lassen einen ausgeprägten Geschmack für Exotismus erkennen. Den Auskünften zufolge, die uns zugekommen sind, sind Sie mehrmals um die Welt gereist und ... diversen Persönlichkeiten begegnet?»

«Bin ich etwa beschattet worden?»

«Beobachtet, von Zeit zu Zeit, wie jeder Mann mit Zukunft.»

«Zu welchem Schluss sind Sie gelangt?»

«Dass Sie mutig, scharfsinnig und imstande sind, sich aus den heikelsten Situationen herauszuhelfen.»

«Zu viele Komplimente kündigen Unheil an.»

«Da Sie, wie wir vermuten, beabsichtigen wieder in ferne Länder aufzubrechen, wären Sie bereit, für England von Nutzen zu sein?»

«Eine befremdliche Anregung, fürwahr.»

«Es steht Ihnen frei, die Bestimmung zu wählen, die Ihnen behagt; wir haben nicht die Absicht, sie Ihnen vorzuschreiben. Die Behörden wären geschmeichelt, Ihr Urteil über das Land, das Sie bereisen, zu erfahren. Diese wertvollen Hinweise würden helfen, den Frieden zu wahren. Solche Blicke, wie der Ihre, sind unerlässlich.»

«In diesem Punkt würde ich Ihre Meinung eher teilen; was die anderen anbelangt, habe ich da die Freiheit, selbst zu entscheiden?»

Der Abgesandte hüstelte.

«Selbstverständlich, Lord Carnarvon, selbstverständlich ... doch wie könnte man Ihren Patriotismus anzweifeln?»

«Ihr Takt ist vollkommen. Ich werde Sie hinausbegleiten.»

«Kann das britische Empire auf Sie zählen?»

«Maß für Maß, wie Shakespeare sagte.»

15

Eine entsetzliche Befürchtung überkam Carter: Befand sich die Mumie von Tutenchamun etwa in Abd el-Rasuls schlecht identifiziertem «Posten»? Ohne Unterlass befragte er Naville und entriss ihm schließlich die Wahrheit. Das königliche Versteck war bloß ein bescheidenes Grabgewölbe mit niedriger Decke; die in aller Eile verborgenen Mumien waren ohne große Sorgfalt in Binden gewickelt worden. Einige hatten mehrmals den Aufenthalt gewechselt. Gewiss, der erbitterte Wille ihrer Retter hatte zu einem tatsächlichen Erfolg geführt, da die berühmtesten Pharaonen der Zerstörung entgangen waren; doch der Bericht der «archäologischen» Entdeckung ließ ihn erschaudern.

Binnen zwei Tagen hatten die Beamten der Altertümerverwaltung die Grabstätte geleert, ohne Erhebungen durchzuführen und die Lage der kostbaren, in größter Eile auf ein Schiff verbrachten Gebeine aufzunehmen! Vielleicht waren während dieses unglaublichen Umzugs Schildchen verloren gegangen, vielleicht waren die namentlichen Bestimmungen durcheinander geraten.

Naville begriff, dass Carters Hartnäckigkeit stärker sein würde. So erlaubte er ihm eine Woche in Kairo zu verbringen, und händigte ihm einen Empfehlungsbrief aus.

Jene, die das Kairoer Museum «Ali Babas Höhle» tauften, gingen nicht fehl; hier häuften sich die aus Ägyptens Boden hervorgekommenen Schätze an, Sarkophage, Statuen, Grabfiguren, Stelen und so viele andere Gegenstände, von denen jeder eine aufmerksame Studie verdient hätte. Während er durch die verstaubten Gänge schritt, entdeckte Carter Meisterwerk um Meisterwerk; wie viele Jahre bedürfte es, um sie zur Geltung zu bringen und ihnen einen ihrer Schönheit würdigen Rahmen zu geben? Sicher wäre Mariette* glücklich gewesen, über so viel Raum zu verfügen, er, der in seinem kleinen Museum von Bulacq erstickte; doch viertausend Jahre Geschichte verdienten Besseres. Trotz seines erhitzten Geistes gelang es Carter, seine Zunge im Zaum zu halten, als er sich dem einzigen Verantwortlichen vorstellte, der an diesem Morgen in der Verwaltung den Dienst versah. Welcher ihn freundlich begrüßte, nachdem er von dem Schreiben seines Arbeitgebers Kenntnis genommen hatte.

«Sie wünschen, die Mumien aus dem Versteck von Deir el-Bahari zu untersuchen ... nichts leichter als das. Der Saal ist dem Publikum zugänglich.»

«Ich würde gerne alleine sein.»

«Aha ... ich kann Ihnen erlauben, nach der Schließung zu bleiben. Sagen wir ... eine Stunde.»

«Das ist zu wenig.»

* Frz. Ägyptologe, Gründer des ägyptischen Nationalmuseums und der Altertümerverwaltung. (Anm. d. Ü.)

«Dürfte ich den Grund für Ihren Schritt erfahren?»

«Ich fürchte, dass es zu Vertauschungen und Verwirrungen gekommen sein könnte.»

Der Beamte hob die Arme gen Himmel.

«Sie sind nicht der erste! Die Umstände des Fundes waren ein wenig . . . turbulent. Zutiefst besorgt haben zahlreiche Gelehrte die Mumien einer aufmerksamen Untersuchung unterzogen; seien Sie gewiss, dass sie alle mit größter Sicherheit identifiziert wurden.»

«Und Tutenchamun . . . zählte der zu den Geretteten?»

«Diesen Pharao kenne ich nicht.»

«Verfügen Sie über Dokumente über die Grabungen im Tal der Könige?»

«Notiz- und Tagebücher, die von den Archäologen seit dem achtzehnten Jahrhundert geführt wurden . . . es waren mehr als fünfzig. Heutzutage steht eine Sache eindeutig fest: Das TAL birgt kein Geheimnis mehr.»

«Ich teile Ihre Meinung nicht.»

«Sie sind im Unrecht. Sie vergessen, dass die professionellen Räuber von Gurnah den Ausgräbern und den Gelehrten einen harten Wettstreit geliefert haben. Kein Schatz hat ihnen entgehen können. Falls Sie unsre Archive einsehen möchten . . .»

«Das ist genau meine Absicht.»

Nachdem er die monumentale Treppe emporgestiegen war, betrat Carter respektvoll den Saal, in dem die Leiber der Ewigkeit jener Könige des Neuen Reiches ruhten; leer und still, schien er jeder profanen Präsenz gegenüber feindselig. Carter hätte diese ausgemergelten Kadaver gerne wieder mit Binden bedeckt, sie in ihre Sarkophage zurückgelegt und sie der morbiden Neugierde eines ironischen oder erschreckten Publikums entzogen.

Zwei Gesichter bewahrten noch eine unglaubliche Kraft: das von Sethos I., dem Erbauer des Tempels von Abydos, und jenes von Ramses II. Sie waren in einer Transfiguration, einer Verklärung verhaftet, deren Beweis sie selbst erbrachten; wer sie anschaute, wusste, dass Ägypten jenseits der Zeit lebte.

Die Untersuchung der Mumien erhärtete die Äußerungen des Beamten: Die Mumie Tutenchamuns war nicht aufgefunden worden.

Weder Grab noch Mumie: War Tutenchamun vielleicht bloß ein Trugbild?

Carter durchstöberte die Archive des Museums und machte sich Notizen über die von den Ausgräbern durchgeführten Arbeiten, ohne einen einzigen Anhaltspunkt über den König oder die Lage seiner letzten Ruhestätte zu erhalten. Nicht einmal Gerede oder haltlose Gerüchte; es war, als ob er niemals existiert hätte. Einerseits verwirrte ihn dieses Schweigen; andererseits bestätige es seine Hoffnungen.

Kollegen, auf der Durchreise in Kairo, wunderten sich, ihn Tag und Nacht arbeiten zu sehen; einer von ihnen lud ihn zum Diner ein. Er wies das Angebot schroff zurück; Wasser, ein Brotfladen und ein paar Früchte genügten ihm. Seine wahre Nahrung, das war diese Dokumentensammlung, die niemand mit Sorgfalt gesichtet hatte.

Am Morgen des letzten Tages seines Kairoer Abstechers wurde er für seine Anstrengung belohnt: Ein anonymer Archäologe hatte dem Siegel der königlichen Totenstadt, welches den Schakal Anubis über neun knieenden Personen mit Fußfesseln darstellte, eine handschriftliche Studie gewidmet. Ägypten symbolisierte auf jene Weise den Triumph der Erkenntnis über die Mächte des Bösen; verschnürt und zu jeder Handlung unfähig, zollten sie dem Gott Dank, dem es zufiel, die Pforten des Jenseits zu öffnen und die Wissenden zum Licht zu führen. Deshalb auch war dieses Siegel an den Eingängen der Gräber im Tal der Könige und nirgendwo sonst angebracht. Würde er eines Tages das Glück haben, es mit Händen greifen zu können?

Mit diesem für immer in seinem Gedächtnis eingeprägtem Bild setzte er seine Lektüre fort, wobei er über ein eigenartiges

Phänomen nachgrübelte: Der Zugang gewisser Gräber war deutlich sichtbar geblieben, durch ein majestätisches Portal markiert; in anderen Fällen waren die Gewölbe zugemauert und hinter Aufschüttungen verborgen worden, als ob man sie hatte unzugänglich machen wollen. Falls Tutenchamuns Grab existierte, gehörte es zu dieser zweiten Kategorie; zweifellos würde man Tonnen von Sand wegräumen müssen, bevor man es freilegen konnte.

Ein zugehöriges Dokument war der Studie beigefügt worden: Der Anfang eines Papyrus berichtete ausführlich von Seths Anschlag auf seinen Bruder Osiris, behandelte dann ein düsteres Thema, nämlich eine Reihe Verwünschungen gegen Schänder königlicher Grabstätten!

Er übersetzte und übersetzte die Hieroglyphen immer wieder; befürchtend, einer Illusion zu verfallen, zog er zwei Konservatoren und einen deutschen Wissenschaftsattaché zu Rate, der ein Praktikum im Museum absolvierte. Alle drei bestätigten seine Interpretation. Nach der Signatur des Papyrus zu urteilen, bestand vielleicht die Möglichkeit, ein weiteres Fragment aufzustöbern und somit die Fortsetzung des Textes zu erhalten.

Carter hätte nach Theben zurückkehren und seine Arbeit wieder aufnehmen müssen, doch die Erregung war übermächtig; er bekam die Erlaubnis, seine Recherchen in den Magazinen des Museums fortzusetzen, wo wundervolle Werke schlummerten, von denen manche der Finsternis und dem Vergessen nie mehr entkommen würden.

Nach zahlreichen fruchtlosen Versuchen wurde er aufs Neue von den Göttern Ägyptens begünstigt; in seinen Händen hielt er den zweiten Teil des Papyrus, mit derselben Signatur versehen, der jedoch ein *a* angefügt worden war. Die Trennung der beiden Fragmente schien merkwürdig; in Wahrheit aber waren derartige Vorfälle äußerst häufig. Weshalb sich um so bescheidene Überreste kümmern?

Der Text ließ sich ohne Mühe entziffern:

«Ich allein habe das Aushauen des Grabes Seiner Majestät

überwacht, vor aller Augen und aller Ohren geschützt. Niemand hat es gesehen, niemand hat es erfahren. Ich habe gewissenhaft Sorge getragen, das vollkommenste aller Werke zu schaffen; es übertrifft jene der Ahnen und wird noch lange nach mir Aufmerksamkeit erregen.»

Seine Begeisterung war überschwänglich; handelte es sich hier denn nicht um die offizielle Urkunde bezüglich des Baus der Grabstätte von Tutenchamun, welche vermittels der Anhäufung von Steinblöcken und vor allem durch die Wahrung eines über die Jahrhunderte wohl gehüteten Geheimnisses unverletzlich gemacht worden war?

Es blieben nur noch wenige Zeichen zu entziffern: die Namen des Königs und seines Baumeisters.

Zitternd und mit schweißbedeckter Stirn schloss Carter die Augen und versuchte seiner Atmung Herr zu werden. Diese Erregbarkeit schien ihm eines Gelehrten unwürdig; voll Jähzorn stellte er sich der Wirklichkeit.

Die Enttäuschung war herzzerreißend.

Der Baumeister hieß Ineni, der Pharao Thutmosis I., jener Monarch, der als erster das Tal der Könige wählte, um seine Wohnstatt der Ewigkeit vor Plünderern zu schützen. Somit hatte der Herrscher eine Tradition eingeleitet, an der seine Nachfolger der XVIII., XIX. und XX. Dynastien festhalten sollten. Dank Thutmosis war der wilden Landschaft des Westufers weltweiter Ruhm beschert.

Doch Tutenchamun blieb verborgen.

16

«Die Engländer sind Ungeheuer», erklärte Raifa, den Blick von Zorn erfüllt.

Howard nahm sanft ihre Hand.

«Nicht alle.»

«Doch, alle.»

«Ich auch?»

«Du, du bist nur noch die Hälfte eines Engländers! Und ich spreche ausschließlich zu deiner ägyptischen Hälfte.»

Am Ufer eines Kanals sitzend, wohnten sie dem Bad der Büffel bei, die laut im Wasser schnaubten; nackte Kinder schwammen neben ihnen, vergnügten sich damit, auf ihre Rücken zu klettern und wieder ins Wasser zu tauchen.

Abbas II. Hilmi hatte vor kurzem die Nachfolge seines Vaters, des Khedives* Tewfik, an der Spitze seines Landes angetreten. Der alte Khedive, ein erbärmlicher Volkswirt, hatte Ägypten in Schulden gestürzt und damit der Kontrolle ausländischer Mächte unterworfen, insbesondere der von England, welches Frankreich, das prompt im Reden, doch zum Handeln unfähig war, ohne Schwierigkeiten verdrängt hatte. Den Nationalisten gewogen, war Abbas II. Hilmi auf dem Weg der Emanzipation vorgeprescht; der Generalkonsul Englands hatte sich eiligst bemüht, diese Anwandlungen noch im Keim zu ersticken, zu Raifas und der Ägypter großem Leidwesen, die davon überzeugt waren, dass ihre Erde sich vom fremden Joch befreien müsste.

«Ägypten braucht uns, Raifa; das weißt du doch.»

«Ich weigere mich, es zu verstehen und ich verbiete dir diese Position zu vertreten.»

Die Entrüstung stand ihr gut. Howard hatte ganz gewiss keine Lust über Politik zu reden; sie anzuschauen, ob sie nun sanft oder aufgebracht sein mochte, verzückte ihn. Einen Monat nach seiner Rückkehr in Deir el-Bahari – Naville hatte ihm damals mit Entlassung gedroht, falls er der Grabungsstätte noch einmal abtrünnig würde – hatte Raifa sich die Verpflichtungen ihres Bruders, der im hintersten Winkel des Landes mit Steuereintreibung beschäftigt war, zunutze gemacht und war aus ihrem Dorf entwichen. Eine Woche lang würden sie sich morgens und abends sehen, im Schatten einer Palme, in einem Sykomorenhain ver-

* «Fürst», Titel des Vizekönigs von Ägypten.

steckt oder in einer Schilfhütte am Rain der Felder. Sie hätten sich so viel zu sagen gehabt, wenn der Khedive Tewfik nicht auf die unglückselige Idee gekommen wäre, zu sterben.

«Die Engländer müssen davongejagt werden; diese Eroberer sind für das Elend meines Volkes verantwortlich.»

«Es waren die Türken, die Ägypten ruiniert haben», erinnerte Carter gereizt.

«Europa hat unsere Lebensweise verändert; niemals hätten wir dem Durchbruch des Suezkanals zustimmen dürfen.»

«England hat sich dem widersetzt.»

«Weil es befürchtete, die Kontrolle über die Indienroute zu verlieren! Es hatte nichts als Hohn für die Verzweiflung der Völker übrig ... es zählen bloß Englands ökonomische Interessen.»

«Du übertreibst, Raifa. Als es sich Europa öffnete, hat Ägypten eine landwirtschaftliche Revolution begonnen; zum Überleben hängt es nicht mehr von der Nilschwemme ab, da es nunmehr eine Dauerbewässerung praktiziert.»

«Die Fellachen fortwährend zur Arbeit antreiben, sie noch mehr zu Sklaven machen ... ist das ein Fortschritt? Wegen dieser famosen Bewässerung hat sich der Parasit der die Bilharziose überträgt, stark in den Kanälen vermehrt, in denen die Bauern ihr Bad nehmen, ihre Wäsche machen und das Geschirr abwaschen. Früher war das Wasser rein; heute bringt es ihnen den Tod! Der Wurm greift die Leber und die Milz an, erschöpft den Organismus; dann tritt Blut in den Urin, und schließlich folgt der Todeskampf. Weshalb sollten wir diejenigen lieben, die uns dieses Gift eingeimpft haben?»

«Warum liebst du mich?»

Die Schroffheit seiner Frage erschreckte sie; sogleich bedauerte er, sie gestellt zu haben. Gleich würde sie aufspringen, entfliehen und verschwinden, für immer. Newberry, Petrie und Naville hatten ihn vor seinem impulsiven Wesen gewarnt, ohne die kleinste Besserung zu erreichen. Doch Raifa zog ihre Hand nicht weg.

«Verzeih mir.»

«Was hat du dir zuschulden kommen lassen, Howard?»

«Ich hätte dich nicht so überfallen dürfen.»

«Bedauern und Gewissensbisse sehen dir gar nicht ähnlich; sollte es dir etwa an Aufrichtigkeit mangeln?»

Fast wäre er erneut aufgebraust, doch ihr Lächeln entwaffnete ihn.

«Niemand hat mich jemals auf diese Art aus der Fassung gebracht.»

«Niemand hat sich auch bisher in dich verliebt.»

Ihre Finger verschlangen sich ineinander; er wusste nichts mehr zu sagen, noch zu tun. Wie sollte er einer jungen arabischen Frau seine Glut bekennen, welche Gesten finden? Einer Lady gegenüber hätte sein Instinkt ihm vielleicht die richtige Verhaltensweise angezeigt. Hier, am Ufer des Nils, unter der Herbstsonne, hundert Schritte von einem *gamus*-Paar entfernt, das sich an seinem Bad erfreute, half ihm sein Archäologenwissen kaum.

«Ich würde gerne dein Porträt malen.»

«Der Koran verbietet es; ich müsste verschleiert sein. Behalte mich in deinem Herzen, aber banne meine Züge nicht.»

«Es wäre ein anderes Ich von dir.»

«Ich lehne es ab. Du würdest einen bösen Dschinn erschaffen.» Den ganzen Nachmittag über spazierten sie durch die verwaiste Landschaft. Raifa rief die Erinnerung an ihren Vater wach, ein Landwirt, der sehr jung gestorben war. Howard beschrieb ihr die Gegend von Norfolk.

Als die Sonne sich neigte, hielten sie nahe einem *saduf.** Raifa goss den Inhalt eines Wassertopfs auf ihre staubigen Füße und bemerkte, dass die Hennafärbung zum Teil verwischt war. Verärgert, weil sie befürchtete, ihre Reinheit zu verlieren und den umherirrenden Geistern zum Opfer zu fallen, zog sie ihn mit zu einer Häusergruppe, wo sie eine alte Frau herbeirief, die

* Bewässerungsvorrichtung, Schöpfbaum.

über die kostbare Paste verfügte. Die ovalen Blätter des Hennas, eines dem Liguster ähnlichen Strauchs, brachten mit denen des Flieders vergleichbare Blütentrauben hervor; die Blätter wurden zerstoßen und zu Pulver zerrieben, bevor man sie zu einem Kosmetikum und magischen Schutz verarbeitete.

Zusammengekauert und mit angewinkelten Beinen färbte Raifa sich die Fußnägel. Als er ihr zuschaute, überkam ihn das Gefühl einige Augenblicke ihrer Intimität zu stehlen. Jäh veränderte sich ihr Blick.

Verängstigt sprang sie auf und presste sich gegen die Wand des Piseehauses. In einem Gepolter von Hufen und einer Staubwolke ließ Gamal sein Pferd zwischen ihr und Carter halten. An seinem Gürtel die Karbatsche, eine Peitsche aus Nilpferdleder.

«Ich hatte Ihnen verboten meine Schwester wiederzusehen.»

«Raifa ist eine freie Frau.»

«Hund eines Engländers! Glaubst du, sie besudeln zu können?»

Das Pferd bäumte sich auf, Carter wich um keinen Fingerbreit.

«Ich respektiere Ihre Schwester; wir finden Gefallen daran miteinander zu plaudern.»

Er packte seine Peitsche und ließ sie mehrfach knallen.

«Nach der Züchtigung, die ich dir erteilen werde, wirst du keine Lust mehr haben, zu reden.»

«Nur ein Feigling peitscht einen unbewaffneten Mann; schlage dich mit deinen Fäusten, wenn du den Mut dazu hast.»

Gamal warf die Karbatsche fort und sprang zu Boden.

Obschon größer und breiter in den Schultern als Carter, konnte er nicht wissen, dass ein kleiner Engländer vom Lande sich, sobald er laufen kann, in der Kunst des Boxkampfes befleißigt; Howard hatte, leidvoller Erfahrung halber, dessen Regeln erlernt und eine breite Palette an erlaubten und verbotenen Schlägen einstudiert. Gamal griff ihn mit der alleinigen Kraft der Verachtung an; das war sein Fehler.

Eine gut geführte Attacke dauert nicht lange: Zwei Uppercuts, einen unters Kinn, den anderen auf den Plexus, ließ ihn *groggy* mit einem Knie zu Boden gehen.

Carter reichte ihm die Hand.

«Dieser Streit ist töricht; lass uns Freunde werden.»

Gamal spie aus.

«Der Hass des Propheten soll über dich kommen!»

Sich vor Schmerz krümmend gelang es ihm, auf sein Pferd zu steigen, um sich davonzumachen.

Raifa brach in Schluchzen aus.

17

Carnarvon las nochmals den Artikel der *Times,* der dem Sudan gewidmet war; die bestinformierten Beobachter sagten ernste Unruhen voraus und erinnerten an die Glanztaten von Kitchener, des einzigen Soldaten, der in der Lage sei, einen dauerhaften Frieden wiederherzustellen. Der Graf hätte nicht erklären können, weshalb ihn dieses Stiefelgetrappel mehr als gewöhnlich irritierte; wenn er sich auch dagegen verwahrte, so wurde er dennoch von vorwarnenden Visionen heimgesucht. «Sudan» und «Blutbad» klangen ihm auf einmal wie untrennbar verbundene Begriffe.

Zu Beginn dieses herrlichen Sommers von 1895 waren solche Gedanken recht ungebührlich; in einigen Stunden würde ein reicher Aristokrat von neunundzwanzig Jahren seinen Geburtstag begehen, indem er Miss Almina Wombwell, eine junge, zierliche Person, die einem Modell von Greuze glich, zur Frau nahm. Ein wahrhaft denkwürdiger 26. Juni, der eine herrliche Zeremonie in St. Margeret's, Westminster, und anschließend ein überaus konventionelles Bankett in Lansdowne House erleben sollte. Almina, zart und anrührend in ihrem Kleid aus rosenfarbener, mit Smaragden und Diamanten besternter Gaze, würde wie eine Art

Sühneopfer erscheinen, das man dem endlich vernünftig gewordenen Herumtreiber darbrächte.

Das Alter der Verstandesreife, murmelte man in Carnarvons Umgebung; andere hatten es mit weniger Glück erreicht. Er – von Adel, vermögend und kultiviert; sie intelligent, sanft und schön. Ein ideales Paar, zum sicheren Glück bestimmt, durch zwei oder drei Kinder bereichert, die ihren Eltern Ehre machen würden.

Einerseits wusste der Graf die Situation zu schätzen; andererseits war sie ihm verhasst. Im Unterschied zu manch anderen Menschen empfand er keine Furcht vor dem Morgen und hätte sich einer vollkommenen Glückseligkeit hingeben müssen; doch das Verlangen nach endlosen Weiten verließ ihn nicht. Almina gewann den Reisen keinerlei Verlockungen ab. Schloss Highclere war eine Welt für sich, die ein ganzes Dasein auszufüllen vermochte; sie wünschte sich einen Sohn und eine Tochter und gedachte, sie in Stille großzuziehen, ihnen eine traditionelle Erziehung zu geben, und sich aufs beste um einen nicht alltäglichen Ehemann zu kümmern.

Ohne dass sie es ihm eingestand, war Carnarvon überzeugt, das seine Verlobte die Absicht hatte, ihn zu ändern und ihn von diesem Gefühl der Leere und Nutzlosigkeit zu befreien, welches ihm häufig zur Hölle wurde; Familienvater zu werden, würde eine entscheidende Etappe dieses Prozesses sein.

Er vermisste die gute Zeit, da Porchey nach seiner Laune agierte, auf der Suche nach einem Sturm zwei Monate auf See verbrachte, sich in einer verruchten Bar am Ende der Welt mit Banditen unterhielt und sich im Unbekannten verlor. Fand das Umherirren seine Rechtfertigung nicht in sich selbst? Porchey aber war verschwunden, hatte den Platz an George Herbert, fünfter Earl of Carnarvon, abgetreten.

Der Kammerdiener führte ihm den Smoking vor.

«Euer Lordschaft müssen allmählich die Uhrzeit bedenken. Es wäre bedauerlich, wenn Euer Lordschaft sich verspäten würden.»

«Bedauerlich für wen?»

Der Kammerdiener verneigte sich und zog sich zurück.

Bedauerlich, wiederholte Carnarvon versonnen. Und wenn ich nicht für die Ehe geschaffen wäre?

Die an Alminas Seite zugebrachten Augenblicke der Zärtlichkeit schossen ihm jäh ins Gedächtnis. Er war aufrichtig verliebt in sie und vermählte sich nicht unter Zwang. Und dennoch hatte er Lust zu fliehen, auf das Deck des erstbesten Schiffs zu springen und England Adieu zu sagen.

Da sprach der Geist seines Vaters zu ihm.

Diese Flucht, so charakteristisch für Porchey, war eines Carnarvons nicht würdig. Nährte sich seine Verzweiflung nicht aus seinem Egoismus, seiner ausschließlichen Selbstverliebtheit und Bezogenheit auf die eigenen Freuden und den eigenen Kummer? Eine Frau und Kinder: Das war es, was ihn aus dem Nichts, in dem er versank, herausholen würde.

Sich um das Geschick anderer und den Wohlstand seines Anwesens sorgen zu müssen, würde Lord Carnarvon den rechten Weg einschlagen lassen.

Eine wenig verführerische Perspektive, in Wirklichkeit; er hätte es vorgezogen, Almina auf dem Kamm einer Welle, am Hang eines Vulkans oder tief in einem Tal der Neuen Welt, mit nackten Indianern als Trauzeugen, zu heiraten.

Von allen Seiten umzingelt, lieferte der Graf sein letztes Ehrengefecht. Er verschmähte den Smoking, zog eine Jacke aus blauer Kammgarnserge über und setzte einen Strohhut auf.

Verdutzt murmelte der Diener auf der Türschwelle ein paar undeutliche Worte.

«Nun, mein Freund, haben Sie etwa Ihre Zunge verloren? Seien Sie aufrichtig, wenn Sie ein Detail schockiert.»

«Der Hut . . . der Hut Eurer Lordschaft sitzt schief.»

Carnarvon betrachtete sich im Spiegel.

«Richtig. Sie werden mich daran erinnern, Ihr Gehalt aufzubessern; ohne Ihr scharfsinniges Einschreiten hätte ich einen Skandal verursacht.»

Mit Ungeduld erwartete die Hausgemeinschaft das freudige Ereignis; die Gemahlin von Lord Carnarvon trug sicher einen Stammhalter unterm Herzen. Bei den ersten Wehen waren der Geburtshelfer und die Hebammen auf Schloss Highclere geeilt.

In der Bibliothek sitzend, las der Graf ein Werk von André Chevrillon mit dem Titel *Tote Erde;* von einer Ägyptenreise zurückgekehrt, schrieb jener über des Tal der Könige: *«Andere Pharaonen schlafen noch im Schoße dieses Berges, tief in Hypogäen, die der Mensch seit jenem Tage, da die Tür verschlossen wurde, niemals gestört hat. Sie schlafen unter der Obhut der Götter»* Netter literarischer Kunstgriff, archäologisch eine Absurdität; man wusste seit langem, dass dieser düstere Ort all seine Mumien und all seine Schätze preisgegeben hatte, ob nun den Grabräubern oder den Ägyptologen. Dieser Chevrillon hatte, wie so viele Franzosen, ein allzu romantisches Gemüt.

Die Schritte des Geburtshelfers hallten durch den Gang. Carter unterbrach seine Lektüre.

«Meine Glückwünsche, Mylord; Sie haben einen Jungen.»

«Er wird den Vornamen Henry tragen, sehr lange leben und der sechste Earl of Carnarvon sein.»

«Gott möge Sie erhören.»

Sobald er Almina und seinen Sohn geküsst hatte, begab Carnarvon sich nach London. Man erwartete ihn im Foreign Office*, bei seiner Bank und in zwei Büros der City; er vernachlässigte jedoch diese Verabredungen von schmerzlicher Banalität und verbrachte mehrere Stunden in einem Hangar der nördlichen Vorstädte in Gesellschaft einer Mechanikermannschaft. Man verstand kaum sein eigenes Wort, so ohrenbetäubend war das Getöse des Motors. Diese Unannehmlichkeit beirrte den Grafen überhaupt nicht, entdeckte er doch seine neue Leidenschaft: Das Automobil.

* Das britische Außenministerium.

Während Kitchener, nachdem er den Kalifen Abdullah bei Omdurman* besiegt hatte, die Rückeroberung des Sudan gelang und er den französischen Commandant Marchand nötigte, das Land an Großbritannien abzutreten, dachte Carter über die Pläne der Gräber im Tal der Könige nach. Was besaßen sie gemeinsam? Eine Eingangstür, einen Gang, der sich in die Erde bohrte, eine Vorkammer und den Sarkophagraum; manchmal einen Brunnen, der das Regenwasser auffangen sollte, um den Urozean und das Grab des Osiris zu symbolisieren. Reliefs und Malereien an den Wänden, welche die Etappen der Wiedererstehung des Pharaos und die Wandlungen seiner Seele beschworen.

Leider waren die Ausmaße dieser Grabstätten sehr unterschiedlich, reichten von ein paar bis zu mehr als hundert Metern! Unter diesen Umständen war es unmöglich, das von Tutenchamun abzusehen. Überdies stand fest, dass die Unsterblichkeit des Pharaos auf zwei Elemente gegründet war: einen Tempel und ein Grab; doch der Tempel Tutenchamuns war verschwunden . . . falls er je existiert hatte.

Freitags war Ruhetag in Ägypten, außer für Howard Carter; für einige Stunde seiner Aufgaben in Deir el-Bahari entbunden, verwandte er diese allzu knappe Freizeit dazu, seine Unterlagen über das Tal zu vervollständigen, fest entschlossen, alles, was geschrieben oder vermeldet worden war, zu kollationieren.

Der Frühling prangte. Orangenbäume, Geißblatt und Jasmin blühten, ebenso die Luzernen- und Saubohnenfelder; die Hitze nahm zu, die Schatten wurden kürzer, der Staub schien sein Reich auszuweiten. Ein wenig überdrüssig, ließ er von seinen Papieren ab und ging am Nil spazieren.

Seit fünf Monaten hatte er Raifa nicht wiedergesehen; der Versuch sie anzusprechen, hätte sie in Gefahr gebracht. Er

* Ort im Sudan.

konnte nicht aufhören, an sie zu denken, und kämpfte mit letzter Kraft dagegen an, sie ihrem Bruder zu entführen.

Plötzlich war sie an seiner Seite. Für den Augenblick erkannte er sie nicht, da sie ein lichtblaues Gewand angelegt hatte; ihre Haare waren in einem weißen Schleier gehalten, der ihre Stirn bedeckte. Ihr Gang verriet sie, bevor sie ein Wort gesagt hatte.

«Raifa . . . weshalb bist du dieses Wagnis eingegangen?»

«Mein Bruder ist befördert worden; er wurde nach Assuan berufen. Heute, Howard, ist der erste Frühlingstag und *samm'an'nasim*, das Fest ‹des Duftes der Brise›; es könnte keinen süßeren Moment für ein Wiedersehen geben, falls du bereit wärst deine Arbeit zu vergessen.»

«Dieses ernste Thema bedarf der Überlegung.»

Ihr Lächeln verzauberte sein Herz.

«Ich habe dir einen Turban und eine Dschellaba mitgebracht.»

«Diese Mode scheint mir recht unbritisch.»

«Sie wird sehr zweckmäßig sein, um sich unter die Menge zu mischen und nicht aufzufallen. Und außerdem . . . ich will wissen, ob ein gewisser Howard Carter sein Aussehen ändern möchte, um mir seine Zuneigung zu beweisen.»

Zum Glück gab es nirgends einen Spiegel, und sein lächerlicher Aufzug blieb ihm verborgen.

Samm'an'nasim erfreute sich allgemeiner Begeisterung; die Städter strömten aufs Land, ganze Familien stürmten auf die Straßen und aßen am Nilufer zu Mittag. Voller Stolz trugen Knaben und Mädchen ihre neuen Anzüge und Kleider in lebhaften Farben; sie traten in die Häuser, deren Türen sperrangelweit offen standen, und im Tausch für bunt gefärbte hart gekochte Eier erhielten sie Tauben, Pökelfisch oder Orangen. Die Jasmin- und Rosenverkäufer fanden regen Zuspruch; der Duft von Verlobungen lag in der Luft.

Raifa war eine Fee. Sie ließ ihn das Tal der Könige fast vergessen; in einer Menge im Freudentaumel verloren und glücklich wie ein Kind, streifte Howard Carter seinen üblichen Argwohn ab und folgte der charmantesten Fremdenführerin. Sie erinnerte ihn daran, dass dieses Land, in einer fernen Zeit, ein Ort der Feste und Lustbarkeiten gewesen war, wo jeder Gefallen am Leben fand.

Als die Städter wieder den Rückweg in die Stadt antraten, gab Raifa ihm seine Freiheit noch nicht zurück und führte ihn bis zu ihrem Dorf, wo einige Lampions die anbrechende Nacht durchdrangen; erschöpft schliefen die Kinder bereits. Sie traten in das stille Haus.

«Warte hier auf mich», befahl sie, als sie ihn in dem schmucken Raum mit den weißen und grünen Wänden zurückließ.

Carter schnürte es plötzlich die Kehle zu; sie hatte ihn in ihre Privaträume eingelassen, was einen ernsten Verstoß gegen die örtliche Moral darstellte. Wie aus dieser Falle entrinnen? Da ihm nichts einfiel, um sich herauszureden, wartete er geduldig ab.

Wieder überraschte sie ihn.

Entschleiert, barfüßig, mit einem Rock bekleidet, der oberhalb ihrer Knöchel endete, und mit einem goldfarbenen Bolero, der ihren Bauch sehen ließ, hielt sie in der rechten Hand ein *darabukka,* ein vasenförmiges Tamburin, dessen Boden mit Fell bespannt war. Mit Jasmin parfümiert, Gebieterin einer umso brennenderen, da gezügelten Lust, brachte sie ihre Jugend und Schönheit zum Ausdruck, indem sie ihm einen Bauchtanz darbot – jene uralte, raffinierte, über die Seidenstraße gekommene Kunst. Mit sehr langsamen, zu Beginn fast unmerklichen Bewegungen bildete sie Kreise um eine unsichtbare Achse; Raifas schlanker und geschmeidiger Leib spielte in subtilen Variationen. Die Knöchel gaben den Rhythmus vor, die Brüste gerieten in Bewegung, die Hüften erzitterten.

Nicht einen Moment unterließ sie es ihn anzuschauen, während er nicht wusste, wo er seine Augen hinwenden sollte; dieser Anblick entflammte ihn, doch es gelang ihm nicht, ihr seine Leidenschaft zu gestehen. Raifa hakte ihren Bolero auf, ließ das

Stück Stoff zu Boden fallen und näherte sich ihm mit laszivem Schritt; sie ließ das Tamburin los, nahm seine Hand und zog ihn an sich.

Er hätte sie zurückstoßen, sie davon überzeugen müssen, dass sie eine Verrücktheit beging, hätte dieses ausweglose Abenteuer nicht eingehen dürfen ... doch Raifa war betörend, ihre Haut duftend, ihre Lust feurig. Seine Hände ließen den Rock die Hüften hinuntergleiten; ungeschickt verkrampfte er sich. Mit einer schlängelnden Bewegung half sie ihm. Nackt tanzte sie weiter und zog ihn ins Auge eines Strudels aus Küssen und Liebkosungen. In ihrem langen schwarzen Haar versunken, trunken vom Wasser ihrer Augen, schenkte er ihr eine mit dem stürmisch über die Ufer tretenden Hochwasser des Nils vergleichbare Liebe.

19

An jenem Morgen des 9. März 1898 wurde Howard Carter von einem Gerücht aus Raifas Armen gerissen, welches von Dorf zu Dorf angeschwollen und nunmehr in aller Munde war. Mit erregter Stimme erklärte der öffentliche Schreiber den Maulaffen, wie Victor Loret, ein französischer Archäologe, im Tal der Könige gerade ein unversehrtes Grab gefunden hatte, das den Sarkophag eines unbekannten Königs enthielt.

Durch das offene Fenster, das ein Vorhang verschleierte, entging Carter kein einziges Wort; seiner jungen Geliebten, die im Halbschlaf lächelte, gingen andere Fantasien durch den Sinn.

«Wohin gehst du, Howard? Der Tag ist kaum angebrochen.»

«Die Sonne steht schon hoch, Raifa. Wir haben lange geschlafen.»

«Geschlafen.»

Er küsste sie zärtlich.

«Gewährst du mir die Erlaubnis, eine Mumie zu besuchen?»

Fern von ihr verschwand seine heitere Stimmung. Die Neuigkeit hatte ihn erschüttert; als selbiger Loret, am 12. Februar, auf den leeren Sarkophag von Thutmosis III., des ägyptischen Napoleon gestoßen war, hatte Carter eine Vorahnung überkommen. Dieser Franzose durfte doch tatsächlich im TAL graben! Überdies schien ihn das Glück zu begleiten ... Hatte er etwa Tutenchamuns Grab ausfindig gemacht?

Als Carter an den Fundort kam, wo ein Dutzend *hufara* Wache standen, war Loret bereits nach Luxor unterwegs. Der Engländer wollte ihn über Art und Beschaffenheit der Wunder befragen, die er der Finsternis entrissen hatte; in Lorets Abwesenheit blieb ihm nichts anderes übrig, als die Zerberusse zu überreden, ihn hinunter in die Schatzhöhle zu lassen.

Da jeder von ihnen Carter kannte, war es ihm ein Leichtes, und er erhielt rasch ihr Einverständnis. Sich durch eine Bresche zwängend, die in eine gemauerte Tür, den unbestreitbaren Eingang zu einer königlichen Gruft, geschlagen worden war, schritt er, sich mit einer Fackel den Weg leuchtend, voran. Ohne ihr schwaches Licht wäre er in einen breiten und tiefen Brunnen gefallen. Er musste wieder an die Oberfläche zurückklettern und um eine Leiter bitten; indem er sie über das gähnende Loch warf, erhielt er einen behelfsmäßigen Steg, der ihm erlaubte das Hindernis zu überwinden. Voller Ungeduld ging er mit hastigem Schritt auf die Sarkophagkammer zu.

Tatsächlich, der Totenschrein war vorhanden.

Er näherte sich ihm mit Respekt, voller Furcht, jenen Pharao anzutreffen, der ihm seit seiner Ankunft im Lande der Götter nicht mehr aus dem Sinn ging.

Im Inneren des Bettes ruhte ein König. Ein Strauß Blumen auf seinem Kopf; zu seinen Füßen eine Laubkrone. Zum ersten Mal erweckte ein Ausgräber einen ägyptischen Monarchen an ebenjenem Ort, wo er, dank der Riten, in Ewigkeit lebte.

Und dieser Gräber war nicht Howard Carter. Mit geschlossenen Augen und kurzem Atem konzentrierte er sich; sinnlos, den Augenblick noch länger hinauszuschieben, da er die Inschriften entziffern musste und den Namen des Pharaos erfahren würde. Nie war er vor der Realität zurückgewichen; da sein Traum zerbrach, wollte er Tutenchamun wenigstens seine Huldigung erweisen.

Er hielt die Fackel näher an die Hieroglyphen und machte die Kartuschen* aus, die das fatale Wort enthielten. Er las «Amun» . . . aber nicht Tutenchamun. Diese Mumie, dieser Sarkophag, dieses Grab gehörten Amenophis II., jenem Herrscher, den seine Großtaten beim Bogenschießen und beim Rudern berühmt gemacht hatten!

Erleichtert, ja fröhlich wie ein kleiner Junge, der beim Spiel gewonnen hat, setzte er sich einige lange Minuten auf den staubigen Boden der Grabstätte; seine Niederlage verwandelte sich in Sieg. Loret bewies, dass noch immer unversehrte Grüfte im Innern des TALS ruhten . . . Unter ihnen, Carter spürte es, wusste es, war auch die von Tutenchamun!

Seine Fackel beleuchtete den Eingang einer Kammer; im Innern lagen königliche Mumien, neun an der Zahl! Wieder ergriff ihn Beklemmung; war sein König einer der Bewohner dieses neuen Verstecks?

Jede dieser ehrwürdigen Reliquien verriet ihm ihren Namen: Zum Glück fehlte Tutenchamun in der Reihe!

Da seine Arbeit in Deir el-Bahari gut vorangeschritten war, verbrachte Carter seine Mußestunden damit; unablässig die Fundstätte von Deir el-Medinah, ganz in der Nähe des TALS, zu befragen; dort, in einem kleinen Dorf, hatten die Handwerker gelebt, die unter größter Geheimhaltung die Königsgräber erbauten und ausschmückten. Ihre Gemeinschaft erfreute sich eines besonderen Rechtswesens und unterstand unmittelbar dem Wesir, dem «Premierminister» des Pharaos.

Was war von Deir el-Medinah geblieben? Ein Tempel, die

* «Kartusche» lautet der Fachbegriff, der das mehr oder weniger längliche Oval bezeichnet, in dem der Name des Pharaos eingeschrieben ist.

Fundamente der Häuser und Trassen der Straßen sowie die Gräber der Steinmetzen, der Maler und Zeichner. Aus einem Wadi hatte man abertausend Bruchstücke von Kalksteinplatten zutage gefördert, die den Lehrlingen als Skizziermaterial dienten.

Während er den zentralen Platz des Dorfes überquerte, vorbei an dem Brunnen, wo die Frauen Wasser schöpfen kamen, sann Carter über die Betriebsamkeit nach, die hier vor nunmehr dreitausendfünfhundert Jahren geherrscht hatte; von dieser Zuflucht des Friedens, umgeben von Einsamkeit und wüsten Weiten, wo Hyänen umherstreiften, brachen die Handwerker auf, um dem Kammweg zu folgen, der ins Tal der Könige führte. Steinbrucharbeiter, Steinmetzen, Maler, Bildhauer und Zeichner ruhten sich bereitwillig auf halbem Weg in rudimentären Hütten aus, bevor sie nach Hause, an den «Platz der Wahrheit», wie der ägyptische Name von Deir el-Medinah besagt, zurückkehrten.

Hohe senkrechte Steilwände, Felsen, Sand, ein stilles Amphitheater machten diesen Ort so karg; in der lauen Luft indes schwebte noch die Begeisterung der Erbauer. Fern der Menschen seiner Zeit, fühlte Carter sich diesen Geschöpfen nahe, deren Seelen durch die Vollkommenheit ihrer Werke weiterlebten. Einer von ihnen hatte Tutenchamuns Gruft gegraben; vielleicht hatte er auch irgendeinen Text geschnitten oder irgendwelche Hinweise hinterlassen, die imstande wären, ihn auf die richtige Spur zu bringen. Dies war der Grund, weshalb er seit mehreren Monaten jede Wand und jeden Stein in Augenschein nahm.

Als er aus der Gruft des Baumeisters Sennudjem stieg, welcher, auf einer Wandmalerei, in den paradiesischen Gefilden des Jenseits in Begleitung seiner Gattin die Ernte schnitt, prallte er auf einen kleinen, korpulenten, kahlköpfigen und schnurrbärtigen Mann mit rundlichen Händen und einem harten Blick hinter seinen runden Brillengläsern, der nach europäischer Manier mit der Vornehmheit einer Respektsperson gekleidet war.

«Howard Carter?»

«Ich habe nicht die Ehre, Sie zu kennen.»

«Gaston Maspero, Direktor der neuen Altertümerverwaltung.»

Carter ließ Bleistift und Zeichenheft fallen. So begegnete er also völlig unvermutet dem Papst der Ägyptologie, dem Entdecker der *Pyramidentexte,* dem Ausgräber von Abydos, Sakkara, Karnak, Edfu, dem Detektiv, der das Versteck von Deir el-Bahari ans Licht gebracht hatte, dem Verfasser der *Altertumsgeschichte der Völker des Orients* und Professor in Paris; der bereits im Alter von siebenundzwanzig Jahren am *Collège de France* lehrte, kurzum, dem Gelehrten, vor dem sich die Forscher der ganzen Welt verneigten.

Sie waren im Unrecht. Maspero hatte Ägypten verlassen, um seine Karriere zu sichern, nachdem er lange Zeit eine ständige Vertretung in Kairo geleitet hatte; Carter, hingegen, würde niemals fortgehen.

«Dann sind Sie also zurück ... Für wie lange?»

«Der Vorteil meiner dreiundfünfzig Jahre, Mr Carter, und der vierzig Jahre Ägyptologie, ist die Erfahrung und Kenntnis der Menschen und des Terrains. Heute besitze ich die Mittel, die man mir früher verwehrte, und ich werde mir nichts mehr weismachen lassen.»

«Meinen Glückwunsch zu Ihrer Ernennung, Herr Direktor.»

Mit hinter dem Rücken verschränkten Händen und breitbeinig auf festen Füßen stehend, musste Carter einem Studenten ähnlich sehen, der darauf gefasst war, das Urteil der Prüfungskommission entgegenzunehmen.

Maspero nahm seine Brille ab und putzte die Gläser mit einem feinen Taschentuch.

«Die Lage ist dennoch nicht einfach: Kitchener und England haben sich des Sudans bemächtigt, während Mustafa Kamil und die Nationalpartei den Abzug der Engländer verlangen.»

«Eine simple Provokation ohne Zukunft.»

«Ägypten zählt heute sieben Millionen Einwohner gegenüber drei Millionen im Jahre 1820; die Familien machen immer mehr Kinder, um sie zur Arbeit auf die Baumwollfelder zu schicken. Morgen werden sie Patrioten sein und die Unabhängigkeit predigen.»

«Sind Sie etwa böse auf England?»

«Im Gegenteil! Um Ihnen nichts zu verhehlen, es war der britische Generalkonsul, Lord Cromer, der meine Ernennung kräftig unterstützt hat.»

«Das heißt, dass Loret ...»

«Mein Vorgänger war, obgleich Franzose, ein erbärmlicher Archäologe. Gewiss war er sehr rührig und hat ein paar Entdeckungen von Interesse gemacht.»

«Hat er nicht gerade das Grab von Thutmosis I., das älteste im Tal, freigelegt?»

Maspero wischte das Argument mit einem Abwinken beiseite.

«Loret gräbt auf die Schnelle, macht nicht eine einzige Fotografie, kritzelt unleserliche Notizen hin. Doch es gibt Schlimmeres, Carter: Die ‹Loret-Gräber› stehen sperrangelweit offen, viele ... allzu viele laufen darin herum. Gewisse Gegenstände seien bei unerlaubten Transaktionen verschwunden; englische und deutsche Archäologen haben den Begriff des Schwarzhandels aufgebracht und Loret seitens der Obrigkeit heftig kritisiert. Und deshalb wendet man sich an mich. Nachdem meine moralischen, finanziellen und materiellen Bedingungen akzeptiert sind, nehme ich die Dinge wieder in die Hand, auch wenn mein Landsmann sicherlich zu Unrecht beschuldigt wird.»

«Die Dinge ... Sie meinen damit: alle Grabungsstätten?»

«Alle Grabungsstätten, in fünf Verwaltungsbezirke aufgeteilt, die mit größter Sorgfalt von fünf Generalinspektoren überwacht werden, denen örtliche Inspektoren und eine wachsende Zahl von Wächtern assistieren. Die Gelehrtengesellschaften, die Institute und die begüterten Privatpersonen werden Grabungsgenehmigungen erhalten, wenn ich es, im Einverständnis mit einem internationalen beratenden Gremium, für gut befinde.»

«Beratend ...»

«Sie erfassen die Feinheiten recht gut: Die Exekutivgewalt, die einzige, die zählt, bin ich allein. Es war an der Zeit wieder Ordnung in dieses Kapharnaum zu bringen. Wie alt sind Sie, Carter?»

«Sechsundzwanzig.»

«Wie lange arbeiten Sie schon in Ägypten?»

«Bald neun Jahre.»

«Sprechen Sie Arabisch?»

«Mehrere Dialekte.»

Endlich zufrieden mit der Sauberkeit der Gläser, setzte Maspero seine Brille wieder auf.

«Die Gerüchte, die Sie betrafen, waren demnach begründet. Man behauptet auch, dass die thebanische Region Ihnen bestens vertraut ist.»

«In diesem Fall übertreiben die Gerüchte; ich wollte, sie wären wahr.»

«Bescheiden dazu ... das wird Ihnen vergehen. Mr Carter, ich ernenne Sie zum Generalinspektor von Oberägypten und Nubien mit der Verpflichtung, sich um die Monumente zu kümmern. Ihr Verwaltungssitz wird Luxor sein. Selbstverständlich verlange ich regelmäßige Berichterstattung.»

Maspero machte Miene, fortzugehen, blieb stehen und wandte sich nochmals um.

«Ach, ich vergaß ... ein so wichtiger Mann wie Sie muss viel besser angezogen sein; Sie haben einen ärgerlichen Hang dazu, in die Eingeborenenmode abzugleiten. Bringen Sie augenblicklich Ihre Kleidung in Ordnung, denn Sie treten schon heute Ihr Amt an.»

Lord Carnarvon, der glücklichste aller Menschen; mit vierunddreißig Jahren war er ein begüterter, gefeierter und umsorgter Aristokrat und bald schon Vater eines zweiten Kindes. Als geschickter Verwalter sah er seine Konten auf stete Weise anwachsen und kannte keine Alltagssorgen. Gegenüber jedem, der es hören wollte, behauptete er, dass das Leben ein Sport sei, bei dem der Geschickteste siege, sofern er das Gemälde eines Meisters wie den Gang eines Rennpferdes zu schätzen wusste; eine antike Bronze dem Gewölbe eines Antiquitätenhändlers zu entreißen, erregte ihn ebenso wie eine der Tradition gemäß geführte Fuchsjagd.

Als Mitglied des Jockey Clubs verbrachte Carnarvon lange Tage damit, sich um eins der exklusivsten Gestüte Englands zu kümmern; Gewinner zahlreicher Rennen, begann er allmählich, dieser Anhäufung von Erfolgen müde zu werden. Sein Bewusstsein behauptete wieder seine Rechte: Glücklich war er nur außerhalb seiner selbst. Es gelang ihm noch, sich in eine Leidenschaft zu vertiefen, sobald sie jedoch nachließ oder etwas an Gehalt verlor, langweilte er sich.

Das Automobil, die Geschwindigkeit, die schneidende Luft, die ihm gegen die Wangen schlug, die *miles,* die unter den Rädern vorbeizogen, die schönen, dem Gaspedal dargebotenen Geraden, die Kurven, in denen sich die Kunst des Piloten bewies – dies waren seine Ekstasen. Es war in Frankreich gewesen, wo er den ersten Boliden gekauft hatte, bevor England sich dafür interessierte; bei seiner ersten Tour hatte er einen Fußgänger, der eine rote Fahne trug, vorausschicken müssen. In jenem Jahr, welches das zwanzigste Jahrhundert eröffnete, machte die Technik rasche Fortschritte und nötigte so den Besitzer von Highclere, häufig den Wagen zu wechseln. In die Gefahr verliebt, doch niemals unvernünftig, hatte der Graf sich der Dienste von Edward Trotman, eines professionellen Fahrers, versichert, mit dem er sich beim Chauffieren der Fahrzeuge abwechselte; wenn er sich müde fühlte, vermied Carnarvon es, sich ans Lenkrad zu setzen.

An jenem Morgen, auf der deutschen Straße, die nach Bad Schwalbach führte, wo er seine Gattin treffen wollte, fühlte sich der Aristokrat in ausgezeichneter Form. An einem Schnupfen leidend, saß sein Fahrer an seiner Seite.

«Die frische Luft wird Sie kurieren, Edward. Keine Mikrobe widersteht ihr.»

«So Gott will, Mylord; meine Augen tränen, ich fühlte mich nicht imstande zu chauffieren. Aber Sie selbst sind doch recht spät zu Bett gegangen.»

«Dieser Empfang war unerträglich; ein Wiener Professor hat die Theorien eines gewissen Freud, Verfasser eines vor kurzem erschienenen Buches über Traumdeutung, dargelegt. Das ist nicht nur albern, sondern auch gefährlich; wenn eine bestimmte Anzahl von idiotischen oder leichtgläubigen Hochschullehrern diese Theorien propagieren, werden sie eine Seuche verbreiten, der sich die Welt nur mühsam wieder entledigen wird. Dieser Freud ist der schlimmste aller Albträume.»

«Geben Sie acht, Mylord; diese Straße besteht nur aus Kurven.»

«Sie haben Recht, Edward, ich traue ihnen nicht. Sie haben alle bis zum heutigen Tage gezählten Unfälle bewirkt. Wissen Sie, was mir ein türkischer Milliardär vorgeschlagen hat? Baumwollfelder in Ägypten zu kaufen! Es scheint, dass die Grundbesitzer ihr Glück machen, indem sie riesige Ländereien schaffen auf Kosten von Kleinbauern, die ins Elend getrieben wurden oder ihre Flecken Land verlassen müssen, um sich in Kairo zusammenzudrängen. Unser Zeitalter verliert den Verstand und wir leben auf einem Hexenkessel; der Deckel wird uns letzten Endes ins Gesicht fliegen.»

Edward Trotman nieste; sein Schnupfen versperrte ihm den Verstand in solchem Maße, dass ihm jedwede globale Vision abging. Carnarvon konzentrierte sich aufs Fahren; Nebel und Regenschauer hatten die Chaussee rutschig gemacht. Er konnte nicht umhin, an seine kürzlich geführte Unterredung mit einem weiteren Abgesandten der britischen Regierung zu denken; man bot ihm nicht mehr an, ein selbstloser Nachrichtenagent zu sein, sondern wahrlich ein offizieller Orientspezialist zu werden und eine politische Laufbahn einzuschlagen, die ihn sehr weit bringen sollte; das Foreign Office hatte Bedarf an Persönlichkeiten wie der seinen. Eine neue Leidenschaft vielleicht, wenn ihm das Automobil einmal fade erscheinen würde.

Carnarvon überfuhr eine Bodenwelle mit zu hoher Geschwindigkeit; Edward Trotman hob von seinem Sitz ab und klammerte sich an den Arm des Grafen, um sein Gleichgewicht wiederzuerlangen.

«Verzeihen Sie, Mylord.»

«Es ist an mir, Sie um Entschuldigung zu ersuchen, Edward. Ich werde langsamer fahren.»

Die Aufeinanderfolge von Kurven zwang den Fahrer zur Vorsicht; endlich erlaubte ihm eine lange Gerade, die Energie des Motors freizulassen.

«Dieses Vehikel schleicht ja nur; man müsste ...»

Carnarvon beendete seinen Satz nicht. Zwei Ochsenkarren, die aus einem Feldweg kamen, überquerten die Straße, ohne auf das Automobil zu achten, das auf sie zuraste. Da ihm nicht mehr genügend Abstand blieb, um zu bremsen, riss der Graf das Lenkrad herum, verließ die Fahrbahn und fuhr eine Böschung hinauf. Ein Pneu platzte. Trotman hatte das Glück, hinausgeschleudert zu werden, während das Fahrzeug schräg in einen morastigen Graben stürzte und Carnarvon unter sich begrub.

Trotman verdankte seine Unversehrtheit einem dicken Mantel, der den Aufprall abdämpfte; sich wenig um eventuelle Verletzungen scherend, eilte er seinem Herrn zu Hilfe. Fassungslos stellte er fest, dass Carnarvon mit dem Kopf im Schlamm steckte; allein hatte er nicht die Kraft, den Wagen zu bewegen und den Grafen einem klebrigen Tod zu entreißen.

Trotman lief brüllend auf die für den Unfall verantwortlichen Bauern zu, die reglos mitten auf der Straße standen.

«Kommen Sie schnell! Ich brauche Sie.»

Zwei von ihnen flohen davon.

«Wenn Sie fortlaufen, wird man Sie eines Verbrechens anklagen.»

Die Deutschen verstanden die Worte des Engländers nicht; doch der drohende Ton überzeugte sie ihm zu folgen.

Carnarvons Gesicht war unkenntlich. Trotman griff sich den Eimer Wasser, den einer der Bauern trug, goss ein wenig davon auf die Nase und die Lippen des Unfallopfers und säuberte sie vom Schlamm; dann befahl er den Deutschen, den Wagen auf seine Anweisungen hin wegzudrücken. Diese sträubten sich jedoch; er wurde wütend, packte einen beim Kragen und zwang ihn, ihm zu helfen. Ein zweiter ging ihnen zur Hand, während der dritte, sich endlich über den Ernst der Lage bewusst werdend, Hilfe holen ging.

Das Fahrzeug war schwer; zunächst rührte es sich nicht. Unter dem Ansporn eines entfesselten Engländers schöpften die Bauern ihre Kraftreserven aus. Endlich bewegte sich das Metallgehäuse.

«Schiebt doch, beim heiligen Georg!»

Carnarvon war befreit, doch er atmete nicht mehr. Ihn unter den Achseln greifend, zog Trotman ihn aus seinem Totenbett.

«Sagen Sie etwas, Mylord . . . sagen Sie doch etwas, ich flehe Sie an!»

Der Fahrer legte seinen Herrn auf die Böschung:

«Some water . . . *Wasser, bitte!*»

Trotman schüttete den ganzen Inhalt über Carnarvons Kopf. Die eisige Flüssigkeit bewirkte eine Reaktion: Die Lider des Grafen öffneten sich, seine Lippen bebten und er kam wieder zu Bewusstsein.

«Sie sind am Leben, am Leben!»

Der Blick schien verloren. Mit sehr schwacher Stimme gelang es Carnarvon, eine Frage zu stellen, die den Fahrer verblüffte:

«Habe ich jemanden getötet?»

Trotman hatte keine Zeit zu antworten: Der Graf sank ins Koma.

21

Dreiteiliger gestreifter Anzug, getüpfelte Fliege, weißes Ziertüchlein, Hut mit breiter Krempe und schwarzem Band, Zigarettenspitze, weiße Leinenschuhe: Howard Carter glich einem wahrhaftigen Generalinspektor der Altertümer, welcher den Anforderungen bester britischer Tradition und denen Gaston Masperos genügte.

In solcher Kleidung machte er seine Autolität auf allen Grabungstätten, für die er verantwortlich war, ohne Mühe geltend.

Diese Beförderung behagte ihm ungemein; er eilte von Edfu nach Kom Ombo, von Abu Simbel nach Luxor, von El-Kab nach Hermontis; wie hätte man auch nicht entzückt sein können angesichts dieser Myriade von Tempeln, Basreliefs und Statuen, die es zu bewahren galt; wie hätte man keine Lust verspüren können Tonnen von Sand umzuwühlen, um neue Monumente ans Tageslicht zu bringen? Aber seine Gedanken führten ihn immer wieder zum Tal der Könige, das nun unter seiner Kontrolle stand. Leider konnte er ihm jedoch seine Zeit nicht vollends widmen; Maspero, der sich kaum für diese als ausgeschöpft betrachtete Stätte interessierte, hätte es nicht zugelassen.

Mit Lorets Funden argumentierend, gelang es ihm dennoch, das Interesse seines Vorgesetzten zu gewinnen, der einem Routinebesuch vor Ort zustimmte.

«Das Grab der Königin Hatschepsut ist doch aufregend, oder?»

«Interessant, aber leer. Eine Grabstätte ohne Gegenstände und ohne Schatz . . . eine alte verwelkte Verführerin ohne Reize.»

«Ich bin überzeugt, dass hier, an diesem Ort, noch immer Wunderdinge versteckt sind.»

«Träumereien, Carter. Dieses TAL ist nur noch eine Stätte der Verwüstung.»

«Ich würde gerne eine große Grabungskampagne leiten.»

«Die Altertümerverwaltung ist arm», wandte Maspero ein; «mein Budget ist ausgeglichen. Die Gelder sind dem Unterhalt der bekannten Baudenkmäler zugeteilt.»

«Ich bin sicher . . .»

«Das genügt. Wenn Sie graben wollen, fangen Sie erst einmal an reich zu werden; dann stellen Sie eine gute Hundertschaft Arbeiter ein und geben mehrere tausend Pfund Sterling aus. Sind Sie dazu in der Lage?»

Wutentbrannt biss Carter sich auf die Lippen.

«Mein einziges Vermögen ist der Lohn, den Sie mir auszahlen.»

«Nun ja, dann sollten Sie wenigsten den zu bewahren wissen und diesen düsteren Ort vergessen. Das TAL ist tot, Carter; vergraben Sie sich hier nicht.»

Der junge Morgen, in Luxor, hat den Duft von Kaffee und Jasmin; das rosafarbene Gebirge des Westufers und die Welt der Götter verschmelzen mit den Menschen in gleißender Stille. Als sich die Sonne behauptete, fand sie Carter am Fuße einer kleinen, von Rosen- und Hibiskussträuchern umgebenen Moschee; im Innern las ein Greis den Koran. Vögel tranken aus einem Trog nahe dem mit Marmor und Mosaiken verzierten Eingang.

Nach europäischer Manier gekleidet, blieb Raifa einen Meter vor ihrem Liebhaber stehen.

«Weshalb hast du dich hier mit mir verabredet?»

«Sie sind sehr beeindruckend, Herr Inspektor; ich sah Sie lieber im schlichteren Anzug, aber ich werde mich daran gewöhnen.»

«Ich habe kaum eine andere Wahl.»

«Opferst du mich deinen neuen Verpflichtungen?»

«Raifa . . .»

Sie in seine Arme nehmen und an sich drücken ... auf offener Straße, einfach unmöglich.

«Ist es nötig mich so zu quälen?»

«Verdienst du es nicht? Mein Bruder lebt in Qene, du bist ein bedeutender Mann geworden, wir sind frei, du und ich, und wir sehen uns nicht mehr. Wenn deine Arbeit eine Geliebte wird, Howard, werde ich sie verdrängen. Ich liebe dich und möchte dich heiraten.»

Dieses Verlangen überraschte ihn nicht; er fürchtete es und erhoffte es.

«Du bist Ägypterin, ich bin Engländer ...»

«Es gibt eine Lösung: Bekehre dich zum Islam. Schau dir diese Moschee an: Sie ist Friede und Heiterkeit.»

«Das ist wahr, aber ...»

«Du wirst nur fünf Pflichten zu erfüllen haben: das Glaubensbekenntnis an den einen Gott, die täglichen Gebete, die Spendung von Aknosen, das Fasten und die Wahlfahrt nach Mekka. Bist du dazu bereit, Howard?»

Maßlose Hoffnung funkelte in ihren Augen.

«Ich muss darüber nachdenken.»

«Ich verstehe das, Howard; Gott ist der Größte, ich preise seine Vollkommenheit. Er wird dich zu erleuchten wissen.»

«Das wünsche ich mir.»

Gaston Maspero schlug mit der Faust auf seinen Schreibtisch.

«Das ist ein wahrhafter Skandal, Mr Carter! Ich will die Wahrheit!»

«Stellen meine Berichte Sie etwa nicht zufrieden, Herr Direktor?»

«Sie sind präzise, kurz und bündig und steigern sich beständig; bei diesem Tempo werden Sie bald der Beste meiner Inspektoren sein.»

«Ich werde mich Ihres Vertrauens würdig erweisen.»

«Unter der Bedingung, dass Sie diesen Eskapaden ein Ende setzen.»

«Mein Dasein ist der Arbeit gewidmet.»

«Das würde ich wünschen, Carter! Sie sind ein junger Mann, voller Glut ... alleine zu leben, wäre ein Fehler. Luxor ist mit charmanten Europäerinnen bevölkert, denen Sie begegnen könnten.»

«Meine Arbeit ...»

Masperos Gesicht färbte sich purpurrot.

«Die hält Sie aber nicht davon ab, eine gewisse Raifa zu frequentieren!»

Genauso rot wie sein Gesprächspartner, hielt er der Attacke stand.

«Wer hat mich verraten?»

«Jedermann weiß es, Carter! In dieser kleinen europäischen Welt von Luxor sind Sie Gegenstand des Spotts und Schandfleck zugleich ... vor allem, weil Ihr unseliges Vorhaben Sie geradewegs ins Verderben führt.»

«Worauf spielen Sie an?»

«Stellen Sie sich nicht dumm! Ihre ‹Verlobte verbreitet überall, dass Sie entschlossen sind, sich zum Islam zu bekehren.

Kerzengerade, mit festem Blick, bot Carter die Stirn.

«Das ist der Preis für die Heirat.»

«Es wird keine Heirat geben. Ihre Konversion wäre der allerschlimmste Unfug; die Muslime werden Sie nicht annehmen, und die Europäer werden Sie ausschließen. Diese Frau wird gezwungen sein, Sie zu verlassen und Sie werden Ihre Anstellung, was sage ich, Ihre Berufung verloren haben! Hören Sie mich an, Howard: Die Religionen verderben die Menschen. Ich wurde von der *École Normale Supérieure* verwiesen, weil ich Stellung für Sainte-Beuve, das Freidenkertum und die freie Forschung bezogen habe. Dann wurde ich wiedereingesetzt und habe nicht aufgehört zu kämpfen, um die Wissenschaft von jenem Halseisen der Glaubenslehren zu befreien, das sie erwürgt; scheitern Sie nicht wegen einer Jugendtorheit.»

«Raifa möchte unsren Bund offiziell machen. Sie hat mich

mit diesem Land, mit seiner Sprache, seinen Bräuchen vertraut gemacht; meinen Erfolg verdanke ich zum großen Teil ihr.»

«Unverbesserliche Romantik! Den Erfolg verdankt ein Mensch nur seinem eigenen Talent und seiner Fähigkeit, sich die Umstände aufs beste zunutze zu machen. Ich beginne allmählich, Sie gut zu kennen, mein Junge; falls Sie reüssieren, wird Ihnen das niemand honorieren. Wegen Ihres eigensinnigen Charakters und Ihres leidigen Hangs zur Redlichkeit wird man Sie beneiden und es Ihnen missgönnen.»

«Maktub.»

Diese vorgefasste Meinung muslimischen Fatalismus amüsierte Maspero gar nicht.

«Das Abenteuer ist beendet.»

«Ich glaube nicht, Herr Direktor. Die Liebe einer Frau verraten, wäre eine Schändlichkeit, mit der ich mich nicht abfinden könnte.»

Hinter den geränderten Gläsern wurde der Blick eisig.

«Die hervorstechendste Eigenschaft eines Gelehrten ist es sich der Realität zu beugen. Ihnen ist ein wichtiger Sachverhalt nicht bekannt: Der Bruder von Raifa ist soeben nach Luxor zurückgekehrt. Seine Schwester hat mir einen Brief zukommen lassen, in dem Sie mich bittet, in einem ganz bestimmten Sinne einzuschreiten: dass Sie nämlich aufhören, Sie zu belästigen. Ansonsten wird ihr Bruder Klage einreichen.»

«Dieses Dokument will ich sehen.»

Maspero reichte es ihm.

«Dieser Text ist nur unter Zwang geschrieben worden . . . das ist offenkundig!»

«Das spielt keine Rolle, er setzt dieser unschicklichen Verbindung ein Ende. Und jetzt, Inspektor Carter, kehren Sie auf die Grabungsstätten zurück. Die Baudenkmäler brauchen Sie; sie werden viel länger bestehen als diese Ägypterin.»

«Ich will die Wahrheit», forderte Lord Carnarvon.

Der Chirurg zögerte.

«Sie sind gerettet, Herr Graf, ist das nicht die Hauptsache?»

«Nein. Ich glaube nicht, meine Kaltblütigkeit verloren zu haben und ich rate Ihnen, die Ihre zu bewahren.»

Carnarvon durchlebte erneut jenen Augenblick in der dem Unfallort nächstgelegenen Herberge, als er in Anwesenheit seiner Gemahlin, seines Chauffeurs und mehrerer Ärzte die Augen aufgeschlagen hatte. Doch leider war sein Blick verschwommen gewesen; einige Minuten später hatte ihn ein schwarzer Schleier umgeben.

«Bin ich für immer blind?»

«Ich glaube es nicht, Herr Graf.»

«Meine Verletzungen?»

«Verbrannte Beine, Kieferbrüche, eingedrückter Brustkorb, diverse Erschütterungen und Quetschungen.»

«Grad der Schwere?»

«Nicht unerheblich.»

«Wann werde ich wieder gehen können?»

«In drei oder vier Monaten, aber ... mit einem Stock.»

«Laufen?»

«Davon werden Sie absehen müssen.»

Carnarvon würde kein Schiff mehr steuern und nicht mehr über die Meere brausen können, um einer unwirklichen Freiheit nachzustreben.

«Ich verspüre einen furchtbaren Schmerz in den Armen.»

«Sie sind ausgerenkt; Sie werden sie wieder voll und ganz gebrauchen können. Allerdings ...»

«Fahren Sie fort.»

«Mehrere Operationen werden vonnöten sein; Sie werden Mut und Geduld aufbringen müssen, Herr Graf.»

Der Park von Highclere grünte unter der blassen Frühjahrssonne; Carnarvon versuchte Golf zu spielen und jeden Tag die Dauer seiner Runden zu steigern. Da er seine Sehkraft wiedererlangt hatte, fühlte er sich nun besser imstande gegen sein Missgeschick anzukämpfen. Gereizt wegen seines Mangels an Energie, kehrte er zum Schloss zurück.

Auf der Schwelle erwartete ihn Almina.

«Geben Sie nicht auf, mein Liebling; Sie müssen leben. Für mich, für Ihren Sohn und für Ihre Tochter, die gerade zur Welt gekommen ist.»

«Ich bin es Leid.»

«Die Rehabilitation wird lange dauern. Ihr Doktor . . .»

«Ein Lügner, wie alle Ärzte. Meine Rehabilitation wird nie enden; ich werde bis zum Ende meiner Tage leiden.»

Almina schaute ihren Gatten zärtlich an und küsste ihm die Hände.

«Sie haben zweifellos Recht; für mich ändert das nichts.»

«Einen Behinderten lieben . . . ist das denn möglich?»

«Sie sind kein Behinderter.»

«Selbst Ihre Zärtlichkeit kann die Wirklichkeit nicht ändern; ich kann nur mit Schwierigkeiten gehen, die geringsten Anstrengungen ermüden mich, mein vergangenes Dasein war bloß eine Abfolge von Absurditäten und ich habe keine Zukunft. Traurige Bilanz, scheint es Ihnen nicht so?»

«Ungenaue Bilanz, Mylord. Die angesammelte Erfahrung ist unersetzbar, Ihre Familie verehrt Sie, und Ihre ersten Fotografien offenbaren ein tatsächliches Talent.»

Carnarvon wurde heiter.

«Gelungen, wirklich?»

«Prüfen Sie selbst.»

So schnell er konnte, begab Carnarvon sich in die in einem Flügel des Schlosses eingerichtete Dunkelkammer. Die Fotografie, seine neue Leidenschaft, verlangte eine Sorgfalt, deren er sich unfähig glaubte; nach den ersten dürftigen Versuchen zögerte er weiterzumachen. Seine letzte Serie schien ihm korrekt;

Bildschärfe, Ausschnitt, Komposition verewigten den Park von Higclere.

«Dann fotografieren wir also», murmelte er.

Zahlreiche Briefe strömten aus aller Welt ein; offizielle Organisationen und Liebhaberkreise beglückwünschten ihn zu seinen Aufnahmen und propagierten sein Ansehen in ganz England; morgen schon würde Carnarvon ein Fotograf anerkannten Talents sein.

«Ihre Verabredung, Mylord.»

Carnarvon zögerte; er hätte diesem Besuch nicht zustimmen dürfen. Auf dem Sessel von Napoleon I. sitzend, empfing er den Gast in der Bibliothek. Der Mann im schwarzen Anzug begrüßte den Schlossherrn.

«Denkt London etwa noch an einen verunglückten Adeligen?»

«Sie erholen Sich vortrefflich, Euer Lordschaft, Ihre Schicksalsschläge gehören der Vergangenheit an. Die meisten Mitglieder der Regierung erwarten Ihren Einzug in die Politik.»

Carnarvon erhob sich und rezitierte etwa fünfzig Verse aus *Macbeth;* sein Gesprächspartner blieb gleichmütig.

«Ich schätze Shakespeare, aber . . .»

«Haben Sie mir gut zugehört?»

«Ich hoffe es.»

«In dem Fall haben Sie es bemerkt.»

«Ich verstehe nicht.»

Carnarvon kehrte dem Regierungsabgesandten den Rücken zu.

«Ihre Diskretion ehrt Sie, aber sie ist überflüssig; die Nachwehen meiner Kieferverletzung geißeln mich mit einem Artikulationsfehler, den allein meine Nächsten zu ertragen vermögen. Können Sie sich vorstellen, wie ich eine Rede deklamiere und Lacher auslöse? Die Humoristen würden nicht säumen gegen mich zu sticheln, und meine Laufbahn würde schon im Ansatz beendet sein.»

«Sie irren sich, Euer Lordschaft; dieser Fehler existiert nur in Ihrer Einbildung.»

«Man schmeichelt einem geschwächten Mann nicht.»

«Sie sind es nicht. Ihr Mut hat allen Bewunderung abgenötigt; ein Mann Ihres Schlages wird ein Führer der vordersten Reihe.»

«Mein Missgeschick akzeptiere ich, aber Lächerlichkeit nicht.»

«Lassen Sie mich den Plan darlegen, den meine Freunde und ich selbst für Ihre Wahl vorbereitet haben.»

«Unnötig: Ich wünsche kein Mandat.»

«Das ist töricht! Sie werden sich doch nicht hier vergraben und . .»

«Mein Geschick gehört nicht der Regierung Seiner Majestät; unsre Unterredung ist beendet.»

Nutzlos gewesen zu sein und noch nutzloser zu werden ... Carnarvon käute diesen Gedanken stetig wieder, den weder die Zuneigung seiner Kinder noch die Liebe seiner Gattin und auch die Ergebenheit seiner Diener nicht vertrieben. An unerträglichen Kopfschmerzen leidend, fand er Ruhe nur inmitten seines Anwesens, unter den Libanon-Zedern; sich zu konzentrieren, fiel ihm so beschwerlich, dass er seine Lektüre oder seine Fotografentätigkeit häufig unterbrechen musste. Bei den Mahlzeiten verfiel er in endloses Schweigen, sich selbst sowie dem Gespräch gegenüber abwesend.

Mit vierunddreißig Jahren war der brillante Earl of Carnarvon ein gebrochener Mann. Je mehr man ihm half, desto mehr verachtete er sich. Von der Zärtlichkeit der Seinen oder einem simplen Stock abzuhängen, wurde ihm zur Hölle; wenn der Freitod nicht eine entsetzliche Geschmacklosigkeit gewesen wäre, hätte er sich ihm ergeben.

Seine Hunde wurden seine besten Therapeuten. Treu im Augenblick wie auf Dauer, auf die kleinsten seiner Gesten achtend, verlangten sie von ihm nur seine Anwesenheit und lange Spaziergänge an seiner Seite; er lernte, seine Leiden zu ertragen und den Verlust seiner Gesundheit nicht mehr zu beklagen. Das Leben wurde weniger grau, die Verzweiflung weniger undurchdringlich. Dass sich der Horizont verengt hatte, wie hätte er es leugnen können? Doch der Abenteurer spürte, dass sich eine andere Pforte am Himmel öffnen, ein anderer Weg sich erbieten würde. Es galt sich vorzubereiten.

23

In Gurnah war Carters Büro weder groß noch luxuriös, doch es bedeutete einen ungeheuren Aufstieg und die Möglichkeit, einen Forschungsplan für mehrere Jahre festzulegen, einen Plan, in welchem sein geliebtes Tal eingeschlossen war.

Im hinteren Teil eines rechteckigen Raums eingerichtet, wo zwei Ventilatoren thronten, empfing er wenig Besuch und zog die Gesellschaft gelehrter Werke den unerträglichen Bittstellern vor. Seine drei Untergebenen, die aus dem Nachbarort stammten, hatten Order, die Störenfriede abzuweisen; und so blieben auch die an die beiden Längswände gelehnten Bänke meistens leer.

Wie einfach war es mit einer Karte und einem Bleistift das Tal zu durchforschen! Carter hatte Lust, an zehn verschiedenen Stellen Löcher hineinzutreiben, und sah dafür mehrere Hundert Arbeiter vor, deren fröhliche Gesänge die Entdeckung einstimmen und ankündigen würden. Doch es fehlten ihm die Tausende Pfund Sterling, ohne die keine Grabungsstätte eröffnet werden konnte.

«Zwei Landsleute von Ihnen möchten Sie sehen, Herr Inspektor.»

«Ihre Namen?»

«Sie weigern sich, sie zu nennen, und behaupten, Informationen zu besitzen, die Sie in höchstem Maße interessieren würden.»

Die Neugierde trieb ihn, die Unterredung zu gewähren. Die beiden Engländer waren Männer reifen Alters, mit zerklüfteten Gesichtern und groben Zügen: Er hätte schwören können, dass es sich um Brüder handelte.

«Wir wohnen in Luxor», verkündete der erste, «und das Tal beschäftigt uns brennend. Und deshalb suchen wir um die Grabungsgenehmigung nach.»

«Sie haben Informationen erwähnt . . .»

«Erst die Genehmigung.»

«Sind Sie Archäologen?»

Der zweite wagte sich vor.

«Wir haben mit Loret gearbeitet; dass müsste Ihnen genügen.»

«Unterhalten Sie nicht einen Altertümerhandel?»

«Das ist nicht illegal.»

«Zur Zeit doch. Als Inspektor dieses Gebietes missbillige ich diese Praktiken und werde die Urheber aburteilen lassen.»

Die beiden Männer verständigten sich mit Blicken und wichen zurück.

«Gehen Sie doch nicht so schnell, meine Herren; die Informationen?»

«Wir haben uns geirrt, wir . . .»

«Entweder Sie reden oder Sie stehen unter Anklage.»

Die Drohung hielt sie auf.

«Ich werde Ihnen helfen, meine Herren: Wenn Sie eine Grabungslizenz wünschen, dann kennen Sie doch schon die Stelle, wo die Spitzhacke anzusetzen ist. Ich vermute, dass Loret den Eingang eines Grabes ausgemacht hatte; als er von seiner Absetzung erfuhr, zog er es vor, ihn wieder zuzuschütten.»

Weder der eine noch der andere protestierte; Carter hatte das Richtige getroffen.

«Hier liegt die Karte des Tals. Zeigen Sie mir die Stelle an und verschwinden Sie!»

Zahlreiche Arbeiter hatten sich, von irgendwelchen Vorahnungen geleitet, am Eingang des Tals versammelt; beim Herannahen eines Ereignisses setzten sie sich aufgrund eines Urinstinktes in Bewegung.

«Holen Sie den Anführer der Wächter her», verlangte Carter. Sich durch die Reihen drängend, kam der *rais* näher.

«Ahmed Girigar! Sie sind befördert worden?»

«Wie Sie, Mr Carter; ich bin glücklich mit Ihnen arbeiten zu können.»

«Ich auch.»

«Wann fangen wir an?»

«Sofort; ich benötige erfahrene Männer.»

Ahmed Girigar wählte die Besten aus; ruhig erteilte er seine Befehle, und ihm wurde auf der Stelle gehorcht.

Sie wandten sich zur Felswand; Carter marschierte eilig voran, um rasch zu diesem unbekannten Grab zu gelangen.

Die Arbeit war schnell und ohne Mühe getan; wenige dicke Steinblöcke, Geröll, Sand . . . und die Ausschachtung! Sie öffnete sich auf eine recht breite Treppe in ausgezeichnetem Zustand. Keine Inschrift verriet den Namen des Inhabers. Als Carter, von Ahmed Girigar gefolgt, in den geraden und hohen Korridor trat, wusste er sofort, dass die Grabstätte geschändet worden war. Die Totenkammer von ovaler Form war ein bemerkenswertes Werk, wenn auch der Sarkophag, ohne jeden Text, nicht vollendet war.

Er kniete sich nieder und hob eine Rosette auf.

«Schau, Ahmed. Sie stammt von einem Goldgehänge mit eingelegten Edelsteinen: Die Göttinnen, die ich in Deir el-Bahari gemalt habe, trugen ähnliche.»

Dieses Grab musste, wie so viele andere, sagenhafte Reichtümer enthalten haben; übrig blieben nur ein paar kümmerliche Relikte auf den Namen Sennefer, eines Bürgermeisters von Theben, und den seiner Gattin; Carter teilte ihrer letzten Ruhestätte die Nummer 42 zu.

Die beiden Gelehrten verspeisten eine gegrillte Taube in einem typischen Restaurant Luxors; der erste war Franzose, der zweite Engländer. Die Ägyptologie vor Ort stellte für den einen wie den anderen nur eine Etappe dar; ihre Laufbahn würde sie bis zu Professuren in Paris und London führen, weg von einem Land, das sie nicht mochten.

«Haben Sie den letzten Band der *Annalen der Altertümerverwaltung** gelesen?», fragte der Franzose.

«Wenn er auch mein Landsmann ist, bringt dieser Carter mich allmählich in Harnisch.»

«Sie sind nicht der Einzige; er verstimmt die ganze wissenschaftliche Gemeinde. Welch eine deplatzierte Idee ... Dieses Grab 42 zu publizieren, in dem es nicht den kleinsten Schatz gibt!»

«Wenn man ihn machen läßt, wird er Berichte über die geplünderten Gräber und die winzigsten Löcher im TAL verfassen; er macht seine Vorgänger lächerlich und bringt seine Kollegen in eine heikle Lage. Pläne, Aufstellungen, Skizzen! Als ob wir keine anderen Sorgen hätten ... Dieser Carter möchte uns unter dem Gewicht seiner unnützen Arbeit zerschmettern. Er ist ehrgeizig, rachsüchtig und zum Äußersten fähig, zweifellos, weil er einem armen Milieu entstammt.»

«Wir werden ihn daran hindern Schaden anzurichten, werter Kollege.»

«Ich bin glücklich über unser herzliches Einverständnis: Entweder Carter beugt sich, oder er zerbricht.»

Carter war sich bewusst, die Gewohnheiten einer Bande von Faulpelzen und Stümpern zu stören, für die Ägypten und die Ägyptologie bloß ein etwas snobistischer Zeitvertreib war; wer nach der Wahrheit der Vergangenheit forschte, musste ihr so viel Sorgfalt wie der Beobachtung der Gegenwart oder der Vorbereitung der Zukunft schenken.

* Annales du Service des Antiquités.

Einen Monat nach der Entdeckung des Grabes 42 bat Ahmed Girigar um eine vor indiskreten Ohren sichere Unterredung. Nachdem er sein Büro abgeschlossen hatte, traf Carter sich mit ihm in einem Wüstentälchen, das sich bei Gewitterregen in einen Sturzbach verwandelte.

«Vier Arbeiter, die für Loret tätig waren, haben einen versuchten Diebstahl zugegeben.»

«In welchem Grab?»

«Eine unbekannte Grabstätte, die der Franzose genau wie Nummer 42 wieder zugeschüttet hat. Als die vier Männer versuchten, sich hineinzulassen, hat ein *'ifrit* sie gestört; es war ein sehr aggressiver Dschinn, der ihnen den Hals umdrehte und sie am Atmen gehindert hat.»

«Haben sie die genaue Lage angegeben?»

«Ich bringe Sie hin.»

Der *rais* führte Carter bis zur kleinen Böschung, die das Grab Ramses' XI. schützte; dort zeigte er ihm eine Mulde im Sand, in der Steinsplitter angehäuft waren.

«Ruf die Arbeiter zusammen, und dann lass uns graben.»

Fünfzehn Fuß unter den Trümmern wurde ein Schacht freigelegt; am Ende – eine unversehrte Tür!

Ahmed Girigar bemerkte Howard Carters Enthusiasmus.

«Freuen Sie sich nicht zu früh; Loret hat es schon betreten.» Mit bangem Gefühl zwängte Carter sich hinein; an der Decke die charakteristischen Erdwespennester der seit langem geschändeten thebanischen Gräber.

Zwei mit weißem Harz bedeckte Holzsärge, und ein dritter, weißer, der eine Mumie barg, gehörten Sängern des Tempels von Karnak; zwischen den Binden steckten Mimosen-, Lotos- und Perseablätter. Von Tutenchamun keine Spur.

24

«Herr Inspektor, kommen Sie schnell! Es ist ernst, sehr ernst!»

Der *hafir* war außer sich; im Grab von Sethos I., dem schönsten und größten des Tals, war soeben ein Pfeiler eingestürzt. Carter begab sich zum Unglücksort, um die Schäden zu begutachten und sofortige Maßnahme einzuleiten. Wieder einmal wurde er von dieser Sixtinischen Kapelle des Alten Ägyptens geblendet; die Pracht der Malereien, die erst gestern fertig gestellt schienen; die Vollkommenheit der Hieroglyphen, welche die gefährliche Sonnenfahrt in die Unterwelt erzählten; und die Anwesenheit der Gottheiten, die dem Pharao bei seiner Wiedergeburt halfen – all dies bewegte zutiefst. Häufig kam er her, sich vor der Abbildung der Himmelsgöttin Nut zu sammeln, dieser riesigen Frau mit sternenbedecktem Körper; am Abend verschluckte sie das Tagesgestirn, das sie jeden Morgen neu gebar.

Carter hatte keine Muße, sich dem Studium dieser unnachahmlichen Fresken zu widmen; er musste den eingestürzten Teil mit Holzstempeln abstützen, das Grab für die Öffentlichkeit unzugänglich machen und sich in aller Eile zu Maspero begeben.

Der Stadt überdrüssig, hatte der Verwaltungsdirektor sein Hauptquartier auf einem Schiff, einer auf den Namen «Miriam» getauften Dahabiye, eingerichtet. So konnte er mühelos von einer Grabungsstätte zur anderen reisen, indem er nach Art der Alten den Nil befuhr. Maspero, dessen kleiner Schreibtisch mit einem Stapel Akten überladen war, schien übelster Laune.

«Was geht im Tal vor, Carter? Angeblich ist das Grab von Sethos I. halb zerstört!»

«Das Gerede hat den Zwischenfall ein wenig aufgebauscht, aber die Sache ist nicht unerheblich: Ein Pfeiler ist eingestürzt. Die Restaurierungsarbeiten sind bereits im Gang.»

«Und die Touristen?»

«Besichtigung verboten.»

In den Sessel zurückgeworfen, schaukelte Maspero hin und her.

«Oh, diese Touristen! Was für eine Sippschaft ... Zweitausend Personen pro Jahr im TAL, eine richtige Kolonie, die sich von Dezember bis April in Luxor aufhält, Schwätzer, Nervenbündel, Kranke, die herkommen, um Sonnenbäder zu nehmen und die Monumente zu beschädigen!»

Der Verwaltungsdirektor nahm eine erhabenere Stellung ein und fixierte seinen Gesprächspartner mit innerer Heiterkeit.

«Dieser Ansicht sind Sie doch auch, Carter? So geht doch Ihre Rede?»

«Dem Wortlaut wie dem Geiste nach. Diese Leute haben nichts anderes im Sinn, als in Luxushotels herumzustolzieren, zu flirten und Visitenkarten auszutauschen; sie gehen von Empfang zu Empfang, spielen Tennis und Bridge, erfinden unablässig neue Zerstreuungen. Und auf ihrem Programm stehen – leider! – auch das Pflichtpicknick im Tal der Könige und die Besichtigung der Gräber. Sie bringen all dem keinerlei Interesse und noch weniger Respekt entgegen; ihre Führer schwärzen die Wände mit dem Rauch der Fackeln und jeder macht sich einen Spaß daraus, die Reliefs anzufassen. Drastische Maßnahmen drängen sich auf, Herr Direktor, wenn Sie diese unschätzbaren Kunstwerke retten wollen.»

«Zweifeln Sie etwa daran?»

«Dann lassen Sie uns handeln.»

«Handeln, handeln! Das ist leicht gesagt! Haben Sie vor, den Touristen den Zutritt zum TAL zu verwehren?»

«Warum nicht; zumindest für die Dauer seiner Erforschung.»

«Es ist erforscht, Carter.»

«Beweisen die Entdeckungen von Grab 42 und dem der drei Amun-Sänger, das auf meiner Liste Nummer 44 tragen wird, nicht das Gegenteil?»

Das Argument brachte Maspero ins Wanken, doch er fasste sich rasch wieder.

«Geschändete, wiederverwendete Felsengrüfte, ohne Mobiliar und beachtenswerte Gegenstände ... recht bescheidene Funde, die nur einen Enthusiasten wie Sie interessieren! Wann will es Ihnen endlich in den Kopf gehen, dass Hunderte von Plünderern dort durchgezogen sind, und dass sie nur Krümel übrig gelassen haben. Was schlagen Sie für die meistbesichtigten Gräber vor?»

«Mäuerchen zu errichten, um die Eingänge vor den Steinschlägen und sturzbachartigen Wassermassen zu schützen, Wege anzulegen, um den Strom der Besucher zu kanalisieren, und Geländer in den Gräbern aufzustellen, um sie daran zu hindern, sich gegen die Innenwände zu drücken.»

Maspero öffnete eine Akte.

«Hmmm ... das ist machbar. Mein Budget erlaubt es.»

«Das ist nicht alles; es bleibt noch die Hauptsache.»

«Die Hauptsache wird warten: Ich habe kein Geld mehr.»

«Dennoch muss gegen den Ruß angegangen werden.»

«Auf welche Weise?»

«Indem man in den wichtigsten Gräbern elektrischen Strom verwendet.»

«Elektrischer Strom! Wer wird Ihnen den liefern?»

«Ein Generator, im TAL.»

Gereizt zerbrach Maspero seinen Bleistift.

«Sie sind ein Revolutionär, Carter. Lassen Sie mich in Frieden arbeiten.»

«Werde ich zufrieden gestellt, Herr Direktor?»

«Beharren Sie nicht weiter.»

Sobald sich die Neuigkeit verbreitet hatte, strömten die Touristen herbei; dank des elektrischen Lichts konnte man endlich die Gesamtheit der Basreliefs bewundern. Carter hatte die Massen an Neugierigen zwar nicht verdrängt, doch die Abschaffung der Fackeln und das Aufstellen von Laufstangen sicherten den Schutz der Baudenkmäler; für einige Stunden war er gezwungen, sich in einen Kerkermeister zu verwandeln und ein paar

Rasende zu besänftigen, die ihre Zufriedenheit, den Fortschritt langsam ins TAL einziehen zu sehen, laut herausbrüllten.

Mit der Nacht kehrte wieder Ruhe ein; auf einem der Hügel sitzend, der die Königsgräber überragte, kostete er die Einsamkeit und die Augenblicke der Gnade, in denen er das Gefühl hatte mit dem Geist der über den Tod obsiegenden Könige zu kommunizieren.

Die Wächter wagten sich nicht in die Finsternis des TALS vor, war es doch von Dämonen bevölkert, welche verrückt, blind oder stumm machten; sie wussten nichts von den hieroglyphischen Formeln, die imstande waren, sich diese Geister auf Gedeih und Verderb untertan zu machen. Manchmal streifte ihn eine Eule oder eine Fledermaus; auf der Jagd nach Beute preschte ein Fuchs einen Abhang hinunter. Seine Hoffnung wuchs. Wegen der Abwesenheit von Graffiti wusste Carter, dass kein griechischer oder römischer Reisender die seit dem Altertum verschlossenen Gräber 42 und 44 besichtigt hatte; infolgedessen verbargen sich noch immer bedeutende Grabgelege unter den Sandmassen. Man hatte sich mit hastigen Grabungen begnügt, mit spektakulären Erfolgen zufrieden gegeben, hatte dann nach willkürlicher Manier befunden, daß das TAL nun für immer stumm sei.

Während er es aufmerksam betrachtete, bemerkte er, dass in dieser grandiosen Landschaft fast nichts natürlich war. Hier dreißig Fuß Kalksteintrümmer; dort umgestürzte Felsblöcke und von den Erbauern angelegte Wege; dort hinten die ungeheuren Abraummassen der modernen Ausgräber . . . und diese gewaltigen Steilwände, die alles beherrschende Pyramide, waren sie nicht von Menschenhand gehauen worden?

Wie viele Tonnen müssten bewegt werden, bis das Portal eines nicht geschändeten Königgrabes, das vielleicht nur in seiner Einbildung existierte, zutage käme? Dieser Zweifel quälte ihn. Noch war er des TALS nicht würdig.

Golf, Fotografie, Spaziergänge mit seiner Frau und seinen Kindern, lange Siesten und Lektürenachmittage in der Bibliothek von Highclere ... Das Schlossherrnleben, das Lord Carnarvon führte, wurde ihm jeden Tag mehr zur Last. Im Widerspruch zu den Versicherungen der Ärzte, verschwanden die Nachwehen seines Unfalles nicht. Er hatte Schmerzen im Kiefer und im Rücken, zog ein Bein nach und verbrachte schlaflose Nächte.

Almina blieb sanft und geduldig, obwohl die Laune ihres Gatten sich verdüsterte; er scherzte nicht mehr, spielte nicht mehr mit seinem Sohn und seiner Tochter, verharrte stundenlang in Schweigen. Die junge Frau nutzte einen Sonnenstrahl, der den Park beschien, um ihm sein Herz zu öffnen.

«Sie sind ein Gefangener, mein Liebster.»

«Ich beginne mich zu hassen, Almina.»

«Wegen Ihrer Verletzungen?»

«Ein behinderter Mann verdient nicht zu leben.»

«Sie reden Unsinn daher.»

«Ich bin ein Invalide.»

«Sie versteifen sich darauf.»

«Würden Sie die Behauptung wagen, ich sei noch in der Lage, eine Yacht zu führen, einen Rennwagen zu fahren oder einen Jahrmarktringer niederzuschmettern?»

«Derartige Heldentaten sind ohne jeden Belang; zahlreiche mehr oder minder mittelmäßige Leute sind imstande sie zu vollbringen. Der fünfte Earl of Carnarvon zu sein, ist hingegen eine faszinierende Aufgabe; sind Sie nicht dieser Meinung?»

Carnarvon starrte so lange in die Sonne, dass sie ihn blendete.

«Sie haben Ihre volle Sehkraft wiedererlangt; diese Heilung müsste sie ermutigen weiterzukämpfen. Die Carnarvons haben dem Missgeschick stets mit beachtenswertem und beachtetem Mut getrotzt; sollten Sie etwa eine Ausnahme bilden?»

George Herbert senkte den Kopf. Ergriffen näherte sie sich ihm.

«Verzeihen Sie mir, ich habe Sie verletzt.»
«Sie haben Recht: Ich benehme mich wie ein Feigling.»
«Seien Sie nicht ungerecht mit sich selbst, Sie müssen wissen, dass ich Sie bewundere.»
Lord Carnarvon wandte sich seiner Gemahlin zu.
«Ohne Sie hätte ich aufgegeben.»
«Falls meine Anwesenheit Ihre Genesung beschleunigen kann, zögern Sie nicht, sie reichlich in Anspruch zu nehmen.»
«Ich brauche Einsamkeit, Almina; aus ihr schöpfe ich Kraft.»
«Ich werde Ihre Neigung unter der Bedingung respektieren, dass Sie mir versprechen, Ihre Schlagzahl beim Golf zu verbessern.»

Trotz mitunter heftiger Schmerzen, zwang Carnarvon sich mit den Golfschlägern zu hantieren und die weiten Strecken von einem Loch zum nächsten zurückzulegen. Die Strenge dieser Askese hatte zur Folge, dass sich die düsteren Gedanken verdrängen ließen; eine, selbst relative, Beweglichkeit wiederzugewinnen, wurde ein erhebendes Ziel; die Annehmlichkeit des Spiels und eine gute Zählerserie versüßten die Anstrengung.
Den Abgesandten der Regierung auf sich zukommen zu sehen, war indes eine Überraschung.
«Meine Glückwünsche, Lord Carnarvon; Sie werden ein ausgezeichneter Golfer.»
«Zu viel Nervosität beim Einlochen und mangelnde Genauigkeit beim Treibschlag; aber ich gebe die Hoffnung nicht auf.»
«Ein so angenehmer Tag regt zu Zukunftspläne an.»
«Meine liegen hinter mir.»
«Erlauben Sie mir, nicht mit Ihnen übereinzustimmen; selbst wenn Sie eine politische Karriere im Lichte der Öffentlichkeit ausschlagen, existieren noch ganz andere Möglichkeiten, Ihrem Land zu dienen. Könnten wir nicht Ihre Orient-Erinnerungen ins Feld führen?»
«Sie würden zweifellos meinen politischen Analysen den Vorzug geben.»

«Bevor Entscheidungen getroffen werden, konsultiert das Foreign Office die besten Experten; der Staatssekretär würde gerne mit Ihnen zu Mittag essen.»

Vor seinem Unfall hätte Carnarvon mit einer ironischen Bemerkung geantwortet; doch nun zerstreute ihn diese Einladung.

Als Ihr Gatte sich bereit erklärte, eine Fuchsjagd anzuführen, und ihr erlaubte, ein großes Diner auf Schloss Highclere auszurichten, wusste Almina, dass der fünfte Earl of Carnarvon seinen Rang und seinen Lebenswillen wiedergefunden hatte. Wenn er sich auch beharrlich weigerte einen Smoking zu tragen, und in seiner Lieblingsjacke aus blauer Serge erschien, versprühte er Bonmots und beißende Bemerkungen mit seiner gewohnten Begabung.

«Wenn Sie nicht einer der reichsten Adligen des Königreichs wären», fragte eine Baronin, «was wären Sie dann gerne geworden?»

Carnarvon dachte nicht lange nach.

«Jemand wie Schliemann.»

«Maler oder Jockey?»

«Weder noch. Ägyptologe.»

«Welch ein hässlicher Beruf! Nur Staub, Hitze, Schweiß ... Was hat er denn entdeckt, Ihr Schliemann?»

«Troja.»

«Die Stadt von Homer, so ist es doch?»

«Wenn man so will.»

«Wären Sie imstande, eine ganze, unter Sand verborgene Stadt voll mit Gold zu entdecken?»

«Auf die Gefahr hin, Sie enttäuschen zu müssen, Baronin, ich fürchte nein. Ihre Frage war nur ein Spiel und meine Antwort ein Traum.»

Ihr Gatte hatte sich zum Diner verspätet. Nach einer angemessenen Weile machte sich Lady Almina Sorgen. Da der Kammerdiener des Grafen seinen freien Abend hatte, musste sie sich selbst in die Bibliothek begeben.

«Haben Sie die Zeit vergessen?»

«Ich fürchte, ja.»

»Was ist der Grund Ihrer Verwirrung?»

«Dieses dicke Buch eines Franzosen über das Alte Ägypten.»

«Wie nennt sich dieser Störenfried?»

«Gaston Maspero.»

«Beabsichtigen Sie ihn auf Highclere einzuladen?»

«Er lebt in Ägypten.»

«Wie entsetzlich! Das muss unerträglich sein ... der Winter soll, wie behauptet wird, angenehm sein; aber die anderen Jahreszeiten sind brütend heiß. Wie muss man geschaffen sein, um dieses unmenschliche Klima auszuhalten?»

«Ich weiß es nicht, Almina. Ich kenne Ägypten nicht.»

«Sie haben doch mehrfach die Welt umreist.»

Carnarvon klappte den Band zu und erhob sich.

«Ein böser Dschinn hat mich von diesem magischen Land fern gehalten.»

«‹Böser Dschinn›, ‹Magie› ... werden Sie etwa abergläubisch?»

Der Graf bot seiner Gattin den Arm; langsamen Schrittes gingen sie durch den Flur in Richtung Speisezimmer.

«Unsere Welt ist rätselhafter, als es den Anschein hat; okkulte Kräfte durchstreifen sie, selbst wenn unsere Augen sie nicht wahrnehmen. Die Ägypter studierten sie nach Art unserer Wissenschaftler.»

«Dieses Werk ist eine Katastrophe! Es führt nicht nur dazu, dass Sie sich verspäten, es bringt Sie auch noch auf befremdliche Gedanken.

Vergessen Sie diesen Maspero, Ägypten und seine bösen Dämonen, und kommen Sie diesen Lachs kosten, den Ihr Koch zubereitet hat.»

Carnarvon kam seinen Verpflichtungen nach, im Geiste ganz woanders.

26

«Carter», verkündete Maspero mit Entschiedenheit, «wir müssen uns an ein Prestigeunternehmen begeben, das der Altertümerverwaltung eine fabelhafte Reputation verschaffen wird. Das neue Kairoer Museum wird die in Ägypten existierenden Sammlungen vereinigen und gruppieren; dank der Einrichtung eines Zentralkatalogs werden wir zur Inventarisation aller Objekte, von den kleinsten Statuen bis zu den Kolossen, schreiten.»

«Fulminantes Programm.»

«Ich bin glücklich über Ihre Ermutigung. Der Katalog, das ist das Wesentliche!»

Carter teilte diese Meinung nicht; in einem Land wie Ägypten war es das Wichtigste zu graben und zu entdecken; doch Maspero hielt an seinem Credo fest.

«In Ihrer Eigenschaft als Inspektor des thebanischen Bezirks betraue ich Sie mit zwei vorrangigen Missionen: Die erste besteht darin, die im Grab von Amenophis II. versteckten Königsmumien bis nach Kairo zu geleiten.»

«Sie werden demnach zur Sammlung gehören.»

Die Bemerkung irritierte den Direktor.

«Erregt meine Entscheidung etwa Ihr Missfallen?»

«Die zweite Mission?»

«Ein authentischer König besitzt auf dem Altertümermarkt einen unermesslichen Wert; da Amenophis II. in seinem ursprünglichen Sarkophag ruhte, werden Sie sich damit befassen ihn wieder hineinzulegen. Die Touristen werden einen wahrhaftigen Pharao in seinem wahrhaftigen Grab bewundern können.»

Verblüfft stammelte Carter:

«Sie ... Sie bereiten mir damit eine ungeheuere Freude!»

Brummig vertiefte sich Maspero wieder in eine Akte.

«Beeilen Sie sich. Selbst Mumien hassen es zu warten.»

Die Grablegung Amenophis' II., des Königs mit dem kraftvollen Arm und der unvergleichlichen Tapferkeit, war eine Sternstunde in der noch jungen Archäologenlaufbahn von Howard Carter. Draußen war der Himmel von zartem Blau, von einem sanften Licht durchflutet, das zur Besinnung gemahnte. Durch Ahmed Girigar und einige Wächter unterstützt, bewegte er sich lautlos auf dem Weg, den ebendieser Pharao dreitausendfünfhundert Jahre zuvor benutzt hatte.

Es war einer ihrer Ahnen, den sie mit Behutsamkeit und Respekt trugen, ein Wesen, so nah und fern, Mensch und Gott zugleich. Ihre Schritte wirbelten feinen Staub auf, den der Nordwind forttrug. Nicht ein Wort fiel bis zum Eingang des Grabes; vielleicht sprachen die Wächter tief in ihrem Herzen die muslimischen Gebete. Carter dachte an das Ritual der Mundöffnung, das den Toten zu neuem Leben erweckte, indem es ihm den Gebrauch der Sprache zurückgab.

Die noch immer stumme Prozession drang in die Nacht des Grabgeleges; der Schritt wurde langsamer, die Augen gewöhnten sich an die Dunkelheit. Nur eine einzige Fackel, nach alter Sitte mit in Sesamöl getauchtem alten Stoff gefertigt, so dass Ruß vermieden wurde, hatte Carter erlaubt.

Als sie den Sarg in den Sarkophag senkten, hielt er mit Mühe seine Tränen zurück; während er diese Bestattung außerhalb der Zeit zelebrierte, hatte er das Gefühl, ein gerechtes Werk zu vollbringen.

Lange Zeit nach dem Ende der Zeremonie träumte er, allein im Halbdunkel, von der Pracht einer Zeit, in welcher der Tod so leuchtend war.

Unweit des Tempels von Luxor bot ein altes Herrenhaus einem der letzten Harems von Ägypten Obdach. Ehemals von lasziven Frauen bevölkert und Objekt aller Fürsorge des örtlichen Potentaten, verfiel dieses Etablissement nun zusehends; die Farbe der *masrabiyyat* blätterte ab, und die Stuckverzierungen zerbröckelten leprös.

Überzeugt, gegen einen mit einem Knüttel bewaffneten Eunuchen zu prallen, stieß Howard die Tür mit verrostetem Eisenbeschlag auf, im Innern fanden sich nur ein Dutzend armer Teufel, die Haschisch rauchten. Ein abscheulicher Geruch von gerösteten Zwiebeln zeugte davon, dass diese wenig schicklichen Gäste auch kochten.

Weshalb hatte Raifa sich mit ihm an diesem schäbigen Ort verabredet? Er überflog nochmals das Briefchen, das ihm ein kleiner Junge gebracht hatte: kein Zweifel möglich. Er versuchte, die Mieter zu befragen; tumb vom Rauschgift, antworteten sie ihm nicht. Gereizt trat er schon den Rückzug an, als Raifa plötzlich in der Tür stand.

Ihre seegrünen Augen, die Anmut ihres Gesichtes und die Eleganz ihres Gangs fingen ihn im Netz der Reize, die sie so gut zu entfalten verstand; der verwelkte Harem wurde ein Palast der Wunder, in dem vergoldeter Zierrat glänzte.

«Komm», sagte sie, als sie seine Hand nahm.

Sie liefen hinauf in den ersten Stock.

Raifa zog ihn in ein mit rotem Samt ausgeschlagenes Zimmer, wo ein Himmelbett thronte, das ein durch das *masrabiya* dringender Sonnenstrahl beschien.

«Niemand wird uns hier belästigen; Gamal kennt diesen Ort nicht.»

«Ich liebe dich, Raifa.»

«Beweise es, Howard.»

Diese Herausforderung verlangte eine prompte Riposte; Raifa widerstand nicht lange.

Auf Masperos Anordnung hin war Carter genötigt gewesen, den Süden der Provinz Theben zu inspizieren und die dortigen archäologischen Überreste aufzunehmen; diese mühselige Arbeit entfernte ihn vom Tal und von Raifa.

Einen Monat nach Beginn dieser Mission überraschte ihn ein Telegramm; der Verwaltungsdirektor forderte ihn auf unverzüglich nach Luxor zurückzukehren.

Maspero empfing ihn auf seinem Boot, die übliche Begrüßung auslassend.

«Die Angelegenheit ist ernst: Das Grab von Amenophis wurde geschändet, die Tür aufgebrochen und die Mumie schwer misshandelt.»

Die Empörung machte Carter stumm.

«Die ersten Plünderer des zwanzigsten Jahrhunderts ... ein Unding! Wer konnte nur so niederträchtig sein, diesen ehrwürdigen Leichnam zu schänden? Ich habe selbstverständlich die Polizei gerufen. Die Ermittlung ging so rasch wie enttäuschend vonstatten: Der Wächter hat nichts gesehen; kein Zeuge, kein Gemunkel, keine Spur. Kümmern Sie sich um die Mumie, Howard, und bessern Sie die Schäden aus.»

«Der Schuldige ...»

«Vergessen Sie den Schuldigen, wir werden ihn nicht ausfindig machen. Wir stehen schon lächerlich genug da.»

Diese Tragödie erlaubte Carter ins Tal zurückzukehren, wenn die Umstände auch bestürzend waren; noch bevor er über dessen Schwelle trat, hatte er den Entschluss gefasst, die Ermittlungen aufzunehmen.

Der Frühling schlug die Touristen in die Flucht, da sie die Hitze fürchteten, die im Zentrum dieses Gebirgskessels rasch drückend wurde; die wenigen Besucher drängten sich vor dem Eingang des von den Räubern heimgesuchten Grabes, als erwarteten sie ein neuerliches Drama. Mit Ahmed Girigars Hilfe trieb er sie auseinander, um den Ort des Verbrechens in aller Ruhe untersuchen zu können. Die von der Altertümerverwaltung angebrachte Eisentür war mit einem leicht zu identifizierenden Werkzeug aufgebrochen worden: einer Brechstange.

«Wer besitzt so eine in Gurnah?»

«Der Schmied», antwortete der *rais.*

Sie befragten den Handwerker, welcher behauptete, beraubt worden zu sein, sie jedoch anlog, als er vorgab, den Schuldigen nicht zu kennen. Carter kehrte zum Grab zurück und nahm unter Ahmed Girigars erstaunten Blicken Gipsabgüsse der stark verdächtigen Fußabdrücke.

«Weißt du jemand, der sie identifizieren könnte?»

«Ein Kameltreiber. Er zieht seit seiner Jugend über die Wüstenpisten und ruht sich zwischen zwei Reisen in Gurnah aus; sein bevorzugter Zeitvertreib ist das Studieren von Spuren, ob es sich um die eines Tieres oder eines Menschen handelt.»

Der Experte enttäuschte Carter nicht. Seine Diagnose war verbindlich: Falls er sie nachprüfen wolle, brauche er bloß vor dem Haus der Abd el- Rasuls herumzuspazieren. Carter zögerte nicht. Seine Nachforschungen stifteten Verwirrung unter den Mitgliedern des Klans; er wurde eingeladen, die Abgüsse dem Anführer zu zeigen.

«Was soll dieses Theater, Mr Carter?»

«Beweisen, dass Sie an der Spitze dieser Plünderbande standen, die das Grab vom Amenophis II. geschändet hat. Deshalb auch schweigen alle Zeugen, einschließlich Ihres Komplizen, des Wächters.»

Das Gesicht von Abd el-Rasul verhärtete sich.

«Beharren Sie nicht weiter. Sie werden nichts erreichen.»

Am selben Abend, kurz vor dem Gebet, kehrte Carter mit einem Trupp Polizisten zurück, die eine ordnungsgemäße Durchsuchung vornahmen, deren Ergebnis seine Hoffnungen übertraf. Halsketten, Grabfiguren, Mumienbinden, mittels Säge herausgetrennte Relieffragmente, die aus mehreren Gräbern stammten, bewiesen die Schuld des Klans.

Abd el-Rasul leugnete nicht.

Der Prozess fand einige Tage später statt; der Gerichtshof von Luxor war überfüllt. Carter erschien als Zeuge. Der Vorsitzende befragte ihn ausgiebig; er beschrieb die Etappen der Ermittlung, die zum Täter geführt hatten.

«Wo sind die Beweise, Mr Carter?»

«In den Händen der Polizei, Euer Ehren.»

«Sie irren sich.»

«Ich war Zeuge, Euer Ehren ... Zahlreiche archäologische Stücke wurden im Keller von Abd el-Rasul sichergestellt.»

«Falsch, das Protokoll erwähnt nichts davon.»

«Euer Ehren ...»

«Aufgrund des Fehlens von Beweisen erklärt das Gericht Abd el-Rasul für unschuldig.»

Maspero und Carter legten den Körper von Amenophis II. wieder zurück in seinen Sarkophag; in Zukunft würden die Besucher, die über der Gruft stünden, den Pharao in würdevoller hieratischer Haltung, bereit zur Reise in die andere Welt, bewundern können.

«Seien Sie nicht enttäuscht, Carter; niemand hat den Klan je hinter Schloss und Riegel bringen können und niemand wird es schaffen.»

«Ungerechtigkeit ertrage ich nicht.»

«Wählen Sie eine bessere Strategie.»

«Was wollen Sie damit sagen?»

«Wenn man einen Feind nicht niederstrecken kann, ist es besser sich mit ihm zu verbünden.»

27

Highclere wurde zu einem der Mittelpunkte des britischen Kulturlebens. In seinem Verdruss nicht rascher zu genesen, und unfähig, lange Reisen durch die Welt zu unternehmen, lud Lord Carnarvon Künstler, Schriftsteller und Historiker an seine Tafel; man schrieb das Jahr 1902, in welchem *Pelléas* von Claude Debussy die Musik revolutionierte. Seine Gemahlin bestand darauf, auch Männern aus der Politik und der Finanzwelt sowie Notabeln die Gastfreundschaft zu erweisen, welche es zufrieden waren, dem beißenden Scharfsinn des Hausherrn Trotz zu bieten.

Ein Oberst im Ruhestand, ein großer Liebhaber von Wild und Spezialist für militärisches Ingenieurwesen, stürzte sich in die Apologie britischer Eroberungen.

«Wir sind die Garanten des Weltfriedens. Wenn wir uns nicht prügeln, um ihn zu erhalten, bauen wir. Beispielsweise in Ägypten ...»

«Haben wir etwa eine neue Pyramide errichtet?», erkundigte sich Carnarvon.

«Weit Besseres! Einen Staudamm.»

«In Assuan, nicht wahr?»

«Dank dieses Ingenieurbauwerks ist das Glück der Bevölkerung gesichert.»

«Dessen bin ich nicht so sicher.»

Empört legte der Oberst seine Gabel ab.

«Wie können Sie daran zweifeln?»

«Indem wir Ägypten vom natürlichen Zyklus der Nilschwemme zur Dauerbewässerung führen, verändern wir auf brutale Weise jahrtausendealte Gewohnheiten und ersetzen sie durch Techniken, die schlecht verstanden und schlecht angewandt werden.»

«Der Fortschritt, Lord Carnarvon, der Fortschritt!»

«Sehen Sie die menschliche Spezies wirklich auf dem Wege des Fortschritts? Glauben Sie wirklich, dass die schäbigen Viertel von London im Vergleich zu den Tempeln der Antike eine Verbesserung darstellen, und dass unsre Denker Platon, Laotse, Buddha oder dem Baumeister der großen Pyramide überlegen wären?»

Der Oberst rückte den satinierten Kragen seines Hemdes zurecht.

«Das sind ... revolutionäre Auffassungen.»

Lady Almina gab der Konversation eine andere Wendung, indem sie die letzte Aufführung des *Sommernachtstraums* erwähnte, bei der die Royal Shakespeare Company wieder einmal ihrer Reputation alle Ehre gemacht hatte.

Als die Gäste gegangen waren und sie allein an der Seite ihres

Ehemanns vor dem hell lodernden Feuer des Kamins im großen Salon saß, hielt sie es für richtig einzuschreiten.

«Sind Sie nicht zu weit gegangen?»

«Die Welt ist absurd, meine Liebe, und England deliriert.»

«Liegt es nicht im Herzen eines großartigen *Empires,* welches das Gleichgewicht der Völker gewährleistet?»

«Nicht mehr lange.»

«Was wollen Sie damit andeuten?»

«Die Zukunft interessiert mich ebenso sehr wie die Vergangenheit. Während dieser endlosen Rekonvaleszenz habe ich Zeit, die Presse und die Studien der Spezialisten zu lesen. Das *Empire* bekommt Risse, Almina; morgen wird es zerfallen. Seine Kolonien werden die Unabhängigkeit einfordern.»

«Unsere Armee wird diese Unruhestifter zum Schweigen bringen.»

«Sie wird es versuchen, leider!»

«Leider?»

«Sich einem Fluss entgegenstellen, dessen Wassermenge von Stunde zu Stunde zunimmt, ist eine Stupidität; besser wäre es, ihn zu kanalisieren. Aber die Männer der Politik sinnen nur über ihren momentanen Vorteil nach; wie gewöhnlich werden sie sich der Wirklichkeit bewusst werden, wenn es zu spät sein wird.»

Carnarvon legte ein Scheit in die Feuerstelle, wo die Flammen ein Ballett unablässig erneuerter Figuren schufen.

«Ihre Gedanken sind grauenvoll, Liebster; sie deprimieren Sie.»

«Im Gegenteil.»

«Sie ... Sie werden sich doch nicht an die Spitze einer Oppositionspartei stellen?»

Der Graf drückte seine Gattin zärtlich an sich.

«England ist eine kleine Insel, die sich für einen Kontinent hält; Sie wissen genau, dass ich Kleinheit hasse und dass ich mich darin nicht tummeln werde.»

«Sie beruhigen mich kaum; Sie haben doch nicht etwa irgendetwas ...»

«Unvernünftiges ausgeheckt? Noch nicht. Mein körperlicher Zustand verbietet mir, eine neuerliche Alleinfahrt um die Welt ins Auge zu fassen, aber ich kann nicht reglos bleiben, gleich einem stehenden Gewässer.»

«Wie können Sie es wagen so zu reden? Denken Sie an Ihre Kinder, an Ihr Anwesen, an mich.»

«Ich bin glücklich und unglücklich zugleich, Almina; das ist mein Verhängnis. Ich liebe Sie, ich liebe meinen Sohn und meine Tochter, ich liebe dieses Land ... doch es ist eine andere Liebe in mir, die ich nicht zu benennen vermag, und die mich ersticken wird, falls es mir nicht gelingt, sie auszudrücken.»

«Sie sind so schwer zu verstehen, mein Liebster.»

«Das gestehe ich Ihnen zu; für mich selbst ist es eine übermenschliche Aufgabe.»

Almina schmiegte sich an ihren Gatten.

«Schwören Sie, dass Sie Highclere nicht mehr verlassen.»

«Nie hat ein Carnarvon sich eines Meineids schuldig gemacht.»

Almina hielt mühsam ihre Tränen zurück; es war möglich, gegen einen erklärten Feind zu kämpfen, mochte es nun eine Mätresse oder eine Leidenschaft sein, doch nicht gegen dieses unsichtbare Etwas, das George Herberts Herz verzehrte. Wie er fühlte sie, dass unvorhergesehene Ereignisse die friedliche Existenz erschüttern würden, an die sie sich mit all ihren Kräften festklammerte.

Sie schlummerte in seinen Armen ein.

Der Graf blieb wach, an jene fernen Horizonte denkend, die dieser verfluchte Unfall ihm für immer versperrt hatte. Er hatte sich in die familiäre Behaglichkeit versenkt, ohne Hintergedanke, nur in dem Wunsch, das Abenteuer zu vergessen; seine Hellsichtigkeit zwang ihn den Fehlschlag einzugestehen. Die Antwort, die einzige Antwort, die er vom Leben erwartete, entzog sich ihm weiterhin: Für welches Geschick war er geschaffen?

«Ich lehne ab.»

Maspero wurde rot vor Zorn.

«Sie haben nichts abzulehnen, Carter! Ich bin es, der die Verwaltung leitet und ich bin es, der entscheidet.»

«In meiner Eigenschaft als Inspektor des Bezirkes Theben bin ich der Ansicht ein Wörtchen mitreden zu dürfen.»

«Sie haben meine Befehle auszuführen, und damit Schluss!»

Tweedjacke, Flanellhose, gestärkes Hemd und gepünkelte Fliege verliehen Carter genügend Contenance, um Maspero Widerstand zu leisten. Mit neunundzwanzig Jahren war er eine Persönlichkeit der besten Gesellschaft Luxors und reagierte nicht mehr wie ein verängstigen Bengel.

«Selbst wenn Sie sich irren?»

Eisig erhob sich Maspero, ging um den Schreibtisch und stellte sich vor ihn.

«Erklären Sie sich, Mr Carter.»

«In Ihrer Eigenschaft als Wissenschaftler sind Sie doch der Ansicht, dass es sinnlos ist, das Tal der Könige zu explorieren.»

«Ja.»

«Weshalb wird dann Theodor Davis, einem Amateur ohne Erfahrung, eine Grabungsgenehmigung erteilt?»

«Weil dieser Herr eine wesentliche Qualität besitzt: Vermögen. Die Verwaltung wird keine Sou ausgeben müssen. Im Gegenteil; sie wird noch als Ehrengabe etwas Geld erhalten und ihren Anteil bei eventuellen Funden entnehmen können.»

«Das Geld . . . dann ist das also das einzige Kriterium? Und wenn diese Person die Fundstätte verschandelt und sie für jede wissenschaftliche Untersuchung unbrauchbar macht, was haben wir dann davon?»

«Ihre Hirngespinste entbehren jeglicher Grundlage. Was Ihnen nicht behagt, Carter, ist doch, dass diese Person Amerikaner ist: Wie alle Engländer verabscheuen Sie die Vereinigten

Staaten. Ich hingegen muss die Finanzierung der Verwaltung gewährleisten.»

«Um den Preis der Zerstörung des TALS?»

«Gewiss nicht da Sie Inspektor sind und es in Ihre Zuständigkeit fällt.»

«Was bedeutet?»

«Dass Sie an den Grabungen von Davis teilnehmen.»

«Kommt nicht in Frage.»

«Seien Sie nicht blöde, Carter.»

«Ein Fachmann kann sich nicht den Launen eines Amateurs unterwerfen.»

«Es handelt sich nicht um eine Unterwerfung, sondern um eine Kollaboration.»

«Das ist noch schlimmer; ich kollaboriere nicht dem Feind. Erlauben Sie mir, mich zurückzuziehen.»

In seinem Büro verkrochen, weinte Carter vor Wut. Nicht nur, dass ihm das TAL entglitt, es fiel dazu noch einem amerikanischen Rechtsanwalt in die Hände, der seinen Ruhestand damit auszufüllen begehrte, die Schatten der Pharaonen zu necken.

Carter besaß die Erfahrung, fühlte sich bereit, diese heilige Erde mit Liebe und Aufmerksamkeit zu explorieren, und ein Dahergelaufener raubte ihm seinen Lebensinhalt, mit Unterstützung der Behörden!

Selbst Raifa war es nicht gelungen, ihn zu trösten; er hatte sich als kläglicher Liebhaber gezeigt, unfähig, die Katastrophe zu vergessen. Gehässig hatte er die Zimmertür zugeknallt und zweifellos ihre Verbindung zerstört, als er sie nackt und schluchzend in dem ehemaligen Harem zurückließ. Sein Leben brach zusammen.

Nur Ahmed Girigar konnte noch in seine Höhle vordringen. Er brachte ihm Wasser, Früchte und Fladenbrot, die Carter widerwillig aß.

Einem Besucher gelang es indes, die Tür zu überwinden.

«Professor Newberry!»

«Glücklich, dich wiederzusehen, Howard.»

«Genug der Beglückwünschungen: Schickt Sie Maspero?»

«Dich so zu versteifen, ist lächerlich, Howard. Ägypten braucht dich.»

«Aber die Verwaltung braucht Davis.»

«Ich kenne ihn und möchte mich für eine Begegnung verwenden; er ist kein einfacher Mensch, ich warne dich gleich. Mach mir die Ehre einzuwilligen. Indem du seine Aktivitäten überwachst, wirst du das Tal retten; dieses Ideal erfordert es dich über deine Eitelkeit hinwegzusetzen.»

«Habe ich diese Ungerechtigkeit verdient?»

«Das tut nichts zur Sache. Kämpfe mit deinen Waffen.»

Die schlechte Erziehung der Amerikaner war keine Legende; Theodor Davis drückte Carter roh die Hand, mit der Sicherheit des Jägers, der überzeugt war, sein Opfer mit dem ersten Schuss niederzustrecken.

«Aha, Sie sind also der Wissenschaftler? Sie sehen mir ganz danach aus.»

Theodor Davis, von durchschnittlicher Größe, vermittelte einen Eindruck von Gebrechlichkeit; er bewegte sich nicht ohne einen Stock, hüllte seinen Hals in einen weißen Schal und bedeckte seinen Kopf mit einem Hut mit breiter Krempe. In seiner Reithose, seinen *Jodhpurs* und seinen Wickelgamaschen glich er einem Reiter ohne Ross. Ein reichlich vorhandener Schnurrbart, der sich flügelartig entfaltete, verschlang den unteren Teil seines Gesichtes; hinter den runden Gläsern seiner Brille war sein Blick aggressiv.

«Ich bin fünfundsechzig und wünsche keineswegs Archäologe zu werden, Mr Carter.»

«In dem Fall wird Sie das Tal der Könige kaum verlocken.»

«Die Juristerei langweilt mich, Ausgraben amüsiert mich. Ich habe die Absicht, eine Unmenge Gräber voller Statuen, Sarkophage, Mumien und wunderbarer Gegenstände zutage zu bringen: Sie werden mir helfen. Sie müssen wissen, ich bin es gewohnt, dass man mir gehorcht, und es ist mir ein Gräuel mit meinen Untergebenen zu disputieren.»

Newberry fand es dringlich einzugreifen.

«Howard Carter ist nicht eigentlich Ihr Untergebener, mein lieber Davis; die Bezeichnung Assistent wäre angemessener. Die Altertümerverwaltung legt Wert darauf, Ihnen in Ihrem großzügigen Unternehmen beizustehen.»

«Großzügig, aber nicht verschwenderisch. Ich habe meinen Zehnten entrichtet, ich will Ergebnisse. Jetzt sind Sie am Zug, Mr Carter; lassen Sie mir ein Haus in der Nähe der Fundstätte bauen, währenddessen werde ich ein Boot auf dem Nil bewohnen. Dort habe ich es kühl und kann nach Lust und Laune umherfahren.

«Und Ihr Grabungsplan, mein Herr?»

«Ein Plan? Wozu? Sehen Sie, wie Sie zurechtkommen . . . In Erwartung der ersten Erfolge werde ich mich in Assuan ausruhen. Angeblich ist die Stadt reizend.»

Am Ende des Winters 1902 leitete Carter einen Trupp von ungefähr sechzig Männern, die für Theodor Davis' Rechnung gruben. Diese geballte Arbeitskraft ausnutzend, ließ er zuerst die beiden Seiten der Straße freiräumen, die ins Tal führte und sich wegen der wachsenden Zahl von Touristen als zu schmal erwies; dann aber wagte er sich an einen Streifen von mehreren Hundert Yards heran, der zwischen den Gräbern von Ramses IV. und Ramses II. lag.

Das Glück lächelte ihm; er entdeckte die Grabstätte eines Ehepaares, die durch Wasser beschädigt worden war. Auf deren Grund mehrere Kanopen und ein gelb bemalter Kasten, der einen ledernen Streitschurz enthielt. Vorschriftsgemäß in Kenntnis gesetzt, kehrte Davis aus Assuan zurück und geriet heftig mit Maspero aneinander. Der Direktor der Verwaltung forderte die Gegenstände ein, um sie nach Kairo zu schicken; Davis lehnte ab. Nach altem Brauch kamen sie dem Gräber zu, der sie einem amerikanischen Museum zu schenken gedachte. Maspero tobte, Davis zahlte. Brauchte die Verwaltung denn kein Geld?

Einmal ausgeruht, hatte der Amerikaner einen abwegigen Grabungsplan entworfen, der sich durch völlige Abwesenheit einer Methode auszeichnete; er versuchte, die Mannschaft höchstselbst zu leiten, gab verworrene Befehle, wuselte kreuz und quer umher und brachte es doch bloß fertig, seinen schwarzen Anzug mit Staub zu beschmutzen. Carter folgte ihm, als schützender und diskreter Schatten; weder er noch *rais* Ahmed Girigar widersetzten sich. Davis ging auf stupide, aber unschädliche Weise vor; der Frühling und dessen Hitze brachen seinen Enthusiasmus.

Maspero traute seinen Augen nicht. Ein drittes Mal las er Carters vertraulichen Bericht über den Sommer, den dieser in England zugebracht hatte.

«Ist das ein Traum, Carter?»

«Nein, Herr Direktor. Mrs Goff stiftet uns Gelder für die Restaurierung des Grabes von Sethos II., und der Industrielle Robert Mond für das von Sethos I.»

«Liebhaber ägyptischer Kunst?»

«Es ist mir gelungen, ihnen die Bedeutung unsrer Arbeit vor Augen zu führen.«

«Sie werden ja ein Diplomat! Und ich schenke ihnen elektrischen Strom für Abu Simbel.»

Von der Dürftigkeit der Ergebnisse enttäuscht – ein kleines Grab, das zwei weibliche Mumien und mumifizierte Enten barg –, bezog Davis sein Winterquartier in Assuan.

In den ersten Tagen des Januar 1903 gönnte Carter sich einen langen Spazierritt über die Stätte von Deir el-Bahari. Plötzlich versanken die Vorderhufe seines Tieres im Sand, und der Reiter fiel Hintern über Kopf herunter. Weder das Tier noch der Archäologe wurden verletzt; und letzterer hatte nur noch Augen für das wunderschöne Loch, das er bald von seiner Mannschaft verbreitern ließ.

Hundertfünfzig Meter hinter dem Eingang des Korridors – eine versiegelte Tür. Auf der anderen Seite eine Gruft, die bloß einen leeren Holzsarg und einen in Gewebe eingewickelten Block enthielt. Carter nahm es behutsam ab: Es schützte eine große Statue von Menthuhotep II., mit einem weißen Gewand gekleidet und der roten Krone auf dem Haupt. Die letzte Ruhestätte des Pharaos mit dem strengen Gesicht erhielt sogleich den Namen Bab el-Hosan, «Grab des Pferdes».

In Davis' Abwesenheit wagte Carter ein Experiment. Ahmed Girigar hatte ihm die Lage zweier Schächte angezeigt, die Kleinkunstgegenstände, Werkzeuge und Geschirrteile enthielten, welche mit dem Namen Thutmosis' IV. beschriftet waren: eine Gründungsbeigabe! Deren Vorhandensein bewies, dass das zugehörige Königsgrab nahe sein musste; indes, es befand sich nicht auf Carters – bisher einzig umfassenden – Aufstellung. Eine systematische Sondierung der Umgebung sollte zum Erfolg führen.

Am 18. Januar 1903 legte er breite Stufen und eine Tür frei. Trotz seiner Lust weiter vorzudringen, respektierte er den mit dem offiziellen Ausgräber abgeschlossenen Vertrag: Davis musste als erster hineingehen. Vergeblich versuchte er ihn zu erreichen; Davis war zu einer Exkursion aufgebrochen und blieb unauffindbar. Niemand wusste, wo sein Boot angelegt hatte. Sich jeder moralischen Verpflichtung entbunden fühlend, stieg Carter in das Grab hinunter.

Die Breite des Ganges, mit Kunstfertigkeit gehauen, verhieß Wunderbares. Die Qualität der Malereien bestätigte diesen ersten Eindruck, der, leider!, rasch in Enttäuschung umschlug: Der Boden war mit Tausenden von Bruchstücken übersät. Zwischen den blauen Keramikscherben lag ein Strick, den die Räuber benutzt hatten. Carter überwand den Brunnen, bewegte sich in der Trümmerschicht voran und hielt entsetzt inne vor einem Kind mit schwärzlicher Haut, das regungslos dastand! Nein, es war nicht soeben dem Todesschlaf entronnen; nein, dies war kein rächender Geist, sondern eine beklagenswerte, ihrer Binden beraubte und gegen eine Wand geworfene Mumie. Erschüttert empfand Carter Hass gegen die Grabschänder, die diesen kleinen Prinzen misshandelt hatten.

Die offizielle Öffnung des Grabes Thutmosis' IV. fand am 3. Februar 1903 in Anwesenheit von Maspero statt; Carters Arbeiter hielten die Menge der Neugierigen zurück. Davis stolzierte umher.

«Da sehen Sie mein erstes Grab, Monsieur Maspero.»

«Meine Glückwünsche.»

«Ihr Vertrauen in mich war gerechtfertigt; ich war sicher Ergebnisse zu erzielen. Apropos . . . wo ist Carter?»

«Genau hinter Ihnen.»

«Fein, fein . . . ist alles für unsre Besichtigung bereit?»

«Ich habe Bretter über die antiken Scherben platziert», gab Carter an.»Aber das Vorankommen dürfte recht mühsam werden wegen des Staubs.»

«Das ist ärgerlich; noch weitere Unannehmlichkeiten?»

«Die umherirrende Seele des kleinen Prinzen, dessen letzte Ruhe die Plünderer gestört haben.»

Davis schien unbehaglich zumute.

«Carter scherzt», erklärte Maspero. «Mumien haben keine verderbliche Macht.»

Der Amerikaner warf dem Engländer einen mörderischen Blick zu.

29

«Ist das vernünftig, Doktor? Eine so lange Reise!»

«Unumgänglich, Lady Almina. Der Earl of Carnarvon wird rascher gesunden, wenn ihm jeden Winter warmes und trockenes Klima zugute kommt. Ägypten wird ihm eine wahre Verjüngungskur bieten; er muss jede Gefahr einer Bronchitis vermeiden. Ansonsten werden sich seine Atembeschwerden verschlimmern, und dann kann ich für seine Gesundheit nicht mehr einstehen.»

Lady Almina fügte sich. Bis dahin war es ihr gelungen, ihres Gatten Sehnsucht nach unstetem Umherschweifen zu unterdrücken; da jedoch seine Existenz selbst auf dem Spiel stand, durfte sie ihn nicht hindern aufzubrechen.

Ein eisiger Regen fiel auf Highclere; tags zuvor hatte sich Schnee auf die hohen Äste der Zedern gelegt. In der Schlosshalle zählte Lord Carnarvon seine Koffer; amüsiert stellte er fest, dass seine Frau ihn für eine mehrjährige Expedition ausgerüstet hatte.

Hinter einem Behang versteckt, beobachtete sie ihn. Seine Haare von einem rötlichen Blond waren schlecht gekämmt, kontrastierten mit dem tadellos gestutzten Schnurrbart; die Jugendlichkeit war aus dem hochmütigen und dennoch von einer gewissen Freude beseelten Gesicht gewichen. Die Abenteuerlust, die Geliebte des Lords, trat wieder in Erscheinung, mit tausend Reizen geschmückt, die weder die zärtlichste aller Gemahlinnen noch zwei junge Kinder und auch das schönste Anwesen Englands nicht besaßen. Carnarvon zog den Gürtel seines Mantels zu. Als er seine Ehefrau küsste, spürte sie, dass der Geist des Grafen bereits im Lande der Pharaonen weilte.

Das 1895 eingeweihte Bristol war eines der schönsten Palasthotels von Kairo. Als eine Art viktorianischer architektonischer Pudding stellte es einen prätentiösen Säuleneingang zur Schau und erfüllte die britischen Ansprüche an Komfort und Eleganz. Seit Beginn seines Aufenthaltes lebte Carnarvon einen Traum, gleich einem Märchen aus *Tausendundeiner Nacht*; seine Schmerzen ließen nach, seine Sehkraft verbesserte sich, seine Kräfte nahmen zu. Er kostete die Luft und die Sonne wie Leckereien, unternahm stundenlange Promenaden durch die Straßen Kairos, entweder zu Fuß oder in einer Kalesche.

Ganz und gar ungewollt nahm er am Ramadan teil, von Sonnenaufgang bis Sonnenuntergang. Aus reinem Vergnügen bemühte er sich, keine Nahrung zu sich zu nehmen, nicht zu rauchen, sich nicht zu streiten, weder zu fluchen noch zu lügen und seinem Nächsten nichts zu neiden. Diese Askese entrückte den Geist der Stofflichkeit und öffnete ihn den spirituellen Gedanken. Der Graf wurde nicht enttäuscht: Neuer Lebenswille erfüllte ihn. Mit Ungeduld erwartete er den *'iftar,* den Augenblick des abendlichen Fastenbrechens, wo die Geschäfte sehr rasch schlossen und die Straßen sich leerten, während die aberhundert Moscheen der Stadt aufflammten. Dreieckige, rauten- oder halbmondförnüge Lichter erhellten Kuppeln und Minarette.

Carnarvon blieb vor einer Garküche unter freiem Himmel stehen, zündete sich eine Zigarette an, trank einen Aprikosensaft und aß guten Appetits mit Fleischstücken angereicherten Reis, Salat und Fladen mit heißen Saubohnen gefüllt. Gegen zwei Uhr morgens war er Engelshaar oder einem Pistaziengebäck nicht abgeneigt, bevor er dann ins Hotel zurückkehrte und bis in den Tag hinein schlief, den Trommlern gegenüber unempfindlich, welche die Bevölkerung weckten, auf dass sie sich vor dem Frühlicht stärken mochten.

Zwei Tage vor dem Ende des Ramadan sprach ihn eine alte Lady ohne Zögern in der Halle des Bristols an.

«Sind Sie nicht der fünfte Earl of Carnarvon?»

«Ich habe die Ehre.»

«Ah! Mein Gedächtnis ist noch immer so gut . . . Ich habe Ihren Vater gut gekannt und Sie gleichen ihm sehr. Welch ein sonderbares Land, stimmt es nicht? Äußerst wenig Rasen, den die Dürre bedroht, eine dramatische Abwesenheit von Schauern und chronische Knappheit an Nebel. Kennen Sie Kairo?»

«Dies ist mein erster Besuch.»

«Sie werden jedes Jahr zurückkommen; diese Stadt, werter Freund, ist eine Droge. Natürlich hat sie sich verändert und empfängt zu viele Touristen . . . Und weshalb überwintern Sie hier?»

«Um gesund zu werden und meinem Leben einen Sinn zugeben.»

«Gehen Sie doch graben! Wie man behauptet, birgt die Erde hier Wunderdinge. Ein junger Mann muss ein Ziel haben und sich daran halten, selbst in seiner Mußezeit; ein untätiger Engländer verrät sein Land.»

Graben, die Erde durchwühlen, vergessene Schätze heben ... diese Idee hatte ihn seit seiner Kindheit vage gestreift, doch war es ihm nie gelungen, sie klar zu formulieren. War diese alte Lady nicht sein verkleidetes Schicksal? Ihre Worte gingen ihm nicht mehr aus dem Sinn. Die Straßen und die Feste verschmähend, lief er in die Ministerien und Behörden, um sich über die Bestimmungen hinsichtlich der Grabungen zu erkundigen. Bald merkte er, dass allein das Geld zählte; hatte Theodor Davis, ein vermögender Amerikaner, nicht vor kurzem eine Konzession für das Tal der Könige erhalten, obwohl er keinerlei archäologische Erfahrung besaß?

Während der Graf an seinem Tisch im Bristol genüsslich einen Nilbarsch verspeiste, ließ sich ihm gegenüber ein bärtiger Koloss nieder, ohne ihn um Erlaubnis zu fragen. Schwarzer Gehrock, rote Hose und gespornte Stiefel verliehen ihm ein martialisches Aussehen.

«Ich fürchte, dass Sie einem Irrtum unterliegen.»

«Sie sind Lord Carnarvon und ich heiße Demosthenes. Zumindest heute; bei meinem Beruf ist es umsichtig den Namen zu wechseln.»

«Sehen Sie irgendwelche Ungelegenheiten, wenn ich Sie aus dem Hotel werfen ließe?»

«Sie möchten graben? Das führt zu nichts.»

Die Haut von Demosthenes' Gesicht war gelb und schlaff; seine Hände zitterten und sein Blick verlor sich gelegentlich im Vagen. Carnarvon kannte diese Symptome, die er des Öfteren in verruchten Bars beobachtet hatte: Der Mann berauschte sich mit Haschisch.

«Falls Sie Raritäten erwerben wollen, wenden Sie sich an Demosthenes.»

«Sind Sie etwa in Archäologie bewandert?»

Der Koloss erstickte ein breites Lachen.

«Nachdem ich anglikanischer Priester in Kairo und Verkäufer von geschmuggeltem Schnaps in Alexandrien gewesen bin, habe ich eine weit bessere Beschäftigung gefunden: Ich verkaufe Mumien. Stücke in gutem Zustand, aus echten Gräbern herausgeholt. Sie sind teuer, aber es lohnt sich.»

«Schon möglich. Wo ‹stöbern Sie sie auf›?»

«Sachte, sachte, mein Prinz! Meine Quellen, die sind mir heilig; wenn wir vielleicht über Preise reden könnten?»

«Selbstverständlich, aber nicht hier.»

«Wo dann?»

«Auf der nächsten Polizeiwache.»

Mit plötzlich blutleeren Lippen stand Demosthenes auf.

«Wir sind uns nie begegnet. Versuchen Sie nicht mir Scherereien zu machen; hier sind wir in Ägypten, nicht in England. Das Leben hat nicht den gleichen Preis.»

«Echte Mumien . . . existieren denn noch welche?»

Mit weit ausholenden Schritten durchquerte der Koloss den Speisesaal; im Vorübergehen stieß er gegen den Maître d'hôtel, der Lord Carnarvon einen Pudding brachte. «Wenn es mir erlaubt ist, Sie zu beraten, Mylord, Sie sollten sich vor dieser Person in Acht nehmen. Ein verdorbener Grieche, Räuber und Polizeispitzel und vielleicht auch ein kleiner Mörder.»

«Der zweite gute Engel meines heutigen Tages; dieser Grieche und diese alte Engländerin verdienen meine ewige Dankbarkeit.»

Der Maître d'hôtel stellte den Pudding ab. In gewissen Situationen war es vorteilhafter, sich strikt an die Bedienung zu halten.

Lord Carnarvon schob die Nachspeise beiseite und schaute bis weit nach Mitternacht in den Schein einer Kerze; wie herrlich war doch ein Leben, das aus dem Nichts heraustrat und endlich einen Sinn bekam.

30

In jenem Jahr 1903 sprachen Spezialisten und Touristen nur von der Entdeckung eines Verstecks in einem der Höfe des Tempels von Karnak. Der französische Architekt Legrain schätzte, dass er mehrere Jahre benötigen würde, um die Millionen Gegenstände, die, nachdem sie von den Priestern benutzt, dort gottesfürchtig vergraben worden waren, wieder an die Oberfläche zu bringen. Dieser Erfolg bestärkte Davis in seiner Idee, dass ein spektakulärer Fund in seinen Möglichkeiten läge. Er zitierte Carter auf sein in Luxor festgemachtes Boot. Nervös ging er auf und ab, mit seinen Stiefelabsätzen auf die Planken stampfend.

«Das Wichtige, Carter, sind die Königinnen von Ägypten. Wenn die Gräber der Pharaonen auch geplündert wurden, so sind die ihrer Gemahlinnen vielleicht verschont geblieben.»

«Beantragen Sie die Konzession für das Tal der Königinnen.»

«Zu verwüstet; ich meine die im Tal der Könige bestatteten Herrscherinnen. Es gibt doch welche, oder?»

Carter nickte.

«Die große Hatschepsut fasziniert mich; man behauptet, ihr Grab sei noch nie gründlich exploriert worden. Ist das wahr?»

Der Engländer stimmte erneut zu.

«Gehen Sie hinein, Carter; ich bin sicher, dass es einen Schatz enthält.»

Der Amerikaner hatte die Schwierigkeiten unterschätzt; mit seinem Arbeitertrupp legte Carter 630 Fuß unterm Fels zurück, einen endlosen Gang entlang, in Staub und völliger Dunkelheit. Mittels Dachsbeilhieben arbeiteten sie sich durch die Trümmermassen vor, die den Schlauch verstopften. Die Enttäuschung fiel nach dem Maß der Anstrengung aus; in der verwüsteten Grabkammer waren nur noch zwei leere Sarkophage vorhanden, der eine für die Königin bestimmt, der andere für ihren Vater, Thutmosis I. Als Davis dank der Inbetriebnahme einer Belüftungspumpe zu Carter stieß, malte dieser ein Aquarell, das den verheerten Anblick des heiligen Orts wiedergab.

«Trotz allem eine hübsche Leistung», befand er; «ich werde das Grab publizieren und Ihren Mut herausstreichen.»

Sie gaben sich die Hand nach amerikanischer Manier. Die Hauptsache für Carter war, über eine zunehmend qualifiziertere Mannschaft zu verfügen, die er entsprechend seiner Zwecke ausbildete, selbst wenn Tutenchamun sich ihm so beharrlich entzog.

«Ich möchte heiraten», sagte Raifa. «Ich habe lange mit meinem Bruder darüber diskutiert und er hat sich der Vernunft gebeugt; niemand kann gegen unsere Liebe ankämpfen.»

«Ich fürchte doch», entgegnete Carter.

«Ich habe gearbeitet und ich besitze alle Stücke meiner Mitgift; die Möbel, die Haushaltsgerätschaften und die Leintücher, ich werde sie alle mitbringen und du wirst dich meiner nicht schämen. Falls du sehr arm wärst, würdest du dich damit begnügen, mir 25 Piaster zu geben; aber du bist eine geachtete Persönlichkeit, Howard! Du schuldest mir also eine hübsche Morgengabe.»

«Über diesen speziellen Punkt . . .»

Sie legte ihm einen Finger auf den Mund.

«Am Vorabend unserer Hochzeit werde ich enthaart; mein Bruder wird die Rolle des Vaters spielen und dich um deinen Schutz ersuchen. Nach deinem Schwur wird er mich meinem zukünftigen Gemahl geben und wir werden auf Thronsesseln Platz nehmen. Vor uns ein Beet von Blumen, Backwaren, gebratenem Fleisch, Gewürzen . . . ich möchte viele Sänger und Tänzerinnen! Das wird die schönste Hochzeit, die je in Luxor zelebriert wurde. In tausend Jahren wird man noch davon sprechen!«

Sie schmiegte sich an ihn. Das Zimmer des ehemaligen Harems gab sich plötzlich wie ein Palast, in dem der kühnste Traum die beiden Geliebten auf einem Bett aus Rosen davontrug.

«Bist du sicher, Gamal überzeugt zu haben?»

«Was kümmert uns Gamal.»

«Er wird die Rolle deines Vaters spielen, erinnere dich.»

«Er wird sie spielen. Niemand kann einer verliebten Frau widerstehen; selbst du nicht, Howard Carter.»

«Alles wohl erwogen ...»

Ein fragender Zug um den Mund entfesselte ihren Zorn.

«Sei ehrlich. Ich verlange es.»

«Alles wohl erwogen, hast du Recht.»

Das Mena House – ein ehemaliger Jagdpavillon des Khediven Ismael und anlässlich der Festlichkeiten, mit denen 1869 die Eröffnung des Suezkanals begangen wurde, in ein Luxushotel umgewandelt – begrüßte die reichsten Familien von Kairo und Gäste hohen Ansehens. England hatte es in den Rang einer Kolonie erhoben, verfügten die Untertanen Seiner Majestät doch über einen Arzt, einen Kaplan und eine britische Nurse sowie eine Bibliothek von sechshundert Bänden.

An diesem Frühlingsabend war Carter im Mena House eingeladen, um sich dort seines Triumphs zu erfreuen. Das Renommee des Inspektors war bis nach Kairo gedrungen, wo die feine Gesellschaft ihm zu Ehren ein Diner veranstaltete; der kleine Zeichner aus Norfolk wurde zu einem anerkannten und beneideten Archäologen, den die Notabeln gerne an ihrer Tafel sehen mochten. Die Freilegung der großen Gräber der Königin Hatschepsut und des Königs Merenptah, mit ebensolcher Schnelligkeit wie wissenschaftlicher Strenge ausgeführt, machte aus Carter den besten aktiven Ausgräber.

Er war stolz und traurig. Stolz auf die geleistete Arbeit und die erklommenen Sprossen, stolz, einen Beruf auszuüben, den er über alles liebte, traurig jedoch, seine Zeit bei Mondänitäten zu vertun, während sein Zwiegespräch mit dem TAL gerade erst begann und die Suche nach Tutenchamun seine ganzen Kräfte erforderte.

Bevor er ins Mena House ging, das am Fuße des Plateaus von

Gizeh lag, stieg er hinauf zur großen Pyramide. Mit einigen sehr schroffen Sätzen vertrieb er die Händler falscher Antiquitäten und die Beduinen, die Esel und Kamele auszuleihen begehrten; den Blick hinauf zur Spitze des sagenhaften Monuments hebend, rief er sich jene Seiten von Volney, die Newberry ihm vorgelesen hatte, ins Gedächtnis zurück:

«Keineswegs aus dem Gefühl seiner Nichtigkeit heraus hat der Mensch dieses Grabmal errichtet, sondern aufgrund der ureigenen Ahnung seiner Unsterblichkeit: Dieses Grabmal ist nicht etwa der Markstein, der das Ende des Werdegangs eines einzigen Tages anzeigt, es ist der Markstein, der den Eintritt in ein Leben ohne Ende kennzeichnet; es ist eine Art heilige Pforte, an der Schwelle zur Ewigkeit erbaut.»

Schweren Herzens ließ er die große Pyramide wegen eines mondänen Diners hinter sich. Man bat ihn von seinen Großtaten zu erzählen, und bedauerte ihn, so viel Staub schlucken zu müssen.

Ein britischer Anwalt erhob sein Glas Champagner.

«Auf unseren neuen Archimedes! Hat man Sie schon über den märchenhaftesten aller Funde unterrichtet?»

«Nein ... an welcher Stelle?»

«In Luxor, mein Lieber, während Ihrer Abwesenheit!»

Carter machte gute Miene, trotz seiner Besorgnis.

«Nun denn! Sie noch länger schmachten zu lassen, wäre grausam. Es handelt sich um ein Grab.»

Carter wrang nervös seine Serviette.

«Im Tal der Könige?»

«Ganz genau.»

Die Tafelrunde wurde still.

«Handelt es sich um ein Königsgrab?»

«Das ist mir nicht bekannt, aber es ist noch nie geöffnet worden.»

«Weiß man ... was es enthält?»

«Man weiß es.»

Der Anwalt äußerte hochtönend:

«Man weiß es, dank dreier weißer Kamele, die aus der Gruft kamen, mit Gold und Geschmeide bepackt.»

Verzückt brach die Gesellschaft in Lachen aus.

Carter legte sein Besteck ab und erhob sich, bleich.

«Verzeihen Sie mir, Sie so früh zu verlassen; Idiotie verdirbt mir den Appetit.»

Verschlafen kuschelte Raifa sich an Carter, der ihr übers Haar strich und sie im Nacken küsste.

«Wann heiraten wir, Howard?»

«Bald.»

«Morgen?»

«Es sind noch ein paar Kleinigkeiten zu regeln.»

«Meine Morgengabe?»

«Maspero. Ich muss mit ihm reden.»

Gaston Maspero war in rosiger Laune; er trank eine Tasse Kaffee und aß einen heißen, mit Zwiebeln und Bohnen gefüllten Fladen.

«Hocherfreut, Sie zu sehen, Carter; wegen Ihnen habe ich nicht geschlafen.»

«Dürfte ich den Grund für dieses Ärgernis erfahren?»

«Die Qualität Ihrer Arbeit. Sie sind der brillanteste meiner Inspektoren und Ihr Beitrag zum Wohle der Altertümerverwaltung ist ganz und gar bemerkenswert. Ihr Erfolg beruht auf Ihrem Arbeitseifer und einer exzellenten Ausbildung: die Kenntnis des Terrains, die Beherrschung der arabischen Sprache, die Gabe, Arbeiter zu befehligen, ein scharfes Kunstverständnis.»

«So viele Komplimente beunruhigen mich.»

«Was verbirgt sich dahinter? Eine Beförderung, mein lieber Howard! Mit dreißig Jahren sind Sie bestens geeignet, eine Schlüsselposition zu bekleiden: Oberster Inspektor von Unter- und Mittelägypten. Nun gehören die Pyramiden Ihnen!»

31

Nach sechs Monaten verbissener Arbeit auf der Anlage von Sakkara war dies sein erster freier Abend. Wie viele Hektare blieben noch zu durchforschen in dieser riesigen Nekropole, wo Maspero die ersten Pyramiden entdeckt hatte, deren geheime Kammern mit Hieroglyphen bedeckt waren?

Von der bescheidenen Inspektoren-Behausung aus, wo er sich eingerichtet hatte, kam Howard Carter in den Genuss eines Panoramas ohnegleichen; auf der einen Seite die Wüste und die Monumente der Ewigkeit; auf der anderen der Palmenhain des alten Memphis. Häufig fiel es ihm schwer, sich aus dieser Kontemplation zu reißen, um sich in den Mäandern der Alltäglichkeit zu verlieren; er war sich aber seiner Aufgabe bewusst und fest entschlossen, sie ohne Makel zu erfüllen, selbst wenn er darunter litt fern von seinem geliebten TAL zu sein.

Am Vorabend seines Aufbruchs in den Norden hatte Raifa sich ihm weinend an den Hals geworfen. Er hatte nicht versucht, sie zu trösten. Sie wussten beide, dass diese Trennung von langer Dauer sein würde; sicher, während seinen Urlaubszeiten würde Carter nach Luxor zurückkehren, doch er konnte ihr die Ehe nicht versprechen. Verdrossen schwor sie ihm Treue; er nahm diesen Schwur nicht an, den zurückzunehmen sie nicht willens war.

Die Einsamkeit passte zu Sakkara, von der Stufenpyramide des Djoser beherrscht, dem ersten aus behauenem Stein errichteten Monumentalbau auf der Erde Ägyptens. Pharaonen und Adlige ruhten hier seit fünf Jahrtausenden, eine unsichtbare Gemeinschaft bildend, deren Wirklichkeit gleichwohl in jedem Augenblick wahrnehmbar blieb.

Vor dem Wind geschützt auf einem Stuhl sitzend, dachte Carter versonnen an Raifa, an die Sanftheit ihrer Hingabe, als er unvermittelt einen Wächter herbeieilen sah.

«Sie müssen sofort kommen, Herr Inspektor.»

«Was gibt es?»

«Franzosen ... sie wollen das Serapeum besichtigen.»

«Erinnern Sie sie daran, dass die Anlage geschlossen ist.»

«Sie sehen es nicht ein.»

«Wie das?»

«Ich glaube ... sie haben den Verstand verloren.»

Aufgebracht eilte er hinüber zum Serapeum, einem Komplex unterirdischer Galerien, wo sich die gigantischen Sarkophage der heiligen Apis-Stiere befanden. Vor den Eingang stritten sich zwei Wächter mit beschwipsten Touristen. Einer von ihnen, ein berauschter Mann um die Fünfzig, schalt seinen Gesprächspartner einen «dreckigen Araber» und «Sohn einer Hündin». Bevor Carter einschreiten konnte, versetzte ein Wächter dem Mann einen Puff; hieraus ergab sich eine allgemeine Schlägerei, der Carter nur mit größter Mühe Einhalt gebot.

«Wer sind Sie?», fragte eine zerzauste, aggressive Brünette.

«Howard Carter, Inspektor der Altertümer.»

«Hocherfreut, endlich einem Verantwortlichen zu begegnen! Wir wollten das Serapeum sehen, als diese Makaken uns angegriffen haben. Sie wollten uns sogar Eintrittskarten zahlen lassen.»

«Ich bitte Sie, sich korrekt zu verhalten; diese Wächter sind meine Untergebenen, und sie gehorchen meinen Anweisungen. Sie sind nicht berechtigt, sich zu dieser Stunde auf der Anlage aufzuhalten.»

«Wen wollen Sie hier zum Narren halten? Wir sind Europäer, und unser Freund wurde wüst angefallen! Wir befehlen Ihnen, diese Wilden verhaften zu lassen.»

Ein Schnurrbärtiger mit zornrotem Gesicht kläffte wie ein Spitz.

«Ich habe bezahlt und ich will mein Geld zurück! Es ist ganz dunkel da drin, und man hat uns nicht einmal Licht gegeben!»

«Gehen Sie alle nach Hause, und nehmen Sie eine kalte Dusche.»

«Das wird nicht so hingehen, Carter! Wir werden Anzeige erstatten.»

Maspero schien peinlich berührt.

«Sie haben Anzeige gegen Sie erstattet, Carter. Tätlichkeit und Körperverletzung ... das ist schlimm.»

«Das ist vor allem unrichtig. Einer meiner Wachen wurde auf gehässige Weise beleidigt und hat auf normale Weise reagiert.»

«Normal? Indem er einen französischen Touristen niederschlägt!»

«Ein gefährlicher Trunkenbold, der einen kleinen Stoß abbekam. Ich zeuge für meine Mannschaft.»

«Völlig unnötig; Ihre Gegner haben bereits die Unterstützung des Generalkonsuls von Frankreich erwirkt, der Genugtuung verlangt.»

«Ich fürchte nicht ganz zu verstehen.»

«Das ist aber doch ganz einfach, Carter; dank meiner Intervention vermeide ich einen Prozess. Sie brauchen sich bloß beim Konsul und bei dieser Touristengruppe zu entschuldigen und Ihren Wachmann zu entlassen.»

«Kommt nicht in Frage. Dass diese Trunkenbolde den Wächter um Verzeihung bitten: das wäre Gerechtigkeit.»

«Es geht hier nicht um Gerechtigkeit, sondern um Diplomatie! Erleichtern Sie mir meine Aufgabe und versteifen Sie sich nicht.»

«Ich habe nicht die Absicht mich vor Lügnern zu erniedrigen.»

«Fassen Sie es doch nicht so auf, Herrgott! Ich verlange nur ein paar Worte, sonst nichts.»

«Das ist viel zu viel, Herr Direktor.»

«Seien Sie nicht starrsinnig; die Angelegenheit könnte sich verschärfen.»

«Ich bin nicht im Unrecht; die Gerechtigkeit wird triumphieren.»

Da Maspero Howard Carter nicht zur Abbitte bewegen konnte, suchten die Kläger um eine Unterredung bei Lord Cromer nach, dem britischen Hochkommissar und starken Mann von

Ägypten; er schenkte den Lügen Glauben und ergriff Partei gegen Carter. Der junge Archäologe wurde von der besten Gesellschaft nicht sonderlich geschätzt.

Als Maspero ihn erneut zu sich rief, war er sehr verstimmt.

«Ich habe formelle Instruktionen erhalten: augenblickliche Entlassung des Wächters und Ihre Entschuldigungen. Lord Cromer wird in einigen Minuten hier sein, um sie entgegenzunehmen.»

«Dann werde ich ihm die Wahrheit sagen können.»

«Er wird Sie nicht anhören; seine Meinung steht fest.»

«Dann ist er ein Dummkopf.»

«Carter! Sie erfassen den Ernst der Situation nicht. Sie sollten nachgeben, ansonsten . . .»

«Ansonsten?»

«Wäre ich gezwungen Ihr Rücktrittsgesuch anzunehmen.»

Carter war völlig verblüfft.

«Sie, Gaston Maspero, Sie werden eine solche Schandtat nicht begehen!»

«Ein paar Sätze, Howard, nur ein paar versöhnliche Sätze, und wir werden dieses absurde Drama vergessen.»

Unversehens stürmte Lord Cromer ins Büro des Verwaltungsdirektors.

Er würdigte Carter nicht eines Blickes und fuhr Maspero an:

«Ist die Sache geregelt?»

«Fast, Herr Hochkommissar.»

«Carter möge augenblicklich seine Entschuldigung vorbringen, die schriftlich niedergelegt und den betreffenden Personen ausgehändigt werden.»

Drückende Stille breitete sich aus. Lord Cromer ertrug sie nur dreißig Sekunden.

«Mokieren Sie sich über die Autorität, die ich verkörpere, Monsieur Maspero?»

«Howard Carter ist bereit, seine Fehler einzugestehen, aber Ungerechtigkeit . . .»

«Meine Meinung ist auf Fakten gegründet, nicht auf Gefühle.

Jede Diskussion wäre überflüssig; Carter möge sich beugen oder seinen Rücktritt nehmen.»

Lord Cromer vernahm den Klang von Howard Carters Stimme nicht; als die Tür zuknallte, fuhr er hoch.

32

Mit Beginn der ersten Kälte änderte sich Carnarvons Wesen. Grießgrämig für gewöhnlich, pfiff er nun vor sich hin, während er las oder spazieren ging, scherzte bei Tisch, spielte häufiger mit den Kindern. Gefrierender Nebel und Regen heiterten ihn im höchsten Maße auf, seine Schmerzen verschwanden, und er ging mehrere Stunden am Tag durch den Schlosspark, trotz des Verbots seines Arztes.

Bei der Rückkehr von einer seiner Eskapaden vermochte seine Gattin ihm ihre Besorgnis nicht mehr zu verbergen.

«Gehen Sie rasch Ihr Bad nehmen; es ist kochend heiß.»

«Eine feinfühlige Aufmerksamkeit, meine Liebe; nach den Bauern zu urteilen, wird es ein strenger Winter.»

«Weshalb setzen Sie sich so der Gefahr aus? Von Kälte und Feuchtigkeit wurde Ihnen dringend abgeraten.»

Der Graf senkte seine Augen.

«Ich muss Ihnen ein äußerst heikles Geständnis machen, Almina.»

«Sonst pflegen Sie nicht so schonungsvoll zu sein.»

«Die Situation rechtfertigt meine vorausschickenden Worte.»

«Ich wage nicht zu verstehen . . .»

Carnarvon wandte sich ab.

«Ich habe mich verliebt.»

«Gott legt mir eine furchtbare Prüfung auf. Ich nehme sie an. Wie heißt sie?»

«Sie ist nicht mehr ganz jung.»

«Ist sie wenigstens aus adliger Familie?»
«Königlicher.»
«Aber . . . ihr Name?»
«Pharaonisches Ägypten.»
«Dazu hatten Sie kein Recht!»
«Es ist sehr ernst, meine Liebe. Wie mein ausgezeichneter Arzt empfiehlt, breche ich morgen nach Kairo auf.»

Mit Freude fand sich Lord Carnarvon zum Jahresende 1904 wieder in den belebten und duftenden Gassen Kairos. Dieser Aufenthalt, dem er voller Ungeduld entgegengesehen hatte, hellte sein Dasein auf. Er erlaubte ihm, zahllosen Londoner Mondänitäten zu entgehen und den Aufführungen der *Madame Butterfly* von Puccini, eines larmoyanten und geschwätzigen Musikers, den er verabscheute, nicht beiwohnen zu müssen.

Der Graf trug sich mit dem Wunsch, ein Grabungsprogramm auszuarbeiten, besaß jedoch keinerlei Erfahrung auf diesem Gebiet; folglich konsultierte er die Behörden des Hochkommissars, welcher zu Ägyptens wahrem Herrscher geworden war dank der *Entente cordiale* zwischen England und Frankreich, die sich über die Aufteilung Nordafrikas und des Vorderen Orients geeinigt hatten; Frankreich fiel insbesondere Marokko zu, das es in aller Freiheit besetzte, und England Ägypten. Mit einer einzigen, aber gewichtigen Einschränkung: Der Posten des Direktors der Altertümerverwaltung blieb, wie in der Vergangenheit, einem Franzosen vorbehalten.

So ließ sich Carnarvon also bei Gaston Maspero einen Termin geben.

«Ich möchte eine Grabungsgenehmigung erhalten.»

Maspero putzte seine runde Brille; der Albtraum begann von neuem. Wieder einmal würde er sich vor einem vermögenden Amateur beugen müssen, dessen wissenschaftliches Hauptargument die Dicke seines Bankkontos war.

«Nichts einfacher als das; es genügt, ein Formular zu unterschreiben.»

«Welche Verpflichtungen habe ich?»

«Grabungen auf einem Gebiet vorzunehmen, welches Ägypten gehört, von Steuern entlastet und nicht bebaut ist, abseits von Kulturflächen oder militärischen Sperrzonen liegt und keiner öffentlichen Einrichtung zugeordnet ist. Falls Sie eine bedeutende Entdeckung machen, beispielsweise ein Grab, müssen Sie die Altertümerverwaltung benachrichtigen.»

«Darf ich dort als erster hinein?»

«Unter der Bedingung, dass ein Inspektor an Ihrer Seite ist. Ihnen steht eine Frist von zwei Jahren zur Verfügung, um mir einen Bericht über Ihre Aktivitäten zu liefern.»

«Was geschieht mit den Mumien?»

«Sie bleiben im Besitz von Ägypten, wie auch die Sarkophage. Was die anderen Gegenstände anlangt, werden wir eine vernünftige Aufteilung vornehmen.»

«Was verstehen Sie unter ‹vernünftig›?»

Maspero bändigte nur mit Mühe einen Zornesausbruch. Gewiss, eine Vertragsklausel legte genau fest, dass der Inhalt eines unberührten Grabes nicht zwischen den Verantwortlichen der Ausgrabungen und dem Staat aufgeteilt werde; aber man würde kein unversehrtes Grab mehr entdecken, und im Falle eines Wunders wäre die Klausel eben nicht anwendbar.

«Nun ja . . . je nach Bedeutung und Wert der Gegenstände werden wir zu einem Gespräch unter Gentlemen schreiten.»

«Nichts wäre vernünftiger», räumte Carnanrvon ein.

«Ich vergaß das Wichtigste: Die Grabungen werden auf Ihre Kosten und auf eigene Gefahr durchgeführt.»

«Perfekt.»

«Eine Kleinigkeit noch: Welche Stätte haben Sie sich ausgesucht?»

Der Graf war völlig überrumpelt.

«Sie werden mir nicht glauben, aber ich habe noch nie darüber nachgedacht. Das ist mein zweiter Winter in Ägypten, und ich kenne nur Kairo; könnten Sie mir eine günstige Stelle nennen?»

Maspero war verblüfft.

«Überall, Herr Graf, man müsste überall graben ... Luxor ist ein reizender Ort und von Ihren Landsleuten sehr geschätzt; der Gegend mangelt es nicht an unerforschten Zonen.»

Carnarvon folgte Masperos Rat und war gut damit beraten. Er flanierte durch das alte Theben, schrumpfte, wie jeder Besucher, in Karnaks Großem Saal der gigantischen Säulen ins Zwergenhafte, kostete das Licht von Luxor, fuhr in einer Feluke auf dem Nil spazieren, meditierte unter der Akazie des Rameseums, empfand die Größe der Pharaonen in Medinet-Habu, geriet hunderte Mal in Verzückung bei der Betrachtung der Grabmalereien. Ägypten drang in ihn, formte seinen Geist, ließ eine ganz neue Empfindsamkeit in ihm reifen. Vor der Erschließung eines Grabungsfeldes wollte er diese Schönheit, welche selbst die Zeit überwand und eine Nahrung ohnegleichen bot, ganz in sich aufnehmen.

Während er einen Tee mit Minze in einem kleinen Café des Westufers genoss, begrüßte ihn ein bärtiger Koloss, indem er seinen weißen Hut abnahm.

«Herr Demosthenes ... welch eine freudige Überraschung.»

«Darf ich mich setzen?»

«Ich sehe, dass Sie sich gute Manieren angeeignet haben.»

Mit seiner schwarzen Jacke, seiner roten Hose und seinen hohen Stiefeln war der Altertümerschmuggler alles andere als unauffällig.

«Sie sind ein Mann von Wort, Herr Graf, Sie haben mir tatsächlich keine Scherereien gemacht.»

«Ich stehe noch in Ihrer Schuld.»

«ich habe Ihnen kein Geld geliehen.»

«Eine Schuld moralischer Natur.»

«Aha ... belanglos. Wollen Sie Mumien kaufen?»

«Welche finden.»

«Und wo?»

«In den Tiefen der Erde.»

«Ausgraben? Was für ein Witz! Sie werden Ihr Vermögen dabei verlieren. Ich habe alles, was Sie brauchen, und zu guten Preisen; dieses Land ist verdorben.»

«England wird es sanieren.»

«Sicher nicht. Das neue Gesetz schreibt die Schließung aller ungesunden und gefährlichen Räumlichkeiten vor ... mit anderen Worten, den allgemeinen Ruin! Die heimischen Manufakturen und Werkstätten sind erledigt; internationale Trusts werden den Platz besetzen und eine Unzufriedenheit hervorrufen, die nichts Gutes bringen wird. Der Schwarzhandel, das ist die Zukunft! Nutzen Sie Ihren Winterurlaub gut aus; Ägypten wird nicht immer englisch bleiben. Entschuldigen Sie mich, man erwartet mich.»

Demosthenes, noch fetter als früher, richtete sich wie ein Elefant auf und ging wiegend davon. Verrückt oder visionär?

Niemand, im Foreign Office, teilte seine Ansichten; doch verbrachten die Karrierediplomaten ihre Zeit nicht damit sich zu irren?

33

Seite an Seite neben schlafenden Bettlern zusammengesackt, war Howard Carter kein Inspektor der Altertümerverwaltung mehr. Lord Cromer hatte seinen Kopf gefordert und bekommen, indem er Maspero unter Druck setzte ihn zu entlassen. Fünfzehn Jahre zähe Arbeit, und plötzlich der endgültige Fall. Ohne Anstellung, ohne Abfindung, ohne Ersparnisse, unfähig, sich auf die Suche nach einer anderen Arbeit zu machen, fühlte Howard sich gebrochen. Durch den Verlust seines Postens entfernte er sich für immer vom Tal der Könige und von Tutenchamun. Sein Traum zerbrach, und sein Leben verlor seinen Sinn. Und dennoch bedauerte er seine Haltung nicht; Ungerechtigkeit war das schlimmste aller Übel und er würde sie nie akzeptieren.

Ein Mann mittlerer Größe, nach abendländischer Manier gekleidet, mit rundem Gesicht, das ein kleiner Schnurrbart zierte, blieb vor ihm stehen.

«Sind Sie nicht vielleicht Howard Carter?»

«Ich bin nichts mehr.»

«Mein Name ist Ahmed Ziuar . . . Sie haben mich durch die Anlage von Sakkara geführt. Sie kennen mein Land besser als ich selbst, so als liebten Sie es mehr. Ich weiß Bescheid, über das Drama; erlauben Sie mir, Sie zu bewundern, Mr Carter.»

Ungläubig hob der Engländer die Augen.

«Wo gedenken Sie in Kairo zu wohnen?»

«Ich weiß nicht.»

«Ich bin nur ein kleiner Beamter, aber ich verfüge über ein unbewohntes Kämmerlein; es wäre mir eine große Freude, es Ihnen anzubieten. Sie könnten schlafen, wieder zu Kräften kommen und sich auf die Zukunft vorbereiten. Wenn Gott eine Tür zumacht, dann öffnet er eine andere.»

Carter richtete sich auf. Er hatte kein Recht vor einem Mann von Format so würdelos zu sein.

An der Ecke eines Gässchens niedergelassen, beobachtete Carter das Kommen und Gehen der Kairoer, den Wasserträger, den Fladenverkäufer, die Hausmutter mit einem Korb auf dem Kopf und einem Säugling im Arm, den mit Luzernen beladenen Esel. Sich selbst zu vergessen suchend, warf er diese belanglosen Szenen auf die Leinwand, diese kostbaren Zeugnisse einer monotonen und beruhigenden Existenz. Gaffer und Straßenjungen drängten sich um ihn zusammen und schauten ihm bei der Arbeit zu; ein Europäer bot ihm ein wenig Geld. Zuerst noch zaudernd, nahm er schließlich an. Zum Genremaler geworden, verdiente er das nötige Geld, um die Miete seines kleinen Gästezimmers in einem Armenviertel zu bestreiten; im ersten Stock eines leprösen Wohnhauses gelegen, war es ihm ein Hafen des Friedens nach einem im nicht abbrechenden Lärm der Stadt zugebrachten Tag. Das Gebell der Hunde störte häufig die Nachtruhe; auf seinem Bett ausgestreckt, mit offenen Augen, erinnerte er sich an jene wunderbare Zeit, da er auf grandiosen Stätten gearbeitet hatte.

Die Nostalgie war doch stärker. Er kehrte nach Sakkara zurück, malte die Stufenpyramide, die Wüste, die schönsten Szenen der Gräber des Alten Reiches; Touristen schätzten seine Gemälde und Aquarelle. Er gab sich nicht damit zufrieden ihnen seine kleinen Werke zu verkaufen, er führte sie auch durch die ehedem unter seiner Obhut stehenden Anlagen; seine Reputation wuchs, und er wurde bald zum Mentor der beflissensten Besucher.

Die Kunst und die Trinkgelder machten ihn nicht zum Millionär; er lernte, sich mit wenig zu begnügen, und verbarg seine Armut unter einer tadellosen Aufmachung. Er schrieb Raifa häufig, zerriss jedoch die Briefe, weil er den Gedanken nicht ertrug ihr die Wahrheit zu gestehen. Er wollte, dass sie in ihrer Erinnerung das Bild eines glücklichen und geachteten Carters behielt.

Im Laufe der Monate entwickelte sich eine andere Tätigkeit. Mehr oder weniger leichtgläubige Käufer baten ihn um Expertisen über Statuetten oder Relieffragmente, die sie sich in den Suks beschafften; die meisten waren Fälschungen, einige allerdings echt. Carters Ruf breitete sich aus; man zog ihn sogar zum eigentlichen Verlauf der Transaktionen hinzu.

Den größten Teil seiner Mußestunden verbrachte er am Fuße der Stufenpyramide, fasziniert von der schlichten Strenge der Mutter jedweder ägyptischer Architektur. Zahllose Skizzen genügten seinen Ansprüchen nicht; wie den Schwung dieser gigantischen Steinstufen wiedergeben, die im Sturm gen Himmel strebten?

Plötzlich knirschte der Sand. Ein Tourist kam heran und blieb hinter ihm stehen.

«Ihr Talent hat nicht gelitten, Howard.»

Gaston Masperos Stimme ließ ihn erschaudern.

«Wie geht es Ihnen, Herr Direktor?»

«Sie überleben, hat man mir gesagt?»

«Man hat Sie gut unterrichtet. Geht es mit der Verwaltung voran?»

«Ohne Sie tritt sie auf der Stelle; die Amateure schlagen uns aus dem Feld.»

«Theodor Davis beispielsweise?»

«Seine Mannschaft ist stolz auf ihre letzte Großtat: ein unversehrtes Grab.»

Der Pinsel stockte.

«Ein Schatz?»

«Ein schönes Grabmobiliar; Truhen, Stühle, Vasen und zwei Särge von stattlicher Größe, in denen die gut erhaltenen Mumien der Eltern von Königin Teje ruhen.»

Die Königin Teje, die Gemahlin Amenophis' III. und Mutter des Ketzerkönigs Echnaton . . . diese Menschen hatten den jungen Tutenchamun gekannt, dessen Schatten ihn nun wieder einmal streifte. Teje war vielleicht seine Mutter.

«Davis will publizieren, aber er ist dazu nicht imstande; deshalb bittet er mich ihm zu helfen. Ich habe eingewilligt, doch ich brauche einen Zeichner. Würden Sie diese Arbeit annehmen, Howard?»

Davis und seine Mannschaft, in der sich insbesondere der junge Archäologe Burton fand, bewohnten ein kleines Haus am Eingang der Westschlucht des Tals der Könige; aus Stein und Lehm erbaut und im Schatten einer Felswand, blieb es den Touristen verborgen. Vier kleine Zimmer, ein Essraum, ein Magazin für die Altertümer, eine Dunkelkammer, ein Büro und eine Küche bildeten zusammen diese Behausung, über die fortwährend ein Posten wachte. Der Amerikaner empfing Carter in einer der Mönchszellen ohne Wasser und elektrischen Strom; in seiner schwarzen Kleidung glich er einem Würgeengel.

«Mir verdanken Sie Ihre Rückkehr nach Luxor. Als Gegenleistung erwarte ich äußerste Zurückhaltung; Zeichnen, einverstanden, aber keine Einmischung in den Ablauf der Grabungen.

Sie sind nicht mehr Inspektor, und ich habe einen kompetenten Stab zusammengestellt, der keinerlei Ratschläge benötigt. Außerdem will ich keine Schwierigkeiten; die britischen Behörden würden Ihre Anwesenheit hier nicht schätzen. Sperren Sie sich in Masperos Büro ein, und begnügen Sie sich damit, die Gegenstände, die meine Assistenten Ihnen bringen werden, getreu wiederzugeben. Irgendwelche Einwände?»

«Keine.»

Der Winter 1906 war ähnlich wie die Winter zuvor: mild und sonnig. Carters Lage besserte sich kaum, ein paar Expertisen bei Transaktionen von Gegenständen mehr oder weniger legaler Herkunft verschafften ihm eine ausreichende Rücklage. Seine vornehmliche und nicht entlohnte Tätigkeit bestand im Zeichnen der prunkvollen Möbel aus Holz, die von Davis im Grab der Schwiegereltern Amenophis' III. entdeckt worden waren. Er hätte nicht erwartet, dass diese großen Würdenträger, von bescheidener Geburt, in dem den Pharaonen vorbehaltenen Tal anzutreffen gewesen wären; diese Anomalie bestärkte ihn in dem Gedanken, dass die Ägypter dem Zeitraum vor Tutenchamuns Machtübernahme große Bedeutung zugemessen hatten. Warum aber hatten sie seine Regentschaft verdunkelt und sein Grab mit solcher Sorgfalt verborgen?

Als die Nächte frischer wurden, hüllte er sich in eine Wolldecke und las die wissenschaftlichen Elaborate, die Maspero ihm zur Verfügung stellte. Häufig barst er fast vor Wut; die Archäologen arbeiteten schlecht, und die Historiker prüften selten ihre Quellen, begnügten sich damit, Publikationen anzuhäufen, um Lehrstühle zu ergattern, die nach Gewicht des bedruckten Papiers und der mondänen Verbindungen verteilt wurden. Kompetenz, Mut, Redlichkeit? Stupide Tugenden, die ins gesellschaftliche Mittelmaß führten. Plötzlich klopfte jemand an seine Tür.

«Es ist offen.»

Sie trat ein, bezaubernd. Die Augen geschminkt, die Lippen leuchteten in einem zarten Rot, das Haar fiel Voluten gleich auf ihre Schultern, so blieb sie auf der Schwelle stehen.

«Bist du bereit, mich wiederzusehen?»

«Raifa ...»

Er war unfähig, sich zu bewegen. Sie kam näher, ohne ihre Augen von ihm zu lassen.

«Bin ich hübsch?»

Er nahm sie in seine Arme und drückte sie, dass ihr der Atem verging.

«Ich bin nichts mehr, Raifa. Ich habe meine Stellung als Inspektor verloren und bin arm.»

«Das ist mir egal ... wenn du wüsstest, wie egal mir das ist.»

«Niemals wird Gamal einen Bettler als Ehemann seiner Schwester akzeptieren.»

«Ich werde mich damit begnügen deine Geliebte zu sein ... ich liebe dich, Howard.»

Die Worte verklangen in Zärtlichkeit. Wie viele verliebte Stunden hatten sie wegen seiner Eitelkeit verloren?

Der Arbeiter beugte sich nieder, nahm einen dicken Stein fort, räumte einen Haufen Schotter beiseite und grub behutsam mit der Hand weiter. Am Fuße eines Felsen, in einer Mulde, hatte er eine Art Blitz wahrgenommen. Die Sonnenstrahlen hatten sich auf einer glänzenden Oberfläche gespiegelt. Als er sich niederbeugte, hatte er geglaubt, eine blaue Linie zwischen zwei Kalksteinbrocken auszumachen; freigeräumt, entpuppte sie sich als Rand einer ehedem mit Gold überzogenen glasierten Schale.

Der Arbeiter rief seinen Vorgesetzten herbei, der Theodor Davis benachrichtigte. Missfällig betrachtete der Amerikaner den Gegenstand.

«Das ist kein Foto wert. Bringen Sie es Carter; er wird uns eine Zeichnung machen. Danach werden wir es ins Kairoer Museum schicken. Ab und an muss man die ja auch mit etwas bedenken.»

Aus der Touristengruppe heraustretend, unter die er sich gemischt hatte, untersuchte Carter die Stelle, wo die blaue Keramikschale aus der Erde geholt worden war. Seines Erachtens nach musste sie jene Natronkügelchen enthalten haben, die als reinigende Substanz während des Rituals der Mundöffnung, das der Mumie Lebenskräfte zurückgab, benutzt wurden; mit anderen Worten, bei den königlichen Bestattungen! Nach erster Untersuchung war seine Überzeugung gefestigt: Es handelte sich um ein Versteck. Ein Priester hatte Sorge getragen, diesen kostbaren Gegenstand unter einem Felsen zu verbergen.

Seit drei Tagen schon versuchte er vergeblich, sie zu zeichnen; seine Hände zitterten zu stark. Auf der Schale ein Text: *«Dass der vollkommene Gott* 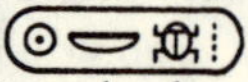 *Leben gebe»;* die in der Kartusche eingesetzten Hieroglyphen, nämlich die Sonne, der Korb und der von den drei Stäben des Plurals gefolgte Skarabäus, lasen sich wie folgt: *«Das göttliche Licht ist die Herrscherin der Wandlungen.»** Diese wenigen, in Davis' Augen bedeutungslosen Zeichen verwirrten Carter so sehr, dass sie ihn um den Schlaf brachten: Bildeten sie denn nicht den Thronnamen Tutenchamuns?

Nunmehr nahm seine Überzeugung eine wissenschaftliche Wendung. Dieser schlichte Gegenstand bewies, dass die Beisetzung des mysteriösen Pharaos im Tal stattgefunden hatte und dass er dort, irgendwo unterm Sand begraben lag.

34

Lord Carnarvon nahm an dem Einweihungscocktail des Winter Palace teil, Luxors neuem Grandhotel. Im Herzen der kleinen Altstadt erbaut und dem Nil zugewandt, stellte es prätentiös seine gelbe Fassade zur Schau, die vom Grün der Palmen und vom Weiß der Moschee und der Nachbarhäuser scharf abstach; diese Anhäufung aus Stuck und Gips, welche ein Metallgerippe

* Wissenschaftliche Transkription: *Nb-ḫprw-R'*. Dies ist einer der Namen Tutenchamuns, der wie jeder Pharao mehrere besaß, die dazu dienten, den Zweck seiner heiligen Mission zu bezeichnen.

verkleideten, schätzte der Graf nicht sonderlich. Luxor wurde zum Opfer von Händlern und einfältigen Horden; mit dem Baedeker in der Hand fielen sie in die mit falschen Skarabäen, Fächern und Hüten angefüllten Läden ein. Ganze Kontingente verließen in aller Eile die von der Agentur Cook gecharterten Schiffe, eilten im Sturmschritt durch die Tempel und stiegen beim Ruf der Pfeife oder der Glocken wieder an Bord und kleideten sich für den Lunch.

Carnarvon, der den Spitznamen Lordy erhalten hatte, genügte seine Yachtman-Jacke mit Kupferknöpfen; sie verlieh ihm ein martialisches Aussehen, das seine Freundlichkeit gegenüber Eingeborenen jedoch Lügen strafte. Die Europäer fliehend, wurde er von allen örtlichen Paschas eingeladen.

Er lernte Ägypten von innen her kennen und kam rasch mit dem Arabischen zurecht; diese Pyramiden schienen ihm unabdingbar, ehe er sich in eine Grabung nach allen Regeln der Kunst stürzen wollte.

«Falls Sie immer noch eine Konzession wünschen», erklärte Maspero, «dann habe ich Ihnen eine anzubieten: eine unerforschte Stätte auf dem Hügel Scheik Abd el-Gurnah. Mit etwas Glück könnten Sie ein kleines Grab auffinden; vergessen Sie nicht mich davon zu unterrichten.»

«Ich habe Glück», antwortete Carnarvon. «Wann könnte ich beginnen?»

«Schon nächste Woche, falls Sie möchten.»

«Abgemacht. Ich sage nur eine Verabredung ab und begebe mich ans Westufer.»

Der Beamte des Foreign Office, der in Luxor unter der «Deckung» eines Getreidehändlers arbeitete, würde eben das Nachsehen haben und sich gehörig ärgern. Der Graf lehnte es zwar nicht grundsätzlich ab, ihm seine Eindrücke über das Land mitzuteilen, doch er war nicht gewillt in seinem Sold zu stehen.

Scheik Abd el-Gurnah versuchte nicht, Lordy zu betören: stechende Sonne, Staub, Sandsturm und belustigtes Lächeln der

Dörfler hatten nichts Bezauberndes. In dem Augenblick, als er zu graben begann, wurde der Aristokrat gewahr, dass es nicht leicht war, den Archäologen aus dem Stegreif zu mimen. Weshalb diese Stelle einer anderen vorziehen? Auf seinen Instinkt vertrauend, gab er seinen beiden Arbeitern den Befehl, einen flachen Stein beiseite zu räumen und das Eisen ihres Spatens, des *fas,* in das schräg abfallende Terrain zu stechen. Als sie müde wurden, löste er sie ab. Mit diesem Gerät zu hantieren, ruinierte ihm den Rücken, zog ihm aber ihre Sympathie zu; nachdem sie Fladen, Zwiebeln und Tomaten miteinander geteilt hatten, legten sie neuen Eifer an den Tag.

Darüber hinaus verfügte Lordy über eine Verbündete von großem Wert: eine Terrierhündin namens Susie, die nicht willens gewesen war, ihren Herrn zu verlassen; um ihre Zuneigung nicht zu verraten, hatte er sie nach Ägypten mitgenommen, mehr oder weniger auf ihren Spürsinn hoffend und auf ihre Fähigkeit, eine Beute bis in ihren Bau zu verfolgen; aber Susie, mit ihren v-förmigen Ohren, die neben den Backen herunterhingen, hatte jegliche Aggressivität verloren und liebte nichts mehr, als sich gegen Lordys Beine zu drücken, der vor Staub geschützt in einem Rattansessel saß.

Äußerst eifersüchtig wachte sie darüber, dass sich ihm niemand ohne ihr Einverständnis näherte.

Kurz vor Sonnenuntergang trafen die Fellachen auf das, was die Öffnung eines Grabbrunnens zu sein schien. Sie waren so aufgeregt wie der Graf und zügelten nur mit großer Mühe ihre Lust tiefer vorzudringen. Sofort am nächsten Morgen war ein Vertreter der Altertümerverwaltung vor Ort; verdrossen wie Carnarvon selbst stellte er fest, dass der – unvollendet gebliebene – Brunnen sich nur als leeres Loch herausstellte.

Da das Schicksal ihm einen Wink gegeben hatte, ließ der Graf den Mut nicht sinken; während sechs Wochen mühte er sich hartnäckig an der Stelle seines ersten Erfolges ab. Der Schacht war mit einer Gruft verbunden, und trotz der Sandwolken, der Ströme von Schweiß und eines gewissen Mangels an Geschmeidigkeit zwängte sich der Graf in die Kammer. Ein Arbeiter reichte ihm eine Fackel, die einen kleinen Sarg beleuchtete: im Innern eine Katzenmumie. Susie bekundete gemäßigte Missbilligung.

Carnarvon erkannte die Dürftigkeit seiner Heldentat; hunderte von Katzenbälgen verstopften bereits die Magazine der Museen. Diese wenig brillanten Anfänge stachelten ihn nichtsdestotrotz an, seine Forschungen in der großen freien Ebene fortzuführen, die sich vor dem Tempel von Deir el-Bahari erstreckte: einige Löcher hier und da, eine immer drückendere Hitze, und ein völliges Ausbleiben von Ergebnissen.

«Das war bereits der vierte Winter, den Sie in Ägypten zubringen, Liebster . . . sind Sie es nicht überdrüssig?»

«Im Gegenteil, Almina.»

«Was zieht Sie dorthin?»

«Eine Arbeit von allergrößter Wichtigkeit.»

«Diese Amateurgrabungen?»

«Amateur . . . Sie haben recht. Diesen lächerlichen Übungen muss ein Ende gesetzt werden.»

Lord Carnarvons Gattin nahm ihn beim Arm.

«Bedeutet das, dass Sie Ihren Reisen entsagen, und dass Sie auf Highclere bleiben?»

«Das bedeutet, dass ich ein Fachmann werde.»

«Sind Sie mit Ihren archäologischen Aktivitäten zufrieden, Herr Graf?»

«Ganz und gar nicht, Monsieur Maspero.»

Der Direktor der Altertümerverwaltung kräuselte die Stirn. In den letzten Monaten häuften sich die Unannehmlichkeiten; die neuen Inspektoren hatten nicht die Qualitäten von Carter und der Schwarzhandel mit Altertümern blühte wieder auf. Zahlreiche Vorwürfe prasselten auf den französischen Gelehrten; man beschuldigte ihn, der Geschichtsforschung zu große Wichtigkeit beizumessen, die Archäologie zu vernachlässigen, ohne Sinn und Verstand und ohne sich um die Befähigung der Antragsteller zu scheren, Grabungsgenehmigungen zu gewähren, und zahllose Gegenstände in ausländische Museen davontragen zu lassen.

«Sind Sie etwa belästigt worden?»

«Ich glaube, Sie haben mich überschätzt. Wenn ich auch Lord Carnarvon bin, so verfüge ich nicht über das Wissen und noch weniger über die notwendige Technik, um mein Unternehmen zum Gelingen zu führen. Katzenmumien auszugraben befriedigt mich nicht; ich ziehe es vor auf seriöse Weise zu arbeiten.»

«Ihre Mannschaft . . .»

«Sie gehorcht meinen Befehlen. Da meine Anweisungen ohne Wert sind, begnügt sie sich damit, Löcher auszuheben, die zu nichts führen. Vergessen Sie doch für einen Augenblick meine Titel und mein Vermögen; geben Sie mir den wissenschaftlichen Beistand, den ich benötige.»

Maspero nahm seine Brille ab, putzte sie gemächlich und kritzelte einen Namen auf das Löschblatt, dessen er sich gerade bedient hatte. Er zögerte, ihn auszusprechen. Empfand Carnarvon eine wahre Leidenschaft, oder war er bloß ein Schmetterling, der von einer Zerstreuung zur nächsten flatterte?

«Ich kenne einen Ägyptologen, der Ihnen nützlich sein könnte.»

«Einen erfahrenen Mann?»

«Mehr als fünfzehn Jahre Arbeit in Ägypten. Er spricht Arabisch, weiß die Männer zu befehligen und ist bestens mit den örtlichen Gebräuchen vertraut.»

«Wie nennt sich diese kostbare Perle?»

«Howard Carter.»

«Eine Kleinigkeit befremdet mich: Weshalb ist dieser brillante Junge nicht Ihr direkter Mitarbeiter?»

«Er war es, und ich habe mich dessen glücklich geschätzt. Carter war zu einer großen Karriere bestimmt; aber sein Eigensinn und sein Mangel an Diplomatie hat ihn zu bedauerlichen Exzessen verleitet.»

«Haben Sie ihn entlassen?»

«Notgedrungen und genötigt, da er es ablehnte, sich einer administrativen Notwendigkeit zu unterwerfen.»

«Welcher Art?»

«Sich bei französischen Touristen zu entschuldigen, die gewiss Grobheiten auf dem Gewissen hatten, aber vom britischen Hochkommissar gestützt wurden.»

«Eher sympathisch, Ihr Carter. Habe ich eine Chance ihm zu gefallen?»

«Ich kann es Ihnen nicht garantieren.»

«Wie lebt er?»

«Sehr schlecht; er verkauft ein paar Gemälde, führt Expertisen durch und arbeitet der Ehre halber an wissenschaftlichen Arbeiten mit. Betrachten sie ihn aber dennoch nicht als leichte Beute.»

«Wo logiert er?»

«In Luxor. Möchten Sie ihm begegnen?»

«Noch heute.»

35

Kurz nach zehn Uhr betrat Carter die Halle des Luxor Hotel. Maspero hatte sehr darauf gedrungen, dass er aus seiner Höhle kommen und sich zu diesem Treffen begeben möge, zu dem ihn ein gewisser Lord Carnarvon einlud. Dem Direktor der Verwaltung zufolge, zählte dieser reiche Aristokrat auf ihn; Carter glaubte davon kein Wort. Wieder einer dieser dünkelhaften Amateure, gierig nach Statuen und Mumien, die einen fachmännischen Rat über ihre letzten Erwerbungen einzuholen wünschten. Carnarvon taugte nicht mehr als Theodor Davis, der umso inkompetenter wurde, je weiter seine Grabungen im Tal der Könige – ohne die geringste Logik – voranschritten.

Ein zerbrechlicher, fast hagerer Mann, in einen blauen Anzug gekleidet, trat auf den Archäologen zu.

«Mr Carter, nehme ich an? Ich bin der Earl of Carnarvon.»

An der Seite des Aristokraten ein Terrier mit schwarzweißem Haarkleid, der feindselig schien.

Carter neigte ein wenig den Kopf. Sein Gesprächspartner hatte müde Gesichtszüge und stützte sich auf einen Stock; die rechte Hand in die Tasche einer abgenutzten Jacke gesteckt, artikulierte er mit gewisser Mühe. Der untere Teil des Gesichts trug die Spuren einer alten Verletzung.

«Wollen wir uns nicht setzen?»

«Ich weiß Ihre Gesellschaft zu schätzen, aber mir wäre sehr lieb, wenn unsre Unterredung so kurz wie möglich sein könnte; die Arbeit wartet auf mich.»

«Ich danke Ihnen, mir ein paar Minuten Ihrer kostbaren Zeit zu schenken, Mr Carter; ich hoffe, dass Sie nicht enttäuscht sein werden.»

Das Luxor Hotel war eine englische Enklave, in der die Touristen sich der Dienste eines Arztes und einer Krankenschwester, die beide aus London kamen, erfreuten und nach einer Runde auf dem Fahrrad – das Hinterteil fest auf einem britischen Sattel – Billard spielen konnten.

Der Ober brachte zwei Glas Porto und ein Schälchen Wasser für Susie.

«Sie sind der beste Archäologe Ihrer Generation, Mr Carter, und der, der Ägypten am besten kennt; Sie einer Grabungsstätte beraubt zu sehen, ist ungerecht.»

«Treibt Ungerechtigkeit nicht die Welt an?»

«Sie sind recht bitter.»

«Maspero dürfte Ihnen sicher meine Geschichte erzählt haben.»

«Talent verdient Anerkennung; würden Sie gerne mit mir arbeiten?»

«Ich glaube nicht.»

Carnarvon bewahrte seine Ruhe.

«Ich will Ihnen lieber gleich gestehen, dass ich körperlich behindert bin, Mr Carter; vor meinem Automobilunfall befuhr ich die Meere und wich vor keinem Abenteuer zurück. Doch nun bin ich unfähig, allein zurechtzukommen.»

«Benötigen Sie etwa einen Kofferträger? In dem Fall fürchte ich nicht geeignet zu sein.»

«Sie haben zu viel Rückgrat.»

«Es wird zusehends steifer.»

«Wären Sie dennoch willens, mich anzuhören?»

«Meine Expertisen sind nicht kostenlos.»

«Ich bin kein Tourist; Ägypten ist eine Leidenschaft geworden, die mein Dasein aufhellt. Jeden Winter halte ich mich hier auf; jeden Winter liebe ich es mehr.»

«Ich freue mich für Sie.»

«Das genügt nicht; ich bin überzeugt, dass unter dem Erdboden noch Schätze ruhen.»

«Da haben wir's ... Löcher graben würde Sie amüsieren?»

«Ich habe bereits begonnen, doch ich brauche einen Experten. Sie, Mr Carter.»

«Was ist Ihr genaues Ziel?»

«Die schönste Privatsammlung ägyptischer Altertümer. Mein Schloss Highclere ist würdig, die aus dieser unvergleichlichen Erde hervorgeholten Meisterwerke zu beherbergen; ich möchte das Beste und Schönste.»

«Die Investition wäre enorm.»

«Es ist leichter Geld zu beschaffen als eine echte Statue. Ich habe alle Händler abgeschöpft und habe nur Fälschungen und Klinkerlitzchen gefunden; da das Kairoer Museum auszurauben meinen Prinzipien zuwiderläuft, bleibt mir nur noch, eine Konzession zu erhalten.»

«An welcher Stelle?»

«Am Westufer. Scheik Abd el-Gurnah, Deir el- Bahari ... ein einziges Fiasko.»

Carter lächelte.

«Bloßer Mangel an Technik, Herr Graf. Das Ufer der Toten

ist wild, unerbittlich; man muss es zähmen, seine Sprache lernen, man darf seinen heiteren Frieden nicht stören.»

«Jetzt werden Sie recht mystisch.»

«Wenn Sie das nicht begreifen, dann kehren Sie nach England zurück. Ägypten ist eine geheime Welt, vier Jahrtausende alt. Wir sind Eindringlinge, zu hastig und zu unwissend. Ihre Sammlung, die vergessen Sie besser.»

Carter erhob sich.

«Trinken Sie Ihren Porto nicht? Ein ausgezeichnetes Gewächs.»

«Das Leben auf den Grabungsstätten ist recht hart; ich habe mir dort ein Magenleiden zugezogen und trinke vor dem Diner keinen Alkohol mehr.»

«Über diesen Punkt werden wir uns verständigen; mein Arzt hat ihn mir verboten. Wir könnten noch am Nilufer plaudern? Sie verzeihen mir meine Langsamkeit: Ich ziehe ein Bein etwas nach.»

Lord Carnarvon war bereits aufgestanden; Susie stimmte dem Spaziergang zu.

Sie gingen den Gottesfluss entlang.

«Ich kenne Ihre Leidenschaft, Mr Carter.»

Der Angriff überraschte ihn.

«Haben Sie etwa Nachforschungen über mich angestellt?»

«Einen Mitarbeiter stelle ich nicht leichtfertig ein. Ihr Kollege Georges Legrain hat vor kurzem ein Dokument ausgegraben, das Sie interessieren dürfte: eine Stele, deren Text dem König Tutenchamun zu verdanken ist. Dieser unbekannte Herrscher teilt mit, dass er nach der Häresie nach Theben zurückgekehrt ist und die traditionellen Kulte wieder eingesetzt hat, um dem Lande Glück und Wohlstand zurückzugeben.»

Eine lange Stille setzte ein, während derer sie gemächlich weiterschritten. Diese Enthüllungen bestätigten auf unwiderlegbare Art die Existenz des Pharaos Tutenchamun, die gewisse Archäologen nach wie vor bestritten. Er zeigte sich sogar als mächtiger Monarch, bestens imstande zu regieren und sich Gehorsam zu verschaffen.

«Das Grab von Tutenchamun ... das ist Ihre Besessenheit, Mr Carter. Jeder in Luxor weiß es, aber alle Welt mokiert sich über Sie.»

«Heulen Sie mit den Wölfen?»

«Willigen Sie ein mit mir zu arbeiten: Sie werden Ihr Grab und erlesene Gegenstände für meine Sammlung suchen.»

«Unrealistisches Projekt.»

«Weshalb?»

«Weil mein Grab sich im Tal der Könige versteckt, und weil die Konzession Theodor Davis zuerkannt worden ist.»

«Bloße Vermutung, mein Lieber; Ihr Tutenchamun verbirgt sich vielleicht sonst wo. Das ist ohne Zweifel der Grund, weshalb seine letzte Ruhestätte nicht ausgemacht worden ist.»

Ebendiese Worte hatte Carter zu hören befürchtet.

«Unser Leben hat nur unter der Bedingung Sinn, dass es auf das Unmögliche hin ausgerichtet ist. Bei Ihnen ist es ein verschwundener König; bei mir sind es vergrabene Meisterwerke. Wenn sich unsere Verrücktheiten verbünden, werden wir vielleicht vernünftig.»

Der Fluss schlummerte; in der Finsternis des Westufers wachte der Gipfel des el-Korn über das Tal.

«Ich gehe an meine Malerei zurück. Der Rest interessiert mich nicht mehr.»

«Sie sind ein sonderbarer Kerl, Carter! Theodor Davis ist ein dünkelhafter und autoritärer Amerikaner; Sie glauben, dass ich ihm gleiche und Sie haben Unrecht.»

«Sie sind reich und ich bin arm.»

«Sie sind gelehrt und ich bin unwissend. Ich werde mich um die Finanzen kümmern, und Sie um die Grabungen.»

«Davis hat einen jungen Archäologen eingestellt, der sich allen Launen seines Arbeitgebers fügen muss.»

«Einen Milliardär der Neuen Welt und einen britischen Grafen, der in makelloser Tradition erzogen wurde, nebeneinander zu stellen, macht überhaupt keinen Sinn. Ich sage es Ihnen nochmals: Sie sind es und sonst niemand, der unsere Mannschaft leitet. Ich, ich verlange nur Ergebnisse von Ihnen.»

Carter schüttelte verneinend den Kopf.

«Ich glaube nicht mehr an Wunder; meine Aquarelle genügen mir.»

Carnarvon richtete seinen Stock gegen Carter und hinderte ihn weiterzugehen. Susie setzte sich zwischen sie.

«Ihre Weigerung bedeutet, dass Sie keinerlei Vertrauen in Ihre Fähigkeiten haben.»

Der Archäologe wurde purpurrot.

«Ich kenne das Westufer besser als jeder andere; es ist mein Land geworden.»

«Beweisen Sie es.»

Als Carter früher mit seinen kleinen Freunden auf dem Land spielte, hatte er die Adligen unentwegt als Lügner und Ausbeuter gescholten; er hatte sich geschworen, niemals der Domestik eines dieser hohen Herren zu werden.

«Sie versperren mir den Weg, Lord Carnarvon.»

«Ich bitte Sie, Ihr törichtes inneres Zwiegespräch abzubrechen und Ihre Berufung zu erfüllen.

Ich bitte Sie» . . . Der Besitzer des Anwesens von Highclere bat «ihn», Howard Carter, den Maler und entlassenen Archäologen, den Verbannten und Unvermögenden!

«Mit einem Charakter wie dem Ihren muss das Dasein ein tagtäglicher Kampf sein; das gefällt mir, Mr Carter. Seien Sie weiterhin so unbeugsam und ohne Nachsicht mit sich selbst; ansonsten werden Sie mich langweilen. Direktor der Carnarvon-Mission: Gefällt Ihnen der Titel?»

Erneut graben, nicht mehr unter der Last der materiellen Sorgen zusammenbrechen, beweisen, dass seine Methoden die richtigen waren, wieder auf die Suche nach Tutenchamun aufbrechen . . . Carter biss sich auf die Lippen, um nicht zu antworten. Susie wich einen Augenblick von ihrem Herrn und legte ihre Trüffelnase gegen Carters rechte Wade; der Graf lächelte.

«Es gibt noch einen letzten, ganz und gar entscheidenden Punkt», fuhr Carnarvon fort. «Ich verfüge über eine Waffe, die Ihnen von Zeit zu Zeit fehlt. Ohne die sind Sie zum Scheitern verdammt. Ich bin bereit sie Ihnen zu schenken.»

«Welche?»

«Glück.»

36

Die Decken aus Zeder waren mit Hunderten von Motiven verziert, welche Suren des Korans in das Holz einzeichneten; diese Arbeit von äußerster Feinheit hatte der Mitwirkung von ungefähr zehn Bildschnitzern bedurft, die sich über fünfzig Jahre daran zu Tode gearbeitet hatten.

«Mögen Sie meine Behausung, Mr Carter?»

«Ich bewundere sie.»

Ahmed Bey Kamal, für Komplimente empfänglich, presste sein rechtes Auge an das astronomische Fernrohr, das ihm erlaubte, den Mondaufgang des Ramadan einzuhalten.

«Dieses alte Haus ist der Besinnung sehr zuträglich; deshalb auch habe ich die von meiner Familie geerbten Bücher und Schriftstücke hier versammelt.»

Ahmed Bey Kamal war ein bescheidener Gelehrter, der am Studium seltener Schriftstücke Gefallen fand; wenig gesprächig, öffnete er seine Tür nur recht knauserig.

«Weshalb kamen Sie meine Einsamkeit stören, Mr Carter?»

Der Brite zögerte; unter gewissen Umständen verquickte sich die Offenheit mit Flegelhaftigkeit. Aber er konnte nicht lügen.

«Es geht das Gerücht, dass Sie im Begriff sind ein erstaunliches Werk zu veröffentlichen.»

«Der genaue Titel lautet: *Das Buch der verborgenen Perlen und des kostbaren Geheimnisses über Hinweise, Verstecke,*

Funde und Schätze. Es geht das Gerücht, dass Sie ein Grabplünderer wären.»

Carter erhob sich entrüstet.

»Ich bin Archäologe und habe den Wunsch, einen vergessenen Pharao wiederzuerwecken: Ist das eine Schande?»

Der Ton von Ahmed Bey Kamal wurde versöhnlicher.

«Was möchten Sie wissen?»

«Vermerkt das Buch die Existenz eines sorgfältig versteckten Königsgrabs?»

Der Gelehrte zog sein Manuskript zu Rate.

«Die Überlieferung erwähnt ein in den Bergen verstecktes Grab; wer an die Stelle gelangen wird, soll Räucherungen vornehmen und den Boden aufgraben. Er wird eine Platte, mit einem Bronzering versehen, entdecken; nachdem er sie hochgehoben hat, wird er in einen unterirdischen Gang hinuntersteigen und drei Pforten überwinden. Die letzte öffnet sich auf einen großen Saal, wo sich zwölf mit Silberstücken, Waffen und kostbaren Gegenständen angefüllte Schränke erheben. Vor dem höchsten leuchtet ein Edelstein hell wie eine angezündete Lampe; daneben ein Schlüssel. Wer diesen Schlüssel benutzt, um den Schrank zu öffnen, dem wird himmlische Freude zuteil: Ihm wird ein König erscheinen, auf einem goldverzierten und mit Perlen besetzten Bett aus Ebenholz liegend. Nahe dem Leichnam alle Reichtümer Ägyptens.»

Carters Hände zitterten.

«Ist die Handschrift noch genauer?»

«Ich fürchte, nein.»

«Nicht die leiseste geographische Andeutung? Kein Name eines Pharaos?»

Ahmed Bey Kamal schüttelte verneinend den Kopf.

Carter errichtete sein Grabungshaus auf einer Felsplattform, die eine Wegkreuzung überragte, fünf Minuten Fußmarsch vom Tal der Könige entfernt; die bescheidene, aus Backstein erbaute und fast quadratische Behausung öffnete sich auf die Anlage von Dira Abu'n-Naga hin. Gräber und Tempel, in die

Wüste gebaut, bewahrten das Andenken längst entschwundener Pracht; die Bauern respektierten die Raine der Anbauflächen wie eine heilige Grenze.

Der Archäologe stand zeitig auf, er trat aus seinem Zimmer mit der kuppelförmigen Decke und stieß die Tür auf, ein echtes Stück, das aus einem englischen Cottage stammte und mit einem Schloss aus Suffolk versehen war, in das er vollstes Vertrauen hatte. Nachdem er sich mit Dörrobst, Tee, einem Fladen und einem Sonnenaufgang – an dem er sich niemals satt sah – genährt hatte, marschierte Carter bis nach Deir el-Bahari, das er als erstes Feld der «Carnarvon-Grabungen» auserwählt hatte.

Am Morgen dieses zehnten Arbeitstages begann von neuem die gemächliche Litanei der Lastträger mit ihren Körben voller Schutt; auf Carters Befehl hin hoben sie aus, räumten frei und schütteten die Trümmer abseits der Grabungsstätte aus.

Carnarvon kam am späteren Vormittag hinzu; auf seinen Stock gestützt, die rechte Hand in der Tasche seines grauen Anzugs, beobachtete er das Hin und Her der Arbeiter. Mit militärischer Strenge fasste Carter die Tätigkeiten des Vortags zusammen.

«Diesem Land wird es nie an Staub mangeln.»

«Noch an Gräbern, Lord Carnarvon. Ich glaube, dass wir näher kommen.»

«Eine Grabstätte, schon?»

«Verlangen Sie denn nicht Ergebnisse?»

«Ich habe gelernt, mich geduldig zu zeigen. Darf ich gestehen, dass Sie mich überraschen?»

«Seien Sie nicht zu optimistisch; der Eingang ist soeben freigelegt worden. Dürfte ich Sie bitten, als Eigentümer in ein unversehrtes Grab einzutreten?»

Die Gruft beherbergte mehrere Sarkophage; einer von ihnen, von strahlendem Weiß, war mit einem Schleier bedeckt. Am Fußende eine Blumenkrone. Bewegt hob Carnarvon sie auf.

«Sie bedeutet, dass dem Toten die Auferweckung gelungen ist», erklärte Carter.

«Auch die meine beginnt mir zu gelingen.»

Carter spornte seinen Esel zur Eile an und ritt im Galopp ins Tal der Könige ein. Das Jahr 1907 begann ziemlich schlecht, da die Mannschaft von Theodor Davis sich damit brüstete, ein außergewöhnliches Grab ans Tageslicht gebracht zu haben. Wenn solcherart Neuigkeiten kursierten, begab Carter sich unverzüglich vor Ort.

In seinem staubigen Anzug hielt sich Davis vor dem Eingang auf. Fest auf seinen kurzen Beinen stehend und mit eroberungslustigem Schnurrbart, fuhr er den Störenfried an:

«Bis auf weiteres, Carter, sind Sie nicht mehr Inspektor der Altertümerverwaltung. Ihre Anwesenheit ist somit nicht zwingend; ist Ihnen nicht bekannt, dass Weigall Ihre Stellung eingenommen hat?»

«Der ist unfähig. Wem gehört diese Gruft?»

Das runde Gesicht des Amerikaners wurde von einem Lächeln beseelt.

«Ich liebe die Königinnen und die Königinnen lieben mich. Sehen Sie, werter Freund, sehen Sie selbst!»

Nervös räumte der ehemalige Anwalt einige Steintrümmer beiseite und bückte sich, um in einen Korridor zu treten, wo zwei mit Feingold überzogene Holzfüllungen lagen.

«Diese Stücke sind stark verderbt; man müsste sie rasch restaurieren. Sonst werden sie zu Staub zerfallen.»

«Gehen wir weiter, Carter; es gibt Interessanteres.»

Ein Goldsarg war auf dem Boden der Totenkammer aufgebahrt. Er war mit Halbedelsteinen eingelegt und hatte kein Gesicht mehr. Man hatte Sorge getragen, jede Identifizierung zu verhindern.

«Das ist die Königin Teje, die königliche Gemahlin Amenophis' III. und Mutter von Echnaton dem Ketzer! Der schönste Fund, der je im Tal verwirklicht wurde!»

«Überhastete Schlussfolgerung, Mr Davis. Man muss die Lage der Gegenstände aufnehmen, fotografieren, kein Detail unbeachtet lassen, kein ...»

«Hier bin ich der Chef und das ist mein Grab. Hauen Sie ab!»

Carter gab dem Grab die Nummer 55. Trotz seiner Ratschläge hatte Davis die Ausgrabung auf verheerende Weise vorangetrieben. Kein archäologischer Bericht, keinerlei Restaurierungsversuche, und um der ganzen Unternehmung die Krone aufzusetzen, eine «Säuberung» vor der fotografischen Aufnahme! Offizieller Wandalismus, den Maspero und seine Inspektoren zu bestrafen vergaßen.

Als ein kleiner Dieb aus Gurnah ihm einen mit Goldblättchen gefüllten Topf und einen Teil des Goldkolliers der Mumie anbot, wusste Carter, dass er damit eine nette Revanche in die Hand bekam. Er kaufte die Gegenstände zu einem guten Preis und begab sich zu Davis, den er bei seiner Mittagsruhe störte.

«Sie fallen mir auf die Nerven, Carter!»

Der Engländer legte dem Amerikaner die kostbaren Reliquien zu Füßen.

«Das steht zu verkaufen.»

«Woher haben Sie das?»

«Mitglieder Ihrer Mannschaft bestehlen Sie und plündern die Gräber noch während der Ausgrabungen. Ich bringe Ihnen Ihre Habe zurück.»

Davis zündete sich eine Zigarette an und verbrannte sich den Zeigefinger, da er vergaß, das Streichholz auszublasen.

«Ich ... ich kaufe Sie ihnen zurück!»

«Ich wagte nicht, es zu hoffen; Ihr Scherflein ist willkommen.»

Als Carter sich auf dem Absatz umdrehte, versuchte der Amerikaner ihn zurückzuhalten.

«Ich rechne mit Ihrer Diskretion.»

«Weshalb?»

«Mein guter Ruf ... der meiner Mannschaft ...»

Carter wandte sich um und schaute seinem Gesprächspartner genau in die Augen.

«Ich verlange die Wahrheit. Wer befindet sich in dem Sarkophag?»

Davis ballte die Fäuste.

«Die Experten widersprechen sich. Für die einen handelt es sich um den Körper eines Mannes, für die anderen um den einer Frau ... ich bin sicher, dass es die Königin Teje ist.»

Carter packte Davis am Kragen seiner Jacke.

«Gibt es einen Beweis, einen einzigen Beweis, der ermöglichen könnte, auf Tutenchamun zu schließen?»

«Lassen Sie mich los, Hergott! Nein, ich schwöre es Ihnen, nein!»

Carter löste seinen Würgegriff.

«Sie werden doch schweigen?», fragte der Amerikaner mit gebrochener Stimme.

«Ich verachte Sie, Davis.»

Carnarvon klopfte den Staub von seinem Anzug und stellte sich in Positur.

«Bin ich konvenabel?»

«Perfekt, Herr Graf», meinte Carter. «Sobald Ihnen zu heiß ist, geben Sie mir Bescheid.»

«Ich werde vielleicht nicht die Zeit dazu haben. Wenn ich falle, wissen Sie, dass ich ohnmächtig geworden bin. Susie wird uns alarmieren.»

Vor seiner Staffelei sitzend, skizzierte der Engländer das Porträt seines Arbeitgebers auf der Anlage von Deir el-Bahari, neben dem zweiten Grab, das sie gerade für den Schlossherrn aufgefunden hatten. Zwar handelte es sich, Carnarvon zufolge, nur um eine Art Stall, wo ein kleiner Grundbesitzer seine Rechnungsbücher gelagert und seinen Esel vor der Sonne in Sicherheit gebracht hatte; aber waren diese Anfänge nicht viel versprechend?

37

Carnarvon und Carter dinierten im Luxor Hotel; der Herbst 1907 war mild und licht.

«Das Täubchen ist etwas zäh, mein lieber Howard, und Ihnen fehlt es an Appetit. Liegt Ihnen das Tal der Könige vielleicht auf dem Magen?»

«Davis ist ein Bilderstürmer.»

«Seine Reputation wächst unaufhörlich; ein unbekanntes Grab pro Jahr, das ist ein netter *Score*.»

Carter pflanzte sein Messer in das gegrillte Täubchen; bei diesem Rhythmus, fürchtete er, könnte der Amerikaner per Zufall auf das Grab von Tutenchamun stoßen und es mit seiner gewohnten Ungezwungenheit massakrieren.

«Davis häuft eine Menge Trümmer an und hat keinerlei Ehrfurcht vor ägyptischer Kunst; wenn er so weitermacht, wird er die Stätte noch zerstören.»

«Weshalb beantragen wir nicht die Konzession für das Tal?»

«Maspero wird sie uns nie gewähren; Davis zahlt zu gut, und er erzielt ausgezeichnete Ergebnisse.»

«Immer diese Besessenheit von Ihrem Tutenchamun ... Was bedeutet dieser Name eigentlich?»

«‹Lebendes Abbild des Verborgenen Gottes›.»

«Lebend ist ermutigend; verborgen ist ärgerlich. Wie lange hat er geherrscht.»

«Neun oder zehn Jahre.»

«Verheiratet?»

«Mit einer Tochter Echnatons.»

«Kinder?»

«Wahrscheinlich nicht.»

«Glanztaten?»

«Nichts, was bekannt wäre, außer der von Legrain dieses Jahr entdeckten Stele. Tutenchamun stellt sich dort als mächtiger, gerechter und großherziger Monarch dar.»

«Die klassischen Lobesworte ... Weshalb ist er aus der GESCHICHTE verschwunden?»

Carter stand ratlos vor diesem unlösbaren Problem.

«Ich bin sicher, dass er im TAL ruht.»

«Ohne Sie von Ihrem Ideal abbringen zu wollen, mein lieber Howard, hätte ich gern, dass Sie mehr an unsre gemeinsame Exploration dächten; ich kann es gar nicht erwarten einige schöne Statuen in den Fluren von Higclere zu sehen.»

Während sein Archäologe die Operationen leitete, traf der Earl of Carnarvon in einem Salon des Winter Palace eine steife, als Tourist aus London eingetroffene Person. Ihre Zugehörigkeit zum Foreign Office, für gewöhnlich recht ostentativ zur Schau gestellt, war nur ihrem Gesprächspartner bekannt. Die Unterredung, um die der Mann ersucht hatte, erwies sich als begründet; in einem Dorf des Deltas hatte ein englischer Offizier, der zur Taubenjagd hergekommen war, sein Ziel verfehlt und eine alte Bäuerin getötet. Der Zwischenfall hatte einen Aufstand ausgelöst, gefolgt von einer unerbittlichen Niederschlagung. Im Allgemeinen kehrte nach solcherlei Vorkommnissen ziemlich rasch wieder Ruhe ein; dieses Mal jedoch verhärteten sich die Reaktionen im Volke und die Beziehungen zwischen der ägyptischen Regierung und der britischen Administration spitzten sich zu. Mustafa Kamil, ein Journalist von französischer Prägung und demnach Anarchist, hatte sich an die Reorganisation der Nationalpartei gemacht, dem Abzug der britischen Truppen laut das Wort redend. Zum Glück war er verstorben, bevor er einen erneuten Aufruhr anzetteln konnte.

Die Beschwörung dieser Geschehnisse ließ Carnarvon nicht gleichgültig. Was Susie anlangte, so fletschte sie die Zähne.

«Diese Tragödien kündigen ernste Unruhen an», prophezeite er.

»Lord Cromer, unser Hochkommissar, hat aber die Ordnung doch wiederhergestellt.»

«Mit einer Gewalt, die neue Gewalt erzeugen wird.»

«Sind Sie der Ansicht, dass seine Aktion ...»

«Cromer ist borniert und versteht nichts von der Entwicklung dieses Landes. Sein Fortgang wäre eine ausgezeichnete Nachricht.»

«Höheren Ortes ist diese Hypothese erwogen worden. Als Experte ...»

«Bin ich ihr sehr zugetan.»

«Was empfehlen Sie für danach?»

«Die Zügel schießen zu lassen.»

«Laxheit ist keine Politik.»

«Repression auch nicht.»

Verwirrt kürzte der Emissär seinen Urlaub ab. Die Situation erwies sich gefährlicher, als er es sich vorgestellt hatte.

Die Assistenten von Theodor Davis riefen ihren Arbeitgeber herbei. Nachdem sie ein Gewölbe freigelegt hatten, das bis zur Decke mit trockenem Schlamm angefüllt war – eine Folge der sintflutartigen Regenfälle, die manchmal über dem TAL niedergingen –, konnten sie aus ihrem Ganggestein eine Figurine bar jeder Inschrift und ein Holzkästchen befreien. Wenn dieses auch zerbrochen war, fiel es doch dem Amerikaner zu, die Goldblättchen, die das Kästchen enthielt, zu entnehmen.

Davis verzog mürrisch das Gesicht. Ein winziges Grab, ein dürftiger Schatz ... Als er die Teilchen der Goldblätter zusammenfügte, sah er plötzlich einen Pharao auf seinem Wagen zum Vorschein kommen, dann denselben König den Kopf eines Libyers mit einem Streithammer zerschmettern, während seine Gemahlin ihn ermutigte.

«Recht gewöhnlich», befand er. «Was bedeuten diese Hieroglyphen?»

Keiner war imstande sie zu entziffern.

«Wir könnten Carter um Hilfe bitten», schlug einer seiner Assistenten vor.

Davis zauderte nicht; da er dem Engländer versprochen hatte, ihm die wichtigsten Entdeckungen anzuzeigen, um ein herzliches Einvernehmen zu bewahren, konnte man ihn auch getrost sofort davon unterrichten. Überdies würde er den Text übersetzen.

Howard Carter eilte herbei. Während er die Goldblättchen bewunderte, erkannte er sie sogleich als Arbeit aus der XIX. Dynastie; seine Stimme versagte, als er den Namen des kriegerischen und jagenden Pharaos las: «Tutenchamun . . .»

Zum zehnten Mal erklärte Carter Carnarvon, dass die Statuette, das Holzkästchen und die Goldblättchen aus dem Grab Tutenchamuns geraubt worden waren, bevor sie in jener ungenutzten Gruft deponiert wurden, welcher der Archäologe die Nummer 58 zuwies.

«Tutenchamun und seine Gemahlin, unter meinen Augen, herrlich, strahlend . . . dieses Mal ist kein Zweifel mehr möglich! Der König ist im Tal. Und es ist Davis, dieser Unfähige, der sich ihm nähert!»

«Ich möchte Ihre Überzeugungen nicht gerne erschüttern, Howard, aber diese kleinen Dinge aus Gold beweisen doch eher die Plünderung eines Königsgrabes als dessen Bewahrung. Meiner Ansicht nach ist das ein katastrophales Indiz.»

«Sie . . . Sie wagen es, dieses Argument zu gebrauchen?»

«Ich fürchte, der Vernunft Rechnung tragen zu müssen.»

«Ich lehne diese Vernunft ab.»

In den darauf folgenden Tagen nach diesem schroff abgebrochenen Gespräch entwickelte Carter einen Eifer, der seine Arbeiter erschöpfte; die Körbe füllten und leerten sich vergebens. Nach viel versprechenden Anfängen geriet die Mission ins Stocken. Als er sich gerade an einen Hügel heranmachte, wo eine Anhäufung von Kalksteintrümmern auf ein zugeschüttetes Grabgelege hoffen ließ, stieß Carter mit einem spöttischen Davis zusammen. Den Hut fest auf den Kopf gedrückt, der weiße Schal mit dem schwarzen Anzug kontrastierend, schwankte der Amerikaner wie betrunken einher. Carter rückte seine Fliege zurecht und trat ihm entgegen. Davis vergnügte sich damit, Kreise mit seinem Stock in den Sand zu ziehen.

«Sie sind ein anständiger Kerl, Howard; da Sie Ihren Mund gehalten haben, halte ich meine Zusagen ein.»

«Ein neues Grab?»

Der Amerikaner lächelte grausam.

«Ausgezeichnete Intuition.»

Ein Tropfen Schweiß perlte an Carters Stirn.

«Unversehrt?»

«Mehr oder weniger.»

«Ein König?»

«Der da.»

Aus seiner Tasche zog Davis ein Stück Gewebe, auf dem geschrieben stand: «*Tutenchamun, im Jahre 6.*» Nach und nach trat der rätselhafte König aus der Finsternis heraus.

«Woher stammt dieser Stoff?»

Der Amerikaner hob seinen Stock, gleich einem Musikmeister.

«Haben Sie denn noch nicht begriffen? Aus dem Grab von Tutenchamun selbstverständlich!»

«Unmöglich!», heulte Carter auf, bis ins Herz getroffen.

«Na, na, lieber Kollege! Sie müssen sich den Tatsachen beugen. Kommen Sie es besichtigen, Ihr famoses Grab; ich gehe Ihnen voran.»

38

Jäh wieder alert wie in seinen besten Jahren, führte Davis Carter bis zu dem oberhalb des Grabes von Sethos II. gelegenen Hügel. Am Eingang «seines» neuen Fundes hatten Arbeiter Wache bezogen.

So erregt wie neugierig, hielt der Engländer Tränen der Verzweiflung zurück.

«Treten Sie ein, Howard, und sehen Sie selbst.»

Carter ging vor; indem er der Aufforderung des Amerikaners nachkam, verbürgte er sich für dessen Erfolg. Was er dann sah, überraschte ihn.

«Aber ... das ist ja ein simples Versteck!»

«Dem Anschein nach», erwiderte Davis. «Seien Sie wissenschaftlicher, lieber Kollege.»

Carter drang in den kleinen aus dem Fels herausgehauenen Raum; er maß kaum mehr als einen Meter in der Diagonale, und seine Deckenhöhe erreichte knapp zwei Meter. Auf dem Boden einige Keramiken und Säcke.

«Das ist kein Königsgrab», urteilte Carter erleichtert.

«Aber sicher doch! Untersuchen Sie den Stopfen dieses Krugs.»

Der Engländer las die Hieroglyphen: Der schlichte Gegenstand war auf den Namen Tutenchamun versiegelt.

«Ziehen wir die Schlussfolgerung doch gemeinsam», schlug Davis vor. «Ich habe gerade das Grab dieses kleinen Herrschers entdeckt und ein irritierendes Rätsel gelöst.»

Carter geriet in Hitze:

«Ihr Standpunkt ist töricht! Das ist ein Versteck, Davis, und sonst nichts! Kein Königsgrab hat Ähnlichkeit mit dem da!»

«Beruhigen Sie sich, und gestehen Sie Ihre Niederlage ein; ist *Fair play* nicht eine britische Spezialität?»

«Wo ist das Siegel der Königsnekropole? Wo befindet sich der Sarkophag? Wenn Sie fortfahren, Ihre Albernheiten zu vertreten, werden Ihnen selbst die unbedarftesten Ägyptologen ins Gesicht lachen. Lassen Sie mich den Inhalt dieser Krüge untersuchen.»

Davis stellte sich abwehrend davor.

«Auf gar keinen Fall. Kommen Sie morgen zu dem Empfang, den ich in meinem Grabungshaus gebe, und Sie werden endlich den Schatz von Tutenchamun kennen lernen!»

Seit zwanzig Jahren hatte Davis nicht mehr so herzlich gelacht.

Die Zimmer des Grabungshauses waren gesäubert, das Büro und das Altertümermagazin aufgeräumt, die Küche und der Essraum ohne Rücksicht auf die kostbaren Lebensmittel mit reichlich Wasser geputzt worden. Davis' Mannschaft war vollständig angetreten und stand in Habt-Acht-Stellung vor dem Büro des Wächters.

Der Amerikaner rauchte Zigarette um Zigarette, während er ruhelos hin und her ging. Er schnippte die Asche fort, die sich immer wieder auf seinen schwarzen Anzug legte. Der Nachfolger von Lord Cromer, Sir Eldon Gorst, Generalkonsul von England, hatte sich bereits um eine halbe Stunde verspätet.

Howard Carter hielt sich abseits; er war der erste, der die Kalesche erblickte, die langsam den Weg heraufkam. Theodor Davis eilte dem offiziösen Herrscher von Ägypten entgegen; mit dessen Beistand würde er der berühmteste Archäologe werden und die schönsten der Wüste entrissenen Stücke in die Vereinigten Staaten überführen können. Davis stellte die Mitglieder seiner Mannschaft dem illustren Gast vor, umging Carter, und war voll des Lobes über eine Persönlichkeit, welcher der Brite zum ersten Mal begegnete. Herbert E. Winlock, stellvertretender Konservator der Abteilung für Ägyptologie des Museum of Art in New York, war gekommen, um über den Ankauf von Altertümern zu verhandeln. Fast kahl, kurze Beine, ein äußerst wacher Blick – er war unablässig in Bewegung; manche seiner Kollegen verglichen ihn mit einem Gnom und fürchteten seinen kritischen Geist und seine beißenden Erwiderungen. In guter Laune rühmte Winlock die ausgezeichneten Beziehungen zwischen seinem Land und Großbritannien und wünschte, dass das Mittagessen dem Gaumen seines Gastes genüge.

Davis, Winlock und der Generalkonsul tauschten reichlich Banalitäten am Ehrentisch aus, der außerhalb des Grabungshauses aufgestellt war, während Carter, ohne jeden Appetit, an der Seite der Mitglieder des amerikanischen Teams von dem Dargebotenen nur knabberte. Sofort nach Beendigung des Festmahls ließ Davis die Krüge und Säcke bringen, die in Tutenchamuns Grab eingelagert gewesen waren, das er Sir Eldon Gorst beschrieben hatte, ohne ihn zu einer im übrigen recht uninteressanten Besichtigung zu nötigen.

Der amerikanische Ausgräber stürzte sich in eine wirre Rede, in der er sich rühmte, als erster einen antiken Schatz vor einer offiziellen Persönlichkeit zu enthüllen, deren Kultur ihr erlaube, das Ereignis in seiner ganzen Bedeutung zu würdigen.

Davis entfernte den Pfropfen des ersten Kruges, der mittels getrocknetem Lehm und einem Stück Papyrus versiegelt war; heraus zog er eine kleine, um die Farbe des Goldes nachzuahmen, gelb angemalte Maske. Gelinder Beifall erklang. Ermutigt leerte Davis einen zweiten Krug aus; er enthielt nur Leinenbinden. Der Amerikaner ging schnell zum dritten über, dem er Knochenfragmente von Vögeln und anderen Kleintieren entriss. Peinlich berührt fuhr er in hastigerem Rhythmus fort. Die Beute erwies sich als jämmerlich: pflanzliche Überreste, Keramikscherben, Lumpen, Blumenkolliers, Natron. Nicht ein Schmuckstück aus Gold.

«Die Archäologie ist eine Kunst», meinte der Generalkonsul. «Sie führt bisweilen zum Erfolg, bisweilen zum Misslingen. Zweifelsohne werden Sie ein andermal mehr Glück haben, Mr Davis; von meinem Besuch werde ich nur eine Tatsache in Erinnerung behalten: Das Essen war tadellos.»

Als die Kalesche in einer Staubwolke entschwunden war, warf der Amerikaner seinen Hut zu Boden und zertrampelte ihn.

Die Sonne ging über dem Grabungshaus unter, das Davis und seine Mannschaft verwaist zurückgelassen hatten. Herbert E. Winlock beugte sich über den kärglichen Schatz, den Sir Eldon Gorst verschmäht hatte.

«Beabsichtigen Sie, diese Beutestücke zu kaufen?», fragte Carter.

«Ich bin nicht Ihr Feind und ich schätze Ihre Arbeit. Davis mag nur das große Spektakel; diese jämmerlichen Gegenstände erzählen jedoch eine Geschichte. Sie könnten sie verstehen.»

Neugierig kniete sich Carter an Winlocks Seite nieder.

«Sehen Sie genau hin ... diese Binden dürften während der Einwicklung der königlichen Mumie ausgeschnitten worden sein. Mit diesen Lappen hat ein Priester den Leib gereinigt. Das Natron wurde bei der Mumifizierung benutzt; bei der Zeremonie zerschlug man Vasen, um auf magische Weise die Kräfte der Finsternis zu vernichten.»

«Tutenchamuns Beisetzung ... das ist der Beweis.»

«Das ist auch meine Meinung; die noch verbleibenden Inschriften ermöglichen uns eine gesicherte Identifizierung.»

«Und der Rest?»

Winlock dachte nach, wog einige Gebeine in der Hand.

«Könnte es sich nicht um die Überreste eines Essens handeln? Während des Totenmahls, das die an der Bestattung Teilnehmenden begingen, aßen diese Geflügel.»

Carter betrachtete die Blütengebinde, Akazienzweige und Kornblumen mit neuen Augen.

«Pflanzlicher Zierrat gehörte zwingend zum Ritual dazu ...»

«Es fehlt nicht einmal das letzte Detail.»

Winlock hielt einen Schilffeger hoch.

«Als das Totenmahl beendet war, hat sich ein Priester dieses Gegenstandes bedient, um die Spuren der Gäste zu entfernen und das Grab der ewigen Stille zu überlassen.»

Das Abendlicht umhüllte die nahen Hügel des Tals der Könige mit orangerosenem Schein.

«Eine einzigartige Entdeckung, Carter: Die Reste des letzten Mahls zu Ehren Ihres Tutenchamuns. Ich nehme sie mit nach New York und werde die Gültigkeit unsrer Hypothese beweisen.»

«Sie sagten ... unsre?»

«Legen Sie sich ins Zeug, mein Lieber. Nun steht einwandfrei fest, dass Tutenchamun im Tal begraben worden ist.»

39

Howard Carter blätterte Davis' Werk durch, brach in schallendes Lachen aus und warf es aus dem Fenster des Hotelzimmers, wo Lord Carnarvon ihm Tee anbot.

«Ich missbillige Ihre Geste, Howard. Zum einen könnten Sie einen Unschuldigen verletzen; und zum anderen verdient ein Buch mehr Respekt.»

«Das ist kein Buch, sondern ein Hirngespinst von Idiotien! Haben Sie den Titel gelesen? *Das Grab von Tutenchamun!* Dieser beschränkte Amerikaner versteift sich! Und das ist noch nicht alles: Er hat Maspero zur Mitarbeit bewegt!»

Carnarvon kostete ein Muffin von anständiger Qualität.

«Der Direktor der Altertümerverwaltung hat sich damit begnügt, einen Abriss über Tutenchamuns Leben zu verfassen, mit anderen Worten, über einen Leerraum.»

«Ich möchte ihn trotzdem aufsuchen und ihm meine Meinung dazu sagen.»

«Ihr Tee wird kalt.»

«Die Lüge ist unerträglich.»

«Die Menschheit ebenfalls, Howard; sie sollten verloren geben, was nicht zu retten ist. Ihr Feind ist auf dem Gipfel seines Ruhms; Maspero muss gelten lassen, dass er, seit 1903, circa fünfzehn Gräber aufgefunden hat.»

«War das ein ausreichender Grund, um im Kairoer Museum einen ‹Theodor-Davis-Saal› zu eröffnen?»

«Die Funde mussten doch ausgestellt werden. Anstatt unseren guten Maspero zu verärgern und Türen zuzuknallen, sollten Sie vielleicht die Weiterführung unserer eigenen Grabungskampagne ins Auge fassen?»

Carter brachte die Tasse Tee an seine Lippen.

«Seien Sie objektiv, Howard; Davis ist ein Riese auf tönernen Füßen. Gorst hat seine misslungene Inszenierung wenig geschätzt; man bemüht einen Generalkonsul nicht, um ihm eine Maske aus Gips und ein paar alte Lappen zu zeigen. Falls der Amerikaner nicht weiterhin mindestens ein Grab pro Jahr freilegt, droht sein Ansehen Schaden zu erleiden.»

Die Wissenschaftskreise verachteten Carter und verabscheuten Davis. Dem Letzteren hielten sie überdies die übereilte Herausgabe seiner Publikationen und die Lächerlichkeit seines jüngsten Werkes vor; ganz offenkundig konnte es sich nicht um ein Königsgrab handeln, und sei es das dieses obskuren Tutenchamun. Nach allgemeiner Auffassung hatte sich der Amerikaner einen Schritt zu weit vorgewagt.

Carter leitete mit Begeisterung seine eigene Mannschaft; kein nennenswerter Erfolg krönte seine Anstrengungen. Sicher, er hatte eine Holztafel mit einem Text darauf ausgegraben, welcher von jenem Befreiungskrieg berichtete, den der König Kamose gegen die Hyksos geführt hatte, asiatische Eroberer, die das Land gegen Ende des Mittleren Reiches besetzt hatten. Der geschichtliche Wert dieses bescheidenen Relikts, dem Carter den Namen «Carnarvon-Tafel» gab, amüsierte den Herrn von Highclere eine Weile; er teilte seine Zeit in kurze Aufenthalte auf dem Grabungsfeld und ausgiebige Treffen mit ägyptischen Persönlichkeiten ein. Nach und nach wurde «Lordy» eine Schlüsselfigur des Landes; jeder schätzte seinen Sinn für Diplomatie, seine Fähigkeit, zuzuhören, und seine Kenntnis der Akten. Das Foreign Office, das sich manchmal an der geistigen Unabhängigkeit des fünften Earl of Carnarvon stieß, freute sich nichtsdestotrotz über seine Offenheit und seinen Scharfsinn.

Dass ein Beobachter von Format ein Auge auf die Umtriebe des Generalkonsuls warf, erfüllte gewisse Mitglieder der Regierung Seiner Majestät mit Befriedigung; die hohen Beamten auf Posten im Ausland benahmen sich manchmal wie Tyrannen.

Carters Spionagenetz funktionierte bestens. Dank der Wächter im Tal, die er seit langem kannte, verfolgte er Schritt für Schritt die Grabungen eines zusehends hektischer werdenden Davis'. Der Amerikaner erholte sich nicht von seiner katastrophalen Darbietung; gewissermaßen als Vergeltungsmaßnahme hatte er mehrere Mitglieder seiner Mannschaft entlassen und wühlte nun verbissen jeden kleinen Buckel und jeden Fuß eines Hügels um. Er würde wieder einmal beweisen, dass er der Beste und einzig und allein imstande war neue Gräber zu entdecken.

Februar 1908 neigte sich dem Ende zu, als ein keuchender *hafir* Carter benachrichtigte, dass Davis' Mannschaft im Begriff stand in ein unberührtes Grab einzudringen. Der Engländer verließ sein eigenes Feld und erreichte das TAL in aller Eile.

Davis, eine Zigarette zwischen den Lippen, maß ihn mit Verachtung.

«Da sind Sie ja schon, Carter! Seien Sie zufrieden; diesmal habe ich es, Ihr verfluchtes Königlein!»

Der Amerikaner ließ die auf der Schwelle des Hypogäums aufgefundenen Goldblättchen bringen. Carter las den Namen Tutenchamun und den seines Nachfolgers Aja, dessen Grabgelege identifiziert worden war.

«Das beweist nichts.»

«Sie werden sehen!»

Drei Tage waren nötig, um die Steintrümmer fortzuräumen, mit denen das weiträumige Grab angefüllt war, in das man über eine bereite Treppe gelangte. In gleichem Maße, wie die Arbeiter das Geröll abtransportierten, brachte Davis wunderbare Wandmalereien in unversehrten Farben zutage; ihre Brillanz und ihre Frische ließen vermeinen, sie wären gerade erst fertig gestellt worden. Der Amerikaner jedoch sah nur ein einziges Detail: den Namen des Pharaos, des Besitzers dieser Stätte, in der kein Schatz mehr vorhanden war. Es handelte sich nicht um Tutenchamun, sondern um Haremhab.

Carter jubelte.

Haremhab, Reichsfeldherr unter der Regentschaft Echnatons, hatte sein Amt beibehalten, als Tutenchamun die Herrschaft angetreten hatte. Von ungebrochener Macht während der beiden kurzen Jahre, in denen sich der alte Kurtisane Aja zum

Herrn der Zwei Länder erhoben hatte, war Haremhab dann selbst auf den Thron gestiegen. Das Echnaton zugeschriebene Grab Nummer 55 und das von Aja, diese beiden Gräber hatte Haremhab nicht zerstört; weshalb hätte er dann blinde Rache gegen Tutenchamun üben sollen? Es sei denn, der junge König hätte sich einer Missetat schuldig gemacht, welche die Tilgung seines Namens und die Zerstörung seiner Monumente gerechtfertigt hätte.

Davis häufte grobe Schnitzer an. Nicht allein, dass er selbst keine wissenschaftliche Berichte über seine Ausgrabungen abfasste, er verbot seinen Assistenten auch noch, einen einzigen zu publizieren; immer zahlreicher werdende Stimmen wurden gegen die überhasteten Methoden des Amerikaners laut. Der Winter 1909 hatte für Carnarvon schlecht begonnen. Einem Ansinnen Carters folgend, der überzeugt war, die Anlage von Deir el-Bahari ausgeschöpft zu haben, hatte er eingewilligt, eine Grabungsstätte im Delta zu eröffnen, wo ab und an herrliche Statuen geborgen wurden. Bitteres Fiasko und verlorene Tage, in Anbetracht einer kalten und feuchten Jahreszeit in Landstrichen, wo die Tempel Stein für Stein abgetragen worden waren; mit der Rückkehr der Hitze hatte die Mannschaft versucht in der Nähe von Sais zu arbeiten, doch eine wahre Kobra-Invasion hatte sie schließlich abgeschreckt.

Während Carnarvon nach zahlreichen Unterredungen mit Politikern aus Kairo und Alexandrien die Heimfahrt nach England antrat, kehrte Carter nach Luxor zurück. Keine Botschaft war ihm zugekommen; er wusste bereits, dass Davis' Grabungssaison zum ersten Mal vollkommen fruchtlos geblieben war. Das Zentrum des Tals aufgebend, hatte der Amerikaner vergebens die Schluchten und Felswände exploriert, die das Westtal säumten, bis er sich schließlich in kleinen, aber ebenso unergiebigen Tälern verzettelte.

Verdrossen und mit finsterer Miene versicherte Theodor Davis seiner Umgebung, dass das Tal der Könige nur noch Sandhügel barg.

Lady Carnarvon sah mit Sorge das Ende des Herbstes 1910 nahen. Bald würde George Herbert seine Koffer packen lassen.

«Hat das Konzert Ihnen gefallen?»

«Haarsträubend! Dieser Mr Strawinsky und sein ‹Feuervogel› machen ein Getöse, das mit Musik kaum etwas gemein hat. Ich habe immer noch Ohrensausen davon.»

«Sie scheinen müde.»

«Die Feuchtigkeit setzt mir zu. Es ist Zeit nach Ägypten aufzubrechen.»

«Ihre Tochter wird sich wieder wegen Ihrer langen Abwesenheit beklagen.»

«Evelyn ist empfindsam und intelligent; sie wird meine innersten Beweggründe verstehen.»

«Dessen bin ich nicht so sicher.»

«Sie werden sehen ... eines Tages wird sie meine Liebe für Ägypten teilen.»

Lady Carnarvon gab den Kampf auf. Niemand war so halsstarrig wie ihr Gatte.

Carter erwartete seinen Arbeitgeber an den Gleisen des Bahnhofs von Luxor. Bei seinen funkelnden Augen wusste der Graf, dass sein Archäologe einen hübschen Erfolg erzielt hatte. Seit langem vermieden die beiden Männer die banalen Phrasen und verstanden sich mit einem Blick. Susie bekundete ihre Freude, indem sie Carters Hände ableckte.

«Ein Grab?»

«Das des Gründers des Tals der Könige, Herr Graf. Ich habe mich ins Studium des *Papyrus Abott* vertieft und bin zu der Überzeugung gelangt, dass die Grabstätte Amenophis' I. in Reichweite liegt. Das wäre eine fantastische Entdeckung.»

«Vergessen Sie Tutenchamun?»

«Wir werden eben *zwei* unberührte Gräber betreten.»

«Netter Optimismus. Was hält Sie zurück?»

«Ich habe Kontakte mit Gewährsleuten, die etwas ... diffizil im Umgang sind.»

Carnarvon zuckte die Achseln.

«Anders ausgedrückt, mit Plünderern. Passen Sie auf sich auf, Howard; Susie hat sich an Ihre Gesellschaft gewöhnt und würde Sie nicht gerne auf brutale Weise verlieren.»

40

Der Nebenraum des Cafés war verräuchert und stank nach Knoblauch; Carnarvon setzte sich an einen Tisch, auf dem zwei Gäste Kaffeetassen zurückgelassen hatten. Der Aristokrat in seiner Jacke aus blauer Serge und seiner zerknitterten Hose sah nicht wie ein vermögender Tourist aus. Er bestellte einen Tee mit Minze, den er nicht zu trinken gedachte, und wartete auf die Ankunft von Demosthenes.

Der bärtige Koloss blieb seinem weißen Hut, seinem schwarzen Gehrock und seiner roten Hose treu. Eine Bedienung brachte ihm sogleich einen mit Hanfsamen zubereiteten Likör und versperrte den Zutritt der Räumlichkeit mit Stühlen.

«Nun sind wir unter uns, Lord Carnarvon.»

«Weshalb wünschten Sie mich so dringend zu sehen?»

Demosthenes trank ein Schlückchen seines bevorzugten Rauschmittels; seine Hände zitterten. Seine gequollenen Lider betonten noch sein kränkliches Aussehen.

«Weil Sie in Lebensgefahr sind.»

«Unangenehme Neuigkeit. Vermutung oder Gewissheit?»

«Sie derangieren, Herr Graf. Gewisse Ägypter hohen Rangs schätzen Ihre Interventionen gar nicht, und gewisse Engländer, die finanzielle Interessen im Land haben, noch weniger.»

«Man wird stets von den Seinen verraten, mein lieber Demosthenes. Sollten Sie vielleicht Wind von ... genaueren Vorhaben bekommen haben?»

«Nein, nichts als beharrliche Gerüchte. Das ist doch ein Bakschisch wert?»

«Ganz ohne Zweifel.»

Ein Bündel Pfund Sterling wechselte in andere Hände.

«Ihre Provision wird üppiger ausfallen, wenn Ihre Informationen umfassender sind.»

«Unmöglich, Herr Graf. Ich hänge zu sehr an meinem armseligen Leben; da Sie mir sympathisch sind, habe ich Sie gewarnt. Jetzt sind Sie am Zug.»

Demosthenes leerte sein Glas und verließ torkelnd das Café.

Zur gleichen Stunde, in einem Lehmhaus in Gurnah, nahm Howard Carter den Kaffee mit einem der *hufara* des Tals der Könige, den Davis eingestellt hatte, um sein letztes Grabungsfeld zu überwachen.

Der Mann von ungefähr fünfzig Jahren war einer der gefürchtetsten Räuber des Abd-el-Rasul-Klans, der ihm wirksamen Schutz gewährte. Dank dieser Unterstützung konnte der *hafir* ein paar schöne, von den Archäologen gering geachtete Stücke absetzen.

«Wie weit ist Ihr Davis?»

«Er exploriert unbekannte Winkel des Tals.»

«Mit Erfolg?»

«Er wird jeden Tag wütender; Allah hat ihm das Glück entzogen. Möchten Sie diese Steine erwerben?»

Der *hafir* entfaltete ein großes Taschentuch. Offensichtlich gravierte Sardonyxe und Karneole; auf einem von ihnen eine Jubelszene, die Amenophis III. zeigte, den Vater oder Großvater Tutenchamuns, und seine Gemahlin Teje in Gestalt einer geflügelten Sphinx.

Für Carter begann nun das Schwierigste: Die Verhandlung dauerte mehrere Stunden.

Carnarvon untersuchte den kleinen Schatz, den ihm Carter brachte; diese antiken Kleinodien in seiner Hand zu halten, sie abzuwiegen, mit den Fingerspitzen zu berühren, bereitete ihm wahre Freude.

«Meinen Glückwunsch, Howard. Ein Schatz vom Amenophis I.?»

«Leider nein! Doch er stammt wohl aus dem Tal.»

Carnarvon runzelte die Stirn.

«Wir haben kein Recht dort zu graben, scheint mir?»

«Kaufen ist nicht verboten.»

«Davis lässt es geschehen?»

«Davis ist sehr deprimiert: keine Entdeckung seit zwei Jahren, schlechte Publikationen, eine Mannschaft, die sich auflöst. Ich glaube, dass er im Begriff ist aufzugeben.»

Carnarvon zwirbelte ein paar Haare seines Schnurrbarts.

«Wenn ich Sie richtig verstehe, hat die ‹Operation Tal der Könige› begonnen.»

Carter lächelte.

«Das Ideal ist das einzige Feuer, das nie erlischt; geben Sie mir die Mittel, es zu erreichen, und ich werde aus Ihnen einen überglücklichen Mann machen.»

«Befremdliche Worte, Howard; bin nicht ich der Milliardär?»

«Sie vergessen, dass Tutenchamun und seine Schätze bald in meiner Reichweite sein werden.»

«Und Ihr famoses Grab von Amenphosis I.?»

«Ich bin ihm auf der Spur.»

Theodor Davis stürmte unversehens in das Büro, wo Maspero sich mit Lord Carnarvon unterhielt; der französische Ägyptologe stand auf.

«Was bedeutet dieser Überfall, Mr Davis?»

«Warum ist der Earl of Carnarvon hier?»

«Meine Verabredungen gehen nur mich etwas an.»

«Ich werde es Ihnen sagen, Maspero: Carnarvon will die Konzession für das Tal der Könige erhalten und mich meines Grabungsfelds berauben!»

«Und wenn es so wäre? Sie sind ein älterer und müder Mann, Mr Davis; die vielen Jahre, die Sie im Tal zugebracht haben, haben Ihre Forscherneugier erschöpft.»

Das runde Gesicht von Theodor Davis wurde rot vor Zorn.

«Das ist nur dieser verfluchte Carter, der mittelbar durch Sie agiert ... Er will das TAL, aber er ist nicht reich genug, um es zu kaufen! Seien Sie versichert, dass er es nicht bekommen wird.»

Maspero versuchte, sich versöhnlich zu zeigen.

«Was hat es für eine Bedeutung? Es gibt dort nichts mehr zu finden; Ihre Grabungen haben es endgültig bewiesen.»

«Das spielt keine Rolle; ich will nicht, dass Carter auch nur einen Stein des TAL anfasst.»

«Weshalb so viel Hass?», forschte Carnarvon nach.

Die Frage überraschte Davis. Er zündete eine Zigarette an und ging auf und ab.

«Weil ... weil er Howard Carter ist!»

«Das ist ein wenig dünn», meinte Maspero.

«Er stört das System, er stürzt die Gewohnheiten um, beharrt darauf, die Spuren eines bedeutungslosen Königs und eines Grabes zu verfolgen, das nicht existiert! Dieser Kerl hat einen unmöglichen Charakter ... er glaubt, dass das TAL schon immer ihm gehört hat. Sein Fall fällt in die Zuständigkeit der Psychiatrie.»

«Und falls er Recht hätte?», legte Carnarvon nahe.

Völlig aus der Fassung schlug der Amerikaner mit der Faust auf Masperos Schreibtisch.

«Solange ich lebe, wird Carter auch nicht einmal die Spitzhacke im TAL ansetzen! Sie haben kein Recht, meine Konzession zu verlangen, Monsieur Maspero.»

«Das ist richtig, aber ...»

«Keines der Gräber, die ich ausgegraben habe, wurde abschließend durchforscht. Folglich beginne ich von neuem; Sie wollen Wissenschaft? Sie werden Sie bekommen! Meter für Meter werde ich *meine* Grabstätten untersuchen. Auf die Art wird Carter begreifen, dass ich das Gelände niemals räumen werde.»

Die Tür zuknallend, verließ Davis das Büro.

«Sehr bedauerlich», sagte Maspero, «ich hoffte auf mehr Verständnis.»

«Was tun?»

«Nichts, leider. Das TAL gehört Davis.»

41

Carnarvon betrachtete sich in dem gewaltigen Spiegel. In einem bequemen Sessel sitzend, die Brust von einem riesigen weißen Handtuch bedeckt, sah er den Barbier sich zu seiner linken Wange neigen, sie mit Schaum einseifen und ein englisches Rasiermesser hoch heben, das er auf einem Lederriemen geschärft hatte.

«Ist Ibrahim krank?»

«Eine Erkältung, Herr Graf. Ich vertrete ihn.»

Der Barbier hatte eine sichere Hand. Die Klinge glitt über die Wange und der Schaum wurde in die Rasierschale, ebenfalls von englischer Herkunft, geschleudert.

«Die Luft ist etwas frisch heute Morgen.»

«Sie sind nicht gezwungen mit mir Konversation zu machen, mein Freund.»

Der Barbier verteilte nun den Schaum auf der rechten Wange.

«Ich bin nicht sicher, dass die Ernennung von Lord Kitchener zum Generalkonsul von den Ägyptern geschätzt wird. Er ist ein harter Mann, der die Sehnsüchte unsres Volkes nicht verstehen wird.»

«Sind Sie etwa Spezialist für internationale Politik?»

Die Klinge legte sich auf den Hals.

«Sie sollten mir zuhören, Herr Graf.»

«Weshalb?»

«Weil dieses Rasiermesser eine furchtbare Waffe ist, und weil Sie wehrlos sind.»

«Die Pistole, die ich auf Ihren Unterleib richte, ist ein Beweis des Gegenteils; machen Sie keine falsche Bewegung.»

«Ich werde schneller sein als Sie.»

«Die Zukunft wird es zeigen; ich höre Ihnen zu.»

Die Klinge war zum Stillstand gekommen. Die Stimme des Barbiers wurde gedämpfter.

«Da Sie ein Freund Ägyptens sind, Herr Graf, raten Sie Kitchener davon ab Repressionen gegen die Anhänger der Unabhängigkeit zu unternehmen.»

«Sie unterstellen mir Fähigkeiten, die ich nicht besitze.»

«Versuchen Sie es trotzdem; Ihr Einfluss ist beachtlich. Falls Sie auf unsrer Seite kämpfen, werden wir ein Blutbad vermeiden. Ansonsten ...»

Die Klinge schnitt ins Fleisch ein.

«Geben Sie Acht, mein Freund; Sie vergessen sich.»

Der Druck lockerte sich.

«Wer schickt Sie?»

«Das Volk, Herr Graf. Vergessen Sie es nicht.»

Der falsche Barbier zog sich zurück.

Carnarvon nahm das weiße Tuch ab und fuhr sich mit der Hand über die tadellos rasierten Wangen. Falls man fortfuhr, ihn zu belästigen, würde er sich wohl doch mit solch einer Feuerwaffe versehen müssen, die er mittels Daumen und Zeigefinger nachgeahmt hatte.

Am Ende dieses Jahres 1912, welches als das des Untergangs der *Titanic* in Erinnerung bleiben sollte, war Ägypten englisch geworden. Die alte Erde der Pharaonen gehörte von nun an Großbritannien. Dank einiger Männer, die um den Dialog bemüht waren, in deren Reihen der fünfte Earl of Carnarvon figurierte, hatte sich die Operation ohne sichtbares Trauma abgespielt.

Howard Carter hatte andere Sorgen. Er legte letzte Hand an ein Buch, unter das sein Arbeitgeber seinen Namen setzte: *Fünf Jahre Exploration in Theben.* Das Werk sollte den Spezialisten beweisen, dass sein Zusammenwirken mit dem britischen Milliardär sich in einer ernsthaften, wenn auch wenig spektakulären Arbeit geäußert hatte. Mit Stolz schenkte Carter Maspero den Band.

«Ausgezeichnet, Howard; ich bin glücklich, Sie wieder so eroberungslustig zu sehen. Sie fehlen mir.»

«Wegen der Diebstähle?»

«Ganz genau.»

«Man plündert Gräber, man trennt Basreliefs heraus, man zerschlägt Statuen, um die Stücke leichter zu transportieren ... die organisierten Banden werden zunehmend aktiver, das ist die beklagenswerte Wirklichkeit! Die Kunden sind zahlreich und wohlhabend.»

«Ich weiß es!», donnerte Maspero. «Sie, Sie hätten diesem Schwarzhandel einen Riegel vorschieben können! Um mich herum gibt es nur Korruption und Laxheit. Deshalb auch habe ich den Entschluss gefasst, ein Gesetz gegen unerlaubte Ausgrabungen verabschieden zu lassen.»

«Glauben Sie an seine Wirksamkeit?»

«Ich werde die Anlagen bewachen und die Arbeiterschaft beaufsichtigen lassen; die einfachsten Maßnahmen sind oft die besten.»

«Sie können auf meine Hilfe rechnen.»

Die beiden Männer gaben sich die Hand.

Theodor Davis geriet in heftige Rage; schalt seine Mitarbeiter Stümper und Dummköpfe, verschanzte sich dann in seinem Zimmer. Niemand wagte das Grabungshaus zu betreten, wo, seit zwei Kampagnen, eine finstere Atmosphäre herrschte.

Davis wollte es nicht mehr gelingen ein ungeöffnetes Grab zu entdecken. Er musste sich damit begnügen, bekannte Gräber auszuräumen und archäologische Fragen ohne Interesse zu regeln. Er, der namhafteste aller Finanziers, wurde zum Gespött seiner Widersacher und seiner Kollegen; die Mitglieder seines eigenen Teams begannen ihn zu kritisieren. Jeden Tag brachen Streitereien wegen Nichtigkeiten aus; die Zeit der großen Erfolge war weit entfernt.

Doch konnte ein Theodor Davis aufgeben?

Seit etwas mehr als vierzehn Tagen hatte Carter keine Nachricht aus dem Tal mehr erhalten. Allein die Touristen suchten noch die berühmteste Fundstätte heim, wo jegliche archäologische Tätigkeit erloschen schien. Seine Gewährsleute schwiegen;

er hatte keinen Kontakt mehr mit jenen *hufara*, die behaupteten, die Lage des Grabes vom Amenophis I. zu kennen.

Carter aß mit Raifa bei ihrem Freund, dem Maler, zu Mittag. Trotz dessen Drängens weigerte sich die junge Frau beharrlich zu posieren; in ihrem eigenen Porträt gebannt zu sein, schien ihr schlimmer als der Tod. Raifa erwähnte die Heirat nicht mehr, sie begnügte sich mit der Treue ihres Geliebten, mit dem seiner Arbeit und seinem Traum gestohlenen Momenten der Zärtlichkeit, mit einer aufrichtigen Liebe, der die Zeit nichts anhaben konnte. Im Winter trachtete sie nicht danach, ihn zu treffen; Carter war Carnarvon verschworen und arbeitete mit einer Verbissenheit und Beständigkeit, die seine Kollegen erschreckten. Wenn die Hitze unerträglich wurde, musste er seine Feldforschungen unterbrechen und sich Inventarisations- und Archivierungsarbeiten widmen; er wurde zugänglicher, willigte ein, sie wiederzusehen, seine Bücher, Schriftstücke und Berichte ein wenig zu vergessen. Sie vermochte ihn dann zu langen Spaziergängen zu bewegen, wo er sich nach und nach öffnete, Bitterkeit, Zweifel, Hoffnung gestand.

So floß ihr Leben im Rhythmus des Nils, so wob sich ihre Leidenschaft unter den Blicken der Dschinnen des Westufers.

«Du scheinst besorgt.»

«Ein Anflug von Müdigkeit, Raifa.»

«Ich glaube dir nicht.»

«Du hast Recht, ich bin besorgt.»

«Was befürchtest du?»

«Das TAL verhöhnt mich. Es ist da, in Reichweite meiner Hand, und es weist mich zurück. Dennoch weiß es, dass ich es besser kenne als jeder andere; ist es tot, Raifa? Hat es all seine Geheimnisse preisgegeben?»

Der Hausherr unterbrach sie.

«Ein Mann verlangt nach dir, Howard; er versichert, dass es dringend und wichtig ist.»

«Ein Bewohner von Gurnah?»

«Nein, ein Europäer.»

Carter entschuldigte sich bei Raifa. Der unerwartete Besucher war niemand anderes als Theodor Davis; den Hut bis tief in die Stirn gedrückt und mit seinen staubigen Jodhpurs und Wickelgamaschen erweckte er fast Mitleid.

«Verzeihen Sie mir, Sie zu behelligen ... ich würde gerne mit Ihnen reden.»

Carter war solche Rücksichten nicht gewohnt.

«Gehen wir in Richtung Hügel; so sind wir ungestört.»

Die Sonne stand hoch am Himmel; der frische Wind rötete die Wangen. Unter ihren Schritten knirschte der Sand, das Geröll und die Kalksteintrümmer.

«Ich bin fünfundsechzig Jahre alt, ich bin krank und müde; das TAL hat mich erschöpft. Vielleicht rächt es sich, weil ich seine ganzen Geheimnisse aufgedeckt habe.»

«Sie wissen genau, dass das nicht simmt.»

«Sie wissen genau, dass das stimmt, Carter. Alle Königsgräber sind aufgefunden worden.»

«Nicht das von Tutenchamun.»

«Ein einfaches Versteck für ein Königlein ... die Goldblättchen beweisen es. Trotz unsrer Rivalität schätze ich Sie, und ich kann Ihnen ohne jeden Hintergedanken versichern, dass dies meine unumstößliche Überzeugung ist. Tutenchamun wurde tatsächlich in dieser schlichten Gruft beigesetzt. Plünderer werden den Sarkophag und die Mumie zerstört haben. Verbeißen Sie sich nicht länger in diese unnütze Suche; Ihr Talent verdient Besseres. Es gibt fünfzig nicht explorierte Stätten, die auf Sie warten.»

«Ich habe eine Verabredung mit Tutenchamun und ich werde meinen Verpflichtungen nachkommen.»

«Ganz wie es Ihnen beliebt ... ich für meinen Teil gebe es aus der Hand.»

Carter blieb verblüfft stehen.

«Ich habe den Entschluss getroffen Ägypten zu verlassen und auf meine Konzession zu verzichten. In meinem Alter ist es angebracht, sich etwas Ruhe zu gönnen.»

Carter konnte seine Freude kaum zügeln.

«Das TAL ist frei?»

«Haben Sie Geduld; es bleiben noch Formalitäten zu erfüllen.»

Der Engländer schloss die Augen.

«Das ist . . . das ist märchenhaft!»

«Freuen Sie sich nicht zu früh. Zum einen werden Sie meine Nachfolge vielleicht gar nicht erwirken, und zum anderen werden Sie nur ein leeres Gerippe einheimsen. Das TAL hat all seine Schätze preisgegeben.»

«Unmöglich.»

«Ich habe Sie gewarnt.»

42

«Lord Carnarvon kann Sie nicht empfangen», verkündete die englische Krankenschwester verächtlich.

«Ist ihm nicht wohl?»

«Ich muss Sie doch bitten, mein Herr! Mit welchem Recht . . .»

«Mit dem seines wichtigsten Mitarbeiters.»

Die Krankenschwester zuckte mit den Achseln.

«Es besteht Besuchsverbot.»

«Nicht für mich; seien Sie so gut und melden mich an.»

«Das kommt nicht in Frage.»

Außer sich stieß Carter den Zerberus beiseite, öffnete die Tür zum Zimmer und baute sich vor dem Bett auf, in dem Carnarvon ruhte. Am Kopfende wachte Susie.

«Gehen Sie augenblicklich hinaus!», brüllte die Krankenschwester.

Fiebrig und mit abgespanntem Gesicht richtete sich der Graf auf.

«Nur die Ruhe, junge Dame; Doktor Carter wurde erwartet.»

Pikiert gab sie den Kampf auf.

«Ich habe eine fabelhafte Neuigkeit!»

«Das Grab von Amenophis I., endlich?»

«Besser noch; das TAL selbst! Davis gibt auf; es gehört uns.»

Mit hängenden Armen neigte Carnarvon den Kopf nach hinten.

«Ich fürchte ebenfalls aufgeben zu müssen.»

«Woran leiden Sie?»

«An einer sonderbaren Infektion; die Ärzte werden nicht klug daraus.»

«Vertrauen Sie mir.»

Zwei Stunden später war Carter, von Raifa begleitet, wieder zurück. Die Krankenschwester warf ihnen einen skeptischen Blick zu, wagte aber nicht einzuschreiten.

Carnarvon fühlte sich zu schwach, um sich zu widersetzen; Raifa gab ihm Wasser zu trinken, auf das ein Derwisch geblasen hatte, rieb ihm die Stirn mit duftenden Kräutern ein, legte auf seine Brust ein Amulett, das eine Sure des Korans trug. Dann schloss sie die Läden, zog die Vorhänge zu und trat, ohne ein Wort zu sagen, aus dem Zimmer.

Der Graf verspeiste seinen *kebab* mit gutem Appetit und leerte einen Schoppen dunklen Bieres. Susie schätzte das gegrillte Lamm sehr.

«Der Appetit kehrt zurück, mein lieber Howard; Ihre Heilerin ist bemerkenswert.»

«Verstehen Sie meine Ungeduld ... Was hat Ihre Unterredung mit Maspero gebracht?»

«Nichts.»

«Wie, nichts?»

«Davis' Wünsche sind nicht Wirklichkeit geworden. Von offizieller Seite behält er die Konzession, selbst wenn er keine Arbeiten im TAL mehr ins Auge fasst.»

«Er hat sich Maspero aber doch anvertraut.»

«Ihnen, und nur Ihnen allein. Der Direktor der Altertümerverwaltung ist überzeugt, dass Sie geträumt haben.»

«Ich schwöre Ihnen, dass ...»

«Nicht nötig, Howard; Davis hat Ihnen falsche Hoffnungen gemacht.»

«Er schien mir aufrichtig.»

«Sie sind ein großer Archäologe, aber ein jämmerlicher Kenner der menschlichen Natur; Ihr Widersacher hat Sie nur geködert.»

«Ich bin vom Gegenteil überzeugt; Davis ist verbraucht. Er hat keine Lust mehr gegen das TAL zu kämpfen.»

«Wollen wir wünschen, dass Sie Recht haben.»

Während der Saison 1913–1914 war Carnarvon stark in Kairo beschäftigt; aus der Nähe verfolgte er die Entwicklung eines Ägyptens, das, dank eines Organgesetzes, über eine gesetzgebende Versammlung aus sechzig gewählten und dreiundzwanzig von der Regierung ernannten Mitgliedern verfügte. Gewiss, sie hatte nur eine einzige Machtbefugnis: neue direkte Steuern zu schaffen; doch es war ein Schritt hin zur Unabhängigkeit, deren Vorkämpfer Zaghlul sich nicht mehr scheute seine Überzeugung offen zu bekunden. Bestrebt, direkte Zusammenstöße zu vermeiden, vervielfachte Carnarvon seine vertraulichen Unterredungen und förderte die Kontakte zwischen den Verantwortlichen beider Lager. England zeigte sich zunächst bedacht und versöhnlich; das Jahr 1914 jedoch wurde Zeuge einer Verschlechterung der Lage. Die englischen Behörden erhärteten ihre Position. Mehrere Kontingente Soldaten verstärkten die fremde Militärpräsenz; die Kasernen erhielten modernes Material.

Das Volk murrte. Die Differenzen unter europäischen Nationen interessierten es nicht, doch die fremden, bis an die Zähne bewaffneten Soldaten wachten über die öffentlichen Gebäude der großen Städte und paradierten im erobertem Land.

Carter blieb den sich ankündigenden Erschütterungen gegenüber gleichgültig. Im Frühjahr 1914 begab er sich zum Grabungshaus von Theodor Davis, um dort dessen letzten noch tätigen Assistenten zu treffen.

Henry Burton, mit Beinamen Harry, war Engländer und fünfunddreißig Jahre alt. In Anzüge von schlichter Eleganz gewandet, die ihm sein Londoner Schneider an die Adresse «H. Burton, Königsgräber, Luxor» schickte, gab er sich stets mit strengem Gesicht; niemand hatte ihn je lachen noch scherzen gehört. Peinlich genau, ja manisch achtete er darauf, dass sein schwarzes Haar glatt auf seinem flachen Schädel liegen und sein Ziertüchlein stets von einem makellosen Weiß bleiben mochten.

Die Bekanntmachung verlief eisig.

«Howard Carter, Archäologe von Lord Carnarvon.»

«Henry Burton, Fotograf von Theodor Davis; wenn Sie sich bemühen wollen, einzutreten.»

An den Wänden Fotografien der Sphinx, von Pyramiden, von Gräbern und von englischen Landschaften, wo grüne Rasenflächen sich an reichlichem Regen nährten.

«Das Haus ist ein wenig in Unordnung; ich habe keine Zeit gehabt den Haushalt zu machen.»

«Sie mögen mir den unvermittelten Zug meines Besuches verzeihen; ich bin einem plötzlichen Impuls gefolgt.»

«Wollen wir es gelten lassen. Möchten Sie meine Dunkelkammer besichtigen?»

«Mit Vergnügen.»

Carter bewunderte die Ausrüstung, die Burton aufgestellt hatte; ohne den geringsten Zweifel war er der beste in Ägypten operierende Fachmann.

«Darf ich Sie zum Mittagessen einladen, Mr Carter? Man hat mir gerade Würste aus Oxford, ein Kaninchen mit Champignons, deutsches Bier und doppeltkohlensaures Natron geliefert.»

Das Essen spielte sich in herzlicherer Atmosphäre ab. Burton verriet nicht ohne Stolz, dass seine Aufnahmen in den *Illustrated London News* veröffentlicht wurden, und dass er damit rechnete, zur Expedition des Metropolitan Museum nach Deir el-Bahari zu stoßen.

«Wird Davis nach Ägypten zurückkehren?»

«Nein. Er hat sich in seine Residenz in Newport zurückgezogen, von wo er mir seine Anweisungen zuschickt: die Freifläche zwischen Merenptahs Grab und dem von Ramses VI. zu durchforschen. Ich habe ein paar Sondierungen vorgenommen, völlig umsonst; ich verfüge weder über genügend Männer noch über die unentbehrliche Ausrüstung. Ein hoffnungslos verspätetes Gefecht . . . die Davis-Mission ist beendet.»

Carter hielt mit allergrößter Mühe seinen Überschwang in Zaum; Davis hatte ihn nicht belogen.

«Haben Sie die letzten Lieferungen der *Daily Mail* und der *Westminster Gazette* gelesen? Die Nachrichten sind verheerend, werter Freund. In unsrem alten Europa wachsen die Spannungen; ich hoffe, dass die Regierungen weise genug sein werden, um entsetzliche Auseinandersetzungen zu vermeiden.»

«Diese Botschaft von Davis . . . war sie die letzte?»

«Ganz ohne Zweifel.»

Ein seltsames Geräusch beunruhigte plötzlich die beiden Männer. Zuerst glaubten sie, sich zu irren; dann ließen sie sich vom Offenkundigen überzeugen: Der Regen, ein sintflutartiger Platzregen, ging mit unerhörter Gewalt über dem Tal der Könige hernieder und bildete wütende Sturzbäche, die Schlamm und Geröll mit sich führten. In weniger als einer Stunde wurden die Gräber von Ramses II. und Ramses III. überschwemmt und von Geröllaufspülungen verschüttet.

«Ich werde nicht die Zeit haben sie auszuräumen», verkündete Burton niedergeschlagen. «Dieser Ort ist verflucht.»

Carter meditierte am Eingang des Tal, als zwei Männer, mit finsterer Miene, auf ihn zukamen. Der eine von ihnen, Mohamed Abd el-Gaffir, war einer jener Informanten, der behauptete, die Lage des Grabes von Amenophis I. zu kennen. Er blieb einen Meter vor dem Archäologen stehen und enthüllte ihm den Inhalt seines Korbes: Fragmente einer Alabastervase.

«Ich verkaufe», verkündete er mit feierlichem Ernst.

«Wo hast du diesen Schatz weggenommen?»

Der Plünderer runzelte die Stirn; Carter musste ihm helfen.

«In dem Grab, das du mir versprochen hattest?»

Adb el-Gaffir senkte die Augen.

«Gibt es darin einen Brunnen?»

«Ja, in der Mitte.»

«Tief»

«Sehr tief.»

Carter frohlockte: Es handelt sich demnach um ein Königsgrab!

«Bring mich hin.»

«Das muss bezahlt werden.»

«Du wirst belohnt.»

«Einen Betrag für die Vase, einen für das Grab.»

«Einverstanden.»

Eine kurze Verhandlung genügte, die Preise festzumachen, dann führte Abd el-Gaffir Carter zu einem Steilpfad, hinter Dira Abu'n-Naga'.

Die Gruft war in ein dunkles und abgeschiedenes, vom TAL aus rückwärtig liegendes Tälchen gehauen worden. Ein Felsblock verbarg den Eingang; der Archäologe und der Plünderer bewegten ihn mühsam fort. Diese Anstrengung beruhigte Carter, den die Vorstellung, in das unversehrte Grabgelege Amenophis' I. – des Gründers des Tals der Könige – zu dringen, in fiebrige Erregung versetzte.

Sobald die Fackel das Grab erhellte, lastete Carter sich seine Naivität an. Abertausend Bruchstücke von Keramik- und Alabastervasen lagen über den ganzen Boden verstreut; Abd el-Gaffir und seine Gehilfen hatten sich einer regelrechten Plünderung hingegeben, bevor sie dieses Skelett zu Geld machten. Amenophis I. war der Raubgier der Geier nicht entronnen.

Verdrossen kaufte Carter für Carnarvon die schönsten Stücke, die Abd el-Gaffir in der Hinterhand hatte, und schickte seinem Arbeitgeber einen Bericht; er legte Nachdruck auf die archäologische Bedeutung des Fundes und auf die Tatsache, dass der Earl of Carnarvon die geheime Stelle der letzten Ruhestätte des illustren Pharaos ausfindig gemacht hatte.

43

Völlig kahlköpfig, mit weißem Schnurrbart, korpulent, mit strengem Blick und rundlichen Händen, verhehlte Maspero seinen Überdruss nicht.

«Nachdem sie nun seit bald achtundsechzig Jahren der Luft standhalten, beginnen meine Flügel doch zu erlahmen, mein lieber Howard; ich sehe den Augenblick kommen, da ich gezwungen sein werde, sie wieder anzulegen. Es ist dieses Gefühl des unabwendbaren Endes, mit dem ich mich bemühe, wenn schon nicht all das zu beenden, was ich mir zu tun vorgenommen hatte, so doch wenigstens fast alles, was ich begonnen hatte. Unglücklicherweise haben die Tage nur vierundzwanzig Stunden, und die Bürde der Verwaltungsarbeit verkürzt sie mir so sehr, dass ich große Mühe habe, hin und wieder die wenigen Stunden zu finden, die ich benötigen würde, um all meine Arbeiten zum Ende zu bringen. Wahrscheinlich wird es mit Ihnen so sein, wie es sich wohl mit recht vielen menschlichen Dingen verhält; viel ehrgeiziges Streben für wenig Gewinn. Ich darf mir jedoch zugute halten, dass ich eine wahre Berufung nie durch pedantische, eitle oder unangebrachte Strenge entmutigt habe.»

«Wenn dem so ist, ermutigen Sie die meine.»

«Was wollen Sie denn noch, Carter?»

«Das Tal.»

«Das Tal, immer das Tal.»

Maspero erhob sich und schaute aus dem Fenster seines nahe dem Museum festgemachten Bootes; hier hatte er Bücher, administrative Schriftstücke und Aufzeichnungen aus jenen Jahren aufgestapelt, da er als unbestrittener Gebieter über die Altertümerverwaltung geherrscht hatte. Dies war das Büro, das er vorzog; es gab ihm das Gefühl, stets auf Reisen zu sein, nicht in der Respektabilität eines mit Ehren überhäuften Gelehrten zu erstarren.

«Davis ist Eigentümer der Konzession.»

«Er verzichtet darauf, ich will sie.»

«Weshalb, Carter?»

«Weil sie mein Leben ist; ich glaube an sie.»

«Nun auch noch der Glaube! Ich, für meinen Teil, habe ihn verloren ... Zu Anfang glaubte ich wirklich an die Einheit des ägyptischen Gottes, an seine Immaterialität, an die Erhabenheit der Lehre, die seine Priester verkündeten: Alles war Sonne für mich. Heute bin ich skeptisch: Die Fakten, nichts als die Fakten, und alle Religionen auf gleicher Stufe!»

«Tut mir Leid, Sie zu enttäuschen: Mein Glaube an Ägypten ist unerschüttert!»

«Sie sind jung; Sie werden Ihren Illusionen entsagen.»

«Ich werde niemals vom Weg ins Tal abkommen.»

Maspero bewehrte sich mit einem Heft und hielt es vor Carters Gesicht.

«Meine Notizen sind verbindlich! Die Sandmassen des Tal sind in alle Richtungen umgewühlt worden. Nicht ein einziges Grab fehlt in der Reihe.»

«Bis auf das von Tutenchamun.»

«Schimäre!»

«Selbst wenn ich Tonnen von Erde und Gestein bewegen muss, werde ich es finden.»

«Sie haben keinen Beweis seiner Existenz.»

«Aber selbstverständlich: Eine Fayenceschale auf den Namen des Königs, ein Goldblatt mit seinem Abbild und einen Teil der Bestattungsausrüstung, die bei seiner Beisetzung benutzt wurde.»

«Die Grabungen im Tal wieder aufzunehmen, würde Sie Zeit und Geld verlieren lassen; Carnarvon hat Sie aus der Hölle herausgeholt, das erkenne ich an, aber Ihre Zusammenarbeit hat keinen Sinn mehr.»

«Er ist mein Freund; er braucht mich, ich brauche ihn. Mehrere Abschnitte des TAL, die unter altem oder frischem Abraum vergraben liegen, sind noch nie exploriert worden.»

«Sie werden dort nur kleine Gegenstände ohne Wert vorfinden; und die werden nicht einmal Carnarvons Kapitaleinlagen decken. Davis' Schlussfolgerung ist ausdrücklich: Das TAL ist all seiner Geheimnisse beraubt.»

«Ein einziger fehlt: Tutenchamun. Weshalb diese Tatsache leugnen? In der Kette der Könige ist er das einzige fehlende Glied.»

«Ein Königlein ohne Macht und Grabstätte ... das ist die Wahrheit.»

«Sie selbst haben das Gegenteil geschrieben. Geben Sie mir die Konzession; Sie werden es nicht bereuen.»

«Ich bereue es schon jetzt; Sie verdienen Besseres als diese Obsession. Die Papiere liegen auf dem Tisch, zu Ihrer Linken.»

Carter drückte die kostbaren Schriftstücke gegen seine Brust; an diesem Junitag des Jahres 1914 wurde er der offizielle Besitzer des Tals der Könige. Mit einundvierzig Jahren verwirklichte er seinen kühnsten Traum.

«Ich kehre heim nach Frankreich», verkündete Maspero. «Wir werden uns nicht mehr wiedersehen.»

Carter trat in das seit kurzem verwaiste Grabungshaus von Theodor Davis; Burton hatte sich in das amerikanische Team von Deir el-Bahari eingereiht: Zimmer, Büro, Essraum ... alles war leer. Der Fotograf hatte seine Aufnahmen mitgenommen, die Wände nackt gelassen, nur einen Kalender vergessen. Jeder Tag war abgehakt, bis zum Ende des Juni.

Der brennend heiße Sommer schreckte Carter nicht ab; selbstverständlich würde er einige Wochen warten müssen, bevor er die offizielle Genehmigung erhielt, um Grabungen vorzunehmen, wo es ihm beliebte, in diesem TAL, von dem alle Archäologen träumten; doch jeder *hafir* kannte bereits den Namen des neuen Herrn über das Gebiet.

Die sterbende Sonne eines Juliabends umschmeichelte Raifas Stirn, die auf Carters Schulter lag; sie hatten sich geliebt mit der Glut einer stets von neuem auflebenden Leidenschaft, gegen die der Bruder der Ägypterin vergeblich ankämpfte.

«Ich möchte ein Kind, Howard.»

«Das TAL wartet auf mich.»

«Wie kannst du diesen Haufen toter Steine mit dem Geschöpf vergleichen, das aus unsrer Liebe hervorgehen wird?»

«Sie sind nicht tot . . . in ihnen vibriert ein anderes Leben, das die Zeit nicht verzehren kann.»

«Diese Stätte macht dich verrückt.»

«Sie ist mein Schicksal; ich habe nicht das Recht ihm zu entfliehen.»

«Du liebst nur diese Gräber, diese verschwundenen Könige, diese Stille, die mir Angst macht . . .»

Er drückte sie fester an sich; beide schwiegen. Raifa würde sich nicht mehr widersetzen, von Carter nichts anderes mehr verlangen als ihn selbst. Sie hätte ihn verlassen, einen Mann ihres Volks heiraten und diesem zahlreiche Söhne geben müssen; doch dieser Engländer, der von einem anderen Planeten zu stammen schien, faszinierte sie noch immer. An sich selbst die gleichen Ansprüche stellend wie an andere, jeden faulen Kompromiss und alle Niedertracht ablehnend, hartnäckig in der Verfolgung des unsinnigsten aller Ideale unter Einsatz seiner Existenz – ihr Geliebter war ein Auserwählter, einer dieser Menschen, die berufen sind, hienieden auf Erden einen Auftrag zu erfüllen, der weit über sie hinausgeht. Carter konnte nicht von dem ewigen, vor ihm und für ihn vorgezeichneten Weg abweichen; wenn er auch nur einen Schritt von ihm abkäme, würde er verkümmern wie eine welke Blume. So war es nun einmal und es würde nie anders sein. Wie gegen eine drei Jahrtausende alte und wie die Sonne der Morgendämmerung junge Geliebte ankämpfen, die sich Tal der Könige nannte?

Die britischen Militärberater verständigten sich mit Blicken; der Oberst, der den Vorsitz der Versammlung führte, erfasste ihre Gedanken.

«Aber, aber, meine Herren! Der Earl of Carnarvon ist ein wohlmeinender Ratgeber; er hat kein anderes Ziel als die Größe Englands.»

«Wenn dem so ist», widersprach ein junger Unteroffizier, «warum werden wir dann mit idiotischen Berichten überschwemmt? Man könnte glauben, die Prophezeiungen eines Erleuchteten zu lesen.»

Der Graf ließ sich nicht aus seiner Ruhe bringen.

«Seit einem Jahr warne ich Sie vor der Gefahr. Der Krieg wird stattfinden und Ägypten wird dem Konflikt nicht entrinnen. Gestern ist der Thronerbe von Österreich in Sarajewo ermordet worden; ich befürchtete einen Zwischenfall dieser Art. Die Balkanhalbinsel wird in Brand geraten; und dann werden die Großmächte an die Reihe kommen.»

Heftiger Protest brach los, von entsprechenden Ausrufen begleitet: «lächerlich», «beschämend», «idiotisch». Der Oberst fand es notwendig dieser Konfrontation ein Ende zu machen.

«Pessimismus ist ein schlechter Ratgeber, Lord Carnarvon; wir danken Ihnen dennoch für Ihre Zusammenarbeit.»

Am 28. Juli 1914 erklärte Österreich Serbien den Krieg. Carter hielt es nicht mehr, und so nahm er den Zug nach Kairo. Carnarvon empfing ihn erst am 1. August, am Tag, da Deutschland Russland den Krieg erklärte. Obwohl der Graf in großer Sorge schien, gelang es Carter, ihn zu überreden, Maspero aufzusuchen, um ihm das letzte Formular zu entreißen, das ihnen erlauben würde, nach Belieben zu graben. Sein Enthusiasmus überzeugte Carnarvon; das Tal der Könige bot andere Reize als die zukünftigen Schlachtfelder, wo der Aristokrat bereits die europäische Jugend sich zerfleischen sah wegen der Eitelkeit und Torheit blinder Politiker.

Masperos Aussehen war wächsern.

«Ich bin krank, meine Herren; Frankreich wird mich wieder gesund machen. Ich glaubte tatsächlich Sie nicht wiederzusehen, Carter; schon morgen hätte ich dieses Büro, die Altertümerverwaltung und Ägypten verlassen.»

«Wir werden Sie vermissen», sagte Carnarvon bewegt. «Könnten Sie vor Ihrer Abreise noch dieses Dokument unterzeichnen, das uns fehlt?»

Maspero setzte sich an seinen Schreibtisch.

«Am Ende dieser vierzehn Jahre, die ich während meines zweiten Mandats an der Spitze der Verwaltung zugebracht habe, vermochte ich der franko-britischen Rivalität auf dem Gebiet der Altertümer ein Ende zu setzen. Wie könnte ich es ablehnen, dieses schöne Werk zu krönen? Ihnen wird also meine letzte offizielle Amtshandlung zugute kommen.»

Der Gelehrte setzte, auf ungestempeltem Papier, einen Vertrag zwischen der Verwaltung und Lord Carnarvon auf; zehn Jahre lang durfte der Aristokrat, der die wissenschaftliche Leitung der Grabungen Carter anvertraute, das Tal der Könige explorieren, wie er es für richtig hielt. Falls unversehrte Königsgräber aufgefunden würden, verblieben sie Besitz von Ägypten; der Graf würde allerdings Werke behalten dürfen, deren Wert der Höhe seiner Ausgaben entspräche.

Am Abend des 13. August empfing Carnarvon einen feurigen Carter, der soeben die Abfassung seines Arbeitsplanes beendet hatte; er würde nicht weniger als dreihundert Männer benötigen, um die Hügel aus Sand, Gestein und Trümmer abzuräumen, welche die unberührten Abschnitte des Tals bedeckten.

Der Graf las ihn aufmerksam durch.

«Zu spät, Howard.»

Carter wurde leichenblass.

«Aber wir haben doch noch nicht einmal begonnen ...»

«Das Unglück bricht über die Welt herein, mein Freund. Heute hat England Österreich den Krieg erklärt ...»

44

Carnarvon war Kitcheners Rat gefolgt, der ihn gebeten hatte, Ägypten schnellstmöglich zu verlassen und nach Highclere zurückzukehren, um sein riesiges Anwesen in ein Feldlazarett umzuwandeln. Zurück auf seinen Ländereien, wurde der Graf gewahr, dass zweihundertdreiundfünfzig Personen mehr oder weniger unmittelbar von ihm abhingen; seine erste Pflicht bestand darin ihr Auskommen zu sichern. Lady Almina war glücklich, ihren Ehemann wiederzusehen; doch sie sorgte sich um die Zukunft, da sie einen Mangel an Lebensmitteln befürchtete; deshalb auch befahl der Graf, die Kartoffeln im Boden zu belassen, das Korn in den Scheunen, und die Weiden in Ackerboden umzuwandeln. Er legte selbst einen Rationierungsplan fest und wandte sich mit feierlichem Ernst an seine Leute, auf dass unter Androhung, unwiderruflich des Anwesens verwiesen zu werden, jegliche Plünderung unterbleiben mochte.

Als die ersten kriegsversehrten Offiziere kamen, war Highclere bereit, sie aufzunehmen. Carnarvon dachte bei sich an Ägypten, an Carters verrückten Traum, den nun ein Weltkrieg zerschlug, an dieses Tal, das ihnen wieder einmal entrann; doch er verjagte diese Gefühle, um sich ganz auf eine einzige Aufgabe zu konzentrieren: gegen die deutsche Barbarei, die ganz Europa bedrohte, zu kämpfen.

Das Taxi hielt vor der Freitreppe von Highclere; Lady Almina suchte ihren Ehemann zurückzuhalten.

«Das ist der reinste Irrsinn, mein Liebster; rücken Sie davon ab, ich flehe Sie an.»

«Ich will kämpfen.»

«Ihr physischer Zustand ist schlecht und Sie haben das wehrpflichtige Alter überschritten; die Armee darf Ihre Mitwirkung nicht akzeptieren.»

«Ich habe einen Termin im Kriegsministerium; dank meiner Französischkenntnisse werde ich einen ausgezeichneten Verbindungsoffizier abgeben. Mein Freund, General Maxwell, wird mich an die Front mitnehmen.»

«Vergessen Sie denn Ihren Sohn und Ihre Tochter?»

«Nicht einen Augenblick; niemals würden sie es dulden, dass ihr Vater sich vor dem Kampf verweigert hätte.»

Carnarvon küsste seine Gemahlin und ließ sich auf dem Rücksitz des Fahrzeuges nieder.

Unweit von London verspürte er eine bohrende Pein im Bauch; mit Schweiß auf der Stirn und verkniffenen Lippen suchte er ihn zu ertragen. Doch die Schmerzen waren stärker. Verdrossen und wütend auf sich selbst, bat er den Chauffeur, ihn nach Highclere zurückzufahren, wo seine Ehefrau ihn mit der allerzärtlichsten Liebe empfing. Entschlossen, so schnell als möglich aufzubrechen, lenkte der Graf ein, sich einige Tage auszuruhen.

Eine Woche später traten die gleichen Schmerzen, noch heftiger diesmal, wieder auf. Die verletzten Soldaten waren verlegt worden, und das Schloss war verwaist. Aufgrund der Symptome erkannte Almina auf eine akute Blinddarmentzündung; es gelang ihr einen Wagen zu bekommen, und mit Hilfe eines Bediensteten begleitete sie ihren Ehemann in die Hauptstadt. Im Hospital diagnostizierte man eine Bauchfellentzündung. Fast besinnungslos wurde Carnarvon sofort in den Operationssaal gebracht.

«Ich weiß nicht, ob Ihr Ehemann überleben wird», verkündete der Chirurg.

«Sie nennen sich Howard Carter?»

«Richtig.»

Der höhere Offizier schätzte die hochmütige Haltung dieses

mit einem Blazer und einer Flanellhose bekleideten Menschen nicht sonderlich; er ähnelte einem Aristokraten, welcher allzu sehr an sein Leben fernab der Realitäten der Welt gewohnt war.

«Sie sind nicht mehr im Alter, um an die Front zu gehen und sich zu schlagen, Mr Carter, aber Sie können Ihrem Land noch dienen.»

«Ich stehe Ihnen zu Befehl!»

«Sie sind hiermit zum Kurier des Königs bestellt und werden diese Funktion im Mittleren Osten ausüben, das Foreign Office wird Sie mit diversen Missionen betrauen.»

«Wie es Ihnen beliebt.»

«Das ist nicht die Antwort eines Soldaten.»

«Ich bin Archäologe.»

Der höhere Offizier setzte eine Bemerkung in die der Militärverwaltung vorbehaltene Spalte: «Eigenwilliger Geist; Tendenz zur Disziplinlosigkeit. Sollte überwacht werden.»

Am 18. Dezember 1914 verfügte England per Dekret, dass Ägypten kein Vasallenstaat der mit Deutschland verbündeten Türkei mehr war, sondern britisches Protektorat. Am 19. wurde der Khedive Abbas II. Hilmi mit seinen allzu ausgeprägten nationalistischen Tendenzen abgesetzt und durch Husayn ersetzt, der trotz des hochtönenden Titels eines Sultans den Befehlen des englischen Hochkommissars gehorchen würde. Kairo sollte zu einer bedeutenden Operationsbasis und der ägyptischen Bevölkerung die Bürde des Krieges schonungslos aufgezwungen werden. Falls erforderlich, würde man das Kriegsrecht verhängen.

Für acht Uhr dreißig bestellt, kam Carter kurz nach elf. Der höhere Offizier fuhr ihn heftig an.

«Das ist nicht zu tolerieren, Mr Carter! Sie haben keine der Missionen erfüllt, die Ihnen anvertraut wurden, und Sie halten die Behörden zum Narren!»

«Die Weisungen, die ich erhalte, sind absurd.»

«Wie können Sie es wagen ...»

«Die Beamten, die sie erteilen, sind in ihren Büros verschanzt und vergessen, die Nase aus dem Fenster zu strecken.»

«Disziplin und Gehorsam sind die Haupttugenden des Soldaten; Sie haben die Befehle nicht zu kritisieren. Ich erwarte Ihre Entschuldigungen.»

«Gestehen Sie lieber Ihre Irrtümer ein. Anschließend werde ich meine Mission, wie es ratsam ist und auf meine Weise, erfüllen.»

Der höhere Offizier stand auf.

«Sie sind suspendiert, Carter.»

Einige Monate nach Ausbruch der Auseinandersetzungen gab es keinen Sieger. In Europa begann ein endloser Grabenkrieg, in dem die Soldaten unter abscheulichen Bedingungen starben; im Orient hatten die Türken die Meerengen geschlossen.

Wieder Herr seiner Wege, war Carter nach Luxor zurückgekehrt, wo er seine Zeit zwischen Raifa und der immer wieder neuen Besichtigung der Königsgräber einteilte. Das lächelnde Ägypten versank in Tristesse und Furcht; die meisten Grabungsstätten waren geschlossen, viele junge Archäologen fielen auf dem Feld der Ehre, weit entfernt von der Sonne Oberägyptens und seinen strahlenden Steinen.

Carter verbrachte lange einsame Stunden im TAL, in diesem TAL, das ihm gehörte, und das er doch mit nackten Händen nicht durchwühlen konnte. Entmutigung ergriff ihn; ohne Carnarvons Anwesenheit, ohne dessen gewinnenden Zauber, fühlte er sich verlassen. Weshalb zeigte sich das Schicksal so grausam? In dem Augenblick, da er die so viele Jahre heftig begehrte Frucht hatte kosten sollen, war sie ihm unbarmherzig entzogen worden.

Manche sagten voraus, dass dieser Krieg zehn Jahre und vielleicht länger dauern würde, dass Horden von Türken und Deutschen Ägypten überrennen, dass die Baudenkmäler geschleift und die Gräber als Munitionslager dienen würden.

Eines frischen Dezembermorgens dachte Carter an Aufgeben. Er schrieb Carnarvon einen langen Brief, um ihm zu erklären, dass das TAL sich für immer verweigerte. Mit wie von schwerer Last beklemmtem Herzen betrat er zum tausendsten Mal das riesige Grab Sethos' I. und ließ sich einnehmen von den rituellen Szenen und esoterischen Texten, welche die Wände bedeckten. Götter und Göttinnen empfingen ihn, sprachen nach und nach, so wie sein Blick sich auf die Hieroglyphen legte, die in den Stein geschnittenen Worte des Lebens aus. Unwissentlich identifizierte Carter sich mit der Sonne, die in die andere Welt eintauchte und, in der Hoffnung auf Wiedergeburt, den Mysterien der verborgenen Kammern trotzte; das sterbende Gestirn durchzog zwölf Furcht erregende Gebiete, in denen Finsternis, streitbare Geister und die zur Vernichtung des Lichts entschlossene Schlange herrschten. Der Reisende schritt durch die Pforten und überwand den tiefen Brunnen, aus dem die Energie der ersten Zeitalter emporstieg; er las auf den Wänden das *Buch des Tages* und das *Buch der Nacht*, sagte die Formeln der Mundöffnung auf.

Dann drang er in die Kammer des Goldes, wo die Seele der Sonne thronte mit dem Geist des Pharaos, ihres Abgesandten, der im Sarkophag wiedererstanden war; der Sarkophag Sethos' I. war nach England verbracht und ließ eine grausame Leere zurück. Carter schwor sich, nie ein Grab seiner Natur zu berauben, indem er ihm sein Herz entreißen würde, diesen Stein der Erneuerung, den die Ägypter nicht Sarg, sondern «Überbringer des Lebens» nannten. Den Blick hebend, bewunderte er die Darstellungen der Himmelsgöttin, der Gestirne, Planeten und Sternbilder der Dekane; wer den Tod besiegte, würde in das Licht zurückkehren, aus dem er hervorgegangen war, und sich mit dem Ursprung des Universums selbst verschmelzen.

Verstört schrieb Carter an Carnarvon:

«Ein oberflächliches Studium der Mythologie und Religion der Alten Ägypter könnte uns zum Schluss führen, dass wir Fortschritte gemacht haben. Wenn wir aber die Fähigkeit besitzen, ihre Kunst zu bewundern und zu verstehen, verlieren wir jedwedes Überlegenheitsgefühl. Kein mit Empfindsamkeit ge-

segneter Mensch wird bestreiten, dass die ägyptische Kunst das Wesentliche verkörpert hat. Trotz all unseren Fortschritts sind wir nicht imstande es wahrzunehmen. Ägypten ist der Horizont der Ewigkeit, das TAL *wahrt das Geheimnis. Und deshalb müssen wir fortfahren. Ich bleibe hier und warte auf Sie.»*

45

Lord Carnarvon durchpflügte Zeitungen und Depeschen. Die Lage entwickelte sich zum Schlechten. Den deutschen Unterseebooten gelang die Einleitung der Blockade Englands und die schlecht vorbereiteten Offensiven der Alliierten mündeten in keinem durchschlagenden Erfolg. In der Flut schlechter Neuigkeiten hatte der Brief von Howard Carter etwas Licht gebracht. Das TAL ... der Graf träumte nun von ihm. Es stellte ein unerreichbares Paradies dar, in welchem der Wahnsinn der Menschen am Fuße der Wohnstätten der Ewigkeit verlosch.

«Liebster! Sie hatten mir versprochen nicht aufzustehen.»

Erzürnt bat Lady Almina Ihren Gemahl wieder ins Bett zurückzukehren.

«Ich brauche jetzt ein wenig Arbeit.»

«Wenn man an einer Bauchfellentzündung leidet, braucht man vor allem Ruhe und Wärme.»

«Ich bin nicht krank.»

«Sie sind wirklich unvernünftig! Geben Sie doch auf Ihre Gesundheit Acht.»

Der Kammerdiener unterbrach ihr Gespräch.

«Ein Eilbillett, Mylord.»

«Wer schickt es?»

«Der Minister.»

Carnarvon las das Schriftstück, niedergeschlagen ließ er sich in einen Sessel fallen.

«Was ist geschehen?», fragte seine Gemahlin.

«Die Türken und die Deutschen haben gerade den Suezkanal angegriffen. Morgen werden sie Ägypten einnehmen.»

Howard Carter schloss die Inventarisation der im Grab Amenophis' III. aufgefundenen Gegenstände ab und räumte dessen Inneres vollkommen leer; hier, wie überall, hatte Davis sich mit flüchtiger Arbeit begnügt. Dank einer gewissenhaften und systematischen Exploration hatte Carter vor dem Grab fünf unversehrte Gründungsbeigabelager wiedergefunden; in diesen aus dem Kalkstein herausgehauenen Schächten waren hunderte von Miniaturwerkzeugen angehäuft, mit Sand vermischt und mit Trümmerschutt überdeckt. Verblüffend war die Tatsache, dass die Inschriften nicht Amenophis III. anführten, sondern dessen Vater, Thutmosis IV., der somit seinem Sohn als Schwelle und Fundament diente.

Die Gerüchte über den türkisch-germanischen Angriff auf den Suezkanal kamen ihm kaum zu Ohren; da er an ihrem Sieg keinen Zweifel hegte, war er nicht überrascht zu erfahren, dass die britischen Truppen die Angreifer zurückgeschlagen hatten und den Kampf auf der Sinaihalbinsel und in Palästina fortsetzten.

Zur gleichen Zeit, da die Seeverbindungen unterbrochen waren und die Absatzflaute sowie der Preisverfall der Exportbaumwolle Ägypten ins Elend stürzten, hatte Carter sich fest entschlossen in ein ununterbrochenes Zwiegespräch mit dem Tal der Könige eingelassen. Es sollte fürderhin seine einzige Sorge und seine alleinige Existenzberechtigung sein.

Gegen Ende Februar 1915 barg er die armseligen Überreste des Grabmobiliars der Königin Teje, der illustren Gemahlin Amenophis' III. und mutmaßlichen Mutter Tutenchamuns; als er endlich zwei Alabasterfigurinen auf das Abbild der Herrscherin in Händen hielt, erfuhr er vom Tode Theodor Davis', der so leidenschaftlich von dieser großen Dame eingenommen gewesen war. Der Amerikaner hatte seine Abkehr vom Tal nicht lange überlebt. Fordernder als die eifersüchtigste Mätresse, erlegte es seinen Adepten absolute Treue auf.

Howard Carter vergaß die Außenwelt. Während die Länder Europas sich zerfleischten, schrieb er den Museumskonservatoren, um einen Katalog der in den Königsgräbern aufgefundenen Gegenstände zu erstellen, trug dem TAL gewidmete Werke und Artikel zusammen, las die Reiseberichte der ersten Exploratoren, studierte die alten Karten.

Nichts, was sich auf der Stätte zutrug, entging ihm; er befragte zahlreiche Einwohner von Gurnah, palaverte mit Räubern, durchforstete Berge von Grabungsberichten. Jeden Tag verfeinerte er sein Arbeitsinstrumentarium: eine riesige Karte des Tals der Könige, auf der alle Gräber genau vermerkt waren. Er atmete im Rhythmus des TALS, wurde empfänglich für seine zartesten Pulsschläge, belauerte dessen allerintimste Reaktionen.

Carter war sich selbst wie tot; bei seiner Liebesheirat mit dem Mysterium hatte er sein Dasein als Opfer hingegeben.

Zu Beginn des Frühjahrs 1916 nährte Lord Carnarvon, zum Präsidenten des Camera Clubs gewählt, eine neue Hoffnung: jene nämlich, in der Eigenschaft eines Beraters des *Royal Headquarters Flying Corps*, in der Abteilung für Luftaufnahmen, endlich an die Front zu stoßen. Gewiss, er würde sich nicht mit der Waffe in der Hand schlagen, doch er könnte, indem er die feindliche Präsenz im Gelände aufspürte, den Vorstoß der Alliierten erleichtern, während die grauenhafte Schlacht um Verdun fortgesetzt wurde, wo es den Franzosen um den Preis von Zehntausenden von Toten gelang, die deutsche Offensive aufzuhalten.

Ägypten, dessen Währung an das Pfund Sterling angebunden worden war, schien dem Chaos zu entgehen, wenn die Bevölkerung auch zusehends unter Entbehrungen litt. Dieser Krieg, der barbarischste und zerstörerischste, der je in der Geschichte der Menschheit geführt worden war, musste schnellstens ein Ende nehmen; Carnarvon war bereit, sein Leben zu opfern, um Tausende auf die Schlachtbank geschickte junge Männer zu retten.

Wieder einmal versagte seine Gesundheit. Schon drei Tage nach seiner Verpflichtung war er genötigt nach Highclere zurückzukehren. Deprimiert, am Rande der Verzweiflung, umfing ihn die Zuneigung seiner Gemahlin und seiner Kinder; doch war es Carters Brief, der ihn schließlich aufheiterte: Sein ferner Freund hatte soeben eine nette Glanztat zustande gebracht.

In einem menschenleeren, von Persönlichkeiten und Offiziellen verwaisten Luxor nahm das kleinste Ereignis beachtliche Ausmaße an. Als Gerüchte umgingen, welche die Entdeckung eines sagenhaften Schatzes in einem wüsten Gebiet unweit des Tals ankündigten, fingen die Fantasien Feuer. Wenn die Willensschwachen sich noch mit Träumen begnügten, waren die professionellen Plünderer fest entschlossen, die *Ondits* nachzuprüfen und – vor allem – sich dieser Reichtümer zu bemächtigen.

Nachdem sie ihre Spitzel, die bei der ersten Marter schwach wurden, zum Reden gebracht hatten, trafen zwei rivalisierende Banden zur gleichen Zeit am heiß begehrten Ort ein; die Schlägerei war heftig, und es floss Blut. Zutiefst verschreckt bei dem Gedanken, die Auseinandersetzung könnte so weit ausarten, das gesamte Westufer zu entflammen, alarmierten die Dorfältesten Carter. Dieser zögerte nicht einen Augenblick; er warb ein Dutzend Arbeiter an, die den Truppenaushebungen entronnen waren. Obwohl die Nacht bereits hereinbrach, schob er die Expedition nicht auf. Sie mussten auf schwierigem Gelände vorrücken, um zu einer Spalte am Ende eines Tälchens, in mehr als hundert Metern Höhe, zwischen schroff abfallenden Wänden, zu gelangen.

Carter stieß auf einen Strick, der in die Spalte hinunter hing; die Ohren spitzend, nahm er leicht zu deutende Geräusche wahr: Die Räuber waren an der Arbeit. Der Engländer beschloss, das Leben seiner Gefährten nicht aufs Spiel zu setzen, schnitt den Strick der Plünderer durch und ersetzte diesen durch einen anderen, mit dessen Hilfe er sich abseilte. Am Boden der Grabstätte dann, siebzig Meter unterhalb des Eingangs, schlug er einen abfallenden Gang ein und stieß mit acht bewaffneten Männer zusammen, die ihn bestürzt ansahen.

«Ihr habt die Wahl», sagte er auf Arabisch. «Entweder ihr klettert mit meinem Strick hoch und verschwindet oder ihr bleibt hier und sterbt hier.»

Die Plünderer zögerten; sie kannten Carters Ruf und wussten, dass er vor niemandem zurückschrecken würde. Einer nach dem anderen kletterten sie hinauf, ihre Fackeln hinter sich lassend.

Der Archäologe war nun allein. Endlich hatte er Zeit über die verblüffende Lage dieses so vortrefflich verborgenen Grabes nachzudenken; ohne den geringsten Zweifel musste es zu einem Schatz führen, auf den alle Räuber von Gurnah versessen waren. Er drang in einen Gang von sechzehn Metern Länge, der in einem quadratischen Eckraum endete; er bog im rechten Winkel ab und schritt einen zweiten, stark abschüssigen Gang entlang, der in eine mit Schutt angefüllte Totenkammer führte. Die Plünderer hatten einen Tunnel hineingetrieben, in den Carter sich kriechend zwängte.

Tutenchamun . . . würde der so viele Male erhoffte Name auf dem Sarkophag eingeschrieben sein?

Zwanzig Tage waren nötig, um das Grabgelege freizuräumen; Carter hatte ein System von Seilscheiben und ein Netz anbringen lassen, in dem er in die Gruft hinabfuhr. Kein Schatz, kein kostbarer Gegenstand, jedoch ein Sarkophag aus Sandstein, welcher «Hatschepsut, Herrscherin aller Länder, Königstochter, Königsschwester, Gottesgemahlin des Amun, Große Gemahlin des Königs, Herrin der beiden Länder» geweiht war. Er hatte somit ein anderes Grabgelege der Königin Hatschepsut entdeckt, welches für diese große Darne gegraben worden war, noch bevor sie selbst Pharaonin wurde.

Tutenchamun blieb unerreichbar; das Tal aber fuhr fort mit ihm zu sprechen.

46

Am 30. Juni 1916, zwei Jahre nachdem er Ägypten verlassen hatte, leitete Gaston Maspero die Sitzung der *Académie des Inscriptions et Belles-Lettres*, deren Sekretär auf Lebenszeit er war. Er dachte bei sich an die wunderbaren Jahre, die er dem Studium der Baudenkmäler und der Neuordnung der Altertümerverwaltung gewidmet hatte; von der Erinnerung an seinen auf dem Schlachtfeld gestorbenen Sohn verfolgt, entsann er sich auch des unbeugsamsten aller Archäologen, dieses Howard Carter, der seit seiner Jugend von einem verrückten Traum besessen war. Zweifelsohne irrte er sich; doch wie viele Male hatte Ägypten seine Geheimnisse Leuten solchen Schlags enthüllt?

Plötzlich schwanden ihm die Sinne.

«Meine werten Kollegen», sagte er mit zitternder Stimme, «ich bitte Sie, mich zu entschuldigen ... ich fühle mich nicht wohl ...»

Einige Augenblicke später war Gaston Maspero tot.

Im Herbst 1917 konnte Lord Carnarvon endlich lange Spaziergänge durch den Park von Highclere unternehmen. Am Fuße der Libanon-Zedern gelangte er zu der Überzeugung, dass die Alliierten diesen endlosen Krieg gewinnen würden. Gegen Ende des Jahres 1916 war die deutsche Offensive in einem Misserfolg bei Verdun abgebrochen worden; 360 000 Mann waren auf französischer Seite getötet worden, fast genauso viele beim Gegner. Als die Vereinigten Staaten am 6. April 1917 Deutschland den Krieg erklärten, bestand für den Grafen kein Zweifel mehr über den endgültigen Ausgang.

Ägypten litt. Gewiss, es war nicht mehr vom Feind bedroht; schon bald würden die englischen Streitkräfte, Herr über die alte Erde der Pharaonen geblieben, sich Bagdads und Jerusalems bemächtigen. Doch die Kriegswirtschaft stürzte das Volk in bittere Not; eine ungeheure Inflation äußerte sich in unaufhörlich zunehmenden Entbehrungen. Die Engländer hatten die Produktionseinrichtungen in ihre Gewalt gebracht und riefen ein Gefühl von Empörung hervor, das die Militärs nicht im rechten Maße einzuschätzen verstanden; in einem Land, in dem man infolge des Konflikts und des Elends mehr Todesfälle als Geburten zählte, standen die schlimmsten Umwälzungen zu befürchten.

Und dennoch, Carnarvons Entschluss war gefasst. Den Ratschlägen und Warnungen zum Trotz, ermutigte der Graf Carter, jene Grabungskampagne zu beginnen, deren Plan ihm dieser im August 1914 unterbreitet hatte.

Während Europa besorgt und fasziniert dem Zusammenbruch der Zarenherrschaft und der Revolution der Bolschewiki beiwohnte, überquerte Carter, den Ereignissen außerhalb des TALS gleichgültig, den Nil und ging am Westufer an Land. Unter dem Schutz des bei Sonnenaufgang rosa und blauen, am Mittag vergoldeten, bei Sonnenuntergang rotorangenen Gipfels, stürzte sich der Archäologe in jenes Abenteuer, das er mit stets brennenderem Verlangen herbeigesehnt hatte: die Einweihung seiner ersten Grabungskampagne.

Carter stieg hinauf zu dem Haus, das er bewohnen würde, auf der Kuppe eines den Nil überragenden Hügels mit Blick auf das TAL; am Fuße ein verfallener Brunnen. Mit einem Schlüssel aus Holz öffnete er die Tür, nachdem er die Stufen einer Marmortreppe erklommen hatte. Im Innern eine britische Standuhr, ein Piano, zahlreiche Kissen, Matten, Teppiche, eine Petroleumlampe, ein Kohlenbecken, ein Backofen aus Lehm und eine Metallbadewanne, kurzum, der nötige Komfort. Einige Löcher in der Bedachung erforderten eine Reparatur; doch es gab eine dringlichere Aufgabe: einen *rais* wählen, einen tapferen und fähigen Vorarbeiter.

Jemand klopfte, Carter öffnete.

«Du ... Ahmed Girigar, mein Freund!»

«Ich habe überlebt und bin bereit mit Ihnen zu arbeiten.»

«Das Glück lächelt mir wieder.»

«Es empfiehlt sich, Ihr Leben hier einzurichten; Sie werden einen Sekretär brauchen, einen Stallknecht, einen Koch, einen Hauswart, einen Wasserträger, einen …»

«Nein, Ahmed; ich benötige keine Hilfe.»

«Das gehört sich nicht; da es mir nicht gelingen wird, Sie umzustimmen, werde ich mich um Sie kümmern. Unnötig, mich davon abbringen zu wollen; ich bin so starrköpfig wie Sie.»

Die beiden Männer umarmten sich brüderlich.

«Von heute Abend an müssen Sie Ihre Kleider sorgfältig weghängen, und vor allem nicht verkehrt herum! Die Dämonen der Nacht würden hineinschlüpfen und Sie am Aufstehen hindern.»

«*E' shams, effendi!* Die Sonne!»

Ahmed Girigar brachte den Kaffee und eine Pfeife, damit Carter mit dem rechten Fuß aufstehen konnte. Der Archäologe war dermaßen ungeduldig, dass er sein *Breakfast* zu schnell verschlang; nach einer raschen Toilette stieg er auf den Esel, der ihn ins TAL bringen würde. Der neue Herr der Stätte hatte für sein erstes Erscheinen vor den Arbeitern seine Aufmachung sorgfältig gewählt: dreiteiliger wollener Anzug, gepunktete Fliege, weißes Ziertüchlein, Hut mit breiter Krempe und Zigarettenspitze. Ahmed Girigar hatte sich auf der Höhe seines Rufs gezeigt; am Eingang des TALS erwartete eine lange Prozession von Korbträgern die Befehle. Sie hatten ihre Dschellabas noch nicht abgenommen, sangen und redeten laut.

«Ich habe sechs Arbeitstage pro Woche ausgehandelt», erläuterte der *rais.* «Freitag ist Ruhetag. Wo möchten Sie graben?»

Carter dachte an den aufgegebenen Plan, den er in Davis' Grabungshaus, das zum Altertümermagazin umgewandelt war, aufgelesen hatte; dank der Anmerkungen der Mannschaft des Amerikaners hatte er seinen eigenen Plan vervollständigt, lange nachgedacht und eine Entscheidung getroffen; er wollte seine Grabungsstätte dort eröffnen, wo Davis seine Exploration eingestellt hatte, nämlich in dem von den Gräbern Ramses' II., Merenptahs und Ramses' VI. abgegrenzten Dreieck. Er war überzeugt, dass er in diesen, während der vorangegangenen Grabungen angehäuften Abraumbergen zahlreiche Gegenstände für Carnarvons Privatsammlung und vielleicht auch Hinweise finden würde, die ihm die Richtung zu Tutenchamuns Grab weisen könnten.

Empfänglich für Carters Argumente, gab Carnarvon seine Zustimmung. Zu wissen, dass das schönste und kühnste Unternehmen seines Lebens im fernen Lande, unter der Sonne der Götter begann, gab ihm neue Kraft; mitten im Sturm hellte sich der Horizont auf.

Carter wurde von einer intensiven Gemütsbewegung ergriffen, als er sah, wie sich die lange Schlange der Arbeiter in Untergewändern in Bewegung setzte; die einen füllten Hotten und Körbe mit Schutt, die anderen leerten sie aus; ein Wasserträger, mit dem Schlauch über der Schulter, ging von Arbeiter zu Arbeiter. Gesänge gaben den Rhythmus der behäbig gleichmäßigen Tätigkeit vor, die der *rais* überwachte, dessen Anordnungen buchstabengetreu befolgt wurden. Barfüssig und mit schweißnassen Leibern verdienten diese Männer ein paar Pennys pro Tag und glaubten sich gut bezahlt; die Erfahrensten benutzten Hacken, um die künstlichen Hügel anzugehen. Von der seit Masperos Ableben noch immer verwaisten Altertümerverwaltung hatte Carter eine Feldbahn erhalten; auf den vorgefertigten Gleisen schoben die Arbeiter die offenen Kipploren. Die kleine Bahnlinie konnte, den Erfordernissen der laufenden Grabung entsprechend, ohne Mühe verlegt werden und erleichterte den Abtransport der Trümmer vom untersuchten Feld, und vor allem aus dem Tal selbst heraus auf ein bereits exploriertes Gebiet. Abraum, Schutt, verworfene Steinblöcke ... dies alles entsetzte Carter zutiefst. Seine Vorgänger waren nur darauf bedacht gewesen, in aller Eile und blindlings auszuheben, ohne sich um die Säuberung des nunmehr von Erd- und Schottermassen verschütteten Tals zu scheren.

Der erste Arbeitsmonat spielte sich unter beschwerlichen Bedingungen ab; schneidende Kälte am frühen Morgen, schwüle Hitze am Mittag, Staub, der an den Kleidern und auf der Haut klebte. Ein ungefährer Überschlag ließ Carter nicht zurückschrecken; mehrere hunderttausend Kubikmeter Sand und Geröll müssten abgetragen werden, um eine Glanztat zu vollbringen, die kein Archäologe vor ihm gewagt hatte: bis zum eigentlichen Fels zu gelangen, dem mineralischen Fußboden des Tals und sich somit zu vergewissern, dass ihm kein Grabeingang entgehen würde.

Sobald ein Gegenstand sichtbar wurde, sobald ein antikes Bruchstück aus dem Magma auftauchte, vermerkte Carter deren Beschreibung in der ersten erschöpfenden Aufstellung, die je ein Archäologe auf so genaue Weise anzulegen erwogen hatte. Die Ostraka, jene Kalkbruchstücke, die den Schreiberlehrlingen als Skizziermaterial dienten, hatten leider keinerlei Hinweise auf Tutenchamun aufgezeichnet.

Zu Beginn des Jahres 1918 schien die Grabungsstätte perfekt organisiert; Ahmed Girigar trug jedoch eine besorgte Miene zur Schau. Carter befragte ihn.

«Einige Hilfskräfte wollen die Arbeit unterbrechen.»

«Weshalb?»

«Sie sind zu präsent . . . Üblicherweise kommen die Archäologen nicht so oft und nicht so lange aufs Gelände.»

«Sie werden sich daran gewöhnen. Was noch?»

«Die Gegenstände . . . Gewöhnlich entnehmen sie einen Teil, den sie weiterverkaufen. Ihre Kollegen drückten die Augen zu.»

«Mit mir ist das anders; sie sollen eben aufs Stehlen verzichten.»

«Wir werden verhandeln müssen.»

«Unmöglich, Ahmed.»

«Dann setzen Sie ihren Lohn herauf.»

«Lege selbst den Betrag fest und verkünde ihnen die gute Nachricht.»

47

Carter schauderte, als er den uralten Plan eines Königsgrabes untersuchte, von der Hand des Baumeisters gezeichnet, der es errichtet hatte. Der hieroglyphische Text und die Bilderläuterungen erwähnten die «Wohnstätte des Goldes», wo des Pharaos Lichtleib ruhe; von den Farben der Wandmalereien und der Gegenwart der göttlichen Neunheit beseelt, beherberge sie einen Sarkophag, den Kapellen schützen würden. Wie sich die angehäuften Schätze vorstellen, da doch alle Gräber des Tals geschändet worden waren? Alle, bis auf eins.

Carter hatte die Altertümerverkäufer befragt, bei den kleinen Räubern von Gurnah angefangen bis zu den wohlbestallten Antiquitätenhändlern mit eigenem Haus. Nicht ein Stück der Grabausrüstung Tutenchamuns war in Umlauf, demnach hatte niemand sein Grabgelege geplündert.

Der Archäologe schlief wenig; er sann über die Arbeit des folgenden Tages nach, über eine bessere Nutzung des Pflocks und der Messschnur nach Art der Alten, um so die Proportionen und Abstände zwischen den Bauwerken zu berücksichtigen und die Gliederung des Tals besser zu verstehen. Jeden Tag musste er lernen wie der ägyptische Architekt zu denken, wie er die Seele des Steins zu erleben.

Auf der Terrasse seines Grabungshauses sitzend, erblickte Carter eine sonderbare Person, welche den Pfad erklomm, während die Sonne sich neigte. Der bärtige Koloss hatte Mühe; die letzten Strahlen ließen das Rot seiner Hose schillern. Sein unheilvoll schwarzer Gehrock erweckte das Bild eines Raubvogels auf der Suche nach Beute. Keuchend blieb er ein paar Meter vor Carter stehen.

«Ich würde gerne mit Ihnen reden.»

«Ich bin Ihnen schon begegnet, in Luxor . . . wer sind Sie?»

«Demosthenes, Antiquitätenhändler.»

Carter bot seinem abendlichen Besucher einen Platz an.

«Wünschen Sie zu trinken?»

«Etwas Starkes.»
«Tut mir Leid, ich habe nur Wasser.»
«Dann eben nicht.»
«Ich bin beschäftigt, Mr Demosthenes; könnten Sie mir den Grund Ihrer Bemühung angeben?»
«Alles ist so ruhig und friedlich hier ... man würde nicht glauben, dass Sie in Gefahr sind.»
Carter rückte seine Fliege zurecht.
«Drohungen?»
Der Koloss verwahrte sich gutmütig.
«Es sind eher vertrauliche Mitteilungen. Sie haben nicht nur Freunde.»
«Sie sehen mich überrascht.»
«Ich hingegen bin ein Freund; Sie können mir Ihr Vertrauen schenken.»
«Von welcher Gefahr sprachen Sie?»
Demosthenes schien verlegen.
«Sie schaden dem Klein- und Großhandel ... Ihr Arbeitertrupp wird unbestechlich, Ihr *rais* schwört nur auf Sie, und das TAL ist dem Gewerbe verboten. Das ist eine äußerst verfängliche Situation, Mr Carter; falls wir uns einig würden, könnte ich Ihnen viele Unannehmlichkeiten ersparen.»
«Ich erfasse nicht ganz Ihren Standpunkt ... Wünschen Sie als Trümmerräumer eingestellt zu werden?»
Demosthenes' Augenbrauen kräuselten sich.
«So werden Sie sich nicht aus der Affäre ziehen, Carter. Sie müssen mir Gegenstände verkaufen; danach werde ich die Konkurrenz zum Schweigen bringen.»
«Die wissenschaftliche Ethik verbietet es mir.»
«Es hat noch nie eine Ethik in der Archäologie gegeben. Alles ist käuflich, und alles wird verkauft.»
«Bis auf mich, werter Herr. Seien Sie so freundlich, diesen Pfad schnellstens wieder hinunterzusteigen; obwohl wir nicht in derselben Klasse boxen, würde ich trotzdem auf meine Schnelligkeit und die Genauigkeit meiner Schläge setzen.»

Demosthenes wich zurück.

«Sie tun unrecht daran, Carter; in dieser Welt siegt die Redlichkeit nie.»

«Handeln benötigt keine Hoffnung und Ausdauer keinen Erfolg.»

«Man wird Sie zerbrechen.»

Die Arbeiter fielen gen Mekka gerichtet auf die Knie, berührten den Boden mit Nase und Stirn und sprachen die rituellen Worte aus: «Allah ist der Größte, ich preise seine Vollkommenheit», dann warfen sie einen Blick über die Schultern, um die gefallenen Engel zu verehren.

Ein feiner, eleganter Herr von stattlicher Gestalt, mit einem Gesicht von antiker Schönheit, das die weiße Pracht seines Haares, seines Schnurrbarts und seines Bartes zierte, wartete das Ende des Gebets ab, um die Grabungsstätte zu überqueren und Howard Carter begrüßen zu gehen.

«Meinen Glückwunsch, Sie sind recht tolerant.»

«Ich fürchte, wir sind noch nicht vorgestellt worden.»

«Ich kenne Sie gut, Mr Carter; mein illustrer Vorgänger, Gaston Maspero, hat mir oft von Ihnen erzählt.»

Carter erstarrte. Der Mann mit den stark funkelnden, tief in ihren Höhlen liegenden Augen war also Pierre Lacau, der neue Direktor der Altertümerverwaltung, von dessen kürzlicher Ernennung er bereits erfahren hatte. Zahlreiche Gerüchte waren über ihn in Umlauf, dieser mit Leib und Seele den Jesuiten verschworene, von Gesetzesverordnungen und Administrativem leidenschaftlich erfüllte Gelehrte mit einem außergewöhnlichen Gedächtnis las die kniffligsten Texte mit bestürzender Leichtigkeit. Salbungsvoll, pedantisch und von einer unerschütterlichen Ruhe, ähnelte er Maspero kaum, der ihn nichtsdestotrotz aufgrund seiner fachlichen Fähigkeiten zu seinem Nachfolger bestimmt hatte.

Carter wusste sogleich, dass Lacau ein zu fürchtender Gegner sein würde. Seine Kälte stieß ihn von vornherein ab.

«Man hat mir gesagt, dass Sie eine gewaltige Kampagne in Angriff genommen haben.»

«Sie können sich davon überzeugen, Herr Direktor.»

«Was sind Ihre Ziele?«

«Das TAL zum Sprechen zu bringen.»

«Glauben Sie an das Vorhandensein eines unberührten Grabes?»

«Es gibt Vermutungen.»

«Im Falle einer Entdeckung müssten Sie mich unverzüglich benachrichtigen.»

«Elementarste Höflichkeit.»

«Nein, werter Kollege: berufliche Pflicht. Meine Stellung ist . . . sehr delikat.»

«Weshalb?»

«Maspero war ein großmütiger, ein großmütiger Mann . . . ich stelle Ihre Genehmigung nicht in Abrede, aber die Zeiten ändern sich und ich muss über die Reichtümer wachen, die aus dem ägyptischen Boden hervorkommen.»

«Seien Sie deutlicher.»

«Nun ja . . . die Aufteilung der historischen Stücke scheint mir ein Sakrileg zu sein. Sollte der Inhalt eines Königsgrabes, ob unversehrt oder verwüstet, nicht der Altertümerverwaltung gehören?»

«Lord Carnarvon investiert viel Geld in die Grabungen, die ich leite; es wurde ihm eine Entschädigung in Form von Kunstwerken versprochen.»

«Gewiss, gewiss . . . doch diese bedauernswerten Gepflogenheiten müssen aufhören. Selbst Dubletten werden in Ägypten bleiben.

«Was gedenken Sie dem Grafen zuzuerkennen?»

«Aber . . . das Prestige, Mr Carter, das Prestige! Das ist schon viel.»

«Ich fürchte, dass er mit Ihren zukünftigen Vorschriften kaum zufrieden sein wird.»

«Zukünftig ja . . . aber bald in Kraft. Ich zähle auf Sie, um sie peinlich genau befolgen zu lassen.»

«Ansonsten?»

Der Blick von Pierre Lacau wurde stechend.

«Sie haben keine gute Presse seitens der Ägyptologen, Mr Carter; man beurteilt Sie als zu unabhängig, ja sogar revolutionär ... und Ihre Laufbahn mutet eher chaotisch an. Niemand bestreitet Ihre Kompetenz, obgleich Ihre Vorhaben ein wenig ... versponnen scheinen.»

«Sollte meine Karriere Ihre Neugierde geweckt haben?»

«Ich führe Listen und ich lege Karteikarten an, viele Listen und viele Karteikarten; das ist die einzige wissenschaftliche Methode, die einem erlaubt, informiert zu sein.»

«Sie hätten mir niemals diese Konzession erteilt, nicht wahr?»

«Gaston Maspero zeigte sich den ausländischen Archäologen gegenüber zu liberal, aber was geschehen ist, ist geschehen. Das Wichtigste wird sein, die neuen Vorschriften einzuhalten. Ich bin überzeugt, dass unsre Zusammenarbeit fruchtbar sein wird. Auf bald, Mr Carten»

48

Carters Berichten große Beachtung schenkend, hatte Carnarvon ohne Säumen reagiert. Da die Altertümerverwaltung, gezwungenermaßen von einem Franzosen geleitet, ihr Wort zurückzunehmen entschlossen war, empfahl es sich andere Kanäle zu graben. So traf er in London den Direktor des Metropolitan Museum und besprach sich mit ihm über die Zukunft seiner Privatsammlung. Aufgrund seines Vermögens, seiner Kenntnis von Ägypten und seines gewaltigen Vorhabens erschien der Graf als einer der größten Sammler des Jahrhunderts. Er offenbarte dem Amerikaner, dass Carter und er begonnen hätten, einen wahrhaftigen Schatz anzuhäufen, der aus den bereits abgeschlossenen Grabungen und den scharfen Verhandlungen mit den Altertümerverkäufern der thebanischen Region stamme. Er hege nicht den Wunsch, selbst über diese herrlichen Gegenstände zu verfügen, deren schönste Stücke Prinzessinnen des ägyptischen Hofs gehört hatten; daher schlage er dem Metropolitan Museum vor, mit allergrößter Diskretion als deren Käufer aufzutreten. Wohl müsse Carter noch überzeugt werden, jedoch scheine für diese Transaktionen ein Mann geradezu wie geschaffen: Herbert Winlock.

Gegen Ende Januar 1918 besuchte wieder eine recht große Zahl Touristen das alte Theben, als wäre der Krieg bereits vorüber. Indes gab sich die deutsche Armee noch nicht geschlagen und manch einer sagte neue mörderische Offensiven voraus.

Howard Carter war vorangekommen. Nahe dem Grab Ramses' VI., im östlichen Winkel, zeugte ein dreißig Fuß tiefes Loch von dem unablässigen Wirken seiner Mannschaft, die am Ende gewaltiger Anstrengungen die Schicht des Felsengesteins erreicht hatte. Zum ersten Mal konnte man den Boden des TALS so betrachten, wie er sich ursprünglich darbot. Auf die Neugierigen fluchend, die selbst auf die Gefahr hin, sich den Hals zu brechen, sich vornüberneigten, ließ Carter kleine Schutzmäuerchen rund um die Grube hochziehen.

Zwölf Fuß unterhalb des Niveaus der Eingangspforte vom Grab Ramses' VI. ein rätselhafter Fund: mit Reisig und Schilfrohr bedeckte Steinplatten, welche ohne jeden Zweifel behelfsmäßig auf Flintknollen errichtete Arbeiterhäuser waren. Der Archäologe barg einige Ostraka, von denen eines aus der Regentschaft Ramses' II. stammte, Glasperlen, Fragmente von Goldblättchen und ein Gefäss mit dem vertrockneten Körper einer Schlange, die als Beschützerin von Herd und Heim galt.

Diese Anlagen bewiesen, dass die Handwerker am Bau eines Grabes gearbeitet hatten, das sich wahrscheinlich darunter verbarg; wenn diese Behausungen exploriert waren, würde man weiter graben müssen.

Gerade als er sich anschickte, diese neue Phase des Abenteuers in Angriff zu nehmen, erhielt Carter Besuch von einem Beamten der Altertümerverwaltung. Wegen des Andrangs von Touristen und der diesbezüglichen finanziellen Auswirkungen bat man ihn, den Zugang zum Grab Ramses' VI., eines der schönsten und meistbesichtigten des TALS, nicht zu versperren.

Die heiße Jahreszeit rückte näher, die Arbeiter waren müde ... Carter willigte ein, die Ausgrabungen zu unterbrechen.

«Hocherfreut, Sie wiederzusehen, Howard.»

«Geht mir ebenso, Herbert.»

Winlock und Carter aßen im Grabungshaus am Westufer zu Mittag, von wo aus der Engländer mit einer stets wachsenden Freude die magischen Stätten bewunderte, die ihn für immer in ihren Bann geschlagen hatten.

«Sagt Ihnen mein Vorschlag zu, Howard?»

«Ich habe Lord Carnarvons Anweisungen erhalten und ich werde mich nach ihnen richten.»

«Sie sind aber recht fügsam ... Ich habe den Eindruck, dass Lacaus Persönlichkeit Sie nicht unbedingt eingenommen hat, und dass der Krieg zwischen England und Frankreich im Begriff ist, wieder auszubrechen.»

«Daran werde ich keine Schuld tragen.»

«Das Metropolitan Museum ist entschlossen, die schönsten Stücke der Sammlung zu erwerben, die Sie für Lord Carnarvon zusammentragen.»

«Sie sind alle prachtvoll.»

«Nun denn, dann werden wir sie vollständig kaufen. Der Graf hat Halsketten erwähnt, Armbänder, Schalen, Skarabäen, Spiegel ...»

«Sie können Sie nach Belieben prüfen.»

«Ich habe den Auftrag direkt mit Ihnen zu verhandeln und Stillschweigen zu bewahren, bis diese Gegenstände im Metropolitan ausgestellt sein werden.»

Die beiden Männer besiegelten die Übereinkunft, indem sie ihre Gläser erhoben.

«Und Tutenchamun?»

«Keine ernsthafte Fährte, leider! Aber er ist da, ganz nah, ich habe es im Gefühl.»

Am 21. März 1918 warfen die Deutschen eine ungeheure Offensive in die Picardie. Carnarvon – den es freute, Carters materielle Situation dank der Provisionen gesichert zu haben, die diesem zukommen sollten, indem er nach und nach die Gegenstände seiner Sammlung an den Amerikaner verkaufen würde – zweifelte an seinem klaren Verstand, als der Feind in Flandern und über die Marne vorrückte. Nun entschied sich das Schicksal des Krieges . . .

Im Grabungshaus, das Tag und Nacht von Männern bewacht wurde, für deren Ehrlichkeit Ahmed Girigar sich verbürgte, hatte Carter seine Karte vom Tal der Könige aufgeschlagen. Er betrachtete sie stundenlang, prüfte und prüfte seine Anmerkungen immer wieder nach, versicherte sich, auch wirklich alle Stellen angekreuzt zu haben, an denen große oder kleine Grabungen vorgenommen worden waren. Wie einer vernichtenden Realität entrinnen? Er würde noch den kleinsten Winkel umgraben müssen, nicht einen Zoll des Geländes unerforscht lassen dürfen, musste folglich das Tal in Abschnitte zerteilen und durfte nicht einen davon außer Acht lassen.

Mit geradezu väterlicher Liebe hütete Carter das Tal, um ihm Verdrießlichkeiten und Plünderungen zu ersparen. Er überzeugte sich selbst, dass die Wächter ihre Aufgabe auch zum besten erfüllten und ununterbrochen ihre Inspektionsgänge machten; tags zuvor hatte er einen Amerikaner ausgewiesen, der, mit einem Topf Teer in der Hand, seinen Namen auf die Wände eines Grabes gezeichnet hatte. Dieser Wandale und seinesgleichen hätten ins Gefängnis gehört; ehedem wurde die Beschädigung eines heiligen Bauwerkes als das allerschlimmste Verbrechen angesehen.

Der Frühling erlebte die Rückkehr der sanften Raifa, die

mit ihrer Geduld der Frauen des Orients sich anschickte, ihren Geliebten zurückzuerobern; doch er mutete sie noch ferner, fast unerreichbar an, wenn seine Leidenschaft auch unverändert schien. Die Ägypterin zweifelte an ihrer Schönheit; sie schminkte sich umso bedachter, bot alle Finessen der Betörung auf, wurde zärtlich wie eine paradiesische Verlobte. Carter liebte sie innig; doch seine Gedanken blieben anderswo. Sie begriff, dass ihr grimmigster Rivale, das Tal der Könige, Besitz vom Herzen desjenigen ergriffen hatte, den von diesen absurden Ketten zu befreien sie niemals aufgeben würde. Wie konnte ein Mann nur mit diesen Steinen, diesem Sand und diesen Gräbern eine Liebesbeziehung haben.

Carter untersuchte das Feld seiner weiteren Grabungen, als er Ahmed Girigar herbeieilen sah. Der *rais* pflegte der Überstürzung nicht anheim zu fallen; die Angelegenheit musste demnach ernst sein.

«Kommen Sie schnell.»

«Was ist geschehen?»

«Eine Tragödie, bei Ihnen zu Hause ... Genaues weiß ich nicht.»

Die beiden Männer kletterten hinauf zum Grabungshaus. Auf der Schwelle tupfte einer der beiden Wächter das Blut ab, das seinem Kollegen vom Kopf rann.

«Wir haben einen Dieb überrascht», erklärte er. «Er ist von hinten hereingekommen; wir haben uns geprügelt, aber er konnte fliehen.»

«Habt Ihr ihn erkannt?», fragte Carter.

«Nein.»

«Wo hielt er sich auf.»

«Im großen Raum; er hatte angefangen, die Karte aufzurollen.»

«Habt Dank für euren Mut.»

«Malek», antwortete der Wächter fatalistisch. «Allah möge das Unheil abwenden.»

Angespannt nahm Carter die Schäden in Augenschein. Nichts war gestohlen worden und die Karte war heil.

«Ich komme für die notwendige Pflege des Verletzten auf und ich will einen zusätzlichen Wächter für die Rückseite», wies er den *rais* an.

«Wer ist der Schuldige?»

«Das ist recht leicht zu erraten; dieses Dokument kann nur meine lieben Kollegen interessieren. Man will mich einschüchtern und mich hindern weiterzumachen.»

«Weshalb bewohnt der Hass das Herz der Menschen?»

«Malek», antwortete Carter.

49

In Gurnah belauerten sich Klans und Familien fortwährend; das Dorf hatte seine eigenen Gesetze und seine eigene Hierarchie. Es herrschte Ruhe, solange jeder das ihm Zustehende bekam. Daher auch dachte gewöhnlich niemand daran, aus seinem Rang hervorzutreten. Nun hatte der alte Mahmud, der seine Ehefrau mit Mühe ernährte, gerade eine zweite genommen. Mit anderen Worten, er war vermögend geworden, und niemand wusste wie. Einer der Informanten der Polizei, der sich daran erinnerte, dass Mahmud in einem Grabungstrupp im Tal der Könige gearbeitet hatte, hielt es für angebracht, seine Vorgesetzten in Kenntnis zu setzen, welche Carter unverzüglich benachrichtigten. Die Ursache für Mahmuds Wohlstand konnte nur im Raub liegend und, weit schlimmer noch, in einer Plünderung, deren einziger Nutznießer er war.

Von einem Polizisten begleitet, stattete Carter dem alten Mann einen Besuch ab; da Letzterer sich weigerte den Fragen zu antworten, beschlossen die Ermittler, seine neue Ehefrau zu vernehmen, die auf einem Feld arbeitete. Völlig außer sich lief sie davon und versuchte, die Angelegestelle zu erreichen, wo sie der Beamte einholte. Hysterisch heulte sie über zehn Minuten lang; als sie sich dann beruhigte, sprach Carter sanft auf sie ein.

«Sind Sie die Ehefrau von Mahmud?»

«Ja, ja.»

«Weshalb lassen Sie diesen Korb nicht los?»

«Er gehört mir!»

«Ich würde gern seinen Inhalt sehen.»

«Nein, das gehört mir!»

Der Polizist war genötigt, einzuschreiten, und entriss ihr den kostbaren Gegenstand; im Innern eine kleine Grabfigurine aus Holz. Carter untersuchte sie mit Sorgfalt.

«Echt. Wer hat sie dir gegeben?»

«Mahmud.»

«Hat er dir befohlen, sie zu verkaufen.»

«Ja.»

«Wo hat Mahmud sie gefunden?»

«Weiß ich nicht.»

Carter und der Polizist brachten die Frau nach Gurnah zurück; ihr Ehemann hüllte sich in Stillschweigen, das offenbar nichts zu brechen vermochte. Der Archäologe griff in der Not auf die letztmögliche Waffe zurück: das Erscheinen vor dem *mudir*, der über die Provinz gebot. Die Reputation des Magistratsbeamten versetzte seine Untertanen in Angst und Schrecken; behauptete man nicht, dass er, um sich der Räuberbanden zu entledigen, die Höhlen, in denen sie sich versteckten, mit Reisigbündel verschließen ließe und sie in Brand steckte? Viele stürben ausgeräuchert, den jähen Tod der Folter vorziehend.

So betrat also ein zitternder Mahmud die Behausung des Gouverneurs. Zunächst glaubte er, diese furchtbare Person wäre abwesend; am anderen Ende des großen Raums thronte eine riesige Badewanne, aus der Dampfkräusel emporstiegen. Plötzlich tauchte daraus ein von Wasser triefender Kopf auf.

Als die schwarzen Augen Mahmud fixerten, stieß der Greis einen grausigen Schrei aus.

«Du bist ein Dieb», behauptete der *mudir,* «ich werde dir alle Glieder abschneiden.»

Mahmud fiel auf die Knie.

«Erbarmen, bitte nicht!»

«Wenn du der Bestrafung entrinnen willst, nenn mir die Lage des Grabes, das du geplündert hast!»

Mit gesenktem Kopf ließ sich der Greis beredsam aus.

Carter und Ahmed Girigar kletterten hinauf in die abgelegene kleine Schlucht. «Unberührtes Grab», hatte der *mudir* bekundet; Mahmud zufolge war es mit Reichtümern angefüllt. Deshalb auch hatte der Archäologe beschlossen niemanden darüber in Kenntnis zu setzen, bevor er es nicht selbst nachgeprüft hatte. Des Nachts, mit Stricken versehen, erklommen die beiden Männer den Felsgrat, den auszumachen ihnen die genauen Beschreibungen des Greises ermöglicht hatten.

Sie stellten fest, dass eine Steinplatte über ein Loch gelegt worden war, das sich in den Fels bohrte. Carter seilte sich an und begann hinabzusteigen; der Schacht war auf ungefüge Art gehauen worden und endete in einem winzigen Raum, aus dem Fledermäuse herausschwirrten. Auf den nur grob bearbeiteten Wänden fehlte jede Spur einer Inschrift oder Malerei; diese jämmerliche Höhlung hatte nie auch nur einen antiken Gegenstand gesehen. Wutentbrannt stieg Carter wieder hinauf.

«Mahmud hat uns zum Narren gehalten.»

Ahmed Girigar schien besorgt.

«Schatten, dort drüben . . . wir sollten nicht auf demselben Weg absteigen.»

Es erscholl ein Schuss, die Kugel streifte Carters rechtes Ohr. Der *rais* zog seine Pistole aus der Tasche seiner Dschellaba, schoss auf gut Glück und schützte Carters Rückzug.

Der Archäologe kannte die Schuldigen. Er hatte unrecht daran getan, die Warnung von Demosthenes zu missachten, und war in eine auf bemerkenswerte Art eingefädelte Falle geraten; der alte Mahmud hatte seine Rolle zur Vollendung gespielt. Wer hätte seinem Geständnis nicht geglaubt? Schon morgen würden die professionellen Plünderer einen neuen, noch abgefeimteren oder brutaleren Anschlag aushecken.

Um dieser Bedrohung ein Ende zu setzen, blieb nur eine Lösung: sich an das Oberhaupt der Banditen wenden. Und deshalb erbat Carter eine Audienz beim Gebieter des Abd-el-Rasul-Klans.

Der Empfang verlief so feierlich wie beim ersten Mal; dieses Furcht einflößende Individuum liess gebratenen Hammel, Datteln und frische Milch auftischen. Während des Mahls begnügte Carter sich damit so neutrale Themen wie die Nilfischerei oder die jahrtausendealten Schwierigkeiten der Bewässerung anzuschneiden; es war an seinem Gastgeber, den ersten Schritt zu tun, den dieser die Nargileh rauchend auch tat.

«Ihre Anwesenheit ehrt mich, Mr Carter; Sie sind zur Zeit der Herr des TALS».

«Eine Stätte, die einem alle Fürsorge abverlangt.»

«Meine Familie frequentiert sie seit mehreren Generationen; wir haben ein Eigentumsrecht daran.»

«Die Vergangenheit ist Vergangenheit.»

«Wer die Vergangenheit nicht achtet, ist der Gegenwart nicht würdig.»

«Meine Rolle besteht darin das TAL vor jeglicher Plünderung zu bewahren.»

«Sie erfüllen sie recht gut.»

«Zu gut, nach Ihrem Geschmack?»

«Sie kennen meinen Geschmack genau.»

«Bin ich etwa . . . hinderlich geworden?»

«Manche behaupten es.»

«Behauptet man nicht auch, es sei angebracht, sich des Störenfrieds zu entledigen?»

«Das ist gut möglich.»

«Mein Verschwinden würde Sie wohl kaum verdrießen.»

«Das Leben und der Tod sind in Allahs Hand.»

«Die Hand der Menschen tritt häufig an die Stelle der Hand Gottes.»

«So ist dies Vorsehung.»

«Es wäre ungebührlich, Sie zu fragen, ob Sie der wahre Urheber der Mordversuche sind, deren Ziel ich wurde.»

«In der Tat.»

«Seien Sie gewiss, dass ich es vorziehe, zu sterben statt aufzugeben.»

«Weshalb sind Sie so hartnäckig, Mr Carter?»

«Weil das Tal der Könige mein Schicksal ist; dort nämlich hat mich die Hand Gottes berührt. Es zu verlassen, würde mich dem Nichts preisgeben.»

Abd el-Rasul schien von so viel Entschlossenheit ins Wanken gebracht.

«Wenn Sie mich daran hindern, zu kaufen und zu verkaufen, Mr Carter, wie soll ich dann meinen Haushalt ernähren?»

«Nach landläufiger Meinung ist das TAL erschöpft; nicht ein Schatz versteckt sich mehr im Boden. Die archäologischen Überreste werden Ihnen keinerlei Gewinn verschaffen.»

«Ich habe eine präzise Frage an Sie: Gedenken Sie Ihre Macht auf das gesamte Westufer auszudehnen?»

«Von nun an interessiert mich nur das TAL.»

«Schließen wir einen Pakt: Meine Männer werden sich dort nicht mehr einmischen, und niemand wird es wagen, Sie anzugreifen. Doch dafür werden Sie mich außerhalb Ihres Bereichs nicht mehr behelligen und sich nicht mehr an die Polizei wenden.»

«So sei es.»

«Allah sei unser Zeuge.»

50.

In der letzten Septemberwoche des Jahres 1918 begannen die Alliierten eine vierfache Offensive: in der Champagne, in den Argonnen, über die Somme und in Flandern; diesmal war Carnarvon überzeugt, dass die deutschen Truppen nicht mehr standhalten würden und der abscheuliche Krieg, in dessen Verlauf mehr als acht Millionen Mann gestorben waren, endlich ein Ende nähme.

Leider besserte sich die Gesundheit des Grafen nicht; er fühlte sich außerstande, die Strapazen einer langen Reise zu überstehen. Wie war Ägypten doch so weit! ... Tag um Tag verfolgte Carnarvon den Lauf der Ereignisse, die eine ausgehungerte und erschöpfte bäuerliche Gesellschaft umtrieben. Als die Türkei am 30. Oktober 1918 kapitulierte, begann sich die nationalistische Bewegung zu organisieren. Der Graf unterstrich deren Gewalt während seiner Unterredungen mit dem Abgesandten des Foreign Office, der nicht versäumte ihn regelmäßig zu konsultieren; vorsichtig begann London, einige hohe, etwas zu unnachgiebige britische Beamte zu desavouieren. Die alten Statthalter mit eiserner Hand hatten eine allzu unflexible Haltung, um die Zukunft vorzubereiten.

Nach dem am 11. November in Rethondes unterzeichneten Waffenstillstand erinnerte Ägypten daran, dass es den Alliierten treu geblieben war; Sultan Fuad verhehlte seinen Ehrgeiz nicht, durch Verhandlungen mit England eine rasche Unabhängigkeit zu erzielen. Saad Zaghlul stellte sich an die Spitze der Wafd, einer Abordnung von Patrioten, die den britischen Hochkommissar um die Erlaubnis bat nach London zu reisen, um die Befreiung Ägyptens einzufordern. Als Antwort wurden sie nach Malta deportiert.

Carnarvon, der recht und schlecht gegen die weltweite Grippeepidemie ankämpfte, beklagte diese Entscheidung und vervielfachte seine Mahnungen; der Große Krieg hatte eine internationale Ordnung zerschlagen, die manch einer für unerschütterlich gehalten hatte, und die Mentalitäten in der Tiefe verändert.

In welchen Sturm würde Ägypten geraten?

«Sie müssen sich vergleichen», sagte Ahmed Girigar.

Carter hielt seinen Zorn nur schlecht im Zaum.

«Sich vergleichen . . . was soll das bedeuten? Meine Arbeiter sind die bestbezahlten im Lande!»

«Das ist nicht nur eine Frage des Geldes.»

«Ich achte diese Männer, Ahmed; sollte ich mich wie ein Tyrann aufgeführt haben?»

«Sie sind anspruchsvoll, aber gerecht.»

«Wenn dem so ist, weshalb dann die Arbeit unterbrechen?»

«Das Land ist Umwälzungen ausgesetzt; meine Landsleute wollen die Unabhängigkeit.»

«Ich kümmere mich nicht um Politik . . . und dem Tal ist sie völlig gleich.»

«Die Unterdrückung hat die Sehnsüchte des Volkes nicht ausgelöscht; sie hat sie vervielfacht. Hier und da brechen Erhebungen aus; eine Kampagne zivilen Ungehorsams wurde weitgehend befolgt.»

«Inwiefern betrifft mich diese ganze Unruhe?»

«Sie vergessen, dass Sie ein Fremder und Engländer sind.»

«Was rätst du mir?»

«Drosseln Sie ihre Tätigkeiten für einige Zeit; wenn wieder Ruhe eingekehrt ist, werden wir die Mannschaft zur Arbeit anhalten.»

«Und wenn die Ruhe nicht wieder einkehrt?»

«Allah wird entscheiden.»

Das Haschisch besänftigte Demosthenes kaum. Wie hatte sein Plan nur scheitern können? Ohne das Versagen der Schützen wäre Carter nicht mehr von dieser Welt, und der Schwarzhandel hätte wieder wie ehedem beginnen können. Liebend gern hätte der Händler seinen ganzen Eifer dareingesetzt, aber die Anordnungen des Abd-el-Rasul-Klans waren verbindlich: Das Tal der Könige wurde ein dem Engländer vorbehaltener Bereich. Allerdings verbot niemand, dessen Reputation zu ruinieren.

Demosthenes wandte sich nicht an Lacau, den Direktor der Altertümerverwaltung, der es abgelehnt hätte, ein so wenig empfehlenswertes Individuum vorzulassen; vielmehr musste er sich auf subtilere Weise einschleichen und hierfür das Vertrauen von untergeordneten Angestellten gewinnen. Die zugänglichsten waren die örtlichen Inspektoren, bei den Carters Persönlichkeit Ressentiments weckte; ihn Reißaus nehmen zu sehen, wäre ihnen helle Befriedigung, die zahlreiche Ägyptologen, von der Unabhängigkeit und der Schaffenskraft ihres Kollegen im höchsten Grade aufgebracht, mit ihnen teilen würden. Waren es denn nicht solch rasende Berserker, wegen derer man die Gelehrten beschuldigte, sich in ihren Büros zu verkriechen, statt Erfahrung durch Feldforschung zu sammeln?

Demosthenes' Waffe sollten Gift und Galle werden. Im Laufe der Monate streute er Verleumdungen aus, erst unbedeutende, dann zusehends kompromittierendere; sein erster Fisch war ein ägyptischer Inspektor mittleren Alters, dessen Laufbahn in einem kümmerlichen Abschnitt Oberägyptens stecken blieb.

Der Grieche schob dem Beamten einen mit Scheinen gefüllten Umschlag in die Tasche.

«Weshalb tun Sie das?»

«Ihre Dokumentationen über Mumien waren mir sehr wertvoll.»

«Simple Artikel . . .»

«In Luxor wird man so schlecht informiert.»

«Dort haben Sie aber doch den famosen Carter!»

«Ein sonderbarer Archäologe, um ehrlich zu sein.»

«Sonderbar? Unmöglich, wollen Sie wohl sagen! Seine wissenschaftlichen Ansprüche sind unerträglich; wo kämen wir hin, wenn wir den geringsten aus dem Sand geholten Gegenstand publizieren müssten?»

«Er selbst hat andere Beschäftigungen.»

«Welche?»

«Es sind nur Gerüchte» murmelte der Grieche, «aber man munkelt, er verkaufe Gegenstände, auf eigene Rechnung, ohne Carnarvon davon zu benachrichtigen.»

«Hätten Sie Beweise?»

«Es sind nur Gerüchte», wiederholte der Grieche.

Raifa wiegte sich nicht in Illusionen. Wenn Howard ihr so viele Spaziergänge übers Land zugestand, dann nur, weil die drohenden Anzeichen eines Volksaufstandes seine Arbeit im TAL hemmten; sobald diese Umtriebe wieder nachgelassen hätten, würde er zu seiner wahren Liebe zurückkehren.

Die Deportation von Saad Zaghlul hatte ein gut Teil der Geister beruhigt, war man sich doch bewusst, dass England mit größter Entschlossenheit reagieren würde, falls die Anwandlungen von Unabhängigkeitsstreben allzu ostentativ werden sollten. Kairo war nicht der Ort wo die neue Weltordnung Gestalt bekam, sondern Washington, London und Paris; Ägypten würde sich den Beschlüssen beugen müssen, die man ihm von außen her aufzwang, wenn dies auch die feurigsten Herzen, wie das von Raifa, zutiefst verletzte. Der Sommer 1919 schmetterte mit seiner Hitze die letzten Rebellen nieder; sich von der Bürde Englands und seiner Verwaltung zu befreien, schien utopisch. Man fuhr fort, zu palavern, ja selbst Komplotte zu schmieden, die Revolution aber wurde auf später verschoben.

«Wann nimmst du deine Grabungen wieder auf?»

«Im Herbst; diese Unruhe hat mich wertvolle Zeit gekostet.»

«Das ist der Zorn eines Volkes, Howard!»

«Halte mich nicht für einen Blinden, Raifa; ich bin mir dessen bewusst. Verstehe meinen Kampf, wie ich den deinen verstehe; meine Konzession ist zeitlich begrenzt und ich muss das TAL zum Sprechen bringen.»

«Warum, Howard?»

«Da ist ein Feuer, tief in meinem Innersten, ein Zwang, dem ich mich nicht entziehen kann. Das TAL ruft mich unaufhörlich und ich vermag seine Botschaft noch nicht zu entschlüsseln.»

«Da machst mir Angst.»

«Sind wir frei unsren Weg zu wählen?»

«Die meisten Geschöpfe sind es; du, du bist der Diener einer Macht, gegen die nichts ankämpfen kann.»

Sie ließen sich im Schatten der Palmen, unweit eines Brunnens, nieder.

«Lehne meine Hilfe nicht ab, Howard; ich spüre, wie allein du bist, manchmal. Wirst du deine Kräfte nicht zersplittern, wenn du gegen das Unsichtbare ankämpfst?»

«Ein Pharao schläft in der Finsternis des Vergessens; manchmal glaube ich, seine Stimme zu hören. Das Unsichtbare . . . ja, du hast Recht, es ist das Unsichtbare, das mich anzieht, von der anderen Seite dieser Wand aus Felsen und Geröll her. Ich werde das Hindernis überwinden, ich verspreche es dir.»

Raifa brauchte diese Versprechen nicht; sie kuschelte sich zärtlich gegen Carter und kostete die Süße des endenden Tages.

51

Dem Wunsch ihres Gemahls entsprechend, hatte Lady Almina ein Dinner für dreizehn Tafelgäste hergerichtet. Nur Kerzen beleuchteten den Speiseraum. Sie kannte keinen der Gäste, deren Erscheinungen sie eher sonderbar fand; bejahrte Frauen, die mächtig ausstaffierte Kleider trugen, und bärtige Herren. Einer von ihnen stellte einen Turban zur Schau. Als sie alle gemäß der Tischordnung des Grafen Platz genommen hatten, wagte Lady Almina es, ihn mit gesenkter Stimme zu fragen:

«Wer sind diese Personen?»

«Die besten Medien Londons.»

«Illuminaten, auf Highclere? Aber weshalb . . .»

Carnarvon legte seiner Frau den Zeigefinger auf die Lippen.

«Sammeln wir uns, meine Liebe; die Angelegenheit ist ernst.»

Während der Dinners betrug sich die Blüte britischer Seherschaft auf honorige Weise; der Graf bemerkte sogar einen Hang zur Völlerei bei dem Großteil ihrer Mitglieder. Gewohnt, die Menschen mit Blicken zu erkunden, machte er rasch zwei Scharlatane, mehrere Gestörte und einen Irren aus. Eine kleine brünette Frau, welche die Dreistigkeit so weit trieb, der älteren Königin Viktoria ähnlich zu sehen, weckte seine Neugier; sie aß wenig, redete noch weniger und starrte so unentwegt in die Flamme einer Kerze, dass sie sich in Hypnose versetzte.

Als die Tafel abgeräumt war, zeigte Lord Carnarvon eine Karte des Tals der Könige und ein Blatt vor, auf dem Carter in Hieroglyphen die Namen Tutenchamuns geschrieben hatte.

«Konzentrieren Sie sich, meine Freunde, und rufen Sie die Geister an. Ist der König, dessen Namen Sie hier sehen, auf dieser Stätte beigesetzt? Wenn ja, können Sie die Stelle genauer bestimmen?»

Eine lastende Stille umfing die Versammlung. Die einen schlossen die Augen, die anderen verfielen in eine Gebetsgeste, wieder andere sammelten sich über einer Kristallkugel oder Tarotkarten. Die Doppelgängerin der Königin Viktoria fuhr fort die Flamme zu fixieren.

«Dieser Monarch ist ein Atlant», stieß der Mann mit dem Turban aus. «Sein Leib liegt unter den Wassern verborgen.»

Da Carnarvon ihn der Kategorie der Scharlatane zugeordnet hatte, scherte ihn dessen Vision kaum; es folgten andere Offenbarungen selbigen Kalibers aufeinander, ohne irgendeinen Bezug mit dem TAL oder der Regentschaft Tutenchamuns.

Plötzlich ergriff die kleine brünette Frau das Wort; sie hatte eine tiefe Stimme, die aus dem Bauch hervorkam.

«Ein Pharao . . . ein jung verstorbener Pharao . . . alles glänzt, alles strahlt um ihn herum . . . seine Seele versteckt sich, sie entschlüpft uns . . . eine versiegelte Tür . . . niemand darf sie öffnen, niemand darf hinein! Dort ist das Geheimnis, das große Geheimnis!»

Die Seherin wurde ohnmächtig und fiel auf das Parkett. Im selben Augenblick betrat der Majordomus den Speiseraum.

«Mylord ... soeben wurde ein Diebstahl in der Bibliothek begangen!»

Carnarvon verließ die Medien und eilte zum Ort des Verbrechens. Eine rasche Untersuchung ergab, dass der Übeltäter sich an seiner Sammlung ägyptischer Gegenstände vergriffen hatte; die kostbarsten außer Acht lassend, hatte er sich nur eines Goldblättchens von Tutenchamun bemächtigt.

Lady Almina drückte sich erschreckt gegen ihren Gemahl.

«Ein Diebstahl bei uns, das ist ja furchtbar! Aber wer ...»

«Entweder der Geist des Pharaos oder aber ein Spezialist.»

Jüngsten Informationen zufolge hätte eine Indiskretion dem British Museum gestattet, etwas über das zwischen dem Grafen und den Amerikanern abgeschlossene Geheimabkommen zu erfahren; hatte sich der Zorn der Ägyptologen, welche Carnarvons und Carters Arbeit verachteten und als Träumerei und Fanatismus verurteilten, auf solch brutale Art ausgedrückt? Da er Heimtücke und deren unzählige Manifestationen gewohnt war, befand der Herr von Highclere die Hypothese für plausibel. Er zog indes vor zu glauben, dass der Geist Tutenchamuns bei der Vorstellung, in seinem Schlaf gestört zu werden, sich entrüstete und ihm eine ernst zu nehmende Warnung erteilte.

Gab es Aufregenderes?

Der Emissär des Foreign Office schätzte die Vorzüglichkeit des Portos.

«Besondere Auslese», erinnerte Lord Carnarvon. «Bemerkenswert.»

«Ihr Besuch, werter Freund, bedeutet, dass meine letzten Analysen in Betracht gezogen wurden.»

«Sie haben sogar ziemlich Furore gemacht.»

«Angenehm oder unangenehm?»

«Die Zähne einiger Verantwortlicher unsrer Geheimdienste

haben geknirscht; für sie steht Ägypten noch nicht vor der Unabhängigkeit.»

«Sie irren sich, wie gewöhnlich; sonst hätte England die Herrschaft über die Welt behalten.»

«Das ist aber eine fast umstürzlerische Meinung; wissen Sie, dass Sie viele Feinde haben?»

«Viele englische Feinde, viele ägyptische Freunde; die sind es, die das letzte Wort behalten werden, glauben Sie mir.»

«Vergessen Sie trotz allem nicht, dass Sie englischer Staatsangehörigkeit sind, Lord Carnarvon und dass Sie die Interessen Ihres Landes vor denen eines fernen Volkes mit Gebräuchen, die so verschieden von den unsrigen sind, verteidigen müssen.»

«Versteckte Drohungen?»

«Wir rühmen Ihren kritischen Geist und Ihre Offenheit, wünschen aber nicht, dass Sie die Grenzen des Vernünftigen überschreiten.»

«Wo ziehen Sie diese?»

«Es ist an Ihnen Vorsicht walten zu lassen.»

«Ich füge mich: Finden Sie mir ein Beförderungsmittel nach Ägypten.»

Der Abgesandte erschauerte.

«Sie brechen wieder auf?»

«Der Krieg ist zu Ende und meine Gesundheit bessert sich; sollten Sie vergessen, dass ich die Konzession für das Tal der Könige erhalten habe?»

«Eine ausgezeichnete Deckung, die Ihnen erlauben wird, wieder mannigfaltige Kontakte mit ägyptischen Persönlichkeiten aufzunehmen.»

«Deckung? Nein, mein Lieber, mehr als das . . .»

«Was wollen Sie damit sagen?»

«Wer würde es wagen mit einem hohen Beamten über Berufung zu sprechen?»

Carter lief aufgeregt auf der Kaimauer des Hafens von Alexandrien hin und her. Das Schiff aus Richtung England war angekündigt; an Bord Lord Carnarvon, nach so vielen Jahren der Abwesenheit ins Land der Pharaonen heimgekehrt. Wegen der, per Funk übermittelten, schlechten Nachrichten war Carter noch nervöser als üblich. Das Schiff hatte kaum Ähnlichkeit mit einem Kreuzfahrtdampfer; es handelte sich um einen Truppentransporter, mit einem Minenräumer ausgestattet, jedoch bar allen Komforts. In aller Eile hatte man enge Kabinen eingebaut, ohne genügend Zeit zu haben, eine ordnungsgemäße Reinigung und eine unerlässliche Desinfektion vorzunehmen. Viele der Reisenden waren während der Überfahrt ernsthaft erkrankt, und man sprach sogar von zwei Todesfällen; da Carter um die schwache Gesundheit des Grafen wusste, verging er fast vor Sorge.

Wegen des grauenhaften Wetters über dem Mittelmeer hatte sich das Schiff verspätet und einen ganzen Tag lang hatten die Hafenbehörden sogar einen Schiffbruch befürchtet. Doch der Gesang der Sirenen kündete nun endlich die Ankunft an! Der Schlepper trat in Aktion und bald gingen die ersten Passagiere von Bord.

In dem Gedränge suchte Carter Carnarvon vergeblich. Familien fanden sich wieder vereint, Eltern küssten ihre Kinder, Frauen ihre Ehemänner; die Freude brach heraus, ohne Zurückhaltung. Fast eine ganze Stunde war verflossen; die Leere des Anlegestegs bot den allerbetrüblichsten Anblick. Der Graf hatte also nicht überlebt, und dieser heruntergekommene Seelenverkäufer war das düsterste aller Leichengewänder. Vielleicht siechte er, unfähig aufzustehen, in seiner Kabine dahin? In dem Moment, da Carter sich entschloss an Bord zu steigen, erblickte er Lord Carnarvon.

Sehr zerbrechlich, mit zögerlichem Gang, trug er auf seinem Gesicht die Spuren tiefster Ermattung; die rechte Hand lüpfte einen Hut mit breiter Krempe, die rotblonden Haare enthüllend, die einen Augenblick im Wind flatterten. Lord Carnarvon spielte stets diese natürliche Eleganz aus, die ihn zu einer unersetzlichen Persönlichkeit machte; unter dem Panzer des Aristokraten zeigten sich Großmut und Leidenschaft. Susie lief auf Carter zu, der sie zärtlich kraulte.

Trotz des Glücks, das er bei diesem Wiedersehen empfand, war es ein anderes Gefühl, das sich seiner bemächtigte. Carnarvon war nicht allein.

An seinem Arm eine strahlende junge Frau.

52

Das Paar stieg langsam die Anlegebrücke hinunter. Ein schwarzer Glockenhut verbarg die Haarpracht der jungen, kaum der Kindheit entronnenen Frau mit dem freudestrahlenden Gesicht; ihre schwere, strenge graue Jacke mit breitem Revers zierte indes ein Dekolleté, welches hinreißende Formen erahnen ließ. Der lange Rock und die schwarzen Seidenstrümpfe trugen noch zusätzlich zum übertriebenen Ernst des Ganzen bei.

«Glücklich, Sie wiederzusehen, Howard; das ist meine Tochter, Lady Evelyn.»

Die großen schwarzen Augen fingen Carters Blick ein. Wie konnte eine Frau nur so schön und so sanft, so sittsam und so verlockend zugleich sein?

«Nun, Howard, haben Sie etwa Ihre Zunge im TAL verloren?»

«Verzeihen Sie nur . . . die Rührung.»

«Entzückt, Sie kennen zu lernen, Mr. Carter; mein Vater spricht auf Highclere nur von Ihnen, und von diesem so rätselhaften König, dessen Namen ich vergessen habe.»

«Reisen ist unerlässlich, um die Menschheit genau zu kennen; deshalb habe ich beschlossen, Eve mitzunehmen. Susie war einverstanden.»

«War nicht ich es, die so sehr darauf gedrungen hat, dass ich Ihre legendäre Geduld erschöpft habe?»

«Dieser Punkt ist zu delikat, um auf die Schnelle abgehandelt zu werden.»

Zwischen Vater und Tochter herrschte ein spöttelndes Einverständnis; Carter fühlte sich tölpelhaft, unfähig, das rechte Wort zu finden. Überstürzt ließ er sich über seine letzten Arbeiten im TAL aus, während die Träger sich um das Gepäck kümmerten.

«Wünscht Lady Evelyn vielleicht die schönste Fundstätte des Landes zu sehen?»

«Mir ist heiß», gestand sie, «aber wie soll ich mich anders anziehen? Ich habe gelesen, dass eine Frau sich unter dicken Kleidern verstecken und ihr Gesicht verschleiern sollte.»

«Nur die Bäuerinnen sind sehr strikt, in manchen abgelegenen Gegenden. In der Stadt schockiert europäische Kleidung niemanden.»

«Wunderbar! Ich habe gut daran getan meine Koffer zu füllen.»

«Ich habe mich für andere Inhalte entschieden», tat der Graf kund. «Nach diesen Jahren der Entbehrung, dachte ich, würde selbst ein so unerbittlicher Archäologe wie Howard Carter ein paar einfache Freuden nicht verschmähen. Unser Grabungshaus wird bald mit französischem Wein, Cognac, englischem Bier, Tabak und dem besten Kaffee ausgestattet sein; wenn man sich gegen das Mysterium schlägt, muss man sich erst stärken.»

Von Kairo bis Medinet el-Fayum nutzten Lord Carnarvon und seine Tochter die Vorzüge eines Kraftwagens, den ein bald zögerlicher, bald wagemutiger Chauffeur lenkte; danach wählte der Graf eine Kalesche in gutem Zustand, die von wohlgepflegten Pferden gezogen wurde.

«Wo bringen Sie mich hin?», fragte sie, verloren in einer lärmenden Menge.

«Ins Paradies.»

Sobald die Kalesche aus der Stadt heraus war, wo Kanäle, zu Abwassergräben geworden, einen allgegenwärtigen Pestilenzgeruch verbreiteten, befuhr sie von Gärtchen gesäumte Landwege. Die junge Frau staunte über die Üppigkeit der von Dattelpalmen, Zitronenbäumen, Rosenlorbeer und Hibiskus gezierten Landschaft; ihre Verwunderung wurde umso größer, als sie den Karunsee entdeckte, ein riesiges, von den Pharaonen angelegtes Wasserreservoir, aus dem die Provinz Fayum ihre Fruchtbarkeit schöpfte.

«Einst», wies Lord Carnarvon hin, «war der See zweimal so groß und die Vegetation sehr viel dichter; zu gewissen Zeiten im Jahr kamen die Adligen her, um in einem Gehege auf die Jagd zu gehen.»

«Das Paradies ... Sie hatten Recht, es muss diesem Ort ähneln.»

Sie aßen am Ufer des Sees zu Mittag, in dem man ausgezeichneten Fisch fing. Susie verspeiste eine Forellenart mit offenkundiger Zufriedenheit. Plötzlich hielt Lady Evelyn mitten im Essen inne.

«Da hinten, in der Nähe der kleinen Barke, da badet ein Mann!»

Carnarvon hob den Kopf.

«Das ist unbestreitbar.»

«Aber er ist nackt!»

«Ich vermag ihm keinen Badeanzug zur Verfügung zu stellen. Entweder du wechselst den Platz oder du nimmst die Fatalität hin.»

«Ich glaubte, dass die Muslime Nacktheit verpönen, selbst beim Bad.»

«Die Frauen ja; die Männer nein, vor allem in dieser Gegend, wo man die alten Gebräuche beibehalten hat. Unter den Pharaonen schwamm man nackt und arbeitete ebenso auf den Feldern.»

«Die Nachkommen zu beobachten, gehört doch zur Ausbildung eines zukünftigen Archäologen, nicht wahr? Ich werde den Platz nicht wechseln.»

Der Graf führte seine Tochter auf Stätten, welche die Touristen nicht frequentierten, etwa zu dem Tempel von Medinet Madi, den bewundernswerten Überresten einer großen, unter den Sandmassen begrabenen Stadt, oder dem ptolemäischen Heiligtum von Kasr Karun, mit goldgelben, warmen Steinen. Sie irrten an den Ufern des Sees entlang, erquickten sich im Schatten der Palmen und wurden in mehreren dörflichen Behausungen freundlich aufgenommen, wo man ihnen Fladen und Tee mit Minze anbot.

«Mr Carter schien verärgert, Sie aufbrechen zu sehen», bemerkte sie.

«Das wäre bei weitem zu viel gesagt; er hatte den Wunsch, dir möglichst schnell das TAL zu zeigen. Was sage ich ... *sein.* TAL.»

«Wann werden wir hinfahren?»

«Bald. Ich habe dich auf diesen Schock vorbereiten wollen, indem ich dich die Wunder dieses Landes genießen ließ. Das TAL ist eine andere Welt, grausam, feindselig und grandios.»

«Man könnte glauben, es mache Ihnen Angst!»

«Ein wenig, ich gestehe es. Es spricht nur von Tod und von Ewigkeit, in Worten, die so machtvoll sind, dass der Geist von ihnen eingenommen wird.»

Einige Kilometer im Norden von Medinet el-Fayum hielten mit Heugabeln bewaffnete Bauern die Kalesche an. Ein sehr heftiges Wortgefecht entbrannte zwischen ihnen und dem Kutscher. Carnarvon, der schlecht Arabisch sprach, doch zahlreiche Ausdrücke verstand, erfasste das Wesentliche. «Ein Aufruhr. Die Autonomieanhänger haben Polizisten schikaniert und wollen sich an Ausländern vergreifen.»

Lady Evelyn drückte den Arm ihres Vaters.

Der Kutscher schlug dem Grafen vor, die Route zu ändern und, wenn es sein müsste, zu Fuß weiterzugehen; in mehreren Ortschaften brach der Volkszorn los. Das Paradies färbte sich mit Blut.

Lord Carnarvon wurde von einem engen Mitarbeiter des Marschalls Allenby, des Hochkommissars, der über Ägypten herrschte, empfangen.

«Sie werden die Massenbewegungen nicht mehr lange unter Kontrolle haben», prophezeite der Graf.

«Seien Sie nicht so pessimistisch.»

«Entkrampfen Sie die Lage, oder das ganze Land wird in Brand geraten.»

«Was schlagen Sie vor?»

«Lassen Sie Zaghlul frei.»

«Das ist doch nicht Ihr Ernst!»

«Sie haben einen Märtyrer aus ihm gemacht; die Reden seiner Anhänger werden zusehends hitziger.»

«Wenn er aus dem Gefängnis kommt, werden wir ihn nicht mehr aufhalten können.»

«Im Gegenteil, er wird sich erschöpfen.»

«Ziemlich riskante Wette.»

«Der einzig mögliche Ausweg. Im Gefängnis ist Zaghlul weit gefährlicher; und das ist nicht unsre einzige Sorge.»

Der bereits äußerst verstimmte Beamte verschloss sich noch mehr.

«Seien Sie deutlicher.»

«Die Schuldenlast von Ägypten bleibt weiter beachtlich; die besiegten Länder, Deutschland, Österreich und Ungarn, gehören der Schuldentilgungskommission, die es verwalten soll, nicht mehr an. Infolge der Revolution hat Russland sich zurückgezogen; bleiben nur noch die Italiener, die Franzosen und wir. Wenn ich nicht fehlgehe, wird dieses Triumvirat nicht lange bestehen; es wird einen Sieger brauchen.»

«Staatsgeheimnis, Lord Carnarvon.»

«Das die Spatzen von den Dächern pfeifen. Wenn England sich nicht der Lächerlichkeit preisgeben will, muss es zunächst den Frieden wiederherstellen.»

Carter war missmutig und fühlte sich allein. Carnarvon und seine Tochter, die in Kairo beschäftigt waren, schenkten seinen

Arbeiten keinerlei Beachtung. Die in Oberägypten eingekehrte trügerische Ruhe hatte ihm indes erlaubt, seine Suchgrabungen im Umkreis des Grabes Ramses' IV. und vor dem von Thutmosis' III. wieder aufzunehmen; doch die ersten Sondierungen erbrachten keine interessante Fährte. Am Ende einer enttäuschenden Woche spazierte Carter in Luxor den Nil entlang, als er von einem der berüchtigtsten Händler illegaler Altertümer des Westufers – einem jungen, wohlrasierten Mann – der zum Abd-el-Rasul-Klan gehörte angesprochen wurde.

«Ich hatte Ihnen einen Posten Skarabäen versprochen.»

«Stimmt.»

«Jetzt habe ich keine Angst mehr angezeigt zu werden, da Sie ja versprochen haben, die Polizei nicht zu benachrichtigen.»

«Unter der Bedingung, dass nicht ein Gegenstand mehr das Tal der Könige verlässt.»

«Es möge verdammt sein, wer sein Wort bricht.»

«Wo sind deine Skarabäen?»

«Ich habe sie nicht mehr, ein anderer Käufer hat mir einen besseren Preis geboten. Falls Sie sie wollen, werden Sie das Doppelte zahlen müssen.»

«Wer hat sich erlaubt . . .»

«Werden Sie nicht böse, Mr. Carter; so läuft nun einmal das Geschäft. Ich erwarte bis morgen Ihre Antwort.»

Verblüfft ging Carter dem Händler in gehörigem Abstand nach. Wer fand Gefallen daran, die Preise derart hochzutreiben und in jene alteingeführten Beziehungen einzugreifen, die allein in der Lage waren, gewisse Fundstücke zu retten? Der Mann betrat den Winter Palace; er kam nach einigen Minuten wieder heraus mit einem Amerikaner, den Carter sogleich erkannte: Herbert Winlock! Der Engländer setzte seine Beschattung fort und wartete, bis die Unterhaltung zu Ende war, um seinen Freund anzusprechen.

«Verzeihen Sie mir meine Grobheit, Herbert, aber dieser Bursche hat Ihnen doch einen Posten Skarabäen angeboten?»

«Ja, aber . . .»

«Sie gehören Lord Carnarvon.»

Der Amerikaner betastete sich amüsiert die Wangen.

«Mit anderen Worten, dieser kleine Bandit versucht den normalen Kreislauf zu unterbrechen und uns gegeneinander aufzubringen.»

«Ich fürchte.»

«Dann werde ich ihn wieder zu Ihnen schicken. Das Metropolitan Museum hat sich verpflichtet, die Transaktionen Ihres Arbeitgebers in nichts zu behindern, sofern der schönste Teil seiner Sammlung uns zukommt; Sie haben keinen Grund, sich darüber zu beklagen, denke ich?«

«Die Provision, die ich beziehe, bewahrt mich für einige Zeit vor der Bedürftigkeit.»

«Umso besser. Seien Sie unbesorgt; die Spielregeln bleiben unverändert. Aber ganz unter uns, es amüsiert mich, die Engländer auf ihrem eigenen Terrain zu schlagen und das British Museum im Verborgenen außer Gefecht zu setzen.»

Winlock errötete.

«Verzeihen Sie mir ... ich vergaß, dass Sie Engländer sind.»

Carter protestierte nicht. Engländer? War er es noch?

Für Carnarvon war es ein bescheidener Triumph. Die Freilassung des Anführers der Autonomieanhänger hatte die Gemüter besänftigt; Zaghlul erging sich ungehindert in vehementer Rede, die Palaver verdrängten die Aktion in den Hintergrund. Als er aus dem Büro des Hochkommissars trat, wo man ihn eifrigst ermutigt hatte, in seinem Wirken fortzufahren, fühlte der Graf seine Beine ihren Dienst versagen. Sein Herz hämmerte, und er atmete mit Mühe. Der Wachtposten kam ihm zu Hilfe. Susie bellte. «Rufen Sie meine Tochter, schnell ...»

Auf dem heimwärts fahrenden Schiff pflegte Evelyn ihren Vater, der sich in England einem leichten chirurgischen Eingriff würde unterziehen müssen. Sie kämpfte gegen die Verzweiflung, die ihn bedrohte.

«Carter muss niedergeschlagen sein», sagte er. «Ich kam, um ihm zur Seite zu stehen, und wir sind nicht einmal nach Luxor gefahren.»

«Aufgeschoben ist nicht aufgehoben; sobald Sie wieder auf den Beinen sind, werden wir zurückkehren. Ägypten fasziniert mich ebenso sehr wie Sie.»

53

Den ganzen Januar des Jahres 1920 über versetzte Carter die Trümmerhaufen, welche die Umgebung des Grabes von Merenpthah, Sohn und Nachfolger Ramses' II., versperrten. Dank der Feldbahn ging die Arbeit rasch voran. Vor dem Eingang des Grabes von Ramses IV. entdeckte Carter fünf Gründungsbeigabelager, die Miniaturwerkzeuge, Perlen, Fayencetafeln enthielten, und vier große verschlossene Schächte. Eine solche Anlage ließ auf ein Versteck hoffen; leider waren sie leer.

Carter trat auf der Stelle. Er konnte nur sich selbst die Schuld geben, da es weder an Männern noch an Ausrüstung mangelte. All die aufgewandten Anstrengungen für so magere Ergebnisse ... Trotz seiner Versessenheit und seines Sinns für Methode war er weit entfernt, an Theodor Davis' Leistungen heranzureichen. Bisweilen verzagte er; würde er sich nicht doch den Auffassungen beinahe aller Ägyptologen beugen müssen, die ja überzeugt waren, dass das Tal ausgeschöpft sei?

Der sich verschlechternde Gesundheitszustand des Grafen steigerte das Gefühl des Scheiterns; alles verschwor sich gegen den Archäologen. Glaubte Carnarvon noch an den großen Erfolg? Er hatte sich nicht einmal die Mühe gemacht seine Tochter nach Luxor zu bringen.

Ein am 24. Januar erhaltenes Telegramm ließ Howard Carter bedauern, an seinem Arbeitgeber gezweifelt zu haben: Carnarvon kündigte sein Kommen für Mitte Februar an. Sofort rief der Archäologe Ahmed Girigar zu sich und forderte ihn auf den Takt zu verdoppeln; den Arbeitern würde eine besondere Prämie ausgezahlt werden, auf dass sie die Umgegend des Grabes von Ramses II. frei räumten, wo kostbare Gegenstände verborgen sein konnten. Wenn der Graf sich auf der Grabungsstätte einfand, würde Carter nicht mit leeren Händen dastehen.

Lady Almina lehnte Ägypten von ihren ersten Schritten auf der Erde der Pharaonen ab. «Das schönste Land der Welt», der Äußerung ihres Ehemanns zufolge, war nur ein gigantisches Reservoir an Fliegen, in dem eine unerträgliche Sonne herrschte und Winde bliesen, die Staub vor sich hertrieben und Migräne verursachten. Welchen Reiz konnte man nur diesen flachen Weiten abgewinnen, wo schmächtige Palmen gegen die Dürre kämpften, diesen glühenden und unwirtlichen Wüsten, diesen jämmerlichen und schlecht unterhaltenen Gärtchen; welche Entschuldigungsgründe konnte man diesen faulen und schmutzigen Leuten zubilligen, die ihre Zeit im Sitzen und Pfeife rauchend verbrachten?

Je weiter sie in den Süden hinunterfuhr, desto weniger hoffte Lady Almina auf Dauerregen und grünende Täler. In ein unpassendes Wolltailleur gezwängt, hörte sie nicht auf, sich zu beklagen.

«Ist es unabdingbar, bis nach Luxor zu reisen?»

«Zum Glück, ja.»

«Zum Glück! Wie können Sie und Ihre Tochter sich erkühnen, diese Gegend und diese Wilden, die sie bewohnen, zu schätzen?»

«Wußten Sie, dass sie uns als Analphabeten betrachten?»

Lady Almina fuhr hoch.

«Mit welchem Recht, großer Gott!»

«In ihren Augen machen wir alles verkehrt; wir gehen mit Schuhen in Kultstätten, wir nehmen unsre Hüte in den Häusern ab; und vor allem schreiben wir in der falschen Richtung, von links nach rechts, wo ein Schriftkundiger doch von rechts nach links aufsetzt.»

«Diese Argumente sind so absurd, dass ich es vorziehe zu schweigen.»

Die Umgegend des TALS der Könige erfüllte die Gemahlin von Lord Carnarvon mit Entsetzen. Die chaotische Felslandschaft, der unerbittliche Anblick der von der Sonne zermalmten Schluchten und die mineralische Stille flößten ihr das Gefühl ein die Welt der Lebenden zu verlassen und in ein entschieden feindseliges Universum einzudringen, wo sie fehl am Platze war.

Als Howard Carter ihr entgegenkam, glaubte sie an die Erscheinung eines Dämons, der aus einem der in den Fels gehauenen Gräber herausgestiegen wäre; der tadellose dreiteilige Anzug, die gepunktete Fliege und das Gebaren der Person beruhigten sie. Sie hatte es mit einem Landsmann zu tun, einem Hort der Zivilisation in dieser trostlosen Wüstenei.

Begrüßungen und gegenseitige Vorstellungen wurden nach guter Sitte durchgeführt, wobei Lady Evelyn sich etwas abseits hielt; dann führte Carter, dem Susie vorauslief, das Trio zur Besichtigung in das Grab Sethos' I. Er riet Lady Almina, ihren schweren, mit einem Schleier versehenen Tropenhelm einem Arbeiter in Obhut zu geben, was sie aber barsch ablehnte. In ein elegantes Kostüm aus Lackleder gekleidet und mit Schmuck behangen, kam sie wegen ihrer hohen Absätze nur mühsam voran. Lady Evelyn, die ihre Mutter vorgewarnt hatte, dass es sich um eine Expedition in die Wüste und nicht um eine *garden-party* handeln würde, hatte sich mit einem ausgeschnittenen Pullover, einem Schottenrock und einem Sonnenschirm begnügt.

Carter beschrieb mit Enthusiasmus die Fahrt der Sonne in die jenseitige Welt und ihre allmählichen Wandlungen vom offenkundigen Tod hin zur Auferstehung. Geblendet und irritiert blieb Lady Almina in der Defensive; eine gute Christin und Aristokratin, in dem hehrsten Land der Welt geboren, hatte nicht das Recht die barbarischen Werke einer überkommenen Religion zu bewundern.

Das Grabungshaus fachte ihre Animosität wieder an.

«Wie können Sie nur in diesem abstoßenden Rahmen leben, Mr Carter? Diese Behausung ist eines Gentlemans unwürdig.»

«Weshalb wir sie auch verschönern müssen», verkündigte Lady Evelyn mit sanfter Stimme. «Morgen werden Koffer voller Teppiche, Moskitonetze, Vorhänge und Petroleumlampen geliefert. Ich habe sogar an einen kleinen Besen gedacht, um gegen den Staub der Gräber anzukämpfen.»

«Unser Aufenthalt wird umso angenehmer sein», befand der Graf, «da die zugesagten Lebensmittel bereits auf den Weg gebracht sind.»

«Unser Aufenthalt!», empörte sich Lady Almina. «Sie werden mich doch nicht nötigen, hier zu wohnen?»

«Selbstverständlich nicht, meine Liebe; Ihre Suite im besten Palasthotel Luxors ist reserviert. Was mich betrifft, so werde ich ein paar Nächte in diesem Haus verbringen.»

Lady Evelyn wagte nicht, ihren Wunsch auszusprechen; wie sehr hätte auch sie es gemocht im TAL zu verweilen! Von ihrem Vater hatte sie den Geschmack am Abenteuer und an unvorhergesehenen Situationen geerbt. Wenn sich dazu noch der Duft des Mysteriösen gesellte, fühlte sie sich von einer wahren Eroberungslust beseelt. War es denn nicht das unglaublichste aller Wunder, mit zwanzig Jahren Besitzerin der großartigsten Fundstätte des Orients zu sein?

Howard Carter kontrollierte die Falten seiner Hose, zog seine Fliege nach, schnitt ein rebellisches Haar ab, das seinem Schnurrbart Schande machte, und stieg hinab zu seiner Grabungsstätte, wo ihn eine furchtbare Prüfung erwartete. An diesem Märzmorgen sollte er Carnarvon das Ergebnis seiner ungeheuren Abraumarbeiten zeigen, die den Grafen viel Geld gekostet hatten. Der Archäologe hatte nur eine Gewissheit: Dort, wo die Grabungen mit größter Sorgfalt durchgeführt worden waren, verbarg sich kein Grab. Nichts an Statuen, Goldketten, Grabfigurinen; was Lord Carnarvon anderes zeigen als den Fels, die Bruchstücke der von den Erbauern benutzten Werkzeuge und die Fundamente der kleinen Häuser, in denen sie gearbeitet hatten? Das von den Gräbern Ramses' VI., Ramses' II. und Merenptahs umrissene Dreieck, von dem Carter so viel erwartet hatte, erwies sich als unergiebig. So hatte er nur seine ursprüngliche Mission erfüllt: die Privatsammlung des Grafen zu bereichern.

Auf die Ratschläge ihrer Tochter hin, hatte Lady Almina eingewilligt, sich leichter zu kleiden; ohne auf dunkle Jacke und grauen, sehr strengen Rock zu verzichten, hatte sie sich bequemt, die Wolle gegen Baumwolle zu tauschen. Manchmal ertappte sie sich dabei, wie sie die Sonne Luxors und selbst die Felukenpromenade auf dem Nil genoss, hielt sich aber sogleich diese Momente des Sichgehenlassens vor. Lady Evelyn, an ihrer Seite, war strahlend schön: Blumenverzierter Hut, weißes Kleid und Perlenkollier unterstrichen die frische Pracht ihrer Jugendlichkeit. Auf seinen Stock gestützt, schaute der Graf auf seine Uhr.

«Wir sind pünktlich, Howard; zeigen Sie mir Ihre Funde.»

In wenigen Augenblicken würde Carter sich der Schande stellen müssen. Wohl würde er den wissenschaftlichen Wert der vorgenommenen Grabungen zu beweisen suchen, mit der Gewissheit, dass die Carnarvons rasch vor Langeweile gähnen würden. Nur ein paar Schritte vor der letzten von seinen Männern ausgeschachteten Grube murmelte Ahmed Girigar Carter ein paar Worte ins Ohr.

«Bist du dir dessen sicher?»

«Ich bin es.»

Entspannter ließ er seine Gäste am Grabungsfeld entlanggehen; die beiden Frauen zeigten sich vom Ausmaß der Arbeiten überrascht, der Graf blieb schweigsam. Nach einer halben Stunde fachlicher Erklärungen unterbrach er den Archäologen.

«Diese Felsengebirge sollten doch wunderbare Gegenstände bergen; wir können kaum erwarten, sie zu bewundern.»

Carter brachte sie zu dem tiefen Loch, um das Ahmed Girigar mehrere Wächter postiert hatte.

«Wir werden gemeinsam dem krönenden Höhepunkt einer Grabung beiwohnen», verkündete er mit Stolz. «Ganz unten ist ein Versteck. Wünschen Sie als erster hinabzusteigen, Lord Carnarvon, und ihm den Schatz zu entreißen?»

«Dieses Vorrecht gebührt mir», erklärte Lady Almina zur allgemeinen Verblüffung. «Ich habe diese lange Reise nicht umsonst gemacht; wenn wir schon ein Vermögen in dieser Gegend verschleudern, steht es mir zu unsre Akquisition zu beurteilen.»

Voller Kühnheit begab Lady Almina sich den Abhang hinunter. Verlegen und ungeschickt suchte Carter ihr zu helfen; sie war schneller als er, und nach einigem Schlittern, erreichte sie ihr Ziel.

«Wie muss ich vorgehen?»

«Nun ja . . . mit der Hand.»

Ohne Zögern steckte die Aristokratin ihre Hände in die altehrwürdige Erde, eine Mischung aus Sand und Gesteinstrümmern; sehr rasch legte sie den Hals einer Vase frei. Außer sich vor Freude holte sie sie aus ihrem Ganggestein und hielt sie mit einer Begeisterung empor, welche alle Anwesenden ergriff.

«Eine Alabastervase! Sie ist herrlich!»

Carter nahm das Meisterwerk in Empfang. Ohne seine Erlaubnis abzuwarten, grub sie weiter. Das Versteck enthielt dreizehn wundervolle Vasen auf die Namen Ramses' II. und seines Sohnes Merenptah. Das Schicksal hatte Carter soeben gerettet, als es Carnarvon die schönsten Stücke schenkte, die im TAL aufgefunden wurden, seitdem jener die Grabungen finanzierte.

54

Pierre Lacau wollte es nicht gelingen, sich auf den hieroglyphischen Text zu konzentrieren, den er gerade übersetzte; zu viele Sorgen beschäftigten ihn. Am 5. April hatte der Völkerbund

Großbritannien ermächtigt Palästina zu besetzen; der englische Einfluss im Vorderen Orient nahm stetig zu. Wie lange würde es noch dauern, bis es sich an die Bastion der Altertümerverwaltung heranmachte?

Zu allem Unglück war da noch der berühmteste und rührigste Gräber, dieser Carter, der, einmal mehr, für Schlagzeilen sorgte; hatte er nicht gerade dreizehn Alabastervasen in einem vergessenen Winkel des TALS der Könige entdeckt? Weit entfernt, sich dessen zu brüsten, hatte er sich damit begnügt, sie zu fotografieren, ihre Lage zu dokumentieren und sie in seinem eigenen archäologischen Katalog zu beschreiben, während er den Ruhm der Entdeckung Lord Carnarvon überließ.

Der französische Gelehrte fühlte sich von einer heiligen Mission erfüllt: seine Rolle als Direktor der Verwaltung zu erfüllen, indem er die Interessen der Wissenschaft und die seines Landes verteidigte. Daher auch ging er nun nach einer Beobachtungsphase, die seiner Passivität hatte Glauben verschafften können, zum Angriff über.

«Lord Carnarvon ist angekommen», kündete seine Sekretär an.

«Er soll eintreten.»

Pierre Lacau erhob sich, um den Aristokraten zu begrüßen.

»Vielen Dank, dass Sie in dieses Treffen eingewilligt haben, Herr Graf.»

«Ihnen zu begegnen, ist eine besondere Gunst, Herr Direktor; sind Sie nicht einer der mächtigsten Männer dieses Landes?»

«Ein bescheidener Beamter, der ein wunderbares Kulturgut bewahren möchte, nicht mehr.»

Man trug ihnen Kaffee auf.

«Ihr Erfolg erregt großes Aufsehen.»

«Schöne Stücke, das gestehe ich zu.»

«Man bringt den Begriff Meisterwerke ein.»

«Hier sind die Zeichnungen von Howard Carter.»

Pierre Lacau würdigte die Begabung des Künstlers und die Schönheit der Vasen.

«Das Gerücht hat nicht übertrieben. Einerseits ist es wunderbar; andererseits äußerst misslich.»

«Weshalb diese Besorgnis?»

«Diese Herrlichkeiten sind Teil des ägyptischen Erbes.»

«Der mit der Altertümerverwaltung abgeschlossene Vertrag ist glasklar; ich finanziere die Grabungen, die Funde gehören mir.»

«Der Text ist zwiespältiger», meinte Lacau, «und ich habe eine tief greifende Gesetzesreform in die Wege geleitet.»

«Ein Gesetz könnte niemals rückwirkend gelten, Herr Direktor!»

«Gewiss, gewiss ... einen Juristenstreit einzuleiten, würde mir missfallen. Nichtsdestotrotz ...»

Carnarvon befand den Franzosen für gefährlich. Der milde Ton und das höfliche Gebaren verdeckten einen eisernen Willen und eine seltene Halsstarrigkeit; darüber hinaus befleißigte sich dieser elegante Mensch mit feinem Gesicht und prächtigem weißen Bart der List so selbstverständlich, wie er Luft holte.

«Sie haben also an einen Handel gedacht.»

«Ich bin kein Geschäftsmann ... Es scheint mir, dass eine Aufteilung eine ausgezeichnete Lösung wäre.»

«Mit welchem Abschluss?»

«Sieben Vasen für das Museum, sechs für Sie; ich lasse Ihnen die Wahl. Jene, die mit einem Steinbockkopf verziert sind, werden Ihre Sammlung wunderbar aufwerten; und was die wissenschaftliche Ethik anlangt, so wird sie als gewahrt betrachtet werden.»

«Ich wünsche mir, Herr Direktor, dass dieses Abkommen ein gutes Einvernehmen zwischen uns besiegelt.»

«Weshalb sollte es anders sein, Herr Graf?»

Carnarvon verbrachte einen friedlichen Sommer auf Highclere. Seine Gesundheit verbesserte sich; seine Gemahlin und seine Tochter erwähnten häufig ihren Aufenthalt in Ägypten und bereiteten schon die nächste Expedition vor. Im Verlauf seiner langen Spaziergänge mit Susie sann der Graf über die günstige Entwicklung nach, die Ägypten erfuhr; indem er die Grenzen einer zerstückelten Türkei festlegte, hatte der Friedensvertrag von Sèvres den alten Staat endgültig vom ottomanischen Einfluß befreit. Trotz sporadischer Unruhen gestaltete sich die Gesellschaft um; die Gründung der Misr-Bank erlaubte die Neubildung von Sparguthaben, während sich eine Mittelschicht heranbildete, die begierig war die Früchte einer immer ausgeprägteren wirtschaftlichen Expansion zu genießen. Gewiss, das Bestreben nach Unabhängigkeit verschwand nicht; doch es schien weniger aggressiv und würde im Sog des Aufschwungs vielleicht verlöschen.

«Träumt mein Vater etwa?»

«Man kann dir nichts verheimlichen, Eve.»

«Ich mag diesen Diminutiv.»

«Nimm dich vor ihm in Acht; er macht aus dir eine Verführerin.»

«Schwören Sie mir nochmals, dass Sie mich diesen Winter wieder mitnehmen.»

«Ich halte immer Wort.»

«Ägypten ist so schön . . . und dieses TAL ! Ich verstehe Ihre Leidenschaft.»

«Du machst mich so glücklich . . .»

«Glauben Sie, dass Mr. Carter sein Grab entdecken wird?»

«Er glaubt es; das ist die Hauptsache.»

Die Hitze ließ bei den ersten Herbsttagen nach. Howard Carter begab sich nach Kairo, um sich mit Arthur Lucas, dem Direktor des chemischen Instituts der Regierung, zu unterhalten, dem er einen Teil des Inhalts der Vasen anvertraut hatte; als erfahrener Chemiker begeisterte Lucas sich für Techniken zur Erhaltung und Restaurierung von Altertümern. Mit seinem ovalen Gesicht, das ein dichter schwarzer Schnurrbart und buschige Augenbrauen zierten, wich der Gelehrte nie von seiner seriösen Haltung ab, deren deutlichster Beweis ein steif gestärkter Kragen von einem makellosen Weiß war.

Gemächlich und gewissenhaft, hatte Lucas dieses drei Jahrtausende alte Material mit Freude untersucht.

«Zu welchem Schluss sind Sie gelangt?»

«Ihre Krüge enthielten eine Mischung aus Quarz, Kalk, Bitumen und Natriumsulfat.»

«Spuren von Öl?»

«In der Tat.»

Carter war enttäuscht; in Übereinstimmung mit den Inschriften hatten die Vasen zur Aufbewahrung der heiligen Öle gedient und gehörten demnach nicht zu einer Grabausrüstung, die auf die Nähe einer Totengruft hätte hindeuten können.

«Gehen Ihre Nachforschungen voran?»

«Ich werde das gesamte TAL freiräumen, wenn es sein muss.»

«Ich würde Ihnen gerne helfen; falls die Chemie von Nöten sein sollte, versäumen Sie nicht, meine Dienste in Anspruch zu nehmen.»

Ahmed Girigar und seine Männer nahmen die Arbeit mit Enthusiasmus wieder auf, Carter, der jeden Tag auf dem Gelände war, übertrug auf sie seine Energie und seine Sicherheit, zum Ziel zu gelangen. Nachdem die Arbeiterhäuser freigelegt waren, eröffnete er ein neues Grabungsfeld in der Schlucht nahe dem Grab Thutmosis' II.; auch dort musste er wieder die Schuttmassen beiseite schaffen, die von Davis' Grabungen stammten, um die Bodenschicht des TALS der XVIII. Dynastie zu erreichen, jener Epoche also, in der es zur Totenstatt der Pharaonen erwählt worden war.

Die Karte des Archäologen bereicherte sich unaufhörlich; er präzisierte die Lage kleinerer Grüfte, berichtigte die Irrtümer seiner Vorgänger, legte genaue Pläne an und dachte über die Entscheidungen der Erbauer nach. Allzu oft vergaß er die Notwendigkeit, die einer Sammlung von Rang würdigen Gegenstände zutage zu fördern. Sein einziger Fund blieb eine Partie

Kanopenbruckstücke, die aus dem Grab 42 stammten, dem ersten, das er, viele Jahre zuvor, im TAL exploriert hatte.

Als Carnarvon in Begleitung seiner Ehefrau und seiner Tochter wieder zurück war, geschah kein weiteres Wunder.

Carter hatte ihnen keinen Gegenstand, ob groß oder klein, vorzuweisen. Die einzige Überraschung hatte darin bestanden, den oberen Teil des Grabes vom Ramses XI. zum Speiseraum herzurichten, wo das Weihnachtsbankett, mit einem ausgezeichneten Champagner begossen, gefeiert wurde. Entzückt, seine Tochter glücklich und seine Gemahlin entspannt zu sehen, stellte Carnarvon keinerlei Fragen über die magere Ausbeute der laufenden Kampagne; um einen langen Tisch versammelt, nahm die Tafelrunde dank der Wohlgesonnenheit eines äußerst gastfreundlichen Pharaos an einem Fest außerhalb der Zeit teil.

Als seine Gäste gegangen waren, löschte Carter die Lichter und sog die nächtliche Luft tief in sich ein; er spazierte gemächlichen Schrittes, kommunizierte mit diesem TAL, das er so sehr liebte und das ihm sein letztes Geheimnis verweigerte.

Fünfzehn Schritte entfernt trat plötzlich eine Gestalt aus der Dunkelheit.

«Raifa!»

«Du weißt nicht mehr, dass es mich gibt, Howard.»

«Raifa . . .»

«Lüg nicht. Ich habe die junge Frau gesehen, ich habe die Art und Weise gesehen, wie du sie angeschaut hast.»

«Lady Evelyn ist Carnarvons Tochter. Ich habe nicht das Recht . . .»

«Die Liebe schert sich nicht um Verbote; auch ich hatte nicht das Recht. Doch sie ist zwanzig Jahre alt, und ich bin über vierzig . . . Ist sie eine andere Wahrheit?»

Raifa wich zurück.

«Geh nicht fort . . .»

«Du wirst mich nicht zurückhalten, Howard. Das TAL hat gesiegt; es war das TAL, das diese junge Frau angelockt hat und uns für immer voneinander entfernt.»

55

Zutiefst von dem Ende seiner Verbindung mit Raifa erschüttert, vergrub Carter sich in einer Herkulesarbeit, die selbst seine robustesten Arbeiter erschöpfte. Im Zentrum des Tals explorierte er die Fläche zwischen dem betrüblichen Grab 55 und dem Ramses' IX. Wieder einmal erreichte er die Gesteinssohle, mit einer Kanopenvase aus der Ramessidenepoche als einziger Belohnung.

Sich weigernd, der Enttäuschung zu verfallen, nahm er die andere Seite des Grabes 55 in Angriff und musste sich mit einem dürftigen Versteck zufrieden geben, dass bronzene Rosetten und roten Jaspis enthielt, mit dem Papyri gefärbt wurden. Anschließend trieb er seine Mannschaft in jenes Tälchen, in dem er rund um das Grab Thutmosis' II. bereits Tonnen von Trümmerschutt umgewälzt hatte. Wieder trat die Feldbahn in Aktion.

Vergeblich.

Das Tal blieb taub.

Carnarvon und Carter wohnten, unterm Winddach des Grabungshauses sitzend, dem Sonnenuntergang bei.

«Noch immer nichts, Howard?»

«Nichts von Bedeutung, das ist wahr. Das Tal ist vielleicht die undankbarste aller Fundstätten, wenn es einem jedoch eins seiner Geheimnisse preisgibt, wird man hundertfach für lange Jahre monotoner Arbeit belohnt.»

«Ich habe Vertrauen in Sie, aber mir kommen leise Zweifel. Was ist Ihr gegenwärtiger Plan?»

«Nahe den großen Gräbern auf das Urgestein zu stoßen. Die ramessidischen Gelege wurden auf einem höheren Niveau als die Gräber der XVIII. Dynastie gegraben, zu der Tutenchamun gehört. Demnach muss man nicht nur unter die Abraummassen, sondern noch unter die Bodenschichten von Ramses II. und seinen Nachfolgern vordringen.»

«Das Unterfangen ist gewaltig.»

«Ist das nicht der Grund, weshalb Sie mich ausgewählt haben?»

«Begnügen Sie sich damit die Mysterien des Tals zu ergründen, Howard, und nicht die meinigen.»

Carnarvon erhob sich und stieg mit seinem gemächlichen Schritt den Pfad hinab, wobei er sich mit seinem Stock half. Häufig fragte sich Carter, ob der Graf ihn als einen wahren Freund betrachtete, oder ob er ihm nur die Illusion dieser Gunst gewährte. Dass er ihn auf die Probe stellen mochte, betrübte ihn nicht, da sein Leben doch nur eine Abfolge von Herausforderungen war; aber es hätte ihm viel bedeutet, wenn Lord Carnarvon ihm nur ein einziges Mal sein Herz öffnete.

Aus der letzten Feuerzunge, welche die sterbende Sonne auf die Flanke des Tals warf, trat eine Frau mit schwarzen Haaren und weißem Kleid.

«Ich wollte Luxor nicht verlassen ohne ein Abschiedswort», sagte Lady Evelyn.

«Ihre Aufmerksamkeit rührt mich.»

«Sie sind recht einsam hier.»

«Die Pharaonen umgeben mich.»

«Sind deren Gespräche nicht zu schweigsam?»

«Ich gestehe, dass deren Stimmen nicht so sanft sind wie die Ihre.»

«Sollten Sie etwa zum Charmeur werden, Mr Carter?»

«Auf diesem Gebiet fürchte ich der ungeschickteste aller Männer zu sein.»

«Das ist nicht sicher . . .»

«Kommen Sie wieder?»

«Das ist ganz gewiss.»

Das weiße Kleid flatterte herum und verschwand in der Dämmerung.

Pierre Lacau klappte das Dossier wieder zu. Nach reiflicher Überlegung hatte er Beschlüsse gefasst, die unwiderruflich sein würden, ohne Rücksicht auf Einzelinteressen oder diverse

Empfindlichkeiten. So empfing er Lord Carnarvon auch mit kalter Entschlossenheit.

«Tut mir Leid, Herr Direktor: Ich habe keinen Schatz, den ich teilen könnte. Die Grabungssaison war schlecht.»

«Sie sollten den Archäologen wechseln.»

«Howard Carter stellt mich voll und ganz zufrieden.»

«Er hat ein allzu großes Mundwerk, vor allem wenn er die Verwaltung kritisiert und deren Direktor einen mittelmäßigen und unfähigen Gelehrten schilt.»

«Böswillige Unterstellungen.»

«Wenn sie mir dauernd zu Ohren kommen, müssen sie wohl wahr sein.»

«Ist Carter das Thema unsrer Unterredung?»

Lacau öffnete sein Dossier.

«Die Grabungslizenzen sind obsolete Schriftstücke; von nun an werden sie eine Verpflichtung enthalten, die buchstabengetreu eingehalten wird: die ständige Anwesenheit eines Inspektors der Verwaltung auf jeder Grabungsstätte. Er wird eine wirksame Aufsicht durchführen und bei Bedarf einschreiten.»

«Befürchten Sie nicht gewisse ... Reibungen?»

«Ich werde sie ignorieren.»

«Ist das alles?»

«Die Teilungsmodalitäten der während der Grabungen aufgefundenen Gegenstände sind geändert.»

«In welcher Weise?»

«Die übliche Aufteilung zu zwei Hälften ist abgeschafft. Die Verwaltung erwirbt die Gesamtheit der aufgefundenen archäologischen Stücke oder eines Teils davon, nach Ihrem Ermessen und gemäß den Bedürfnissen des Museums.»

«Ein Gewaltstreich ... ist das der richtige Ausdruck?»

«Wissenschaftliche Notwendigkeit.»

«Ich werde mich dem also beugen müssen.»

«Ich rate es Ihnen lebhaft. Ein weiterer entscheidender Punkt, Herr Graf. Ihre Konzession läuft im April 1923 ab. Danach kommt das Tal der Könige der Altertümerverwaltung zu.»

«Das ist nicht sehr korrekt; Monsieur Maspero hatte mir eine bessere Nutzungsdauer angeboten.»

«Gott möge sich seiner annehmen; aber er leitet die Verwaltung nicht mehr. Sie kehren doch heim nach England, glaube ich? Erlauben Sie mir, Ihnen eine gute Reise zu wünschen.»

Zu Beginn des Herbstes 1921 verfolgte Lord Carnarvon die ersten regelmäßigen Radiosendungen an einem riesigen Empfangsgerät, das seine Bibliothek verschandelte. Die Welt wendete sich zum Schlechten: China hatte die Gründung einer kommunistischen Partei erlaubt und Deutschland, auf Betreiben Hitlers, die einer nationalsozialistischen; blutige Krisen erschütterten Russland, Streikwellen der Bergleute störten die friedliche Ruhe Großbritanniens. Ägypten erfüllte den Grafen erneut mit Besorgnis; auf Grund der aufrührerischen Stimmung hatten die britischen Behörden in Dialoge mit den Autonomieanhängern eingewilligt; die Verhandlungen wurden jedoch rasch abgebrochen, da der Hochkommissar jedes Zugeständnis verweigerte. Zaghlul hatte als Sündenbock herhalten und eine zweite Deportation, diesmal auf die Seychellen, über sich ergehen lassen müssen.

Die grünen Rasenflächen von Highclere schimmerten unter der Herbstsonne; durch das Fenster der Bibliothek betrachtete der fünfte Earl of Carnarvon mit Verzückung eine seit mehreren Generationen unveränderte Landschaft. Der abscheulichste aller Kriege hatte Europa verwüstet, die stabilsten Gesellschaften wankten, doch Highclere blieb sich selbst gleich, ein unwandelbarer Markstein am Wege.

Nach dem Diner verweilte Lady Almina an der Seite ihres Ehemanns vor dem Kaminfeuer.

«Sie sind besorgt, meine Liebe.»

«Unsre Buchhalter haben mich alarmiert. Der Kurs des Pfund Sterling bröckelt, die Inflation verschärft sich, und unsre Ausgaben steigen. Unsre 15 000 Hektar und eine zahlreiche

Dienerschaft zu unterhalten, wird bald der helle Wahnsinn. Wenn wir unsre Lebensweise beibehalten wollen, müssen wir Einsparungen ins Augen fassen.»

«In welchem Bereich?»

«Beim Hauspersonal unmöglich; bei den Gärtnern ebenfalls; die Jagd- und Forstbelegschaften sind unerlässlich. Es bleiben also nur . . .»

« . . . noch meine Grabungen in Ägypten.»

«Die Ergebnisse sind dürftig, geben Sie es zu. Der Verkauf Ihrer Sammlung wird die Investitionskosten bestimmt nicht decken. Denken Sie darüber nach, ich bitte Sie.»

Carter bedauerte, keine feste Stellung behalten zu haben, die ihm erlaubt hätte, sein ganzes Leben lang ohne Erfolgsverpflichtung zu graben; törichter Gedanke, stellte er sogleich fest, da die Verwaltungsoberen ihm nicht erlaubt hätten, das TAL der Könige zu explorieren. Carnarvon war der einzige Mann, der ihm die Möglichkeit bot, seinen Traum zu verwirklichen.

Carter begab sich zu dem Treffen, das Herbert Winlock anberaumt hatte; in einem der Salons des Winter Palace spielte sich die letzte Transaktion ab, die das Metropolitan Museum zum Eigentümer der schönsten Gegenstände der Carnarvon-Sammlung machen sollte. Mehr als zweihundert Stücke würden bald ausgestellt werden; Kolliers, Armbänder, Ringe und Schalen würden von der Kunst der Goldschmiede des Neuen Reiches zeugen, zum großen Verdruss der Altertümerverwaltung und des British Museum.

Der Betrag, den Lord Carnarvon erhalten sollte, würde ihn größtenteils für seine Mühen entschädigen; was Carters abschließende Provision betraf, so würde sie ihm gestatten, seine Tage in einem Dorf Oberägyptens zu beenden, weit entfernt von einer Zivilisation, deren Dogmen er nicht teilte.

Winlock, selbst recht aufgeräumt, bemerkte, dass es dem Engländer an Elan mangelte.

«Die Konzession läuft im Frühjahr 1923 aus und ich werde

weit davon entfernt sein, meine Arbeit abgeschlossen zu haben.»

«In New York habe ich den bescheidenen Fund, den Davis vernachlässigt hatte, näher untersucht ... Meine Annahme hat sich bestätigt. Das Vorhandensein des Siegels der Königsnekropole und des Namens von Tutenchamun beweisen auf unumstößliche Weise, dass ihm zu Ehren ein Totenbankett ausgerichtet wurde, nämlich im TAL, wo er auch beigesetzt ist. Ich kann sogar präzisieren, dass die Tafelgäste zu acht waren, dass sie Blumenkränze trugen und ein kräftiges Mahl zu sich genommen haben. Sie haben Bier und Wein getrunken und Sorge getragen, sowohl die Reste dieses Mahls als auch die Geschirrteile zu vergraben.»

Carters Blick wurde reger.

«Ich habe kein Recht zu zweifeln. Tutenchamun ist hier, ganz nahe; aber weshalb wurde er so gut verborgen?»

56

Demosthenes' Zorn verrauchte nicht. Wegen Carter ging es dem Altertümerhandel zusehends schlechter. Gewiss, die Privatgräber wurden weiterhin geplündert, doch aus dem TAL der Könige kam nichts mehr heraus. Nun bezahlten aber die Liebhaber immer höhere Summen für die Gegenstände, selbst minderer Qualität, die der illustren Fundstätte entstammten. Daher vervielfachte der Grieche seine Gespräche mit den Inspektoren der Verwaltung; sie schätzten seine Großzügigkeit, die ihren kärglichen Verdienst annehmbarer werden ließ, und liehen den Gerüchten, die er ausstreute, ihr Ohr. Jeder wusste, dass der Engländer Pierre Lacau ein Dorn im Auge war, und dass er durch seine unermüdliche Arbeit ein schlechtes Beispiel abgab; sich seiner zu entledigen, wurde dringend notwendig, umso mehr, als die Ägyptologen begannen, sich über den «Verrückten aus dem TAL» zu mokieren, der auf der Suche nach einem Grab, das Davis seit langem schon entdeckt hatte, Tonnen von Sand und Gestein verschob.

«Meine Herren, ich habe die unangenehme Pflicht, Sie darüber aufzuklären, dass Howard Carter ein verdorbener Mann ist. Er hat gerade Geheimabkommen mit den Amerikanern abgeschlossen und verkauft ihnen sehr seltene Stücke zu horrenden Preisen.»

«Gestohlene Gegenstände?», fragte der hochrangigste Inspektor.

«Selbstverständlich.»

«War Carnarvon deren offizieller Eigentümer?»

«In der Tat.»

«In diesem Fall können wir nicht eingreifen.»

«Ein Raub, ein Verbrechen am ägyptischen Kulturerbe!»

«Eine Angelegenheit zwischen Carnarvon und seinen Käufern.»

«Das ist nicht alles», beharrte der Grieche. «Carter dient den Sammlern als Sachverständiger. Er verlangt beachtliche Summen von ihnen, bevor er seine geschätzten Gutachten abliefert. Selbst der Milliardär Calouste Gulbenkian, der reichste Erdölhändler der Gegend, hat ihn fürstlich entlohnt. Meine Herren, Carter bereichert sich auf Kosten von Ägypten.»

«Beweise?»

«Genügt meine Glaubwürdigkeit etwa nicht?»

«Wie auch immer, Carter ist kein Beamter. Er verdient seinen Lebensunterhalt, wie er es für richtig hält. Was wir bräuchten, ist ein offenkundiger beruflicher Fehler, ein Vergehen an der Fundstätte, eine systematische Zerstörung von archäologischen Überresten.»

Demosthenes bestellte einen mit Hanfsamen zubereiteten Likör; er hatte das Bedürfnis, sich in einem künstlichen Paradies fernab von Luxor und Carter zu zerstreuen.

Carter rief den *rais,* vierzig Männer und fünfundzwanzig Knaben zu sich. Der Februar würde entscheidend sein; er verlangte von dieser zahlreichen Truppe mit doppeltem Eifer an eine neue Stelle heranzugehen, auf der Westseite des Grabes von Siptah, einem Pharao der ausgehenden XIX. Dynastie. Da diese Fläche von Davis nicht exploriert worden war, durfte man auf freudige Überraschungen gefasst sein. Dieser Februar des Jahres 1922 wurde Zeuge heftiger Aktivitäten; unter Ahmed Girigars Leitung ging jeder Arbeiter mit ganzem Herzen zu Werke. Eine gewaltige Menge an Trümmern wurde bewegt und in der Schlucht nahe dem Grab Tutmosis' III. ausgekippt. Dank des Fleißes seiner Mannschaft hatte Carter in kurzer Zeit wieder einmal die älteste Schicht des Tals erreicht, dort, wo er das Grab Tutenchamuns aufzufinden hoffte.

Ein Telegramm unterrichtete ihn von der unmittelbar bevorstehenden Ankunft Lord Carnarvons.

Als der Graf die Grabungsstätte betrat, fiel Carter dessen sorgenvolles Gesicht auf. Carnarvon warf einen diskreten Blick auf die Grabungen.

«Hübsche Arbeit, Howard.»

«Die Mannschaft war bewundernswert; sie verdient eine Zulage.»

«Sie wird sie bekommen. Ergebnisse?»

Dem Archäologen kamen fast die Tränen.

«Nichts. Absolut nichts. Weder Grab noch Kunstgegenstände.»

«Ich habe Ihnen ernste Neuigkeiten zu vermelden. Am morgigen 21. Februar wird Ägypten als souveräner und unabhängiger Staat anerkannt.»

«England verzichtet ...»

«Nicht ganz. Der wahre Gebieter des Landes bleibt der britische Hochkommissar, und unsre Armee wird weiterhin das Land besetzt halten. Die Regierung Seiner Majestät wird Ägypten gegen alle Angriffe von außen verteidigen, seine Interessen schützen, die Sicherheit der Transportmittel gewährleisten und den Sudan kontrollieren.»

«Souveräner Staat . . . nur Augenwischerei also.»

«Auch nicht ganz. Ägypten wird sich größerer nationaler Würde erfreuen und England wird ihm neue Achtung bezeugen müssen.»

Carnarvon verabsäumte die Rolle zu verdeutlichen, die er bei den Verhandlungen gespielt hatte.

«Die Ergebnisse scheinen recht mager», sagte Carter mit Erregung, «aber unsre Kenntnis des TALS hat sich in interessantem Maße vertieft. Die Baupläne der Gräber der XVIII. Dynastie sind für mich kein Geheimnis mehr und ich beginne zu verstehen, wie die Handwerker der Ramessiden gearbeitet haben. Die letzten Suchgrabungen waren begeisternd; möchten Sie, dass ich sie Ihnen ausführlicher beschreibe?»

«Ich lausche Ihnen, Howard», antwortete der Graf mit erschöpft klingender Stimme.

Am 15. März 1922 legte Fuad den Titel eines Sultans ab und rief sich mit Zustimmung der britischen Behörden zum König von Ägypten aus. Carter und Carnarvon dinierten gemeinsam im schlichten Esszimmer des Grabungshauses, wo der Archäologe ein Mahl reichte, das des Grafen würdig war: gefüllte Weinblätter, pikant gewürzte gebratene Lammklößchen, Fisch aus dem Roten Meer, Melone und ägyptische Backwaren.

Der Aristokrat suchte nicht nach Ausflüchten.

«Besteht noch Hoffnung eine große Entdeckung zu machen?»

«Davon bin ich überzeugt.»

«Unsre Bilanz ist nicht famos. Abgesehen von den geschäftlichen Transaktionen, die das TAL nicht betreffen, haben wir nur ramessidische Vasen aus dem Boden geholt.»

«Winlock hat bewiesen, dass Tutenchamuns Grab noch aufzufinden bleibt.»

«Ich glaube Ihnen, Howard; aber handelt es sich nicht um eine kleine Grabstätte, die der Regentschaft eines kleinen Königs entspräche und zudem seit langem geplündert ist?»

«Geplündert sicher nicht: Irgendwelche Gegenstände hätten bei den Altertümerhändlern kursiert.»

«Das gestehe ich Ihnen zu. Aber selbst unversehrt, dürfte sie nichts Großartiges enthalten; erfordert die Verfolgung dieser Schimäre wirklich weitere Kampagnen und Monate verbissener Arbeit?»

«Solange nur ein Zoll des Geländes nicht exploriert ist, müssen wir fortfahren; Sie hatten mir Glück versprochen, Herr Graf.»

«Es stünde mir schlecht an, dies abzustreiten; aber die Glücksgöttin ist eine untreue Geliebte, die mich vielleicht verlassen hat.»

«Wir haben gemeinsam weit härtere Prüfungen durchlebt; der Durchbruch ist nahe, ich fühle es.»

«Die Konzession läuft aus.»

«Lacau wird nicht wagen, Ihnen eine Verlängerung abzuschlagen.»

«Täuschen Sie sich nicht: Er hasst Sie.»

«Dass er an seiner Galle ersticke! Diese langen und vermeintlich unfruchtbaren Jahre waren unerlässlich; meine Mannschaft ist eingearbeitet, ihr Zusammenhalt bestens und wir gehen dem Abschluss unsrer Suche entgegen.»

«Hätten Sie nicht eine andere Stätte vorzuschlagen?»

«Wir sollten das TAL nicht verraten.»

Carnarvon spürte, dass er Carters Entschlossenheit nicht erschüttern würde.

«Wie Sie wollen ... wir werden ihm also unsre letzte Grabungssaison widmen ... Welche Stelle wählen Sie aus?»

Carter dachte lange nach.

«Es wird Ihnen womöglich absurd erscheinen, doch ich würde gerne unter den Fundamenten der Arbeiterhäuser, nahe dem Grab Ramses' VI., ausschachten.»

«Sie haben dieses Gebiet doch bereits freigelegt.»

«Ich habe meine Nachforschungen wegen der Touristen und der offiziellen Besichtigungen nicht zu Ende geführt; diesmal werde ich den Zugang zum Grab versperren und endlich erfahren, ob diese behelfsmäßigen Häuser nicht vielleicht ein Gründungsbeigabelager verbergen, das uns den Schlüssel zu diesem Rätsel geben könnte.»

Am 9. Mai 1922 beging Carter allein seinen neunundvierzigsten Geburtstag. Nachdem er eine Flasche Champagner ausgetrunken hatte, war er durch das TAL geirrt. All die Erinnerungen, die mit jedem Schritt an ihm vorüberzogen: die Auffindung der Gräber des Gründers Amenophis I., der Königin Hatschepsut, all die Hoffnungen und Misserfolge, die Liebe Raifas, die Treue Ahmed Girigars und die sonderbare Freundschaft von George Herbert, Earl of Carnarvon, so distanziert und nah zugleich. Er fühlte sich gebrochen, erschöpft, so als beträfe seine Zukunft ihn nicht mehr.

In weniger als einem Jahr würde Carter gezwungen sein seine Arbeiter zu entlassen und seine Grabungsstätte zu schließen. Lacau und dessen Ägyptologen würden triumphieren, das TAL würde im Stich gelassen und den Touristen preisgegeben werden. Der eisige Wind des Misserfolges ließ ihn erschauern.

57

Carnarvon verweilte kraftlos auf einer Chaiselongue im Angesicht des Parks von Highclere, den die Farben des Sommers noch prächtiger machten.

Die Augusthitze umgab die Libanon-Zedern mit ihren erblühten Wipfeln; Lady Almina, die ihren Ehemann zärtlich pflegte, zog immer häufiger die Ärzte zu Rate. Der Graf führte nicht einmal mehr Susie aus; sie spürte, dass ihr Herr krank war, und verbrachte die meiste Zeit zu seinen Füßen. Während der Sohn Lord Carnarvons sich der traditionellen Sportarten der englischen Aristokratie befleißigte, ließ Lady Evelyn nicht davon ab ihren Vater zu beobachten. Er, der für gewöhnlich so redselig gegenüber seiner Tochter war, versank in endlose Phasen des Schweigens; selbst die Lektüre archäologischer Werke erfreute ihn nicht mehr. Wiederholt war er eingenickt und hatte dabei sein Buch auf den Rasen fallen lassen.

Kein Mittel vermochte dieser Erschöpfung beizukommen, die einem langsamen Sterben ähnelte. Weder die Gebete Lady Alminas noch die Sanftheit Lady Evelyns linderten die Leiden des Grafen, der jeden Besuch ablehnte.

Seine Tochter brachte ihm eine Tasse Tee.

«Eve ...»

«Ja, Vater?»

«Setze dich neben mich. Ich spüre, dass du verdrossen bist, ja fast empört bist; das Schauspiel, das ich dir biete, ist eines Vaters nicht würdig.»

«Quälen Sie sich nicht; Sie durchleben eine schlechte Zeit.»

«Mit sechsundfünfzig bin ich nur noch ein lahmer Greis.»

«Ein Kranker, dem es besser gehen wird, sobald er geruht, seine Sorgen auszusprechen.»

Carnarvon richtete den Oberkörper auf und sah seine Tochter an.

«Du kennst mich besser als ich selbst.»

«Wovor haben Sie Angst? Die Last muss enorm sein, dass Sie sich derart verzehren.»

«Mehr noch, als du dir vorstellst.»

«Nun, dann handeln Sie! Ein Mensch Ihres Schlags kann sich nicht auf Dauer in Schuldgefühlen vergraben.»

«Du hast Recht.»

Sie küsste ihn auf die Stirn.

«Schicke Howard Carter ein Telegramm», befahl er, «und bestelle ihn unverzüglich her.»

Der Sohn eines einfachen Tiermalers betrat mit einer gewissen Furcht das riesige Anwesen seines Arbeitgebers; Highclere überwältigte ihn mit seiner Größe und seiner Pracht. Die karge Strenge des Tals hatte ihn den Sinn für die zur Vollkommenheit gemähten Rasen, die grünenden Hügel, Buchen und Eichen verlieren lassen. Carter, der Mann vom Lande, der Liebhaber der Erde, hätte gern ein ähnliches Anwesen besessen. Der Reichtum seines Arbeitgebers sprang ihm in die Augen und warf ihn zurück in seinen niederen Stand: ein Diener im Dienste eines Herrn.

Einen Augenblick dachte er daran die Flucht zu ergreifen; doch er erinnerte sich, dass sein wahrer Gebieter, der, der sein Geschick lenkte, ein verlorener Pharao war, dessen Stimme, kaum vernehmbar, die Jahrhunderte durchdrungen hatte. Eine mit Schriftstücken angefüllte Mappe an sein Herz drückend, folgte Carter dem Dienstboten, der ihn in die Bibliothek des Schlosses hineingeleitete.

Da brach plötzlich ein Gewitter von unwahrscheinlicher Heftigkeit los; die Lichter verloschen. Carter blieb regungslos im Dunkeln stehen, von Büchern und ihrer beruhigenden Präsenz umgeben. Mit einem Kerzenleuchter in der Hand erhellte Lady Evelyn die Finsternis.

«Mr Carter! Welch eine Freude, Sie wieder zu sehen ... selbst wenn ich Sie kaum erkennen kann!»

Rasch zündete sie Kerzen an, die den Raum mit einer sanften Helligkeit durchfluteten.

«Mögen Sie Highclere?»

«Wer wäre nicht in Bann geschlagen?»

«Dieses Schloss hat meine Kindheit entzückt; wenn Sie es wünschen, werde ich Ihnen seine Geheimnisse enthüllen.»

«Verzeihen Sie mir meine Ungeduld: Wie geht es Ihrem Vater? Dieses Telegramm ...»

Das Gesicht der jungen Frau trübte sich vor Wehmut.

«Ich werde ihn benachrichtigen.»

Einige Minuten später erschien Carnarvon, mit eingefallenen Zügen, die Hände unter einem Plaid verborgen, der seine Beine bedeckte. Er saß in einem Rollstuhl, den seine Tochter schob.

«Guten Abend, Howard. Mich hat heute Morgen ein Unwohlsein befallen, und ich kann nur mit Mühe gehen; Evelyn besteht darauf, dass ich mich schone.»

«Wenn mein Besuch ungelegen kommt . . .»

«Ich bin es, der Sie hergebeten hat; wir müssen uns über ernste Dinge unterhalten. Möchtest du uns allein lassen, Evelyn, und könntest uns einen Porto bringen lassen.»

Unwillig zog sich die junge Frau zurück.

«Etwas Neues, Howard?»

«Nichts von Bedeutung. Ich habe die nächste Grabungssaison vorbereitet und meine Mannschaft nach den üblichen Modalitäten zusammengerufen.»

Der Graf warf den Kopf zurück.

«Ich bin müde, sehr müde . . . und Ägypten ist kein sehr sicheres Land mehr. Die Gewalt nimmt unaufhörlich zu; bald werden die Einheimischen die Fremden ausweisen und die Macht übernehmen. Ich werde mir ein anderes Ziel für meine Winterurlaube suchen müssen.»

Carter schwieg in Erwartung der Fortsetzung einer Rede, die hier abbrach. Jetzt erst empörte er sich.

«Das ist nicht Lord Carnarvon, der sich in dieser Weise äußert», urteilte er. «Niemals würde der Mann, den ich gekannt habe, vor der Gefahr weichen, niemals hätte er Angst vor einem Land, das er mehr als jedes andere liebt.»

Würde die Impertinenz des Dieners den Zornesausbruch des hohen Herrn entfesseln? Carter kümmerte es nicht.

«Verzeihen Sie, dass ich Sie gekränkt habe, Howard; Lacau hat mich entmutigt. Die neue Verordnung, die er durchzusetzen gedenkt, ist eine Katastrophe.»

«Ich kümmere mich um Lacau.»

«Sie unterschätzen die Macht der Verwaltung; sie ist imstande uns alles zu nehmen.»

«Lacau hat Angst vor Ihnen und vor England; wenn wir ihm die Zähne zeigen, wird er zurückschrecken.»

«Dessen bin nicht sicher ... Welche Ergebnisse werden wir geltend machen? Während fünf Grabungsperioden haben Sie mehr als 200000 Tonnen Trümmerschutt umgegraben, und ich habe 20000 Pfund Sterling investiert, um Löcher in den Sand zu treiben und ihm ein paar Vasen zu entreißen. Lassen Sie uns einsichtig sein: Wir haben versagt.»

«Halten Sie mich für inkompetent?»

«Im Gegenteil, Sie sind der beste Archäologe Ihrer Generation. Wenn Sie in diesem verfluchten TAL nichts entdeckt haben, dann nur, weil es nichts zu finden gibt. Was werde ich hinter mir lassen? Berge von Geröll und Krater ... Morgen wird man über den Namen Carnarvon lachen. Ich bin sehr reich, Howard, aber der große Krieg hat die Welt aufgewühlt und die Regeln der Ökonomie verändert; früher habe ich nicht nachgerechnet. Heutzutage muss ich wie ein jeder auf mein Budget achten. Mein Vermögen ist nicht unerschöpflich; man muss schon ein englischer Lord sein, mein Freund, um so viel Geduld zu haben und so viel Geld damit zu verlieren, inmitten einer Staubwolke Abraumhalden zu verschieben.»

«Diese Vorsicht setzt mich in Erstaunen, sollten Sie auf die erneute Beantragung der Konzession verzichten wollen?»

«Ich verzichte darauf, in der Tat. Meine Gesundheit und das Wohlbefinden meiner Familie verbieten es mir.»

«Wenn meine letzte Grabungssaison Ihnen beweisen würde, dass ...»

«Es wird keine letzte Saison geben, Howard.»

«Das ist nicht möglich! Sie versetzen mir einen Dolchstoß in den Rücken.»

«Das liegt nicht in meiner Absicht.»

«Lassen Sie mir eine letzte Chance.»

«Sinnlos.»

Carter öffnete seine Mappe und zog eine Karte des TALS der Könige heraus, die er auf einem großen Tisch entfaltete.

«Schauen Sie. Ich habe die genaue Lage aller im TAL gemachten Funde eingezeichnet, von der einfachsten Figurine bis zu den größten Gräbern. Diesen Plan, den habe ich noch niemandem gezeigt; er veranlasst mich zu glauben, dass der einzige tatsächlich unerforschte Abschnitt nahe dem Grab von Ramses VI. liegt. Ich habe diesen Mittelbereich der Stätte kaum gestreift; hier, und nirgendwo sonst, verbirgt sich das Grabmal Tutenchamuns.»

«Sie haben schon so viel davon gesprochen, Howard ... der Traum hat sich in einen Albtraum verwandelt.»

«Gewähren Sie mir diese letzte Saison.»

Carnarvon schüttelte ablehnend den Kopf.

«Gewähren Sie mir wenigstens Ihre Unterstützung.»

«Mit welcher Aussicht?»

«Ich werde die Arbeiten selbst finanzieren.»

«Sie, Howard?»

«Ich habe Geld verdient, dank Ihnen; ich werde es bis zum letzten Penny und bis zur letzten Stunde ausgeben, solange ich die Arbeiter werde bezahlen können; selbst wenn ich über keinen ganzen Grabungsmonat verfüge, werde ich beweisen, dass ich Recht habe. Das einzige, was ich von Ihnen verlange, ist Ihre Position als offizieller Schirmherr beizubehalten, damit Lacau mir keine Steine in den Weg legt.»

Carnarvon schlug seinen Plaid zurück und erhob sich.

«Ich willige ein, aber nur unter einer Bedingung.»

«Welcher?»

«Dass ich es bin, und niemand sonst, der die Arbeiten unsrer letzten Saison finanzieren wird.»

Von grimmigster Entschlossenheit beseelt, kam Carter in Luxor am 2. Oktober 1922 an. Er rief sogleich Ahmed Girigar zu sich und erklärte ihm seinen Plan: die Wiederaufnahme der intensiven Arbeiten im Nordosten des Grabes von Ramses VI.

Der *rais* bekundete ein gewisses Erstaunen: Müsste man hierfür den Besuchern nicht den Zugang versperren und gleichzeitig die Arbeiterhäuser aus der Ramessidenepoche abreißen? Genau dies schwebte dem Archäologen vor. Ahmed Girigar wollte sich schon zurückziehen, als er einen eigenartigen Gesang vernahm.

«Hat sich vielleicht ein Vogel bei uns eingeschlichen?»

Carter schlängelte sich zwischen die Kisten voller Flaschen französischen Weins, Kekse und Konserven, die er bei *Fortnum and Mason* gekauft hatte, und kehrte mit einem Käfig zurück, in dem ein Kanarienvogel flatterte. Der *rais* war verzückt:

«Der goldene Vogel! Er wird uns Glück bringen.»

«Ich verspürte das Bedürfnis diese Stimme zu vernehmen.»

«Der goldene Vogel spricht die Sprache des Himmels; er wird uns leiten.»

In der Mannschaft wusste jeder Arbeiter, dass dies die letzte Grabungssaison unter der Leitung Howard Carters sein würde, eines fordernden, aber verständnisvollen Lohnherrn, der sich für das Los seiner Männer und deren Familien interessierte. Schon bald müsste man sich wieder unter das Joch eines eisigen und reservierten Ausländers beugen, der es damit genug sein lassen würde die Grabungsstätte von Zeit zu Zeit zu inspizieren, und sich gegenüber den Besuchern von Rang seiner Anstrengungen zu brüsten.

Konzentriert erteilte Carter genaue Anweisungen; sobald der Zugang zum Grab Ramses' VI. abgesperrt war, ließ er die Trümmermasse fortschaffen, die den zu explorierenden Abschnitt noch bedeckte. Am 1. November fotografierte er die ramessidischen Arbeiterhütten, prüfte seine vorhergehenden Erhebungen nochmals nach und gab dann den Befehl, sie niederzureißen, um tiefer vorzudringen. Ahmed Girigar wies ihn darauf hin, dass mindestens ein Meter Erde die Fundamente dieser rudimentären Bauten vom Urgestein trennte. Die Abraumarbeiten würden drei bis vier Tage erfordern.

Ein Mann erwartete Carter vor dem Eingang seines abgeschiedenen Hauses. Ein Mann, den er mit Mühe wiedererkannte, so gealtert und verbraucht war er.

«Sie sind Gamal, der Bruder von Raifa!»

«Meine Schwester ist tot.»

«Wie ist es geschehen?»

«Das ist völlig unwichtig. Sie hat den Wunsch geäußert, dass Sie an Ihrer Beerdigung teilnehmen mögen; eine Verstorbene zu verraten ist mir unmöglich.»

Gamal drehte sich auf dem Absatz um. Carter folgte ihm.

Mit heißem Wasser gewaschen, war Raifas Leichnam in ein weißes Leichentuch gehüllt worden, während die Klageweiber ihre monotonen Totenlieder sangen. Mit zusammengebundenen Fesseln und Watte in Augen und Ohren begann Raifa ihre letzte Reise, vom Gebet der Toten gewiegt: «*Wir gehören Allah und kehren zu ihm zurück.*» Nur die Männer folgten dem mit bunt verzierten Stoffen bedeckten Sarg. Auf dem Friedhof wurde ein Abschnitt des Korans deklamiert: «*Zwei Engel werden zu dir kommen und dich befragen. Auf die Frage: Wer ist dein Herr? antworte: Allah ist mein Herr. Auf die Frage: Wer ist dein Prophet? antworte: Mohammed ist mein Prophet.*»

Am Kopfende der Grube wurde ein Loch ausgegraben, durch das die Lebenden zu der Toten sprechen konnten. Unter der hineingeschaufelten Erde verschwanden Jahre der Jugend und des Glücks.

Am Abend des 3. November waren die Arbeiterhäuser vollständig abgerissen; nun war es möglich die nackte Erde auszuheben und sich in einen nicht explorierten Bereich vorzuwagen.

Carter schlief schlecht in dieser Nacht; er wachte mehrfach auf, von Raifas lieblichem Gesicht verfolgt. Im Morgengrauen sang der Kanarienvogel mit seiner schönsten Stimme, als wollte er mithelfen die neue Sonne wiedererstehen zu lassen.

Als er auf der Grabungsstätte ankam, verspürte Howard Carter eine Art Unwohlsein, dessen Ursache ihm rasch klar wurde: die Stille. Für gewöhnlich schwatzten die Arbeiter miteinander, hielten tausend und einen Plausch, hantierten singend mit den Werkzeugen. An diesem Frühmorgen des 4. November schwiegen alle. Carter wandte sich an den *rais.*

«Ein Unfall?»

Ahmed Girigar antwortete nicht; er winkte dem Wasserträger, näher zu kommen.

«Erklär dich.»

Der Mann zitterte.

«Ich habe zum Spaß mit meinem Stock im Sand gestochert, dort hinten ... Plötzlich stieß er gegen etwas Hartes. Neugierig habe ich weiter gegraben und mit meinen Händen einen Steinblock freigelegt. Ich glaube ... ich glaube, dass er sehr alt ist! Ich habe Angst bekommen und den Block mit Sand verdeckt.»

«Zeig mir die Stelle», befahl Carter.

Er kniete nieder und legte nun seinerseits den Block frei. «Das ist eine Stufe ... vielleicht eine in den Fels gehauene Treppe.»

Es war zu früh in Begeisterung zu verfallen. Die Arbeiter lösten sich den ganzen Tag über ab, um schließlich eine Treppe zum Vorschein zu bringen, die sich vier Meter unter den Eingang des Grabes von Ramses VI. bohrte; die Form der Stufen, ihre Breite, ihre Gestaltung glichen denen der Hyppogäen der XVIII. Dynastie, der Epoche von Tutenchamun. Doch leider, während der Freilegung fand sich keine Bestätigung: keine Gründungsbeigabe, kein Kleingegenstand auf den Namen des Pharaos.

Die Nacht vom 4. auf den 5. November war kurz. Auf seinem Bett ausgestreckt, zwang Carter sich die Augen zu schließen und etwas auszuruhen. Er suchte die Hypothesen und die Hoffnungen aus seinem Geist zu verdrängen und sich nur an die Wirklichkeit zu klammern: Er hatte gerade eine Treppe ans Licht gefördert, die zu einem Grab führte. Der Arbeitstag begann sehr zeitig, in einer Atmosphäre höchster Erregung; die Arbeiter sangen nicht und sprachen wenig. Alle waren sich bewusst, an einem außergewöhnlichen Abenteuer teilzuhaben, und begierig, Genaueres zu erfahren; der *rais* brauchte sie nicht anzuspornen. Schon verbreitete sich die Legende: Dieses Grab war das des goldenen Vogels, dessen Geist der Menschen Werk geleitet hatte.

Carter wurde zunehmend nervöser, je weiter das Treppenstück aus dem Boden zum Vorschein kam. Tausendmal hatte er Lust, sich unter die Arbeiter zu mischen und das Werk voranzutreiben; die Stunden verstrichen zu langsam, beklemmend; handelte es sich nicht doch um eine unvollendete Gruft oder einen einfachen, ohne weitere Verwendung aufgegebenen Stollen? Das TAL hatte ihn so oft zum Narren gehalten, indem es ihn in eine seiner Fallen lockte! Wie sollte ihm nicht bewusst sein, dass es noch nie ein unversehrtes Grab preisgegeben hatte?

Zu Beginn des Nachmittags stieg Carter die Treppe hinab, mit zitternden Knien. Er war vielleicht der erste Mensch, der diesen lächerlichen Akt seit mehr als dreitausend Jahren ausführte; auf der Grabungsstätte herrschte vollkommene Stille, als hätte sich eine heilige Furcht aller bemächtigt.

Carter hatte die Freilegung in Höhe der zwölften Stufe unterbrechen lassen, da sich der obere Teil einer Tür zeigte, die er sogleich untersuchen wollte. Der Mörtel auf den Quadern trug den Abdruck mehrerer Siegel.

«Es ist also wahr», murmelte er. «Ich hatte recht, den Glauben an das TAL nicht zu verlieren.»

Carter erkannte Anubis, der über die zwölf Feinde Ägyptens, in Ketten gelegt und unfähig zu schaden, gebot: das Siegel der Königsnekropole, das anzuschauen er all die Jahre erhofft hatte! Es blieb ihm nur noch, den Namen des Pharaos zu deuten, um den Besitzer des Grabes zu erfahren.

Die Enttäuschung war furchtbar.

Allein die Siegel der Königsnekropole waren beim endgültigen Verschließen der Tür eingedrückt worden, die einen senkrecht, die anderen schräg laufend. Dies bedeutet zumindest, dass die Grabstätte einem hohen Würdenträger gehörte, der für wert befunden worden war, zwischen den Königen zu ruhen. Tutenchamun, einen Augenblick flüchtig erspäht, entschwand. Es blieb diese vermauerte Tür; bewies sie nicht, dass das Grabgelege unberührt war? Gewiss, ihre geringe Breite zerschlug definitiv die Aussicht auf ein Königsgrab. Doch hütete sie vielleicht das Geheimnis eines Baumeisters jener strahlenden Epoche, in der Ägypten in tausendfachem Feuer funkelte? Und weshalb war dieses hier bestattete Individuum so vortrefflich verborgen worden? Es sei denn, es handelte sich um ein simples Versteck mehr oder weniger kostbarer Gegenstände ...

Als die erste Erregung abgeklungen war, untersuchte Carter die Tür Zentimeter um Zentimeter; dort, wo der Mörtel abgesprungen war, kam Holz zum Vorschein. Eine Oberschwelle. War es die Tür des Verstecks oder die zu einem absteigenden Gang? Er verbreiterte einen kleinen Spalt zwischen Mauerwerk und Oberschwelle und schuf behutsam eine ausreichend große Öffnung, um mit Hilfe einer elektrischen Lampe erspähen zu können, was sich jenseits der versiegelten Tür befand.

Es existierte tatsächlich ein Gang, aber mit Steinen und Geröll ausgefüllt! Das Grab war demnach nicht allein unter Arbeiterhäusern verborgen worden; die Erbauer hatten den Zugang selbst mit unglaublicher Umsicht getarnt. Sollte er diese Tür auf der Stelle einreißen und den Gang leerräumen? Er zügelte seinen törichten Drang; Carnarvon musste an seiner Seite sein. Ihm diese Freude nicht zu gönnen, wäre der allerschändlichste Verrat gewesen.

Carter erklomm die zwölf Stufen und forderte den *rais* auf, sie wieder mit Erde zu bedecken und den Ort Tag und Nacht bewachen zu lassen.

«Sie scheinen verwirrt ... Möchten Sie, dass ich Sie nach Hause begleite?»

«Danke, Ahmed. Ich will lieber allein sein.»

Die Nacht brach herein. Das Mondlicht legte einen silbrigen Schleier über das TAL; fiebrig erregt und überzeugt, dass sich ein ungeheurer Schatz hinter der rätselhaften Tür verbarg, liefen die Arbeiter auseinander. Trotz der Ermahnungen des *rais* würde niemand seine Zunge lange im Zaum halten.

Carter schwang sich auf einen Esel; aufs Äußerste angespannt, verspürte er große Lust, die ganze Nacht im TAL umherzuschweifen. Nun begann ein unerträgliches Warten; wie lange mochte es dauern, bis Carnarvon selbst diese Treppe hinuntersteigen würde? Welches Wunder konnte Carter ihm versprechen? Gewiss kein Königsgrab, doch mit großer Sicherheit eine sehr alte Gruft, die auf die Zeit der Amenophis und Thutmosis' zurückging. Falls der Graf sich herbemühte, um ein geplündertes und verwüstetes Versteck zu sehen, würde er der laufenden Grabung dann nicht unverzüglich ein Ende setzen? Nein, er fantasierte schon ... Die versiegelte Tür und die Blockierung des Gangs bewiesen doch wohl, dass dieses mysteriöse Grabgelege unberührt war?

Der Esel irrte umher, während Carters fiebriges Hirn sich in den aberwitzigsten Träumen verlor und zwischen allen Tonarten der Hoffnung und Verzweiflung wechselte.

59

In Susies Begleitung kehrte Carnarvon von einem langen Spaziergang durch den Park von Highclere zurück; Lady Evelyn lief ihm mit aufgelöstem Haar, einen Zettel schwenkend, entgegen.

«Vater, kommen Sie schnell! Ein Telegramm von Howard Carter!»

Der Graf hätte sich einer solch heftigen Erregung nicht fähig geglaubt. Auch er begann zu laufen; seine Tochter fiel ihm in die Arme.

«Lies es mir vor.»

«Ich kenne es auswendig. ‹*Endlich, eine wunderbare Entdeckung im* TAL. Herrliches Grab mit intakten Siegeln. Habe es wieder zugeschüttet und erwarte Ihre Ankunft. Gratuliere!›»

«Gratuliere», wiederholte Carnarvon überwältigt.

«Wann brechen wir auf?»

«So bald als möglich, Eve. Carter ist ein Hexer; man sollte ihn nicht verärgern.»

«Wie bin ich glücklich!«

Ich auch ... an ein Glück wie dieses habe ich nicht mehr geglaubt!»

«Sollte es Tutenchamun sein?»

«Carter erwähnt seinen Namen nicht.»

«Die Vorsicht ...»

«Stellen wir uns nicht tausend Fragen; die Antworten liegen in Ägypten.»

Das Diner verlief düster, Lady Almina hatte die Neuigkeit wie eine Katastrophe aufgenommen; für sie war Ägypten eine längst umgeblätterte Seite.

«Ihre Gesundheit verbietet Ihnen eine so anstrengende Reise.»

«Haben Sie denn Carters Telegramm nicht gelesen?»

«Ihr Carter ist ein Träumer; er sucht Sie zu blenden, um sich Ihre Finanzierung zu erhalten.»

«Das ist nicht sein Stil.»

«Sind Sie nicht der glücklichste Mensch auf Highclere? Sie können sich hier in aller Seelenruhe Ihren Lieblingsbeschäftigungen, der Lektüre und der Jagd, hingeben; Sie können zusehen, wie Ihre Kinder, welche Sie bewundern, groß werden, ganz zu schweigen von meiner Zuneigung.»

«Ich bin mir meines glücklichen Schicksals bewusst, Almina, aber Carter braucht mich.»

«Kann er nicht alleine zurechtkommen?»

«Es handelt sich um ein unberührtes Grab.»

«Wie viele Male haben Sie mir schon versichert, dass dies unmöglich ist?»

«Ich irrte mich und Carter hatte Recht.»

«Ich habe ein schlechtes Vorgefühl; nehmen Sie Rücksicht darauf, ich bitte Sie.»

«Ich fürchte, dass meine Koffer schon bereitstehen.»

Am 6. November überwachte Carter die Auffüllung der Stufen, die unter einer schützenden Erdschicht verschwanden; achtundvierzig Stunden nach Beginn dieser sonderbaren Arbeit war nichts mehr zu sehen. Große Quader, die zu den Arbeiterhäusern der Ramessidenzeit gehörten, waren vor die getarnte Treppe gerollt worden. Carter fragte sich, ob er nicht nur geträumt hatte; allein die dauernde Anwesenheit bewaffneter Wächter wies auf das Vorhandensein von bedeutsamen Überresten hin.

Am 7. November rüttelte Ahmed Girigar ihn wach.

«Was ist geschehen?»

«Ein Mann verlangt nach Ihnen; er behauptet, dass es wichtig ist.»

Carter zog sich hastig an. Der Besucher wartete draußen auf ihn, Block und Bleistift in der Hand.

«Ich bin Journalist; angeblich haben Sie soeben einen sagenhaften Schatz entdeckt. Geben Sie mir einen Exklusivbericht und ich werde Sie auf die erste Seite bringen.»

«Wer hat Ihnen dieses Märchen erzählt?»

«Luxor redet nur noch davon.»

Carter wandte sich an den *rais.*

«Ahmed, würden Sie diesen Herrn bitte hinausbegleiten.»

«Halt! Sie müssen die Presse informieren!»

«Beharren Sie nicht weiter.»

Die Größe und der Blick des *rais* schreckten den Journalisten ab.

«Die Presse wird wiederkommen, Carter, und in großer Zahl, glauben Sie mir!»

Kaum war er verschwunden, als ein Arbeiter aus der Mannschaft einen Jutesack voller Briefe und Botschaften brachte. Ganz Luxor war tatsächlich informiert man beglückwünschte den Archäologen, man erbot sich, an den Ausgrabungen mitzuwirken, man drohte ihm, man stellte tausend Fragen.

Carter ließ sich in einen Sessel fallen.

«Ich fühle mich verloren, Ahmed; dieser Strudel reißt mich fort.»

«Sie sind zu einsam; Sie brauchen Hilfe.»

«Carnarvon wird nicht vor zwanzig Tagen hier sein ... Wie soll ich standhalten, wenn sich dieser Wahn noch verschlimmert? Ich bin nicht vorbereitet gegen diese Wogen anzukämpfen!»

«Es gibt einen wackeren Mann, der Ihnen tatkräftig zur Hand gehen wird; setzen Sie sich noch heute mit ihm in Verbindung.»

Arthur Callender, ehemaliger Direktor der ägyptischen Eisenbahnen, verlebte einen friedvollen Ruhestand in Armant, fünfzehn *miles* südlich von Luxor. Der angesehene Ingenieur hatte bei archäologischen Grabungen als Mann, der alles kann, mitgewirkt und den Weg von Howard Carter, den er schätzte, bereits mehrfach gekreuzt. Als er dessen Hilferuf erhielt, anwortete er ihm sofort.

Groß, robust, mit breiten Schultern und plumpen Zügen, erinnerte Callender sein Gegenüber an einen Elefanten. Er war schlecht gekleidet, aß viel und gern, regte sich niemals auf und flößte seiner Umgebung Mut ein. Keine technische Aufgabe konnte ihn erschrecken; Elektrizität war ihm kein Geheimnis und er wusste mit jedwedem Handwerkszeug umzugehen. Ein Haus bauen, Kisten schleppen, Menge und Beschaffenheit des auf einer Baustelle benötigten Materials ermessen, dies alles schien ihm ein Kinderspiel.

Carter und Callender umarmten sich brüderlich.

«Wie kann ich Ihnen nützlich sein, Howard?»

«Sie fragen mich nicht, weshalb ich Sie habe kommen lassen?»

«Das spielt keine Rolle. Dienst ist Dienst.»

«Ein Grab, Arthur. Ein Grab der XVIII. Dynastie.»

«Sie haben es wahrlich verdient.»

«Es ist vielleicht leer.»

«Letzten Endes lächelt das Jagdglück den Männern von Format.»

«Ich muss mich nach Luxor begeben, um Carnarvon und seine Tochter, die mir gerade telegrafiert haben, zu empfangen. Meine Arbeiter sind redlich, aber sie werden Pressionen ausgesetzt sein und ...»

«Ich habe verstanden; ich werde über das Grab wachen wie über einen teuren Menschen. Sie können beruhigt fahren, Howard.»

Auf einen der dicken Steine, welche die Fundstelle markierten, hatte Carter das Wappen des fünften Earl of Carnarvon gemalt; niemand würde über die Identität des neuen Besitzers im Unklaren sein.

Während eines kurzen Aufenthalts in Kairo kaufte Carter Elektromaterial und beantragte bei der Altertümerverwaltung die Genehmigung, zum Zwecke der Beleuchtung eine Abzweigung an der Installation des Grabes von Ramses VI. anzubringen. Lacau konnte ihm diese Vorrichtung nicht verweigern, da sie die Ausgrabung erleichtern würde.

Im Tal versah Callender seine Aufsicht mit einer Wachsamkeit, welche die Neugierigen und eventuelle Plünderer entmutigte; darüber hinaus dämpfte der Anführer des Abd-el-Rasul-Klans so manche Heftigkeit, indem er daran erinnerte, dass zwischen ihm und Carter ein Nichtangriffspakt bestand.

Doch da trat Demosthenes auf den Plan. Außer sich vor Zorn, Carter vor dem Triumph zu sehen, wandte er sich an einen Scheich des Ostufers, dessen Fremdenfeindlichkeit wohl bekannt war. Als Hexer und Talismanhersteller erfreute sich das Oberhaupt großer Berühmtheit. Noch die Demütigsten fürchteten ihn.

Von einer Anhängerschar begleitet, fand er sich vor der Fundstelle des Grabes ein. Arthur Callender legte das Gurkensandwich beiseite, das er gerade verspeiste, und trat ihm entgegen, ohne den Blick zu senken. Carters Arbeiter hielten sich völlig erschreckt abseits. Der *rais* verwarnte sie streng, damit sie nicht die Flucht ergriffen.

«Dieser Ort ist verflucht», tat der Scheich kund. «Dieses Grab beherbergt unheilvolle Dschinnen; niemand darf die Tür öffnen, die die uralten Dämonen versiegelt haben! Andernfalls werden die Schänder bestraft, und teuflische Mächte werden über die Welt kommen, Mächte, die kein Hexer wird vernichten können.»

«Haben Sie die Absicht, hier zu bleiben?», fragte Callender, die Arme vor der Brust verschränkt.

«Selbstverständlich nicht», antwortete der Scheich überrascht.

«Umso besser. Es handelt sich nämlich um eine für die Öffentlichkeit gesperrte archäologische Fundstätte und ich muss Sie auffordern, sie unverzüglich zu verlassen.»

«Unverschämter! Du wirst zugrunde gehen wie die anderen!»

«Besser ist es mit Frieden im Herzen als mit Hass auf der Zunge zu sterben.»

«Verflucht sei dieses Grab, und verflucht seien all die, die es betreten werden!»

Die lärmende Schar entfernte sich. Callender setzte sich wieder und biss herzhaft in sein Sandwich.

Callender wohnte allein in Carters Grabungshaus, wo er sich zwischen zwei Wachrunden ein paar kurze Ruhepausen gönnte. Nur Ahmed Girigar und einige seiner Anverwandten, welche der Fanatismus des Scheichs nicht beeindruckte, genossen sein Vertrauen; dennoch tauchte er des Öfteren, bei Tag wie bei Nacht, unverhofft auf und versicherte sich der Einhaltung seiner Anweisungen.

Sein bester Freund war der Kanarienvogel. Sobald Callender eintrat, begrüßte er ihn mit fröhlichen Tönen; der Ingenieur vergaß nie die Leckereien mit ihm zu teilen. An jenem Abend wusste er sofort, dass sich etwas Ungewöhnliches zugetragen hatte; die Tür quietschte, und der Vogel blieb stumm. Als er die Ohren spitzte, vernahm er Flügelschlagen.

Im Zimmer, wo der goldene Käfig untergebracht war, spielte sich eine Tragödie ab. Eine Kobra verschlang den Vogel. Callender tötete die Schlange, doch ihre Beute war tot. Er begrub ihn am Fuße des Hauses.

Vom nächsten Morgen an munkelte man, der Fluch des Scheichs habe sein erstes Opfer gefunden. Der Pharao, dessen Geist in den Körper der Kobra gefahren sei, habe sich an dem goldenen Vogel gerächt, der die Lage seines Grabes enthüllt habe.

60

Carter verging vor Ungeduld und verwünschte die Gemächlichkeit der Boote. Ein unberührtes Grab erwartete ihn im TAL und er trippelte auf dem Wartesteig des Bahnhofs von Luxor umher!

Carnarvons gemessene Freude und das Lächeln von Lady Evelyn, die der Gedanke, das wunderbarste aller Abenteuer zu durchleben, in Begeisterung versetzte, löschten die verlorenen Tage aus. Nach der Überquerung des Ärmelkanals, der Bahnreise durch Frankreich, der neuerlichen Überfahrt von Marseille bis Alexandrien und den abermaligen Bahnreisen von Alexandrien nach Kairo und von Kairo nach Luxor, war der Graf noch immer nicht am Ende seiner Prüfungen angelangt. Nachdem er die Willkommensworte des zu seinem Empfang herbeigeeilten Provinzgouverneurs entgegengenommen hatte, musste er wiederum die Fähre zwischen Ost- und Westufer des Nils besteigen, dann auf einen Eselsrücken klettern und im Rhythmus des Grauchens den Weg zum Tal der Könige zurücklegen.

Trotz grauen Huts mit weißer Krempe, dicken Mantels mit zweifacher Knopfreihe und Wollschals vermochte sich der erschöpfte und fröstelnde Graf nicht aufzuwärmen. Seine strahlend schöne Tochter trug ein hellbeiges Ensemble; ein Pelzkragen erinnerte an die europäische Kälte, und der sehr brave, seitlich geknöpfte Rock an das pflichtschuldige Benehmen einer jungen Frau des *Establishment.* Den funkelnden Augen von Susie, die neben dem Esel herlief, entging nicht eine einzige Kleinigkeit des Spektakels.

Je weiter sie vorankamen, desto zahlreicher wurden die Maulaffen; verzückt nahm Lady Evelyn die Blumen an, die man ihr schenkte. Knaben spielten Tamburin, Mädchen tanzten und stießen dabei Willkommensrufe aus.

«Wenn heute nicht der 23. November 1922 wäre, und ich nicht Carnarvon hieße, könnte ich leicht glauben, Jesu Christi Einzug in Jerusalem nachzuspielen. Ihre kleine Entdeckung scheint großes Aufsehen zu erregen, mein lieber Howard.»

Carter beobachtete die Tochter des Grafen. Aus Anmut war Schönheit geworden; das junge Mädchen war einer heiteren Frau mit lebhaftem und tiefgründigem Lachen gewichen.

«Sagen Sie uns die Wahrheit», forderte sie schalkhaft, «wie ist der Name des Königs, der in diesem Grab liegt?»

«Ich weiß es nicht.»

«Sollten Sie tatsächlich vor dieser Tür Halt gemacht haben?»

Carter errötete.

«Bei meiner Ehre, ich schwöre es Ihnen!»

«Seien Sie nicht so empfindlich», sagte sie lachend. «Sie sind wirklich ein Sonderling. An Ihrer Stelle hätte ich diese Standhaftigkeit nicht gehabt.»

Die Esel beschleunigten den Schritt, als sie ins Tal einritten. Callender, durch ein Telegramm unterrichtet, hatte begonnen die Treppenstufen freizuräumen. Lady Evelyn sprang von ihrem Reittier und war als erste auf der Grabungsstätte.

«Wann werden wir die Arbeiten aufnehmen?»

«Sobald Sie es wünschen», antwortete Carter.

«Ein wenig Ruhe wäre mir willkommen», beschied Carnarvon. «Harte Tage stehen uns bevor.»

Am Morgen des 24. November betrachtete Carter versonnen die Stufen. Wohin führten sie? Er setzte sich auf einen Quader und steckte unwillkürlich die Hand in den Sand. Der brennende Schmerz ließ ihn aufschreien; er beugte sich nieder und sah den kleinen schwarzen Skorpion, der ihn gerade gestochen hatte. Ohne aus der Fassung zu geraten, rief er nach Ahmed Girigar.

«Diese Sorte ist nicht tödlich, aber man muss die Wunde desinfizieren.»

Die beste Heilerin von Gurnah brachte Kräuter sowie eine Salbe und verband das angeschwollene Handgelenk. Schmerz und Fieber waren zu ertragen; kein Gift konnte Carter davon abhalten die Ausgrabung zu leiten. Er dachte an Raifa, die ebenfalls die altüberlieferten Mittel gekannt hatte, welche gegen das Gift anzukämpfen imstande waren. Einen Monat lang würde der Archäologe bisweilen heftige Schmerzen verspüren; bei jedem Vollmond würde das Brennen wieder aufleben. Doch sein Leben war nicht in Gefahr, und wenn er über die nötige Kraft verfügen sollte, würde er die Arbeit fortführen.

Carter ruhte sich bis zum Eintreffen von Carnarvon und seiner Tochter Evelyn zu Beginn des Nachmittags aus; nachdem er sein linkes bandagiertes Handgelenk dank seines Jackenärmels versteckt hatte, prüfte er noch den waagrechten Sitz seiner Fliege und half Lady Evelyn dann, von ihrem Esel abzusteigen. Wenn er auch von einigen Schwindelanfällen geplagt wurde, gelang ihm seine Vorstellung.

«Werden wir die Tür freilegen?», fragte die junge Frau ungeduldig.

«Lassen Sie uns keinen Augenblick mehr verlieren.»

Callender hatte die Arbeit beendet. Sechzehn Stufen waren jetzt sichtbar. Carter lud Carnarvon und seine Tochter ein, hinunterzugehen.

«Es existieren mehrere Siegelabdrücke!», rief sie freudig aus.

«Die Stempel der Nekropole», bestimmte Carter.

Carnarvon hatte ein Knie auf den Boden gesetzt.

«Die unteren sind verschieden.»

Irritiert trat Carter näher. Und tatsächlich, der untere Teil der Tür hatte recht deutliche hieroglyphische Inschriften erhalten. Eine königliche Kartusche, mehrfach wiederholt.

Carter glaubte, sein Herz würde stocken; leichenblass wankte er einen Schritt zurück.

«Mr Carter ... fühlen Sie sich unwohl?»

Der Archäologe war nicht in der Lage zu antworten. Er wies nur mit dem Zeigefinger auf die Kartuschen.

«Da ... auf der Tür ...»

Carnarvon packte ihn beim Arm.

«Was lesen Sie, Howard?»

«Tutenchamun!»

Die Ekstase der Heiligen musste dieser unaussprechlichen Wonne gleichen, welche sich des ganzen Menschen vollends bemächtigte und ihn in einen unbeschreiblichen Zustand, zwischen Himmel und Erde, versetzte. Tutenchamun, endlich. Der König tauchte aus den Tiefen der Zeiten auf, sein Wohnsitz der Ewigkeit kam aus dem TAL hervor, wurde dessen Herz und dessen Mitte.

Carnarvon hatte Carters Arm nicht losgelassen.

«Einen Cognac?»

«Nein ... ich brauche meinen ganzen Verstand. Ich möchte wieder diese Tür sehen.»

Carter fürchtete, sich geirrt und einen anderen Namen entziffert zu haben, doch es war tatsächlich Tutenchamun, der an diesem seltsamen Ort bestattet worden war.

«Fabelhaft, Howard», beschied Carnarvon mit Feuer.

«Bravo, Mr Carter!», sagte Lady Evelyn enthusiastisch.

«Erlauben Sie mir, Sie zu küssen!»

Sie wartete die Erlaubnis des Archäologen nicht ab.

«Dies ist wohl die schönste Dankesbezeigung», meinte der Graf. «Sie sind ein berühmter und vergötterten Mann, Howard.»

«Die Vaterschaft der Entdeckung kommt Ihnen zu.»

«Ich habe nicht die Absicht, meine Beteiligung zu verhehlen, aber das hier ist Ihr Traum, der sich verwirklicht.»

«*Unser* Traum.»

Carnarvon gab sich den Anschein nachzudenken.

«Sie haben nicht ganz Unrecht.»

Carter beugte sich erneut über die Siegel.

«Teilt etwa noch ein anderer Monarch das Grab?»

«Viel schlimmer.»

Carter war wieder bleich geworden; Carnarvon bemerkte seine Verwirrung.

«Was gibt es?»

«Das Grab ist geschändet worden.»

61

«Worauf beruht Ihre Gewissheit?»

«Eines der Nekropolensiegel ist auf eine Art Riss gesetzt worden; man hat diese Tür aufgebrochen, nachdem sie versiegelt wurde, und dann wieder versiegelt.»

Der Graf verlor die Hoffnung nicht.

«Dieses Ereignis hat sich vor der Ramessidenepoche zugetragen, da die Arbeiterhütten über diesem Grab errichtet worden sind, das sie somit versteckt und gerettet haben.»

«Unanfechtbare Beweisführung», gestand Carter ein. «Die Grabausrüstung ist vielleicht verschont geblieben.»

Eine dumpfe Besorgnis hatte die Ausgräber ergriffen; waren Räuber in das Grab eingedrungen?

Ahmed Girigar alarmierte Carter; aus dem Schutt, der das untere Ende der Treppe bedeckte, hatte man soeben einen Skarabäus geborgen. Der Archäologe traute seinen Augen nicht: Er trug den Namen Thutmosis' III. Neugierig geworden, untersuchte er jede Scherbe und wurde bald von Lady Evelyn unterstützt, welche die glückliche Hand besaß, mehrere beschriftete Bruchstücke herauszufischen. Sie zeigte sie dem zusehends verwirrteren Carter; erneut entzifferte er den Namen Tutenchamun, doch andere Kartuschen offenbarten die Anwesenheit seiner Vorgänger – Echnaton der Häretiker und Semenchkare. Eine andere Scherbe führte Amenophis III. an, den Vater Echnatons. «Fünf Pharaonen», murmelte Carter.

«Was schließen Sie daraus?»

«Nichts Gutes.»

Callender trug Steingutscherben und Holzkästen zusammen, die Schmuck und königliche Gewänder enthalten hatten, manche gehörten Tutenchamun, andere Echnaton. Dieser Anblick entmutigte Carter.

«Weshalb dieser Pessimismus, Howard?»

«Ich fürchte, diese Gruft ist nur ein simples und seit langem geplündertes Versteck; die Relikte beweisen, dass Priester die Mumien dieser Könige umgebettet haben, um sie in diesem Schacht in Sicherheit zu bringen. Infolge eines versuchten Diebstahls wurden sie dann anderswo versteckt.»

«Es gibt noch eine andere Möglichkeit: Als Tutenchamun gezwungen war, Amarna zu verlassen und nach Theben zurückzukehren, hat er Schätze, die er mitgebracht hatte, hier verborgen.»

Carter nickte, dachte jedoch sogleich an die zahlreichen Grabschändungen, von denen mehrere Papyri berichteten. Er stellte sich die geheimen Zusammenkünfte der Räuber vor, ihren Marsch durch die Dunkelheit, den Angriff auf die Wachen und das Eintauchen in das Grab auf der Suche nach Gold. Diese Verbrecher hatten keine Achtung vor der Mumie; sie rissen die Kolliers, Schmuckstücke und Amulette herunter, nahmen die Maske ab, verbrannten die Binden. Sie trugen Vasen, Möbel und Statuen fort und teilten später ihre Beute auf. Nach ihrer Heimsuchung war die heilige Wohnstätte nur noch Chaos und Verheerung. Und ebendies fürchtete Carter auf der anderen Seite der versiegelten Tür zu erblicken.

«Wir werden es morgen öffnen», entschied Carnarvon.

«Weshalb dieser Aufschub?», fragte Lady Evelyn voll Ungeduld.

«Wegen der Verordnung der Altertümerverwaltung.»

Carter begehrte nicht auf, er war von der Enttäuschung, die dem Rausch gefolgt war, allzu niedergeschlagen.

Lacau hatte den finstersten seiner Inspektoren in das Tal gesandt, den hageren und steifen Rex Engelbach, den niemand je lachen gehört hatte. Am 25. November zur Morgenstunde kam er den Fundort erkunden; der Anblick der Stufen verursachte ihm keinerlei Gemütsbewegung.

«Handelt es sich dort unten an der Treppe um eine Grabtür?»

«Wahrscheinlich», antwortete Lord Carnarvon.

«In diesem Fall müsste ein Eisengitter vorgesehen werden.»

«Es ist vorgesehen. Nichtsdestotrotz gedenken wir, zuvor hineinzugehen.»

«Vergessen Sie nicht, dass ein Inspektor der Verwaltung im Augenblick der Öffnung anwesend sein muss; Pierre Lacau ist unerbittlich in diesem Punkt. Jede Zuwiderhandlung würde strengstens geahndet werden.»

«Und Sie», mischte sich Carter gereizt ein, «vergessen Sie nicht, dass der Entdecker das Recht hat als erster hineinzugehen.»

Rex Engelbach warf sich in die Brust.

«So ist es in Ihrer Grabungslizenz vermerkt, in der Tat; seien Sie versichert, dass ich dies beklage. Die Überstürztheit eines Amateurs ist erschreckend.»

«Ich bin kein Amateur und ich arbeite schon weit länger als Sie in diesem Tal.»

Einen Faustkampf befürchtend trat Carnarvon dazwischen.

«Nun denn, bleiben Sie. Mr Carter wird jetzt zur Öffnung schreiten.»

Lady Evelyn, den administrativen Streitigkeiten gegenüber gleichgültig, stand bereits vor der Tür. Carnarvon fotografierte sie und machte auch mehrere Aufnahmen der Siegel.

«Wie Sie feststellen können», sagte Carter zu Engelbach, «arbeiten wir gewissenhaft. Ich selbst habe das kleinste Detail abgezeichnet, und unsre Publikation wird so präzise wie umfassend sein.»

«Hoffen wir es.»

«Ich muss Sie auf einen wesentlichen Fakt aufmerksam machen.»

Carnarvon und seine Tochter traten zur Seite; Carter zeigte Engelbach den linken oberen Teil der Tür.

«Was ist daran außergewöhnlich?»

«Der Mörtelverputz. Mit ihm wurde das Loch zugemauert, das den Räubern als Durchschlupf diente.»

«Bloße Hypothese.»

«Unbestreitbare Gewissheit; tragen Sie Sorge, in Ihrem Protokoll anzuführen, dass diese Grabstätte in der Antike geschändet wurde.»

Engelbach machte sich Notizen. Carnarvon und Carter wechselten ein augenzwinkerndes Lächeln; gegenüber Lacau und seiner Behörde würde der Unterschied zwischen «unversehrtes Grab» und «geschändetes Grab» vielleicht von großer Bedeutung sein.

«Genaue Beschaffenheit des Grabes?»

«Wenn Sie es wissen möchten, Mr Engelbach, müssen Sie hinein.»

«Wird es lange dauern?»

«Die Tür ist nicht sehr breit.»

«Nun denn, fangen wir an.»

Die Arbeiter lösten die Steinquader einzeln heraus. Carter sah deutlich den Eingang eines Stollens mit ausgeprägtem Gefälle, von zwei Metern Höhe und gleicher Breite wie die Treppe. Weiter vorzudringen bedeutete, die Anhäufung aus Gestein und Erde, die den Durchgang versperrte, auszuräumen; beachtenswerte Überreste verbargen sich in diesen Trümmermassen: Keramikscherben, Stopfen von Krügen, Alabaster- sowie bemalte Vasen. Carter hielt sich längere Zeit mit Schläuchen auf, welche das erforderliche Wasser für das Vergipsen der Tür oder aber den Mörtel selbst enthalten hatten. Keiner dieser Gegenstände führte den Namen Tutenchamun oder eines seiner Vorgänger an.

«Spuren eines Raubs», urteilte Carnarvon. «Die Banditen haben sich einen Weg durch diesen Trümmerschutt gebahnt und einen Teil ihrer Beute hinter sich zurückgelassen.»

Engelbach machte sich fleißig Notizen. Als der Tag sich neigte, war der Gang ungefähr neun Meter ausgeräumt.

«Keine zweite Tür in Sicht», bemerkte der Inspektor der Verwaltung. «Kein Glück, Carter: Sie sind auf ein ausgeplündertes und wieder zugeschüttetes Versteck gestoßenen.»

Am 26. November begab Rex Engelbach sich nicht auf die Grabungsstätte, die er als belanglos ansah. Der fiebernde Carter kümmerte sich nicht um den Schmerz in seiner Hand; von diesem bornierten Beamten befreit zu sein, verlieh ihm Flügel. Unter seinem Einfluss schäumten die Arbeiter über vor Energie und setzten die Entleerung mit Behutsamkeit fort; einen Meter weiter legten sie den unteren Teil einer zweiten Tür bloß, die bald freigeräumt war.

Dies war nun die Stunde der Wahrheit. Würde der Eingang des Grabes die Pforte zur Hölle oder die zum Paradies sein? Carter erinnerte sich, dass Champollion hundert Jahre zuvor, am 14. September, in einem Augenblick der Erleuchtung das Geheimnis der Hieroglyphen gelüftet hatte. Falls der britische Ägyptologe das erste unversehrte Königsgrab öffnen sollte, würde er an diese Legende heranreichen.

«Werden wir diese Türe einbrechen?», fragte Lady Evelyn.

«Das ist vielleicht gefährlich. Wie sollen wir wissen, ob die Luft nicht giftig ist, wenn sie seit vierunddreißig Jahrhunderten nicht erneuert wurde?»

«Die Risiken sind mir einerlei; einen solchen Moment zu erleben, lässt die Angst vergessen.»

Carter befragte Carnarvon mit einem Blick; der Graf bekundete keinerlei Einwände. Seine Tochter war genauso starrköpfig wie er.

«Es gibt eine Möglichkeit, eventuelle schädliche Ausdünstungen zu erkennen: die Flammenprobe. Falls die Kerze verlöscht, werden wir schnellstens das Grab verlassen.»

Mit zugeschnürter Kehle schuf Carter eine kleine Öffnung in der linken oberen Ecke. Er stieß eine Eisenstange, die Callender ihm reichte, hinein und traf nur auf leeren Raum; demnach keine Blockierung auf der anderen Seite. Dann führte er die angezündete Kerze an den Spalt. Die Flamme flackerte einige Augenblicke, verlosch jedoch nicht.

«Halten Sie sie», bat er den Grafen. «Ich werde das Loch erweitern.»

Carter spähte zitternd hinein. Er hatte das Gefühl, lebend in die jenseitige Welt einzudringen, die heilige Schwelle zu überschreiten, die der Menschheit ein sagenhaftes Land verwehrte.

Zunächst sah er nichts; die Flamme flackerte noch immer und leuchtete nur auf kurze Entfernung. Dann gewöhnten sich seine Augen an die Dunkelheit; nach und nach hoben sich Umrisse aus der Finsternis ab.

Carnarvon wurde so ungeduldig wie seine Tochter.

«Sehen Sie etwas?»

«Ja, Wunderdinge!»

«Sonderbare Tiere, Statuen, Gold ... überall der Glanz von Gold!»

Carnarvon schaute nun seinerseits hinein und war wie betäubt; als Lady Evelyn an der Reihe war, blieb sie so stumm wie die beiden Männer. Und was Callender anlangte, so staunte er offenen Mundes. Das Abenteuer wandelte sich zum Wunder.

Carter stopfte das Loch wieder provisorisch zu; das Quartett verließ schweigend das Grab. Callender brachte an der Eingangstür ein Holzgitter an und bat den *rais*, während der Nacht Wache zu halten. Ahmed Girigar stellte keine Fragen; die drei Männer und Lady Evelyn schwangen sich auf Esel und brachen zum Grabungshaus auf, ohne ein Wort zu wechseln; Susie lief still neben ihnen her.

Callender trug vier Cognac auf. Der Alkohol ließ Carnarvon aus seinem Schweigen heraustreten.

«Dutzende, vielleicht Hunderte von Meisterwerken ... das TAL ist großmütig, Howard.»

«Der wunderschönste Tag unsres Lebens, der Tag des Wunders ... und wenn man bedenkt, das Davis seine Grabungen nicht einmal sechs Fuß vor diesem Grab abgebrochen hat! Doch ich verstehe seinen Grundriss nicht; es ähnelt keinem anderen.»

«Umfasst es mehrere Kammern?», fragte Lady Evelyn.

«Ich habe den Ansatz eines Durchgangs in der Nordwand wahrgenommen; wahrscheinlich eine vermauerte Tür.»

«Weder Sarkophag noch Mumie», bemerkte Callender.

«Dann ist es also doch ein Versteck», schloss Carter.

«Vergessen Sie den Durchgang, der vielleicht in eine Sargkammer führt?», wandte Carnarvon ein. «Falls die vermauerte Tür unversehrt ist, ruht Tutenchamun noch in seinem Sarkophag.»

«Erst die Vorkammer leerräumen und das gesamte Grab explorieren ... Wir werden viel Geduld aufbringen müssen, bevor wir dem Pharao begegnen ... falls er existiert ...»

«Gehen wir zurück ins Grab.»

«Sie wollen doch nicht sagen, dass ...»

«Doch. Wir müssen noch heute Nacht handeln.»

«Wenn die Altertümerverwaltung davon erfährt, wird sie uns die Lizenz entziehen.»

«Der *rais* wird uns nicht verraten», stellte Callender klar, «er ist ein großartiger Kerl. Weihen wir ihn ein.»

«Wir müssen eine Botschaft für Engelbach abfassen», meinte Carter. «Wir werden ihn darauf hinweisen, dass die zweite Tür freigeräumt ist, und dass wir ihn morgen Früh auf der Grabungsstätte erwarten.»

«Beschwören wir denn nicht sein unpassendes Eintreffen herauf, wenn wir sie ihm heute Abend zukommen lassen?», sorgte sich die junge Frau.

«Keinerlei Gefahr: Das Büro der Verwaltung schließt um siebzehn Uhr. Engelbach wird die Botschaft erst morgen vorfinden.»

«Tja dann, meine Herren, bewehren wir uns mit Lampen. Ich gehe voraus.»

Ahmed Girigar band die Esel an einem Pflock fest und bezog erneut seinen Posten vor dem Holzgitter, das er nach dem Durchgang des Quartetts wieder verschlossen hatte. In Susies Begleitung hielt er draußen Wache.

Carter zauderte, diese Tür der vermauerten Kammer aufzubrechen, welche Priester in der prachtvollen Blütezeit Ägyptens verschlossen hatten. Trug dieses Unternehmen nicht den Stempel des Irrsinns?

«Man müsste das Loch verbreitern», stellte Carnarvon fest.

«Wir sollten davon absehen», meinte Carter.

Lady Evelyn näherte sich dem Archäologen und nahm seine Hand.

«Die Entscheidung liegt bei Ihnen, selbstverständlich ... aber bereiten Sie uns nicht diesen Kummer.»

Ihr Lächeln, im Dämmerlicht, war das einer ägyptischen Göttin.

Carter erweiterte das Loch.

«Ich würde gerne als erste hineingehen. Falls noch eine Gefahr besteht, ist es an mir, ihr zu trotzen.»

«Lady Evelyn . . .»

«Ich werde von meinem Entschluss nicht abrücken, Mr Carter. Der Archäologe muss um jeden Preis überleben, um einen wissenschaftlichen Bericht abzufassen.»

Carnarvon half seiner Tochter; Carter kam allein zurecht, reichte sodann seinen Arm dem Grafen, den Callender behutsam voranschob. Lady Evelyn leuchtete ihnen mit einer elektrischen Lampe.

«Ich stecke fest», klagte Callender, der viel korpulenter als seine Gefährten war.

Carter zog ihn. Der Stein bröckelte, sein Freund kam durch.

Dicht gedrängt, mit wild pochenden Herzen, richteten sie die Lampen auf die Schätze. Die Ansammlung von Gegenständen übertraf ihre irrwitzigsten Träume; goldene Totenbahren, Königsstatuen aus schwarzem Holz, bemalte und mit Einlegearbeiten verzierte Schreine, Alabastervasen, Stühle, Prunkstäbe, zerlegte Teile eines Wagens . . . der Blick sprang von einem Meisterwerk zum anderen.

Ein leichter Geruch schwebte in dieser Luft, die sie als erste seit mehr als dreitausend Jahren atmeten.

Lady Evelyn stieß einen Schrei aus.

«Da, eine Schlange!»

Während sie sich in Carters Arme flüchtete, trat Callender dazwischen.

«Es ist wohl eine Schlange, aber aus vergoldetem Holz.»

Als die Aufregung vorüber war, maß der Archäologe die Kammer aus: 8 Meter lang, 3,60 Meter breit, 2,20 Meter hoch. In diesem kleinen Raum war der sagenhafteste Schatz angehäuft, der je in Ägypten gefunden wurde.

«Welch eine Unordnung», bemerkte Carnarvon. «Die

Gegenstände wurden wahrlich übereinander gestapelt . . . es sei denn, man hätte die Räuber mitten in der Arbeit überrascht.»

«Eine geregelte Unordnung», berichtigte Carter. «Schauen Sie auf die Erde.»

Am Boden lagen Stoffstücke und getrocknete Blumen, die nicht zertreten worden waren.

«Jene, die zum letzten Mal ihren Fuß auf diese heilige Erde setzten, haben Sorge getragen nichts zu zerstören. Das ist nicht nur ein materieller Schatz, der sich uns hier darbietet, sondern der Geist von Ägypten; der Duft, der unsre Nasen erfüllt, ist der der Ewigkeit.»

Überwältigt blieb Carnarvon regungslos vor den drei Wiedererstehungsbahren stehen, eine mit Löwenhöpfen, dem Symbol der Wachsamkeit, eine andere mit Kuhköpfen, die Himmelsmutter beschwörend, die letzte mit Nilpferdköpfen, die Matrix der Wiedergeburt verkörpernd. Der Schlagschatten der Köpfe zeichnete sich auf der Wand ab, als erwachten sie wieder zum Leben.

Lady Evelyn wagte keine der aber dutzend Truhen aus Edelhölzern oder der eiförmigen Schatullen zu öffnen; eine Verzierung, welche Tutenchamun auf seinem Wagen, siegreich über davonstiebende Feinde, darstellte, versetzte sie in eine Art Ekstase. Carter hob den Deckel der Truhe zum Ruhme des jungen Königs hoch: im Inneren Sandalen und Kleider, mit farbigen Perlen geschmückt.

«Er hat diese Gewänder und Sandalen getragen», bemerkte er bewegt.

Carnarvon bewunderte einen Thronsessel, dessen Rückenlehne Tutenchamun und seiner jungen Gemahlin gewidmet war; die Königin, dem König zugewandt, bezeugte ihm ihre Zuneigung, indem sie ihm den Arm entgegenstreckte, in einer Geste von unnachahmlicher Zärtlichkeit und Zurückhaltung.

«Das ist das schönste Relief ägyptischer Kunst», murmelte Carter.

«Wie glücklich müssen Sie sein», sagte Lady Evelyn, die so nahe bei ihm stand, dass sie ihn fast berührte.

«Kommen Sie sich das anschauen», schlug Callender vor, der sich trotz seiner Korpulenz ohne irgendwo anzuecken bewegte.

«An der südwestlichen Ecke der Vorkammer gibt es eine Öffnung.»

«Wenn sie sehr eng ist, gehe ich voran!»

Mit einer elektrischen Lampe in der Hand führte Lady Evelyn ihr Anerbieten unverzüglich aus. Bald rief sie Carter zu sich, der kriechend in eine kleine, wie die Vorkammer in den Fels gehauene rechteckige Kammer drang. Auch sie war mit wunderbaren Gegenständen angefüllt, vergoldete Bahren, Goldsessel, Alabastervasen; es herrschte darin eine Unordnung, als wäre eine heftige Windbö hineingefahren und hätte die ursprüngliche Ordnung durcheinander gebracht.

Carter fühlte sich wie erdrückt. Das Studium des Inhalts der Vor- und der Seitenkammer würde Jahre an Inventarisation und Forschung erfordern; man müsste verstehen, weshalb die einzige unversehrte Grabstätte des Tals auf diese Weise angelegt worden war. Grabstätte ... war dies überhaupt das richtige Wort? Fehlte denn nicht Tutenchamun selbst?

Zurück in der Vorkammer, wandte Carter sich jenem Ansatz eines Durchganges zu, den er in der Nordwand auszumachen geglaubt hatte; er musste dem Blick zweier Statuen aus schwarzem Holz trotzen, die den König selbst als Wächter seines Grabes verkörperten. Insgeheim bat er sie, ihm dieses Eindringen zu verzeihen, und versprach ihnen, die Seele und den Leib des Pharaos zu respektieren, falls es ihm gelänge, den Sarkophag zu erreichen. Einerseits war Carter nun überzeugt, sich tatsächlich in einem Königsgrab und nicht in einem Versteck, so wunderbar es auch sein mochte, zu bewegen; andererseits wunderte er sich über diesen anormalen Bauplan, der mit keinem der bekannten Gräber irgendeine Gemeinsamkeit aufwies. Für gewöhnlich mündete ein mehr oder weniger breiter, von Seitenkapellen flankierter Gang in eine Sargkammer; war diese hinter einer der Wände der Vorkammer verborgen?

Ein andersfarbiger Mörtel als jener der Wand bewies das Vorhandensein eines Durchgangs; auch hier waren mehrere Nekropolensiegel gesetzt. Die Priester hatten folglich die Öffnung wieder zugemauert, nachdem sie die verborgene Kammer verlassen hatten.

«Wünschen Sie noch weiter vorzudringen, Herr Graf?»

«Selbstverständlich», antwortete Lady Evelyn anstelle ihres Vaters.

Mit Callenders Hilfe löste Carter einige Quader heraus. Der Strahl seiner Lampe beleuchtete nur eine Art engen Gang; zweifelsohne ein Stollen, der in eine andere Kammer führte. So musste er weitere Quader herausnehmen und den unteren Teil des Durchgangs freilegen, um hindurchschlüpfen zu können. Carnarvon, seine Tochter und Callender hielten den Atem an. Plötzlich verschwand Carter, als wäre er in einen Abgrund gefallen.

«Howard! Wo sind Sie?»

Der Kopf des Archäologen tauchte wieder auf.

«Alles in Ordnung . . . Der Boden liegt ungefähr einen Meter tiefer als der der Vorkammer. Die Höhenunterschied hat mich überrascht.»

«Was sehen Sie?»

«Noch nichts . . . ich muss meine Lampe aufheben.»

Die Stille war nur von kurzer Dauer.

«Mein Gott! Eine goldene Mauer!»

Mit den Füßen zuerst zwängte Lady Evelyn sich nun ihrerseits in die Öffnung. Ihre Lampe, die sich der von Carter hinzugesellte, beleuchtete eine riesige Kapelle, welche einen Raum, der kleiner als die Vor-, doch größer als die Seitenkammer war, fast vollständig ausfüllte.»

«Die Sargkammer . . . Diesmal sind wir drin!»

Carnarvon stieg nun ebenfalls hinunter; Callenders Korpulenz verbot ihm, demselben Weg zu folgen. Er und Carter beschlossen jedoch keine weiteren Quader herauszulösen. Das Loch wieder zuzustopfen, durfte nicht allzu viel Zeit in Anspruch nehmen.

Fasziniert fuhr Carnarvon mit der Hand über den gigantischen Katafalk, dessen Tür mit einem Riegel verschlossen war.

«Er ruht im Innern, dessen bin ich sicher. Ein Pharao in seinem goldenen Sarkophag, zum allerersten Mal!»

Carter zog langsam den Riegel zurück.

Ein leinenes Bahrtuch, mit Goldrosetten übersät, bedeckte den Sarg.

«Er ist hier», murmelte er mit erstickter Stimme. «Er ist wirklich hier und ich werde auf ihn Acht geben.»

Mit zitternden Händen schloss Carter die Tür der Kapelle wieder und schob den Riegel vor.

«Heute Nacht können wir unmöglich weiter vordringen, ohne Gefahr zu laufen diese Wunderdinge zu beschädigen.»

Niedergekauert richtete Lady Evelyn ihre Lampe auf einen kleinen, in die nordöstliche Ecke der Sargkammer gehauenen Durchgang.

«Hier ist noch ein Raum . . . einfach unglaublich!»

Carter und Carnarvon krochen der jungen Frau hinterher; ein außergewöhnlicher goldener Reliquienschrein zog ihre Blicke in Bann. An seinen vier Ecken vier goldene Göttinnen, die ihre Arme schützend ausbreiteten; die Gesichter waren so vollkommen, die Körper so bewundernswert, dass sie wahrhaftig ein Gefühl von Frömmigkeit empfanden.

«Wir müssen gehen», beklagte Carter. «Wir müssen vorm Morgengrauen zurück im Grabungshaus sein.»

«Das ist die größte Entdeckung aller Zeiten», murmelte Carnarvon. «Hier befinden sich genügend Gegenstände, um den gesamten oberen Teil des British Museum, der Ägypten gewidmet ist, zu füllen.»

Mit großem Bedauern verließen sie diese neue Schatzkammer, wo eine wunderschöne Anubisstatue, auf dem Dach einer Kapelle ausgestreckt, thronte. Entlang der Wände bildeten

Schreine, Vasen, Lampen, Körbe, Barkennachbildungen und Geschmeide ein Dekor von blendender Schönheit.

Wie betäubt kehrten sie in die Sargkammer zurück und stiegen hinauf in die Vorkammer. Callender setzte die Quader wieder an ihre Stelle und Carter platzierte den Deckel eines Korbs und Schilfrohrstängel vor den Durchgang.

Ahmed Girigar stellte keine einzige Frage. Vier Schatten stiegen auf die Esel und entschwanden, von Susie geführt, schweigend in der zu Ende gehenden Nacht.

63

Carter schlief nicht. Er versuchte sich zu überzeugen, dass er nicht träumte und dass das Grab von Tutenchamun wirklich und wahrhaftig existierte; um sich zu vergewissern, sah er sich den Plan an, den er in aller Eile aufgezeichnet hatte.

Ein Komplex aus vier Kammern von recht bescheidenen Ausmaßen bildete das einzig unversehrte königliche Grabgelege des TALS; wenn es auch keinem anderen glich, fehlte doch nicht einer der wesentlichen Bestandteile. Es war keine in aller Eile hergerichtete Örtlichkeit, sondern ein vollendetes Universum, wo alle für das Überleben des Pharaos erforderlichen Ritualgegenstände vorhanden waren. Tutenchamun bot somit demjenigen, der das Geheimnis der ägyptischen Spiritualität und, über diese, das der Wiedererstehung lüften wollte, den idealen Weg.

Am frühen Morgen weckte Carter Callender und bat ihn die Elektroinstallation vorzubereiten, die, mit dem Hauptgenerator des TALS verbunden, Tutenchamuns Grab auszuleuchten gestatten sollte. Was ihn anlangte, so wollte er die Siegel der zweiten Tür abnehmen, bevor er diese einreißen würde. Carnarvon, von seiner Tochter assistiert, machte Aufnahmen; auch sie hatten keinen Schlaf gefunden. Alle befürchteten die Ankunft von Rex Engelbach.

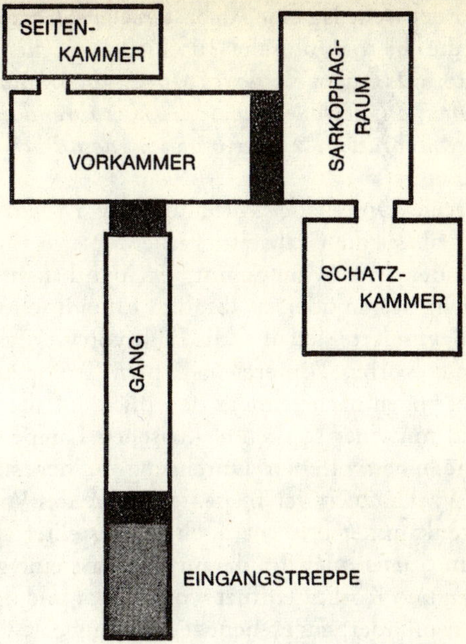

Gegen Mittag stellte sich Ibrahim Effendi, einer seiner Untergebenen, am Eingang des Grabes ein; Carter begrüßte ihn.

«Mr Engelbach hat mir Ihre Botschaft weitergegeben; andere Verpflichtungen haben ihn in der Stadt zurückgehalten. Ich selbst bin ziemlich beschäftigt; wenn wir uns also beeilen könnten ...»

Der Mann war recht spröde und eher reserviert. Carter brachte ihn bis zur Tür der Vorkammer und hieß ihn die Spuren des Eindringens von Räubern festhalten; er stellte den Inspektor dem Earl of Carnarvon und dessen Tochter vor, welche die Kompetenz der Verwaltung rühmten. Nachdem sie diese Höflichkeiten hinter sich gebracht hatten, schritt Carter zum Aufbrechen der Tür.

Auf der Schwelle lag eine Alabasterschale; Carter hob sie auf und las die hieroglyphische Inschrift, die die Umrandung schmückte: *«Dass dein Ka* lebe! Mögest du Millionen von Jahren verleben, du, der du Theben liebst, während du sitzest, das Antlitz dem Nordwind zugewandt, und dein Blick die Glückseligkeit schaut.»*

«Die letzte Opfergabe», urteilte Lady Evelyn, «die seiner Gemahlin, als sie die Grabstätte verließ.»

Der Boden war von Schutt, Steingutbruchstücken und pflanzlichen Resten übersät. Ibrahim Effendi schritt behutsam voran und wunderte sich über die Fülle von Gegenständen; Stäbe, Waffen, Körbe, Töpfereien, Zepter, Trompeten, Schreine und Sessel zogen nacheinander den Blick auf sich. Carter, der jede Wand mit einer starken elektrischen Lampe untersuchte, vermeldete einen offenen Durchgang in der südwestlichen Ecke der Vorkammer; der Inspektor stellte das Vorhandensein einer Seitenkammer fest, die noch vollgestellter als der große Raum war. Carter wies ihn darauf hin, dass eine gewisse Zahl der Truhen und Körbe geöffnet worden war und dass das Grab somit als geplündert angesehen werden müsse.

«Merkwürdige Räuber», warf der Inspektor ein. «Sie haben nichts Großartiges mitgenommen. Schauen Sie sich diese Goldreife an: Was gäbe es Leichteres zu stehlen?»

«Die Schlussfolgerung drängt sich von selbst auf», verkündete Carnarvon. «Die Banditen sind überrascht und festgesetzt worden. Danach haben die Priester hastig aufgeräumt.»

Der Inspektor schien mit dieser Erklärung zufrieden. Carter behielt eine andere Hypothese für sich, welche den Raub ausschloss: Um den Schatz Tutenchamuns zu schützen, hatte man ihn mit einer gewissen Übereilung in ein anderes Grab überführt. Verworrene politische Umstände? Magische Handlung? Der Wille, eine als wesentlich erachtete Botschaft zu bewahren? Wahrscheinlich von all diesen verschiedenen Motiven etwas.

* Die Lebenskraft, die den Tod überdauert.

Ibrahim Effendi erblickte den Korbdeckel und die Rohrstängel; er schob sie beiseite und legte einen beschädigten Teil der Trennwand bloß.

«Es existiert noch ein Raum.»

«Das ist sicher», anerkannte Carnarvon. «Es wäre jedoch unvorsichtig diese Wand einzureißen, bevor die Vorkammer nicht ausgeräumt ist.»

«Wie sehen Sie den weiteren Verlauf dieser Ausgrabung vor?», fragte der Beamte Carter.

«Die Arbeit ist gigantisch; man muss Lagepläne anfertigen, alles fotografieren, wobei darauf zu achten ist, dass das Magnesiumblitzlicht nichts in Brand steckt, und die Gegenstände herausholen, ohne sie zu zerbrechen. Zweifelsohne werden manche restauriert werden müssen, bevor man sie bewegt. Mein Kollege Callender wird sich um den Bau eines Eisengitters kümmern, welches das Grab vor Begehrlichkeiten schützen soll; darüber hinaus wird ein Wächter die Nacht im Innern, und zwar im Gang, verbringen.»

«Perfekt; ein Inspektor der Verwaltung wird das Voranschreiten Ihrer Arbeiten alle zwei Tage nachprüfen kommen. Unser Direktor ist auf Rechtmäßigkeit sehr bedacht.»

«Wir auch», pflichtete Lord Carnarvon bei.

Die erste Invasionswelle brach am selben Nachmittag über das Tal herein. In Luxor sprach man nur noch von Carnarvons und Carters sagenhafter Entdeckung; die Ägyptologen stürzten sich auf das Westufer, da sie ein Recht auf Einsichtnahme in ein Grab zu besitzen vermeinten, welches ein Außenseiter-Archäologe die Dreistigkeit besaß ans Licht zu bringen.

Mit größter Entschiedenheit lehnte Howard Carter es ab das Gitter zu öffnen. Die Meute heulender Hunde, deren Gebell er während seiner Laufbahn genügend oft vernommen hatte, erschreckte ihn nicht.

«Das ist nicht das Grab von Tutenchamun, sondern das von Haremhab!», posaunte ein britischer Gelehrter.

«Falsch. Erkundigen Sie sich besser: Es befindet sich tatsächlich im TAL, aber nicht an dieser Stelle.»

«Ist es denn nicht das Versteck einer Palastausrüstung?», legte ein französischer Wissenschaftler nahe.

«Nein.»

«Angeblich hat man mesopotamische Gegenstände identifiziert», behauptete ein Deutscher, «und es soll sich nicht um ein ägyptisches Grab handeln.»

«Es handelt sich um die herrlichste pharaonische Kunst, im vollkommen reinen Stil der XVIII. Dynastie.»

«Zeigen Sie uns Ihre Meisterwerke!»

«Lord Carnarvon hat beschlossen die notwendige Zeit aufzuwenden; da wir hier dem sagenhaftesten Schatz, der je entdeckt wurde, gegenüberstehen, schulden wir ihm absolute Ehrfurcht.»

«Sie werden uns doch trotz allem nicht warten lassen?», wendete der Franzose ein.

«Mehrere Jahre, wenn es sein muss. Wollen Sie mich jetzt entschuldigen, meine Herren; wenn Ihre Gesellschaft mich auch erfreut, so erfordert die von Tutenchamun meine gesamte Aufmerksamkeit.»

Am selben Abend dinierte der Provinzgouverneur mit Lord Carnarvon und seiner Tochter im Winter Palace.

«Ägypten ist stolz auf Sie, Herr Graf; Ihr Archäologe, Howard Carter, ist ein sehr tüchtiger Mann. Leider hat er keinen verträglichen Charakter; seine Kollegen haben seine Haltung beklagt.»

«Er beklagt die ihre seit recht vielen Jahren; der Erfolg macht die Leute neidisch, Herr Gouverneur.»

«Gewiss ... doch könnte man die Ausgrabungen nicht beschleunigen? Für gewöhnlich werden nicht so viele Vorsichtsmaßnahmen getroffen.»

«Belzoni rammte ein Grab in zehn Tagen ein, manchmal gar in zehn Stunden, das ist wahr ... aber Tutenchamun erfordert weit mehr Sorgfalt.»

«Carter wird doch trotz allem nicht den Wunsch hegen die Gegenstände einzeln zu inventarisieren?»

«Aber selbstverständlich doch», antwortete Lady Evelyn. «Keine Pression wird ihn davon abbringen.»

«Die Wissenschaft erwartet eine rasche Publikation ...»

«Die Wissenschaft wird sich den Erfordernissen der Ausgrabungen beugen.»

«Das traurige Experiment von Grab 55 sollte nicht wiederholt werden», verdeutlichte Carnarvon leutselig. «Als sie es in aller Eile leerräumten, haben Spezialisten es verwüstet.»

«Sicher, sicher ... aber ein kurzes Arbeitsjahr wäre schon recht lang, um ...»

«Tutenchamun wird entscheiden», sagte Lady Evelyn mit einem charmanten Lächeln.

Carnarvon fand, dass er mit den Nerven seines Gastes genug gespielt hatte.

«Seien Sie unbesorgt, Herr Gouverneur, wir werden eine offizielle Öffnung des Grabes veranstalten, damit Sie und die Notabeln den Schatz bewundern können.»

«Oh ... welch ein wunderbare Idee! Haben Sie schon ein Datum vorgesehen?»

«Würde der 29. November Ihnen zusagen?»

«Prächtig.»

Die Stimmung wurde richtig herzlich; der Gouverneur erhielt die Zusicherung, dass er einer der ersten sein würde, der die noch verwehrten Herrlichkeiten zu sehen bekäme. Carnarvon ließ unerwähnt, dass die Einladungen bereits verschickt waren, und dass er es verabsäumt hatte, die Erlaubnis der Altertümerverwaltung einzuholen.

Die Neuigkeit verbreitete sich wie ein Lauffeuer in ganz Ägypten. Die Journalisten, ohne genaue Informationen, waren zu verbrämen genötigt und ließen ihrer Einbildungskraft freien Lauf, da Carnarvon jede Unterredung mit der Presse vor der offiziellen Öffnung verweigerte, die ein nationales Ereignis werden sollte.

Am 28. November machte ein Gerücht die Runde: Drei Flugzeuge wären im Tal der Könige gelandet. Zahlreiche Zeugen hätten Carter selbst riesige Kisten transportieren und die Laderäume füllen sehen. Die Flugzeuge, mit dem Schatz Tutenchamuns beladen, wären mit unbekannter Bestimmung davongeflogen und der treubrüchige Archäologe verschwunden.

«Das Tal ist ein Ort voller Wunder», erklärte Carter den zwei Dutzend Reportern, die herbeigeeilt waren, um die Sache zu überprüfen, «doch es kann nicht als Landebahn dienen: zu viele Löcher und zu viele Buckel!»

64

Lady Allenby, die den in Kairo verhinderten Hochkommissar vertrat, der Provinzgouverneur und der große Chef der örtlichen Polizei standen in vorderster Reihe jener Persönlichkeiten, die sich am 29. November vor dem Eingang des Grabes drängten. Manche Notabeln bemerkten die Abwesenheit Pierre Lacaus und eines Repräsentanten des Ministeriums für Öffentliche Bauten, das für archäologische Angelegenheiten zuständig war; Lord Carnarvon gebärdete sich, als ob das Grabmal ihm gehörte. Wer hätte, in einem solchen Moment, daran gedacht, ihm daraus einen Vorwurf zu machen? Carter war nervös. Er, der Mondänitäten verabscheute, würde gezwungen sein, diese geschwätzigen und undisziplinierten Personen zu führen, die nichts als die Achtung ihrer Privilegien im Sinn hatten, nämlich die ersten zu sein, die das Gold der verschollenen Pharaos sähen. Während er sich mit ihnen in den abführenden Gang begab, kümmerte Carnarvon sich um die Presse, die er auf ihre einfachste Form reduziert hatte: Allein Arthur Merton, von der *Times,* war autorisiert worden das Grab zu besichtigen und einen Artikel zu verfassen.

«Meine ägyptischen Kollegen sind ungehalten», gestand er,

«und Bradstreet, der Korrespondent der *New York Times*, ist regelrecht fuchsteufelswild und droht Ihnen mit Repressalien.»

«Die Amerikaner sind empfindlich; machen Sie Ihre Arbeit und sorgen Sie sich nicht um den Rest.»

Hocherfreut wurde Merton zum Verfasser eines weltweiten *Scoops.* Der Exklusivartikel der *Times* über die sensationellste Entdeckung des Jahrhunderts ging sehr rasch um den ganzen Globus. Tutenchamun wurde ein Star des Zeitgeschehens, dem Tageszeitungen und Wochenblätter so viele Artikel wie einem amtierenden Monarchen widmeten. Bereits vom 30. November an taxierte die Agentur Reuter den Schatz auf mehrere Millionen Pfund Sterling und löste die mannigfaltigsten Begehrlichkeiten aus.

Carnarvon war zufrieden mit seiner Strategie; indem er die Information konzentriert hatte, war ihm ein Meisterstück geglückt; die weite Streuung hätte ihre Wucht geschmälert.

Dass die Journalisten sich untereinander schlugen und Merton hofierten, erheiterte ihn; doch den Gegner, der sich an diesem Nachmittag des 30. November mit gemächlichem Schritt zum Eingang des Grabes begab, konnte auch er nicht fern halten.

«Hübscher Fund», sagte Pierre Lacau.

«Das Verdienst kommt Carter zu.»

«Die kleine Feier von gestern ist gut verlaufen, wie man mir gesagt hat.»

«Carter hat unsre Gäste betört.»

«In meiner Funktion als Direktor der Altertümerverwaltung wäre ich sehr gerne zugegen gewesen.»

«Ein bedauerliches Versehen bei der Abfassung der Einladungskarten hat uns dieser Freude beraubt.»

«Ein Versehen, das auch das Ministerium für Öffentliche Bauten betraf.»

«Das Gesetz der Serie.»

«Hatten Sie etwa die Absicht mir den Zugang zum Grab zu verwehren?»

Der Graf entrüstete sich.

«Wo denken Sie hin? Erlauben Sie mir, Sie zu führen; Carter wird entzückt sein, Sie wiederzusehen.»

Die beiden Männer gaben sich nicht die Hand; Carter, der mit der Katalogisierung begonnen hatte, unterbrach seine Arbeit nicht. Lacau bekundete keinerlei Gemütsbewegung beim Anblick der einzigartigen Werke, welche die Vorkammer anfüllten. Carnarvon erklärte ihm, dass das Grab unglücklicherweise geplündert worden sei und dass dieser Raum mit zwei weiteren Kammern kommuniziere, deren eine unzugänglich sei.

«Wann gedenken Sie diese Wand aufzubrechen?»

«Nicht vor nächsten Februar. Ich muss nach London zurückkehren und Carter möchte mit einem Höchstmaß an Vorsichtsmaßnahmen vorgehen.»

«Umso besser. Sie haben sehr viel Glück.»

«Haben wir es nicht herausgefordert?»

«Alles, was sich hier befindet, ist außergewöhnlich; ich erachte Sie beide, den einen wie den anderen, als verantwortlich für den Schutz dieser Gegenstände.»

«Hocherfreut, dies von Ihnen zu hören», erwiderte Carter ironisch.

Mit dem Handrücken schob Carter den Stapel Telegramme und Briefe beiseite, der sich auf seinem Arbeitstisch auftürmte.

«Sie sind verrückt geworden . . . Mir war nicht bekannt, eine Hundertschaft Cousins zu haben, die bereit wären, mir zu Hilfe zu kommen und vor allem den Schatz mit mir zu teilen!»

«Der Artikel der *Times,* der allen Presseorganen weiterverkauft wurde, hat Furore gemacht, erinnerte Carnarvon. «Tutenchamun ist zum größten internationalen Star geworden, und Sie sind sein Impresario.»

Auf einer Chaiselongue ausgestreckt, trank der Graf ein Glas Bier; er begann sich zu amüsieren.

«Ich bin Archäologe und will meine Ruhe!»

«Beruhigen Sie sich, Howard. Der Trubel wird sich irgendwann legen.»

«Er dauert nun schon zehn Tage an und hört nicht auf anzuschwellen! Die mehr oder weniger heuchlerischen Glückwünsche gehen ja noch an . . . doch wie soll man die Drohungen, Verwünschungen, törichten Ratschläge und zweifelhaften Scherze aufnehmen? Tausende bitten mich, ihnen ein wenig Gold oder Sand zu schicken, sie würden es ehrfurchtsvoll aufbewahren!»

«Der Preis des Ruhms, mein Lieber; vom reichsten Mann der Welt kann man alles verlangen.»

«Niemand wird Tutenchamun ausplündern.»

«Welch ein Pharao! Er, von dem man nichts weiß, stellt die gekrönten Häupter, die internationalen Konferenzen, die Debatte über die Kriegsschäden und sogar die Cricketmeisterschaften in den Schatten: Nach all diesen Jahrhunderten der Stille steht er mit großem Getöse im Rampenlicht.»

«Wußten Sie, dass man uns bezichtigt die verderblichen Mächte geweckt zu haben, die im Grab ruhten? Sie, also wir, sind der Grund, weshalb die belgischen Soldaten Gräueltaten im Kongo begehen!»

«Sie bringen die ganze Welt zum Träumen, Howard; machen Sie sich keine Sorgen über diese wenigen Albträume.»

«Ich kann nicht mehr aus dem Haus gehen, ohne von Journalisten angefallen zu werden; sie wollen alles über Tutenchamun wissen.»

«Was antworten Sie ihnen?»

«Dass er tot ist und im Tal der Könige bestattet liegt.»

«Das dürfte sie kaum amüsieren.»

«Ich ertrage sie nicht mehr! Ich bin kein Possenreißer, sondern ein Forscher, der sein ganzes Dasein im Dienste des Alten Ägyptens damit zugebracht hat, in den entlegensten und unwirtlichsten Gegenden Tonnen von Sand umzuwühlen und Geduld, Stille und Einsamkeit zu erlernen. Schaffen Sie mir diese Parasiten vom Hals.»

«Leider, Howard, stehen wir erst am Anfang der Seuche.»

Der Dezember 1922 sah Horden von Journalisten, Gelehrten, Kaufleuten und insbesondere von Touristen hereinbrechen. Das Grab von Tutenchamun war eine Art Pflichtprogramm, man musste den Eingang bewundert und versucht haben, es zu betreten. In dem Stimmengewirr, dem Tumult und dem Staub wollte man sich mit Carter verständigen, ihn befragen, über den letzten Fund unterrichtet werden.

Bereits in den ersten Minuten des frühen Tages kamen die Touristen in Karren oder auf Eselsrücken an und ließen sich auf der steinernen Brüstung nieder, die Carter um das Grab hatte errichten lassen. Jeder sagte dem anderen voraus, dass sich ein außergewöhnliches Ereignis zutragen würde, beispielsweise das Herauskommen einer Statue oder das Auftauchen der Mumie; manche redeten unaufhörlich, andere lasen, wieder andere fotografierten sich gegenseitig mit dem Grab als Hintergrund. Wenn Carter an die frische Luft kam, fuhren sie ihn grob an und wurden fast hysterisch; mehr als einmal glaubte der Archäologe, die Brüstung würde unter dem Ansturm einstürzen.

An diesem Dezembermorgen erhielt ein Telegrafenbeamter die Erlaubnis, die Absperrung der Wächter zu durchschreiten und den Gang zu betreten, wo Carter ihn erwartete.

«Eine Botschaft für mich?»

«Ja und nein.»

«Erklären Sie sich.»

«Ich bin ein Tourist ... Die Agentur hat mir versprochen, ich könnte das Grab besichtigen. Ich habe mir diese Uniform beschafft, und da bin ich nun!»

Carter packte den guten Mann am Kragen seiner Jacke und stieß ihn aus dem Grab. Kaum hatte er sich dieser Arbeit entledigt, als eine Gruppe Offizieller sich einfand. Carter musste ihre Empfehlungsschreiben prüfen, die von Diplomaten und Beamten des Kairoer Museums abgefasst waren, und sich vergewissern, dass es sich nicht um Fälschungen handelte. Eine halbe Stunde lang stellte er ihnen, wie so vielen anderen, die Meisterwerke der Vorkammer vor.

Im Herausgehen murmelte einer dieser Privilegierten seiner Gattin ins Ohr: «Letzten Endes gab es nichts Großartiges zu sehen.» Wutentbrannt schloss Carter das Holzgitter, verließ das Tal, überquerte den Nil und stürmte ins Büro der Altertümerverwaltung, wo Ibrahim Effendi gerade einen Kaffee trank.

«Tutenchamuns Grab wird nicht mehr besichtigt!»

Der Beamte stand verdutzt auf.

«Mr Carter! Das ist ganz und gar unmöglich. Es zieht tausende von Touristen an, die Hoteliers und Händler sind begeistert.»

«Ich habe die Absicht alles wieder zuzuschütten und bis zum Ende dieses Tumults zu verschwinden.»

«Man wird Sie des Egoismus und der Unverschämtheit beschuldigen.»

«Verdient ein Forscher, der es nicht duldet, gestört zu werden, diese Vorhaltungen? Zehn Besichtigungen pro Tag stellen fünf verlorene Arbeitsstunden dar. Weshalb genießen diese ewig Privilegierten mehr Rechte als die anderen, wo sie doch Tutenchamun, sein Grab und ganz Ägypten verhöhnen? Nur Neugierde und Snobismus leitet sie; die Hauptsache ist bei den Bekannten mit der Behauptung Eindruck zu schinden, man habe es geschafft, einen Passierschein zu ergattern.»

«Ihr Beruf gebietet Ihnen . . .»

«Ja, reden wir über meinen Beruf. Die Archäologie ist eine Zerstreuung der Milliardäre: Genau das ist es, was überall herumgeistert. Wie viele ‹Archäologen› haben sich die Hände auf einer Grabungsstätte wund gearbeitet? Für gewöhnlich übertragen sie die Arbeit irgendwelchen Handlangern oder Stümpern! Ich hingegen muss den Schatz von Tutenchamun retten, und ich werde ihn retten; ich gestatte nicht, dass diese Dummköpfe in der Vorkammer Gegenstände umstoßen und Schäden anrichten. Von heute an werde ich keine Empfehlungsschreiben mehr berücksichtigen; ich allein bin es, der die Besuchserlaubnis erteilen wird.»

Carter knallte die Tür zu. Der Beamte dachte bei sich, dass der Ausgräber eine angeborene Gabe besaß, die Zahl seiner Feinde zu vergrößern.

65

Am Abend des 2. Dezember dinierten Carter, Carnarvon und Lady Evelyn in einem Privatsalon des Winter Palace. Die junge Frau, in einem dekolletierten türkisfarbenen Kleid, war wunderschön. Der Graf schien ausgezeichneter Laune, Carter müde und bekümmert.

«Eine ergötzliche Information, Howard: Budge, der Konservator der ägyptischen Sammlung des British Museum, hat mich kontaktiert. Plötzlich ist er der Ansicht, Sie und ich seien große Archäologen.»

«Er will Fundstücke.»

«Sie scheinen mir nicht an seine Aufrichtigkeit zu glauben.»

«Das British Museum wird nichts bekommen.»

«Der Meinung bin auch auch; allzu lange verachtet worden zu sein, macht ein wenig nachtragend.»

Lady Evelyn drückte ihre Besorgnis aus.

«Sie sind offenbar am Ende Ihrer Kräfte, Mr Carter.»

«Ich bin sehr besorgt.»

«Aus welchem Grund?»

«Das Studium dieses Grabes und seines Inhalts übersteigt meine Fähigkeiten. Nicht allein das Ausräumen wird lang und kostspielig, dazu benötige ich auch noch Experten.»

Carnarvon hatte gefürchtet diese Worte zu hören.

«Lang und kostspielig», wiederholte er.

«Sie werden doch trotzdem nicht aufgeben, Vater!»

«Wenn wir die Konzession zurückgeben», wies Carter hin, «verlieren Sie all Ihre Rechte an den Gegenständen.»

«Welche Lösung schlagen Sie vor?»

«Einen Stab zusammenstellen.»

«Großartig!», fand Lady Evelyn.

«Selbstverständlich», brachte Carnarvon vor, «haben Sie Ihre Mitarbeiter bereits ausgesucht.»

«Mein Freund Winlock hat mir sehr geholfen.»

«Das Metropolitan Museum! Das bitten Sie um Mithilfe?»

«Ein treuer und ergebener Partner, ist es nicht so?»

«Nun denn, und der Stab?»

«Harry Burton, der weltweit beste Fotograf im Bereich der Archäologie, Arthur Mace, ein Neffe von Petrie, Spezialist für Restaurierung und Verpackung von Kunstgegenständen, und zwei Zeichner. Professor Breasted wird sich mit den Inschriften befassen, desgleichen der Grammatiker Gardiner. Callender wird mir weiterhin behilflich sein und der Chemiker Lucas wird nicht lange säumen, zu uns zu stoßen.»

Carnarvon zündete sich eine Zigarre an.

«Bemerkenswert, Howard. Sie verblüffen mich jeden Tag mehr; ich dachte nicht, dass Sie auch ein Menschenführer sind, der imstande wäre, die beste momentan verfügbare Mannschaft zusammenzubringen. Eine Kleinigkeit irritiert mich: Wie viel wird sie mich kosten?»

Carter lächelte.

«Nichts.»

Seiner langen Erfahrung in Sachen Gleichmut zum Trotz wäre Carnarvon fast erstickt, als er sich am Rauch verschluckte.

«Please?»

«Unsre Entdeckung begeistert Lythgoe, einen der Direktoren des Metropolitan; er stellt uns sein Personal kostenlos zur Verfügung.»

«Wo ist der Pferdefuß?»

«Er würde Sie gerne treffen und verhandeln . . . in einem anderen Bereich.»

«Ich bin erleichtert . . . Für einen Augenblick hatte ich geglaubt, von der menschlichen Natur nichts mehr zu verstehen. Wo hält er sich auf?»

«In London. Er denkt, dass Ihre Unterredungen sich nicht in Ägypten abspielen sollten.»

«Da hat er recht. Schütten Sie das Grab wieder zu, lassen Sie es bewachen und bringen Sie schnellstmöglich die Mitglieder Ihres Stabs zusammen; wir werden am 4. nach London aufbrechen.»

«So früh?», warf Lady Evelyn ein.

«Wir haben keine andere Wahl; Howard ist ein unerbittlicher Mann. Wir werden so bald wie möglich zurückkommen.»

Carter wusste, dass die Traurigkeit, die er in Lady Evelyns Augen erspähte, ihm galt.

«Dieser Fotograf ist eine ausgezeichnete Idee», knüpfte Carnarvon an.

«Ich kenne Ihre Neigung für diese Kunst, aber . . .»

«Ich bin nicht beleidigt: Trotz meines Talents habe ich fast all meine Aufnahmen verpatzt! Und Sie, Howard, vergessen Sie nicht zu malen. Tutenchamun bietet Ihnen eine unerschöpfliche Fundgrube; später wird man sich Ihre Bilder aus der Hand reißen, und Sie werden ein Milliardär sein.»

«Ich werde daran denken.»

Und sie? Dachte sie an dieses «später»?

Am 4. Dezember brachen der Graf und seine Tochter von Luxor nach Kairo auf. Carter begleitete sie; er hatte Carnarvon eine Liste unumgänglicher Einkäufe vorgelegt. Die Treppe des Grabes war wieder bis zur letzten Stufe zugeschüttet worden; ägyptische Soldaten, zu denen sich Vertrauensleute des *rais* hinzugesellten, bewachten die Anlage. Die Touristen jedoch hatten nur Augen für einen Koloss, der, mit einem Gewehr bewaffnet, auf einem großen, mit dem Wappen Lord Carnarvons bemalten Steinblock saß. Callender würde auf jeden schießen, der den verbotenen Bezirk zu missachten versuchen sollte. Weder die Sonne noch die Anzüglichkeiten konnten ihn von seiner Aufgabe ablenken; dank seiner Anwesenheit hatte Carter in Frieden aufbrechen können.

In Kairo logierte Carnarvon im Shepheard; das luxuriöse, in der allerfeinsten Londoner Manier erbaute Hotel empfing jeden Winter zahlreiche Engländer der besten Gesellschaft. Liebend gern nahmen sie ihr Breakfast und den Tee in den Gärten ein, welche Gitter von einer sauberen und recht offenen Straße trennten und liebend gern trugen die feinen Damen ihre Toiletten vor dem monumentalen Entree mit zierenden Palmen zur Schau.

Carter war in Gedanken versunken. Während der Reise hatte der Graf zwei große Projekte angesprochen; zum ersten eine Reihe von Büchern über das Grab, die eine populäre, dem breiten Publikum zugedachte Ausgabe und eine wissenschaftliche Veröffentlichung großen Ausmaßes umfassen sollte; zum zweiten einen unterhaltsamen und ansprechenden Film. Carter hatte Einwände erhoben; weder war er Schriftsteller noch Regisseur.

Der Graf riet ihm, mit Spezialisten zu arbeiten und an den Nutzen zu denken, den er daraus ziehen könnte. Wenn den Inventoren* des Grabes nicht zu Bewusstsein käme, dass dieses Letztere auch eine geschäftliche Unternehmung war, würden andere es übernehmen, dies auszuschlachten.

«Ich habe einen lästigen Termin im Hotel, Howard; vielleicht würden Sie meine Tochter gerne mit Alt-Kairo bekannt machen? In dieser Rolle wäre Susie gänzlich inkompetent.»

«Ich möchte mich lieber unverzüglich den Einkäufen widmen.»

Lady Evelyn fand es angebracht, sich einzumischen.

«Nehmen Sie mich mit! Ich habe unbändige Lust, die Suks kennen zu lernen.»

«Ich fürchte, dass dieser Ort . . .»

«Sie werden mich beschützen.»

* Fachbegriff, mit dem die Entdecker eines archäologischen Schatzes bezeichnet werden.

Der Emissär der britischen Regierung war eine so trostlose Erscheinung wie die vorangegangenen. Mittlere Statur, trüber Blick und grauer Anzug machten ihn so langweilig wie Smog.

«Wir sind äußerst überrascht, Lord Carnarvon.»

«Das kann ich Ihnen nachfühlen; man trifft nicht jedes Weekend auf Tutenchamun.»

«Ich wollte nicht auf Ihr archäologisches Heldenepos anspielen, dessen fachliche Gesichtspunkte uns nicht bekümmern, sondern auf ein unerklärliches Schweigen seit Ihrer Ankunft in Ägypten.»

«Der Grund hierfür ist indes einfach.»

«Wären Sie so freundlich, ihn nur zu nennen?»

«Tutenchamun.»

«Please?»

«Mein Heldenepos ist ebenso ein inneres Abenteuer; daher interessiert mich die Politik weniger. Wenn man sich mit der Unsterblichkeit eines Pharaos befasst, scheinen die menschlichen Angelegenheiten lächerlich.»

«Sie geraten auf Abwege, Mylord.»

«Im Gegenteil, werter Freund, im Gegenteil.»

Carter benötigte ein Eisengitter, Chemikalien, Fotomaterial, Kisten verschiedenster Ausmaße, zweiunddreißig Ballen Kaliko, annähernd zwei Kilometer Watte und ebenso viel chirurgischen Verband. Er gedachte auch ein Automobil zu kaufen und einigen anderen Krimskrams.

Ekan el-Khalili, der größte Basar des Orients, umschloss seine zehntausend Boutiquen in einem Netz von verschlungenen und dunklen Gässchen, wo Gold, Silber, Edelsteine, Spezereien, echte und falsche Altertümer, Möbel, Teppiche, Gewehre, Dolche und alle Erzeugnisse alter und moderner Industrie feilgeboten wurden. Was man in den Boutiquen nicht sah, konnte dank eines kundigen Palavers erworben werden.

Lady Evelyn schätzte Carters Geschicklichkeit, bewunderte die Räucherpfannen, berauschte sich an den Lotos- und Jasminessenzen und erstand zwei Straußeneier für ihre Sammlung.

Als er die Gewissheit hatte, dass seine Bestellungen zum frühestmöglichen Termin nach Luxor geliefert werden würden, nahm er die junge Frau mit zur Zitadelle, wo sie sich die Hauptstadt Ägyptens anschauten. Von diesem höchsten Punkt aus verschwand der Aussatz der Armenviertel; über einem Magma aus Behausungen, dicht an dicht und übereinander gestapelt, schwammen nur die Minarette, Kuppeln und einige christliche Kreuze obenauf. In der Ferne hoben sich die Umrisse der Pyramiden von Gizeh, Abusir und Sakkara ab.

«Ich habe keine Lust, nach England zurückzukehren; könnten Sie meinen Vater nicht überreden ...»

«Ein einziger Mensch übt einen wirklichen Einfluss auf ihn aus: nämlich Sie, Lady Evelyn.»

«Habe ich das Recht ihn im Stich zu lassen?»

«Dies hieße ihn zu verraten.»

«Muss selbst die liebevollste Tochter ihren Vater nicht eines Tages verlassen?»

Carter wagte nicht zu antworten; in das Leuchten der Abendröte mischten sich das Licht der Altstadt und die gelben und orangenen Laternen der Cafés.

«Verlangen Sie nicht von mir das Schicksal zu deuten ... Vor vielen Jahren musste ich eine Grabungskampagne nur wenige Meter vor jener Treppe abbrechen, die ins Grab von Tutenchamun führt. Weshalb hat die Fügung nur alle diese Zweifel, Mühen und Qualen auferlegt? Vielleicht weil Sie zwanzig werden sollten, im Jahr der Entdeckung.»

Howard Carters verstörtes Gesicht bewegte Lady Evelyn tief Er hatte nichts von einem Verführer, es mangelte ihm an Charme, er benahm sich allzu barsch; doch an diesem Abend war er nur Sanftheit und Sehnsucht nach einem unmöglichen Glück.

Weder er noch sie brachen die abendliche Stille. Von Kairo, der Mutter der Welt, erhofften sie eine Morgendämmerung.

66

Die Freundschaft, ein heiliges Gut, war manchmal belastend; die Mission, mit der Carnarvon Carter betraut hatte, missfiel ihm in höchstem Maße: sich mit dem Direktor der Altertümerverwaltung besprechen und bestimmte Zusicherungen erhalten.

Am Vortag hatte das Schiff den Grafen und Lady Evelyn mit sich nach England fortgetragen; aufgrund gewisser Verhaltensweisen und mancher Blicke hatte Carter zu hoffen begonnen, dass seine Gefühle sie nicht abstießen. Doch er hatte nicht den Mut aufgebracht, sie zu befragen, aus Furcht, seinen Traum zu zerstören.

Dem Wunsch Lord Carnarvons entsprechend, hatte Pierre Lacau eingewilligt, Carter ohne Umstände, fernab des offiziellen Rahmens seines Büros, zu empfangen; der Termin stand nicht in der Agenda des Direktors. Die beiden Männer trafen sich gegen Ende des Nachmittags im mit Sand bedeckten Innenhof des Bulacq-Museums, wo Mariette das erste der pharaonischen Zivilisation gewidmete Gebäude errichtet hatte.

Am selben Morgen hatte Carter ein Telegramm, von seinem *rais* Ahmed Girigar unterzeichnet, erhalten: *«Ich erlaube mir, Eure Exzellenz zu benachrichtigen, dass alles in Ordnung ist, und dass Eure Anordnungen getreu den Unterweisungen ausgeführt werden. Alle hier grüßen Eure achtenswerte Person und alle Mitglieder der Familie von Lord Carnarvon.»* Dieser kurze Text hatte ihm Mut eingeflößt und ihn zu Tränen gerührt; eine solche Ergebenheit erfüllte ihn mit unerschöpflicher Kraft.

Kalt und elegant, maß Lacau seinen Gesprächspartner mit einem Überlegenheitsgefühl, unter das sich Verachtung mischte.

«Unerquicklichkeiten, Mr Carter?»

«Keine.»

«Weshalb diese ganze Heimlichtuerei?»

«Lord Carnarvon sorgt sich um die Aufteilung der Gegenstände.»

«Ah, die Aufteilung! Man müsste in der Tat darauf zurückkommen.»

«Was sind diesbezüglich Ihre Absichten?»

Carter hatte den Eindruck, zu direkt, ja grob zu werden; der Ton von Lacau ließ ihn erschaudern.

«Ich werde mich nach den Gepflogenheiten richten; da Lord Carnarvon die Kosten einer Arbeit trägt, die lang und teuer zu werden verspricht, wird er wertvolle Gegenstände erhalten.»

«Erlauben Sie mir, Sie zu erinnern, dass das Grab geplündert worden ist.»

«Meine Inspektoren haben es vermerkt; dieser besondere Punkt bietet nichtsdestotrotz Stoff für einen wissenschaftlichen Diskurs.»

Lacau ließ unerwähnt, dass der gesamte Inhalt eines nicht geschändeten Grabes dem Museum zufiele; dennoch drückte sein verschrobenes Lächeln die Gewissheit aus, eine Trumpfkarte in der Hand zu haben.

«Wäre es Ihnen möglich, Ihre Verpflichtung schriftlich festzuhalten?»

«Das ist nicht unerlässlich, Mr Carter; mein Wort wird Lord Carnarvon genügen. Er möge unbesorgt sein: Eine gewisse Zahl der Meisterwerke wird seine Sammlung bereichern.»

Mit Unbehagen fühlte Carter sich wie ein Opfer beobachtet.

«Ist Ihr Stab bestellt?», fragte Lacau salbungsvoll.

«Ich kehre nach Luxor zurück, um dessen Anstrengungen zu koordinieren.»

«Geben Sie gut Acht auf Tutenchamun.»

Carter zog tausend Stunden Arbeit in einem überhitzten Grab den zehn Minuten eines Gespräches mit Lacau vor; trotzdem würde er Carnarvon telegrafieren können, dass die Verhandlung erfolgreich gewesen war.

Am 16. Dezember öffnete Carter erneut das Grab und ließ am 17. das Eisengitter am Eingang der Vorkammer anbringen. Das in Kairo bestellte Material war am Vortag angekommen; Callender hatte es einer gründlichen Überprüfung unterzogen und seine Zufriedenheit bekundet. Die ernsthafte Arbeit konnte nun beginnen.

Am 18. Dezember fand die erste Besprechung der Mannschaft statt. Carter teilte Stapel von Leibwäsche aus; sie musste häufig wegen der Hitze gewechselt werden, die im Innern des Grabes herrschte.

«Ich danke Ihnen für die Mitwirkung, meine Herren; ich schlage Ihnen vor, Sie mit der Anlage vertraut zu machen.»

Der Inschriftenkundler Breasted, der Fotograf Burton, Mace, der Spezialist für Konservierung, und die beiden Zeichner des Metropolitan Museum folgten Howard Carter, der sehr gemächlich den absteigenden Gang beschritt. Das Gitter war unter einem weißen Schleier verborgen.

«Ein britisches Gespenst?», fragte Burton.

Vom Innern der Vorkammer aus schaltete Callender das Licht an, während Carter den Schleier hochhob und das Gitter aufstieß. Die Blicke fixierten zunächst die beiden schwarzhäutigen Schildwachen, dann den goldenen Thronsessel; die Erhabenheit des Schauspiels, die grandiose Unwirklichkeit versetzten die Ankömmlinge aus dem zwanzigsten Jahrhundert jäh in die prachtvolle Epoche eines jungen Pharaos, dessen wiedergefundener Geist von Gold erstrahlte. Mit Tränen in den Augen beglückwünschten sie Carter und dankten ihm dafür, ihnen das schönste Geschenk ihres Dasein zu offerieren. Breasted drückte ihm so fest die Hand, dass der Engländer Mühe hatte sich frei zu machen.

«Meiner Meinung nach», verkündete Burton, der seiner Gemütsbewegung mit Ironie Herr zu werden versuchte, «droht die Tutenchamun-Affäre ewig zu währen.»

Carnarvon wusste nicht mehr, wo ihm der Kopf stand. Nach dem triumphalen Empfang bei seiner Ankunft in England hatte er sich am 22. Dezember in den Buckingham Palace begeben, wo König George V. ihm eine Audienz gewährt hatte. Brillant und heiter hatte er den Herrscher betört, bevor er dann die öffentliche Meinung, begierig auf Einzelheiten und Anekdoten, verzückte. Während einer von der Londoner High-Society bestürmten Konferenz hatte der Graf trotz seiner leichten Artikulationsschwäche einen hübschen Erfolg geerntet, als er von den sechzehn Grabungsjahren voller Zweifel und enttäuschter Hoffnungen erzählte, die der fantastischen Entdeckung vorausgegangen waren. Zahlreiche Persönlichkeiten beglückwünschten ihn: Aristokraten, Männer der Politik, Bankiers und selbst der berühmte Jockey Denoghull.

Am Abend vor Weihnachten begab Carnarvon sich trotz Erschöpfung ins Burlington Hotel. Albert Lythgoe, der Bevollmächtigte des Metropolitan, empfing ihn mit Wärme.

«Welch ein Triumph, Herr Graf! Ihr Besuch ehrt mich.»

«Er war vorgesehen, lieber Freund.»

«Würde Ihnen ein wenig Champagner zusagen?»

«Den fröhlichsten aller Weine sollte man nicht ablehnen.»

Leicht beklommen stieß Lythgoe eine Schale um. Er sprach überhastet, rühmte Carters Verdienste, pries Carnarvons beharrlichen Mut.

«Eine schwere Aufgabe wartet auf uns», gestand der Aristokrat ein. «Die Gegenstände sind so zahlreich ... Ich fürchte, ein einziges Jahr wird nicht genügen.«

«Das Team des Metropolitan steht Ihnen so lange wie nötig zur Verfügung.»

«Dafür bin ich Ihnen sehr dankbar. Es bleibt selbstverständlich noch der delikateste Punkt: die Aufteilung dieser Meisterwerke.»

«Sind Sie der Ansicht, dass mein Museum ...»

«Ägypten liebte Gerechtigkeit, auch ich schätze sie; Ihre Hilfe ist so wertvoll, dass sie Anerkennung verdient.»

Lythgoe hätte den Grafen geküsst, wenn die Konvenienzen eine solch exzentrische Tat nicht verboten hätten.

«Wie ist der Standpunkt von Lacau?»

«Er anerkennt meine Teilungsansprüche.»

«Nehmen Sie sich vor ihm in Acht», riet Lythgoe. «Falls er seine Verpflichtungen nicht schriftlich bestätigt, kann er seine Ansicht ändern.»

«Wie ihn dazu überreden?»

«Indem Sie selbst die Restaurierung der Gegenstände vornehmen; die Altertümerverwaltung ist dazu nicht imstande. Je mehr Gegenstände Sie retten, je mehr von ihnen wird Lacau Ihnen zusprechen.»

«Es bleibt mir nur, Ihnen frohe Weihnacht zu wünschen.»

In der kalten Londoner Nacht sann der Graf über den guten Streich nach, den er dem Carter gegenüber so verächtlichen British Museum spielte. Er mochte die Amerikaner nicht sonderlich, doch unter den gegenwärtigen Umständen war dies die einzig mögliche Wahl. Aufgeräumt, ein Volkslied pfeifend, stieg Lord Carnarvon in den Wagen, der ihn nach Highclere bringen würde, wo er im Familienkreis die Heilige Nacht feiern wollte. Eve würde entzückt sein zu erfahren, dass das Abenteuer weiterging.

67

Am 25. Dezember beschloss Carter den ersten Gegenstand aus dem Grab herauszuholen. Als ob sie das Drama vorausgeahnt hätten, ließen die Möbel seltsame Knarrlaute vernehmen.

«Wieder das Gespenst», urteilte der Fotograf.

Der Scherz amüsierte Callender in keiner Weise. Carter bat seine Mitarbeiter, sich mit der größten Vorsicht durch den schmalen, inmitten der Vorkammer freigeräumten Durchgang zu bewegen. Eine brüske Geste konnte den Sturz eines Stapels von Gegenständen hervorrufen, welche mit einem dünnen Film rosafarbenen Staubs bedeckt waren, den der Archäologe mit lauwarmen Wasser abwusch.

Mace bemächtigte sich eines Paars Sandalen. Kaum hatte er

sie berührt, legte er sie auch wieder hin, so als hielte er eine kurz vor der Explosion stehende Bombe in Händen.

«Unmöglich, sie zu manipulieren, bevor sie nicht stabilisiert sind; sonst zerfallen sie zu Staub.»

Der Amerikaner benutzte Paraffin, das er zwei Stunden härten ließ; was die Grabsträuße betraf, so bestäubte er sie mit Zelluloid. Carter begriff, dass jeder Typus von Gegenstand ein besonderes Problem aufwerfen würde, dass auch nur einen davon zu bewegen die anderen zu beschädigen drohte, und dass ein Großteil in dem eng bemessenen Raum der Vorkammer restauriert werden müsste. Selbst Callender schien einen Augenblick von diesem kolossalen Unternehmen abgeschreckt, das feengleiche Fingerfertigkeit erforderte.

«Jegliche Nachlässigkeit unsrerseits wäre frevelhaft», verkündete Carter. «Wir müssen diesen Schatz der Welt weitergeben und uns unserer Chance gewachsen zeigen.»

«Manchmal ist es gut, Fotograf zu sein», merkte Burton an.

«Benutzen Sie kein zu grelles Licht.»

«Schwaches Halbdunkel würde mir genügen ... doch ich kann Ihnen eine bessere Lösung vorschlagen: zwei tragbare Scheinwerfer. Sie verbreiten ein gleichmäßiges, dem Blitz weit überlegenes Licht, und ich müsste nur eine längere Belichtungszeit wählen.»

Am Nachmittag stieß Carter auf ein anderes Problem: die verschwenderische Fülle an Perlen, welche Kolliers und Armbänder zierten. Wenn die Schnüre auch vermodert sein mochten, lehnte er es ab, auch nur eine zu opfern, ließ die Originale mit einem Höchstmaß an Genauigkeit zeichnen und besorgte selbst, mit einer Nadel hantierend, das Auffädeln, wobei er die vom Handwerker gewollte Anordnung der Perlen getreu wahrte.

Die Menge rund um den Eingang des Grabes wurde zusehends zahlreicher; Mace und Callender holten die Gegenstände einzeln heraus, die von lang anhaltendem Beifall begrüßt wurden. Das Spektakel lief jetzt ohne Pause, und man schubste sich, um ihm beizuwohnen.

Als er ein großes Kollier, das in der Sonne glitzerte, nach draußen trug, gewahrte Carter einen jungen Araber. Er hatte es geschafft, sich bis in die erste Reihe durchzuschlängeln, und schien fasziniert. Der Archäologe rief ihn zu sich; Callender ließ ihn näher kommen.

«Dein Gesicht erinnert mich an jemanden . . . Wie heißt du, mein Junge?»

«Hussein Abd el-Rasul.»

Einer der Söhne des Klanoberhaupts! Der mächtige Mann hatte seine Zusicherungen eingehalten; daher wollte Carter ihm auf eindrucksvolle Art danken. Er legte das Kollier um Husseins Hals, Burton fotografierte ihn. Auf seiner weißen Dschellaba hob sich ein Skarabäus ab, welcher mit seinen Vorderfüßen die Sonnenscheibe emporhielt.

«Sobald der Film entwickelt ist, werde ich dir das Foto geben.»

«Ich werde es mein ganzes Leben lang aufbewahren», versprach Husssein, «und es allen zeigen, die über die Schwelle meines Hauses treten werden.»*

Provinzsoldaten, Mitglieder der Altertümerverwaltung und Vertrauensleute von Ahmed Girigar fuhren fort Tag und Nacht Wache zu stehen. Manche Journalisten deuteten das Eintreffen von Gangstern an, die wild entschlossen wären, sich der Schätze von Tutenchamun zu bemächtigen; im Widerspruch zu den Weisungen Abd el-Rasuls wären die örtlichen Banditen gewillt, ihnen dabei hilfreich zur Hand zu gehen. Carter tat diese Drohungen nicht leichtfertig ab und sorgte sich unablässig um die Sicherheit; vier mit Vorhängeschlössern versehene Ketten schützten das Holzgitter am Eingang und das Eisengitter von eineinhalb Tonnen, das den Zutritt zur Vorkammer versperrte. Allein Carter konnte die Erlaubnis erteilen einen Gegenstand zu manipulieren.

* Eingehaltenes Versprechen: Hussein Abd el-Rasul, Inhaber des *Resthouse* nahe dem Ramesseum (Theben-West), stellt darin dieses erstaunliche Dokument aus.

«So können wir nicht weitermachen», beklagte sich Burton. «Wir benötigen schnellstens ein Laboratorium und ein Magazin.»

«Genügt Ihnen Ihre Dunkelkammer nicht?»

«Das Grab 55 ist Tutenchamun recht nahe, aber zu winzig. Wer teilt die Standorte zu?»

«Die Altertümerverwaltung; ich kümmere mich darum.»

Wieder musste Rex Engelbach getrotzt werden, der, mit gezwungener Miene, die Idee verwarf. Am Schluss von dessen salbadernder Rede ging Carter erneut zum Angriff über.

«Falls Sie mir keine großzügige Räumlichkeit bewilligen, werden wir unsre Arbeit nicht fortführen können. Sie werden die Verantwortung für dieses Fiasko tragen.»

Gereizt willigte Engelbach in eine Diskussion ein.

«Wohin möchten Sie?»

«Das Grab Sethos' II. würde uns zusagen. Es ist zwar schmal, aber tief; da es wenig besucht wird, werden wir nur ein paar Spezialisten um eine Visite bringen.»

«Es liegt zu weit ab von dem Tutenchamuns; besser wäre, einen Hangar in der Nähe zu errichten.»

«Die Touristen würden ihn im Sturm nehmen; ich gestehe ein, dass die Strecke zurückzulegen recht Zeit raubend sein wird, doch wir könnten den Weg absperren und ihn den zudringlichen Besuchern verwehren. Die Sicherheit wäre leicht zu gewährleisten; ich habe bereits einen Eisenzaun vorgesehen.»

Engelbach zögerte.

«Die Felswände, die dieses Grab umgeben, schützen es vor der Sonne», fuhr Carter fort, «und halten es recht kühl, sogar im Sommer. Wir könnten dort ein Fotostudio unter freiem Himmel und eine Schreinerwerkstatt herrichten.»

Engelbach gab nach.

Jeder Gegenstand wurde auf eine ausgepolsterte Trage gelegt und anschließend mit Verbandszeug festgebunden. Einmal am Tag brach eine beeindruckende Kolonne von Tutenchamuns

Grab auf und wandte sich dem Grab Sethos' II. zu; bewaffnete Polizisten und mit Knütteln bewehrte *sawisiya* wachten über die Träger und hielten die Neugierigen fern, die nicht aufhören konnten zu fotografieren. Ein paar Tobsüchtige stießen Schreie aus und schubsten die Journalisten beiseite, die ihre Notizen kritzelten. Ärgerlich beklagte Carter, dass man in einem Winter mehr Filme verschwendete als in der gesamten Geschichte der Fotografie; kaum deutete er auch nur eine Geste an, brach das Geknipse los.

Sofort nach der Ankunft der kostbaren Fracht machte sich das Team mit Präzision und Schnelligkeit ans Werk. Nummerieren, Bemaßen, Aufnahme der Inschriften, Zeichnen, Fotografieren: Jedes Werk wurde mit einer für zukünftige Studien unablässigen Erkennungskarte versehen. Dann wurde es tief in der Gruft zwischengelagert, bevor es in Voraussicht seiner Überführung ins Kairoer Museum verpackt wurde.

Gerade als eine Ladung zum Abtransport bereit stand, verschwand die Sonne. Carter hob den Kopf; dicke schwarze Wolken verdeckten den Himmel. Callender geriet außer sich.

«Ein Gewitter ... falls es losbricht, sind die Prunkbahren hin! Wir werden keine Zeit haben, sie in Sicherheit zu bringen.»

Ein Blitz durchzuckte die Wolkenmassen; es fielen einige Regentropfen. In weniger als fünf Minuten würde ein Sturzbach herniedergehen, die Sohle des Tals in einen Fluss verwandeln und das Grab fluten. Kein Gitter könnte dieser Sintflut den Weg versperren.

Carter schloss die Augen.

Ihm blieb nur noch zu beten: eine Anrufung des Gottes Amun, des Herrn der Winde, kam ihm in den Sinn. Ein mächtiger Windstoß drohte ihn umzuwerfen; am Ende eines raschen Kampfs verjagte er die Wolken und löste das Gewitter auf.

«Dort oben hält man die Hand über uns», schlussfolgerte Callender.

Der Traum ging weiter. Auf seinem Bett ausgestreckt, las Carter zum zehnten Mal den Brief, den Lady Evelyn ihm geschickt hatte. Ein langer Brief, in runder und zarter Schrift ... Die junge Frau erinnerte an ihre nächtliche Expedition ins Grab, brachte ihre Dankbarkeit gegenüber dem Archäologen zum Ausdruck, beschrieb ihr Heldenabenteuer in allen Einzelheiten. Ihre Glückwünsche zum neuen Jahr ließen eine aufrichtige und tiefe Zuneigung spüren.

Sie, eine Aristokratin, er, ein Gemeiner ... schockierend und unmöglich! Hatte sie es gewagt mit Lord Carnarvon über ihre Neigung zu sprechen? Sicher nicht. Wer von beiden hätte die Oberhand gewonnen, der Freund oder der Besitzer von Highclere? Carter würde dem Glück entsagen müsse, da er in einer armen Familie geboren wurde, kein angesehenes College besucht hatte und nichts als die dürftige Bildung eines auf dem Gelände geschulten und bei seinesgleichen verhassten Archäologen besaß.

In ihm stieg Empörung gegen die Konventionen und die Ungerechtigkeit auf, welche die Welt dazu verdammten, in einem so künstlichen wie grausamen Ständekampf zu versinken; doch dieses Mal würde er nicht verzichten.

68

Um Demosthenes hatte sich der Großteil der Altertümerhändler von Luxor versammelt. Alle waren zu unerbittlichen Feinden von Carter geworden, der beschuldigt wurde, einen ehedem florierenden Geschäftszweig ruiniert zu haben. Die Entdeckung der Schätze von Tutenchamun verschärfte die Situation noch; nicht ein einziger Gegenstand war aus der Grabungsstätte herausgekommen, und die Liebhaber hatten nur noch diese unerreichbaren Wunderdinge im Sinn! Es musste unbedingt gehandelt werden.

«Falls Carter einen beruflichen Fehler begehen würde ...», brachte ein Libanese ein.

«Schlagen Sie sich diese Möglichkeit aus dem Sinn», empfahl Demosthenes. «Er ist zu umsichtig.»

«Hat er wirklich das Grab entdeckt?», fragte ein Syrer. «Zerstören wir diese Legende!»

«Unglücklicherweise ist sie Wirklichkeit geworden.»

«Es gibt Gesetze, selbst in diesem Land! Wenn gehört der Schatz? Carter jedenfalls nicht!»

«Vergessen Sie Lord Carnarvon nicht; er strebt nur danach seine Privatsammlung zu bereichern, und führt die Beamten der Altertümerverwaltung, die wir ohne Mühe hätten kaufen können, an der Nase herum.»

«Carnarvon ist außer Schussweite», bekräftigte der Älteste der Schwarzhändler. «Es ist Carter, der vernichtet werden muss.»

«Zählen Sie auf mich», sagte Demosthenes.

«Falls es dir glückt, bist du ein gemachter Mann.»

Howard Carter war in der Arbeit versunken; er wachte darüber, dass selbst die bescheidensten Gegenstände mit derselben Sorgfalt wie die Meisterwerke behandelt wurden. Burton nahm ohne Aufmucken einen höllischen Arbeitsrhythmus an und entwickelte mehr als fünfzig Aufnahmen pro Tag. Mace restaurierte, versorgte, packte ein. Callender zimmerte Kisten.

Abends, wenn seine Mitarbeiter sich ausruhten, sortierte Carter seine Notizen, brachte sein Grabungstagebuch auf den neuesten Stand, ordnete die Negative und bereitete den nächsten Tag vor, um keine Zeit zu vergeuden; zu viele Stunden waren wegen der unnützen Besichtigungen verloren worden. Nur die Nacht gewährte ihm eine vom TAL nicht beanspruchte Ruhe.

Sobald die Morgendämmerung anbrach, rotteten sich Touristen und Pressekorrespondenten in der Hoffnung zusammen, ein Meisterwerk herauskommen zu sehen; sobald eines der Mitglieder aus Carters Mannschaft mit einem Gegenstand hantierte, zischten die Kommentare los. Es zirkulierten Botschaften der Adepten okkulter Wissenschaften, welche auf der Schwelle des Grabes Milch, Wein und Honig auszugießen empfahlen, um den Zorn der bösen Dschinn zu besänftigen. Dieses zusehends schärfer werdende Gerangel erlegte Carters Nerven eine harte Prüfung auf.

In Luxor wimmelte es; die kleine Stadt wurde zum Schauplatz von Schlägereien zwischen enttäuschten Touristen, die nicht in die Gruft hineingekommen waren, und zwischen Journalisten, die sich nach Wettrennen zu Pferde oder auf Eselsrücken drängelten, um den Telegrafen benutzen zu können. Dem Brodeln des Tages folgte das der Nacht; in den Salons der großen Hotels tanzte man Walzer und Polka, bevor dann, bis zum Morgengrauen, die Tonnen von Gold, die in der Verborgenheit der Grabstätte verscharrt lagen, heraufbeschworen wurden.

Carter lehnte alle Einladungen zu diesen Soirees ab, wo die Dummheit mit der Leere wetteiferte. Seine einzige Zerstreuung bestand darin, einmal in der Woche allein im Winter Palace zu dinieren. Dort war es auch, wo Demosthenes, glatt rasiert und mit einem Smoking bekleidet, ihn ansprach.

«Sollten Sie zu Reichtum gekommen sein?»

Der Grieche setzte sich.

«Ich nicht; aber Sie.»

«Geben Sie sich keiner Täuschung hin! Der Schatz von Tutenchamun steht nicht zum Verkauf.»

«Noch nicht. Hunderte und Aberhunderte von Gegenständen ... man könnte sie alle in einem Museum ausstellen; wenn Lord Carnarvon und die Verwaltung ihren Anteil entnommen haben, werden wohl nur noch Krümel bleiben.»

Carter verspeiste einen Rinderbraten; links von seinem Teller ein Heft mit Notizen, die er nachlas.

«Für diese Krümel», erklärte Demosthenes, «würde ich mich als Käufer bewerben. Die Gewinne sind enorm. Wenn Sie meine Kunden kennen würden! Siebzig Prozent für Sie, dreißig für mich ... diesen kleinen Vorschuss nicht mitgerechnet!»

Der Grieche schob Carter einen mit Pfund Sterling voll gestopften Umschlag hin. Der Archäologe hielt seine Gabel genau darüber; ein Soßentropfen fiel herunter und bekleckerte ihn.

«Seien Sie vorsichtig, Demosthenes; Sie beschmutzen Ihre Habe.»

Wütend steckte dieser den Umschlag wieder ein.

«Alles ist käuflich, Carter! Ich werde den Preis aufbringen.»

«Sie verlieren Ihre Zeit. Der Schatz von Tutenchamun ist mehr wert als alles Geld der Welt, weil er ein Geheimnis birgt. Und dieses Geheimnis ist nicht in Geld umzusetzen.»

«Sie haben mich ruiniert Carter. Dafür werden Sie bezahlen!»

Schwarzer Gehrock, rote Hose und Hut verliehen Demosthenes den Mut, sich zum Scheich zu begeben, der, an jenem Abend, dem *sehr* vorsaß, einer magischen Zeremonie, bei der er mit gefährlichen Kräften hantierte. Der Grieche nannte dem Wächter an der Tür eines niedrigen und schäbigen Hauses seinen Namen. Den Oberkörper weit nach vorne gebeugt, drang Demosthenes in eine verräucherte Atmosphäre und ließ sich, neben einer in einen schwarzen Schal gehüllten Frau, auf einer Bank nieder. Der Scheich psalmodierte gerade Zauberformeln, bevor er ein Schaf schächtete; dann beschmierte er sich mit dessen Blut und drehte sich schließlich um die eigene Achse, während er die Geister beschwor.

Die Frau schlug den Schal zurück, bewehrte sich mit einem Messer und ritzte sich lange Striemen auf ihre Unterarme. Ohne den kleinsten Schmerz zu verspüren, schnitt sie sich die Spitze des Zeigefingers ab. Panikartig wich Demosthenes in Richtung Tür zurück; die Anrufung des Scheichs ließ ihn auf der Stelle erstarren.

«O Dschinnen der Finsternis, kommt aus euren Höhlen, tötet die Plünderer und die Schänder, die die Ruhe von Tutenchamun zu stören wagen!»

Der Grieche wankte. Die Luft ging ihm aus. Er fasste sich mit der Hand ans Herz und brach zusammen.

Carter spitzte die Ohren. Diesmal irrte er sich nicht; es war tatsächlich das Geräusch eines Motors. In der Ferne begleitete eine Staubwolke das Herannahen des Automobils. Lord Carnarvon hatte sich ans Steuer gesetzt und chauffierte sacht; die Straße war kaum für Geschwindigkeit geeignet, und er wollte Lady Evelyn, die an seiner Seite saß, allzu viele Erschütterungen ersparen. Das Fahrzeug überwand in einer halben Stunde die Strecke zwischen der Anlegestelle und dem Eingang des Tals.

Die ganze Mannschaft hatte sich versammelt, um die Reisenden zu begrüßen. Sehr bewegt umarmte der Graf Carter, welcher einen zärtlichen und flüchtigen Blick von Lady Evelyn erhaschte; Burton bat sie für eine Fotografie zu posieren. Susie stellte sich in den Vordergrund.

Voller Ungeduld marschierte Carnarvon eiligen Schritts hinüber zum Grab Sethos' II.

«So lange hatte ich den Wunsch, diesen Ort zu sehen ... großartig, meine Herren!»

Der Graf bewunderte in aller Muße die restaurierten Kunstwerke, die in weit größerer Pracht als im Halbdunkel des Grabes erstrahlten. Mace zeigte ihm einige dekorierte Prunkstäbe und mit Goldrosetten verzierte Ritualgewänder.

«Hervorragende Arbeit! Dies verdient eine Belohnung!»

Carnarvon entkorkte die Flasche Dom Pérignon, die er mitgebracht hatte; Burton füllte die Gläser. Alle empfanden Stolz und Glück.

«Ich bin so müde, Carter.»

Carnarvon hatte sich auf einer Chaiselongue aus geflochtenem Rattan ausgestreckt. Zu seinen Füßen schlief Susie. Während des Stegreif-Cocktails hatte der Graf noch gescherzt und der kleinen Gesellschaft neue Kraft eingeflößt.

«Sie scheinen aber doch in ausgezeichneter Form.»

«Trügerischer Schein.»

«Die Reise hat ihn erschöpft», verdeutlichte Lady Evelyn.

«Der Anblick dieser Schätze gibt mir neue Jugend», behauptete der Graf.

Einen Hut mit breiter Krempe fest auf den Kopf gedrückt, betrachtete Carnarvon den Sonnenuntergang. Die Terrasse des Grabungshauses öffnete sich auf die Anhöhen des TALS, rosenfarben und still ertranken sie in der roten Scheibe, die ins Jenseits hinabtauchte.

«Tutenchamun ist nicht tot, Howard. Er hat die Unterwelt durchquert und ersteht zu seiner Stunde, nicht zur unsrigen. Und deshalb darf er nicht jedem Beliebigen zum Fraß vorgeworfen werden. Journalisten aus der ganzen Welt bestürmen mich; sollten wir der *Times* nicht endgültig das Exklusivrecht einräumen?»

«Ausgezeichnete Idee. Deren Korrespondent in Kairo, Arthur Merton, ist ein guter Freund und Kenner der Archäologie. Er wird unser Abenteuer getreu wiedergeben.»

«Der Vertrag wird eine hübsche Summe einbringen und einen Teil der Kosten decken; mit einem einzigen Journalisten zu tun zu haben, wird unsre Kräfte schonen.»

Lady Evelyn schaute sich eine Fotoserie an.

«Sind Sie davon überzeugt, Mr Carter, dass dieses Grab wirklich das von Tutenchamun ist? Handelt es sich nicht doch um eine Art Versteck? Ramses I., der nur zwei Jahre herrschte, wurde mit einer weit größeren Grabstätte bedacht als Tutenchamun, der mindestens sechs Jahre auf dem Thron verblieben war!»

«Ich sinne unaufhörlich über die wahre Natur unsrer Entdeckung nach», gestand Carter. «Es ist viel mehr als ein ägyptisches Grab; der Baumeister hat gewollt, dass dessen Stelle *das* Rätsel des TALS bleibt. Schon vom Neuen Reich an, unter den letzten Ramessiden, verschwand seine Spur aus den Archiven; unter diesen Arbeiterhütten verborgen, wurde es für die Räuber unerreichbar. Weshalb? Weil Tutenchamun das Bindeglied zwischen dem Sonnenkult und dem Wissen um den verborgenen Gott Amun war. In ihm fasste sich die spirituelle Lehre von Ägypten zusammen, die um jeden Preis bewahrt werden musste; der kleine König war ein großer Pharao.»

69

Pierre Lacau verlor seine legendäre Kaltblütigkeit. Er zerriss die Nummer der *Morning Post* in tausend Fetzen und warf sie in den Papierkorb. Die ersten Angriffe auf Carnarvon und Carter hatten ihn eher amüsiert; als die Journalisten vom Vorhandensein eines Exklusiv-Vertrags mit der *Times* erfahren hatten, waren sie außer Rand und Band geraten und hatten den Grafen und seinen Archäologen beschuldigt die Wissenschaft zu prostituieren und sich in schäbigster kleinkrämerischer Profitgier zu suhlen. Betrachteten sie das Grab Tutenchamuns denn nicht – zu Unrecht – als ihr persönliches Eigentum?

Die Kairoer Ausgabe der *Morning Post* hatte sich jedoch des wahren Verantwortlichen dieses Sachverhaltes angenommen: des Direktors der Altertümerverwaltung! Man hielt Lacau vor, der Presse jegliche Information zu verweigern, als ob er Carnarvons Sklave sei. Die ägyptischen Zeitungen hatten in die gleiche Kerbe gehauen: Weshalb desavouierte der französische Beamte den britischen Aristokraten nicht? Weshalb öffnete er das Grab nicht allen Journalisten und weigerte sich somit, die Vorrangstellung der *Times* anzuerkennen?

Lacau, vom Strudel erfasst, war auf eine solche Prüfung nicht vorbereitet; wegen dieser verfluchten Entdeckung musste er den Ansturm tausender Touristen erdulden, die alle mit gleicher Bissigkeit eine Besichtigungserlaubnis forderten. So hatte er sich nach Luxor begeben, um Carter dort zu treffen, der ihn auf der Grabungsstätte, mit dem Einpacken eines Kolliers beschäftigt, empfing.

«Die Situation wird unerträglich.»

«Nur die Arbeit zählt; lassen Sie die Neider bellen.»

«Sie müssten freundlicher zu den ägyptischen Journalisten sein.»

«Vertrag ist Vertrag: Sie sollen sich an die *Times* wenden.»

«Den Besuchern den Zugang ins Grab zu verwehren ruft heftigstes Missfallen hervor.»

«Das ist mir völlig einerlei. Mit dieser Art von Nichtigkeiten habe ich keine einzige Minute mehr zu verlieren.»

«Hören Sie doch auf, sich zu sperren, wenn eine Persönlichkeit mit einem offiziellen Passierschein der Regierung ausgestattet ist.»

«Mit Sicherheit nicht; sonst wäre das Grab mit Touristen angefüllt, und wir könnten es nicht mehr ausräumen.»

Lacau fühlte sich in arger Bedrängnis.

«Lassen Sie uns doch wenigstens über einen Termin einig werden: Ich verlange einen Besichtigungstag, der den von der Verwaltung zugelassenen Besuchern vorbehalten bleibt; ägyptische und ausländische Journalisten könnten sich ihnen anschließen. Das ist der einzige Weg, diese gegen Sie und gegen mich gerichtete Pressekampagne zu bremsen.»

«Unmöglich.»

«Ich lege hiermit den 26. Januar fest.»

Lacau wartete vergebens auf Carters schriftliches Einverständnis. Er sandte Rex Engelbach, der, kraft seiner administrativen Vorrechte, mit Autorität und Heftigkeit einschritt.

«Der Direktor hat ein Datum für die offiziellen Besichtigungen gewählt. Sagt es Ihnen zu, Herr Carter?»

«Nein.»

«Ihr Starrsinn kann nicht hingenommen werden!»

«Diese Mondänitäten interessieren mich nicht.»

«Die Altertümerverwaltung ...»

«Die Altertümerverwaltung kann die Anwesenheit von Profanen nicht erzwingen.»

«Sollten Sie Priester einer heiligen Kultstätte sein?»

«Sie beginnen zu begreifen.»

Engelbach verlor die Contenance.

«Ihre verflixte Panzertür versetzt die ganze Welt in Rage! Sie benehmen sich wie ein Tyrann, der eifersüchtig Schätze hütet, die ihm nicht gehören ... Wenn das so weitergeht, werde ich die Feuerwaffen einziehen und Ihre Stellung im Sturm nehmen!»

«Weshalb nicht gleich Dynamit benutzen? Das ginge schneller.»

«Ich werde darüber nachdenken.»

Schwer gedemütigt, drehte Engelbach sich auf dem Absatz um.

Carter lud Carnarvon ein, in die Vorkammer des Grabes zu kommen; wie gewöhnlich verlangsamten die beiden Männer ihren Schritt und senkten die Stimme. Ganz in ihrer Nähe wachte der Pharao.

Sie hielten vor einem Kasten, der die Nummer 43 trug.

«Ist er das?»

«Ja.»

«Papyri, sind Sie sicher?»

«Ich habe den Deckel nur ein einziges Mal angehoben. Ihnen steht die Ehre zu, es nachzuprüfen.»

Carnarvons Hand zitterte. Papyri zu entdecken hieß, den Schleier über der mysteriösen Regentschaft Tutenchamuns zu lüften, eine der dunkelsten Epochen der Geschichte zu enträtseln, hieß zu verstehen, weshalb dieses Grab einzigartig war.

Der Graf holte eine erste Rolle hervor, die er mit äußerster Sorgfalt aufzuziehen begann.

«Das ist nur Leinen, Howard ... ein einfacher Stoffstreifen.»

Carter untersuchte den Rest der Truhe.

«Leinenrollen, in der Tat ... Trotzdem bin ich sicher, dass

in diesem Grab Papyri versteckt wurden. Fall sie nicht in einem Schrein verschlossen sind, wurden sie im Innern einer Statue verborgen. Ich kenne mehrere gleich geartete Fälle im Tal.* Aber werden wir die Zeit und die Mittel haben, diese ganzen Statuen zu öffnen, ohne sie zu beschädigen?»

«Weshalb dieser Pessimismus, Howard?»

«Wir werden aus allen Richtungen angegriffen.»

«Arbeiten Sie in Frieden weiter; ich bin an Ihrer Seite. Und erinnern Sie sich: Ich habe Glück.»

Das Team arbeitete mit wachsender Begeisterung; jeder Tag erbrachte sein Quantum an Wunderdingen, ob es sich um einen Thronsessel handelte, wo inmitten der Rückenlehne der Gott der Ewigkeit Heh prangle, der die «Stäbe der Millionen Jahre» in Händen hielt; oder um eine rituelle Prunkbahre mit Löwenköpfen, auf der Tutenchamun sich bei den Neubelebungsfesten ausgestreckt hatte; oder aber um eine mit Elfenbein eingelegte Ebenholztruhe, mit einem Text überzogen, der versicherte, dass die Augen, der Mund und die Ohren des Königs in einer anderen Welt wieder geöffnet wären, in welcher der Herrscher, von einer erfrischenden Brise behaucht köstliche Speisen verzehren würde. Carnarvon durchlebte erhebende Momente; der Lebensüberdruß verschwand aus seinen Gedanken und seinem Herzen. Er ertappte sich manchmal dabei, Tutenchamun dafür zu danken, ihm diese Gnade, die er nicht mehr erhofft hatte, gewährt zu haben. Seine Tochter teilte dieses wunderbare Glück; ihr Vater erwähnte seine Leiden nicht mehr, vergaß seine Schmerzen, hüpfte wie ein junger Mann vom Grab zum Labor und vom Labor zum Grab. Sie selbst nahm Carters unbändigen Rhythmus an und lernte, an seiner Seite, die Hieroglyphen zu entziffern, die oberflächliche Beschreibung eines Gegenstandes bei dessen Aufnahme anzufertigen und seinen Erhaltungszustand zu bewer-

* Carter hatte die richtige Eingebung; im Jahre 1990 hat man dank einer Röntgendurchleuchtung die Gewissheit erlangt, dass zu Tutenchamuns Schatz gehörende Statuen Papyri enthielten.

ten. Unzertrennlich, verbreiteten Carter und Lady Evelyn eine jugendliche Freude auf der Grabungsstätte.

Carnarvon ruhte sich gerade am Eingang des Laboratoriums aus, als er Pierre Lacaus elegante und zerbrechliche Silhouette wie einen Fremdkörper im TAL wahrnahm.

«Ich appelliere an Ihr Verantwortungsgefühl, Herr Graf.»

«Warum nicht.»

«Glauben Sie mir, die Angelegenheit ist ernst; ich selbst bin bedroht wegen Carters Unnachgiebigkeit.»

«Sie sehen mich darob untröstlich. Howard ist ein Wissenschaftler, dem es an Diplomatie mangelt, das räume ich ein; doch niemand zieht seine Berufung, seine Fähigkeiten und seine Redlichkeit in Zweifel.»

«Nein, niemand ... Es müssen ägyptische Journalisten ins Grab hineingelassen werden. Sie führen eine zusehends bösartiger werdende Kabale gegen uns.»

«Seien Sie nicht so sensibel gegenüber diesen Kritiken, Monsieur Lacau; mein Vertrag mit der *Times* verbietet mir solcherlei Ausnahmen.»

«Da Sie keine Vernunft annehmen wollen, bin ich genötigt, zu anderen Mitteln zu greifen. Sie werden noch heute eine amtliche Verfügung des Ministeriums für Öffentliche Bauten erhalten, dem die archäologischen Grabungen unterstehen.»

Lacau hielt Wort. Der offizielle Brief schlug einen eher sanften Ton an; der juristische Berater des Ministeriums empfahl Carter und Carnarvon eine versöhnlichere Haltung, um so ihre Interessen zu wahren, und sich nicht in einen Streit zu verwickeln, der für alle Forscher, die den ägyptischen Boden zu explorieren bestrebt waren, nachteilig wäre. Zwischen den Zeilen waberten zwar Drohungen, doch die Schlussfolgerung ließ es mit einem Ratschlag bewenden: die notwendigen Maßnahmen im allgemeinen Interesse zu ergreifen.

Carter trank seinen frühmorgendlichen Kaffee, als der *rais* ihm einen unerhörten Besuch ankündigte.

«Welchen Namen hast du ausgesprochen?»

«Arthur Weigall.»

Carter stellte seine Kaffeetasse ab und trat auf die Freitreppe des Grabungshauses. Niemals würde dieser Bandit seine Behausung besudeln. Weigall, ehemaliger Altertümerinspektor, des Diebstahls verdächtigt und zum Rücktritt genötigt, dieser Weigall wagte es nach Ägypten zurückzukehren!

Mit einem Tropenhut, einer gestreiften Jacke und einer grauen Hose elegant gekleidet, war der Besucher ein recht stattlicher Mann, so glatt wie der Kragen eines satinierten Hemds. Die schmalen Lippen und der stechende Blick drückten eine latente Aggressivität aus.

Da er den jähzornigen Charakter seines Gastgebers und dessen Vorbehalte ihm gegenüber kannte, belastete sich Arthur Weigall nicht unnötig mit Höflichkeitsfloskeln.

«Ich bin unschuldig und will Ihnen helfen. Ich spreche zu Ihnen als wahrer Freund; hören Sie mir wenigstens ein paar Augenblicke zu, ich flehe Sie an.»

Weigall hatte ein bewegtes und flatterhaftes Mienenspiel; mehrere Individuen schienen ihn zu bewohnen.

«Fassen Sie sich kurz.»

«Sie sind in Gefahr, Howard, in großer Gefahr. Ägypten ist keine unterwürfige Kolonie mehr; durch Ihre Missachtung der einheimischen Presse haben Sie die öffentliche Meinung gegen sich aufgebracht. Man beschuldigt Sie, ein Dieb zu sein, und man beginnt Sie zu hassen. Tutenchamun gehört Ihnen nicht; die Autonomieanhänger betrachten ihn als einen der Ihren, den Sie eingesperrt hätten.»

«Sie fantasieren.»

«Sie sind es, der in anderen Regionen schwebt; kommen Sie auf den Boden zurück, verkünden Sie der ägyptischen Presse, dass Sie deren Klagegründe verstehen und dass Sie Ihr Verhalten bedauern.»

«Ich kenne nur eine Moral: weder Bedauern noch Gewissensbisse.»

«Versteifen Sie sich nicht, Howard; Sie sind hier nicht mehr auf erobertem Gebiet. Die Welt hat sich verändert, während Sie in der XVIII. Dynastie, bei Ihrem heiß geliebten Pharao verharrten. Bauen Sie nicht allzu stark auf Carnarvons Protektion; er ist ein schwacher und kranker Mann. Und dann . . .»

«Und dann?»

«Man spricht von einem Fluch, der alle Grabschänder treffen soll.»

«Unsinn.»

«Erinnern Sie sich an die furchtbare Mahnung des großen Würdenträgers Ursu: *›Der, der mein Grab in der Nekropole schändet, wird ein vom Licht gehaßter Mann sein; auf dem Altar des Osiris wird er kein Wasser erhalten können, er wird in der anderen Welt vor Durst verschmachten und seinen Kindern seine Güter nicht vermachen können.‹*»

«Dies alles betrifft mich nicht», entgegnete Carter. «Ursu lebte zur Zeit Amenophis' II., und nicht unter der Regentschaft Tutenchamuns; ich schände kein Grab, ich bewahre es vor jeglicher Zerstörung und vor jeglicher Plünderung; und außerdem habe ich keine Kinder.»

«Sie tun unrecht daran diese Warnung auf die leichte Schulter zu nehmen. Ich würde Ihnen so gerne verständlich machen . . .»

«Verschwinden Sie.»

«Sie werden niemals in die verborgene Kammer vordringen, Carter, oder der Fluch wird Sie treffen!»

Nach einer langen, mitunter etwas lebhaften Unterredung erhielt Carnarvon Carters Einverständnis. Am 26. Januar, dem von Lacau erwünschten Termin, wurde allen ägyptischen und ausländischen Journalisten gestattet, die Vorkammer zu besichtigen und sich davon zu überzeugen, dass Carters Team auf überaus beachtenswerte Weise arbeitete. Dieses Zugeständnis vermochte die Rachsucht von Bradstreet, des Korrespondenten der *New York Times* und der *Morning Post*, nicht zu besänftigen. Das Exklusivrecht, dessen sich die *Times* erfreute, schien ihm wie ein unannehmbarer Gewaltstreich; so fuhr er fort, seine gehässige Meinungskampagne gegen diese Bande skrupelloser Exploratoren und Krämer zu führen, die Tutenchamun zur Geisel genommen hätten; Carter wurde als ein Monstrum an Eitelkeit und Egoismus ausgemalt, welches keinerlei seriöse Information mitteile und alles für sich behalten wolle, während Carnarvon, sein Arbeitgeber, sich in einen Businessman verwandelte, der einzig auf Profit bedacht und für jeden vorteilhaften Vertrag zu haben sei. Die beiden Plünderer erwiesen sich als weitaus tüchtiger als die Räuberbanden von Gurnah. Weshalb wurden die in der Vorkammer angehäuften Meisterwerke nicht ausgestellt, weshalb wurde das Grab nicht für Besucher geöffnet? Weil Carter wie ein Geiziger seinen Sack Gold fest an sich drücke, die Ausräumung bremse und tausend administrative Schikanen erfinde, welche die Altertümerverwaltung daran hinderten, ihres Amtes zu walten.

Lady Evelyn half Carter, die immer üppiger werdende Korrespondenz zu bearbeiten.

«Möchten Sie den letzten Artikel von diesem schändlichen Bradstreet lesen?»

«Nein.»

«Umso besser; sparen Sie Ihre Energie für das Wesentliche auf. Werden wir den hundert Autogrammwünschen von heute nachkommen?»

«Ich werde mir dieses Pensum mit Mace und Burton teilen; Ihr Vater und ich haben beschlossen, diejenigen, die uns Mut zusprechen und die Schwierigkeit unsrer Aufgabe abschätzen, nicht zu vernachlässigen.»

«Werden wir diesem britischen Saatguthändler, der ägyptischen Weizen ziehen möchte, Samen aus dem Grab schicken?»

«Nicht bevor wir ihn selbst untersucht haben.»

«Hier ist eine Bittschrift eines Pariser Couturiers, der Stoffproben verlangt, um eine Tutenchamun-Mode zu lancieren.»

«Dem sollten Sie antworten, Lady Evelyn.»

«Er wird ohne uns zurechtkommen. Ah . . . dritter Brief eines Konservenherstellers, der mumifizierte Lebensmittel fordert.»

Carter nahm seinen Kopf in beide Hände.

«Ich kann nicht mehr . . .»

Sie stand auf, näherte sich ihm und fuhr ihm mit einem in Eau de Cologne getränkten Taschentuch über die obere Stirnpartie.

«Sie müssen durchhalten, Howard; wenn Sie untergehen, werden sich die Geier auf Tutenchamun stürzen, und dann wird ein Lebenswerk verpfuscht sein.»

«Ohne Sie . . .»

«Kein Wort mehr.»

Im Februar wurde es außergewöhnlich heiß. Der Sandwind reizte die Augen und machte die Ortswechsel beschwerlich. Mehrmals am Tag mussten die Mitglieder des Stabes ihre Unterwäsche wechseln; Lady Evelyn, ihrer Touristen-Ausstaffierung entledigt, hatte sportivere Garderobe angelegt und sich im Grab Sethos' II. einen winzigen Privatsalon hergerichtet. Sie trug Sorge, die Restaurierungs- und Verpackungsspezialisten, die gegen die Zeit ankämpften, nicht zu behelligen; deren Mühsal musste bis zum April zum Abschluss gebracht werden, da die klimatischen Bedingungen ihnen eine ohnehin erschöpfende Aufgabe fortzuführen verwehren würden.

Das Herausholen der großen Ritualbahren war ein ungeheurer Erfolg gewesen und blieb im Gedächtnis der rund um das Grab und an der Strecke zum Laboratorium zusammengescharten Zuschauer ein unvergleichliches Erlebnis. Als die Löwenköpfe am oberen Treppenabsatz zum Vorschein kamen, durchfuhr bewunderndes Gemurmel die Menge; die Tiere waren lebendig, ihre zugleich ernsten und spöttischen Augen ergründeten die Herzen. Das Gestern und das Morgen symbolisierend, hob der Löwe die Jahrhunderte auf, welche Versiegelung und erneute Öffnung der Grabstätte voneinander trennten. Jeder Augenzeuge verfolgte Callenders gemessene Gesten, als er die Einbettung der Meisterwerke in große, mit Watte ausgekleidete Kisten überwachte. Die Neugierigen hatten die besten Plätze seit sechs Uhr morgens besetzt; niemand wurde enttäuscht. An jenem Tag kam der goldenem Thronsessel ans Tageslicht, dessen Dekor die Liebe Tutenchamuns zu seiner jungen Gemahlin besang, und eine dermaßen realistische Büste des Königs, dass einige glaubten, der Herrscher erwache in eigener Person aus seinem großen Schlaf. Selbst die Blasiertesten spürten, dass sich ein außergewöhnliches Ereignis zutrug; es spielte keine Rolle, ob man die ägyptische Kunst, Tutenchamun und die Geschichte der Pharaonen nun schätzte oder nicht. Eine Kraft, bis dahin in der Finsternis gefangen und gebannt, brandete wie eine Woge über die Welt der Menschen herein; eine magische Woge, die in ihrem Sog eine Energie mit sich führte, welche aller Bewusstsein zu erschüttern und verändern imstande war.

Endlich gab Carnarvon eine Pressekonferenz. Im größten Salon des Winter Palace drängelten sich die Journalisten; trotz des Ordnungsdienstes und des Zwangs am Eingang eine Einladungskarte vorzuweisen, hatte eine beträchtliche Zahl von Nassauern die Absperrungen überwunden.

Mit einem sicheren Sinn fürs Theatralische wartete der Graf, bis das Trara verstummte, bevor er das Wort ergriff.

«Dank großer, der Alten Ägypter würdiger Anstrengungen vermögen Mr Carter und sein Stab das Programm einzuhalten, das wir uns auferlegt haben, um die Welt mit den ungeheuren Schätzen von Tutenchamun bekannt zu machen. Die erzielten Ergebnisse werden, so hoffe ich, die bösen Zungen und die Neider zum Schweigen bringen. Die antiken Gegenstände der Vorkammer, von denen viele in unserem Laboratorium im Tal restauriert wurden, werden zu Beginn des Frühjahrs in das Museum von Kairo überführt. Die Altertümerverwaltung wird sich im Anschluss darum sorgen, eine dieser unvergleichlichen Stücke würdige Ausstellung zu organisieren.»

Hier und dort brach Gekicher los; die Unfähigkeit der meisten Angestellten der Verwaltung war notorisch. Carnarvon hatte Lacau einen gehörigen Nadelstich versetzt.

«Wird das Grab dem Publikum geöffnet werden?», fragte Bradstreet gallig nach.

«Sicher nicht.»

«Aus welchem Grund?«

«Dem überzeugendsten von allen: Die Ausgrabung ist noch nicht beendet.»

Ein Schauer der Erregung beseelte die Versammlung; die Federn ihrer Füllhalter waren bereit über das Papier zu huschen. Überzeugt, keine genaue Antwort zu, erhalten, holte Bradstreet zum vernichtenden Stoß aus.

«An welchem Tag werden Sie die Wand der verborgenen Kammer durchstoßen?»

«Sie sind gut informiert», erkannte der Graf mit einem halben Lächeln an.

«Also, an welchem Tag?»

«Wir werden die vermauerte Tür am 17. Februar öffnen, in Anwesenheit der Königin der Belgier.»

71

Eine lebende Königin für einen toten König, eine populäre Herrscherin für einen vergötterten Pharao: Dank dieses phänomenalen *Publicity-Streichs* brachte Lord Carnarvon seine Verleumder zum Schweigen. Schon vom 15. Februar an wurde Luxor zum Mittelpunkt der Welt: Alle Hauptstädte hatten die Augen auf diesen Marktflecken Oberägyptens gerichtet, von dem hunderte von Telegrammen und Depeschen bezüglich des Tals der Könige ausgingen. Die ägyptischen Eisenbahnen verdreifachten die Zahl der Züge aus Richtung Kairo; die Hotels füllten sich mit Lords, Ladys, Herzögen, Herzoginnen und selbst mit Radschas, die das so lange erwartete Wunder nicht versäumen wollten: die Entdeckung der unberührten Gruft eines Pharaos.

Das Aussehen der ins TAL führenden Straße hatte sich ziemlich verändert. Ehedem Sand, Felsen und Stille; nunmehr ein endloser Zug knatternder Automobile, die zwischen zwei Reihen Soldaten der ägyptischen Armee in großer Galauniform durchfuhren, welche für die Gäste von Rang ein Ehrenspalier bilden sollten.

Carter fluchte. Dieser Andrang von Touristen, und mochten sie auch Milliardäre, einflussreich und berühmt sein, fiel ihm in seiner Arbeit lästig und bedrohte die Sicherheit der Fundstücke. Wie viele plumpe Lords und linkische Herzoginnen hatte er schon daran hindern müssen eine Alabastervase umzustoßen oder Perlen zu zertrampeln! Allein die Anwesenheit von Lady Evelyn gab ihm Kraft, das ganze Theater durchzustehen.

Am 16. Februar kamen die Königin und ihr Sohn Prinz Léopold in Luxor in genau dem Moment an, da der tragische Tod des Kanarienvogels ausgestreut wurde. Die Zeitungen nahmen sich des vergangenen Dramas an; manche fügten hinzu, dass die Grabkammer von Kobras wimmele, welche die Schänder angriffen. Bradstreet ironisierte; in diesem famosen, so lange unzugänglichen Raum werde man nur Leere vorfinden oder, bestenfalls, einen ausgeplünderten Sarkophag.

Am 17., gegen Mittag, war die Vorkammer ausgeräumt; übrig blieben nur noch die beiden schwarzhäutigen Statuen des Königs, welche den Durchgang zur Grabkammer einrahmten. Nicht ohne Bedauern betrachtete Carter den nackten Raum; ein ganzer Abschnitt seines Lebens schien wie ein Kartenhaus in sich zusammenzufallen. Vielleicht hätte er sich damit begnügen sollen, sich den ersten Augenblick dieser Wunderdinge in sein Gedächtnis einzuprägen und das Grab wieder zu verschließen.

Um 14 Uhr begann die offizielle Zeremonie; statt der zwanzig vorgesehenen Personen waren ungefähr vierzig in Tutenchamuns letzte Ruhestätte eingefallen. Lady Evelyn, Lord Carnarvon und Carter wetteiferten in klassischer Eleganz mit ihren Gästen; der englische Hochkommissar, Lord Allenby, und die höchsten ägyptischen Potentaten hatten der Einladung des Grafen Folge geleistet, desgleichen Lacau und Engelbach. Letzterer säte Zweifel, indem er an Davis' trauriges Abenteuer erinnerte, der, einige Jahre zuvor, den Herrn des Landes belästigt hatte, um ihm leere Vasen zu zeigen. Die Königin der Belgier war leidend und hatte sich entschuldigt.

Carter, Carnarvon und Lady Evelyn wechselten ein paar verschworene Blicke, während Kameraleute und Fotografen die erlauchte Runde, die sich am Eingang des Grabes drängte, auf ihre Filme bannten. Carter öffnete das Eisengitter; er empfahl den Herren, ihre Jacken abzulegen, um die Hitze, die in der Vorkammer herrschte, besser zu ertragen.

«Es ist sehr dunkel», beklagte sich ein ehemaliger ägyptischer Minister.

«Seien Sie unbesorgt», sagte Carnarvon, «die Eingeweide der Erde werden uns nicht verschlingen. Wir werden eine Art Konzert genießen; Carter wird uns ein unbekanntes Lied vorsingen.»

Gegen die Brüstung gelehnt, sah Arthur Weigall zerknirscht die Privilegierten im Gang verschwinden.

«Der Graf wird nie aufhören zu scherzen», bemerkte der Journalist, der sich an seiner Seite aufhielt.

«Mit dieser Geistesverfassung gebe ich ihm noch sechs Wochen zu leben. Der Fluch der Pharaonen . . .»

«Sie scherzen, nehme ich an?»

Verlegen entfernte sich Weigall. Ein anderer Journalist nahm seinen Platz ein; wie seine Kollegen war auch er bereit, den ganzen Nachmittag unter der Sonne in der Hoffnung auszuharren, als erster eine Information über die geheime Grabkammer aufzuschnappen. Schon waren falsche Gerüchte im Umlauf, aus sicherer Quelle angeblich, sprach man von zwei Mumien, aus denen – eine Viertelstunde später – acht wurden.

Das Archäologenteam hatte Stühle und eine Schranke aufgestellt, welche die Zuschauer von der vermauerten Tür trennte, vor der eine kleine Plattform errichtet worden war; diese sollte Carter ermöglichen, seine Arbeit unter guten Bedingungen auszuführen, ohne dabei Gefahr zu laufen, die schwarzen, zusätzlich mit Holzbrettern geschützten Statuen zu beschädigen.

Als Carter auf das Podest stieg, spürte er den Schauder der Erregung, der die Zuschauer hinter der Absperrung durchfuhr. Obwohl seine Hand zitterte, setzte er den ersten Schlag auf die von Scheinwerfern angestrahlte Wand.

Nachdem er die hölzerne Oberschwelle freigelegt hatte, welche auf die Anwesenheit einer Tür hindeutete, trug er den Gips und den Steinsplitt ab, welche die oberste Schicht der Ausführung bilden, und trieb ein Loch von geringem Durchmesser hinein.

«Eine Lampe», bat er Callender.

Carter leuchtete in die verborgene Kammer. Er allein konnte sehen, was sich jenseits der Wand befand; die Zuschauer hielten den Atem an.

«Ich sehe eine Mauer . . . eine Mauer aus Gold und Fayence!»

Callender reichte ihm ein Stemmeisen und half ihm die dicksten Steine herauszulösen, um so das Loch zu erweitern; Carter, dessen Gesten fahrig wurden, verlor die Geduld, als er auf unregelmäßige Steinblöcke stieß, die sich in Gewicht und Größe stark unterschieden. Er bestand darauf, jeden einzelnen selbst herauszunehmen, und reichte sie dann Callender zu, der sie einem Arbeiter weitergab, um sie so aus der Vorkammer fortzuschaffen. Mace achtete darauf, dass die Trennwand nicht in die geheime Kammer stürzte und deren Schätze beschädigte; Carter schob eine Matratze durch die Öffnung und rutschte auf die andere Seite. Carnarvon folgte ihm nach.

Die Gesellschaft erwartete eine Verkündung; doch Carter war soeben auf die zu Boden gefallenen Perlen eines Kolliers getreten. Trotz seiner immer offenkundigeren Ungeduld hob er sie eine nach der anderen auf und lehnte es ab, weiter vorzudringen, bevor er dies nicht zu Ende gebracht hatte. Lacau drängte sich als dritter privilegierter Explorator auf, in seiner Ekstase angesichts der großen Kapelle, deren Seiten einer Mauer aus Gold glichen, wies Carter ihn nicht hinaus. Die drei Männer schritten vorsichtig weiter, da der Boden mit Symbolgegenständen übersät war: magische Ruder, die der königlichen Barke erlaubten, auf den Wegen des Himmels voranzufahren; *Naos* enthielten die bei der Beisetzung verwendeten Ritualinstrumente; Perseasträuße, Weinkrüge, eine silberne Trompete; um einen Lanzenschaft gewickelte Anubishäute, womit Tod und Wiedergeburt beschworen wurden.

Lacau blieb stumm. Die Inschriften und die Szenen auf der riesigen Kapelle, die fast den gesamten Raum ausfüllte, boten eine nie gesehene Vielfalt; wie viele Forschungsjahre würden nötig sein, sie zu deuten? Die Wandmalereien stellten die Mundöffnung der königlichen Mumie dar, nachdem sie von den «Freunden des Königs» auf einem Schlitten zur Nekropole getreidelt worden war. Die Wägung des Herzens, gegen die Feder der Maat, die eherne REGEL, war günstig ausgefallen; und so war der Geist Tutenchamuns in die Ewigkeit eingekehrt.

Carter zog die Riegel heraus, öffnete die großen Türen und ließ eine zweite Kapelle zum Vorschein kommen. Auf deren Tür ein Siegel.

«Es ist unversehrt», bemerkte Lacau. «Und dieser Schleier, den die Zeit vergilbt hat . . . niemand hat ihn seit der Bestattung des Königs hochgehoben!»

Sie verharrten lange Zeit in Schweigen. Wer würde das Siegel zu erbrechen wagen?

Lacaus Blick fiel auf die niedrige Tür, die sich auf den letzten Raum der Grabstätte, den Schatz, öffnete. Carter drang als erster hinein und bemerkte am Boden einen Lehmziegel, in dem eine Fackel aus Rohr steckte. Anubis, auf einer Kapelle liegend und in ein Leinentuch gehüllt, sah den Eindringling an. Gegenüber der Tür, an der hintersten Wand, breiteten vier Göttinnen die Arme aus, um den Schrein mit den Kanopen zu beschützen, in denen die Eingeweide des Königs aufbewahrt waren. Sie waren so natürlich und so lebendig, ihre Gesichter drückten solch heiteren Frieden aus, dass er sie kaum anzuschauen wagte.

Truhen, Nachbildungen von Booten, Geschmeide, Schreibzeuge, Fächer aus Straußenfedern, Statuetten . . . der Blick verlor sich. Da Lacau verstört herauskam, schloss Lady Evelyn sich ihrem Vater und dem Archäologen an. Als Carter die auf den verschiedenen Gegenständen eingeschriebenen Hieroglyphen entzifferte, entdeckte er die Namen der Getreuen und Verwandten des Monarchen, insbesondere den von Mej, des Finanzministers und obersten Aufsehers der Nekropole. Er war es also, der die Ausschachtung des Grabes an dieser Stelle befohlen und, nachdem er die Totenfeier angeführt, größte Geheimhaltung angeordnet hatte! Mej, der Treue, zu dessen Nachfolger nun Carter wurde. Verwirrt schickte er sich an, die Grabkammer zu verlassen, als er gewahr wurde, dass der irdene Sockel jener Schilffackel eine Inschrift trug.

«Was besagt sie?», fragte Lady Evelyn.

«Sie schützt das Grab vor jeglicher Schändung und bewahrt die geheime Kammer unversehrt.»

Weder Carter noch Carnarvon waren imstande, auch nur ein Wort in der Vorkammer herauszubringen; sie begnügten sich damit, die Arme gen Himmel zu heben. Die Persönlichkeiten überschritten eine nach der anderen die Schwelle des Allerheiligsten; viele vermochten sich nur mit Mühe aus dieser faszinierenden Welt zu lösen, die sich ihnen dort bot. Nicht einer, dessen Knie nicht zitterten, nicht einer, der von so viel Schönheit nicht überwältigt war. Der Unruhe folgte der feierliche Ernst von Zeugen, die sich gewiss waren, Mysterien beigewohnt zu haben, deren wahre Natur sie nicht erfassten.

Mehr als drei Stunden nach Beginn dieses sonderbaren Zeremoniells traten Carter und Carnarvon als letzte aus der Grabstätte, schwitzend, staubig und mit zerzaustem Haar; die Sonne war bereits untergegangen, und die Kühle stach auf der Haut. Carter legte Lady Evelyn einen Schal über die Schultern.

«Das Tal hat sich verändert», bemerkte sie. «Seht nur ... es ist von einem besonderen Licht beschienen! Ich habe noch nie ein Ähnliches gesehen.»

«Noch nie habe ich es so geliebt ... Es beschenkt uns mit dem Unerreichbaren!»

72

Tutenchamun war zum absoluten Herrscher Luxors geworden. Nicht ein Gespräch, in dem er nicht auftauchte, nicht eine Boutique, in der seine Namen nicht auf den unterschiedlichsten Artikeln angebracht waren; die Köche hatten «Tutenchamun-Suppen» oder Braten à la «Tut» erfunden, während die Veranstalter von Festlichkeiten die Menge zum «Tutenchamun-Ball» lockten.

Bradstreet, der einen ironischen Artikel über die diplomatische Erkrankung der Königin der Belgier zu schreiben vorhatte, musste klein beigeben, als er erfuhr, dass die rasch wiederhergestellte Herrscherin sich bereits am 18. Februar auf das Westufer begeben hatte. Ohne Zweifel zog sie eine Einzelbesichtigung dem Trubel der offiziellen Einweihung vor. Callender hatte ihr eine Überraschung vorbehalten; da er die elektrische Installation perfektioniert und die Glühbirnen verdeckt angebracht hatte, war ihm eine sanfte und warme Atmosphäre gelungen, die der Entdeckung der großen Kapelle und der Wunderdinge der Schatzkammer sehr zuträglich war. Verwirrt brach der Ägyptologe Jean Capart, der sie begleitete, in Beifall aus.

«Wie diese flüchtigen Minuten bewahren? Das ist der schönste Tag meines Lebens!»

Begeistert küsste er Carter auf beide Wangen.

«Sie sind ein Genie und ein Wohltäter der Menschheit.»

Ohne auf diesen Ehrentitel Anspruch zu erheben, war Howard Carter glücklich, eine aufrichtige Sympathiebekundung von Seiten eines Kollegen zu erhalten; Tutenchamun vollbrachte wirklich Wunder.

Die Königin, das Gesicht von einem kleinen Schleier verhüllt, trug einen weißen Hut mit breitem Rand und ein weißes Kleid; eine Silberfuchsstola bedeckte ihre Schultern. Ihre Ankunft war nicht unbemerkt geblieben, da ihr Gefolge nicht weniger als sieben Automobile zählte, die eine Kohorte aus Pferdekutschen und diversen von Eseln gezogenen Vehikeln begleitete. Die kleinen Leute des Ostufers waren glücklich am Fest teilzunehmen, und bekundeten lautstark ihre Freude; war das Provinzoberhaupt nicht mit gutem Beispiel vorangegangen, als es die Herrscherin, beim Verlassen der Landungsbrücke, mit Fanfaren begrüßen ließ?

Die Grippe, an der Ihre Majestät litt, war nicht vorgegeben; trotz der Hitze schlotterte sie. Nichtsdestotrotz begeisterte sie die Besichtigung der Grabstätte; die Königin stellte dem verzückten Carter zahlreiche Fragen und er öffnete sogar einige seit dem Tod Tutenchamuns verschlossene Kästen. Einer von ihnen enthielt eine vergoldete Schlange, deren Anblick die Besucher hochfahren ließ, so lebendig schien sie.

Die Königin der Belgier war voll des Lobes über Carnarvon und Carter während der Pressekonferenz, die sie am selben Abend gab; glücklich darüber, in Luxor zu sein, noch glücklicher darüber, Meisterwerke von überwältigender Schönheit gesehen zu haben, sprach sie mit Nachdruck von der Dankbarkeit, welche die ganze Welt dem Grafen und seinem Archäologen schuldete.

«Eine Unpässlichkeit?»

«Ja, Howard. Das ist schon der dritte Besucher, der beim Verlassen des Grabes ohnmächtig wird.»

«Die Hitze.»

«Die Volksmeinung spricht von einem Fluch, den ein Scheich ausgestoßen hätte.»

«Glauben Sie daran?»

«Nein», antwortete Callender. «Jedenfalls hält er niemanden davon ab, das Grab zu belagern. Die *Times* ist eine wertvolle Verbündete; dadurch, dass sie jeden Tag von unsren Arbeiten berichtet, bringt sie unsre Gegner zum Schweigen.»

«Bis auf Bradstreet und die *New York Times*! Er behauptet, dass das Zerwürfnis zwischen der ägyptischen Regierung und uns sich stetig verschärft.»

«Der Minister für Öffentliche Bauten hat dies gerade dementiert, als er Bradstreets Ausführungen als ‹lächerlich› bezeichnet und sich der Herzlichkeit gerühmt hat, die seine Beziehung zu uns bestimmt. Und wir haben diese Botschaft von König Fuad erhalten: *‹Es ist mir eine besondere Freude, Ihnen meine wärmsten Glückwünsche zum Ausdruck zu bringen, jetzt, da Ihre langen Jahre harter Arbeit von Erfolg gekrönt wurden.›* Unsre Feinde sind besiegt, Howard; selbst Lacau kann nicht einmal mehr den kleinen Finger gegen uns erheben. Als internationaler Held sind Sie unantastbar geworden.»

Zwischen dem 20. und dem 25. Februar fielen Zehntausende Touristen über das Westufer herein und strömten zum Grabe Tutenchamuns; selbst der Sandsturm entmutigte die Neugierigen nicht. Das Nachtleben von Luxor war so belebt wie das der großen Hauptstädte; zahllose Amerikaner, für die Wunderwerke ägyptischer Archäologie unempfänglich, doch auf Pferde- und Kamelrennen ganz versessen, wetteten hoch, tranken viel und spielten die ganze Nacht über auf den Kreuzfahrtschiffen, die den Nil befuhren.

Carter schob zwei zerzauste Männer beiseite und betrat den Salon des Winter Palace, wo Carnarvon in Gesellschaft eines Bevollmächtigten des Metropolitan Museum seinen Tee nahm; der Graf ahnte das Unheil voraus.

«Das kann so nicht weitergehen. Diese Touristen sind unerträglicher als Fliegen.»

«Die ägyptische Regierung hat uns um die Erlaubnis gebeten, das Grab dem Publikum zu öffnen, und ...»

«Wir taten unrecht daran; diese Banden von Rasenden bringen es in Gefahr.»

«Ein Unfall?»

«Ein Fettleibiger ist in dem Durchgang zwischen der Mauer und der Kapelle stecken geblieben und hat die Wand verschrammt. Morgen werden andere Schäden eintreten; falls wir das Grab nicht schließen, kann ich für nichts mehr einstehen.»

Gleichermaßen besorgt wie Carter, besprach Carnarvon sich umgehend mit einem Vertreter des Ministeriums. Der Archäologe schrieb gerade, auf nichts so begierig wie auf Einsamkeit, an seinem Grabungstagebuch, als die Tür seiner Behausung sich behutsam öffnete.

«Darf ich Sie stören?»

Lady Evelyns Lächeln hätte den blutrünstigsten Eroberer entwaffnet; so legte Carter seinen Füllfederhalter beiseite.

«Ich bitte Sie.»

Die Sonne ging über dem Tal unter; der Fels färbte sich ockern, Stille hüllte die Wohnstätten der Ewigkeit ein.

«Mein Vater ist verstimmt.»

«Das tut mir Leid. Wir sind uns nicht ganz einig über die Einstellung gegenüber den Behörden; die Zugeständnisse werden zu Katastrophen führen.»

Lady Evelyn näherte sich Carter; sie legte ihm die rechte Hand auf die Schulter. Versteinert wagte er kaum zu atmen.

«Sie sind ein schwieriger Mensch.»

«Ich ...»

«Ich mag Ihren Charakter, Howard; er ist unmöglich und einzigartig. Sie sind überzeugt, dass das Absolute hienieden gelebt werden kann und dass Redlichkeit das einzige annehmbare Verhalten ist.»

«Das gestehe ich ein.»

Sie küsste ihn auf die Stirn; Carter klammerte sich an seinen Arbeitstisch, wie ein Schiffbrüchiger an ein Wrack.

«Bin ich in Ihren Augen unnachgiebig genug?»

«Ich würde Ihnen gerne sagen . . .»

Er stand langsam auf, fürchtend, sie könne ihn zwingen, sitzen zu bleiben: Doch sie rückte von ihm ab, jäh unerreichbar.

«Ich möchte Sie nicht verlieren, Evelyn.»

Er ging einen Schritt auf sie zu. Sie wich nicht zurück.

«Ich weiß nicht, wie . . .»

«Seien Sie still, Howard. Es sind nicht Worte, die ich erwarte.»

Er nahm sie in seine Arme. Lady Evelyn, Evelyn, Eve, eine verliebte Frau, das Glück.

Um sechs Uhr morgens war Carter noch nicht aufgestanden. Mit offenen Augen versuchte er sich jeden Augenblick dieser erhabenen Nacht ins Gedächtnis einzuprägen, in welcher er, zum ersten Mal seit dreiunddreißig Jahren, nicht vom Tal der Könige geträumt hatte.

Die Tür des Grabungshauses öffnete sich mit Getöse.

«Carter, sind Sie da?»

Der Archäologe richtete sich seitlings auf.

«Antworten Sie, Carter!»

«Ich bin in meinem Zimmer, Herr Graf.»

Carnarvons Gesicht war aufgelöst; seine Stimme grollte.

«Eve hat mir alles erzählt.»

«Da hat sie richtig gehandelt.»

«Ich verbiete Ihnen sie wiederzusehen.»

«Weshalb?»

«Sie gehören nicht zur gleichen Welt»

«Eine Aristokratin und ein Gemeiner!»

«Richtig.»

«Würden Sie sie mir verweigern, wenn ich um Ihre Hand anhielte?»

«Ich bin dazu gezwungen.»

«Welches Gesetz nötigt Sie?»

«Die Moral und die Sitte.»

Carter stand auf und kleidete sich an.

«Daran glauben Sie doch selbst nicht; Ihr Wesen, Ihr ganzes Dasein strafen diesen Konformismus Lügen.»

«Ich glaube für meine Tochter daran und ich werde gegen ihre Tollheit ankämpfen.»

«Ist mich zu lieben eine Tollheit?»

«Verstehen Sie mich doch, Howard!»

«Ich weigere mich. Wie behauptet wird, hat sich die Welt verändert ... Heutzutage kann ein Gemeiner die Tochter eines Grafen heiraten.»

«Sie erliegen einer Selbsttäuschung: Ihre einzige Liebe ist doch das Tal der Könige. Und das ist der wahre Grund für meine Ablehnung. Ich muss Sie vor sich selbst schützen.»

«Bestimmen Sie nicht über meine Gefühle.»

«Vergessen Sie Evelyn.»

«Niemals. Nicht eine Sekunde habe ich sie ermuntert; ich bin nicht imstande, sie zurückzustoßen.»

Carnarvon hielt seinen Zorn nicht mehr im Zaum.

«Tun Sie sich Gewalt an. Sie ist zweiundzwanzig Jahre alt und Sie fünfzig. Das ist monströs, Carter!»

Der Archäologe rückte seine Fliege gerade.

«Lassen Sie sich nicht herab, mit einem Monstrum zu diskutieren. Gehen Sie hinaus.»

«Wissen Sie, was das bedeutet?»

«Der Graf entläßt den Gemeinen. Unsre Zusammenarbeit ist beendet.»

73

Der *Ragtime* hatte den Ballsaal des Winter Palace erobert und die stilleren Tänze verdrängt; die jungen Leute der englischen und amerikanischen Hautevolee gaben sich diesem neuen Zeitvertreib hin und knüpften zahlreiche idyllische Liebesbande.

In einem angrenzenden Salon saß Carter und trank.

Wieder einmal fand er sich allein wieder, von allen verlassen. Gerade, als sein Traum in Reichweite war, wurde er zum Albtraum; Carnarvon würde einen anderen Archäologen engagieren, um die Kapellen zu öffnen und deren allerletztes Geheimnis zu entdecken. Welche Zukunft könnte ein brotloser Ägyptologe der Tochter eines Grafen bieten?

Carter füllte sein Glas nach. Eine Hand packte sein Handgelenk.

«Zerstören Sie sich nicht, Howard.»

Lord Carnarvon ließ sich Carter gegenüber nieder.

«Ich möchte Sie um Verzeihung bitten.»

«Sie . . .»

«Sie haben richtig gehört. Sie sind mein einziger Freund; mich mit Ihnen zu entzweien, wäre die schlimmste aller Sottisen. Was auch geschieht, wie Ihre Gefühle mir gegenüber auch sein mögen, meine Zuneigung zu Ihnen wird nicht nachlassen. Ich habe mich wie ein Trottel aufgeführt . . . Der Wahn, die Nervosität, der Trubel des Ruhms? Das alles sind nur ärmliche Erklärungen, das gestehe ich Ihnen zu.»

«Sie erscheinen mir recht triftig. Allein zu trinken, ist eine Ketzerei; würden Sie eine Schale Champagner annehmen?»

«Mit Freuden.»

Nach neun Tagen lebhaftester Besichtigungen trug Carter, von Carnarvon unterstützt, den Sieg davon: Die Altertümerverwaltung und die Regierung bewilligten die Schließung des Grabes, die unerlässliche Voraussetzung für seinen Schutz. Als die beiden Männer die von ihrem Inhalt leer geräumte Vorkammer betrachteten, empfanden sie ein tiefes Gefühl des Unbehagens.

«Mauern von einem traurigen Gelb, ein nackter Boden, nicht einmal die Andeutung einer Dekoration ... welch eine Trostlosigkeit! Wir sind Schänder.»

«Das glaube ich nicht, Howard. Tutenchamun spürt unsre Ehrfurcht.»

«Weshalb sollte er uns verzeihen, sein Grab verheert zu haben?»

«Weil wir seine Botschaft der ganzen Welt überbringen werden. Das Alte Ägypten beginnt gerade erst zu sprechen; haben Sie nicht versichert, dass weder Aberglaube noch Abgötterei es leiteten, dass seine wahren Werte hingegen die Kenntnis und getreue Einhaltung einer UNIVERSALEN REGEL sowie die Erhöhung alles Alltäglichen ins Sakrale wären? Unsre Zivilisation ist erbärmlich, Howard; Heuchelei, Korruption und Mittelmaß sind deren Götter. Ein Weltkrieg und Tausende von Toten ... dies ist die Bilanz unsres famosen Fortschritts. Wenn wir den Glauben der Ägypter nicht wiederfinden, fallen wir der Verdammnis im Nichts anheim.»

Carter konnte seinen Blick von den beiden schwarzen Statuen nicht lösen, die nach wie vor über den Eingang der verborgenen Kammer wachten. Das Gold ihrer Hauben und das Licht ihrer Augen läuterte die Seele.

«Unser Zeitalter ist das des zynischen Materialismus; es zerstört, was mit seiner Beschränktheit nicht konform geht. Tutenchamun ist ein Wunder, das außergewöhnlichste aller Wunder, der einzige Hoffnungsschimmer.»

Das schwere Eisengitter schloss sich hinter der Vorkammer. Dutzende Arbeiter, darunter zahlreiche Kinder, kippten im Gang aberhundert Körbe von Sand und Steintrümmern aus. Der *rais* ging immer wieder die lange Menschenkette auf und ab, die den Eingang des Grabes auffüllte. Als die Nacht hereinbrach, schaltete Carter Schweinwerfer an. Die Fron zog sich bis zum Morgengrauen. Am 26. Februar, um 5 Uhr 30, war Tutencharnuns Wohnstatt der Ewigkeit wieder verschwunden.

«Er möge in Frieden ruhen», murmelte Carter.

«Niemand wird sein Grabgelege leer räumen können», stellte Carnarvon fest. «Welch ein unwahrscheinlicher Schritt! Für gewöhnlich graben Archäologen aus und wir verscharren! Das ist zweifellos das erste Mal, dass Gräber freiwillig die Stätte zuschütten, an der sie arbeiten.»

«Ich denke manchmal daran, seine Seelenruhe nicht mehr zu stören.»

«Sie müssen es zu Ende führen, Howard. Dieser König sucht Ihre Träume seit Ihrer Jugend heim; ihm zu begegnen, ist das Mindeste an Höflichkeit.»

Soldaten und Wächter der Altertümerverwaltung ließen sich um die Brüstung nieder, die allein auf die Lage des Grabes hindeutete; Carter bat den *rais*, sie von seinem eigenen Ordnungsdienst überwachen zu lassen. Doch wer würde sich schon vorstellen, dass diese mit Schutt angefüllte Höhlung die einzige unversehrte Gruft des Tals der Könige verheimlichte.

Carnarvon drückte Pierre Lacau die Hand.

«Die Temperatur von Kairo ist weniger beschwerlich als die von Luxor. Wünschen Sie einen Tee mit Minze, Herr Graf.»

«Liebend gern.»

«Ihr Besuch ehrt mich, der ägyptische Hof und der Hochkommissar halten große Stücke auf Sie. Alle Persönlichkeiten, die in diesem Land zählen, erkennen Sie als einen Nationalhelden an.»

«Es bleiben mir noch einige Feinde, zum Glück; sonst würde ich auf meinen Lorbeeren einschlafen.»

«Die Autonomieanhänger? Das ist nicht Ihr Ernst.»

«Täuschen Sie sich nicht, Monsieur Lacau; sie werden es nicht auf sich beruhen lassen. Wie sehen Sie nun die Aufteilung der Fundstücke vor?»

Der Direktor der Altertümerverwaltung hatte diese Frage

befürchtet. Carnarvon profitierte von seiner allgemeinen Wertschätzung, um einen unstatthaften Gewinn zu erzielen, indem er die Vorschriften umging; mit Zorn im Herzen würde Lacau die märchenhafteste Sammlung aller Zeiten sich zerstreuen sehen.

«Ja, die Aufteilung ... darüber werden wir reden müssen.»

«Sollten Sie dem Gedanken abgeneigt sein?»

«Ihre Frage ist recht verfänglich. Den alten Gepflogenheiten mangelt es manchmal an Strenge ... Wenn die Schätze von Tutenchamun im Kairoer Museum vereinigt wären, glauben Sie nicht, dass ...»

«Legen Sie mir eine Liste vor; wir werden darüber diskutieren, wie Sie es wünschen.»

Lacau sah den Grafen hinausgehen; ohne sich dessen bewusst zu werden, zerbrach er den Bleistift, den er in seiner rechten Hand presste.

Der Sandwind flaute nicht ab; dem Staub und der Hitze zum Trotz, setzte der Stab seine Arbeit im Laboratorium fort. Die Schmuckstücke, die Gewänder, die Hölzer oder die Keramiken zu restaurieren erforderte Geduld und Gründlichkeit. Carnarvon interessierte sich für die geringste Kleinigkeit und erkundigte sich bei den Spezialisten über ihre Techniken; jeder bemerkte seine wachsende Nervosität und die Ermattung, die sein Gesicht aushöhlte.

Während der Pause, die dem Mittagessen folgte, beschloss Carter, ihn zu befragen.

«Ich habe Lady Evelyn nicht wiedergesehen.»

«Sie sind frei, Howard; und sie ebenfalls.»

«Haben Sie mir wirklich verziehen?»

«Sie haben keinen Fehler begangenen.»

«Sie scheinen mir so fern in den letzten Tagen.»

«Es ist idiotisch, aber ich habe Zahnschmerzen. Zwei abgebrochene, ein ausgefallener ... ich werde alt und ich sehne mich nach Susie. Wegen ihres Gesundheitszustandes hat sie auf

Highclere bleiben müssen. Sie fehlt mir ... Sie hatte so viel Erfahrung damit, mich und gleichzeitig unsre Schätze zu bewachen! Und dieser Zeitungsartikel aus der *al-Ahram*, welch ein Skandal! Ausgerechnet mich zu bezichtigen, Tutenchamun aus seinem Grab herausholen und seine Mumie heimlich nach England schaffen zu wollen! Ich bin dieser Verleumdungen so überdrüssig ... Trotzdem habe ich geantwortet, dass ich, falls der König tatsächlich in einem verborgenen Sarkophag im Innern der Kapelle ruhen sollte, Maßnahmen ergreifen würde, auf dass er darin verbleibe und nicht ins Kairoer Museum überführt werde. Ich teile nicht die morbide Leidenschaft der Liebhaber von in Vitrinen ausgestellten Mumien. Doch die Journalisten glauben mir nicht! Sie sind der Ansicht, dass Tutenchamun ihr Ahnvater ist und dass ein britischer Lord sich nicht um ihn kümmern dürfte.»

«Vergessen Sie diese Albernheiten.»

«Es will mir nicht gelingen. England beherrscht die Welt nicht mehr, Howard; es ist nicht mehr der Hüter des Friedens und der Zivilisation. Sie und ich müssen dennoch die Beschützer dieses Königs bleiben, der unser Bruder ist; sein Angesicht zu betrachten wird ein wunderbarer Moment sein.»

Carnarvon fuhr hoch und befühlte sein Wange.

«Eine Mücke ... ihr Stich ist schmerzhaft.»

Auf der Haut perlte ein Blutstropfen; der Graf wischte ihn mit seinem wappenbestickten Taschentuch ab.

«Ich muss nach Kairo.»

«Lacau?»

«Il n'est pas franc du collier, wie die Franzosen sagen. Er ist nicht aufrichtig. Ich habe den Eindruck, dass er sich im Stillen eifrig bemüht, unsre Forschungen zu erschweren und mich an der Erweiterung meiner Sammlung zu hindern; solange noch Zeit ist, muss ihm ein vernichtender Stoß versetzt werden. Am Ende dieses Monats werden die Altertümer gerecht aufgeteilt werden; können Sie sich einige unsrer Meisterstücke auf Highclere vorstellen?»

Verträumt setzte Lord Carnarvon seinen Hut fest auf und verließ, sich auf seinen Stock stützend, das Labor. Als schwebender Schemen verschwand er in dem Wirbel aus weißem und ockernem Staub, der die Wunden des TALS verwischte.

74

Lacau war leidend und konnte Lord Carnarvon nicht empfangen. Lady Evelyn war darauf gefasst, dass ihr Vater heftigste Verärgerung bekunden würde; doch allem überdrüssig kehrte der Graf nur ins Hotel Continental zurück, wo er den restlichen Tag schlafend zubrachte.

Am nächsten Morgen schien er gestärkt und heiter. Als sie ihn umarmte, bemerkte seine Tochter, dass sein Hals angeschwollen war; er nahm ihre Sorge wahr.

«Lymphknoten ... es ist etwas schmerzhaft. In den letzten Wochen hat mich das TAL erschöpft.»

Der Barbier kam herein. Carnarvon dachte an eine der Episoden seines ägyptischen Abenteuers, da ein Vertreter dieser Zunft ihm den Hals durchzuschneiden vorgehabt hatte; diesmal glitt das Rasiermesser geschmeidig über die mit sämigem Schaum eingeseifte Haut.

Carnarvon stieß einen Schmerzensschrei aus. Der Barbier wich betrübt zurück.

«Verzeihen Sie mir ... ich habe Sie verletzt.»

Der Graf fuhr mit der Hand über die Wange; Blut sickerte aus der Stelle, wo die Mücke ihn gestochen hatte.

«Hinaus!»

Verdutzt machte sich der Mann davon. Der Graf beendete seine Rasur selbst; als er sich erhob, überkam ihn ein heftiger Schwindel, er klammerte sich an einen Stuhl und schaffte es noch, sein Bett zu erreichen, wo er zusammenbrach.

Kurz vor Mittag fand Lady Evelyn ihn der Länge nach hingestreckt und unfähig, sich zu bewegen. Außer sich rief sie nach einem Arzt, der eine leichte Lungenentzündung diagnostizierte und fiebersenkende Mittel verordnete. Trotz aller Pflege stieg die Temperatur auf über vierzig Grad.

«Ich glaube, es ist ernst, Eve.»

«Ängstigen Sie sich nicht, Vater; ich bin bei Ihnen.»

«Es wäre gut, deiner Mutter und deinem Bruder ein Telegramm zu schicken; sie sollen so schnell als möglich kommen.»

«Ich kümmere mich darum.»

Lady Evelny schrieb auch Howard Carter. Sie verhehlte ihm ihre Befürchtung nicht und versprach jeden Tag von sich hören zu lassen.

Die Journalisten bestürmten die junge Frau noch am selben Abend; sie musste eingestehen, dass ihr Vater bettlägerig war und dass wahrscheinlich mehrere Wochen Ruhe von Nöten sein würden.

Spezialisten lösten sich an seinem Lager ab. Pessimistisch stellten sie eine allgemeine Infektion und eine Blutvergiftung fest; einer von ihnen, der von seinen Kollegen angefochten wurde, war überzeugt, dass der Kranke eine toxische Substanz aufgenommen hätte.

Täglich erschien ein Bulletin in der ägyptischen Presse, das Carter beim ersten Mal begierig las; die Verlautbarungen legten besonderen Nachdruck auf die ausgezeichnete Moral des Patienten, seinen Mut und seine Klarsicht. Gewiss, das Fieber dauerte an, doch der Kampf gegen das Übel nähme eine gute Wendung.

Tausend administrative Schikanen hielten Carter in Luxor zurück, wo Engelbach und seine Schergen darauf bestanden die Restaurierungsarbeiten alle zwei Tage zu überprüfen. Dennoch war er bereit, nach Kairo aufzubrechen, sobald Lady Evelyn dies verlangen sollte.

Während der letzten Märzwoche bat der Graf seine Tochter, ihm von den Forschungen zu erzählen, die Carter in seinen

Briefen beschrieb; die Mannschaft kam in der Gewissheit voran, dass Carnarvon ihre Arbeit zu schätzen wissen würde.

«Bist du glücklich, Eve?»

«Solange Sie krank sein werden, wird das Wort ‹Glück› keine Bedeutung mehr haben.»

«Denke mehr an dich ... Es wird kein Greis sein, der es dir schenkt.»

«Sie haben mir alles gegeben. Wie könnte ich unsre Spaziergänge im Park von Highclere vergessen, unsre Gespräche im Mondschein, die Lektürestunden in der Bibliothek, die Jagdpartien, bei denen wir Acht gaben das Wild zu verfehlen? Und dann Ägypten, *Ihr* Ägypten! Die Welt des Jenseits auf Erden, ein wiedererstandener Pharao in einem gleißenden Strahl aus Gold, die Ewigkeit in Reichweite ... all dies haben Sie mir enthüllt.»

«Du wirst mich entbehren müssen.»

«Dieser Gedanke ist eines Lord Carnarvon unwürdig.«

«Wirst du Howard heiraten?»

«Ich weigere mich zu antworten.»

«Weshalb?»

«Leben Sie weiter und Sie werden es erfahren.»

Zu Beginn des Aprils brachte sie ihrem Vater einen von Lacau und dem Minister für Öffentliche Bauten unterzeichneten Brief; sie willigten ein, vor Ende 1924 keine Änderung am gesetzlichen Status vorzunehmen. Diese Stellungnahme bedeutete, dass der Graf, in seiner Eigenschaft als Geldgeber, rechtmäßig eine gewisse Anzahl der Stücke des Schatzes entnehmen durfte.

«Sind Sie zufrieden?»

«Zu spät, Eve.»

«Selbstverständlich nicht! Sie werden gesunden.»

«Ich habe den Ruf vernommen und mache mich bereit.»

«Nein ...»

«Ich möchte auf der Kuppe des Hügels, der Highclere überragt, beigesetzt werden. Dort drüben wird es bald Frühling ...

Meine einzige Trauermusik wird der Gesang der Lerchen sein. Ich möchte eine schlichte und kurze Zeremonie ... meine Verwandten, meine alten Diener, die Bauern, die das Anwesen unterhalten, Susie ... kein Politiker, keine Notabeln.»

«Howard Carter?»

«Für ihn sterbe ich nicht. Er soll das TAL nicht verlassen, bevor er die Restaurierungsarbeiten beendet hat; der Schatz von Tutenchamun ist wichtiger als ein alter Lord im Todeskampf.»

Lady Evelvn brach in Tränen aus.

«Sie haben kein Recht fortzugehen.»

«Der Tod ist ein sehr schlechter Scherz ... doch ich bin nicht dessen Urheber.»

Carnarvon verfiel ins Koma. Lady Evelyn wagte Carter nicht zu benachrichtigen; seinem einzigen Freund wünschte der Graf das Bild eines starken und heiteren Menschen zu hinterlassen.

Der Graf erkannte weder seine Gemahlin noch seinen Sohn, den Offizier der indischen Armee, für den man ein Schiff hatte umdirigieren lassen; seine Augen schauten bereits ein anderes Universum, in dem die menschlichen Silhouetten Gespenster ohne Konsistenz wurden.

Am 5. April 1923, um 1 Uhr 45, hauchte Lord Carnarvon seine Seele aus.

Alle Lichter von Kairo erloschen im Augenblick des Hinscheidens, obwohl der elektrische Strom von sechs unabhängigen Kraftwerken verteilt wurde. Während langer Minuten boten die Techniker vergebens alle Kräfte auf, um die Ursache dieser Panne herauszufinden; überall zündete man Kerzen und Petroleum- oder Öllampen an.

Auf Highclere stieß Susie, die Foxterrierdame und Lieblingshündin des fünften Earl of Carnarvon, ein langes Heulen aus und starb genau im selben Moment, da ihr Herr die Wege der anderen Welt betrat, auf denen sie ihn ohne Fehl führen würde.

75

Die Gewohnheit vermochte das Mysterium nicht zu entzaubern; keine der Mächte längst vergangener Zeiten hatte das TAL verlassen, in dem die Seelen der Könige noch immer lebten. Vergangenheit und Gegenwart waren eins im Gefolge von Anubis, dem Herren des Todes.

Wie würde Carter weiterleben ohne Carnarvon, seinen Freund, seinen Bruder? Carnarvon, der nur sechs Monate die Auffindung des Grabes von Tutenchamun überlebt hatte, dessen Sarkophag so wenig wie dessen Mumie, vorausgesetzt, sie wäre unversehrt, er nicht mehr sehen würde.

Stets hatte der Archäologe diesen verfluchten Totenschein vor Augen, der, in Französisch abgefasst, bestätigte, dass Henry George Stanhope, Earl of Carnarvon, geboren am 22. Juni 1866, aus London kommend, im Alter von siebenundfünfzig Jahren nach achttägiger Krankheit an einer Lungenentzündung verstorben war.

Carnarvon, ein geradliniger Mann, ein Abenteurer, der die Begeisterung hinter der Eleganz verbarg, ein gewaltloser Eroberer ... Ohne ihn würden die Tage grauer und kälter sein, selbst unter einer glühenden Sonne. Carter verspürte Lust das Laboratorium zu schließen, das TAL und das Grab für immer der Stille und dem Staub zu überlassen; doch Carnarvon verweigerte ihm diese Feigheit. In weniger als einem Monat würden alle Fundstücke für eine lange Reise bereit sein müssen. Die Trauer, die Müdigkeit und der bittere Geschmack der Einsamkeit mussten vergessen werden.

«Ein neues Opfer des Fluchs der Pharaonen»: Mehrere Zeitungen veröffentlichten auf der ersten Seite diese Sensationsmeldung, die sehr rasch um die ganze Welt ging. Zu Rate gezogen, verkündete Conan Doyle, Spezialist für Spiritismus, dass Tutenchamun sich wahrscheinlich an dem obersten Schänder gerächt habe. Als seriös erachtete Presseorgane bezogen sich auf eine Textinschrift im Grabe: Sagte diese nicht die Vernich-

tung all jener voraus, die es wagen sollten, den Schatz anzurühren? Man erinnerte, dass die Ägypter Furcht erregende Zauberer seien; sie schlügen die Schänder von Grabstätten mit allerschlimmsten Übeln.

Berühmte Mediziner erhoben sich gegen diese abgeschmackten Albernheiten; allerhöchstens räumten sie das Vorhandensein von pathogenen Keimen als Ursache für die allgemeine Sepsis ein, welcher der Earl of Carnarvon erlegen war. Sollte man das Grab nicht vor erneutem Betreten desinfizieren?

Der Tod mehrerer Touristen verbreitete Panik; gewiss, sie waren alt und krank: Doch alle hatten das Grab besichtigt. Daher auch verlangte ein Dutzend amerikanischer Politiker eine eingehende Untersuchung der in den Museen aufbewahrten Mumien; waren sie nicht doch für unerklärliche Todesfälle, ja gar für Epidemien verantwortlich? In England sandten die Besitzer ägyptischer Altertümer diese ins British Museum, um sich so dieser Unheil bringenden Gegenstände zu entledigen.

Carter willigte ein, vor einer Meute Journalisten zu erscheinen, deren Fragen sogleich auf ihn einprasselten.

«Sind Sie bei guter Gesundheit?»

«Bei ausgezeichneter, wenn der Tod von Lord Carnarvon mich auch zutiefst betrübt.»

«Ihre Magenleiden?»

«Seit zehn Jahren stabilisiert.»

«Werden Sie es wagen wieder ins Grab hinunterzusteigen?»

«So bald als möglich.»

«Man beschuldigt Sie, ein Schänder zu sein.»

«Niemand achtet Tutenchamuns Andenken mehr als ich. Mein teuerster Wunsch ist es, ihm zu begegnen, ihn zu grüßen und den absoluten Schutz seiner Mumie zu gewährleisten, falls sie tatsächlich existiert, damit die Jahrhunderte sie verehren mögen.»

«Verbieten die ägyptischen Texte nicht, in eine Grabstätte einzudringen?»

«Sie verdammen die Laien, die es an Ehrfurcht mangeln lassen, und fordern Zuvorkommenheit und Liebe gegenüber der in ihrer Wohnstätte der Wiedererstehung anwesenden Person, auf dass ihr Name ewig währe. Man darf nie an einem Grabmal vorübergehen, ohne dessen Inschriften zu lesen. Tutenchamun erwartete uns, meine Herren; wir hatten die Pflicht, uns diesem Rendevous zu stellen.»

Carter dachte an Evelyns Verzweiflung. Sie hatte der Agonie ihres Vaters beigewohnt, den Tod eines Menschen miterlebt, den sie innig liebte, und der ihr alle Wege des Lebens geöffnet hatte; er fühlte sich unfähig, ihr einen lindernden und tröstenden Brief zu schreiben, voller sinnleerer Worte.

Zu welchem Horizont würde sie, wie er zur Einsamkeit verdammt, ihre Liebe wenden?

Carter arbeitete an der Restaurierung eines Kolliers, als ein hoher ägyptischer Beamter, von Engelbach begleitet, sich am Eingang des Labors einfand. Callender versperrte ihnen den Weg und bat sie zu warten, bis der Archäologe fertig wäre. Perlen aufzufädeln, schloss jede Übereilung aus.

«Ich will das Grab besichtigen», verkündete der Ägypter barsch.

«In welcher Eigenschaft?»

«Ich habe eine Genehmigung der Verwaltung.»

«Ohne Belang.»

«Was soll das heißen?»

«Dass das Grab bis zur nächsten Grabungskampagne geschlossen ist.»

«Wer hat diese Entscheidung getroffen?»

«Ich selbst.»

«Diese Grabstätte ist ägyptisch, sie gehört Ihnen nicht.»

«Ich bin verantwortlich für ihren Schutz.»

«Ich rate Ihnen, mich hineinzulassen, Mr Carter.»

«Ich rate Ihnen, sich davonzumachen.»

Engelbach goss Öl ins Feuer.

«Howard Carter wähnt sich über alle Gesetze erhaben ... Das wird nicht auf ewig der Fall sein!»

«Wenn die Verwaltung weniger Stümper anstellen würde, wäre das Erbe der Pharaonen besser bewahrt.»

«Lassen Sie uns gehen», empfahl Engelbach. «Wir werden diese Angelegenheit an höherer Stelle regeln.»

«Wir werden Ihren Rücktritt erwirken!», versprach der hohe Beamte.

«Keine Chance», antwortete Carter lächelnd. «Ich gehöre zu keiner Behörde.»

Die letzte Schaufel Erde deckte die Grabstätte von George Herbert, fünfter Earl of Carnarvon, zu. Von der Kuppe des Hügels Beacon Hill aus herrschte er nun für immer über sein Anwesen von Highclere, wo die Libanon-Zedern ihre Wipfel der Frühlingssonne darboten.

Wie es der Graf gewünscht hatte, war seine Trauerfeier in äußerster Schlichtheit begangen worden. Anwesend waren nur Verwandte und aufrichtige Freunde, mit Ausnahme von Howard Carter, der seine Mission in Ägypten, die Carnarvon hatte zum Abschluss bringen wollen, fortzuführen gezwungen war. Susie ruhte nahe ihrem Herrn, den sie weder im Leben noch im Tode verlassen hatte.

Lerchen sangen, glücklich, gen Himmel aufzufliegen. Ihr Konzert war so lieblich und so entzückend, dass es die Trauer des Abschieds linderte; Lady Evelyn sann dem Vogel mit menschlichem Kopf nach, den Carter ihr auf den Grabwänden gezeigt hatte. War die Seele ihres Vaters nicht aus dem Leichnam emporgestiegen, um sich unter jenen kosmischen Tanz zu mischen, der sie unaufhaltsam aus seinem Geburtsland hin zu Tutenchamuns Ägypten schweben lassen würde?

Zur Stunde der Beisetzung seines Freundes legte Carter am Eingang des Grabes von Tutenchamun eine Krone aus Laubwerk und einen Akazienzweig nieder. Ein Falke durchstreifte den blauen Himmel des Tals der Könige, dessen unwandelbares Licht die Siege und Niederlagen der Menschheit auslöschte.

Wenn Carnarvon auch auf Highclere, seinem Ahnsitz, ruhte, war hier doch der Ort, an dem seine Rastlosigkeit ein Ende genommen und sein Traum sich verwirklicht hatte. Er verdiente diese Krone der Rechtfertigung der wahrhaftigen Menschen, die unermüdlich und ohne Treubruch auf dem Weg ihrer eigenen Metamorphose fortzuschreiten imstande waren.

Ohne Carnarvon würde die Reise nur noch Prüfungen bedeuten; die Zukunft kündigte sich finster an. Der einzige Lichtpunkt war die Anwesenheit eines Pharaos, dessen magische Kraft einer ewigen Freundschaft Leben eingehaucht hatte.

76

Am 19. April 1923 gab König Fuad, Oberbefehlshaber aller Armeen, den Forderungen der Parteien nach und ließ eine Verfassung zu. Der Herrscher behielt sich die Exekutive, dem Parlament die Legislative vor. Die Wafd, die Unabhängigkeit predigend, organisierte einen Streik der Ladeninhaber sowie Schweigemärsche; sich den Volkszorn zunutze machend, errang sie eine breite Mehrheit und war fest entschlossen, sowohl gegen den König als auch gegen England zu regieren. Fuad, der seine Minister mit leichter Hand austauschte, sobald sie sich anschickten, ihm zu widersprechen, trug sich fürderhin mit dem Gedanken, ein unbotmäßiges und unnützes Parlament aufzulösen. Doch die Wafd und der aus ihren Reihen stammende Premierminister Zaghlul wussten das Ideal eines ägyptischen Nationalismus zu propagieren, obwohl sie mit Bankiers und Großgrundbesitzern, die sich gegen jegliche Sozialreform stellten, verbündet waren.

Im Grab-Laboratorium Sethos' II. wähnte sich Carters Stab vor diesen Umtrieben wohl geschützt; und doch zitierte ein hochrangiger Polizist, mit einer herrlichen weißen, mit Orden übersäten Uniform bekleidet, den Archäologen auf die Wache von Gurnah. Hinter einem riesigen Schreibtisch sitzend, blätterte der Beamte in einem Bündel Berichte.

«Sie sind im Stand der Ungesetzlichkeit, Mr Carter.»

«Sie überraschen mich.»

«Die Fakten sind da.»

«Welche Fakten?»

«Die Sicherheit der ägyptischen Arbeiter ist nicht gewährleistet.»

«Unzutreffend.»

«Ich habe Beweise!»

«Zeigen Sie sie mir.»

Der Polizist zog ein Blatt aus dem Bündel heraus.

«Hier: Erkrankungen, Unfälle, Anschläge.»

Carter las die administrative Prosa.

«Alles falsch.»

«Sollten Sie diese offiziellen Papiere in Zweifel zu ziehen wagen?»

«Ohne Zögern. *Rais* Ahmed Girigar wird zu meinen Gunsten aussagen, wie auch die Gesamtheit der Arbeiter. Ich verlange eine augenblickliche Gegenüberstellung.»

«Falls Sie aufrichtig sind, wird dies vielleicht nicht unumgänglich sein.»

«Ich lege großen Wert darauf.»

«Ich werde es meinen Vorgesetzten weiterleiten.»

Der Polizist klemmte sich die Akten unter seinen rechten Arm, erhob sich, trat aus dem Büro und stieg in einen Pferdewagen. Er fuhr in einer Staubwolke von dannen, während Carter sich die Stirn mit einem Taschentuch abwischte.

Bei siebenunddreißig Grad im Schatten verpackten Carter und sein Team am 13. Mai 1923 die Schätze der Vorkammer mit Wolle und Stoff und verteilten die Gegenstände, vor Stößen geschützt, in vierunddreißig Kisten. Am Kai wartete ein von der

Altertümerverwaltung gechartertes Dampfboot. «Annähernd zehn Kilometer Piste zwischen dem Labor und dem Nil», bemerkte Callender. «Wie werden wir beim Transport vorgehen?»

«Ich hatte an Träger gedacht», antwortete Carter.

«Unmöglich. Zu heiß, zu weit.»

«Lastwagen!»

«Davon rate ich Ihnen ab; die Straße ist schlecht. Sie ist voller Windungen und mit Steinen übersät . . . Wir riskieren große Schäden.»

«Dann bleibt nur eine Möglichkeit: die Eisenbahn!»

«Eine Arbeit für Ameisen!»

«Wir haben keine andere Wahl.»

Anderntags, um fünf Uhr in der Früh, leitete Callender das Verlegen der ersten Schienen, welche die Verwaltung geliefert hatte. Kurven- und gerade Abschnitte ergaben eine Länge von dreißig Metern. Als er den Rest des Materials einforderte, gestanden ihm die Beamten, dass sie alle von der Behörde versprochenen Schienen geliefert hatten.

Um acht Uhr nahm Carter das Desaster in Augenschein. Sein Zornesausbruch gegen die Verwaltung erschütterte deren Vertreter kaum; sie hatten Lacaus Anordnungen gehorcht und es traf sie keinen Tadel. Seinen Freund am Rande des Wahnsinns sehend, reagierte Callender. Mit Hilfe einiger Arbeiter lud er die Kisten auf die Waggons, schob sie bis zum Ende der Gleisstrecke, brach die hinteren Schienen ab und verlegte sie wieder am vorderen Ende.

«Nichts einfacher als das», resümierte er. «Wenn wir dieses Manöver einige hundert Mal wiederholen, werden wir bis zum Nil kommen.»

Mit einer Opferbereitschaft und einem Eifer, die Carter zutiefst rührten, brachten ungefähr fünfzig Arbeiter das Unternehmen zum Erfolg. Der *rais* Ahmed Girigar gab mit Gesängen den Rhythmus der Anstrengungen vor und ließ seine Männer häufig trinken. Callender begoss unaufhörlich die glühenden Schienen und bewachte die Kisten. Am 17. Mai gegen Mittag verließ der Konvoi das TAL; Carter dachte bei sich an die gemächliche Prozession, die, dreitausend Jahre zuvor, diese Meisterwerke in Richtung Königsgrab getragen hatte.

«Wir können heute nicht mehr weitermachen», bedauerte Callender. «Die Straße wird zu schwierig und die Arbeiter sind erschöpft.»

Carter stürzte auf die Piste, räumte Dutzende von Steinen beiseite, versuchte die Schienen allein zu bewegen.

«Versteifen Sie sich nicht, Howard.»

«Wir können hier nicht Halt machen.»

«Es muss aber sein; gönnen wir uns ein wenig Ruhe.»

«Und die Sicherheit?»

«Für die können wir selbst sorgen, zusammen mit dem *rais.*»

Die Kisten wurden abgeladen und in der Nähe eines Wadibetts abgestellt; Carter tat in dieser Nacht kein Auge zu. Am frühen Morgen schöpften der *rais* und seine Männer neue Kraft aus ihren müden Körpern; es war ihnen eine Ehrensache das Hindernis zu überwinden. Das infernalische Ballett setzte wieder ein; die Nerven bis aufs äußerste gereizt, fürchtete Carter Unfälle oder Verletzungen. Seiner Hast zum Trotz bestand er auf Langsamkeit bei der Handhabung der immer schwerer werdenden Schienen.

Soldaten, von der Provinzregierung abkommandiert, hielten Neugierige und Störenfriede fern; doch keiner von ihnen geruhte, tatkräftig Hand anzulegen.

«Die Wasser stehen tief», beklagte Callender, «und das Ufer ist sehr steil. Der schwierigste Teil der Strecke liegt noch vor uns.»

Die Schienen wurden auf einem holprigen Abhang verlegt; sie gaben unter dem Gewicht der Waggons nach.

«Haltet sie auf!», brüllte Carter.

Die fünfzig Männer bremsten die Talfahrt des ersten Waggons ab; die untereinander festgezurrten Kisten schienen kurz davor umzukippen. In einem lächerlich anmutenden Akt versuchte Carter sie wieder zurückzuschieben.

«Gehen Sie beiseite!», befahl Callender. «Sie werden noch zerquetscht.»

Carter weigerte sich zu gehorchen. Unter lautem Getöse metallischen Ächzens kamen die Waggons am vordersten Ende der Eisenbahnstrecke, die bereits das Wasser berührte, zum Stehen. Keine Kiste war umgestürzt. Carter, Callender, Ahmed Girigar und die Arbeiter stießen einen Triumphschrei aus, der spontan aus ihrer Brust drang.

«Bei allen Heiligen, Howard, ich hielt es nicht für möglich!»

«Tutenchamun beschützt uns.»

«Werden Sie nicht etwas mystisch?»

«Noch eine letzte Anstrengung, mein Lieber: Die Kisten müssen bis zum Schiff transportiert werden.»

Das angekündigte stolze Schiff hatte sich in einen gewöhnlichen Kahn verwandelt. Ohne aufzumucken, bis zur Hüfte im Wasser stehend, luden die Träger die Kisten auf das Wasserfahrzeug, das von einem Schlepper gezogen wurde. Carter küsste den *rais* und lobte seine Männer mit einem Enthusiasmus, den nicht einer von ihnen vergessen sollte. In ihren Familien würde man jahrhundertelang die Erinnerung dieser zustande gebrachten Heldentat wach halten. Am Bug des Schleppkahns genoss Carter die Brise in vollen Zügen. Carnarvon wäre stolz auf ihn gewesen.

Am 27. Mai erwartete Pierre Lacau Carter an einer eineinhalb Kilometer vom Kairoer Museum entfernten Anlegestelle. In seiner Besorgnis vergaß der Direktor der Altertümerverwaltung alle Höflichkeiten.

«Sind die Gegenstände unversehrt?»

«Trotz Ihrer mangelnden Kooperationsbereitschaft hat meine Mannschaft das Unmögliche geschafft.»

Lacau nahm die Kritik nicht auf.

«Lassen Sie uns eine Kiste öffnen.»

Carter willigte ein. Lacau sah in dicke Mullbinden gewickelte Prunkstäbe und Stuhlbeine zum Vorschein kommen.

«Noch eine.»

Zerbrechliche Kästchen, in dicke Lagen Stoff eingeschlagen, hatten ebenso wenig unter der Reise gelitten.

«Sind Sie zufrieden, Herr Direktor?»

Lacau grummelte vage Dankesworte.

«Ihre Restaurierungsarbeit hat recht lange gedauert, Carter; das Auspacken wird auch viel Zeit benötigen. Und das Publikum ist doch so ungeduldig, diese Werke zu bewundern, die leider nicht vor sechs Monaten ausgestellt werden können.»

«Sie irren sich.»

Lacau warf sich in die Brust.

«Erklären Sie sich.»

«All diese Stücke sind inventarisiert und beschrieben worden; Ihre Dienste haben keinerlei wissenschaftliche Tätigkeiten zu erfüllen. Zudem haben Callender und ich selbst sie so verpackt, dass Ihnen die zufriedenstellendste Anordnung geboten wird; es genügt also, wenn Sie die Fundstücke, gemäß der Nummerierung der Kisten, auspacken. Und schließlich wurde die Restaurierung so gewissenhaft durchgeführt, dass Ihr Laboratorium nicht mehr einzuschreiten braucht.»

«Wie lange wird es Ihrer Meinung nach dauern, bis wir ausstellen?»

Carter tat, als denke er nach.

«Wenn Ihre Packer fähig sind . . . eine Woche!»

«Grotesk!»

Eine Woche später gerieten hingerissene Besucher vor den sechs Vitrinen der ersten Ausstellung der Schätze Tutenchamuns in Verzückung. An den Pforten des Museums drängten sich Tausende Neugieriger, von denen keiner enttäuscht wurde. Der wiedererstandene König verdiente sein Renommee.

77

In jenem Mai des Jahres 1923 überwand die Quecksilbersäule die fünfzig Grad, doch Howard Carters Eifer ließ nicht nach. Die Müdigkeit ignorierend, konzentrierte er sich auf ein ernstes Problem: die goldenen Kapellen wie eine Zwiebel schälen, umso ihr mutmaßliches Herz, den königlichen Sarkophag, freizulegen.

Um auch die kleinste Gefahr auszuschließen, durchdachte er mit seinen Mitarbeitern verschiedene Vorgehensweisen; ein Brief von Lady Evelyn unterbrach seine Meditationen. Der Archäologe müsse sich ohne Aufschub nach Highclere begeben, wo das delikate Problem der Nachfolge von Lord Carnarvon erörtert werden sollte.

Diese Einladung stürzte ihn in Ängste; hatte die Gemahlin des Verstorbenen beschlossen, die Finanzierung der Grabungen einzustellen?

Die englischen Journalisten bestürmten ihn sofort nach Verlassen des Schiffs, wo er den Fragebogen des *Who's Who* hatte ausfüllen müssen, wobei er seine Haupttätigkeit mit «Maler» angab. Carter suchte zu fliehen, doch die Meute umzingelte ihn von allen Seiten. Die Fragen zu beantworten, wurde zum einzigen Ausweg.

«Sind Sie vom Fluch Tutenchamuns heimgesucht worden?»

«Er verfolgt mich mit seinen Segnungen.»

«Fürchten Sie sich vor dem Gespenst des Pharaos?»

«Wir sind die besten Freunde der Welt.»

«Sind Sie Milliardär geworden?»

«Noch nicht; mein Terminkalender ist zu überlastet.»

«Geht die Grabung nicht zu hastig vonstatten?»

«Pierre Lacau wirft ihr Langsamkeit vor.»

«Sind Sie nicht doch ein Grabplünderer?»

«Tutenchamun ist mein Bruder im Geiste; als ich seine Grabstätte wiederfand, brachte ich seine Botschaft ans Licht.»

«Wann werden Sie den Sarkophag öffnen?»

«Wenn man mich in Frieden arbeiten lässt, in weniger als einem Monat.»

Carter sammelte sich andächtig vor dem Grab seines Freundes. Der strahlende Sommer von Highclere verleugnete den Tod; die großen Zedern berührten majestätisch und heiter den Himmel.

«Er hat das TAL nicht verlassen; jeden Tag spüre ich seine Präsenz in meiner Nähe.»

«Er wird Sie nicht im Stich lassen», versprach Lady Evelyn. «Kommen Sie, Howard, meine Mutter könnte ungeduldig werden.»

Sanft und entschieden zugleich, bekundete Lady Almina keinerlei Animosität gegen den Archäologen; er fürchtete dennoch, sie könnte ihn für das Hinscheiden ihres Gatten verantwortlich machen.

«Dank Ihnen, Herr Carter, hat George Herbert ein wahrhaftes Glück auf Erden erlebt; das Paradies, nach dem er so lange gestrebt hatte, hieß Tutenchamun. Dies ist auch der Grund, weshalb ich Ihnen helfen werde.»

Carter erwehrte sich seiner Tränen. Im Vertrauen auf ihre Unterstützung konnte er den Kampf fortsetzen.

«Von großer Dringlichkeit ist nun, die Grabungskonzession auf Ihren Namen wiederzuerlangen.»

«Schwierigkeiten?»

«Lacau wird sich zwar sträuben, aber doch gezwungen sein, sich zu fügen.»

«Erachten Sie es für vorteilhaft, den Exklusivvertrag mit der *Times* zu verlängern?»

«Wenigstens für ein Jahr; sonst wird die Presse das Grab überrennen. Ebenso müssen wir absolute Unabhängigkeit einfordern, um das Eindringen von Touristen und Inspektoren der Altertümerverwaltung ablehnen zu können.»

«Diese Probleme müssen Sie regeln, Mr Carter; Sie sind von

nun an mein archäologischer Berater und allein befugt das Werk meines Gatten fortzuführen.»

Der Sommer verstrich allmählich; die Gärtner besprengten die Rasenflächen bei Einbruch der Nacht, die bewaldeten Hügel färbten sich golden unter der Sonne, der Aussichtspavillon aus weißem Marmor wachte über das Anwesen, dessen Gebieter nun für immer gegenwärtig sein würde. Carter hatte Lady Alminas Einladung angenommen; den Sommer auf Highclere in Evelyns Nähe zu verbringen, war ein unverhofftes Geschenk.

Am 5. August hatte er den anrührendsten aller Briefe erhalten; Ahmed Girigar und seine Arbeiter wünschten ihm beste Gesundheit, hofften, ihn bald wiederzusehen, und unterrichteten ihn, dass sich auf der Grabungsstätte, wo der *rais* seine Sicherheitsvorschriften buchstabengetreu einhalten ließ, keinerlei Zwischenfälle ereignet hatten. Während eines Picknicks am Saum eines Buchenhains, las Carter Lady Evelyn das Schreiben wieder und wieder vor.

«Die braven Leute! Die Welt ist demnach nicht nur von Neidern und Ehrgeizlingen bevölkert!»

«Sollten Sie pessimistisch geworden sein, Howard?»

«Ein wenig klarsichtig.»

«Seien Sie nicht bitter.»

«Ich weiß, dass man mich hindern will, ans Ziel meines Abenteuers zu gelangen, und dass man die allerniedrigsten Mittel anwenden wird, um mich zu vernichten. Manche Feinde werden sich mit offenem Visier einfinden, andere im Verborgenen agieren; wenn ihre Interessen sich auch unterscheiden, sie werden sich gegen mich zu verbünden wissen.»

«Denken Sie . . . an den Fluch?»

«Es gibt keine dämonischen Mächte in den ägyptischen Gräbern; im Gegenteil, sie behüten die Elemente des sagenhaftesten aller Schätze: das Geheimnis der Unsterblichkeit. Bis zum heutigen Tag wurde es uns nur stückchenweise enthüllt.»

Die junge Frau legte ihr Haupt auf Carters Schulter; ein Sonnenstrahl, der zwischen dem Blattwerk hindurchschlüpfte, ließ ihr Haar leuchten.

«Müssen Sie so viele Gefahren eingehen, Howard?»

«Niemals wurde ein unversehrtes Grabgelege exploriert. Falls es mir glückt, ist es der Tod, der besiegt sein wird.»

«Der tollkühnste Traum . . .»

«Tutenchamun ist ganz nahe, Eve; das ist kein Traum mehr. Den Fluch, den hat nicht er ausgestoßen, den haben die Heerscharen von Neidern herbeigewünscht, die sich rüsten, mich anzugreifen. Und Ihr Vater ist nicht mehr da, um mir zu helfen; ohne ihn bin ich wehrlos.»

«Haben Sie Vertrauen in sich; Sie sind weit stärker, als Sie es vermuten.»

Ein Schwarm Wildgänse überflog den Hain; die kleine Gemeinschaft von Zugvögeln brach, in ihrer Bewegung vereint, in ein neues Gastland auf, das allein ihr Leittier kannte.

«Der Sommer wird bald enden.»

«Haben Sie mit Ihrer Mutter gesprochen?»

«Die gesamte Familie widersetzt sich unsrer Bindung. Falls wir heiraten, würde die Finanzierung der Grabungen abgebrochen.»

«Ist dies ihr letztes Wort?»

«Jede Verhandlung ist ausgeschlossen. Sie werden als Freund anerkannt, der das Werk meines Vaters fortfährt, und nichts weiter.»

«Weshalb billigt die Familie dann meine Anwesenheit auf Highclere?»

«Weil ich es verlangt habe. Ich bin bereit, Ihnen zu folgen, Howard.»

«Das wäre Irrsinn. Die Tochter eines Grafen kann sich nicht in einer Mesalliance mit einem Abenteurer verlieren. Maler und Archäologe, das sind keine hinreichenden Adelstitel.»

«Nun, dann mokieren wir uns eben über die Heirat!»

Sie erhob sich ungestüm, nahm ihn bei der Hand und zwang ihn, ihr ins Innere des Hains zu folgen. Ein leichter Wind ließ die Blätter erzittern. Als die Fahrt der Sonne sich neigte, färbte das reine Licht des ausgehenden Tages das auf einem Weißdornbusch zurückgelassene weiße Kleid mit Gold.

78

Archäologenarbeit, administrative Aufgaben, Kontakte mit der Presse, das Problem der Zuteilung der Fundstücke, die Organisation offizieller Besichtigungen, Geschäftsverhandlungen, Umgehungsversuche ... all dies erwartete Carter, als er am 8. Oktober 1923 in Kairo ankam, inmitten der heiteren Schönheit des ägyptischen Herbstes, welcher selbst die verderbtesten Gemäuer fast bezaubernd werden ließ. Carnarvons Abwesenheit machte ihn nervös und besorgt. Er fühlte sich nicht imstande, diesen Monstren mit vielfachen Gesichtern allein zu trotzen, doch er hatte keine andere Wahl. Die Stimmung in London war seit dem plötzlichen Tod von Lord Carnarvons Bruder Aubrey Herbert, im September, unerträglich geworden. Zu anderen überraschenden Todesfällen hinzukommend, schien er den letztendlichen Beweis eines Fluchs zu erbringen, dessen Urheber nur Tutenchamun sein konnte.

Der Kreuzweg begann mit dem Sitz der Altertümerverwaltung, wo einst der Graf mit Lacau nach Belieben umgesprungen war.

Entgegen Carters Befürchtungen empfing ihn der Direktor mit einer gewissen Freundlichkeit.

«Hat sich Ihre Mannschaft wieder zusammengefunden?»

«Wir sind seit Triest gemeinsam gereist.»

«Was wünscht Lady Almina?»

«Dass die Konzession für das Grab auf ihren Namen erneuert werde.»

«Legitimes Ansinnen. Ich wage zu hoffen, dass Sie als Experte bestätigt wurden?»

«So ist ihre Entscheidung.»

«Umso besser. Wer würde Ihre Kompetenz nicht anerkennen?»

«In dieser Eigenschaft würde ich gerne mit Ihnen das Problem der Besucher regeln. Sie machen mir meine Arbeit unmöglich; die beste Lösung bestünde darin, vor der Zerlegung der Kapellen niemanden ins Grab vorzulassen.»

Pierre Lacau verzog das Gesicht.

«Das ist äußerst unangenehm. Sehen Sie hier.»

Er wies auf zwei riesige Stapel Briefe, die seinen Schreibtisch verstellten.

«Dies sind die offiziellen Anträge ägyptischer Persönlichkeiten; sie häufen sich unaufhörlich. Diese Notabeln sind der Ansicht, dass das Grab ihrem Land gehört und dass niemand sich ihnen in den Weg stellen dürfte.»

«Es ist aber doch unmöglich.»

«Lord Carnarvon zeigte sich nuancierter; Sie bringen mich in eine missliche Lage. Was soll ich antworten?»

«Dass ich allein befugt bin, Besuchserlaubnisse zu erteilen.»

Lacau machte sich Notizen.

«Erlischt das der *Times* eingeräumte Exklusivrecht nicht demnächst?»

«Zahlreiche Zeitungen haben während des Sommers Verträge mit der *Times* abgeschlossen; und deshalb muss sie eine Vorrangstellung behalten. Daher auch habe ich deren Korrespondenten Arthur Merton als Mitglied meines Teams eingestellt.»

«Ist das nicht ein wenig . . . leichtfertig?»

«Er ist ein ausgezeichneter Amateurarchäologe; er wird vor Ort sein, um ausführlich von den Ereignissen zu berichten.»

«Ich fürchte, dass die ägyptischen Zeitungen es Ihnen übel nehmen werden.»

«Sie werden auch weiterhin in den Genuss nicht unbeachtlicher Vorrechte kommen, etwa eines kostenlosen Kommuniqués ... Sie sind die Einzigen, die für offizielle Informationen nichts zu zahlen brauchen.»

«Fein, fein ... Ihr Dossier wird morgen bereitliegen.»

Carter hatte Eile, ins TAL zurückzukehren, erneut dessen wilde Herrlichkeit zu genießen und die allerletzte Etappe zu überwinden, die ihn noch von Tutenchamun trennte. Kairo war zu weiträumig, zu laut; nie hatte er die Städte gemocht, wo der Mensch zur Ameise oder zum zergliederten Hampelmann wird, von der Erde und dem Himmel getrennt. Die von Carnarvon hinterlassene Leere schloss sich nicht; würde Carter ohne ihn in der Lage sein Lacau zum Nachgeben zu bringen?

Er stieg hinauf zur Zitadelle und meditierte im Angesicht der Wüste, an der die stete Expansion der Hauptstadt nagte. Wie liebte er diese absolute Landschaft, diesen Ruf zu einer ewigen Wahrheit, die keine Niedertracht besudeln konnte! Selbst in der Gewalt des Windes und der Strenge der Felsen war noch die Zärtlichkeit jener Nomaden mit ihren stets von neuem begonnenen Irrwanderungen spürbar. Dorthin würde er Eve mitnehmen, sobald er das Geheimnis des wiedererstandenen Pharaos durchdrungen hatte.

Das fein geschnittene Gesicht Lacaus schien verschlossener als am Vortag; seine Hände lagen flach auf einer roten Akte.

«Ich bin in großer Verlegenheit, Carter.»

«Weshalb?»

«Ich habe Ihr Dossier verteidigt, aber gewisse Mitglieder der Verwaltung halten mir Argumente entgegen, die ich nicht vernachlässigen kann. In meiner Stellung muss ich unparteiisch sein und die Meinungen der einen wie der anderen berücksichtigen: Kompromiss und Mittelweg sind die einzigen vernünftigen Verhaltensweisen.»

«Könnten Sie etwas klarer sein?»

«Die Einstellung von Merton ist beinahe illegal; was die Verweigerung von Besichtigungen und die Missachtung der einheimischen Presse anlangt, so drohen diese eine äußerst fatale Meinungskampagne gegen Sie auszulösen.»

«Wen hält man hier zum Narren? Reicht die Unentgeltlichkeit von Information nicht aus?»

Lacau öffnete langsam die Akte.

«Man könnte Sie leichthin beschuldigen Ägypten zu verabscheuen und das Grab als Ihr Privateigentum anzusehen.»

«Ich und Ägypten verabscheuen, in dem ich seit meinem achtzehnten Lebensjahr lebe? Dies ist mein wahres Land, Herr Direktor! Ich habe ihm meine Seele verschrieben.»

«Ich glaube Ihnen, natürlich, selbst wenn diese Erklärungen mir überzogen erscheinen ... Ihre Unbeugsamkeit hinsichtlich der Besucher ist ebenfalls kritisiert worden.»

«Das sind Snobs, die sich keinen Deut um das Grab scheren! Ihr einziges Ziel? Sich bei einem mondänen Diner damit zu brüsten Tutenchamun gesehen zu haben! Und Sie würden verlangen, dass ich wegen dieser Bande von Neugierigen die wissenschaftlichen Arbeiten bremse? Unterschreiben Sie die Konzession, damit wir endlich zum Ende kommen. Ich muss schnellstens wieder ins TAL zurück.»

Lacau strich mit den Fingerspitzen über die Akte.

«Wir werden sehen, Carter, wir werden sehen ... ich muss den Minister zu Rate ziehen.»

Abdel Hamid Suleman Pascha, Minister für Öffentliche Bauten, war ein lustiger Lebemann und Freund von Banketten und langen Siesten; sein behutsamer und steter gesellschaftlicher Aufstieg beruhte auf seinem liebenswürdigen und geduldigen Wesen. Als unerbittlicher Feind von Auseinandersetzungen besaß er die Gabe der Diplomatie und pflegte Streitigkeiten mit Schmeicheleien für seine Widersacher zu regeln. Die Unabhängigkeit Ägyptens schien ihm ein gefährlicher Traum, der das Land in den Ruin führen würde; er musste indessen die Empfindlichkeiten der Nationalisten schonen und so tun, als ob er manche ihrer Theorien guthieße.

Pierre Lacau verneigte sich vor dem Minister.

«Welche ist nun diese delikate Angelegenheit, die Sie mit mir zu besprechen wünschen, Monsieur Lacau?»

«Die Carnarvon-Konzession.»

«Ist dieses Problem denn nicht geregelt?»

«Leider nein, Herr Minister! Howard Carter ist ein halsstartiger Mann, der keiner der legitimen Forderungen der Verwaltung nachgeben will.»

«Man rühmt aber doch seine Kompetenz.»

«Die bestreite ich auch nicht ... doch er müsste sich gegenüber der ägyptischen Presse etwas nachgiebiger zeigen und einwilligen das Grab den Honoratioren zu öffnen.»

«Mr Carter ist britischer Untertan, wenn ich nicht fehlgehe?»

«In der Tat.»

«Die englische Kolonie von Kairo ist ein wesentlicher Bestandteil des Gleichgewichts im Lande.»

«Selbstverständlich. aber ...»

«Mr Carter zu verdrießen bedeutet, dem Hochkommissar beschwerlich zu fallen, und bringt uns eine Menge diplomatischer Unannehmlichkeiten ein.»

«Das Exklusivrecht, dessen sich *die Times* erfreut, ist eine Beleidigung für Ägypten.»

«Übertreiben Sie nicht, Herr Direktor! Ein geschäftliches Arrangement, allerhöchstens. Und was die Besucher anlangt, können die sich denn nicht etwas gedulden? Diese Auseinandersetzung erscheint mir recht überflüssig.»

Verärgert suchte Lacau vergeblich den Minister von der Richtigkeit seiner Ansichten zu überzeugen.

«Was raten Sie mir?»

«Unterzeichnen Sie die Konzession und erlauben Sie Carter, seine Arbeit fortzuführen. Für mich, Herr Direktor, ist diese Angelegenheit abgeschlossen.»

79

Am 18. Oktober begannen die Arbeiter, die Tonnen von Auffüllschutt zu verschieben, die das Grab während Carters Abwesenheit geschützt hatten; unter der Leitung des *rais* Ahmed Girigar arbeiteten sie mit Eifer, um den Wünschen des Archäologen Genüge zu leisten: den Eingang nämlich binnen einer Woche freizuräumen. Trotz der Hitze erfüllte eine Kette von Korbträgern ihre Pflicht in vollkommenem Gleichmaß; monotone Gesänge gaben den Takt vor.

Bewegt schlug Carter erneut den absteigenden Gang ein, öffnete das Gitter und betrat das Heiligtum; er hatte das Gefühl, als schritte Carnarvon an seiner Seite, und so ging er den Türen der großen Kapellen entgegen, welche den Sarkophag verhüllen sollten. Callender, der ihn begleitete, wagte ihm die Wahrheit zu sagen.

«Wir sind noch nicht so weit, Howard. Die Verwaltung hat uns die zugesagten Lampen noch nicht geliefert, und es fehlt am Notwendigen für die Erhaltung der Kapellen.»

«Ich habe doch aber die Mittel vorgestreckt, die Termine festgelegt und auf die Wichtigkeit der Lampen hingewiesen!»

Carters Zorn war umso heftiger, als die allgemeine Beleuchtung, rund um das Grab, vortrefflichst funktionierte. Seine Beschwerden bei dem örtlichen Inspektor führten nur zur Abfassung eines zusätzlichen Berichts, der die heillose Nachlässigkeit feststellte; so Gott wollte, sollten die Lampen vor Ablauf des Monats geliefert werden.

Beim Verlassen des Inspektorenamtes stieß Carter mit Bradstreet zusammen. Der wie ein Athlet gebaute Journalist hatte sein Büro in Kairo sofort verlassen, als er von der Wiederaufnahme der Ausgrabung Wind bekam. Mächtig, zänkisch und die Stirne von hervortretenden Adern zerfurcht, gedachte er mit dem Archäologen kurzen Prozess zu machen.

«Na, Carter! Etwas Neues?»

«Ihnen muss ich nicht antworten.»

«Das würde mich wundern! Vor Ihnen steht nämlich der Korrespondent der *New York Times, der Daily Mail* und der *Egyptian Mail.* Meine Mission besteht darin die ganze Welt zu informieren, und Sie werden sich nicht wie ein Dieb davonstehlen.»

«Setzen Sie sich mit dem akkreditierten Vertreter der *Times* in Verbindung.»

«Diese Situation kann nicht fortdauern! Alle Journalisten müssen dieselben Rechte genießen.»

«Das war nicht im Sinne von Lord Carnarvon.»

«Er ist tot.»

«Nicht für mich.»

«Ich fordere Sie auf, den Exklusivvertrag mit der *Times zu* kündigen.»

«Sie sind ein guten Polospieler, wie behauptet wird?»

Bradstreet legte die Stirn in Falten.

«Stimmt, aber ich sehe nicht . . .»

«Ich bin Experte im Freistilringen.»

Die Adern des Journalisten schwollen an; mit seinem roten Gesicht glich er einem wütenden Stier.

«Ich werde Sie zerquetschen, Carter! Sie haben immer mehr Feinde, sie brauchen sich nur noch zu verbünden.»

«Ich werde nicht gehen», bekräftigte Carter zornig.

Callender schaute mit dem Blick eines geprügelten Hundes zu seinem Freund auf. Trotz seiner breiten Schultern und seines massigen Aussehens teilte er Carters Jammer.

«Besser wäre es, sich zu beugen», legte er wider Willen nahe.

«Das ist eine Falle! Lacau zitiert mich nach Kairo, um die Kisten auszupacken und die Fundstücke anzuordnen . . . Was für ein übler Scherz! Er will mich in der Hauptstadt zurückhalten und beweisen, dass ich meine Arbeit vernachlässige.»

«Wenn Sie *gegen* ihn arbeiten, wird er Sie noch mehr isolieren. Sich der Gefahr bewusst zu sein, bedeutet schon, sie zu bannen; der Kampf hat Ihnen doch noch nie Angst gemacht.»

Carter umarmte Callender brüderlich.
«Ich werde kämpfen.»

In Lacaus Büro waren der Minister für Öffentliche Bauten und mehrere hohe ägyptische und englische Beamte zugegen. Das Grab von Tutenchamun wurde zur Staatsaffäre; Carter war in der Position eines Angeklagten im Angesicht eines Gerichts, das ihm sein Verschulden zu beweisen entschlossen war.

«Wo sind die auszupackenden Kisten?», fragte der Archäologe lächelnd. Lacau drehte sich zum Minister um, heischte einen zustimmenden Blick und wandte sich dann mit salbungsvoller Autorität an Carter.

«In Übereinstimmung mit den obersten Behörden ersuchen wir Sie, der Regierung zu erlauben, jeden Abend ein Informationsbulletin über die laufenden Arbeiten zu veröffentlichen.»

«Ich lehne ab; das Recht zur Publikation muss meinem Stab und mir selbst vorbehalten bleiben. In aller Eile nicht überprüfte Nachrichten unter die Leute zu bringen, würde unsrer Arbeit zum größten Nachteil gereichen.»

Lacau sah den Minister fragend an.

«Legitime Ansprüche», räumte er ein. «Würden Sie einwilligen, einen Vertreter der Tagespresse zu einer Besichtigung des Grabes einzuladen?»

«Selbstverständlich.»

«Die geschäftsmäßige Ausbeutung des Tals ist recht peinlich», fuhr Lacau fort.

Carter wurde vehement.

«Das mit der *Times* abgeschlossene Exklusivabkommen ist dazu bestimmt, mich vor einer Meute neugieriger Journalisten zu schützen; das hieraus erzielte Geld hat nur zum Zweck, die märchenhaften Schätze, die Carnarvon und ich entdeckt haben, zu schützen; und deshalb bitte ich um die absolute und uneingeschränkte Unterstützung der Regierung und der Altertümerverwaltung. Kein Kleinkrieg der Presse, keine Besucher und keine administrativen Schwierigkeiten: Genau dies fordere ich, in der festen Überzeugung, dass Sie alle, die hier anwesend sind, Partei für das Heilige und nicht für das Profane ergreifen.»

Die Tage reihten sich aneinander. Carter rief den Minister mehrere Male an, doch entweder war er abwesend oder in einer Besprechung; am Ende einer nervenaufreibenden Woche unternahm der Archäologe einen erneuten Versuch, den er als den letzten betrachtete. Diesmal bekam er den mächtigen Mann ans Telefon.

Die Unterhaltung war herzlich, wenn auch etwas heikel; der Minister beunruhigte Carter, als er ihm erklärte, dass Lacau die Verhandlungen insgesamt wieder aufnehmen wolle, und besänftigte ihn mit der Behauptung, dass die Schwierigkeiten bald behoben sein würden. Falls er dies wünsche, könne er nach Luxor zurückkehren und seine Tätigkeiten fortsetzen.

Der Archäologe ließ sich nicht lange bitten.

Callender brachte ein dickes, mit dem Siegel der Altertümerverwaltung verschlossenes Kuvert. Aufgeregt brach Carter das Siegel auf, er erkannte die feine und schnelle Schrift Lacaus, der die Bedingungen des Archäologen Punkt für Punkt akzeptierte.

«Haben wir gewonnen?», fragte Callender.

Carter hätte ihm fast geantwortet, dass das Ergebnis seine Erwartungen übertraf, doch sein Blick wanderte bereits auf die letzten Zeilen. *«Selbstverständlich»*, schloss Lacau, *«können die Maßnahmen, die Sie angewendet zu sehen wünschen, nur vorläufig sein und im Hinblick auf die Ergebnisse Veränderungen unterliegen.»*

Carter ließ das Schriftstück auf den steinigen Boden des TALS fallen.

«Totales Fiasko.»

«Was gedenken Sie zu tun?»

«Weitermachen. Mein einziger Meister ist nun Tutenchamun.»

Der Streit verschärfte sich bereits am folgenden Tag. Lacau hatte einen zweiten, weit weniger freundlichen Brief geschickt, in dem er Carter vorwarf, der Altertümerverwaltung ins Gehege zu kommen; dieser nämlich, und keinesfalls einem privaten Archäologen, stehe es zu, über die Besichtigungen einer Fundstätte zu verfügen, die dem Staat gehöre und sonst niemandem. Der Direktor der Verwaltung präzisierte seine Weisungen: die Kapellen auseinander zu nehmen, ohne deren Dekor zu beschädigen, und den Sarkophag, dessen Vorhandensein angenommen wurde, freizulegen. Carter und seine Mannschaft sollten den Befehlen unverzüglich Folge leisten und sich streng auf den archäologischen Bereich beschränken.

Die ägyptische Presse blies in aller Form zum Angriff auf den Engländer und klagte ihn an, sich wie ein Kolonialist aufzuführen, während Ägypten ihn doch beherberge; Tutenchamun sei Pharao, nicht König von Großbritannien. Der Exklusivvertrag mit der *Times* sei eine Verhöhnung der Nationalpartei und des Volkes. In seiner Antwort auf diese Vorhaltungen unterstrich Carter die Unterschiede zwischen den modernen Ägyptern, die zum größten Teil Nachfahren von arabischen Eroberern des sechsten Jahrhunderts n. Ch. und Adepten des Islam wären, und den jeglichem Dogmatismus abgeneigten alten Ägyptern. Diese Ungeschicklichkeit trug ihm wachsende Ablehnung und den Hass zahlreichen Prediger ein. Die Mitglieder seiner Mannschaft vermochten ihn – wenn er auch die Wahrheit sagte – von weiteren Erwiderungen abzubringen.

«Was ist das für eine Welt», fragte er Callender, «in der allein die Lügner und Intriganten Bürgerrechte genießen? Selbst dieser heiligen Erde gelingt es nicht mehr das Denken zu verändern. Wohin muss man gehen, um etwas reine Luft zu atmen?»

«Tief ins Innere von Tutenchamuns Grab. In *Ihr* Grab.»

Wie die Kapellen zerlegen, ohne ihnen den geringsten Schaden zuzufügen? Diese Aufgabe ging Carter nicht mehr aus dem Sinn. Im Heiligtum des Grabes fühlte er sich frei und unermüdlich; keiner seiner Mitarbeiter war imstande, seinem Arbeitsrhythmus zu folgen. Um den Zustand der Vergoldungen und die Zerbrechlichkeit der Skulpturen besorgt, erwog er mehrere Pläne, bevor er die delikate Operation anging. Er begann damit, die beiden Wächter zu entfernen, welche die Tür der Grabkammer hüteten. Die schwarzen Könige wurden, mit Binden eingewickelt, in einen Kastenrahmen gestellt; allein ihre Augen blieben noch sichtbar, als seien sie die letzten Anzeichen von Leben zweier großer verletzter Körper.

Nachdem er sich mit den Mitgliedern seines Teams beratschlagt hatte, bat Carter Callender, um die äußere Kapelle ein Holzgerüst zu errichten; mit größter Mühe schlängelte er sich zwischen dem Gebälk durch, stieß sich, verletzte sich die Hände und musste immer unbequemere Stellungen einnehmen. Dann begann Carter mit dem Trennen der Elemente; trotz der Hitze und der Enge kam er Zentimeter um Zentimeter voran, stets den Augenblick fürchtend, da eine der Schreinfüllungen, außerhalb ihrer ursprünglichen Position, sich durchbiegen und auf die anderen fallen könnte. Carter verdrängte eine Horrorvision: Hunderte von Trümmern und unheilbaren Brüchen.

Nach zehntägiger Mühe wurde der schwerste Teil des Dachs der Kapelle angehoben; Carter musste einen jungen Burschen zu Hilfe rufen, um Holzrollen unter eine Bohle zu schieben, die als Schlitten dienen sollte. Als die Schreinplatte endlich an der abgepolsterten Wand der Grabkammer lehnte, stießen der Archäologe und seine Assistenten kein Siegesgeschrei aus; das Schwierigste blieb noch zu bewältigen.

Nachdem das Dach abgehoben war, konnte Carter den linnenen Bahrschleier bewundern, der die zweite Kapelle bedeckte. Er rief Merton, den Korrespondenten der *Times,* hinzu. Der Journalist erschauderte.

«Die Bundeslade . . . Sie ist es, ganz ohne Zweifel»

Merton verließ das Grab und kehrte eine Stunde später, mit einer Bibel versehen, wieder; er las die Abschnitte des *Exodus* vor, die der kostbaren Reliquie gewidmet waren. Seine Fantasie fing Feuer.

«Das ist also das Geheimnis von Tutenchamun! Er hatte sich nach Israel begeben und dort die Lade geraubt. Niemals enthielt der Boden des TALS einen wertvolleren Schatz; das ist der Grund, weshalb das Grab so gut verborgen worden ist.»

Carter blieb skeptisch; er lüftete den Tüll, der unter dem Gewicht der vergoldeten Bronzerosetten zerbröckelt war.

«Bald», sagte er mit gedämpfter Stimme, «werden wir die versiegelte Tür der zweiten Kapelle öffnen.»

Lacau studierte das «Carter-Dossier» mit seiner gewohnten Pedanterie. Als eifriger Beamter an Gesetzesvorschriften wie an einer heiligen Schrift festhaltend, ertrug er immer schlechter das anarchistische Gebaren dieses Abenteurers, der es strikt ablehnte, sich in eine behördliche Rangordnung einzufügen. Seine Ansprüche waren absolut ungebührlich. Wie konnte er Carter zum Nachgeben bringen und ihn in die Knie zwingen? Bisher war Lacau stets gescheitert. Gewiss, der Journalist Bradstreet und dessen ägyptische Kollegen führten einen gehörigen Kleinkrieg, der Carters Stellung jeden Tag mehr schwächte und von ihm das Bild eines widerwärtigen, kleinkrämerischen und verächtlichen Individuums zeichnete; doch der Archäologe machte sich nichts aus anderer Leute Meinung und setzte seinen Weg mit gleicher Hartnäckigkeit fort. Überdies kam er, sobald er im Innern von Tutenchamuns Grab arbeitete, wieder zu Kräften. Um ihn niederzustrecken, musste man also das Herz treffen und durfte sich nicht mit oberflächlichen Blessuren begnügen.

Lacau hatte soeben den schwachen Punkt seines Widersachers gefunden.

So blieb ihm nur noch, eine umsichtige Strategie, ohne offenkundigen Gewaltstreich, zu entwickeln; wenn er mit kleinen Nadelstichen vorginge, würde er Carters Nerven zermürben, ihn in seiner Berufung selbst treffen und ihn zwingen *den* fatalen Fehler zu begehen.

Es war ein indignierter Carter, der die Angehörigen seines Stabs im Labor zusammenrief.

«Ich erhalte heute Morgen die unerhörteste Eingabe der gesamten Geschichte der ägyptischen Archäologie: Der Direktor der Verwaltung fordert mich auf, ihm die Liste der Mitglieder meiner Mannschaft zukommen zu lassen, als ob er sie nicht kennen würde und als ob ich, gemäß der Konzession, die man mir gewährt hat, nicht allein für meine Mitarbeiter verantwortlich wäre.»

Merton, der Journalist der *Times*, ergriff das Wort.

«Ich bin der Stein des Anstoßes; Bradstreet hat offenbar an höherem Ort interveniert. Er will beweisen, dass ein Pressekorrespondent in einem archäologischen Stab fehl am Platze ist.»

«Sie sind kompetenter als die meisten Altertümerinspektoren.»

«Wenn Sie es verlangen, Howard, trete ich zurück.»

«Sie sind ein Freund und tüchtiger Mitarbeiter. Sie werden bleiben.»

«Nehmen Sie sich vor Lacau in Acht; das ist ein Jesuit, der in den abgefeimtesten Strategien bewandert ist.»

«Er hat keinerlei Befugnisse über dieses Grab, und er weiß das; sein Zermürbungskrieg kann nur in Enttäuschung enden. Vergessen Sie nicht, dass der Minister auf unsrer Seite ist.»

Callenders bulliges Gesicht heiterte sich dennoch nicht auf, er wagte nicht entgegenzuhalten, dass die Minister nicht ewig amtierten und dass er, seit langem, nicht mehr an Gesetz und Gerechtigkeit glaubte.

«Werden Sie ihm die Liste zuschicken?», fragte Merton.

«Carnarvon hätte es nicht getan, und ich auch nicht. Da Lacau seinen Besuch für den 13. Dezember ankündigt, werden wir dies mündlich diskutieren.»

Lacau besichtigte das Grab und das Laboratorium; nur *rais* Ahmed Girigar war zugegen. Äußerst ungehalten kletterte der Direktor der Verwaltung zu Carters Behausung hinauf, wo der Archäologe, in eine Decke gewickelt, einen Grog trank.

«Ich bin untröstlich, Sie nicht mit Pomp empfangen zu haben, eine Erkältung hat mich genötigt, das Zimmer zu hüten.»

Wie aus dem Ei gepellt, die Hände hinter dem Rücken verschränkt, äußerte sich Pierre Lacau mit einer zuckersüßen Stimme, die im krassen Gegensatz zu seiner steifen Haltung stand.

«Ihre Ansprüche sind nicht zu rechtfertigen, Mr Carter. Nur die Regierung ist berechtigt, Besichtigungsgenehmigungen auszustellen, die ordnungsgemäß registriert und in der Form eines schriftlichen Dokuments vorgelegt werden; aber Sie nicht.»

«Ich bin es, der hier gräbt, nicht die Regierung.»

«Der Staat hat die Pflicht, die Grabungen zu kontrollieren.»

«Es handelt sich um *meine* Konzession; ich allein bin hier der Herr. Beweisen Sie mir das Gegenteil.»

«Sie sind nicht berechtigt, Merton anzustellen; er ist Journalist, kein Archäologe.»

«Die Wahl meiner Mitarbeiter steht mir zu; die Verwaltung hat kein Recht auf Einsichtnahme in diesem Bereich.»

«Falls er nicht zurücktritt, werden Sie ernsthafte Unannehmlichkeiten bekommen.»

«Er wird nicht zurücktreten; Ihre Befehle sind zwecklos, Herr Direktor. Wenn Sie mir drohen, verlieren Sie nur Ihre Zeit.»

«Der Minister wird darüber befinden.»

«Er hat bereits befunden.»

«Das werden wir noch sehen; wissen Sie, was man in Kairo munkelt?»

Carter trank einen kochend heißen Schluck.
«Klären Sie mich auf; der Klatsch ist eine Ihrer Lieblingspraktiken.»
Lacau vermied es seinen Gesprächspartner anzusehen.
«Einige glauben, dass Lord Carnarvon ein Spion und Geschäftsmann gewesen ist, dem die Wissenschaft und die Ägyptologie völlig gleichgültig waren, und dass Sie ihm wie ein Hund nachgelaufen sind. Diese Annahme wirft ein befremdliches Licht auf Ihr Verhalten.»
Carter warf die Decke zurück und sprang auf.
«Sie sind schäbig. Der Graf liebte Ägypten leidenschaftlich; dieses Grab zu explorieren, war zu seiner Daseinsberechtigung geworden. Was mich betrifft, so ist mein ganzes Leben darauf ausgerichtet.»
«Nehmen wir es einmal an . . . Doch diese sentimentalen Anwandlungen rechtfertigen nicht Ihre Arroganz.»
«Ich will in Frieden arbeiten.»
«Haben Sie über die Aufteilung der Stücke nachgesonnen?»
«Diese Frage ist geregelt.»
«Das ist nicht so sicher. Und es bleibt eine andere, eine noch gewichtigere in der Schwebe.»
Carter bibberte.
«Die Konzession währt nicht ewig», erinnerte Lacau. «Ich müsste nachsehen, aber es scheint mir, dass sie bald erlischt. Ihre Erneuerung unterliegt der Altertümerverwaltung, die sich zunehmend anspruchsvoller bezüglich der Qualität der Ausgräber und der Ernsthaftigkeit ihrer Zielsetzungen zeigt. Ein Wissenschaftler wie Sie kann diese Rigorosität nur schätzen. Pflegen Sie sich gut Carter; sobald Sie wieder auf den Beinen sind, werden wir nochmals darüber sprechen. Ich will hoffen, dass Tutenchamun Sie nicht krank macht.»
Am 15. Dezember betrat Carter wutentbrannt das Büro des Ministers für Öffentliche Bauten in der festen Absicht, ihm die ganze Wahrheit zu sagen und die Einstellung der Verfolgungen zu erwirken. Suleman Pascha schien nicht so jovial wie sonst;

auf seinem Schreibtisch lag eine dicke Akte, die den Stempel der Altertümerverwaltung trug.

«Zufrieden mit Ihren Forschungen, Mr Carter?»

«Der Direktor der Verwaltung stellt meine Anforderungen in Frage.»

«Er versieht sein Amt nach Kräften. Die gegen Sie geführte Pressekampagne ist äußerst unerfreulich, insbesondere, da gewisse Journalisten meine Stellung offen zu kritisieren beginnen. In meiner Eigenschaft als Minister muss ich über diesen Streit erhaben bleiben.»

Carter wurde blass.

«Die Anwesenheit von Arthur Merton ist unangebracht», setzte Suleman Pascha fort. «Meinen Informationen zufolge ist er kein Gelehrter; dass Sie einen Journalisten der *Times* akkreditieren, ist ein bedauerlicher Fehler.»

«Ich garantiere für seine Sachkenntnis.»

«Es ist unmöglich, dieses Argument aufrechtzuerhalten; niemand kann Ihnen glauben. Sie sind ein Mann der Wissenschaft und des Friedens, Mr Carter; verbieten Sie diesem Merton ohne Aufschub den Zugang zum Grab, und alles wird wieder in Ordnung kommen. Er wird es zusammen mit anderen Korrespondenten, am Tag Ihrer Wahl, besichtigen.»

«Ist dies ein Utimatum?»

«Benutzen wir keine großen Worte! Es handelt sich um einen einfachen Kompromiss.»

«Darf ich Ihnen meine Einwände unterbreiten?»

«Verlieren wir keine Zeit mit Details; ich selbst habe den Namen von Merton aus der Liste der Mitglieder Ihres Stabs getilgt.»

«Ist das auch rechtmäßig?»

Die Frage beleidigte den Minister; er wurde schroff.

«Dies ist mein Wunsch, Mr Carter.»

«Falls ich nachgebe, wird keine archäologische Mannschaft mehr ungehindert in Ägypten arbeiten können.»

«Malen Sie die Situation nicht so schwarz.»

«Ich werde meinen Kollegen Ihren Antrag vorlegen.»
«Gehen Sie nicht zu weit, Mr Carter.»
«Sie auch nicht, Herr Minister.»

Zurück in Luxor versammelte Carter sein Team im Grab Sethos' II. Er verhehlte ihnen den Ernst der Lage nicht und gab ihnen die Äußerungen des Ministers für Öffentliche Bauten wörtlich wieder. Da er keinen übereilten Entschluss zu fassen wünschte, der ihre Forschungen behindert hätte, besprach er sich mit jedem einzelnen. Die Auslassungen stimmten in einem überein: Der Politiker überschreite seine Befugnisse. Von den Autonomieverfechtern und dem Franzosen, der die Altertümerverwaltung leitete, manipuliert, zettele er einen heimtückischen Krieg gegen England und die Vereinigten Staaten an. Kapitulieren hätte bedeutet, der notwendigen Unabhängigkeit der Archäologen zu entsagen.

Im Vertrauen auf diese Einstimmigkeit schrieb Carter dem Minister. Er lehnte es ab, Merton zu entlassen, hob hervor, dass die Spezialisten des Metropolitan Museum das Tal verlassen würden, falls ihr Arbeitgeber zum Gegenstand behördlicher Pressionen werden sollte, und dass die *Times* nicht zögern würde den Sachverhalt ausführlich publik zu machen. Er war sicher, dass Suleman Pascha sich der Vernunft beugen würde; er beklagte den Zwischenfall, der sie entzweit hatte und bedauerte, dass es ihm unmöglich war, die nahe gelegten Beschränkungen zu akzeptieren.

Der Minister antwortete mit Schweigen.

Das Innere des Grabes glich einem Operationssaal. Tragbahren aus Holz, Unterlagen aus Schilfrohr, Kilometer von Verbandsmaterial, Wattepacken und elektrisches Licht beschworen eher den eisigen Rahmen eines chirurgischen Eingriffs als die magische Atmosphäre einer königlichen Grabstätte. Außen drängten Wächter und Soldaten mit bisweilen großer Mühe die Touristen zurück, die ein Billett vorzeigten, das sie zum Besuch des berühmtesten Grabes der Welt berechtigte; sie hatten diese bei Eseltreibern oder Verkäufern von falschen Altertümern erworben und bekundeten vehement ihr Missfallen.

Überzeugt, dass die Widrigkeiten allmählich in die Ferne rückten, schnitt Carter am 3. Januar 1924 die Siegelschnur durch und zog den Riegel heraus, der die Tür der zweiten Grabkapelle verschloss. Callender und die anderen Mitglieder des Stabes sahen ihn die vergoldeten Türen öffnen.

«Mehr Licht», verlangte er.

Callender schloss zwei starke Lampen an. Sie beleuchteten die Flügeltür einer neuen Kapelle.

«Noch eine!», rief der Fotograf Burton aus. «Wann wird diese Verschachtelung ein Ende haben?»

Der dritte Schrein war ebenfalls unberührt. Atemlos öffnete Carter die Türen und entdeckte eine vierte Kapelle. Zwei Falken mit ausgebreiteten Flügeln hüteten deren Zugang. Die Hieroglyphen bewahrten das Andenken der Worte Tutenchamuns: *«Ich bin die Ewigkeit; ich habe das Gestern geschaut und ich kenne das Morgen.»* Verwirrt lehnte Carter es ab, weiter vorzudringen, dem Drängen seiner Kollegen zum Trotz.

«Das ist vielleicht das letzte Hindernis», legte Callender nahe.

«Ohne Zweifel . . . doch wir haben nicht das Recht . . .»

«Denken Sie an Carnarvon; hätten Sie ihn dieser Freude beraubt?»

Carter erbrach das Siegel. Die allerletzten Flügel klappten langsam zur Seite, die Lichtkegel strahlten keine goldenen Türen mehr an, sondern den Arm der Göttin Nephthys, der «Herrscherin des Tempels», die über einen herrlichen Quarzitsarkophag wachte. Welch unvergesslichen und wunderbaren Anblick bot diese Frau der anderen Welt, die, so zärtlich und sanft, die Eindringlinge abwehren sollte. Carter und seine Assistenten wurden im Angesicht dieser Inkarnation eines jahrtausendealten Glaubens, welchem die Zeit nichts hatte anhaben können, von ehrfürchtiger Bangigkeit ergriffen.

«Ein unversehrter Sarkophag», murmelte Carter überwältigt. «Der Einzige im Tal der Könige.»

Er verspürte die Präsenz Lord Carnarvons neben sich; von der anderen Seite des Todes nahm der Graf am Triumph teil. In frommer Achtung verschloss Carter die Türen des vierten Schreins wieder.

Der Archäologe las das Pierre Lacau gewidmete Telegramm nochmals durch. *«Meine Untersuchungen haben mir erlaubt festzustellen, dass die vierte Kapelle einen prächtigen Sarkophag enthält. Einen unberührten Sarkophag! Grüße.*

Kaum hatte er die Botschaft abgeschickt, verbreitete sich die außergewöhnliche Nachricht auch schon in ganz Ägypten; Tausende von Touristen und Neugierigen strömten ins Tal. Fotografen und Journalisten bestürmten Carter, sobald er aus dem Grab kam; trotz des Schutzes seiner Mitarbeiter wurde er gezwungen, einem Bradstreet, der ihm in den Weg trat, zu anworten.

«Sind Sie gewiss, dass der Sarkophag verschlossen ist?»

«Gewiss.»

«Werden Sie darin etwas Einmaliges finden?»

«Etwas Unvorstellbares.»

«Weshalb öffnen Sie ihn nicht augenblicklich?»

«Ich muss zuerst die Wände der Kapellen fotografieren lassen und die Ritualgegenstände inventarisieren, die um sie herum niedergelegt wurden. Jede Überhastung wäre ein Verbrechen.»

«Man behauptet, dass sich tödliche Gase verbreiten werden, sobald Sie den Sarkophagdeckel anheben.»

«Ich bin bereit das Risiko einzugehen.»

«Wird die Mumie mit Gold bedeckt sein?»

«Das ist wahrscheinlich.»

«Wann werden wir es erfahren?»

«Das weiß ich nicht; die nächste Etappe ist die Zerlegung der beiden letzten Kapellen. Erlauben Sie mir, mein Heim aufzusuchen?»

Carter gab den Befehl das Grab zu verschließen. Nach diesen

erhebenden Momenten benötigte er Stille und Einsamkeit, während der archäologische Stab sich mit den zu restaurierenden Fundstücken befasste. Der ferne Gesang eines Vogels erinnerte ihn an seinen Kanarienvogel, den goldenen Vogel, dessen segensreicher Einfluss die sagenhafteste aller Entdeckungen begünstigt hatte. Er schaute auf seine ungeheure Karte des Tals der Könige, auf der er die Gesamtheit der vorherigen Funde übertragen hatte; mit seiner feinen und raschen Schrift zeichnete er die Stelle von Tutenchamuns Grab ein.

Carter schickte sich an, alleine zu dinieren, als Ahmed Girigar, der wachsame Leiter seines Sicherheitsdienstes, ihn von der Ankunft eines Abgesandten des Ministeriums für Öffentliche Bauten unterrichten kam. Ungeachtet seines Erschöpfungszustandes empfing er den nach abendländischer Manier gekleideten hohen Beamten.

Der Mann lehnte es ab, sich zu setzen.

«Der Minister beglückwünscht Sie, doch er ist äußerst ungehalten über die Art und Weise, wie Sie die Öffnung der letzten Kapelle vorgenommen haben. Ein Vertreter der Altertümerverwaltung hätte an Ihrer Seite sein müssen.»

«Ich habe Mr Engelbach hinzugerufen, aber er war durch wichtigere Verpflichtungen verhindert. Seien Sie unbesorgt, der Sarkophag hat unter seiner Abwesenheit nicht gelitten.»

«Darüber hinaus beschuldigt Sie die Regierung, zum Augenblick dieser Öffnung einen Korrespondenten der *Times* in das Grab hineingelassen zu haben, was dem Ethos der Ausgrabungen zuwiderläuft.»

«Eine Fehlinformation: Allein die Mitglieder meines Stabes waren zugegen.»

«Ich erlaube mir, Ihre Erklärungen zu vermerken und Sie das Protokoll unterschreiben zu lassen, das dem Minister ausgehändigt wird.»

Carter las die Prosa des hohen Beamten, stellte fest, dass seine Antworten nicht entstellt worden waren, und paraphierte das Schriftstück.

«Ich befürchte ernsthafte Komplikationen», schloss der Emissär.

«Beruhigen Sie sich: Alles ist ordnungsgemäß.»

Bradstreet und Lacau setzten ihr Untergrabungswerk fort. Je näher Carter dem Sarkophag kam, desto giftiger zeigten sie sich; wenn der Minister für Öffentliche Bauten auch ein wenig zu ihrer Seite neigte, würden sie doch nur Banderillas in Carters Rücken stoßen können.

«Ein weiterer Besuch», kündigte Ahmed Girigar an.

«O nein! Später.»

«Sie sollten Ihren Gast empfangen; er kommt von recht weit.»

Irritiert willige Carter ein.

Lady Evelyn kam auf ihn zu, in einem veilchenblauen, lichten und luftigen Kleid.

81

«Wann sind Sie angekommen?»

«Gerade eben.»

«Werden Sie lange in Luxor bleiben?»

«Benötigen Sie denn keinen Beistand? Die Gerüchte verkünden die Entdeckung sagenhafter Schätze.»

Carter nahm Lady Evelyn zärtlich in seine Arme, als fürchtete er, eine Fata Morgana würde zerstieben.

«Ihre Mutter . . .»

«Sie hat zugestimmt, dass ich den Winter in Ägypten verbringe und dass ich über Ihre Arbeit wache, im Gedenken an meinen Vater.»

«Er ist an meiner Seite, Eve; niemand kann ihn ersetzen.»

«Das ist der Grund, weshalb ich Sie nie werde heiraten können, Howard. Die Ansicht meiner Familie kümmert mich wenig, doch er hatte mir seine Einwilligung nicht gegeben.»

«Und wenn er Ihnen vom Himmel aus ein Zeichen gewähren würde?»

«Seine Seele möge Sie hören.»

«Sie zittern.»

«Ich fürchte, mich erkältet zu haben.»

Er bedeckte ihre Schultern mit einem Wollschal. Die Blicke der jungen Frau legten sich auf die große Karte des TALS.

«Es ist Ihnen gelungen, Howard; wie glücklich muss mein Vater sein!»

«Verschreien wir den Sieg nicht zu früh; ich kenne einige Fälle von unversehrten und leeren Sarkophagen.»

«Dieser nicht ... Tutenchamun lebt, ich spüre es!»

«Lebt? Sie wollen sagen ...»

Sie sah ihn fest an, mit der Liebe, die eine Frau in der Seelenverwandtschaft des Augenblicks zu schenken weiß.

«Kann ein Pharao sterben?»

Die Nacht brach über das TAL herein. Carter löschte die Lichter und streifte den Wollschal ab; in der Ferne trug der Nil das Glück eines vergangenen Tages mit sich fort.

Die Stunde war gekommen, die Kapellen Füllung um Füllung auseinander zu nehmen; die Hitze und den Staub missachtend, kämpfte Carter gegen Überhastung und brüske Bewegungen. Den Sarkophag freizulegen, bedingte die absolute Einhaltung der Sicherheitsvorschriften, damit keines der Elemente dieses unschätzbaren Werkes beschädigt wurde. Ganz nebenbei bemerkte er, dass die ägyptischen Zimmerleute die Füllungen auf sonderbare Weise zusammengefügt hatten; die Anordnung war hinsichtlich der Himmelsrichtungen und der hieroglyphischen Anweisungen vertauscht worden. Zweifelsohne waren sie zu eiligem Handeln gezwungen gewesen; das Grab schnellstmöglich zu verbergen, war wohl das oberste Gebot des Baumeisters.

Während Carter in der Stille arbeitete, wurden die Hotels von Touristenhorden überrannt. Da dieselben Zimmer bis zu vier- oder fünfmal reserviert worden waren, tobten heftige Schlachten; diejenigen, welche die dicksten Bakschische gaben, traten daraus als Sieger hervor. Die anderen mussten sich mit Familienpensionen begnügen, oder schlimmer noch, mit Gästezimmern. Boutiquiers, fliegende Händler, Kaleschenbesitzer brachten Tutenchamun eine Verehrung entgegen, die ihre Geschäfte florieren ließ.

Der bedeutendste Fälscher der Stadt erwirkte eine Zusammenkunft mit Carter und bat ihn, zu seinen Gunsten einzuschreiten; nach althergebrachten Methoden stellte er mit Seriosität falsche Skarabäen von Tutenchamun her, die eine Menge Sammler zufrieden stellten. Nun überschwemmten aber, seit der Bekanntmachung eines unversehrten Grabgeleges, unfeine Konkurrenten den Markt mit ziemlich minderwertigen Produkten. Der Archäologe bedauerte sehr, nicht sein eigenes Gütesiegel auf die guten Fälschungen drücken zu können, und empfahl dem von einer unredlichen Konkurrenz geschädigten Geschäftsmann mit großem Ernst, die Altertümerverwaltung zu Rate zu ziehen.

Am Ende eines aufreibenden Tages trat Carter gerade aus dem Grab, als Lady Evelyn ihm die Lokalzeitung brachte, welcher Lacau vor kurzem seine Absichten anvertraut hatte. «Wieder einmal Geschwätz.»

«Nein, Howard: eine Drohung. Dem Direktor der Verwaltung zufolge hätte die Regierung geplant, Ihre Arbeit zu unterbrechen und den Touristen zu erlauben, Ihr Heiligtum zu besichtigen.»

«Töricht. Noch weitere Verkündungen gleichen Schlags?»

«Er bezichtigt Sie, Schwierigkeiten zu machen und die Verwaltung und die Regierung unaufhörlich zu belästigen; seiner Meinung nach stellen Sie erneut die Souveränität des Staates und den Begriff des Gemeinguts in Frage.»

«Anders gesagt, er verweigert die Aufteilung der Gegenstände, so wie sie mit Ihrem Vater vertraglich festgelegt wurde! Dieser Lacau ist eine echte Schlange ... Er weiß doch genau, dass es nicht Gewinnsucht ist, die mich antreibt, sondern ein Wunsch nach Gerechtigkeit. Er sucht Ihre Familie zu berauben und um ihre Rechte zu bringen. Ich werde ihn nicht gewähren lassen.»

«Seien Sie vorsichtig, Howard.»

«Vor allem muss ich standhaft sein.»

Carter rief namhafte Ägyptologen zusammen, seinen Meister Newberry, den englischen Philologen Gardiner, dessen amerikanischen Kollegen Breasted und Arthur Lythgoe, den Bevollmächtigten des Metropolitan Museum. Im Namen der Wissenschaft verfassten Carter und die vier Spezialisten einen sehr kritischen Brief, Lacau und die Altertümerverwaltung betreffend, deren Haltung das Voranschreiten der Arbeiten in Gefahr bringe. Das Grab von Tutenchamun, so wurde präzisiert, gehöre nicht Ägypten, sondern der ganzen Welt; Howard Carter und seine Mannschaft erfüllten ihre Aufgabe mit einer Inbrunst und einer Ernsthaftigkeit, die niemand bestreite. Weshalb behelligte man sie ohne Unterlass mit Besichtigungsanträgen, statt der Rettung der Schätze den Vorrang zu geben? Die ägyptische Regierung habe nicht einen Penny ausgegeben; allein Lord Carnarvon sei für die aufgewendeten Gelder verantwortlich gewesen. Lacau komme den Pflichten seines Amtes nicht nach, wenn er sich wie ein kleinlicher Bürokrat verhalte. Es sei an ihm, seine Fehler einzugestehen und den Bemühungen von Carter endlich Vorschub zu leisten. Um das Maß voll zu machen, wurden Abschriften des Briefes an den britischen Hochkommissar und mehrere wissenschaftliche Einrichtungen verschickt.

Carter erhob sein Champagnerglas; Lady Evelyn und sein Team taten es ihm nach.

«Lacau hat nicht einmal einen Einwand gewagt.»

«Wir sollten uns trotzdem vorsehen», empfahl Callender, «wahrscheinlich intrigiert er im Geheimen.»

«Zu spät.»

«Ein Jesuit», bemerkte Burton, «ist immer imstande, sich eine Strategie auszudenken, die niemand erwartet hätte.»

«Ich bin optimistisch», verkündete Carter. «Er wird uns keine Schwierigkeiten mehr bereiten. Der Königsweg zum Sarkophag ist frei.»

Sorgenvoll begnügte sich Lady Evelyn damit, das köstliche Gebräu zu trinken; sie wollte die gute Laune des Archäologen nicht trüben.

«Ich bemerke eine gewisse Zurückhaltung», flüsterte er ihr ins Ohr.

«Lassen Sie uns heute Abend glücklich sein.»

«Morgen werde ich Ihnen den vollkommensten aller Sarkophage zeigen.»

Carter schien verstimmt; er hatte soeben auf der Deckplatte des Sarkophags die Anzeichen eines Bruchs entdeckt. Bereits im Altertum war eine Ausbesserung vorgenommen worden; Mörtel und Bemalung ahmten den Granit nach, um das Unglück zu vertuschen. An jeder Ecke breitete eine Göttin Arme und Flügel aus, auf dass sie die Seele des Königs schützte und ihm ewiglich Leben spendete.

Carter fuhr sich mit der Hand an den Hals.

«Howard! Was haben Sie?»

«Ein vorübergehendes Unwohlsein ...»

«Was gibt es?»

«Ein Sprung in der Deckplatte ... vielleicht bedeutet das, dass der Sarkophag geschändet worden ist.»

Die junge Frau betrachtete die Verletzung des Steinsargs genau.

«Nein, das ist unmöglich. Seien Sie unbesorgt.»

«Weshalb sind Sie so bestimmt?»

«Ich spüre es, tief in meinem Innersten; es war die Hand eines Arbeiters des Pharaos, die diese Wunde versorgt hat.»

Carter berührte sacht die Deckplatte; Lady Evelyns Worte machten ihm Mut.

Plötzlich spurtete Callender den Zugang hinunter und blieb, außer Atem, an der Schwelle der Grabkammer stehen.

«Eine Katastrophe ... Sie müssen sich unverzüglich nach Kairo begeben.»

82

Mit Beklemmung durchschritt Carter die Tür des neuen Ministers für Öffentliche Bauten, Morcos Bey Hanna. Der Archäologe, dem die politischen Wechsel einerlei waren, begriff nun endlich, dass der Machtantritt des Nationalisten Saad Zaghlul die Haltung der offiziellen Ägypter gegenüber Ausländern veränderte.

Der Minister war ein gut gewachsener Mann, mit niedriger Stirn und martialischem Gebaren; er vernachlässigte die üblichen Höflichkeitsfloskeln.

«Sie sind Engländer, Mr Carter?»

«Das ist richtig, Herr Minister.»

«Ich mag die Engländer nicht. Sie haben mich für vier Jahre ins Gefängnis geworfen, weil ich die Unabhängigkeit für mein Land verlangte; das Volk hat mich zu einem Helden gemacht. Ich lege Wert darauf, ihm für sein Vertrauen zu danken und ihm zu beweisen, dass ich meinen Idealen treu geblieben bin. Haben Sie ein Ideal?»

«Das Grab Tutenchamuns.»

«Ich verstehe nichts von Archäologie; die alten Steine langweilen mich. Ich ziehe es vor, mich für Menschen zu interessieren, Sie nicht?»

«Ich pflege seit meiner Jugend Umgang mit den Pharaonen; Tutenchamun ist ein Weggefährte, der alle Opfer rechtfertigt.»

Morcos Bey Hanna zündete sich eine Zigarre an.

«Sie sollten die Beine auseinander schlagen; in meinem Land

ist dies eine unhöfliche Körperhaltung, wenn man einem Vorgesetzten gegenübersitzt.»

Schier rasend und seine Nerven nur schlecht bändigend, fügte Carter sich wider Willen. Er würde keinen Fingerbreit mehr zurückweichen.

«Weshalb habe ich Sie noch gleich kommen lassen? Ah ja! Die Sache mit Tutenchamun ... Viele Auseinandersetzungen mit der Behörde, viel zu viele. Diese Störungen missfallen mir. Ein Archäologe sollte schweigen und gehorchen.»

«Unter der Bedingung, dass man ihm erlaubt, in Frieden zu arbeiten und seine Erforschung zum Abschluss zu bringen.»

Der Minister wunderte sich, dass dieser Fremde ihm die Stirne zu bieten wagte.

«Pierre Lacau», konkretisierte er, «hat mir die Aktenstücke zugestellt; seiner Auffassung nach gibt Ihnen Ihre Grabungsgenehmigung keinerlei Eigentumsrechte an dem als unberührt angesehenen Grab, und noch weniger an den Schätzen, die es beinhaltet.

«Die mit Lord Carnarvon abgeschlossenen Vereinbarungen ...»

«Es steht einem englischen Lord nicht zu, hier in Ägypten zu bestimmen! Einigen Sie sich mit der Verwaltung und belästigen Sie mich nicht mehr.»

«Deren Verhalten ist unbillig.»

«Und das Ihre, Mr Carter! Haben Sie nicht einen Exklusivvertrag mit der *Times* unterzeichnet, der ägyptischen Presse zum Hohn, die doch wohl das Recht auf Erstveröffentlichung der Informationen hatte?»

«Lord Carnarvon war zu Recht der Ansicht, dass die tägliche Anwesenheit von Dutzenden Journalisten das Voranschreiten der Arbeiten verhindert hätte.»

«Da sieht man wieder einmal die britische Heuchelei! Sprechen wir doch von Ihrer Arbeit ... Ich rate Ihnen dringend, sich an die erteilten Befehle zu halten und Ägypten nicht zu verlassen.»

«Erlauben Sie mir, nicht zu verstehen.»

«Das ist aber doch ganz einfach: In Ihrer Eigenschaft als Angestellter meines Ministeriums müssen Sie ein eifriger Beamter sein.»

«Ich stehe im Dienst der Gemahlin des seligen Earl of Carnarvon und Inhabers der Konzession.»

Morcos Bey Hanna drückte auf einen Klingelknopf. Es öffnete sich eine Tür zur Linken, und Pierre Lacau erschien, die Arme mit Akten beladen; er dienerte vor dem Minister.

«Dies hier sind die Unterlagen des Streitfalls.»

Carter fühlte sich in der Falle; er schickte sich schon an, das Büro mit Eklat zu verlassen, als der Minister eine unerwartete Reaktion zeigte.

«Dieser Papierkram langweilt mich; die Vergangenheit ist Vergangenheit. Wann werden wir die Feier zur Öffnung des Sarkophags begehen? Morgen Nachmittag würde mir recht gut passen.»

«Unmöglich», antwortete Carter.

«Weshalb?»

«Weil mir die Anzahl und die Beschaffenheit der Särge, die er beinhaltet, nicht bekannt ist; sie aus dem Steinbett zu bergen, wird vielleicht mehrere Monate erfordern.»

Der Minister wandte sich zu Lacau.

«Was meinen Sie dazu, Herr Direktor.»

Pierre Lacau verbat sich zu lügen.

«Howard Carter hat Recht, diese Annahme vorzubringen.»

Morcos Bey Hanna machte aus seiner Enttäuschung keinen Hehl.

«Die Archäologie ist wirklich frustrierend; wenn Sie so weit sind, benachrichtigen Sie mich.»

Der Minister verließ sein Büro, Carter und Lacau Auge in Auge zurücklassend.

«Ich konnte nicht anders handeln», erklärte der Direktor der Verwaltung.

«Sie sollten Ihre Akten ablegen», riet Carter. «Deren Gewicht wird Sie sonst noch erschöpfen.»

Am 12. Februar um 15 Uhr, bat Carter seine Gäste, sich neben dem Sarkophag von Tutenchamun aufzustellen. Nachdem er lange über des Ministers und Lacaus tatsächliche Absichten nachgegrübelt hatte, war er Lady Evelyns Rat gefolgt: den Rhythmus der Arbeiten zu steigern und mehrere Persönlichkeiten einzuladen, dem außergewöhnlichen Moment des Anhebens der steinernen Deckplatte beizuwohnen. An der Seite der Mitglieder seines Stabes befanden sich der Unterstaatssekretär des Ministeriums für Öffentliche Bauten und Pierre Lacau, dessen schwarzer Anzug der Zeremonie eine düstere Note verlieh.

Callender prüfte die Haltbarkeit der Winden und Stricke; mit einem Blick gab er Carter zu verstehen, dass die Hebevorrichtung ihn zufrieden stellte. Und so befahl Letzterer, das Werk zu beginnen; unter größter Stille hob sich die gigantische Platte.

Carter schob seinen Kopf unter den über ihm hängenden Deckel; die zwölf Zentner Stein schwankten einen Augenblick und kamen dann zum Stillstand. Lady Evelyn wollte schon den Arm des Archäologen packen und ihn wegziehen, doch er hob bereits das Bahrtuch an und rollte es äußerst behutsam auf. Mit zitternden Händen und schweißperlender Stirn musste er diese Operation mehrfach wiederholen. Als er den letzten Leinenschleier berührte, stieß er einen verzückten Schrei aus.

Das goldene Antlitz Tutenchamuns schaute heiter und erhaben die Ewigkeit; die Züge waren auf Blattgold ausgearbeitet, die Augen aus Aragonit und Obsidian, Augenbrauen und Lider aus Lapislazuli. Die über der Brust gefalteten Hände hielten den magischen Krummstab des Hirten und die Geißel des Landwirts, die mit blauer Fayence eingelegt waren.

Lady Evelyn schob sich nun ihrerseits unter die Deckplatte des Sarkophags; die Schönheit des goldenen Antlitzes überstrahlte an Pracht alles, was sie bisher gesehen hatte. Tutenchamun war nicht tot; wiedererwecktes Leben beseelte die steinernen Augen. Die Krone, welche die Geiergöttin Nechbet, die Mutter der Welt, und die Kobragöttin Uto, das Sinnbild der Lebenskraft, behüteten, ordnete den König einem göttlichen Universum zu, aus dem die Menschheit ausgeschlossen war.

Jeder der Eingeladenen betrachtete den Pharao.

Kein Gemurmel störte die Meditation und den sakralen Wesenszug dieser Begegnung mit einer aus tiefer Finsternis herausgetretenen Erinnerung von jenseits des Grabes her. Callender weinte. Lacau empfand, obwohl er Christ war, sonderbare Gefühlsregungen; die Vollkommenheit des Abbilds schien von himmlischer Herkunft.

Einer nach dem anderen traten sie zögerlich hinaus; sich von diesem jungen König zu entfernen, zerriss ihnen das Herz. Howard Carter stieg als letzter den Zugang hinauf, der ihn wieder ans Licht der Außenwelt brachte; die Vision dieses königlichen Wesens blieb in seinem Geist haften.

«Er lebt», murmelte er.

83

Für lange Minuten war Carter nicht imstande zu sprechen. Lacau und der Unterstaatssekretär wagten nicht, sich zu verabschieden und zu entfernen, bevor der Archäologe sich nicht wieder gefasst hatte.

«Herrlich», gestand Lacau.

«Es wäre gut, einige Besichtigungen zu erlauben», empfahl der Unterstaatssekretär, «und eine Pressekonferenz zu geben. Das Ereignis ist so märchenhaft . . .»

«Wie Sie wünschen», sagte Carter unter Schock stehend zu.

«Ich bin der Meinung, dass den Gemahlinnen der Mitarbeiter des Teams zugestanden werden sollte, den Pharao vor den Journalisten zu sehen», schlug Callender vor.

«Das liegt auf der Hand», erkannte Carter an. «Sie verdienen diese Belohnung.»

«Selbstverständlich», räumte der Unterstaatssekretär ein. «Dennoch benötigen wir eine Ausnahmegenehmigung. Dieses kleine Problem dürfte rasch gelöst sein; ich rufe den Minister an.»

«Wunderbar», wiederholte Lacau, in seinem Traum verloren. Carter nahm es immer noch den Atem; unter dem Vorwand, das Tauwerk nachzuprüfen, stieg er wieder hinab ins Grab; in Wahrheit jedoch wünschte er, mit Tutenchamun allein zu sein und ihn nach dem Geheimnis eines Blicks zu befragen, den die Nacht des Todes nicht hatte auslöschen können.

Die Luft war klar und leicht; Carters Mitarbeiter und deren Gemahlinnen gratulierten ihm. An diesem Februarmorgen beseelte tiefe Freude die Unterhaltungen. Jeder war sich bewusst, an einem historischen Augenblick teilzuhaben.

Rais Ahmed Girigar sah als erster den Briefträger, der, auf einem Esel sitzend, sich dem Grab von Tutenchamun näherte.

«Ein Eilbillett für Mr Carter!», kündigte er mit lauter Stimme an.

Überrascht las der Archäologe eine von Pierre Lacau, dem Direktor der Altertümerverwaltung, unterzeichnete Botschaft. Nachdem er ein Telegramm des Ministers für Öffentliche Bauten erhalten hatte, das den Gattinnen von Carters Team den Einlass in aller Form untersagte, befand Lacau sich in der Pflicht, diese Order in aller Klarheit zum Ausdruck zu bringen. Obschon er dieses ärgerliche Missverständnis bedauerte, wies der Direktor, aus Respekt vor den ministeriellen Beschlüssen, Carter an, diese ohne Widerspruch auszuführen.

Carter ballte die Fäuste.

«Es tut mir Leid», gestand er. «Der Minister verweigert Ihren Gemahlinnen die Möglichkeit, Tutenchamun zu sehen.»

Proteste wurden laut, doch Callender und Burton rieten von einem Gewaltstreich ab. Lacaus Brief besaß offiziellen Charakter; die Weigerung, ihm Rechnung zu tragen, hätte Carter eines Verstoßes strafbar gemacht.

«Doch es wäre Feigheit, uns dem zu beugen.»

Er verfasste eine knappe und schroffe Note, in der er die unzulässigen Schikanen erwähnte, deren Gegenstand er selbst und seine Mannschaft wären; diese seien der Grund, weshalb sie es nun ablehnten, ihre Arbeit fortzusetzen, und das Grab verschlossen.

Äußerst gereizt bat Carter Merton, die genaue Wiedergabe des Sachverhalts in der *Times* zu veröffentlichen und Lacaus Rolle dabei zu brandmarken; mit großen Schritten wandte er sich zum Grab Sethos' II., installierte mit Callenders Hilfe das Eisengitter und legte die Vorhängeschlösser an. Dann schloss er das Gitter ab, das den Zugang zu Tutenchamuns Grabgelege schützte, steckte den einzigen Satz Schlüssel in seine Tasche und schlug die Richtung zur Anlegestelle ein. Er, der die Brise während der Überfahrt des Nils sonst so gerne atmete, schenkte ihr keinerlei Beachtung. Eine Kalesche trug ihn in rascher Fahrt zum Winter Palace. Carter stürzte in die Empfangshalle und heftete seine Note an das schwarze Brett, an dem hunderte von Touristen und Persönlichkeiten vorübergingen.

Ein paar Stunden später war die Querele öffentlich geworden; Carters Anschuldigungen und sein außergewöhnlicher Entschluss wurden bald zum einzigen Gesprächsthema der Hautevolee Luxors.

Carter setzte den Kampf an anderer Front fort; er schickte dem Premierminister Zaghlul ein Telegramm, um eine Intervention zu seinen Gunsten zu erbitten. Dieser konnte das unsägliche Verhalten der Altertümerverwaltung doch nur verurteilen. Um zu seinem guten Recht zu gelangen, dachte der Archäologe sogar daran, einen Prozess gegen die Regierung anzustrengen.

«Wir werden gewinnen», versprach er Lady Evelyn.

«Die meisten Touristen kritisieren Ihre Initiative.»

«Das spielt keine Rolle.»

Die Antwort von Zaghlul kam rasch und äußerst barsch.

«Unglaublich!» beklagte Carter. «Nicht nur, dass Zaghlul die Fakten nicht anerkennt, er erinnert mich auch noch daran, dass das Grab nicht mein Eigentum ist und dass ich kein Recht habe, die Arbeiten aufzugeben.»

Besorgt las Lady Evelyn das Schreiben des Premierministers. Trotz der Kühle des Tons machte sie darin Anzeichen von Ermutigung aus.

«Er anerkennt die universale Bedeutsamkeit Ihrer Entdeckung.»

«Höflichkeitsfloskeln ... er unterstützt seinen Minister und desavouiert mich.»

«Der Kampf wird ungleich, Howard.»

«Gewiss nicht; das Recht ist auf meiner Seite.»

Pierre Lacau durchforstete die Presse mit Genugtuung. Allein die *Times* bemühte sich um Carters Verteidigung und bezichtigte die Regierung, Polizisten geschickt zu haben, um einigen Damen von Rang den Zutritt zum Grab mit Gewalt zu verwehren; alle anderen Zeitungen beanstandeten die Reaktion des Archäologen, der als Größenwahnsinniger, als erschöpfter Mann, der mit den Nerven am Ende sei, oder als Kolonialist der schlimmsten Sorte betrachtet wurde. Morcos Bey Hanna, der Minister für Öffentliche Bauten, hatte seine eigene Version reichlichst in den Zeitungen ausgestreut; daher vertrat man die Ansicht, dass Carter, dieser Störenfried und Arbeitsverweigerer, es nicht mehr verdiene, die Ausgrabungen künftig zu leiten. Er vergehe sich an den Grundsätzen seines Berufs und bringe die weiteren Forschungen in Gefahr.

Lacau jubelte. Naiv und ungeschickt hatte Carter einen fatalen Fehler begangen; als Opfer einer geduldigen Zermürbungstaktik, war er vor den auf seinem Weg ausgelegten Fallstricken nicht auf der Hut gewesen. Was konnte in den Augen der Öffentlichkeit aus dem aufbrausenden Abenteurer werden, wenn nicht eine Art Strauchdieb? Nun oblag es der Regierung, ihn zu zerbrechen und ihre Souveränität zu behaupten.

Fassungslos fühlte Carter sich in einen Strudel hineingerissen. Callender suchte vergeblich ihn aufzurichten. Die Scherze von Burton amüsierten ihn nicht mehr. Allein die Anwesenheit von Lady Evelyn spornte ihn noch an.

«Diese Politiker sind die verächtlichsten unter den Menschen. Lüge und Verrat – das sind ihre Verhaltensregeln.»

«Sollten Sie etwa gerade die Welt entdecken, Howard?»

Sie hatten sich ins Grabungshaus zurückgezogen, das von Ahmed Girigar und seinen Männern bewacht wurde; einige Touristen, welche die Schließung von Tutenchamuns Grab in Rage brachte, hatten versucht, den Weg zu erklimmen, um den Archäologen zu beschimpfen.

Carter trank mehr als gewöhnlich.

«Weshalb nur dieses ganze Unglück? Zuerst das Ableben von Lord Carnarvon, dann diese Feindseligkeit ...»

«Halten Sie durch, Howard; wenn Sie aufgeben, wird Lacau triumphieren, und das Andenken meines Vaters wird verhöhnt.»

Sie äußerte sich ohne jegliche Aggressivität; Carter schöpfte neue Kraft aus ihrer Sanftheit.

«Ich werde kämpfen, Eve; ich werde bis zum Ende kämpfen.»

Carter und seine Mitarbeiter hielten Kriegsrat. Niemand wurde abtrünnig; alle waren sich darüber einig, dass der Minister für Öffentliche Bauten und der Direktor der Altertümerverwaltung ihre Befugnisse überschritten und eine Politik der Einschüchterung betrieben. Nicht ein einziges Mal im Verlauf seines bewegten Daseins war Howard Carter vor der Bedrohung in die Knie gegangen.

Die bedingungslose Unterstützung seiner Mannschaft heiterte ihn auf. Im Vertrauen auf den Einklang der Herzen beschloss er, jedes Zugeständnis zu verweigern. Fürderhin würde sich die Exploration des Grabes unter der alleinigen Verantwortung des für die Stätte zuständigen Archäologen abspielen.

Am 15. Februar, in der Morgendämmerung, stieg Howard Carter den Pfad hinab, der ins Tal führte. Vor dem Grabe Tutenchamuns standen Militärs Wache. Er glaubte an eine Verstärkung der gewohnten Sicherheitsmaßnahmen; ein höherer Offizier trat auf ihn zu.

«Sperrgebiet», verkündete er.

«Ich bin Howard Carter.»

«Besitzen Sie eine schriftliche Genehmigung des Ministeriums für Öffentliche Bauten oder der Altertümerverwaltung?»

«Die benötige ich nicht.»

«Meine Instruktionen sind ausdrücklich: Die Gräber von Tutenchamun und Sethos II., unter der Nr. 15 eingetragen und als Labor dienend, sind geschlossen, und es ist niemandem erlaubt, sie zu betreten.»

«Sie mokieren sich über mich?»

«Machen Sie keine unüberlegten Bewegungen, mein Herr. Sonst werde ich Gewalt anwenden.»

84

Wie ein verwundetes Tier verkroch Carter sich im dunkelsten Winkel seines Grabungshauses. Während zwei Tagen nahm er keine Nahrung zu sich; dank beharrlichem Drängen gelang es Lady Evelyn schließlich, ihm Tee und Reis einzuverleiben. Der Archäologe las und las den Artikel der *Saturday Review* immer wieder, in dem sich der Journalist um die Qualität der Stricke sorgte, welche die Deckplatte des Sarkophags in der Luft hielten, falls sie rissen, wären die Schäden irreparabel.

«Ich muss mich darum kümmern.»

«Das ist unmöglich, Howard; die Soldaten werden Sie nicht passieren lassen.»

«Hat der Minister mein Protestschreiben nicht erhalten?»

«Selbstverständlich doch; aber er hat nicht darauf geantwortet.»

«Was soll ich machen, Eve? Es ist mein Leben, das sie hinmorden, es ist Tutenchamun, den sie zerstören!»

«Abwarten und beten. Die Stricke werden halten, ich schwöre es Ihnen.»

Er glaubte ihr; ihr Blick log nicht.

Eine Woche nach der offiziellen Schließung schlug die öffentliche Meinung um. Sie warf der Regierung vor, die Risiken zu vergessen, denen sie den Sarkophag aussetzte, indem sie keinen anderen Archäologen berief, der in der Lage wäre, die Arbeiten zum guten Ende zu bringen; das Tauwerk würde irgendwann reißen, und der Sturz der Deckplatte würde den Goldsarg zerstören.

Die *Times* betonte das ungeschickte Verhalten der Obrigkeiten, die ihre Unbeugsamkeit in einem besonders schlecht gewählten Augenblick beweise.

Die örtlichen Journalisten änderten ihre Ansichten; war Carter nicht eher das Opfer statt der Schuldige? Auf Lady Evelyns Rat hin, willigte er ein, einen ihrer Vertreter zu empfangen. Rasiert und mit wohl gestutztem Schnurrbart, die Fliege in der Waagrechten, suchte er eine heitere Miene zur Schau zu tragen.

«Sind Sie bereit, Ihre Fehler einzugestehen, Mr Carter?»

«Ich habe keinen anderen begangen, als an die Gerechtigkeit zu glauben.»

«Halten Sie Ihre Vorwürfe gegen den Minister aufrecht?»

«Der Minister lügt, wenn er mich als einen Gegner Ägyptens und seines Volkes darstellt. Dieses Land ist mein Land; ich weigere mich nur, das Grab jedem beliebigen und gleichgültigen Besucher zu öffnen, solange die Särge nicht freigelegt worden sind.»

«Sie haben den Minister tatsächlich einen Lügner gescholten»

«Genau dieses Wort habe ich benutzt.»

«Was verlangen Sie?»

«Dass das Polizeiaufgebot abgezogen wird und dass das größte archäologische Abenteuer fortgesetzt werden möge; allein mein Team besitzt hierfür die notwendige Kompetenz.»

Lacau faltete die Zeitung zusammen, in der Carters Artikel gerade erschienen war; zum Ministerrat geladen, hatte der Direktor der Altertümerverwaltung dort den Sachverhalt dargelegt und der gesamten Regierung die wichtigsten Aktenstücke ausgehändigt.

Die gegen Carter vorgetragene Anklagerede war niederschmetternd; der Minister für Öffentliche Bauten stimmte ihm in allen Punkten zu und vertrat die Ansicht, dass der Engländer, indem er ihn beschimpfte, die Nation verunglimpfte. Keiner seiner Kollegen übernahm die Verteidigung des Archäologen.

«Sind Sie der Meinung, dass Howard Carter seinen Vertrag mit Ägypten gebrochen und seine Pflichten als Gelehrter mit Füßen getreten hat, als er das Grab ohne Genehmigung schloss?», fragte Zaghlul.

Der Rat votierte einstimmig mit «Ja».

«Billigen Sie die Aktion von Monsieur Lacau und seiner Verwaltung?»

Dieselbe Antwort wurde geäußert.

«Infolgedessen», schloss der Premierminister, «ist Howard Carter nicht mehr befugt, die Grabungen fortzuführen und das Grab zu betreten. Die Regierung selbst wird nämlich in Zukunft die Tutenchamun-Angelegenheit in die Hand nehmen.»

Die Lektüre des offiziellen Kommuniqués verblüffte Carter; seine Niederlage schien besiegelt. Zaghlul führte das demagogischste Argument an: Wenn er so handelte, dann nur, um dem Volk zu ermöglichen, ein auf seinem Boden aufgefundenes Kulturdenkmal der Menschheit schnellstmöglich zu besichtigen.

Callender und die anderen Mitglieder der Mannschaft waren am Boden zerstört; der wunderbarste aller Träume zerplatzte wegen ehrgeiziger Politiker und Beamten, denen die seit so vielen Jahren vollbrachten Anstrengungen gleichgültig waren. Carter versuchte die Moral seiner Truppe aufrechtzuerhalten.

«England wird uns nicht im Stich lassen.»

«Denken Sie dabei an den Hochkommissar?», fragte Burton nach.

«Nein», antwortete Lady Evelyn. «Er mochte meinen Vater nicht und wird seine Karriere nicht dadurch aufs Spiel setzen, dass er sich offen gegen die ägyptische Regierung stellt.»

«Welche andere Lösung bleibt dann?»

«Das Parlament! Ich habe meiner Mutter telegrafiert, damit sie die Unterstützung der politischen Freunde meines Vaters erwirkt; unsre Regierung wird die von Ägypten in die Knie zwingen.»

Der Enthusiasmus der jungen Frau war ansteckend; Carter erinnerte an die erhebenden Momente, die ihr Heldenabenteuer markiert hatten, und öffnete eine Flasche Champagner. Die ganze Nacht lang fühlte die Mannschaft sich in wiedererstarktem Glauben verbunden.

Das Frühlicht glühte rötlich. Dem Tal und den wüsten, von Schluchten zerfurchten Hängen zugewandt, glaubten Eve und Carter noch an das Unmögliche. Aneinander gedrückt, um der Kälte des jungen Morgens zu entgehen, erfreuten sie sich der stummen Komplizenschaft eines Paares, das gewohnt war, hundert Dämonen zu besiegen und tausend Hindernisse zu überwinden. Das Glück aber würde sie am Ziel ihrer Suche nicht erwarten; sie wussten, dass Trennung und Auseinanderreißen ihnen Geist und Seele verbrennen würden. Bevor der Abgrund der Einsamkeit sie verschlingen sollte, kosteten sie den Rausch einer zweisamen Meditation aus, nahe dem Kegel der «Herrin des Schweigens».

«Ist es Liebe, Eve?»

«Die heftigste und schmerzlichste.»

«Wann werden Sie fortgehen»

«Der Frühling wird zurückkehren; meine Mutter erwartet mich auf Highclere.»

«Ihren Rang zu wahren ... ist das so wichtig?»

«Wesentlich und lächerlich.»

«Wenn ich Sie doch zurückhalten könnte.. Heute bin ich nichts mehr.»

«Sie sind ein Auserwählter, Howard; Ihr Weg ist in den Sternen vorgezeichnet. Er ist von gleicher Natur wie das Gold Tutenchamuns; ich bin nur eine Etappe.»

«Sollten Sie an meiner Aufrichtigkeit zweifeln?»

«Weshalb diese Verurteilung?»

Sie lächelte ihm zu und küsste ihn.

«Sie sind der überraschendste aller Männer, Howard; weil Sie sich gleich bleiben. Weder ich noch eine andere werden Sie von Ihrem Weg abbringen. Ich liebe Sie, und ich bewundere Sie.»

Das britische Parlament surrte reibungslos; kein Thema von Belang sollte seinen Frieden stören. Doch plötzlich wurde der Premierminister Ramsay Mac Donald zur Tutenchamun-Affäre befragt.

«Ist es richtig, dass Mr Carter Inhaber der archäologischen Konzession ist?»

«Er steht im Dienst der Witwe des fünften Earl of Carnarvon, welche, in der Tat, über diese Konzession verfügt.»

«Wie ist unser Standpunkt in dem Konflikt, der Howard Carter und den ägyptischen Premierminister konfrontiert?»

«Die Regierung Seiner Majestät hat der archäologischen Mannschaft, die auf der Anlage arbeitet, keinerlei Privileg eingeräumt.»

Der Premierminister schützte vor, die Zwischenrufe, die seine Darlegung auslöste, nicht zu vernehmen. Einer der Protestler ereiferte sich und bat ihn seine Äußerungen zu erklären.

«Die Tutenchamun-Affäre fällt nicht in unsre Zuständigkeit», wies Ramsay Mac Donald hin. «Sie ist privater Natur; was die Machenschaften des Mr Carter anlangt, so unterstehen sie den ägyptischen Gesetzen und nicht den unsrigen. Ich möchte von dieser Person nichts mehr hören und betrachte die Akte als geschlossen.»

85

Rais Ahmed Girigar beendete gerade, wenige Meter von Tutenchamuns Grab entfernt, sein Morgengebet, als er eine ungewöhnliche Truppe, aus Soldaten und Polizisten bestehend, herankommen sah. An ihrer Spitze Pierre Lacau. Kamele und Pferde näherten sich gemächlichen Schritts. Der *rais* baute sich am Rand des zum Grab führenden Weges auf. Lacau, von einem höheren Offizier und einem hochrangigen Beamten des Ministeriums für Öffentliche Bauten eingerahmt, blieb zwei Meter vor ihm stehen.

«Lassen Sie uns durch, mein Freund.»

«Mr Carter hat mich zum Vorarbeiter berufen; ich bin mit der Überwachung seiner Grabungsstätte betraut.»

«Sie gehört ihm nicht mehr; diese Anlage ist unter die direkte Kontrolle des Staates gestellt.»

«Mein einziger Dienstherr ist Mr Carter.»

«Sie irren sich; Sie stehen von jetzt an im Dienst der Regierung.»

«Besitzen Sie ein Dokument, das dies beweist?»

Der hohe Beamte erregte sich.

«Leisten Sie den Befehlen des Premierministers augenblicklich Folge!»

«Zeigen Sie mir ein offizielles Papier.»

Auf ein Zeichen des höheren Offiziers richteten zwei Soldaten ihre Gewehre auf den *rais;* dieser bewegte sich nicht um Haaresbreite.

«Ihre Drohungen lassen mich kalt», verkündete er mit fester Stimme, «schießen Sie, und Sie werden zu Mördern.»

Lacau schritt dazwischen.

«Dass niemand die Nerven verliert ... ich möchte keinerlei Zwischenfälle. Der *rais* ist ein intelligenter und verständiger Mann; er muss begreifen, dass es Irrsinn wäre, sich den Anordnungen der Regierung zu widersetzen. Ich bin überzeugt, dass er uns nicht zwingen wird Gewalt anzuwenden.»

Der eisige Ton Lacaus beeindruckte Ahmed Girigar.

«Ich muss Mr Carter alarmieren.»

«Wie Sie möchten.»

Der rais trat zur Seite und lief los, den Archäologen zu benachrichtigen. Diese Gelegenheit ausnutzend, führte Lacau sein Kommando zum Gitter; ein Schlosser sägte die Vorhängeschlösser auf, die Polizisten stürmten ins Innere des Grabes. Der Direktor wollte rasch handeln.

«Lasst den Deckel herunter.»

Soldaten führten die Weisung aus; Lacau machte einen triumphierenden und zugleich besorgten Eindruck. Die Seilwinden quietschten, die Stricke wurden heiß, rissen aber nicht; allmählich setzte sich die riesige Deckplatte in Bewegung. Der Direktor verfolgte mit den Augen ihr langsames Absinken; als sie auf dem Sarkophag auflag, wusste er, dass er nun zum einzigen Herrn der Stätte geworden war.

Am Rand des Grabes hinderten Soldaten Howard Carter, in den abführenden Gang einzudringen. Beim Anblick von Lacau begann er zu toben.

«Was haben Sie zu tun gewagt?»

«Meine Pflicht.»

«Falls Sie den Sarkophag beschädigt haben, werde ich ...»

«Machen Sie sich keine Sorgen mehr, Mr Carter; die Schätze von Tutenchamun sind unter die Obhut des Staates gestellt.»

«Das ist illegal! Die Konzession läuft auf den Namen von Lady Carnarvon.»

«Irrtum; sie ist für die laufende Grabungssaison aufgehoben. Folglich ist Ihre Anwesenheit hier illegal.»

«Sie sind ein Monstrum.»

«Ich füge noch hinzu, dass das Laboratorium ebenfalls beschlagnahmt ist und dass Sie keine Möglichkeit mehr haben, es zu nutzen.»

«Ich werde noch heute ein gerichtliches Verfahren gegen die ägyptische Regierung anstreben.»

«Ein falscher Schritt mehr, mein lieber Carter; Ägypten hat sich auf sehr würdevolle Art und unter Wahrung der Gesetze und der Moral verhalten. Verzichten Sie auf einen neuerlichen Angriff und lassen Sie mich einen Kompromiss ausarbeiten.»

«Sie widern mich an; ich verlange Ihre Entschuldigungen und die unverzügliche Wiedereröffnung des Grabes.»

Lacau drehte sich um und wandte sich dem Gang zu; Carter versuchte, ihm zu folgen, stieß jedoch gegen die Soldaten. Außer sich vor Zorn, ergriff er einen Stein und warf ihn gen Himmel.

Dank geschickter Kampagnen ergriff die ägyptische Presse Partei zugunsten der Regierung; ihr stünde es zu die Würde der Nation gegen einen ausländischen Abenteurer zu verteidigen, dessen einziges Ziel es war, sich auf Kosten des Volkes, des alleinigen und legitimen Eigentümers von Tutenchamuns Grab, zu bereichern.

Am 6. März 1924 brachte ein Sonderzug aus Richtung Kairo 170 geladene Gäste des Premierministers nach Luxor, dessen Popularität ihren Gipfel erreicht hatte. Entlang der Strecke brüllten nationalistische Aktivisten feindselige Parolen gegen England und Howard Carter, welcher sich in seinem Grabungshaus verschanzt hatte; obwohl Zaghlul selbst, der für ägyptische Altertümer unempfänglich war, sich nicht herbemüht hatte, skandierte eine riesige Menschenmenge bei der Ankunft des Zuges in Luxor seinen Namen.

Keiner der Offiziellen verspürte die geringste Lust, seine Zeit im Tal der Könige zu verlieren und dort unter der Hitze zu leiden; doch die Pilgerfahrt war Pflicht. So empfing ein vor Freundlichkeit überschäumender Lacau die 170 Persönlichkeiten in der kleinen Grabkammer; die Deckplatte des Sarkophags war entfernt und gegen eine Wand gelehnt worden. Eine auf den König gerichtete Lampe erleuchtete das goldene Antlitz. Der außergewöhnliche Anblick bewegte die Unsensibelsten; die Politiker beglückwünschten Lacau.

Mit Lady Carnarvons Beistand engagierte Carter den Rechtsanwalt E. M. Maxwell, damit dieser einen Rechtsstreit gegen die ägyptische Regierung am Gemischten, mit Einheimischen und Ausländern besetzten Gerichtshof von Kairo einleiten sollte. Diese von der ottomanischen Herrschaft ererbte Gerichtsbarkeit erregte den Ingrinim der Autonomieanhänger, die deren Abschaffung forderten; Morcos Bey Hanna, der Minister für Öffentliche Bauten, wurde nicht müde, sie verächtlich zu machen.

Lady Evelyn ermutigte Carter zu kämpfen; erfreute sich Maxwell nicht eines vorzüglichen Rufs, und war er mit dem ägyptischen Recht nicht bestens vertraut? Von trauriger, ja gar resignativer Gemütsart, lächelte der Anwalt nie. Die Strenge des Gesetzes erschien ihm als wesentliche Voraussetzung für das Überleben einer Gesellschaft, ob sie nun orientalisch oder okzidentalisch sein mochte. Er war der Ansicht, dass der Tutenchamun-Fall sich ganz gewiss zu Carters Gunsten wenden würde, der Opfer eines ausgesprochenen Amtsmissbrauchs geworden sei; dank seiner Verbindungen und der fachlichen Qualitäten seiner Akte, erwirkte der Anwalt die rasche Anberaumung des Prozesses.

Am Vortag seiner Eröffnung waren Carter und Lady Evelyn optimistisch. Maxwell setzte sich nicht leichtfertig ein; für gewöhnlich focht er auf sicherem Terrain und ließ seinen Widersachern nur winzige Chancen.

«Lacau wird sich beugen, und die ägyptische Regierung ebenfalls . . . was im Übrigen keine Rolle spielt. Was ich wünsche, ist mich wieder Tutenchamun befassen zu können.»

«Mein Vater wird Ihnen helfen; ich spüre ihn ganz in unsrer Nähe.»

Callender unterbrach ihr Gespräch; bei seiner aufgelösten Miene wusste Carter sofort, dass eine unerwartete Schwierigkeit auftauchte.

«Maxwell, Ihr Anwalt . . .»

«Erklären Sie sich!»

Versteinert fand Callender nur mit Mühe seine Worte.

«Er ist ein unnachgiebiger Mann und verbissener Verfechter der Todesstrafe.»

«Das ist uns einerlei.»

«Im Gegenteil, er hat sie, vor einigen Jahren schon, gegen einen Verräter gefordert, den England mit äußerster Härte verurteilt sehen wollte. Zum Glück fiel der Spruch weit milder aus.»

«Zum Glück . . . weshalb diese Erleichterung?»

«Weil der Angeklagte niemand anderes war als Morcos Bey Hanna, der momentane Minister für Öffentliche Bauten und unser Hauptfeind.»

Das Plädoyer von Maxwell war eines der überzeugendsten; er schilderte Carter als einen uneigennützigen Forscher, dessen einziges Ziel die Rettung der Schätze Tutenchamuns sei. Kein Gericht könne ihn der Korruption beschuldigen, noch ihn als einfachen Befehlsempfänger darstellen; die Tatsachen bewiesen, dass er höchstselbst die Ausgrabungen mit Ernsthaftigkeit und Strenge geleitet habe. Die juristische Aktenlage zeige keinerlei Zweideutigkeit auf, die Regierung begehe einen Amtsmissbrauch, wenn sie den ursprünglichen Vertrag für nichtig erkläre und Carter daran hindere das Grab zu betreten und dann zu arbeiten.

Der Richter döste vor sich hin; für ihn war die Angelegenheit entschieden. Carter und Lady Evelyn teilten seine Auffassung; seinen Befürchtungen zum Trotz, stellte der Archäologe fest, dass es dem Minister für Öffentliche Bauten nicht geglückt war, den Lauf der Gerechtigkeit zu hemmen. Am Ende seiner sachkundigen Begründung stellte der Richter dem Anwalt eine Frage, die ihn irritierte.

«Weshalb hat Mr Carter das Grab verschlossen, bevor er das Gericht alarmierte?»

Maxwell wurde gewahr, dass der Richter seiner Beweisführung nicht zugehört hatte; gereizt wiederholte er sein gewichtigstes Argument.

«Mein Klient verfügte über den legalen Nießbrauch der Anlage und übertrat das Gesetz nicht, als er sich dergestalt verhielt; die Vertreter der Regierung hingegen haben wie Banditen gehandelt!»

Die Beschimpfung stiftete Unruhe unter den Zuschauern. Peinlich berührt, äußerte der Richter sich zögerlich.

«Glauben Sie nicht, dass der Begriff überzogen ist?»

«Banditen, Diebe, Plünderer: genau das ist die Wahrheit. Die Aktion der Beamten, Soldaten und Polizisten war illegal.»

Die ägyptische Presse schoss sich schonungslos auf Carter und seinen Anwalt ein und bezichtigte sie, Ägypten auf niederträchtigste Weise beleidigt zu haben; das ganze Volk fühle sich angegriffen und diffamiert von diesen beiden Engländern und Handlangern eines in den letzten Zügen liegenden Kolonialismus.

Die Reaktion von Morcos Bey Hanna folgte rasch und brutal; nicht nur, dass Carter seinen Beruf in Ägypten nie wieder würde ausüben dürfen, der Minister für Öffentliche Bauten würde auch jede weitere Unterhandlung verweigern. Die Karriere des Entdeckers von Tutenchamun war beendet.

86

Morcos Bey Hanna ging ruhelos in seinem Büro auf und ab; wieder und wieder kam er an einer Fotografie vorbei, die ihn, zusammen mit anderen ägyptischen Persönlichkeiten, mit einem traurigen Sträflingsanzug bekleidet, zeigte.

«Das hier, das sind die Banditen! Banditen, die Minister geworden sind!»

Pierre Lacau, mit einer Akte in der Hand, ließ das Gewitter vorüberziehen.

«Ich, ein Abtrünniger, ein Strauchdieb! Ich, ein Minister der Regierung, den die Engländer gerne wieder ins Gefängnis stecken würden . . . ist das nicht auch Ihre Meinung?»

«Die Vernunft wird sich durchsetzen.»

«Dieser Carter ist ein gefährlicher Irrer! Haben Sie endlich seinen Nachfolger gefunden?»

Lacau öffnete das Dossier.

«Ich habe mehrere amerikanische und britische Archäologen kontaktiert; alle haben abgelehnt.»

«Und in Ihrer eigenen Behörde? Gibt es da keinen kompetenten Fachmann?»

«Die Aufgabe ist zu delikat.»

«Ihr Stellvertreter Engelbach?»

«Das ist ein Verwaltungsmann.»

«Und Sie selbst, Herr Direktor?»

«Meine zahlreichen Ämter verbieten mir mehrere Wochen im Grab zuzubringen.»

«Wer dann?»

«Niemand ist gewillt, das Risiko einzugehen, den Sarg zu beschädigen; nur Carter könnte zum guten Ende führen, was . . .»

«Niemals! Er soll Ägypten schnellstens verlassen . . . oder vor mir auf die Knie fallen und Abbitte leisten.»

Die eitle Einhelligkeit der Presse bekam Risse. Eine Zeitung dachte offen über die angemessene Verfahrensweise nach: Sollte man die Streitigkeiten nicht schlichten und sich mit Tutenchamun befassen? Brachte die unnachgiebige Haltung des Ministers für Öffentliche Bauten die märchenhaftesten archäologischen Reichtümer, die je entdeckt wurden, nicht in Gefahr?

Carter nutzte diesen Bruch, um ein Zusammentreffen mit dem Hochkommissar Lord Allenby zu erbitten, mit jenem rigiden und frostigen Mann also, der die ägyptische Regierung im Ringen gegen seinen Landsmann nicht unterstützt hatte.

«Setzen Sie sich, Mr Carter.»

«Haben Sie Dank, mich zu empfangen; Ihre Ratschläge werden mir wertvoll sein.»

«Ich bin auf archäologischem Gebiet kaum kompetent.»

«Die Tutenchamun-Affäre geht über dieses Gebiet hinaus.»

«Leider haben Sie Recht ... seit Ihrer überraschenden Arbeitsverweigerung sind wir mit einer Art Krieg konfrontiert.»

«Den wünschte ich nicht.»

«Ihn zu vermeiden wäre vorzuziehen gewesen; Sie bereiten mir ziemliche Sorgen.»

Carter war schockiert.

«Ich? Doch wohl eher der Minister für Öffentliche Bauten!»

«Er bekleidet ein offizielles Amt, das wir respektieren müssen.»

«Er sucht Lady Carnarvon zu berauben, indem er ihr die Zuerkennung einiger Fundstücke verwehrt, die sie, den Gepflogenheiten entsprechend, für die aufgewandten Mittel entschädigen sollen.»

«Dieser Streitfall betrifft mich nicht.»

«Er reicht in den Rahmen meines Vertrags; die Altertümerverwaltung hat kein Recht, ihn zu brechen.»

«Machen Sie diesem Streit ein Ende: Das läge im allgemeinen Interesse.»

Carter erhob sich verblüfft.

«Das kann nicht Ihr Ernst sein! Es ist Tutenchamun, der auf dem Spiel steht.»

«Sie scheinen nicht zu verstehen: Das Unabhängigkeitsfieber droht dieses Land jeden Moment zu erfassen. Ihr Pharao wird zum politischen Zankapfel; er muss den Ägyptern preisgegeben werden.»

«Ich würde meine Berufung verleugnen.»

«Sie verträgt sich schlecht mit den politischen Imperativen des Augenblicks.»

«Das ist mir egal!»
«Sie tun unrecht daran.»
«Sie müssen mir helfen.»
«Hinaus!»
Der Hochkommissar bewehrte sich mit einem Tintenfass, um es Carter ins Gesicht zu werfen; dieser entging ihm knapp.

«England verrät mich.»
Lady Evelyn widersprach Howard Carter nicht. Sie spazierten auf der Uferböschung den Nil entlang; der Abend war mild. Fassungslos klammerte der Archäologe sich an den Arm der jungen Frau und erzählte ihr seine Unterredung mit dem Hochkommissar.
«Kehren wir nach Highclere zurück», schlug sie vor.
«Meine Anwesenheit an Ihrer Seite wäre ehrenrührig; um keinen Preis möchte ich Ihnen zur Last werden. London verstößt mich wie Kairo; besser wäre, wenn Sie sich von einem Paria fern hielten.»
«Übertreiben Sie nicht, Howard.»
«Ich male die Situation nicht schwärzer, als sie ist; ich habe Ihren Vater und Tutenchamun verloren, man will mich aus dem TAL jagen, von der Erde, die ich liebe.»
Sie blieb jäh stehen.
«Sollten Sie mich ebenfalls verloren haben?»
«Ich fürchte es.»
«Ich muss zurück nach Highclere, doch ich werde wiederkommen.»
«Wir beide, wir werden es einfach vergessen.»

Die Autonomieverfechter mochten das Kriegsbeil nicht begraben; Carter wurde zum Prügelknaben und Gegenstand unaufhörlicher Attacken. Eine von ihnen war besonders heftig: Der Archäologe wurde bezichtigt, Papyri, die den Exodus beträfen, aus dem Grab geraubt zu haben. Man behauptete, sie enthielten die wahren Einzelheiten dieses Ereignisses und schilderten mit

Nachdruck das entsetzliche Verhalten der Juden bei ihrem Auszug aus Ägypten. Der Vizekonsul von Großbritannien zitierte Carter zu sich; äußerst verärgert fuhr er ihn vehement an.

«Ich will diese Papyri. Ihr bloßes Vorhandensein ist eine Gefahr für den Frieden! Ist Ihnen entgangen, dass wir sowohl dem ägyptischen Nationalismus als auch der Entwicklung der jüdischen Kolonie in Palästina Rechnung tragen müssen? Keiner dieser Texte darf veröffentlicht werden.»

«Sie laufen keinerlei Gefahr, da diese Papyri nicht existieren.»

«Waren Sie denn nicht in der Bundeslade versteckt, tief im Innern des Grabes?»

«Sie gewähren den versponnensten Gerüchten zu viel Aufmerksamkeit.»

«Schelten Sie mich etwa einen Dummkopf, Mr Carter?»

«Wenn Sie dieser Narrenposse den geringsten Glauben schenken, ja.»

Der Vizekonsul öffnete höchstselbst die Tür seines Büros.

«Der Hochkommissar hatte mich vorgewarnt: Sie sind eine unmögliche Person. Ich würde noch hinzufügen: eine unerwünschte.»

Mit seinem Entengang erklomm Winlock die Stufen, die zu dem Zimmer führten, in dem Carter sich verkrochen hatte. In dem Armenviertel, wo er ehedem recht und schlecht von seiner Malerei lebte, fand er die Erinnerungen der schwersten Zeit seines Daseins wieder, die Küchengerüche, das Gekreische von Kindern, das Blöken der Schafe.

Der Amerikaner stieß mit zwei Frauen in schwarzen Gewändern zusammen, entschuldigte sich auf Arabisch und öffnete die Tür.

Carter malte; ein Gässchen entstand unter seinem Pinsel.

«Ich überbringe schlechte Neuigkeiten, Howard.»

Für gewöhnlich lebhaft und heiter, schien Winlock verzweifelt; Carter mischte seine Farben.

«Die ägyptischen und englischen Behörden haben sich geeinigt: Das Grab von Tutenchamun ist Ihnen definitiv verwehrt. Das Metropolitan wird Sie nicht im Stich lassen; wir werden es schaffen diese unbillige Entscheidung aufzuheben. Doch ich knüpfe daran eine Bedingung.»

Neugierig geworden, wandte Carter sich zu Winlock.

«Sie müssen fort, Howard. Wenn Sie in Ägypten bleiben, wird der Minister Strafverfolgungen gegen Sie einleiten, und England wird es geschehen lassen.»

«Fortgehen . . .»

«Sie müssen zu den Ereignissen Distanz gewinnen; in den Vereinigten Staaten wird niemand Sie belästigen. Im Gegenteil, Sie werden dort wie ein Held erwartet.»

Carter legte Pinsel und Palette beiseite.

«Ist dieses Exil denn wirklich nötig?»

«Hier werden Sie Fehler über Fehler begehen; Ihre Feinde sind zu mächtig. Sie haben alle Trumpfkarten in der Hand.»

Der Archäologe erhob sich, torkelte wie ein Betrunkener, klammerte sich an die Rückenlehne seines Stuhls.

«Mein ganzes Leben . . . mein ganzes Leben ist in diesem Grab.»

87

Ende März 1924 nahm Pierre Lacau, an der Spitze einer ägyptischen Expertenkommission, Besitz vom Grabe Tutenchamuns. Der Triumph des Direktors der Altertümerverwaltung war vollkommen; Carter hatte Ägypten mit der Gewissheit verlassen, nie mehr zurückzukehren. Der Minister für Öffentliche Bauten wurde des Lobes über Lacau nicht müde, dank dessen Wirkens sein Land einen großen Sieg errungen hatte. Was die Autonomieverfechter betraf, so machten sie Tutenchamun zum

Vorreiter ihrer Sache; der Pharao hatte den Kolonialisten Carter verflucht und für immer daran gehindert, seinen Leichnam zu schänden. Methodisch und gewissenhaft machte Lacau es sich zur Aufgabe, die Inventarisation der bis zum Abbruch der Ausgrabungen erzielten Fundstücke zu erstellen; auf diesem Gebiet fühlte er sich wie ein Fisch im Wasser. Klassieren, nummerieren, Karteikarten und Listen abfassen ... eine Art Sinneslust bemächtigte sich seiner.

Ahmed Girigar, den Tränen nahe, versuchte ein letztes Mal, sich gegen das, was er als Vergewaltigung ansah, aufzubäumen. Er wurde schonungslos beiseite gedrängt und mit Verhaftung bedroht, falls er fortführe, sich gegen das Gesetz zu stellen. Schweigsam heftete er sich an Lacaus Fersen und verfolgte das Theater des neuen Herrn der Stätte.

Der Direktor ließ nichts unbeachtet: zu Tutenchamuns Schatz gehörende Gegenstände, selbstverständlich, aber auch die fotografische Ausrüstung, Chemikalien, den Inhalt des Laboratoriums, das Mobiliar der Ausgräber und selbst Nahrungsmittel.

Das Eintreffen von Winlock unterbrach dieses fiebrige Treiben. Der Amerikaner lief bis zum Grab Sethos' II., wo Lacau jede Kiste öffnete, bevor er deren Ausleerung seinen Schergen überließ.

«Ich drücke hiermit einen förmlichen Protest im Namen des Teams von Howard Carter und des Metropolitan aus.»

«Ein nutzloser Protest, mein lieber Winlock; wir wenden das Gesetz an.»

«Nicht auf die beste Art und Weise.»

«Die Art und Weise ist recht unerheblich. Carter kannte das TAL zur Perfektion; ich sehe auf einem der Grabungstagebücher den Begriff ‹Depot›; wo liegt dies?»

«Ist mir nicht bekannt. Callender, Mace, Burton und deren Kollegen weigern sich aus Solidarität mit Carter, Ihnen zu helfen.»

«*Rais* Ahmed Girigar ist der Bestinformierte von allen; bringen Sie ihn zum Reden, und rasch. Ich wüsste Ihnen keinen besseren Rat zu geben.»

Winlocks kurze Beine trugen ihn, nach einem abgehackten Hindernislauf zwischen den Gräbern, bis zu Ahmed Girigar; der *rais* hatte sich auf der Kuppe eines Hügels niedergelassen, unter praller Sonne, so als wünschte er vom Licht aufgesogen zu werden. Winlock überredete ihn zum Nachgeben; jede Form von Widerstand wurde sinnlos. Der *rais* willigte ein; er wusste nur zu gut, dass irgendein Arbeiter, für eine angemessene Summe als Gegenleistung, ihn früher oder später sowieso verraten würde.

Einige Minuten später brach ein Schlosser die Tür des Grabes Nr. 4 – dem Grabgelege von König Ramses XI. – auf, wo Carter Mobiliar und kleine Kisten abgestellt hatte; der Aussage eines Wächters zufolge, war er ab und an hergekommen, um dort ein Mahl einzunehmen. Einer der ägyptischen Kontrolleure, ein kleiner schnurrbärtiger Mann, schien sehr erregt; Lacau rief ihn zur Ruhe. Eine Inventarisation musste ohne jegliche Überhastung vonstatten gehen. Obwohl der Kontrolleur mit dem Grund des Grabes zu beginnen wünschte, wählte Lacau seine übliche Vorgehensweise. Die Auffindung eines Heftes verzückte ihn: Mit einem so methodischen Geist wie dem seinen, hatte Carter ein klares und genaues Register erstellt. Jeder Gegenstand, mit einer Nummer und einem Etikett versehen, war dank dieser Nummer leicht auszumachen, die in der Kiste, in der er sich befand, wie auch auf deren Außenseite wiederholt war. Tief in seinem Innersten zollte der Direktor der Verwaltung seinem gefallenen Kollegen Hochachtung; er wäre würdig gewesen an seiner Seite zu arbeiten.

Der ägyptische Kontrolleur mit fahrigen Gesten nahm einen Stapel Kisten in Angriff, welche den Aufdruck *Fortnum and Mason* trugen; zwei leere warf er zu Boden. Lacau bat ihn ein weiteres Mal, ein seinem Amt angemesseneres Gebaren anzunehmen.

«Da», sagte er, «. . . diese Kiste!»

Lacau las die Aufschrift «Rotwein»; die Anwesenheit von Alkohol durfte wohl seinen Untergebenen schockieren.

«Wir werden uns später darum kümmern.»

«Nein, nein! Öffnen Sie sie selbst, sofort!»

Verblüfft ließ sich der Direktor der Verwaltung überzeugen. Im Innern mehrere Lagen Baumwolle; im Herzen dieses schützenden Schmuckkästchens ein herrlicher Kopf aus Holz, von intensivem Leben beseelt.

«Er findet sich nicht auf der Liste», bekräftigte der Kontrolleur. «Dies hier ist der Beweis, dass Carter ein Dieb ist! Wir müssen unverzüglich dem Premierminister telegrafieren und eine Anklageerhebung in Gang setzen.»

«Das eilt nicht. Die Entdeckung ist überraschend, doch es muss eine Erklärung geben.»

«Diebstahl! Carter ist ein Dieb!»

Der Kontrolleur wiegelte seine Kollegen auf, welche die Anschuldigung bis zur Hysterie nachbeteten; zum ersten Mal beklagte Lacau Carters Abwesenheit. Er verabscheute den Mann und dessen Charakter, doch er glaubte nicht an seine Schuld. Ganz offenkundig war er das Opfer eines arglistig ausgeheckten Spiels, und er, Pierre Lacau, untadelig im Betragen, dem Gesetz treu ergebener hoher Beamter, wurde dessen unfreiwilliges Instrument.

Carter erhielt Winlocks Telegramm in London, kurze Zeit vor seiner Abreise nach Amerika. Kodiert abgefasst, gemäß der bei der Übermittlung vertraulicher Mitteilungen benutzten Verschlüsselung, verhehlte es nichts vom Ernst der Lage. Der hölzerne Kopf war bereits ins Museum von Kairo überführt worden, Premierminister Zaghlul frohlockte. Nun war es an Carter, ohne Aufschub einzugreifen und Lacau die unabdingbaren Erklärungen zu liefern, bevor die Angelegenheit sich zuspitzte.

Angewidert, hatte Carter größte Lust, die Botschaft in den Papierkorb zu werfen und sich in die Stille zu flüchten. Hatte er nicht bereits alles verloren? Seine Feinde wollten nun seine

Ehrbarkeit zerstören; ein kolonialistischer Dieb, der öffentlichen Meinung zum Fraß vorgeworfen ... welche bessere Erklärung gäbe es, um seine Ausschaltung zu rechtfertigen? Nein, er musste kämpfen. Solange ihm noch ein Hauch Leben blieb, und wenn die Aufgabe auch unmöglich schien, würde er das verlorene Paradies zurückzuerobern versuchen.

Er betete zu der unsterblichen Seele Tutenchamuns, schöpfte aus seiner Verehrung des wiedererstandenen Pharaos neue Kraft. Aufzugeben wäre Verrat; ob er siegen mochte oder nicht, er würde nicht mehr verzweifeln. Wäre es nicht allerschändlichste Feigheit, von diesem König zu scheiden, von dem er seit seiner Entdeckung Ägyptens geträumt hatte? Wenn zahllose Geschöpfe sich vergebens über den Sinn ihres Lebens befragten, so hatte Howard Carter die Antwort auf diese Frage gefunden: Tutenchamun dienen, Ägypten dienen, der Menschheit dienen, indem er ihnen die Macht des göttlichen Goldes mittels des unvergänglichen Antlitzes einer Lichtgestalt schenkte.

Bedächtig verfasste er sein Antwortschreiben. Der hölzerne Kopf wartete im Grab Nr. 4 darauf, katalogisiert, nummeriert und in die offizielle Liste aufgenommen zu werden, die der Ausgräber weder mitgenommen noch verheimlicht hatte. Er präzisierte, dass Callender und er im Grabzugang Bruchstücke der gemalten Verzierung aufgelesen hatten, die sich vom Kopf abgelöst hatten, und dass dieser einer sehr aufmerksamen Restaurierung bedurfte.

Auf Pierre Lacaus Schreibtisch vier Dokumente Seite an Seite.

Das erste war der Artikel von Bradstreet, eines der erbittertsten Feinde Carters, erschienen in der *New York Times*; hochtönend ließ sich der Journalist darin über seine Genugtuung aus, zum Sturz des eitlen, der Pressefreiheit feindlich gesonnenen Archäologen beigetragen zu haben. Wer immer sich ihr widersetzte, würde das gleiche Schicksal erfahren.

Das zweite: die offizielle Nichtigkeitserklärung der Lady Carnarvon und Howard Carter zuerkannten Konzession; ein rechtmäßiger Verwaltungsakt, den der Gemischte Gerichtshof von Kairo nicht würde anfechten können.

Das dritte: Howard Carters Telegramm.

Das vierte: die Abfassung der neuen Konzession, der alleinigen Feder von Morcos Bey Hanna entsprungen; der Minister für Öffentliche Bauten hatte Pierre Lacau nicht zu Rate gezogen und gedachte, die archäologischen Aktivitäten in Ägypten auf diktatorische Weise zu kontrollieren, ohne sich um die Meinung des Direktors der Altertümerverwaltung zu scheren.

Ein Hampelmann in den Händen eines Politikers: Genau das war Lacau gewesen. Als er den Kopf von Carter einforderte, hatte er den seinen auf den Richtblock gelegt.

88

Bereits bei der Ankunft des Dampfschiffs *Berengaria in* New York, am 21. April 1924, begriff Howard Carter, dass er eine andere Welt betrat. Gefeiert und vergöttert wie ein großer Star, verfügte er über keinen Tag Ruhe mehr. Konferenzen, Empfänge, mondäne Dinner und Interviews reihten sich in unbändigem Rhythmus aneinander. Ganz Amerika wollte einen der Helden der modernen Zeiten sehen und hören, den Selfmademan, der das größte Rätsel der Ägyptologie geknackt hatte.

Im Ballsaal des Waldorf Astoria erhielt Carter seine erste Auszeichnung: Ehrenmitglied des Metropolitan Museum. Die Urkundenverleihung wurde von donnerndem Applaus begrüßt. Ein jeder dachte, dass Carter nur Amerikaner sein konnte, und das rasch in der Öffentlichkeit verbreitete Gerücht widerstand allen Dementis.

Als begeisterter und begeisternder Conférencier nutzte Carter die prachtvollen Fotografien Burtons zum besten; ohne nach rhetorischen Wirkungen zu trachten, schlug er die Versammlung in Bann; die Wärme seiner Stimme, die Qualität der Information, die Herrlichkeiten, die er zeigte, führten die Zuhörerschaft nach Ägypten, ins Tal der Könige und ins Innere des Grabes von Tutenchamun. Er vestand es auf dem Feld gewonnene Erfahrung zu vermitteln und an den erhebendsten Momenten seines Heldenabenteuers teilhaben zu lassen; wie ein Athlet verausgabte er seine Kräfte ohne jede Rücksicht und beendete seine Konferenzen völlig erschöpft. New York, Philadelphia, New Haven, Baltimore, Worcester, Boston, Hartford, Pittsburgh, Chicago, Cincinnatti, Detroit, Cleveland, Columbus, Buffalo, Toronto, Montreal, Ottawa ... der neue «Ehrendoktor» der Yale University hatte die Neue Welt kreuz und quer durchreist.

Wie vermisste er doch die Stille des Tals die Einsamkeit seines Grabungshauses und die lieblichen Stunden der Meditation im Angesicht der «Herrin des Schweigens»! Er blätterte nur noch die Feuilletonseiten eines gekünstelten Daseins um, das des täglichen Kontakts mit seiner Erde und der so sehr erhofften Begegnung mit Tutenchamun beraubt war. Seine einzige Hoffnung war es, dass seine Berühmtheit in Amerika die Haltung der ägyptischen Behörden verändern mochte; seine Darbietung in der Carnegie Hall am 23. April, vor mehr als dreitausend Personen, setzte den Höhepunkt seiner Tournee. Ins Weiße Haus eingeladen, sprach er über Tutenchamun zu einem kleinen Kreis Privilegierter, in Anwesenheit des Präsidenten der Vereinigten Staaten, Calvin Coolidge. Dieser Letztere kannte, zur Überraschung des Conférenciers, seine Arbeit sehr genau; Carter begann zu träumen, dass der mächtigste Mann der Welt zu seinen Gunsten intervenieren könnte.

Als er den abschließenden Text der Konzession erhielt, den der Minister für Öffentliche Bauten verfasst hatte, fiel er auf den Boden der Tatsachen zurück. Carter wurde darin als eine Gefahr für die Wissenschaft dargestellt; mit der Vernachlässigung des Grabes habe er einen unrechtmäßigen Akt begangen, der das Verhalten der Regierung rechtfertige. Der eigentliche Hauptteil des Schriftstücks verblüffte ihn dennoch, da seine Rückkehr als Leiter der Ausgrabungen, unter die strikte Kontrolle der Altertümerverwaltung gestellt, darin in Betracht gezogen wurde; doch der Wortlaut der Klauseln machte diese unmöglich. Wieder einmal verhielt Morcos Bey Hanna sich wie der gerissenste aller Schwindler, sodass die Verantwortung allein auf Carter zurückfiel.

In aller Schärfe formulierte das Ministerium seine Anforderungen: Alle Gegenstände wären Eigentum des Staates; Carter dürfte keinen Mitarbeiter ohne Erlaubnis der Regierung anstellen, die dazu den Archäologen nötigen würde, fünf ägyptische Praktikanten zu beschäftigen; allein die Regierung vergäbe Besichtigungsgenehmigungen; Carter und Lady Carnarvon obläge es, wissenschaftliche Berichte zu verfassen, welche die Altertümerverwaltung prüfen würde. Schließlich erwartete der Minister zwei Entschuldigungsschreiben, eins von Lady Carnarvon, das andere von der Hand Carters, der sich verpflichten müsste die ägyptische Regierung nicht mehr zu verunglimpfen und sich ihren Entscheidungen zu fügen.

«Nun, Monsieur Lacau, wo stehen wir?»

«Nirgends, Herr Minister.»

Morcos Bey Hanna schlug mit der Faust auf den Tisch.

«Was soll das bedeuten?»

«Niemand will oder kann Howard Carter ersetzen.»

«Unwahrscheinlich.»

«Das ist dennoch die Wahrheit.»

«Welche Lösung schlagen Sie vor?»

«Carter zurückrufen. Er allein ist imstande den Sarg ohne jede Beschädigung freizulegen.»

«Haben Sie seine Notizen gesichtet?»

«Ich habe sie wieder und wieder gelesen; sie beweisen seine Kompetenz, die weltweit anerkannt wird. Er kennt die Fallen des Grabes und laviert inmitten der Schwierigkeiten mit einem sehr sicheren Instinkt.»

Der Minister maß Lacau mit überraschtem Blick.

«Halten Sie nicht gerade die Apologie eines Mannes, den Sie hassen?»

«Die wissenschaftliche Objektivität zwingt mich dazu; deshalb auch habe ich ihm Ihre Forderungen zukommen lassen und hoffe, dass er sich ihnen beugen wird.»

«Keine Chance!»

«Wir haben einen wesentlichen Faktor außer Acht gelassen: Carter liebt Ägypten mehr als sich selbst. Das Grab Tutenchamuns ist seine Daseinsberechtigung.»

Carter blieb ein brillanter Conférencier, doch am Ende seiner Darbietungen zog er sich in sich selbst zurück und verschanzte sich in seinem Hotelzimmer. Die Nachrichten aus Richtung Kairo nagten an ihm; am 25. April hatte das Parlament beschieden, dass ein beträchtliches Budget, annähernd 20000 Dollar nämlich, der Fortsetzung der Ausgrabungen zur Verfügung gestellt würde, sofern Carter und der Stab des Metropolitan Museum davon ausgeschlossen blieben. Nichtsdestotrotz fand sich kein Archäologe beim Minister ein, um den höchsten Posten, von dem ein Ägyptologe nur träumen konnte, zu bekommen.

Die Partie schien endgültig verloren; seinem Schwur, den er vor sich selbst getan hatte, treu bleibend, setzte Carter den Kampf auf einem anderen Terrain fort: mit der Abfassung eines detaillierten Berichts der Ereignisse in der Absicht, ihn zu veröffentlichen und den Machiavellismus von Lacau und der ägyptischen Regierung zu brandmarken. Dieses Schriftstück sollte beweisen, dass er Opfer skrupelloser, einzig auf ihre Karriere bedachter Individuen geworden war.

Auf der *Mauretania,* dem Passagierdampfer, der ihn im Sommer 1924 nach England zurückbrachte, entsagte Carter der Herausgabe seines Pamphlets; die Streitschrift würde die Aggressivität seiner Feinde nur noch mehr anstacheln. Ägypten fehlte ihm zusehends; mit der Zeit verschlimmerte sich die

Wunde. Er fand keinerlei Gefallen an der Überfahrt, so sehr lastete die Müdigkeit auf ihm.

Seine Rückkehr zeitigte keine Reaktion der britischen Presse; dem amerikanischen Überschwang folgte die Londoner Gleichgültigkeit. Carter brach rasch nach Highclere auf, wo Lady Evelyn ihn als erste begrüßte.

«Ich habe die amerikanischen Zeitungen gelesen; Sie haben dort drüben einen großen Erfolg erzielt.»

«Einen lächerlichen wäre richtiger.»

«Unterschätzen Sie sich nicht, Howard; Sie sind eine Berühmtheit geworden.»

«Unnützer Ruhm, da ich nicht mehr in Ägypten arbeiten kann.»

«Ihre wahre Liebe . . .»

Carter antwortete nicht. Er folgte der jungen Frau, die ihn in die Bibliothek geleitete, wo ihre Mutter Gedichte von Shakespeare las. Lady Almina schien nervös.

«Ägypten wird immer unnachgiebiger; ich habe häufig an meinen Gatten und an Sie gedacht. Welche Antwort soll man dieser unbilligen Regierung entgegensetzen?»

«Nachgeben.»

«Sie und nachgeben! In welchem Punkt?»

«Ohne Sie kann ich nicht handeln; Ihr Einverständnis ist mir unerlässlich.»

Lady Almina schien wie versteinert.

«Hätte mein Vater dieses Verhalten gutgeheißen?», entrüstete sich Lady Evelyn.

«Hätte er nicht materielle Vorteile geopfert, um zum Ziel unsrer Suche zu gelangen?»

«Werden Sie deutlicher», forderte Lady Almina.

«Sie werden allen Ansprüchen auf die Fundstücke entsagen müssen. Keines davon wird Ägypten verlassen.»

«Eine Entschädigung wurde uns garantiert . . . Mein Vermögen ist nicht unerschöpflich. Fahren Sie fort.»

«Sie und ich müssen erklären, dass wir keinerlei rechtliche Schritte gegen die Regierung anstrengen werden.»

«Mit anderen Worten, wir liefern uns ihr auf Gedeih und Verderb aus.»

«So ist es.»

«Was wird sie uns zugestehen?»

«Die Möglichkeit, die Arbeit wieder aufzunehmen und den Sarkophag freizulegen.»

«Darüber muss ich erst nachdenken.»

Das Ende des Sommers wurde regnerisch und trist. Im Verlauf ihrer langen Spaziergänge durch das Anwesen wechselten Carter und Lady Evelyn nur wenige Worte; ihre Unterhaltungen betrafen Lord Carnarvon, dessen Präsenz um jeden Busch spukte. Carter verteidigte sich nicht; wenn die geliebte Frau seinen Standpunkt auch missbilligte, suchte er nicht sie zu überzeugen. Hatte sie denn nicht vom ersten Moment an gewusst, dass er ohne Ägypten nicht überleben konnte?

Am 13. September sandte Lady Almina Seiner Exzellenz Morcos Bey Hanna einen Brief. Sie akzeptierte die Bedingungen der neuen Konzession, erinnerte aber daran, dass ihr verstorbener Gemahl, während mehr als zehn Jahren, unfruchtbare Grabungen in der Hoffnung finanziert habe, wie jeder beliebige Archäologe für seine Bemühungen entschädigt zu werden; erhielten selbst wissenschaftliche Institutionen nicht einige Objekte von Wert, um ihnen für ihre Investitionen zu danken? Lady Almina bat den Minister, nach der Untersuchung des gesamten Inhalts vom Grabe Tutenchamuns eine gerechte Lösung zu erwägen.

Sie informierte Carter von ihrem Schritt vor dem Hauptkamin des Schlosses, zur Stunde des Portos; die großen Libanon-Zedern bogen sich im heftigen Wind. Auf dem Grab von Carnarvon bot ein toter Vogel seine Leiche einem eisigen Regen dar.

89

Der würdevolle und gemessene Brief von Lady Almina Carnarvon stürzte Morcos Bey Hanna in arge Verlegenheit; mit Lacau zerstritten, bei den meisten seiner Mitarbeiter wegen seines autoritären Gebarens verhasst, war der Minister für Öffentliche Bauten nun seinerseits Opfer einer Pressekampagne, die dem Premierminister zu missfallen begann. Die Öffentlichkeit hatte kein Verständnis dafür, dass Carters Nachfolger noch immer nicht nominiert worden war. Lacaus untergründiges Wirken erwies sich als überaus wirkungsvoll: Kein Fachmann wollte das Risiko auf sich nehmen, den kostbarsten aller Sarkophage zu beschädigen, nachdem er den Rücken unter des Ministers Joch gekrümmt hätte. Weder Sicherheit noch Unabhängigkeit eines wissenschaftlichen Teams konnten gewährleistet werden. Morcos Bey Hanna war auf die Reaktion der Aristokratin und auf Carters Unterwerfung nicht gefasst; er hatte gehofft, dass der Archäologe fortfuhr, ihn anzugreifen und sich selbst in Misskredit zu bringen. Nun jedoch lief der Minister Gefahr, sein Gesicht zu verlieren.

Carter langweilte sich in London.

Lady Carnarvon zufolge, hätte die Antwort des Ministers bald eintreffen sollen. Sie hatte sich getäuscht: Mehr als zwei Monate blieb nun schon der offizielle Brief aus, der ihm ins Tal zurückzukehren erlauben sollte. Jeden Morgen befragte er den Briefträger, der jedes Mal untröstlich war, ihm nicht das zu bringen, was er mit solcher Ungeduld erwartete.

Der Politiker stellte sich taub, trotz mehrerer offiziöser Interventionen sowie in Amerika, Europa und selbst Ägypten erhobener Proteste. Carter hatte seine Fehler teuer bezahlt; die Zeit der Vergebung war nun gekommen. Die ganze Welt wünschte Tutenchamuns allerletztes Geheimnis zu erfahren; allein der englische Archäologe besaß die notwendigen Kenntnisse und Fähigkeiten, um mit dem Pharao ins Zwiegespräch zu treten.

Morcos Bey Hanna brach sein Schweigen nicht.

Das Telefon läutete um sieben Uhr und schreckte Carter aus dem Schlaf. Er erkannte Lady Evelyns Stimme.

«Haben Sie die Zeitung gelesen?»

«Noch nicht.»

«Dann beeilen Sie sich.»

«Ist es denn so wichtig . . .»

Sie hatte aufgelegt.

Carter kleidete sich hastig an und kaufte alle Morgenausgaben der Tageszeitungen. Der Premierminister Zaghlul hatte soeben demissioniert und damit den Sturz der gesamten Regierung ausgelöst. Die erbitterten Autonomieverfechter hatten keine Wahl gehabt; nach der Ermordung von Sir Lee Stack, dem Gouverneur des Sudan, auf einer Kairoer Straße, hatte Großbritannien sich mit keinem Kompromiss belastet: Die Armee Seiner Majestät hatte vom Land Besitz ergriffen und das Kriegsrecht ausgerufen. Zaghlul konnte diese Invasion nicht hinnehmen; und Morcos Bey Hanna, ebenso anglophob wie er, war ihm gefolgt.

Carter küsste den Artikel, der den Namen des neuen Premierministers bekannt gab: Ahmed Ziwar Pascha, einer seiner ältesten ägyptischen Freunde!

Wie lieblich mutete ihn der Kairoer Winter an! Seit dem 15. Dezember wieder in Ägypten, lebte Carter auf. Selbst die lärmende Hauptstadt erschien ihm wie eine Oase des Friedens.

Das Land hatte sich verändert. Die Bevölkerung, die den Engländern so feindselig gesonnen war, bat diese nun, sie gegen die Terroristen zu verteidigen, die unschuldige Opfer töteten und Angst in den großen Städten verbreiteten; die Wafd-Partei und die Nationalisten, unlängst noch in den Himmel gehoben, waren Schandpfahl und Orkus geweiht.

Als er sich zum Sitz der Altertümerverwaltung begab, begegnete Carter Ahmed Ziwar Pascha. Die beiden Männer umarmten sich brüderlich.

«Wie lange hältst du dich schon in Kairo auf, Howard?»

«Seit heute Morgen! Du bist der erste, dem ich begegne, Herr Minister.»

«Der Segen Tutenchamuns, mein Freund; das Glück hat sich zu deinen Gunsten gewendet. Zaghlul und seine fanatischen Helfershelfer haben dir die schlimmsten Ungerechtigkeiten angetan. Ich bin mir dessen bewusst; bau auf meine Hilfe. Bald wirst du wieder in *deinem* Grab sein.»

Carter glaubte zu träumen.

«Ahmed . . . wenn du wüsstest . . .»

«Sag nichts, das größte Glück ist stumm.»

Der mächtige Lord Allenby fand, dass die Tutenchamun-Affäre eine gute Wendung nahm. Gewiss, die Nationalisten waren nicht beseitigt; doch sie waren nicht mehr bissig genug, um Carter zu diskreditieren. Das Prestige Großbritanniens verlangte es, dass jener die Ausgrabungen wieder aufnahm. Überdies würde der Wirtschaft in der Region von Luxor eine Neubelebung des Tourismus im Tal der Könige recht gut zupass kommen; sobald der Archäologie sich wieder an die Arbeit machte, würden die Touristen herbeiströmen.

Lord Allenby nahm Kontakt mit dem neuen ägyptischen Premierminister auf, rühmte die Qualitäten von Carter und sparte nicht an heftigen Vorwürfen gegen Lacau, dessen Böswilligkeit augenfällig sei. Ahmed Ziwar Pascha war auf der Hut; obschon ein Freund Englands, war er doch zuallererst Ägypter. Ihm fiel es nun zu, das Gleichgewicht wiederherzustellen, ohne zu sehr zur einen oder anderen Seite zu neigen. So bat er seinen Freund Howard Carter, ihm einen Brief zu schreiben, in dem dieser seine Absichten deutlich darlegen sollte.

Erstaunt und enttäuscht fügte der Archäologe sich diesem Ansinnen. Ein furchtbarer Gedanke fuhr ihm durch den Sinn:

Würde der Premierminister nun ebenfalls beginnen ihn zu hintergehen? Weshalb sollte er, in dieses hohe Amt gelangt, auch das Risiko eingehen, es wegen eines seit vielen Jahrhunderten verstorbenen Pharaos wieder zu verlieren?

Ahmed Ziwar Pascha erklärte sich bereit, Carter in der gedämpften Atmosphäre des Muhammad Ali Club, fernab indiskreter Ohren, zu treffen. «Du hast meinen Brief erhalten. Ich wiederhole dir nochmals, dass es meine einzige Absicht ist schnellstens im Grab Tutenchamuns arbeiten zu können. Der Rest ist vergessen.»

«Sei ohne Sorge; deine Angelegenheit ist auf gutem Wege. Bleibt nur noch ein winziges Problem: Es wäre gut, auf endgültige Weise allen deinen Anrechten auf den Schatz zu entsagen. Wenn Lady Carnarvon dies in einer schriftlichen Erklärung niederlegen würde, kämen wir rascher voran. Das Volk darf nicht den Eindruck haben, ausgeplündert zu werden.»

«Gesteht das ägyptische Recht dem Ausgräber nicht eine angemessene Vergütung zu?»

«Gewiss, gewiss ... beim momentanen Klima darf man sich jedoch nicht an die Buchstaben des Gesetzes klammern.»

«Lord Carnarvon hat sich von einer beträchtlichen Großzügigkeit gezeigt.»

«Niemand leugnet das; aber dein grimmigster Feind gibt sich nicht geschlagen.»

«Pierre Lacau?»

«Höchstselbst; das ist ein sonderbarer Mensch. Er wünscht deine Rückkehr, akzeptiert sie aber nicht; nimm dich vor ihm in Acht.»

Der Premierminister erhob sich.

«Ich muss gehen ... eine wichtige Versammlung. Zuvor habe ich aber noch eine interessante Nachricht für dich: Niemand hat das Grab angerührt. Falls du einwilligen würdest, Lacau ein wenig im Museum zu helfen, wäre die Behörde dir zu Dank verpflichtet.»

Lacau und Carter gaben sich nicht die Hand; Lacau, weil er dazu keine Lust hatte; und Carter, weil es in England nicht Sitte war.

«Ich muss Ihnen gestehen, dass Ihre Hilfe mir wertvoll wäre, mein lieber Carter.»

«Wobei?»

«Zusammen mit mir den Inhalt einiger Kisten auszupacken.»

«Die Aufgabe muss wohl zu knifflig für die Mitglieder der Verwaltung sein?»

«Nun ja ... wir hatten einen Unfall.»

Carter sah rot.

«Werden Sie deutlicher.»

«Der leinene Bahrschleier, der den Sarkophag bedeckte, ist zerstört worden.»

«Wie können Sie es wagen ...»

«Ich bin untröstlich. Ich habe Maßnahmen ergriffen, damit ein solcher Zwischenfall sich nicht wiederholt.»

«Maßnahmen! Zeigen Sie mir die Kisten!»

Wutentbrannt stellte Carter fest, dass die Beamten der Verwaltung die Gegenstände vermengt und es nicht geschafft hatten, die rituellen Prunkwagen aus vergoldetem Holz korrekt zusammenzubauen.

«Analphabeten hätten besser gearbeitet», tobte er.

«Sie hatten versprochen, keinerlei Kritik mehr zu äußern», erinnerte Lacau.

Carter verstummte; er musste nun die Fehler und Nachlässigkeiten beheben. Früher hätte er einen mehrseitigen Bericht gegen Lacau, die Verwaltung und die Regierung verfasst.

Am 13. Januar wurde seine Geduld belohnt. Pikiert händigte Lacau ihm einen versiegelten Umschlag aus; Carter schob ihn in die rechte Tasche seiner Jacke und verließ das Museum, als ob er dieser Geste des Direktors keinerlei Bedeutung beimäße. Er zwang sich nicht zu laufen, versteckte sich hinter der Statue von Mariette und erbrach das Siegel.

Der Text war märchenhaft: Es war die Genehmigung, die Erforschung von Tutenchamuns Grab fortzuführen.

90

Am 25. Januar 1925 reichte Pierre Lacau Howard Carter die Schlüssel von Tutenchamuns Grabmal. Unter der Sonne des Tals der Könige maßen sich die beiden Männer mit herausfordernden Blicken, dann öffnete Carter die Vorhängeschlösser und entfernte das Gitter. Gefolgt vom Direktor, schritt er den Gang hinunter, durchquerte die Vorkammer und trat in die Sargkammer, wo der Pharao, mit offenen Augen, in seinem goldenen Schlaf ruhte.

Carter bewegte sich lautlos und ergriff langsam wieder Besitz von seinem Reich, in dem sich nichts verändert hatte. Die Magie des Ortes bemächtigte sich seines Geistes; er betrachtete die Fresken der Bestattung und beugte sich über das befriedete Antlitz, aus dem jegliche Spur des Todes gewichen war.

«Sie triumphieren, Carter; aber auch ich habe gesiegt. Von nun an werden die Schatzjäger in Ägypten keine Rechte mehr genießen. Sie werden die Reichtümer der Alten nicht mehr plündern. Die GESCHICHTE wird sich nur Ihrer erinnern, Carter; ich hingegen habe ein verpflichtendes Gesetzeswerk begründet, auf das ich stolz bin.»

«Ich verstehe Sie nicht, Herr Direktor.»

«Ich bin glücklich, dass Sie hier sind; dies ist Ihr wahrer Platz.»

«Sie haben mir geholfen, ist es nicht so?»

Lacau wandte sich ab.

«Bleiben Sie bei Tutenchamun; er hat Sie erwartet.»

Die Mannschaft machte sich mit unerschütteter Leidenschaft ans Werk. Callender, der Treue unter den Getreuen, setzte sein schweres Gehäuse wieder mit Schwung in Bewegung. Der Fotograf Burton und der Chemiker Lucas nahmen ihre Tätigkeiten wieder auf. Alle bedauerten die Abwesenheit von Mace, dessen schlechte Gesundheit das Schlimmste befürchten ließ; niemand spielte jedoch auf den sattsam berüchtigten Fluch an.

Bevor er sich mit dem Sarkophag befassen wollte, ordnete und inventarisierte Carter. Er verbrachte die überwiegende Zeit im Laboratorium, wo er mit Akribie den weiteren Ablauf der Arbeiten vorbereitete und zudem noch seinen Katalog erstellte. Die Tragödien blieben aus. Wenn die Regierung ihn darum bat, öffnete Carter das Grab und ließ es besichtigen. Die stets wachsame Presse kritisierte ihn nicht mehr. Das Team führte seine Mühsal in heiterer Atmosphäre aus; die in der Ewigkeit verhaftete Stille des TALS machte die Bewegungen gemächlich und die Gedanken gemessen. Und obwohl er einer der großen Stars des Zeitgeschehens blieb, bot Tutenchamun keinen Anlass zu Skandalen mehr; die Journalisten sahen ein, dass Überhastung katastrophal wäre.

Während des Sommers 1925 geruhte Lady Evelyn Carter wiederzusehen. Sie spazierten an der Themse, in den Alleen von Cambridge, durch Hyde Park. Zwei Jugendlichen gleich, beschworen sie das Glück, das sie niemals kennen würden. Sie war fünfundzwanzig Jahre alt, er zweiundfünfzig.

«Mir ist Ihr Alter einerlei; werden Sie nicht ein ewig junger Mann, wenn Sie Tutenchamun frequentieren?»

«Ich habe zu viele Schläge einstecken müssen und bin zu oft verraten worden, ich bin ein Greis.»

«Auch ich werde altern!»

«Es ist mir untersagt, Sie auf einen so gefahrvollen Weg mitzunehmen.»

«Sie sind egoistisch, Mr Carter!»

«Sie haben recht; Sie traurig an meiner Seite zu sehen wäre mir unerträglich.»

«Ich bin kein Traum, Howard, sondern eine lebendige Frau.»

«Sie kennen mein Heim: Tutenchamuns Grab.»

«Wie könnte ich gegen einen Pharao ankämpfen?»

«Ich kenne sein Geheimnis nicht; diesen Herbst noch werden wir uns gegenüberstehen. Ich brauche Ihre Liebe, Eve; für mich wird das Leben morgen beginnen.»

Ahmed Girigar räumte das schwere Holzgatter fort, das den Eingang des Laboratoriums verschloss; mit Stolz zeigte er Carter, dass kein Diebstahl begangen worden war. Trotz der unerträglichen Hitze hatten Vertrauensleute den Sommer über ihre Wache gut versehen.

Sofort nach der Ankunft des Archäologen legten die Arbeiter den Zugang des Grabes frei; sie schafften die Trümmermassen fort, die vor der Treppe aufgeschüttet worden waren, um jeglichen Plünderungsversuch zu vereiteln. Binnen zwei Tagen war die letzte Ruhestätte Tutenchamuns wieder begehbar, nachdem der Verschlag aus Eichenbalken, der den Zutritt in den Gang verwehrte, abgebaut und die Eingangstür der Vorkammer geöffnet worden waren. Jedes Mal, wenn er den abführenden Gang beschritt, empfand Carter eine so intensive Erregung, dass er sich kaum in der Lage fühlte, weiterzugehen. Unsichtbare Mächte bewohnten dieses Heiligtum; die Schemen ägyptischer Gottheiten und des verklärten Königs bewahrten ihre ganze Macht über das Allerheiligste.

Carter blieb lange mit Tutenchamun allein; er betete zum Unsichtbaren, ihm die nötige Zeit zu gewähren, der Welt die Weisheit des unsterblichen Monarchen zurückzugeben.

Als er aus der Gruft hinaufstieg, bekam Callender Angst.

«Sie scheinen aufgewühlt ... wünschen Sie einen Stärkungstrunk?»

«Ihre Freundschaft wird mir genügen.»

«Sind Sie mit dem Zustand des Grabes zufrieden?»

«Die Insektenbekämpfungsmittel haben gut gewirkt; nichts ist beschädigt und ich habe keine Spuren von Parasiten festgestellt, mit Ausnahme einiger Silberfischchen.»

«Haben Sie eine Entscheidung getroffen?»

«Die elektrische Installation wieder an den Hauptgenerator anzuschließen. Morgen, am 10. Oktober, um 6 Uhr 30, werden wir den goldenen Sarg öffnen.»

Kräftige Scheinwerfer strahlten den Sarkophag an. Carter stellte sich immer wieder dieselbe Frage: Enthielt er einen einzigen Sarg oder mehrere? Carter neigte eher zur zweiten Vermutung, doch ein Detail verunsicherte ihn: die Größe des mit fein getriebenem Gold überzogenen Sarges. Seine 2,23 Meter in der Länge machten aus ihm ein kolossales Stück.

Er entschloss sich, die ursprünglichen Silbergriffe zu benutzen; sie schienen tragfähig und würden das Gewicht des Deckels aushalten, der mit Zungen aus massivem Silber, die in Nute griffen, auf dem Sarg befestigt war. Die erste Schwierigkeit bestand darin die dicken Silbernägel mit Goldköpfen herauszuziehen, die zur Fixierung dienten. Die delikate Operation glückte, mit Ausnahme eines Stiftes am Kopfende, welcher durchgesägt werden musste.

Callender schritt zur Einrichtung einer Winde, die aus zwei Zügen zu je drei Rollen mit automatischer Bremse bestand; als die Riemen richtig angebracht waren, gab Carter den Befehl, das Anheben des Deckels mit unendlicher Langsamkeit zu beginnen. Kein Misslingen war erlaubt.

In einer Stimmung tiefster Andacht hob sich der Deckel empor.

Es kam ein zweiter, in ein leinenes Bahrtuch gehüllter Sarg zum Vorschein; darüber Girlanden aus Oliven- und Weidenblättern, blaue Lotosblüten und Kornblumen. Ein Blumenkranz, Sinnbild des Geschöpfs, das vom Gericht der anderen Welt als gerecht erkannt wird, schmückte die Stirn des Königs.

Als das Leinentuch abgehoben war, schaute Carter ein Meisterwerk von unglaublicher Schönheit. Es stellte den König als Osiris dar, mit Goldblatt überzogen, das mit Glaspaste in den Farben des Lapislazuli, des Türkises und des Jaspis eingelegt war. Das Antlitz, sanft und friedlich, war jung und alterslos zugleich.

War es nicht die Gemahlin von Tutenchamun, die eigens diese Blumen als allerletztes Zeugnis ihrer Liebe auf dem Bahrtuch niedergelegt hatte? Der Glanz und die erhabene Pracht des

Goldes vereinigten sich mit der Zerbrechlichkeit dieser verdorrten Pflanzen, deren Farben nicht vollends verblasst waren. Dreitausend Jahre waren ausgelöscht.

Lucas untersuchte diese Hinweise näher.

«Wenn ich auf die Blütezeit der Kornblume und die Fruchtreife der Mandragore und des Nachtschattens vertraue, möchte ich schließen, dass Tutenchamun, die siebzig rituellen Trauertage der Balsamierung berücksichtigt, zwischen Mitte März und Ende April bestattet wurde.»

Die Analyse des Wissenschaftlers brach die Kontemplation.

«Es ist Besorgnis erregend», bemerkte Callender. «Hier, da . . . und da, Spuren von Feuchtigkeit. Einige Einlagen stehen kurz davor, sich abzulösen. Vielleicht ist die königliche Mumie schlecht konserviert?»

Bangigkeit erfüllte Carter; er stellte fest, dass der zweite Sarg so vollkommen in den ersten gefügt war, dass zwischen beide nicht einmal ein kleiner Finger passte.

Wie sollte man sie trennen, ohne sie zu zerstören?

Als Burton seine Fotografenarbeit beendet hatte, wandte Carter die einzige Methode an, die sich aufdrängte: die Särge zuerst aus dem Sarkophag zu bergen. Das Unternehmen wurde weit schwieriger als angenommen.

«Das Gewicht ist enorm», sagte Callender, von Schweiß bedeckt.

«Die beiden Särge sind schwer.»

«Nicht in solchem Maße . . . Der zweite muss eine ungeheure Menge Geschmeide enthalten.»

Der äußere Sarg wurde wieder in den Sarkophag gelassen, der zweite blieb, mittels zehn Kupferdrähten von großer Reißfestigkeit gehalten, in der Schwebe; Burton fotografierte die verschiedenen Phasen des Vorgangs. Als der goldene Osiris auf Holzplanken abgestellt war, hob Carter den Deckel hoch.

Es erschien ein dritter Sarg, in ein Bahrtuch von rotem Leinen eingehüllt; auf der Brust ein Blumenkollier. Das Antlitz war entblößt.

«Unfassbar, es ist unfassbar ... er ist aus massivem Gold!»

91

Ein unvorstellbarer Block Gold von 1,85 Metern Länge dies war das Wunder, das Carter und die Mitglieder seines Teams mit Bestürzung betrachteten. Kein vergleichbares Werk war je in Ägyptens Boden aufgefunden worden. Zum ersten Mal brachte ein Archäologe das Kernstück der Kunst und Spiritualität der Alten ans Licht, den Goldsarkophag, der den Leib der Wiedererstehung des Pharaos barg. Die Flügel der Göttinnen Isis und Nephthys schlangen sich ineinander, um ihn zu schützen; der Geier Nechbet, Garant der heiligen Titulatur, und die Kobra Uto, Quelle der Lebenskraft des Menschen, wachten ebenfalls über den Monarchen.

Carter sann den unvorstellbaren Schätzen nach, die das Tal der Könige vor dem Durchzug der Plünderer enthalten haben musste; Tutenchamun war der einzige «Überlebende», der einzige Zeuge einer Epoche, in der die fantastischsten Reichtümer dieser Welt dem Jenseits dargeboten wurden, um dessen Pforten zu öffnen und den Tod zu besiegen.

Das goldene Antlitz war mit einer schwärzlichen Schicht überzogen; Lucas erkannte auf Salböle.

«Das ist die Ursache der Feuchtigkeit.»

Als Carter den Halsschmuck aus Blumen und blauen Fayenceperlen sacht berührte, zerfiel er unter seinen Fingern. Erschreckt fuhr er zurück.

«Wir dürfen nichts anfassen! Das Werk ist zerbrechlicher, als es scheint.»

Callender wollte ihn trösten.

«Wir werden irgendwann doch an die Mumie gelangen müssen ...»

«Lassen Sie mich nachdenken.»

Carter schloss sich in seinem Grabungshaus ein. Er hatte Angst. Angst, zu weit zu gehen, ein Mysterium zu entweihen, das gewahrt werden müsste. Sollte er sich an der Schwelle der Begegnung mit Tutenchamun nicht damit begnügen, das größte von Menschenhand geschaffene Wunderwerk nur zu verehren?

Die Eitelkeit dieser Einstellung kam ihm zu Bewusstsein; weder sein Team noch die Regierung würden ihm erlauben, auf halbem Wege stehen zu bleiben. Lord Carnarvon war nicht mehr zugegen, um ihn zu beraten, Lady Evelyn hatte sich auf Highclere zu verbleiben entschieden. So allein dem Pharao gegenüber, den er seit all den Jahren suchte, fühlte Carter sich erbärmlich und unwürdig. Mit welchem Recht wagte er, seine Ruhe zu stören? Die Neugierde wurde, in seinen Augen, das schlimmste aller Laster; keine Wissenschaft rechtfertigte die Verletzung der Ewigkeit.

Das Experiment wuchs über ihn hinaus. Wenn er sich ihm entzog, wem würde dann die Leitung der Ausgrabung zufallen? Ägypten und Großbritannien würden einen neuen Aufschub nicht hinnehmen; die ganze Welt war ungeduldig. Geschlagen begriff Carter, dass er keine andere Wahl mehr hatte.

Nach langen Unterredungen mit seinen Kollegen ergriff Carter eine Reihe von Maßnahmen, um den zweiten Sarkophag aus dem dritten herauszulösen. Die Einlagen zu retten war die dringlichste Aufgabe; nachdem der Staub entfernt war und die Oberfläche des Sarges mittels warmem Wasser gereinigt, das mit Ammoniak (einem Stoff, dessen Name sich von dem ägyptischen Gott Amun ableitete) versetzt war, überzog Carter die Fläche mit einer Schicht heißen Wachses, das er mit einem Pinsel auftrug. Nach dem Erkalten würde dieses Wachs die Einlagen auf zufrieden stellende Weise fixieren.

Eine andere Schwierigkeit schien fast unüberwindbar: Die erhärteten Salböle verklebten die beiden Särge miteinander. Die schwärzliche Substanz war bald hart, bald teigig zäh; wenn sie erwärmt wurde, verbreitete sie einen penetranten Duft, wie von Harz. Gewiss, es gelang ihnen, acht Goldnägel aufzusägen, welche das Trennen der Sarkophage verhinderten; doch dieses Opfer genügte nicht. Goldmaske und Mumie darunter blieben verklebt.

Allein starke Hitze konnte wirkungsvoll sein; mehrere Stunden Erwärmung auf 65 Grad führten zu keinem Ergebnis. Doch würde eine höhere Temperatur das mit Gold überzogene Holz nicht zerstören? Carter hatte die Idee, es mit Zinkplatten und nassen Decken zu schützen. Unter die – auf einem Gestell umgekehrt aufliegenden – Särge platzierte Paraffinlampen entwickelten eine Hitze von ungefähr 500 Grad. Drei Stunden verstrichen.

«Sie bewegen sich!», schrie Callender.

Carter hatte nicht innegehalten, die Decken, welche die Goldmaske schützten, unablässig zu besprengen.

«Ja, wir haben gewonnen!», rief Burton enthusiastisch aus.

«Hört auf » befahl Carter.

Mit Entsetzen stellte er fest, dass Fayencebänder sich vom hinteren Teil des Kopfes ablösten.

Nach einer langen Pause und dem Eingreifen des Chemikers erhob sich der zweite Sarg aus seiner klebenden Kruste. Am 28. Oktober, in der Morgendämmerung, war die Goldmaske freigelegt. *«Lebendig ist dein Antlitz»,* verkündete ein in das Edelmetall eingravierter Text, *«dein rechtes Auge ist der Nachen des Tages, dein linkes Auge ist der Nachen der Nacht.»* Entlang des Sarkophags offenbarte eine andere Inschrift, dass Tutenchamun, «rein an Stimme»*, Licht im Himmel und Herr des Lebens in Ewigkeit geworden war.

* Göttliches Verdikt der Makellosigkeit. (Anm. d. Ü.)

Die Maske aus Gold bot das lauterste Gesicht, das je in dieses Material gebannt wurde; der Pharao hatte kein Alter mehr. Von der Hand eines genialen Bildners außerhalb aller Zeit angelegt, war Tutenchamun ein Gott mit Lapislazuli-Bart geworden. Das Jenseitslächeln drückte völlige Entrückung aus; Freude verklärte die besänftigten Züge.

Callender beendete seine Berechnungen.

«Unglaublich ... allein dieser letzte Sarkophag muss mehr als 1100 Kilogramm reinen Golds wiegen!»

«Noch unglaublicher ist», meinte Burton, «dass die Bahre aus vergoldetem Holz, welche die drei Särge trug, nicht auseinander gefallen ist! Auf dem Gebiet der Materialfestigkeit haben wir unsre Meister gefunden.»

Carter bat um Ruhe.

«Dieses Gold, das in der Nacht des Grabes glänzt», verkündete er mit ernster Stimme, «widme ich dem Angedenken meines Freundes Lord Carnarvon, der in der Stunde seines Triumphs verstarb.»

Der einzige in einem goldenen Sarg bestattete Pharao des TALS ... Carter vermochte es noch immer nicht zu glauben. Wenn ein Dasein so in ein Wunder umschlägt, verliert es alle gewohnten Bezugspunkte. Archäologie, Ägyptologe, Ausgräber, diese Wörter hatten keine Bedeutung mehr. Sein Schicksal hatte sich erfüllt im Dienste eines seit dreitausend Jahren verstorbenen und im Licht des Goldes der Götter wiedererstandenen Pharaos. Von heute an würde die Welt nicht mehr dieselbe sein. Wie vieler Dutzend Jahre würde es bedürfen, um die Schätze Tutenchamuns zu publizieren, zu studieren und zu verstehen? Vermittels der Texte und Gegenstände, die ihn in die Ewigkeit begleiteten, würde der Pharao die Weisheit des Alten Ägypten und den Schlüssel seiner Mysterien weitergeben. Carter war das Privileg beschert worden, sie auf dem Gelände zu leben, mit dem unaussprechlichen Moment der Entdeckung zu kommunizieren; anderen oblag es nun, sein Werk fortzuführen.

«Monsieur Lacau ist eingetroffen», kündigte Ahmed Girigar an.

In seinem Blazer und seiner Flanellhose mit tadelloser Falte arrangierte Carter sein weißes Ziertüchlein mit Sorgfalt. Der Direktor der Altertümerverwaltung, elegant wie immer, reichte ihm die Hand, die der Engländer zu drücken einwilligte.

«Herrlich, mein lieber Howard. Ich komme gerade aus dem Grab ... es ist einfach fantastisch! Sie sind der Größte, das muss ich zugeben.»

«Tutenchamun, der kleine vergessene König, ist der größte aller Pharaonen; morgen wird man meinen Namen vergessen, und der seine wird noch in Ewigkeit in aller Munde sein.»

«Vielleicht ... aber die Mumie?»

Carter bot Lacau einen Brotfladen an, den er selbst im Ofen gebacken hatte; der Franzose lehnte ab.

«Wie lauten Ihre Absichten, Herr Direktor?»

«Mir scheint, dass das Museum von Kairo ...»

«Nein. Das wäre ein Fehler. Niemals habe ich um etwas gefleht; heute bitte ich Sie Tutenchamun in seinem Sarkophag ruhen zu lassen. Wenn wir die Mumie untersucht haben werden, geben Sie Anweisung, dass sie hierher, in dieses Grab, zurückkehrt, und dass sie es nicht mehr verlässt.»

«Weshalb dieser Wunsch?»

«Dieses Heiligtum ist ein Pol lebendiger Energie.»

«Sollten Sie mystisch werden, Howard?»

«Nicht mehr als Sie; Sie kennen die heiligen Schriften besser als ich. Aus dem Sonnen-Leib der Wiedererstehung strömen unsichtbare Kräfte, welche die Welt spiritualisieren und die Herzen der Wesen weit öffnen. Ägypten hat diesen Ort gewählt, um hier die wesentlichsten seiner Schätze zu verbergen; lassen Sie uns keine Zerstörer sein und diesen Willen respektieren.»

Carter sah seinem Feind von gestern fest in die Augen.

«Ich flehe Sie an.»

Lacau und die Regierung hatten ihre Zustimmung gegeben. Tutenchamun sollte seine Wohnstatt der Ewigkeit nicht verlassen, wenn die Stücke seines Schatzes auch im Museum von Kairo ausgestellt werden würden. Carter rauchte eine letzte Zigarette vor dem Einschlafen, als er das Geräusch von hastigen Schritten auf dem Erdweg vernahm.

Ahmed Girigar klopfte an seine Tür.

«Kommen Sie schnell! Ein Attentat!»

In aller Eile angezogen, lief Carter neben dem *rais* her, dessen Männer bereits einen großen Kerl mit niedriger Stirn und von scharlachroten Äderchen überzogener Nase gefesselt hatten. Er ließ nicht ab, sich wild zu wehren und nach dem Verantwortlichen des Desasters zu rufen.

«Das muss wohl ich sein», legte Carter nahe.

Der große Kerl beruhigte sich.

«Haben Sie die Mumie von Tutenchamun exhumiert?»

«In gewisser Weise.»

«Dann vernehmen Sie die Stimme Allahs und der Engel! Sie muss unverzüglich zerstört werden! Ansonsten wird sie die Pest über den Globus verbreiten! Ich habe versucht, ins Grab zu dringen und sie zu zerstückeln, aber diese Ungläubigen haben mich daran gehindert; binden Sie mich los!»

«Ich fürchte, dass dies unmöglich ist; ich bin auf der Seite dieser Ungläubigen.»

Die Nachricht verblüffte die ganze Welt: Howard Carter, vom Fluch Tutenchamuns getroffen, war soeben gestorben. Der Betreffende selbst war davon ziemlich überrascht und musste eine Pressekonferenz abhalten, um sein schallendes Dementi beizutragen. Ein Journalist, der misstrauischer als seine Kollegen war, bat ihn, an seinem Schnurrbart ziehen zu dürfen, um sich zu vergewissern, dass es sich nicht um einen falschen handelte.

Am Ende der Unterredung näherte sich Carter ein beängstigendes Individuum, mit einem schwarzen Anzug und einem langen violetten Mantel bekleidet, auf dem silberne Broschen glänzten.

«Dürfte ich Ihnen ein Angebot unterbreiten?»

«Ich höre Ihnen zu.»

«Ich bin der Repräsentant einer religiösen Vereinigung, die mehrere tausend Mitglieder in Europa und den Vereinigten Staaten zählt; wir haben Ihre Arbeit sehr geschätzt.»

«Sie sehen mich davon geschmeichelt.»

«Da sie nun beendet ist, ist es an uns auf den Plan zu treten.»

«In welcher Weise?»

«Die Mumie wird Ihnen von keinerlei Nutzen sein; deshalb schlagen wir Ihnen vor, Sie zu kaufen. Ihr Preis ist der unsrige.»

«Tutenchamun hat seit langem schon keinen Preis mehr; wer könnte den Kurs des Goldes der Götter einschätzen? Tut mir Leid, werter Herr; ein Dutzend anderer Sekten hat mir bereits stattliche Summen geboten, die ich abgelehnt habe.»

«Ich werde mich an die Regierung wenden.»

«Versagen Sie es sich nicht; indes sollten Sie wissen, dass diese höchstselbst äußerst lohnende Angebote, die von fremden Mächten stammten, ausgeschlagen hat. Tutenchamun gehört nur der Ewigkeit.»

Zu Beginn des Jahres 1926 strömten dreizehntausend Besucher ins Tal und bewunderten die Grabstätte des Pharaos. Die Kameras filmten unaufhörlich, die Rotationspressen drehten sich ohne Unterlass, die neue drahtlose Telegrafie machte Furore; Tutenchamun stellte die anderen internationalen Stars in den Schatten und fand sich auf den Titelseiten sämtlicher Magazine.

Carter hingegen zeigte sich nicht; er hatte sich in seinem Laboratorium verschanzt, um dort die inneren Särge und die Goldmaske zu restaurieren, die bald ins Kairoer Museum überführt werden sollten. Ein Brief von Lady Almina hatte ihn unterrichtet, dass Lord Carnarvons Sammlung vor kurzem an das Metropolitan Museum von New York verkauft worden war, zum größten Verdruss des British Museum, das sich geprellt glaubte und Carter bezichtigte, sein Land verraten zu haben. Sein Land ... es war hier, im Herzen dieses TALS, das so viele Neugierige im Laufschritt durchquerten, verzückt und fassungslos zugleich. Ein Land des Sandes, der Steine und Gräber, wo der Hauch des Unvergänglichen atmete.

Im November 1927, fünf Jahre, nachdem er die Stufen der Treppe entdeckt hatte, nahm Carter die Ausräumung der Seitenkammer in Angriff. Er hatte Lady Evelyn nur bei offiziellen Empfängen wiedergesehen, wo sie, ohne ihm die kalte Schulter zu zeigen, ihm nur ein gelegentliches Lächeln geschenkt hatte. Mit zerrissenem Herzen gestand er sich ein, dass sie Recht hatte; weshalb sollte eine schöne junge, mit Adelstitel versehene Frau sich mit einem alten Graubart wie ihm kompromittieren, der einem Steinblock des TALS zusehends ähnlicher wurde?

«Mehr als vierhundert Gegenstände auf acht Fuß Breite», stellte er besorgt fest, «und beim kleinsten Windhauch droht alles umzustürzen. Bevor wir die Kisten und Schachteln herausziehen, müssen wir ein wenn auch heikles Gleichgewicht wiederherstellen.»

Callender lächelte.

«Wunderbar ... zwei Jahre Arbeit in Aussicht!»

«Mit was könnte diese Kammer nur in Beziehung stehen?», fragte Burton.

«Mit der letzten Etappe der Wiedererstehung», meinte Carter. «Sehen Sie: Ihre Tür ist dem Orient zugewandt, der Richtung, aus der das Licht des Morgens anbricht.»

«Sie enthält so viele nicht zusammenpassende Dinge.»

«Ihre Augen verstehen nicht zu sehen. Lesen Sie die Texte, oben an der Tür; sie lehren uns, dass der König sein Leben damit verbracht hat, Bildnisse der Götter zu schaffen, auf dass sie ihm täglich Weihrauch, Gaben und Trankopfer spenden.* Durch seine im Unsichtbaren ewiglich wiederholten Handlun-

* Text des betreffenden Siegelabdruckes. (Anm. d. Ü.)

gen triumphiert Tutenchamun über die Mächte der Zerstörung. Diese Seiten- oder Vorratskammer liefert uns den Beweis, dass er hienieden und im Jenseits weiterlebt: Beachten Sie diese Körbe voller getrockneter Früchte, Trauben, Doom-Nüsse, Mandragoren, diese Weinkrüge. Die Seele nährt sich. Sie kleidet sich auch: rituelle Prunkgewänder, Hemdblusen, Sandalen.»

«Sie betreibt auch Sport», fügte Callender hinzu. «Bögen, Pfeile, Bumerangs!»

«Alles bringt seine Kraft und seine Vitalität zum Ausdruck.»

Carter beugte sich über ein schachähnliches Brettspiel; einem unsichtbaren Partner gegenüber, hatte der König die Partie offenbar gewonnen, um somit «rein an Stimme» erklärt zu werden und wiederzuerstehen, vergleichbar jener Skulptur, die ein aus dem Ei schlüpfendes Vögelchen darstellte, welche Callender zärtlich forttrug.

In der Südwestecke der kleinen Kammer ein Thron. Er beschwor die Vereinigung des Königs und der Königin in der anderen Welt, ihre durch die Kulthandlungen unsterblich gemachte Liebe. Die Inschrift führte gleichzeitig den Namen des Aton und den des Amun an, welche die Gelehrten ohne Sinn und Verstand als Widersacher beschrieben hatten; Carter erhielt so die Gewissheit, dass der ägyptische Glaube, den Dogmatismus ablehnend, keine Religionskriege gezeugt hatte. Allein die Liebe der Ewigkeit hatte ihn geleitet.

Am 11. November um 9 Uhr 45 nahm Doktor Douglas Derry, Professor der Anatomie an der Universitätvon Kairo, den ersten Einschnitt in die Binden der Mumie von Tutenchamun vor, unter den aufmerksamen Blicken von Howard Carter, der sich mit seinem strengsten dreiteiligen Anzug, den eine Galafliege zierte, gekleidet hatte. Er hatte allergrößte Ehrfurcht und gedämpfte Unterhaltungen verlangt; Lacau, Burton und hochrangige ägyptische Beamte, nach abendländischer Sitte gekleidet und mit konischen Fes auf den Köpfen, wohnten der Zeremonie bei, die sich im Gang des Grabes von Sethos II. abspielte.

Carter wickelte die Mumie eigenhändig aus, die in dreizehn Bindelagen eingehüllt war, welche das Segel jener Barke beschworen, auf der der wiedergeborene Geist im Jenseits dahinfuhr. Die Oxidation der harzigen Säfte und eine übermäßige Verwendung von Salben, geweihten Ölen und Natron hatten das Gewebe verbrannt und die Gebeine der Mumie angegriffen, die verkohlt schienen. Als er sie freilegte, stellte Carter fest, dass sie in einer magischen Rüstung steckte, die aus einhundertdreiundvierzig Gegenständen, an hunderteins Stellen niedergelegt, bestand; manchmal musste er die Schicht gehärteten Silbers, die an den Gliedmaßen festklebte, mit einer Schere abtrennen. Brustanhänger, Diademe, goldene Dolche, Kragenschmuck, Armreife machten aus dem Leichnam einen Körper aus Gold, Edelsteinen und Amuletten; es handelte sich hier nicht mehr um ein menschliches Geschöpf, und wäre es auch ein Monarch, sondern um den wiederhergestellten Osiris, den Garanten des Überlebens der in seine Geheimnisse eingeführten Wesen. Eine Kopfstütze unter seinem Hals irritierte die Beobachter; ohne Zweifel war sie aus Eisen, einem in Ägypten seltenen Material. Ebenfalls aus Eisen war die Klinge des Dolches mit dem Knauf aus Bergkristall und der goldenen Scheide. Carter erinnerte sich, dass dieses Metall, in den Augen der Priester, himmlischen Ursprungs war und dem König erlaubte, den Raum, der ihn vom Paradies trennte, zu überwinden.

Der Leib des Menschen, der das Amt des Pharaos bekleidet hatte, war nur noch ein armseliger Balg; ungefähr im zwanzigsten Lebensjahr, maß er annähernd 1,65 Meter. Die Teile seines Leichnams lösten sich voneinander. Goldene Hülsen schützen seinen Penis, seine Finger und seine Zehen.

Nachdem die Persönlichkeiten wieder nach Kairo aufgebrochen waren, blieb Carter allein bei Tutenchamun. Mit der Inbrunst der Freundschaft und der Verehrung eines demütigen Dieners hielt er bei ihm Nachtwache.

93

Mittels eines Marderhaarpinsels hatte Carter die Fetzen morscher Binden abgenommen und das friedliche Gesicht eines jungen Mannes freigelegt. Die Form war schön, der Ausdruck edel; Tutenchamun war ein König von erhabenem Aussehen gewesen. Auf seinem Schädel, anstelle der Haare, eine kleine Königshaube aus sehr feinem batistartigem Leinengewebe, mit gestickten Bändern geschmückt und mit Fayenceperlen und Gold verziert; Carter machte darauf die Zeichnung von vier Kobras aus, dem Sinnbild des Lebens, das sich durch die Welt schlängelt.

Die Ägypter des Neuen Reichs beherrschten die Kunst der Balsamierung auf höchster Stufe; als sie den Leib so mit Salbölen durchtränkten, dass er fast verbrannte, hatten sie auf rituelle Art, bewusst und mit Absicht gehandelt. Dieser arme Leichnam, der im Vergleich zur Herrlichkeit von goldener Maske und Sarkophag so zart und zerbrechlich wirkte, war zur eigentlichen Urmaterie des alchimistischen Werkes geworden; erbärmlicher, zerfressener, kalzinierter Leib, und dennoch Ausgang der Transmutation in göttliches Metall. Das Vorhandensein zweier goldener Gurte auf der Brust bewies, dass Tutenchamun nicht mehr als König, sondern als ein Gott angesehen wurde. Die Mumifizierung des Gesichts, die so verschieden von der anderer Monarchen war, vermittelte seine dreifache Natur als Gottheit, als Hoher Priester, der mit den feierlichen Ritualhandlungen betraut war, und als Pharao und Erleuchter der Erde.

Tutenchamun der Vergessene hatte sich durch die Kriege und Gemetzel gerettet, war den Plünderern entkommen und hatte sich ins Gedächtnis eines Abendländers der modernen Zeiten geflüchtet, der nun seinen letztmöglichen Schutz gewährleisten musste.

Das Jahr 1930 erlebte die Rückkehr der Nationalisten an die Macht, nachdem wieder einmal Carters Tod verkündet worden war. Sein alter Feind Zaghlul hingegen war 1927 verstorben, und die Wafd-Partei kümmerte sich nicht mehr sonderlich um den Archäologen, der am Ziel seiner gewaltigen Mission im Tal der Könige angelangt war. Gewiss, die neue Regierung, die sich als Ausdruck des Volkswillens sehen wollte, verkündete sogleich ein Gesetz, das jeden bei einer Grabung aufgefundenen Gegenstand aus Ägypten auszuführen verbot; Lady Almina jedoch wusste seit langem, dass sie nicht das Geringste von Tutenchamuns Schätzen erhalten würde. Im Herbst indes händigte die Regierung der Witwe Lord Carnarvons 36000 Pfund Sterling als Entschädigung für jene Kampagnen aus, die ihr Ehemann finanziert hatte.

Als Arthur C. Mace, stellvertretender Konservator des Metropolitan, an einer chronischen Rippenfellentzündung starb, blähte die Presse den Fluch von Tutenchamun erneut auf, zählte er denn nicht bereits sein zwanzigstes Opfer, darunter der Konservator des Louvre und mehrere Familienmitglieder von Lord Carnarvon?

Diese Wirrungen erschütterten Carter kaum, der die Verpackung der großen goldenen Kapellen überwachte, die ins Kairoer Museum aufbrechen und dort wieder zusammengefügt werden sollten. Das Fieber ließ nach; Tutenchamun war, zu weltweitem Ruhm gelangt, ins kollektive Gedächtnis der Menschheit gedrungen. Wieder friedlich geworden, empfing das Tal Touristenströme im Winter und döste in der heißen Jahreszeit vor sich hin.

Ende Februar 1932 verließen die letzten Gegenstände, ordnungsgemäß restauriert, das Laboratorium und wurden in die Hauptstadt verbracht. Unter Tränen schloss Callender das Grab Sethos' II. Schon bald sollte es wieder für Touristen zugänglich sein.

«Es ist zu Ende, Howard, zu Ende ...»

Carter klopfte ihm auf die Schulter.

«Wir müssen es akzeptieren.»

«Könnten Sie nicht ein anderes Grab entdecken?»

«Leider war das von Tutenchamun das letzte. Die mächtige Stimme des Tals der Könige ist nun endgültig verstummt.»

«Was gedenken Sie jetzt zu tun, Howard?»

«Ich weiß es nicht. Einen offiziellen Posten annehmen, eine neue Grabungsstätte eröffnen . . .»

«Man wird nicht wagen, sie Ihnen zu verweigern. Ich jedenfalls werde zurück in mein Dorf gehen. Das goldene Antlitz verfolgt mich; jede Nacht träume ich von ihm.»

«Das ist die schönste aller Visionen.»

Die beiden Männer nahmen Abschied voneinander; Carter hatte allen anderen Mitgliedern seines Teams bereits Lebewohl gesagt. Er ging hinunter ins Grab, wo nur noch das Quarzitbecken und der größte, die Mumie bergende Sarkophag an ihrem angestammten Platz waren. Diesmal hatten Lacau und die Regierung ihr Versprechen gehalten; Tutenchamun würde für immer in seiner Wohnstatt der Ewigkeit residieren.

Diese goldene Kammer lehrte das Geheimnis der Ewigkeit; «hinaus in den Tag treten wie Gott» war das Ziel des unsichtbaren Werkes, das im Innern dieses bescheidenen und so gut versteckten Grabes verwirklicht wird. Der junge König, mit dem heiter klaren Blick, verkörperte den Glauben des Menschen an die Ewigkeit. «Lebendes Abbild des Unsichtbaren», wie sein Name es verkündete – Tutenchamun war es gelungen die Wandlungen des Lichts zu beherrschen und sie im Gold seiner Sarkophage zu bannen. Seine Existenz lieferte den entscheidenden Beweis, dass der Tod als Urstoff eines wiedererstandenen Lebens dienen konnte. Hier, in diesen vier kleinen Räumen, hatte die größte aller Zivilisationen ihre wesentlichste Botschaft eingeschrieben. Wie vieler Generationen an Forschern würde es bedürfen, um sie zu entziffern?

Carter verneigte sich vor Tutenchamun, dem Herrn der Ewigkeit.

Als er aus dem Grab trat, in dem er die Essenz seines Lebens zurückließ, neigte sich der Tag. Das TAL, verwaist und still, bereitete sich auf die Dunkelheit vor. Carter küsste den *rais* Ahmed Girigar, der seine Tränen zurückhielt, bis der Archäologe hinter einem der steinigen Hügel, die das Grab überragten, verschwunden war.

Auf einem von Winden, der Sonne und den Gewitterregen zernagten Steinblock sitzend, betrachtete er den kahlen Kegelstumpf, den die Feuerlanzen des Abendlichts vergoldeten. Dank Tutenchamun hatte sich dieses Reich des Nichts in Hoffnung verwandelt: Alles blieb hier unbeweglich und unwandelbar, denn auf dieser Erde der Götter hatte nichts in der Zeit begonnen, und nichts würde in ihr enden. Ein Kauz stieß einen dunklen Schrei aus: Für gewöhnlich ließ er das Blut in den Adern gefrieren. Diesmal jedoch nahm Carter ihn wie einen heiteren Ruf wahr. Nein, das Tal würde nicht vergehen; es würde von nun an mit den Intonationen eines jungen verklärten Königs sprechen.

94

Der ägyptische Minister und der neue Direktor der Altertümerverwaltung erhoben gemeinsam ihre Tasse Kaffee, tranken mit Distinktion und stellten sie wieder gemächlich ab. Wer würde als erster das Wort ergreifen? Der Direktor gab auf.

«Der Fall Howard Carter ist nicht leicht zu behandeln . . .»

«Der Meinung bin ich nicht», entgegnete der Minister gereizt.

«Ach? Sollten Sie seiner Bekanntheit Rechnung tragen?»

«Auf gar keinen Fall.»

«Aha . . . was bedeutet . . .»

«Was bedeutet, dass Ägypten ihm keine Grabungsstätte mehr zugestehen wird . . . und Sie ebenfalls nicht, hoffe ich.»

Der Direktor wahrte Schweigen.

«Carter ist ein Kolonialist, ein rückständiger und arroganter Geist.»

«Fürchten Sie nicht, dass die internationale Meinung . . .»

«*Elle a d'autres chats à fouetter**, wie man im Französischen sagt; Carter ist schon vergessen. Glauben Sie mir, mein Freund: Ihm erneut zu erlauben, auf unsrem Boden zu arbeiten, wäre ein schlimmer Fehler. Seine Kollegen mögen ihn nicht sonderlich, scheint mir?«

«In der Tat, Herr Minister; mit Ausnahme der Mitglieder seiner Mannschaft betrachten die Ägyptologen ihn als Dilettanten und vom Glück begünstigten Amateur. Stellen Sie sich nur vor: Er ist nicht einmal aus einer Hochschule hervorgegangen.»

«Da sehen Sie es! Die Angelegenheit ist entschieden, Herr Direktor; niemals wird Howard Carter mehr in Ägypten graben. Er möge sich mit den Auszeichnungen begnügen, die ihm Großbritannien gewähren wird.»

Der britische Kulturminister begrüßte die drei Ägyptologen, die ihre Zunft zu vertreten bestimmt waren, und setzte sich an seinen Schreibtisch.

«Hocherfreut, Sie zu empfangen, Gentlemen; die Ägyptologie ist eine Wissenschaft der vordersten Ebene geworden.»

«Das ist nicht ihre Aufgabe», befand ein kleiner und korpulenter Mann, der sich im Namen seiner Kollegen äußerte.

«Howard Carter hat dem Ansehen unsrer Disziplin sehr geschadet.»

«In solchem Maße?»

«Mehr noch, als Sie sich vorstellen können, Herr Minister; Howard Carter ist die Schande der Ägyptologie. Ein Autodidakt, Sohn eines mittellosen Tiermalers, ein kleiner Landbewohner, der ernsthaften Gelehrten den Ruhm gestohlen hat.»

Der Minister schien verlegen.

«Unter diesen Umständen mutet es schwierig an, ihm den offiziellen Posten, den er verlangt, zuzuerkennen.»

* Redewendung, wörtl.: Die hat andere Katzen zu peitschen. Dt. etwa: Die hat Wichtigeres zu tun. (Anm. d. Ü.)

«Dies hieße, die Wissenschaft zu verunglimpfen; alle Autoritäten der Ägyptologie werden sich dem mit letzter Kraft widersetzen.»

«Ein Orden wird ihn besänftigen . . .»

Der kleine Mann mit Bauchansatz erhob sich, seine Gesellen taten es ihm nach.

«Das wäre eine Beleidigung unsres Landes, Herr Minister! Was hat dieser Carter denn in Wahrheit getan? Nichts. Er hat Glück gehabt. Das genügt nicht, um eine Verdienstauszeichnung zu erhalten.»

«Meine Rolle besteht darin, mich an die maßgeblichen Ansichten zu halten; haben Sie Dank, meine Herren.»

Sonderbar, grübelte der Minister; Howard Carter, der berühmteste Archäologe der Welt, sollte nicht einmal den niedersten Orden, den Titel des *Membership of the British Empire* erhalten, der verdienten Angehörigen von Post und Eisenbahn zuerkannt wurde. Indem er sich abseits der Wandelgänge der Ägyptologie hielt, hatte er das schlimmste aller Verbrechen begangen: Ägypten einer Karriere vorzuziehen. Ein freier Geist zu bleiben, den niemand zu kaufen vermag, muss teuer bezahlt werden.

Eine Schar Touristen drängte sich um das Grab von Tutenchamun; niemand wollte seinen Platz abgeben. Die Höflichkeit wurde mit Füßen getreten. Man scherte sich nicht um Hitze und Staub, wollte nur das kleine Grab besichtigen, das seiner Schätze ledig war, bis auf jenen Goldsarkophag, in dem der junge König ruhte, der jeden Tag bewundernde Schreie auslöste.

Als die Besucher spärlicher wurden, verließ ein Mann um die Sechzig, von gänzlich britischer Eleganz, seinen Beobachtungsposten und kletterte, einen Wüstenpfad einschlagend, hinunter zu dem märchenhaftesten aller Gräber. Als die Stille sich wieder übers TAL legte, durchlebte Howard Carter sein Heldenabenteuer aufs Neue. Krank, von einer Müdigkeit geplagt, gegen die er nicht mehr anzukämpfen vermochte, durch Neid, Kleinlichkeit und Verrat verbraucht, zählte der Archäologe nur noch einen einzigen Freund, den Pharao Tutenchamun, dessen Wohnstatt so vielen geschwätzigen, unaufmerksamen und taktlosen Gästen weit offen stand.

Seit 1936 war Europa von Umwälzungen erschüttert, die, den Pessimistischsten zufolge, einen neuen Krieg ankündigten. Carter kümmerte sich nicht darum; seit der Schließung der außergewöhnlichsten Grabungsstätte des TALS hatte er die Welt hinter sich gelassen und ging seinem eigenen Tod ohne Furcht entgegen. Die Menschheit interessierte ihn nicht mehr; kaum vernahm er die Begrüßungen der Wächter, die sich vor ihm verneigten, wenn er langsam durch das TAL schritt, ein Schatten unter den Schatten.

An diesem kalten und regnerischen Tag blieb die Beerdigung von Howard Carter, am 2. März 1939 verstorben, unbeachtet. England liebt die diskreten Heimgänge, welche die öffentliche Ordnung nicht stören und keine Bekundungen schlechten Geschmacks zeitigen.

Carter war mit siebzig Jahren, isoliert und vergessen, entschlummert: Lady Evelyn Herbert Beauchamp, einzige der Totenfeier beiwohnende Persönlichkeit, hielt ihre Tränen zurück; Howard hätte diesen Gefühlserguss nicht geschätzt. Noch immer genauso schön, starrte Eve auf den armseligen Sarg, der in der Erde verschwand, und dachte an Tutenchamuns Gold.

Die Seele von Howard Carter würde nicht in diesem eisigen Friedhof gefangen bleiben. Sie war bereits emporgeschwebt, um sich in ihre heimatlichen Gefilde, das Tal der Könige, zu begeben und in deren Licht aufzugehen.